我们所记录的

是一国、一城、一人的独白

是那看得见与看不见的光

看得见与看不见的光

21人16国域外疫情观察日记

WAITING FOR DAWN

21 Diaries from 16 COVID-19 Frontlines

魏磊杰 - 主编

当代世界出版社
THE CONTEMPORARY WORLD PRESS

图书在版编目（C I P）数据

看得见与看不见的光：21人16国域外疫情观察日记/魏磊杰主编.
北京：当代世界出版社，2020.10
ISBN 978-7-5090-1387-8

Ⅰ.①看… Ⅱ.①魏… Ⅲ.①日记－作品集－中国－当代
Ⅳ.①I267.5

中国版本图书馆CIP数据核字(2020)第164250号

出版发行：当代世界出版社
地　　址：北京市东城区地安门东大街70-9号
网　　址：http://www.worldpress.org.cn
编务电话：（010）83907528
发行电话：（010）83908410
经　　销：新华书店
印　　刷：北京中科印刷有限公司
开　　本：710毫米×1000毫米　1/16
印　　张：32
字　　数：530千字
版　　次：2020年10月第1版
印　　次：2020年10月第1次
书　　号：978-7-5090-1387-8
定　　价：99.00元

山川异域，
风月同天

CONTENTS

山川异域，风月同天

——我的知日侧记

周 俊*

我是周俊，旅日十年，现为早稻田大学现代中国研究所招聘研究员，早稻田大学亚洲太平洋研究科硕士、博士。

理性与客观地了解当代日本，有利于我们取其所长，避其所短。疫情下的日本，为我们提供了极好的观察机会。然而，疫情时刻都在变动，众生百态亦十分复杂。因此，我的疫情观察日记，只是反映了事物的一个侧面。管中窥豹，一个侧面所反映的诸多问题，或许也值得我们每一个人深思。

2020年2月17日，星期一

不谈时事

今天，日本国内开始正式发现确诊病例，感染者总数达46人。这并不包括早先的“钻石公主号”，而指的是日本国内社群的感染病例。目前，日本媒体主要仍在报道中国方面的疫情，日本民众对于已悄然袭来的疫情似乎并没有什么警觉性。大家的生活一切照旧。

在日本的日常生活当中，普通民众不会主动讨论时事问题，甚至会有意避开

* 周俊，早稻田大学现代中国研究所招聘研究员。

这类话题。日本年轻人常用的通讯软件是 Line，我与一些日本朋友也有 Line 群组，有体育主题的、有野炊主题的……但他们从不在群内讨论任何时事话题。通俗地说，就是“分得清说话场合”。其实，他们并不是没有自己的看法，而是因为日本社会是一个社会角色泾渭分明的“专家知识型”社会。各个领域的专家非常受尊重，大家对领域之外的发言都十分谨慎。普通日本民众一般会选择聆听专家的意见，而不是优先表达自己的主张，因为草率的发言被认为是无知的表现。

同时，大部分日本年轻人对于时事政治确实不感兴趣。根据 2017 年的统计，20 岁至 30 岁的年轻人参加国会议员选举的投票率只有 34%。在年轻人看来，政治与他们没有任何关系。在日常生活中，他们一般感受不到政治给他们造成了什么不便，因此也缺乏关注的动机。有社会评论家认为，是日本过于平静和谐的生活造就了这种现象，他们把这种现象称为“和平白痴”。美国著名学者弗朗西斯·福山在其著作《历史的终结与最后的人》中所写的可能就是这种现象。

年轻人这种对时事问题漠不关心的态度可能也会表现在此次应对新冠疫情的问题上。我不知道日本的新冠疫情会往哪个方向发展，但可以肯定的是，日本年轻人不会有过激的言论和行动。这种漠不关心的态度将使日本的政治缺乏活力。但同时，这也可能有助于避免社会意见的激烈对立。

2020 年 2 月 21 日，星期五

不会啃骨头的日本人

今天，日本的确诊总人数达到 79 人。电视及新闻媒体每天都在报道新冠疫情，但日本民众对疫情本身似乎并没有重视起来。他们觉得这只是流感的一种，死亡率不高，并且主要发生在邻国。

当然，对于总人口超过 1 亿的日本来说，79 人的确诊人数确实很少。这个数字显然很难引发日本民众的警惕感。但是，日本民众也不是毫不作为。许多商场、超市、公司、会场都在入口处摆放了消毒液，并特意贴出了提示。其实，摆放消毒液的习惯日本一直都有，并不是今天才开始的。另外，我们知道，日本原本就是一个使用口罩的大国，在日常生活中，许多日本人时常戴着口罩出行。日本家庭一般也都习惯使用漱口药液。目前来看，日本民众只是维持了他们一直保持的卫生习惯，并没有因为疫情而做出什么特殊反应。这和中国国内的情况存在一些不同。

最近几天，日本新闻媒体报道了“蝙蝠可能是新冠病毒宿主”的消息。数位日本朋友非常好奇地问我，你们那里真的有人吃蝙蝠吗？我回答说，至少我没吃过，也没见人吃过，但是食用野生动物用于滋补身体的文化倒是有的。总而言之，日本朋友对于中国的饮食文化非常惊奇。因为日本的食物供应链处于比较现代化的状态——他们甚至不太会啃带骨头的食物。日本超市的肉食品均是加工制成品，超市里几乎看不到“排骨”或带骨头的鸡鸭。当然，日本人是食用鸡翅的——这可能也是他们最常食用的“带骨头的肉制品”。他们食用鸡翅的样子十分笨拙，一般也只是食用容易吃的部分，然后把翅尖或是粘连着肉的骨头全部扔掉。他们绝不会去啃个精光，因为他们从小就没有这方面的“练习”。我曾经和一个日本朋友开玩笑说，你啃过甘蔗吗？他一脸诧异地说，他只接触过蔗糖，但从没有亲眼见过甘蔗，更别说直接啃甘蔗了。

无论是卫生习惯，还是饮食习惯，日本都可以说是一个后现代的国家。这与中国所处的发展阶段有很大不同。另外，日本人还保持了一个非常传统的习惯——“室内禁止土足”。日语中，“土足”是指“室外用的鞋子”。也就是说，许多室内环境是不能穿鞋进入的，或者需要换鞋。例如，任何一个日本人在家庭内都不会穿室外用鞋走动，这是绝对禁止的。所有的小学、初中、高中的教学楼以及体育馆内，也都需要换室内用鞋。而且，日本人对气味十分敏感——特别是女性。所以，日本的市面上充斥着各种用途的芳香剂，消除汗味的、消除脚臭的、消除香烟味的，甚至还有专门消除烤肉烟熏味的……我不清楚这些社会条件会对这次日本疫情产生多大程度的影响，但是，这种社会条件一定是观察日本疫情时需要考虑的要素。

2020 年 2 月 27 日，星期四

应对疫情的快与慢

现在，日本国内已有声音在批评中央政府应对疫情的迟缓，特别是媒体报道。政府应对疫情的快与慢，到底用什么指标来衡量，这是一个难题。

日本最初的疫情应对是围绕“钻石公主号”问题展开的。“钻石公主号”停靠在横滨港，船员与乘客都被要求在船上观察两周，事实上他们处于隔离的状态，所以日本计算感染人数时，一般不将“钻石公主号”的感染者计算在国内总感染人数中。

日本中央政府成立应对疫情的特殊机构——新冠病毒感染症对策本部（部长是安倍首相）——是在1月30日。2月14日，又成立了新冠病毒感染症对策专家会议（议长是脇田隆字，国立感染症研究所所长）。当时，日本国内还未有感染者确诊。所以，仅从应对疫情的组织建构来看，日本中央政府对疫情的反应很难说得上是迟缓。

一位日本知名教授对我开玩笑说，观察日本灾害疫情应对措施的一个重要的晴雨表是看政府如何对待幼儿园、中小学校等教育机构，因为日本在任何灾害中首先考虑的是保护孩子，孩子的问题就像是机器的开关，这个环节一有动作，其他方面马上就会全部动起来。

就在今天，安倍首相正式向全国高中、中小学发出请求，希望这些教育机构全面停课。但他的请求并没有强制力，因为根据日本《学校保健安全法》第20条的规定，学校停课的决定权在学校所有者手中。也就是，县立学校的决定权在县，市立学校的决定权在市，私立学校的决定权在该校董事会，以此类推。因此各地可以自己判断形势，做出自己的选择。

实际上，在今天安倍首相向全国教育机构发出请求以前，一些有确诊感染者的地区早已根据自身独立的判断让部分学校停课了。也就是说，在应对疫情的反应上，日本各级地方政府没有等待中央政府的表态，自己便早已率先行动起来了。这是因为日本采用的是多层级的分权结构。每一个层级的地方政府长官并非来自中央政府的任命，而是由自己地区的选民投票选出的。因此，日本从中央到地方的各个层级政府之间并非领导与被领导的上下关系，而是平行的合作关系。这种结构使他们在处理问题时具有很大的灵活性，而另一方面自然就不可能做到全国上下步调一致。即使在一县之内（日本的县相当于中国的省），各市各村在停课问题上的应对也不一样，有的地方停课时间长，有的短，还有的则是缩短上课时间。

综上所述，日本政府应对疫情的反应到底是快还是慢？每个人的答案可能不一样。但如果将应对措施的多样性当作效率的一部分来考虑，日本的应对很难说是不及格。

2020年3月6日，星期五

谣言的困境

现在，日本的疫情正在扩散，但速度还比较缓慢，感染者总数为333人。社会整体秩序虽然非常稳定，但还是出现了许多网络谣言。有的说“病毒怕高温，喝热水可以治疗”，有的说“病毒会通过下水道传染”，还有的说“要吃生姜、大蒜、辣椒……”

其中，影响最大的一个谣言是，“因为疫情，中国的卫生纸工厂已经停产，日本马上就快没有卫生纸了”。受到这个谣言的影响，日本各地商店的卫生纸马上开始畅销——真是一纸难求。关于卫生纸的谣言，也流行于中国香港和台湾地区。突然之间大家都开始在意自己的屁股——一个平常总被忽视的人体部位。

日本被认为是民智成熟度很高的社会，但是，面对卫生纸的谣言，也还是出现了短暂的混乱。目前，各地已经开始逐渐趋于平静。这些天，日本的电视和新闻媒体不厌其烦地向民众解释，日本98%的卫生纸都是国产，不存在断货的可能性。有些商店、超市为了稳定人心，特意将卫生纸堆积如山，摆放在显眼的位置。一位日本朋友对我感慨，“日本真是丢人，竟然因为卫生纸的谣言堕落到这个地步”。

针对谣言的问题，日本政府一般不采用严刑峻法式的高压态度。依据日本《宪法》第21条第1款，日本民众享有所有的表达自由。但《宪法》第13条又为这个自由设置了条件，也就是不能违反公共福祉。因为这个限制条件，日本刑法的名誉损毁罪、信用损毁罪、业务妨害罪便可适用于谣言问题。到目前为止，日本因为散播谣言而获罪的案例并不是没有，只是比较少见。例如2016年日本熊本县地震的时候，就有一个人因为散播“狮子从动物园逃出来了”的谣言而被逮捕，理由是这个谣言妨碍了动物园的正常工作业务。但是，也有许多日本法学专家提醒，公权力在处理谣言的问题上一定要谨慎自戒，对事实也需要仔细核查，否则一不小心就可能会越过红线，变成了“压制不同意见”。如何处理谣言问题，确实是一个两难的困境。

因此，除了政府措施外，日本还设有专门应对谣言问题、核对信息的NPO组织。其中，成立于2017年的“Fact Check Initiative Japan”最具规模。该组织的理事会成员多为大学教授、律师，并与许多日本新闻媒体都保持着合作伙伴关系。此次疫情当中，该组织就设立了专门应对疫情谣言的主页，对信息的有效健康传播起到了积极的作用。

2020 年 3 月 11 日，星期三

热闹的公园

众所周知，日本早已步入少子老龄化社会。根据日本内阁府 2018 年的统计，65 岁以上的人口占日本总人口的 28.1%，而 14 岁以下的儿童人口仅占总人口的 12.1%。根据这个数据的推算，到 2065 年，日本大约每 3 个人里就会有 1 个 65 岁以上的老人。形势不可谓不严峻。

在日本的日常生活中，孩子们在社区里上蹿下跳的身影并不太容易被看到。因为他们的活动大多会在校园内进行，而其他的集体活动一般也都会在特定场所。简而言之，日本的孩子在生活上的组织性和规律性很强，他们有属于自己的“路线”“活动地盘”“圈子”。而这种“路线”、“地盘”和“圈子”一般不与生活社区重叠，所以在社区内很少能看到他们闲逛的身影。于是，初来日本的外国朋友甚至会觉得奇怪，日本的孩子都去哪了？

目前，因为疫情影响，许多学校已经停课（或是缩短上课时间，错开交通高峰）。我旅居日本已经 10 年，但现在突然发现，生活中竟然到处都能看到孩子的身影。说实话，在这之前，我从没感觉到日本有这么多孩子。例如，到目前为止，我几乎从未在社区的超市内看到过孩子的身影，因为正常状态下他们一般不会“悠闲”地和妈妈一起在超市购物，因为日本的孩子（除婴幼儿外）往往有自己的活动安排。但现在，当我去附近超市购物时，总能看见孩子的身影。

而当我去附近的公园散步时，更是发现那里已经成了孩子们的“王国”。放风筝的、打棒球的、滑冰的、荡秋千的、野餐的……平时安静的公园现在显得十分热闹。这种情况其实是说明受到疫情和停课的影响，孩子们在某种程度上失去了社会组织性——公园活动成了一种必需的“替代品”。

我们知道，人类的一大特征便是拥有高度的社会组织性。长期脱离社会，失去社会组织性，人的生活状态、精神状态会变得怎样？《鲁滨逊漂流记》是英国著名小说家丹尼尔·笛福的一部长篇小说，讲的是主人公鲁滨逊漂流到一个偏僻荒凉的热带小岛，并在岛上度过了28年的故事。书中的一段描写令我印象深刻。被困在小岛上的鲁滨逊一度十分孤独，并极度渴望社交。他为此而烦恼。这样的日子持续了很久。但是，有一天，当他突然在小岛的某处海滩上发现陌生足迹时，他的第一反应却是恐惧，发自内心的恐惧。疫情中长期的强制隔离可能也会使人产生类似的精神状态——当你在空无一人的街头突然发现一个人影，可能你的第一反应不会是欢喜，而可能是深深的恐惧。这个故事其实是在告诉我们，人类是多么依赖、也多么需要建立一个正常运转的、充满互信的社会。否则，人人都是一座孤岛，恐惧和不安永远无法消除。

2020年3月20日，星期五

学校停课的争议与苦恼

今天，日本感染者总数升至928人，安倍首相决定解除对全国学校停课的请求。负责全国文教工作的文部科学省宣布，各地可以根据其各自的情况决定是否开课。目前，日本确诊感染人数虽然没有出现爆炸性增长，但缓慢的扩散也是令人担心的。为什么日本会在此时开始呼吁学校复课呢？

实际上，关于学校停课的问题，日本社会出现了各种各样的争议，政府显然感受到了这种压力。例如，日本庆应义塾大学的副教授小幡绩在日本知名网站“newsweek”发文，猛烈地批评学校停课的措施，认为停课措施过于草率，使得孩子们失去了宝贵的受教育时间，直呼“日本完了”。另外，有的家长对政府提出抗议，认为停课给家庭增加了原本没有的经济负担（例如，家长要请假居家陪孩子等）；还有的家长提出，停课的私立学校应当按照停课的时间来退减高昂的学费。

从日本学生的角度而言，这段时间的停课确实是遗憾万千的事情。因为，日本每个学年度的结束正好在3月，也就是说，现在正好是所谓的毕业季。日本学校的毕业季活动非常丰富，从幼儿园到大学都是如此，这个环节可以说是日本学生重要的情感记忆。最近，日本电视播放了许多关于学校停课的采访。许多学生甚至老师都悲伤地流下了眼泪，因为突如其来的停课，使得所有精心准备的毕业活动无法进行，毕业班的师生也只能仓促告别。一位老师在接受电视采访时说，“政府对疫情的判断缺乏预期，应对太过仓促。如果需要停课，那也应该提前一段时间通知，给学校一些准备时间。除了毕业班，其他同学停课之后，居家教育及心理方面的辅导怎么进行，学校都需要时间来准备”。这段话给我留下了深刻的印象。

是的，孩子的居家教育及心理方面的辅导怎么进行？日本社会对这个问题十分重视，许多电视评论节目都做了公开探讨。首先，最重要的问题是，孩子们待在家中谁来照料？毕竟许多家庭都是上班族，现在日本的企业没有全面停工，也不可能实现全面停工。日本政府没有权力强制要求企业停工，是否停工或者如何调整工作形式是企业自身说了算的事。

目前，日本中央政府的应对措施是，给那些因在家照料孩子而请假的父母提供资金补助。各地方政府的应对措施则不尽相同，但大部分地区都开设了保护儿童心理健康的工作点，其工作最大的指向是希望孩子们正确地认识疫情，感谢家人的爱，相互信任，不要歧视。关于这一点，许多学校的老师都给孩子们写了信，安抚孩子们的不安情绪。而企业方面（主要是大型企业）的措施是，尽量安排有孩子的员工居家工作。教育相关的企业，也都各自免费开放网上教育资源，帮助孩子们在家学习。

另外，因为停课，为学校提供餐饮的产业承受着巨大的经济压力，日本的新闻媒体对此做了许多报道。在日本，大部分小学都提供午餐，孩子们自己动手发餐，餐后自己打扫卫生，这是熟悉日本的朋友都了解的。为了缓解这个产业的经济压力，日本大多数地方政府都调整了预算，对其经济损失提供资金补助。不得不说，停课一事，看起来是一个简单的问题，但实际上却是牵一发而动全身的体系工程。

“少年强则国强”，是我们耳熟能详的一句话。但是，“强”的含义很广，怎样才能算“强”呢？例如，孩子们的心理健康属不属于“强”的范畴？孩子们对待灾害疫情、对待社会恐慌的理性态度属不属于“强”的范畴？一场疫情，其实也是一场大规模的教育。在疫情当中，孩子们也在用自己的视线观察着、模仿着大人们的社会行为——如果你认为他们什么都不懂，那就大错特错了。

2020年3月24日　星期二

口罩的故事

今天，日本高知县的《高知新闻》刊登了一条消息。一位曾经到访过高知县宿毛市的中国留学生以个人名义向该市捐赠了约200个口罩，意为报恩。看到这条消息，我感到十分欣慰，我知道他是谁。

故事是这样的。每年春秋两季，早稻田大学都会迎来十数名“特殊”的中国留学生。他们来自清华大学、北京大学、复旦大学、浙江大学以及上海交通大学等五所高校。他们将在早大度过短暂的半年时光。这是康师傅集团的“梦计划”留学项目。

之所以说他们“特殊”，是因为早大校方为他们安排了各种一般留学生无法参加的活动。例如，参观日本国会，访问佳能全球战略研究所等等。其中，比较重要的例行活动是前往高知县下辖的宿毛市进行为期数日的“田野调查”。在那里，他们将参观当地的中小学、老人福利院、报社、水产工厂、市议会等处。这使得他们可以极为直观地了解日本乡村基层的实际情况，而大多数其他中国留学生实际上并没有这样的体验机会。

即使是日本人，可能也少有人知道宿毛市位于何处。因为那是一个只有两万人口，并且极为偏远的乡村城市。或许也正因如此，当地的人们——无论男女老少，都将远道而来的中国青年朋友视为稀客，甚是热情周到。我参与过这些活动，我知道那个给宿毛市捐赠口罩的人，就是这个留学项目中的一位同学。想必，他在宿毛市进行“田野调查”时留下了美好的回忆。

然而，当下这一时期，口罩实际上是一个较为触动日本人神经的敏感话题。最初，在中国疫情较为严重，而日本疫情还未显现之时，大量在日本的华人购买口罩，然后将其成批量地寄到中国。由于寄往中国的口罩包裹数量惊人，甚至一度使得日本到中国的邮路陷入瘫痪，日本邮政甚至专门为此发出了通告。当时，日本民众对此事并不关心，他们不清楚也不在意这种外国人圈子里的事情，因为当时日本还未受到新冠疫情的侵扰。

随着新冠病毒感染者在日本的出现，日本民众很自然地开始寻购口罩。但是这时，他们猛然发现四处的口罩早已售罄，气氛便有些陷入僵局。与此同时，日本媒体频繁地报道了在日华商抢购口罩“奇货可居”的行为，这刺激了日本民众的厌华情绪。

在这种气氛之下，一则“华人女孩东京街头发口罩”的新闻登上了中国国内新浪微博热搜榜。一位华人女孩身穿玩偶服，抱着纸箱，在东京最繁华的涉谷街头免费发放口罩。纸箱上写着：来自武汉的报恩。类似的事情，日本各地还有数起。显然，他们都受到了“山川异域，风月同天”的感召——这是当初日本某个团体给中国捐赠口罩时，写在纸箱一角的按语。

尽管此类华人义举在华语媒介中广受关注，但十分遗憾的是，日本舆论却表现得较为冷淡，并带有深深的疑虑——日本民众首先想到的是，我们到处都买不到口罩，为什么他们手上如此富余？甚至有较为激进的言论：凡此种种，背后皆有政治宣传的意图。对此现象，东京大学某位知名中国问题研究专家认为，大多数日本民众对中国持有这样一种比较固定的印象——中国的体制强调集体主义，因此中国民众没有独立自发行动的习惯。该专家认为，对于中国各方捐赠的口罩，日本人应该善意地接纳并表示感谢，但为什么中国人形象如此，值得中国人深思。

也许有人会认为，“给你就不错了，怎么这么麻烦”。俗语说，赠人玫瑰，手有余香。实际上，赠予玫瑰的时机、地点及方式都需要智慧。单方面的思考可能会引发“词不达意”“事与愿违”的现象。熟悉日语的朋友都清楚，高雅的日语表达常使用谦让语。注重礼仪的日本人一般不使用“我想……”“我要……”之类直接表达自身主观愿望的语态，而会使用“请让我……”“请允许我……”之类的谦让语。也就是说，在日本人的思维中，优先考虑接受方的感受是一个常识；同时，对方的言行理应优先考虑我的感受也是常识。这是双方无障碍交流的前提条件。在这种相互谦让的过程中，双方既保持了一种微妙的距离，又维系了一种紧密的联系。这是日本文化极为重要的特征之一。

2020年3月29日，星期日

“脸书”上的论战

3月，本是气候转暖、樱花盛开的季节。然而，今天东京突然飘起鹅毛大雪。飞雪落樱是难得一见的美景。路上的行人很少，街头十分安静，偶见摄影爱好者聚精会神地在樱花树下拍摄雪樱。

然而，日本的舆论场却是暗流涌动。在日本，“脸书”是重要的社交网络平台之一。在我关注的“脸书”好友中出现了一种对立的现象。一方是日本学者，另一方是在日本进行研究工作的华人学者。争论的焦点集中在体制因素与疫情发生及应对的关系。双方在“脸书”上你来我往，绵里藏针。

其实，在科学（包括政治学、社会学等社会科学）的世界里，人们不会在意你的价值取向，也不会在意你的结论是多么惊悚，人们只会在意你是否能够做出有力的证明。也就是说，无论你的观点与主张为何，不管它多么动听，你都需要谨慎细致地用事实来进行证明。提高自己说话的音量并不意味着你的观点与主张就正确，暂时没有人支持也不意味着你的观点与主张就是错误的。这就像是求解一道数学方程式，需要的是求解的过程。我们都知道，在数学考试的应用题中，只写答案而不写求解的过程是不能得分的。

2020 年 4 月 3 日，星期五

疫情下的对华认知

今天，青山学院大学教授饭岛涉在日本记者俱乐部做了一次演讲，题为“中国的传染病与公共卫生史”。演讲的主要内容是回顾中国近百年的传染病传播史（鼠疫、霍乱、血吸虫病等）以及公共卫生事业的发展与挫折，并在此基础上对中国当下的新冠疫情做了时事分析。

饭岛教授认为，从某种意义而言，近代以来的全球化进程实际上也是传染病全球化进程。因此，饭岛教授强调了“疫病史观”的重要性，也就是说传染病并不只是医学问题，它对一个国家的政治、文化、社会的基本形态都产生了重要影响。相反，一个国家的政治、文化、社会形态又反过来影响着传染病的传播状况。饭岛教授认为，中国的现代化发展都高度浓缩于最近的四十年，众多问题与矛盾也都聚集在这四十年中，这相当于一个欧美国家近百年的经历，当下的许多问题都可以置于这个大背景下来理解。

我关注了最近几天的推特，发现日本各大书店的推特账号都在积极推销饭岛教授的著作《中国的传染病史：公共卫生与东亚》。这本书出版于 2009 年，但在上个月突然再版，各大书店也将此书放在畅销书的显眼位置。这本书主要讨论的是近代中国的传染病史，除去对新冠疫情问题的时事分析，其余部分实际上就是饭岛教授在日本记者俱乐部的演讲内容。

问题在于再版后该书的腰封。所谓腰封，就是书封面上的一条腰带纸，上面常印有宣传标语或其他想让顾客知道的信息。相比于书的主标题，人们往往会被腰封上的内容所吸引。对日本出版界有所了解的朋友都清楚，腰封内容一般是由出版社决定，因为这对书籍的销量有重要影响。饭岛教授的著作再版后，该书的腰封上写着“起源于中国的病毒扩散不是从今天开始的”。当前情况下，这种写法具有很强的视觉冲击力，显然是为了畅销。但是，这明显过度解读了该书的实际内容，对读者也会产生许多误导。我非常不同意这种写法。日本某位知名的中国问题专家曾经感叹过，“令人十分遗憾的是，这些年日本书籍市场上‘中国崩溃论’之类的书籍畅销，冷静客观分析中国的学术书籍却无人问津，有些时候对于学术书籍还得给腰封上加点味道才能满足市场需要”。供给迎合需求，这是目前日本书市的实际状态。

为什么日本社会有这种需求？这与日本民众普遍的对华认知有紧密联系。在此次新冠疫情初期，日本社会对中国提供了大量援助。寄往中国的物资箱上，写着各类中国古诗歌，在中国国内一度引起极大反响。令我印象深刻的是，寒风之中，一位日本女孩身着旗袍，不断向路人鞠躬，为武汉抗击新冠肺炎募集资金。我无意否定日本社会的这些善举，相反，我认为只有通过更多的民间渠道的交往，两国的互信才会真正得以巩固与增进。

可是，感动之后，我们也必须认识到现状的严峻。2019 年，日本民间非营利组织“言论 NPO”的民意调查显示，84.7%的日本民众对中国持不良印象，仅有 15%的人对中国持有好印象。关于对中国持不良印象的理由，排在第一位的是因为钓鱼岛冲突（51.4%），第二位是对中国的政治体制感到不适（43%）。而对中国持有好印象的主要理由是，访日游客及民间交流的增加（40%），对中国古代文化历史感兴趣（30.7%）。该调查还显示，想去中国看一看的日本民众只有 32.3%。这种社会气氛正是饭岛教授再版著作的腰封问题所产生的背景。社会气氛决定了市场的基本取向。令人感到讽刺的是，1980 年代日本内阁府民意调查显示，日本民众对华好感度每年都维持在 70%以上。

在街头为武汉募捐的日本女孩（图片来源：AFP）

此次疫情平静之后，日本民众的对华认知是会改善还是会恶化？可能只有占卜师才能为我们提供属于未来的答案。

2020 年 4 月 7 日，星期二

捉襟见肘的中央政府

今天，安倍首相发表了紧急事态宣言。日本中央政府是在释放进一步强化应对新冠疫情的信号，但这与之前东京都知事小池百合子不断请求市民“自肃”（自我节制、自我约束）的方针并没有本质的区别。

此时，日本全国新冠肺炎感染总人数已接近 4000 人。对于以“安全神话”著称的日本而言，这个数字显然超过了日本民众的容忍范围——要知道，2002 年至 2003 年非典型性肺炎曾肆虐 32 个国家及地区，但日本实现了“零封”。日本调查中心 3 月进行的民意调查显示，62%的日本民众认为，安倍内阁没有很好地应对此次新冠疫情。而日本朝日电视台 3 月底的民意调查则显示，安倍内阁的民众支持率已降至 39.8%。日本一直有个约定俗成的说法，内阁的民众支持率跌过 30%就意味着政权进入危险水域，也就是说首相将要换人。以安倍内阁为首的中央政府似乎陷入了捉襟见肘的窘境。

在应对疫情的问题上，有观点认为日本政府对于自身的安全体系过于自信，同时又对过于强硬的应对措施（例如强制性封城）可能带来的经济损失颇为顾忌，其中预定于 2020 年举办的东京奥运会如何处理的问题也牵制了中央政府的决策。

当下，日本是否会在紧急事态宣言的基础上进一步强化抗疫体制？首都东京是否会封城？这些都成了热门话题。但是，我们必须注意到，日本中央政府在宪法上根本没有被赋予强行限制民众自由行动的权力，所以强制性封城几乎不可能实现。日本的宪法实施于日本战败后的 1947 年，至今都是日本政治的基石。理解宪法问题，是观察日本的基础功课。日本宪法的核心理念之一便是主权在民，也就是民权至上。极端地来说，日本是一个弱国家、强社会的结构。日本《宪法》第 22 条规定，在不违反公共福祉的基础上，任何人都享有居住、出行、职业选择的自由。换言之，日本宪法如果需要对民众的外出实行某种强行限制，就必须更改宪法条文。然而，日本《宪法》自 1947 年实施以来，至今未曾有过一次改动，因为更改的条件非常苛刻。这类宪法在法学领域被称为“刚性宪法”。

另外，我们可以看到，冰岛与瑞典等国至今也没有“封城”，而是采用了请求和呼吁民众自我约束的方式，也就是依靠民众的自主性，这与日本的“自肃”在本质上是相似的。同时，我们还需注意到，虽然有不少欧美国家采取了“封城”措施，但这些国家甚至这些国家内的各个地区对“封城”的定义（强度与禁止外出的对象）也都不一样，并不是我们一般理解的全面管制民众的外出。例如，美国现在同样是可以外出的。这种应对方式实际上与该国的法律、分权结构、民权思想有着极大的关联性。

紧急事态宣言发布之后的变化在于，日本中央政府可以依据《流感特别措施法》来管控医疗物资与征用相关设施和土地，但它对日本民众的个人行动不具备任何强制力。《流感特别措施法》也是在几周前刚通过议会做过调整，才适用于当下的新冠疫情。法律是约束日本政治与社会的基本规则。例如，受疫情影响，部分日本的学校采用了网上授课的方式。但这也存在法律层面的阻碍，因为教科书及参考书都有著作版权，不能随意地以电子化的方式在网上传播。日本可能需要马上修改著作权相关的法律法规以适应目前的情况。

或许，用请求民众进行自我节制、自我约束来阻断病毒传染的方式显得有些软弱无力。但是，这可能是日本中央政府目前所能做到的最大限度的措施。通过国家机器的强制力自上至下地严格管控所有的社会行为，就必须建立高度集权的动员体制。但许多人或许并不了解，战后的日本人对高度集权的动员体制天生敏感。战后的日本人是这样看待自身历史的——战前日本建立的高度集权的动员体制导致日本踏上了侵略他国的不归之路，因为这种体制虽然有利于战争，但对内压制了不同的思想与言论，使得任何日本人都必须支持与选择狂热的民族主义，提出异议的人会被定性为叛国作乱分子，政治家可能会被刺杀，民众则会锒铛入狱。所以，战后日本著名政治思想史家丸山真男认为，当代日本是一个在民族主义上失去了“处女性”的国家，民族主义在战后日本彻底失去了正当性。今年3月，日本调查中心的民意调查显示，同意“为了防止疫情扩散，可以某种程度上牺牲自身人权”的日本人仅为32%，而不同意的人达到了48%。这项调查的对象有美国、英国、德国等30个国家，日本对以牺牲人权来应对疫情的反感度排在第一位。也就是说，日本人对国家权力的过度集中充满不信任感。这是战后日本人重要的思想特征之一。

那么，采用请求民众进行自我节制、自我约束来阻断病毒传染的方式是否具有成效？目前可能很难有一个准确答案。现实情况是，日本的出行人数已经大为减少，而这取决于日本社会高度的自律性。一位日本朋友说，一切就像是科幻电影的场景，这样冷清的东京是他生平首次看到。抛开抑制病毒传播这一科学问题，我想这样的防疫方式至少有两个好处。第一，民众自身的智识与成熟度得到了提高。日本是一个灾害发生较为频繁的国家。每一次灾害的应对，都像是一次“教学”。日本民众、学校、企业、自治体都必须独立思考与判断，现在该如何面对，将来该如何准备，因为中央政府只是提供服务的机构，行动和思考的主体在于社会本身。第二，社会自身的稳定与和谐得到强化。因为行动和思考的主体在于社会本身，那么责任也就自然地落到了社会身上。每个人都要对自己负责。在今天的疫情当中，大部分日本人没有惶恐不安，社会的整体情绪依旧非常平静，因为每个人都是一个责任主体。几周前，东京曾在短暂的几天内出现过抢购物资的风潮，特别是受到网络谣言的影响，卫生纸变得非常畅销。但几天过后，一切基本恢复了平静。我询问身边的许多日本朋友，是否还在抢购存储物资。他们的回答是，市场上的物资很充足，不需要过量抢购，只考虑自己，这可不行。

也许有人会对如此充满人性与善意的回答嗤之以鼻，认为人根本没有如此高尚。但是，不可否认的是，这始终是我们所有人需要去努力的一个方向。

2020 年 4 月 11 日，星期六

自卫队在哪里？

据美国《新闻周刊》报道，美国 41 个州的 150 多个军事基地出现了新冠病毒疫情。其中海军的情况最为严重。隶属于美国海军太平洋舰队的四艘航母上均发现了确诊病例。在抗疫方面，美军出动了医疗船，并已开始部署野战医院。在各种灾害疫情面前，各国的军事力量一直都是实施救援的主要力量，其受到损伤的概率自然就会增大。然而，到目前为止，日本的自卫队在疫情中的表现却有些“犹抱琵琶半遮面”——若隐若现。

实际上，早在 2 月“钻石公主号”感染事件时，日本自卫队就已经参与了救助活动。到了 3 月，日本自卫队开始在东京成田机场、羽田机场、关西机场承担疫情相关的运输任务和后勤生活支援保障。然而，日本媒体并没有对自卫队的活动做大量的聚焦报道。

在日本，这并不是一件令人费解的事情。因为，自卫队的社会存在感与媒体出镜率历来都被控制在最低限度之内。日本的新闻媒体一般不会特别地聚焦报道自卫队的相关活动，这是一种常态。例如，自卫队的军事演习、阅兵等活动的报道都较少出现在媒体上。在日常生活中，日本民众也很少能看到自卫队的车辆行驶于市区，身着制服的自卫队员行走在大马路上的场景更是绝无仅有。日本自卫队像是空气，它既存在又难以被察觉到。

受到日本曾经侵略他国的这一历史认知影响，当今的日本民众似乎对自卫队有一种复杂的情感。2018 年，日本内阁府民意调查显示，当日本受到他国侵略时，选择愿意参加自卫队进行战斗的日本民众只有 5.9%。同样是在 2018 年，《产经新闻》与富士新闻网合作进行的民意调查显示，有 22.1%的日本民众认为，自卫队的存在违反了日本宪法。实际上，从 2014 年开始，自卫队每年的自卫官募集计划都没有达到指标数量，因此自卫队在招募方面一直在放宽相关限制。这些迹象既是日本社会人口少子高龄化的反映，同时也凸显了日本民众与自卫队之间的心理距离。

最近两周，日本防卫大臣河野太郎多次召开记者招待会。截至4月10日，日本自卫队已有8人确诊感染新冠病毒。河野大臣表示，后续还将持续公开自卫队的疫情感染情况。

在日本的抗疫体系中，自卫队具体扮演着怎样的角色？河野大臣在记者招待会中明确表示，只要各地方政府的行政长官向自卫队发出邀请，自卫队将在该地区承担紧急物资运输、患者转移、轻症患者的生活照料等后勤任务，但不会超出这个范围，医疗体系主要还是交给民间。河野大臣多次强调，即使是后勤保障工作，自卫队也不会主动介入，自卫队的行动主要取决于各地方政府行政长官的意向。并且，即使首都东京实施封城，自卫队也不会参与封城的实际操作。但是，如果各地方政府的行政长官认为有必要，自卫队将在当地增设临时医院，并开展消毒作业。目前，自卫队下属的16所医院正在增加病床与医疗物资储备，做好接纳大量患者入院治疗的准备。

通过日本的《自卫队法》，我们可以了解到自卫队的组织体系和行动规范。根据《自卫队法》第83条的规定，在情况严峻之时，即使地方政府没有提出邀请，防卫大臣也可以派遣自卫队主动介入当地的防疫救灾。但一般情况下也可以等待地方政府发出邀请之后再采取行动。显然，在此次新冠疫情中，河野大臣采用的是后者的方式，也就是将判断疫情的主动权交给了地方政府。第一，这说明在自卫队目前的研判中，当下日本的疫情还未进入非常紧急的状态。第二，这说明自卫队与地方政府的关系具有一定的灵活性，地方政府具有一定的自主权。而将判断疫情的主动权首先交给地方政府的益处在于，各地政府可以根据当地的情况做出比较灵活的、比较符合实际的判断与决策。

2020年4月15日，星期三

权贵与英雄

今天，日本销量第一的周刊杂志《周刊文春》发布了一则消息，内容是说，安倍首相的夫人安倍昭惠在3月15日曾与近50人的团体一起参拜了大分县的宇佐神宫。大分县远离东京，在九州岛上。据《周刊文春》透露，安倍夫人是因为觉得最近的行程都因为新冠疫情而取消了，所以想出东京走动走动。安倍夫人出行的当天，日本全国的感染者总数是762人，大分县当时的确诊感染者是1例。重要的是，就在安倍夫人出行的前一天，安倍首相还在公开发言中强调，“我们不能对现状放松警惕”“我们应当万众一心，共克时艰”。《周刊文春》特意强调了这一特殊背景。同时，还有媒体批评安倍夫人在疫情期间与众人同去赏花的行为。

在一个自由的社会里，个人的出行当然也是自由的。安倍夫人当然也不例外。但是，每个人都有自己的社会角色。在疫情正在逐步扩散之时，日本首相夫人的出行（可以说是旅行），既不应当，也不必要。这实际上反映了某些高层人士轻视草率地对待疫情的态度，其实就是特权者的傲慢。

在此次疫情中，这样的事情并不罕见。就在今天，日本媒体刚刚曝光了日本国会众议院议员高井崇志在疫情期间出入新宿歌舞伎町的色情场所。其所属的立宪民主党已决定将其开除党籍。另外，在疫情初期，也就是 2 月 16 日，日本中央政府的环境大臣小泉进次郎缺席了新冠病毒感染症对策本部的会议，回到自己的老家与支持他的人聚餐庆祝新年。文部科学大臣萩生田光一借故回老家与消防业界的人士举办庆功会，也缺席了这次会议。法务大臣森雅子的情况也与此类似。在受到日本媒体的批评后，以上这些人物都已做出了公开道歉。

所谓“回老家”，实际是为了维护自己票仓的选票。对国会议员来说，地方的票仓是非常重要的政治资本，谁都不能轻易放弃。因此，在日本政界有着“金归火来”的说法。“金”在日语中是指星期五，“火”在日语中是指星期二，一名国会议员需要在星期五赶回自己的主要票源所在地打点各方关系，然后在星期二赶回东京参加星期三举行的国会会议。这种行为本是一种常规动作，但缺席新冠病毒感染症对策本部的会议，同样反映出部分高层政客在疫情初期轻视草率的态度。

同样，在 2 月中旬，日本出现了一位被视为英雄的人物——神户大学医学系的岩田健太郎教授。2 月 18 日，岩田教授在 YouTube 上上传视频，揭露了“钻石公主号”混乱的组织管理，他严重质疑日本在邮轮疫情问题上的信息不透明。这个视频累计观看次数超过了 100 万次，在日本国内外引起了巨大反响。但两天后，岩田教授自己删除了视频。许多人担心，如此大胆地针砭时弊的他是不是要被日本政府“抹杀”了。我想，处于风口浪尖，岩田教授肯定感受到了巨大的精神压力，但事实上，他至今也没有在日本舆论场上被抹杀。就在两天前，他的新书《新型冠状病毒的真相》刚刚出版，目前在日本亚马逊网站上排在热销榜第一位。岩田教授在访谈中依旧坚持自己的理念，他认为日本政府机构在执行既定计划时，效率是非常高的。但是，对于计划之外发生的事情，则显得应对不足。而此次疫情正是如此，疫情的发展进程每时每刻都在变化，所谓既定的计划明显会跟不上变化。这个分析可谓一语中的。

实际上，在各类新闻以及社交媒体上积极发表看法的专业医师还有许多，岩田教授只是其中比较显眼的一位。所谓“疾风知劲草”，越是在困难的时候，一个社会最真实的一面越容易展现出来。日本社会的许多敢言之士都在积极发表自己的看法。当然，日本的政客也并非都是玩忽职守之辈。在应对疫情的问题上，果断迅速做出反应的大阪府知事吉村洋文、北海道知事铃木直道都得到了民众的好评。这两位知事（相当于中国的省长）都是40岁左右的少壮派，并且没有“官二代”的背景。

总而言之，在这次日本的疫情中，傲慢的权贵与直言不讳的英雄都没有缺席。在这种“热闹”的舆论场下，最大的受益者其实是日本民众——好的也罢，坏的也罢，各种性质不同的信息陈列在民众眼前，这不仅赋予了民众知情权，而且有利于提高民众自身的判断能力。这是一个很浅显的道理。

2020年4月18日，星期六

大雨中的警报

今天的东京，大雨滂沱，日本感染者总数为9654人。我正在家中写字。突然，户外响起了悠长的警报声，之后便是广播通知的声音。我停下笔，打开了窗户一角，侧耳倾听。原以为是和新冠疫情有关的通知，听了才知道是关于大雨可能造成河水上涨的预警广播。这个广播通知来源于我居住地区的区政府。

在日本居住时间长了，对于户外广播的预警通知已经有些习以为常。但我认为，这是日本防疫防灾系统中非常重要的一个技术环节。这套户外广播系统叫作“市町村防灾无线系统”。根据日本总务省的统计，这套系统覆盖了日本全国80%以上的市町村行政区域，也就是说它已经深入日本的基层社会。当然，有些地区不使用户外广播的形式，而是给每户家庭配发一个专用的收音机，作为传输信息的媒介。这套系统由日本的市町村等各级行政机关自己掌握，专门用于各地的灾情预警，且不会用来进行一般性的宣传或行政通知。当出现地震、火山、洪水等灾情时，这套系统会第一时间用广播的方式通知民众哪里是危险区域，哪里是避难地点等等。

在这套系统之上，还有一个“全国瞬时警报系统”。这是日本国家层面的灾害预警系统。主要通过卫星信号，与全国各地的“市町村防灾无线系统”连接。简言之，“全国瞬时警报系统”属于母系统，它可以在第一时间发送信息给全国各地的“市町村防灾无线系统”，同时也可以将预警信息发送至全国的学校、医院、交通系统等处。而全国各地的“市町村防灾无线系统”属于子系统，平时可以根据地区自身的情况，向辖区内的民众进行广播预警。“全国瞬时警报系统”也用于国防，例如遇到空袭或是弹道导弹的攻击时，这套系统会在第一时间向全国民众发出预警通知。

在日本生活过的朋友可能都有过这样一种“惊悚”的经历。夜深人静的时候，所有人的手机突然都响起刺耳的警报——这是在告诉你地震要来了。这个预警通知实际上就是通过“全国瞬时警报系统”发送的。

除此之外，还有许多类似的事情。例如，当你乘坐新干线（日本的高铁），或是乘坐地铁时，车厢内的荧光屏时常也会以滚动字幕的形式发布关于灾情的信息。日本的电视节目也是如此，滚动字幕的形式十分常见。而像日本雅虎之类的网站主页也会在头条位置介绍相关情况。这些其实都是依靠日本的“全国瞬时警报系统”实现的。

日本的这套防灾预警系统有三个显著特征。第一，覆盖日本全国。第二，有统一的母系统，又有可以弹性应对不同情况的子系统。第三，在第一点和第二点的基础上，国家与民众个人之间实现了直接有效的信息连接。事实上，实现第三点对于应对灾情非常重要。因为这是缓解社会性恐慌、消除谣言的重要措施。即使是不会软件使用社交软件的中老年人，也可以通过广播通知的方式第一时间了解到目前灾情处于什么状况，自己该如何应对。相反，如果国家无法将灾情相关信息第一时间持续、准确地传递给民众，就会给谣言及社会恐慌的形成提供空间。到目前为止，我还没有发现日本将这套预警系统用于新冠疫情。这有两种可能的原因。第一，目前疫情还未达到事关日本存亡的危机程度。第二，病毒对于肉眼来说是无形的。这套预警系统实际上无法有效应对。例如，通知避难场所并没有实际意义，因为对于疫情而言进行社会性隔离才是最有效的方法。但是，从传递信息和稳定人心的角度来说，这套深入基层的系统确实是日本防疫防灾体系中的一张“底牌”。

市町村防灾无线系统广播

（图片来源：wikiwand）

2020年4月22日，星期三

所谓礼仪之邦

今天，因为需要办理一些事务性手续，我不得不出门一趟。经过日本政府再三的呼吁，市区街头的行人已经大为减少。除了不得不出勤的公司白领，市区内似乎已经看不见闲逛的年轻人。时近黄昏，本是下班的高峰期，但原本热闹非凡的新宿却显得十分冷清。

本想在回家的路上随便找一家餐厅解决晚餐，但是一路经过的大多餐厅都已进入打烊状态，实在不便叨扰。在拐角处，偶然发现一家拉面店仍在营业，门口挂着告示，写着“受疫情影响打烊时间提前至晚上10点”。我停下脚步，隔着橱窗审视了一番，店内客人很少，大家的座位也都保持了距离。于是，我选择尝试一下这家拉面店。

我找了一个空位坐下，戴着口罩的店员抱歉地告诉我，现在做拉面要稍微多花一点时间。正当我等待之时，突然听到店内某位顾客大声地呵斥道，“你这个混蛋！干吗碰我”。我寻声望去，原来是另一位顾客进店入座时不小心从背后蹭到了他。这本是一件小事，但在疫情笼罩之下，人与人的触碰似乎变得异常敏感。被呵斥的那位先生立马还击道，“谁是混蛋啊？我又不是故意碰到你的，只是这儿过道比较窄嘛”。于是，双方开始了大声地“论战”，同时保持了两米左右的物理距离。之后这两位先生似乎意识到了店内其他顾客投去的异样眼光，大约两三分钟之后便自动消停了下来。先行呵斥的那位先生很快便吃完了拉面，离座而去时小声嘀咕道，“都什么时候了，还这么不小心”。店内客人很少，也无人交谈，所以每一个人都似乎听得十分清楚。那位“不小心”的先生抬起头，似乎还想争辩什么，但又把头扭了过去，保持了沉默。一切回到了平静。不得不说，这种争吵在平时的日本公共场所是比较少见的。

我们知道，日本因为深受中国汉唐文化的影响，对于礼节十分地重视。清末民初的一代名儒辜鸿铭先生认为，日本男士达礼，妇人容貌昳丽，所以“唐代的中国人就如现在的日本人”。即使是在当代，大多来到日本旅行的中国游客都仍会惊叹，日本是一个高素质的礼仪之邦——特别体现于餐饮酒店等服务行业。当然，现在中国国内也有许多“日本论”者认为这种看法过于美化日本，因为日本人的礼节是一种虚伪做作的假象。最常指出的例子便是，日本公司白领下班后到居酒屋三杯两盏之后烂醉如泥的不堪场景。到底哪种说法更正确，到底日本人的品德与礼仪如何，这实在是一个谜。

就像我今天在拉面店内看到的这一幕。要说日本人道德水平高，那怎么会因为如此小事便争吵起来？但要说日本人道德水平低，在无人劝阻的情况下，那两人又为何会自动消停下来？——并且两人的冲突也没有进一步升级（打架在日本社会是比较少见的）。有学者指出，日本人的礼仪品德是重外而轻内，重社会公德而轻个人私德。我认为这个分析是比较中肯且符合实际的。

2020 年 4 月 27 日，星期一

歧视与关怀

今天，日本感染者总数达到 13 422 人。疫情之下，日本的社会问题逐渐变得复杂化。也或许是，原本就存在的复杂问题开始表面化。首先是歧视的问题。

歧视与欺凌，一直是日本校园存在的顽症。最近，京都产业大学的歧视问题引起了人们的关注。

前段时间，京都产业大学的学生出现了多例感染者。因此，网络上充斥着歧视该大学学生的言论。有饮食店贴出了禁止该大学学生进店的告示，还有人给大学寄去匿名的威胁信，要求校方公开感染学生的姓名与住所。这种现象受到了日本舆论的强烈谴责。

但是，脆弱的人性显然经不起疫情的刺激。日本的新闻报道称，有的夫妇因为长期蜗居家中，导致家庭矛盾暴发，甚至导致离婚。有的家庭还出现了家庭暴力的问题。目前，日本各地都开通了与疫情相关的保障人权、解决心理问题、调解家庭矛盾的办公室及咨询中心。这类维护心理健康的举措似乎非常有必要，因为许多伤害往往发生在我们目不能及的地方。

17 世纪英国玄学派诗人约翰·多恩有一首著名的诗，叫作《没有人是一座孤岛》。诗中写道，“每个人都像一块小小的泥土，连接成整个陆地，无论谁死了，都是我的一部分在死去，因为我包含在人类这个概念里”“不要问丧钟为谁而鸣，丧钟为你而鸣”。人与人之间看不见的连带感，实际上最值得珍惜。

疫情之下，有对京都产业大学的歧视，但也有对弱势群体的关怀。仅就大学而言，许多学校都采取了措施，对本校学生进行各式各样的援助。有的学校开始向所有学生发放援助金，有的学校采用的是减免学费的方法，还有的学校是开设了与疫情相关的基金项目。目前，大部分学校都开启了网络授课的方式，有的学校还会给学生寄送笔记本电脑与提供无线网络。几乎所有的学校都在积极地行动，摸索应对疫情的方法。

4 月 22 日，日本的一则新闻报道，根据“高等教育无偿化项目”的舆论调查显示，受到疫情的影响，每 13 个大学生中，就有 1 人在考虑退学问题。最主要的原因是受到疫情影响，打工的收入一下子没了，所以在经济上无法继续学业。这并非耸人听闻。我们知道，日本的学生一般从高中开始，便普遍开始打工，但此时主要是赚取零用钱。而到了大学，许多学生已经是靠打工赚取自己的生活费甚至学费，因为许多家长并不承担这一笔费用。

2019 年日本的一项调查显示，84%的大学生都在打工，33%的大学生没有从家里拿一分钱。甚至有的学生平均每天的饮食费用只有 300 日元（约合人民币 20 元）。许多学生选择不上大学，都是出于对支出与收入的权衡。这是一个残酷的现实。疫情只是让原本就残酷的现实变得更为残酷。

疫情之下，我们需要更多的关怀，特别是对弱势群体的关怀。衡量一个社会的文明程度时，这是非常重要的尺度。

2020 年 5 月 1 日，星期五

社会治安与义理人情

目前，日本的社会秩序非常稳定。甚至可以说一如既往，除了出行人流大大减少以外，其他一切都显得特别祥和。根据日本的新闻报道，疫情期间，日本的刑事案件数量还出现了下降趋势。人们的出行减少了，这也是一种自然的结果。然而，平静的水面下，总会有些暗流涌动。

今天，《日本经济新闻》的一则消息称，根据日本警察厅的不完全统计，3 月上旬至 4 月下旬之间，利用新冠肺炎名义进行金融诈骗的案件达到 32 件，总计涉案金额达 3117 万日元（约合人民币 200 万元）。具体的案例比如在网上购买了口罩、消毒液之后，卖家却没有寄出货品。或者是有人伪装成政府办事人员，假借发放政府补助金的形式，发送带有病毒的链接，以此盗取对方的信息。还有人伪装成地方政府的办事人员，说是将提供政府发放的 10 万日元（约合人民币 6600 元）补助金，于是需要对方提供银行卡信息。据称，受骗的人多为中老年人。

发放 10 万日元补助金，是日本中央政府对日本国民的承诺，只要你手上有日本的住民票，并且提出申请，就可以获得。其中也包括居住在日本的外国人、留学生等。这样看来，10 万日元补助金给诈骗案件提供了空间。从涉案金额来看，不算是小数目。但放眼日本全国，却也未必称得上是天文数字了。

值得关注的是，在疫情之下，日本警察维持社会治安的机能仍在正常运转。这非常关键。最近，我出门去超市购物，或去公园散步，都能看到日本警察骑着自行车在社区街道上巡逻。在日本，几乎每一个路面电车或地铁站点前，都会有一个小型派出所，日语称之为“交番”，就是交替站岗的意思。这种小型派出所一般只有两三名警察，但它的功能很广，并不局限于解决治安问题。附近居民碰到了什么解决不了的难题，都可以到附近的小型派出所去寻求帮助。问路是很常见的。警察会十分友善地拿出专用地图，向你进行说明。我甚至看到过小朋友去小型派出所向警察借用打气筒，给自行车的轮胎打气。而当你在日本丢失物品时，第一件事情就是要到附近的小型派出所进行一个登记，接着便是等待。这绝不是一种形式主义，因为在日本，失物物归原主的可能性很大。并且，日本全国的小型派出所之间具有横向的联系网络，在 A 地丢失的物品，可以在 B 地的小型派出所取回。总而言之，日本警察的社会性功能是比较全面的。最近我每天去超市购买食物，都会从附近的小型派出所前路过，警察仍坐在那儿，只是挂起了一层透明的塑料隔膜。

其实，围绕 10 万日元政府补助金的问题，几天前还出现了一件有趣的事。日本新闻报道称，某些日本黑社会组织的头目表示，将不申请这 10 万日元的政府补助金。例如，日本关西地区某个组织的头目表示，自己不会去申请这 10 万日元，因为不想被人说碰到困难了就去依赖国家，这种行为在道上是会被鄙视的。而日本关东地区某组织的头目则表示，我们这种游手好闲的人没资格拿这笔钱，所以我本人不会去申请，下面的年轻人想申请的话请自便。而且拿了这笔钱的人，要对当地社会回馈 10 倍的贡献才行。

这似乎不太符合社会的一般常识，但这又似乎比较符合日本黑社会组织自身的常识。日本政府文件及法律行文当中，一般将黑社会称为“暴力团”。而黑社会组织一般将自己称为“任侠”“极道”。顾名思义，就是在侠客之道上追求极致的人。在 1980 年代，日本就曾播出过一部电影《极道之妻》，它从女性的角度讲述日本黑社会组织的爱恨情仇。至今，这部电影仍是受日本观众追捧的经典之作。

“任侠”“极道”的历史脉络，可以追溯到日本明治时期。其实，他们有点类似于中国梁山好汉的形象，杀富济贫，锄强扶弱，同时目无王法。但是，到了当代，日本黑社会组织到底是否仍然具有这种历史底色，是一个充满争议的问题，日本的报纸杂志也经常刊登各式各样的小道消息。在 YouTube 网站上，也有一些日本黑社会举办活动的视频，令我印象比较深刻的是一些组织举办的卡拉 OK 年会——一群老爷子你方唱罢我登台，旁边坐着身着和服的貌美女子。总而言之，从“疫情中是否领取政府补助金”的问题上来看，仍然有一部分黑社会成员恪守着传统的路线。

根据日本警察厅 2018 年的统计，日本全国的“暴力团”成员有 30 500 人。从时间推移角度上看，“暴力团”成员的人数每年都在下降。例如，1991 年为

91 000 人，2000 年为 83 600 人，2013 年为 58 600 人。并且，“暴力团”成员本身的年龄构成也逐渐呈现出老龄化的趋势。这也是日本社会人口结构变动的一个缩影。在这一人口变动趋势之下，日本传统的黑社会组织似乎正在面临重大的危机。

2020 年 5 月 8 日，星期五

感恩型社会

黄金周假期结束了。日本感染者总数达 15 581 人。政府虽然一直没有采取强制性措施，但大部分民众都尽量选择了待在家中。有舆论曾经预测，日本的黄金周一过，感染人数会急剧增加。可是，从目前的数字来看，日本的疫情已基本进入了可控状态。

疫情中，日本人每天的生活都离不开超市。在人类近代历史都市化的进程中，超市一直扮演着关键性角色。但因为超市过于普通与常见，所以日常生活中，我们常常忽视超市的重要性。而在此次疫情当中，超市可以说是生命之源。试想，要是所有的超市都关门歇业，都市生活中的人们如何获取食材呢？

都市生活与田园生活最大的不同就在于，都市生活建立在分工的基础之上，每个人在社会中只扮演着局部性角色，人与人必须要通过合作才能生存。相反，传统的田园生活可以依靠自给自足，在缺乏外部威胁的情况下，人与人之间并不存在必须相互协作的理由。也就是说，田园生活中的个人是比较接近万能的。当你发现，自己并没有与他人合作的必要时，会变得怎样？变得封闭，变得傲慢，变得不尊重他人——这都是可以想象到的答案。然而，随着现代化的发展，传统的自给自足式生存模式逐渐式微，都市化开始全面普及。而都市化又会对人起到极大的规训作用——分工合作，尊重他人。

例如，在疫情期间，如果谁都不愿意上班，超市的正常运营便无法维持，人们也就难以方便地获得食材。但是，日本几乎所有的超市、便利店的员工每天都在正常出勤，许多员工甚至并非正式员工，而是短期雇佣的打工型员工，包括许多学生。他们并不是不担心自己被感染，而是认为需要恪守自己的工作契约。这既是一种责任，也是一种社会信用。我们需要感谢这些在疫情期间仍然冒着风险维持着社会秩序正常运转的人们，不分国籍。在这方面，日本的体育界可谓楷模。许多体育明星都通过视频网站上传了个人的短视频，表达了自己对那些仍然在上班的人的感谢。公众人物的社会示范作用非常重要，特别是对于未成年人来说。

我每天都会去超市购物，毕竟家里冰箱容量较小，存储不了过多的食物。每天去的超市就在电车站的前面，中等规模。说实话，我在那里购物最大的感受便是，非常安心。货品摆放整齐，干净清洁，这自不必说。最重要的是，所有的员工没有表现出任何一点不安与恐慌，他们动作依旧不紧不慢，微笑，鞠躬，迎一声“欢迎光临”，送一声“请慢走”。

我注意到，超市还贴出了一种统计表。它标明了一天当中每个时段的来店顾客人次，以便顾客可以调整自身的来店时间，有助于人员的分流。当我开始注意到这种统计表时，才发现原来大多数仍在营业的商铺都贴出了这种统计表。其实，做到这项工作在技术上并不是难题。因为，收银机上记录着每笔交易的时间，只要把每笔交易的时间做一个简单的统计整理，再用 Excel 制作成柱状图便可以了。问题在于，经营者是否具有这种细致思考问题的能力。要知道，日本政府并没有向超市发出任何指示或命令，告诉他们应该怎样做，不应该怎样做。这些行为都来自于超市经营者自身的思考。有趣的是，大多数超市或商铺都同时想到了这种做法。我认为这源自于日本综合全面的基础教育。

是否具有细致思考问题的能力，实际上与能否站在他人的立场考虑的态度息息相关。这也是都市化进程中人与人相处的基本原则，因为分工制必须需要他人的配合。如果不理解这一点，即使没有疫情，人与人之间的相处也会出现许多不必要的摩擦与争吵。这是一个意识的问题。而提高人的意识，最重要的便是改进我们的教育，特别是基础教育。

2020 年 5 月 11 日，星期一

官僚主义与保守传统

今天，《日本经济新闻》与东京电视台联合进行的舆论调查显示，对于日本政府应对疫情的举措，回答“不予好评”的人数达到了 55%。实际上，日本政府并不是什么都没有做，问题是出在决策的合理性和政策运行的实际效率上。

例如，日本政府早已许诺向每位居民免费寄送 2 枚布制口罩，但已经一个多月过去了，仍有许多人没有收到，包括我在内。即使是已经收到了的民众，也有人在推特上表达不满，认为口罩质量不过关，甚至有发黄的霉迹。还有的人在网上公开质疑，这是安倍首相为了提携他做口罩生意的朋友。说实话，这个极不合理又缺乏实际意义的政策是如何决定的，我至今也没有了解清楚。

当然，日本政府也实施了很多有意义的经济援助政策。除了所有居民（包括外国人）都能申请到10万日元以外，还有许多其他的相关政策。例如，每月发放育儿经费补贴、住宅补助金，减免年金和保险金，延缓缴纳电费煤气费，紧急型小额贷款等等。这些都是针对个人的。另外，还有许多专门针对企业的援助政策。例如，中小企业可以申请到200万日元（约合人民币13万元）的补助金，还可以申请休业津贴用以发放员工工资，以及社会保险与固定资产税的减免与延缓缴纳等等。

然而，问题在于，尽管政府的初衷在于帮助中小企业以及民众渡过疫情引起的经济难关，但是，因为申请手续过于烦琐和复杂，审批过程又比较冗长，所以政策的实际效果大打折扣。一位经营旅馆的老板在接受电视采访时抱怨道，“等我拿到政府的援助金时，或许我的店已经关门了。意义好像不太大”。

日本媒体并非没有注意到这一点，也有相关评论人士对此提出了许多批评。这类批评都戳到了日本的痛处——“印章文化”。在日本生活过的朋友都清楚，个人的私章是生活中的必备品之一。因为，在日本，任何需要签字的材料，实际上都需要盖上自己的私章，之后根据材料的性质，可能还需要盖印各式公章。学校与企业也是如此。有时候因为应该盖章的人出差了，事情就会被搁置起来。“印章文化”被认为是日本的传统（实际上源自于传统中国早熟的官僚机制），至今仍然都是其主流的工作方式。但是，这显然会导致工作效率的低下。也就是马克斯·韦伯指出的，所有官僚机制都存在的弊端——事务主义和文牍主义。

在21世纪的今天，是否有方法能够解决这一结构性的问题呢？当然有。最好的方法便是推广应用IT技术，特别是加强网上办公的能力。只要IT技术得到广泛运用，凡事都需要传真、盖章的文牍主义现象就会逐渐消解。然而，IT技术在日本的应用不足一直都是许多专家诟病的问题。在这次疫情当中，日本专家似乎特别推崇中国台湾地区的IT技术开发与运用。例如，日本电视节目就多次介绍了中国台湾地区开发的一个口罩App，这个App可以实时显示附近哪家商铺有多少口罩存货。这有利于物资的合理分配，也抑制了口罩涨价的问题。

实际上，不光是在行政方面，在电子支付方面，日本对 IT 技术的应用也持保守态度。目前，日本虽然有数十种电子支付工具，许多商铺也都配置了微信支付与支付宝设备，然而在实际生活中，现金支付以及信用卡支付仍是主流。使用电子支付的人非常少见。这实际上也反映了日本文化中的保守美学。在大多数日本人的心中，保守是一种美，前卫则被认为是不稳重的行为。

我曾经与一位日本朋友聊过此事。他的回答很简单，因为日本的纸质现金钞票一般都被保持得非常平整，如果再配上一个好的钱包，钱才有了钱应有的样子。确实，在日本，几乎人人都有漂亮的钱包，大多数不是折叠式的，而是长方形的。这也是为了不将纸币折弯，保持其平整状态。

在此次疫情的影响下，日本继续深化改革 IT 技术应用似乎是势在必行了。对日本的改革颇有见地的前首相宫泽喜一如此描述过日本人的保守性格——“日本人不擅长给自己做合身的西装。但是，却很擅长将被迫拿到手的西装改成合身的样子。”也就是说，日本人不擅长主动地去创新，也不喜欢去挑战新事物。但是，在迫不得已的时候，他们很擅长将外来的新事物吸纳消化成自己的体系，并且逐渐演化出一种新的样态。日本至今都仍在使用的汉字，不正是最好的证明吗？

佛罗伦萨四十日谈

杨　肯*

“隔离”（quarantine）一词的英文，出自中世纪的意大利。进入14世纪下半叶，在黑死病传入欧洲（1347年）后的几十年中，鼠疫仍会时而在各地暴发，这迫使当时的城邦国家摸索有效的抗疫策略。那些分布在地中海沿岸的贸易城市，自然走在了探索的最前列。史料显示，威尼斯在1374年前后便推出过临时的隔离措施，要求入港船只上的人员暂停上岸。1377年，位于现在克罗地亚的拉古萨（现名为杜布罗夫尼克）首次通过法令将此方案制度化，在城外海岛上开设两个专门的隔离场所，要求贸易人士及其货物先在城外观察一个月的时间；同一年，米兰也在城外建起了专门的隔离站（lazaretto），并用水道将此特殊建筑与普通区域隔开。这些措施在意大利其他城市传开后，隔离观察的时间又从30日延长至40日。学者推测，意大利人之所以选择“四十”（quaranta）为期限，背后多少是受到天主教的影响：《旧约》中，上帝用四十日夜的洪水净化大地，而《新约》中，耶稣在旷野中与天父对话，也是连续四十天禁食；因而早在制定隔离措施前，“四十日”便已被引入医学实践，如妇女产后休整，也是以四十日为佳。当隔离作为一种专门的公共卫生措施在欧洲流行开来后，“四十”便也和它绑定在一起。

去年夏末，我来到佛罗伦萨，开始了在欧洲大学学院的博士学习生涯。

* 杨肯，欧洲大学学院（意大利佛罗伦萨）国际法博士研究生。

我们的校园坐落在佛罗伦萨北郊的小山上，在一个中世纪修道院的基础上改造、扩建而成。由于这是我来欧洲学习生活的第一年，为了方便，我就住在山脚下的学生公寓里。那时我也无法料到，半年之后，我就要在这里接受多轮“四十日”的考验。无独有偶，文艺复兴时代诗人薄伽丘在创作《十日谈》时，恰好是以佛罗伦萨北郊作为小说的背景；故事里的十位青年男女，正是在黑死病肆虐之际逃往乡下避难，在别墅里讲着故事打发时光的；而《十日谈》中乡间庄园的原型，距我寓所只有一刻钟的步行距离。

人总是要追问“是什么”与“为什么”。当黑死病席卷欧洲而“尘世间并无任何智慧或远见能够派上用场”时（薄伽丘语），人们便开始了对基督教道德秩序的重估，人文主义精神也借此得以延展。当新冠病毒席卷全球，人们在慌乱中被夺去了常态生活，不得已囚在家里时，发问便也成了新的常态。我也未能免俗。瞬息万变的疫情，恰好给了我同身边近友与远方故人不断交谈的理由。我们讨论新闻，分享自己的隔离故事，思索我们即将步入的新世界的模样。通过对话与追问，我们似乎能消除一些因隔离而产生的距离，并夺回一些对生活的掌控。

本文便是对这些讨论、观察与追问的粗糙记录。开始写作时，我已在家里“避难”了四十多日，故谓之“四十日谈”。

等待疫情降临

“一片漆黑中，我们伫立在大海的边缘，静静等待着大浪来袭，却又毫无把握即将来到的浪潮会有多么汹涌。”这是3月底疫情即将暴发之际，一位纽约市医生对自己心绪的描述。我所经历的些许挫折与困难，自然无法同医护人员的创痛相提并论。不过，我在1月与2月所经历的，也恰恰是这种令人备感无力的等待。疫情浮现之初，许多人都曾抱怨家中长辈不拿病毒当事儿，而我本就在海外，更担心父母对此注意不够；再加上网络上流传的信息泥沙俱下，我怕他们无法甄别，便也像个强迫症一般，对当时网上能找到的信息照单全收，稍作过滤之后再转告他们。因此春节前后的那两周里，我多少也被社交网络上的诸多消息所裹挟。

十分不巧的是，我恰好就在这一阶段病倒了。那时我对疫情虽然有着不小的心理包袱，却也没有及时调整自己的行为习惯。那时我还未对疫情发展的时间线做太多了解，即便知道病毒已经扩散至韩国、日本，却仍侥幸意大利这边还有时间。大年三十那天，我仍然去了市中心的中国超市采购年夜饭的食材，并照计划请来一些朋友到家里庆祝。佛罗伦萨是旅游城市这样的常识，似乎并未被我考虑在内。等到了大年初二时，我便开始注意到自己有生病的迹象。虽然我的症状只有头疼、体乏和喉咙肿胀，但内心仍然十分惶恐。那时有关病毒可能潜伏两周的消息已经传播开来，为了以防万一，我决定在家闭关，以免“我的最坏情况”会波及学生公寓中的其他同学。

那几周正值舍友回国过春节，寓所中便只有我一人。从1月底到2月初的那十几天，我的身体、心理状态不算理想。一方面，国内疫情仍在迅速发展。武汉封城初期的混乱，以及抗疫前线所传来的诸多噩耗，都令我担忧疫情会进一步升级。父母住在北京市郊，相对安全，但外公外婆所在的浙江，在当时看来并不算乐观。为此我仍在追踪各路消息，虽然谈不上有多影响休息，但心情总是很糟。生病后的最初一周里，我换着吃了一些从国内带来的感冒药、退烧药与抗生素——当时我手边没有体温计，也无法明确知晓自己是否发烧，只能祈祷这些药能够缓解症状。那时我的头疼还是忽好忽坏。情急之下，我便把电热水壶从厨房搬进卧室，从早到晚地烧热水喝热水，睡觉时也不忘把夏天的薄被和毛毯统统盖上，希望“捂汗”能帮上一些忙。就这么混沌地过了最初的几天后，1月30日，我还是等来了那条不可避免的新闻——两名中国游客在罗马被确诊，成为意大利最早发现的输入性病例。这是一对六十多岁的武汉夫妇，1月23日随旅游团抵达米兰，24日却被团友“抛弃”在帕尔马市。两人后来自行抵达他们在罗马订好的酒店，因为症状加重，29日才最终向宾馆求助。而在此期间，两人还于27日经过佛罗伦萨，并在市中心火车站附近的酒店下榻。这个故事本就很是糟心，对于仍在休息恢复中的我而言，读到之后更是觉得心里一沉。1月30日，世界卫生组织宣布新冠疫情构成“国际关注的突发公共卫生事件”。次日，意大利政府宣布进入为期6个月的紧急状态，并同时暂停了中意两国的直飞航班。

那时我还在纠结是否要告诉友人们自己生病的事。1月28日，国家卫健委业已正式确认了“无症状感染者”的存在，为此我也总是不踏实。经过权衡，我通过一封长邮件把自己生病的过程详细地通报给了导师，并经她将情况转告给学校。那时我计划再观察一周，其间若再恶化，便向朋友们通报。这种担心使得“潜伏期”如刀子般悬在头顶，令我动弹不得。公寓中的公用洗衣房，我也不敢光顾，一切都只在家里将就。床单被罩浸了汗水，就只能趁出太阳时晒上一晒。一月二月正赶上地中海的雨季，一个月雨天就能有二十多天，此外还有阴天和雾天。意大利的纬度其实不低，佛罗伦萨比北京还要再靠北 3°，此时夜长昼短，阳光不足。诸多因素凑在一起，导致我常常一觉醒来，窗外与心里都是灰蒙蒙的一片。一切就是这么不巧。

我是一直独自撑到 2 月 4 日，才通过电话第一次与一位丹麦同窗分享了这段经历。那时我基本不再受头疼的困扰，虽然喉咙仍然有些肿，但一直没有咳嗽与发烧。经过家中 10 天的闭关，春节前后买回的食物已快吃完，但我仍然忌惮出门，便恳请这位好友抽时间代我去做一些采购。我在电话中开玩笑说，“交接要按谍战规矩来办：我把钞票留在公寓绿地的木椅上，你进来后，取钱、放货，便大功告成!”这一提议最终还是被好友拒绝了。她知道我心情很差，除了用登山包替我背回够吃一周的各种食物外，还坚持要来公寓陪我聊一会。我至今都很感激她的善意。

生病一事，我到现在仍未与家人讲过。做此选择，一方面是因为疫情仍在继续，不想让父母额外担心。另一方面，在这场病后，我的嗓子一直未消肿，进入 3 月后甚至还发生过一些反复，这迫使我 4 月开始在佛罗伦萨寻医。这一片段十分有趣，下文会再做描述。如今再回想起来，起初将这些困难憋在心里，在疫情期间也并非明智。也多亏那位丹麦好友的开导，我才慢慢将这些经历的碎片，一点一点地分享给身边和远方的朋友。也是在这些谈话中我慢慢得知，许多像我这样身处异乡的年轻人们，在疫情暴发初期都过得不好，尽管“惨痛”程度因人而异。现在想来，我们那时所经历的眩晕与不知所措，或许可被归结于我们在网络空间上的观望。若没有互联网，我们无法实时跟踪国内的最新动向，也不会把自己拆分于两个平行世界：一个危机四伏、充斥着不确定性的故土，和一个看似一切照常、岁月静好的西方。十分讽刺的是，经过这轮焦灼情绪的冲刷，等到疫情终于横扫欧洲时，我却多少有些“脱敏”了。这是后话。

“紧急状态”

在所有西方国家中，意大利对新冠疫情不仅反应最早，措施也相对比较激进，严格程度上大概也仅次于中国。武汉封城后的两周里，意大利社会一度为紧张情绪所裹挟。甚至不少咖啡馆的服务员在那时就戴起了口罩。从那时开始，微信上便已流传一些涉嫌歧视华人的言行，如咖啡馆贴出不欢迎华人顾客的告示，中国学生被房东要求出示健康证明，不一而足。其他一些在意亚裔人士也受华人“牵累”一齐遭殃。那时不少地方官员挺身而出，尝试通过以身作则的方式来打散负面情绪：罗马市长跑去光顾了当地一家生意受到冲击的著名中餐厅，而佛罗伦萨市长则在镜头前拥抱了一位华裔市民，呼吁人们在疫情前既要相信科学，更要保持团结。我因禁足在家，倒也未经历任何不愉快。

后来我总是在思考，意大利政府与社会在 1 月底、2 月初时的片刻紧张，是否也使意大利官方与民间在进入 2 月中旬时有所懈怠。毕竟，从 1 月 31 日至 2 月 20 日这 3 周的时间里，除去在罗马被入院隔离的两位中国武汉游客外，意大利官方也仅于 2 月 6 日在罗马检测到第三位病毒携带者。由此看来，1 月 31 日的停飞政策恐怕不幸成了意大利政府的“大功告成时刻”。需要指出的是，世卫组织一直强调禁飞措施有违科学之处，该方针在意大利的执行也不无漏洞——即便旅客是从中国出发，彼时仍可通过在其他申根国家转乘而进入意大利。2 月 22 日，佛罗伦萨的狂欢节如期举行，并吸引来不下一万五千多位围观者。那个月里会佩戴口罩出行的，仍然主要是亚裔。当时有一对上了年纪的意大利夫妇，虽戴了口罩去剧院观影，但因不想耽误吃爆米花，又把口罩拉到了下巴上；这一场面被我的同学拍了下来，作为笑料发给了我。真令人哭笑不得。

事到如今，我只能庆幸新冠病毒在意最早的社区传播没有发生在佛罗伦萨，或是临近这里的其他意大利中部城市。然而北部的伦巴第大区（Lombardia）就没那么幸运了。正因为 2 月上旬病毒能在这里无声无息地扩散，因此这个本以富裕闻名的地域，反倒成为意大利损失最为惨烈的疫区。当地发现社区传播，源于 2 月 20 日一名并无赴华旅行史的男子被送入重症监护室，并在那里确诊。由于这位男子此前一直在周边城镇出行，是潜在的超级传播者，卫生部与伦巴第大区随即命令十个市镇进入隔离状态。随着北部中小城镇里的确诊人数不断攀升，恐慌情绪再一次在市民间蔓延。到了 2 月 25 日，北部一些超市开始出现抢购生活用品的现象。在见识了空荡荡的意面货架后，一位空手而归的老大爷一脸困惑地向记者抱怨，“二战爆发时人们都未曾此般恐慌过！妈妈咪呀（Mamamia，即意大利语“我的天呀”）！”这位老人的困惑在疫情初期颇具代表性。尽管瘟疫一直存在于意大利的历史叙事中，但人们对于流行病的记忆却远不如亚洲社会那般鲜活。2003 年非典席卷东亚时，意大利则和大多数欧洲国家一样，几乎丝毫未损；等到那年 8 月疫情偃旗息鼓时，全意大利也不过 4 例确诊，且无死亡病例。也恰恰因为承平太久，可供参考的经历，也只剩下遥远的 1918 年的西班牙流感与第二次世界大战了。

从 2 月中下旬发现社区传播到 3 月 9 日意大利政府下令全境禁足的这三周时间里，意大利的抗疫情势极其复杂，也难谓理想。意大利名义上虽为单一制国家，但宪制中却也不乏联邦制的因素，二十个大区本就拥有一定程度的自治权限，比如地方公共卫生问题，本就由各个大区政府主导。这样的基本架构，也使意大利在疫情初期存在“抗疫策略碎片化”的问题。更为不幸的是，这种碎片化趋势在当时又遭到许多国内因素的进一步强化。一方面，直到 2 月底，意大利医疗职业群体对本国疫情的认识还比较乐观，未能尽快就病毒的危险程度及应对手段达成共识；诸多追逐热点的专家争相在媒体中露面、分享他们自己的判断，致使大量相互矛盾的疫情信息在公共空间中流通。另一方面，意大利国内的政治斗争还进一步放大了这些专业分歧。意大利中央政府如今由中左翼联盟控制，反对党则包括日渐极端化的右翼政党“北方联盟”（Lega Nord）。在历史上“联盟”曾是意大利北部分离势力的代言人，倡导着近乎种族主义的地区主义，并要求将意大利改造为联邦制国家，强化北部的自治权。经过极右政客马泰奥·萨尔维尼（Matteo Salvini）的整改，“联盟”被再造为一个民族主义政党，并以“意大利优先”、驱逐和限制移民作为其首要政治纲领。“联盟”最大的眼中钉，正是从北非出发、跨越地中海进入意大利的移民——难民。对于意大利极右翼而言，作为输入性疾病的新冠肺炎，正好为他们敲打政敌和煽动排外主义提供了弹药。他们在构建自己的“新冠”叙事时，也不忘拐弯抹角地把矛头指回非洲。一个极右网站写道，中国已将非洲渗透得那般彻底，非法移民将病毒从非洲传入意大利，也只会是时间问题。[*] 1 月 27 日，“联盟”领袖萨尔维尼亲自下场，在社交平台发问：“正当全世界都在封闭边境，暂停来自中国的航班并隔离来自那里的入境者时，意大利依旧门户大开——这看上去正常么?”这一说法其实相当脱离现实，因为截至 1 月 27 日，限制中国旅客进入的国家似乎还只有朝鲜、马来西亚与乍得，就连特朗普政府推出“限华令”，都要等到 4 天之后（1 月 31 日）。令人毫不意外的是，该发言明面上针对中国以及国际航空，配图却又显示意大利南部一个频繁接收地中海难民的港口，其依旧企图将矛盾引向移民。等到 2 月 23 日北部出现社区传播后，萨尔维尼又趁势追击，称当初“我们呼吁检测和隔离（外来者）时，便被扣上种族主义者的帽子。1 月时，仅是谈起对来自高风险区域的人（无论是直达还是中途换乘）实施隔离，都仿佛是提到污言秽语；如今，按照病毒学家的说法，检测和隔离似乎倒成了控制疫情的唯一出路”。

我们必须把意大利政府与北部诸大区在 2 月底这段时间里的摩擦与内耗，放到这一大的政治背景下去理解。一方面，意大利右翼对与疫情本身的政治化进一步激发了社会中左翼力量的反感，进而使得关于疫情的讨论难以理性推进。早些时候建议隔离入境者的专业人士，一时也难逃“法西斯主义者”“‘联盟’支持者”的大帽。这种疫情期间的政治投机，促使中央政府在最初阶段不断去质疑反对党阵营抗疫策略的动机和有效性。这一有关“政治投机”判断也绝非空穴来风：即便是当时抗疫姿态最高、对中央政府最为批判的伦巴第大区主席阿提里奥·方塔纳（Attilio Fontana），几天之前也同样称，病毒的危险性不过略高于普通流感。除此之外，部分最早积极抗疫的右翼政客，也并不忌惮公开把疫情、病毒与种族、地域等要素毫无科学依据地关联起来。同属“联盟”的威尼托大区主席卢卡·扎亚（Luca Zaia），在 2 月底时的一次电视访谈中发表如下奇谈：“你知道为什么（威尼托大区仅确诊 116 例新冠患者，其中只有 28 人在医院就诊）？因为我们威尼托大区与意大利人的卫生规范。我们的文化，就是每天洗澡，经常洗手，我们高度尊重个人卫生，并注重营养和食物的有效期。你说这和病毒有什么关系？……肮脏的环境才会被病毒找上门，而干净卫生的地方是找不到它们的踪影的。”

---

* https://voxnews.info/2020/01/27/virus-cina-e-arrivato-in-africa-gia-50mila-infetti-in-citta-cinese/.

事后来看，伦巴第大区主席在 2 月底推行的“全面检测”策略——即检测范围扩展至全部可能人群，而不再以显示症状者为限——无疑有助于监控及控制疫情。然而在那个特定时刻，中央政府却将该措施解读为又一次险恶的政治攻击。作为反击，意大利总理朱塞佩·孔特（Giuseppe Conte）指责伦巴第的全面检测会“不当地放大此次危机”，并抛出暂时收回地方抗疫权限的威胁。于是乎，在报道这场风波时，《纽约时报》不无调侃地写道，“‘过分高效’可并非一项意大利（政府）每天都会收到的帽子。然而，正当世界上大部分政府还被指责无所作为时，伦巴第政府却因为它的‘主动’而招致批评，这绝非寻常。”不过，“全面检测”究竟只是伦巴第大区政府在 2 月底时摆出的姿态，还是一项有先见之明且被一贯执行的政策，在事实层面上并非没有争议；毕竟，在疫情加速暴发阶段，意大利亦未能摆脱病毒检测瓶颈的困扰，“全面检测”方针也受此能力钳制。从事后的报道来看，进入 3 月之后，宣传“全面检测”的反倒是伦巴第旁边的威尼托大区。主席扎亚在 3 月中旬宣布，倘若有人在电话热线中申报自己出现症状，那么他的家人，甚至同楼全部居民都应得到检测。那时，威尼托大区计划将每日收集、分析的拭子样本扩展至 11 000 例上下。

这场围绕疫情展开的政治角力，最终却以北部右翼元气大伤而告终。这其中最重要的因素，恰恰是疫情最早在“联盟”的票仓暴发。伦巴第大区中，围绕米兰的诸多小市镇一直都是“联盟”选票的重要来源。疫情袭来后，正是这些小市镇里的感染、死亡情况最为惨烈，病死人数占到了全意大利总死亡数的一半。当绝望的人们发现救护车唤而不来，医院人满为患，医护人员防护用品匮乏，养老院中大批孤寡老人病死时，负责地方公共卫生服务的“联盟”政客，自然便成为人们问责的对象。诸多追问之一，便是医疗体系在疫情重压下分崩离析，在多大程度上可以归因于此前右翼政府推动的医疗改革——改革偏袒大型医院及私立医院，地方公共医疗资源被进一步掏空，私立医保又于疫情前“临阵脱逃”，使得伦巴第许多小市镇毫无抵抗之力。此时右翼政客们再次试图转移矛盾，指责中央政府下达的隔离措施过于严格，人们无法去教堂礼拜、无法为逝去的亲人举办葬礼等等，都不可能抚平他们的切肤之痛。其次，正如《外交政策》上刊出的一份观察所言，右翼“身份政治”所依凭的优越感，被这场跨越国界、民族与社群的瘟疫击碎。由于意大利是欧洲首个疫情重灾区，因而它也沦为了部分欧洲国家额外提防的对象。极右翼所推崇的“排他”叙事，在此反转下便也难再受推崇。最后，疫情的持续加重也促使人们寻求团结。随着中央政府逐渐开始统领、引导意大利人民全民抗疫，总理孔特便成为人们寄托这种向往的对象。且不讨论具体政策究竟有多么科学或有效，中央政府在封锁、隔离和停工方针上所表现出的决断力与行动力，在如此深重的灾难中，也确实给许多民众注入了信心。一位意大利朋友后来同我总结道，许多意大利人本就对本国政府的执政能力嗤之以鼻、预期不高，但在此次危机中，意大利转身成为防疫最早、抗疫最严的西方国家，倒也的确令许多国民刮目相看。

2月时，我还一边盯着国内的情况，一边在公寓中为自己未消肿的喉咙独自沮丧。当北部暴发社区传播、伦巴第主席方塔纳与总理孔特"隔空互怼"时，我却还觉得一切都很遥远。大概是此前在网络与现实的反差中沉浸了太久，我在那段时间里难免有些恍惚。到了3月9日，在得知限制令将从北部扩展至意大利全境适用时，我的心中甚至有一丝宽慰——悬而未决的等待终于可以结束，原本撕裂的平行时空终于可以竞合了。

佛罗伦萨的孤独

除却1月底2月初的一时紧张后，佛罗伦萨似乎又回归了"正常"。进入2月中下旬，尽管街上的游客已经日渐稀少，普通市民的日常生活却仍未受到显著影响。2月27日，市里还有一场佛罗伦萨对阵AC米兰的意甲联赛，还有球迷从米兰赶来观赛。佛罗伦萨位于托斯卡纳大区（Toscana），在地理上属于意大利中部，与最早确认社区传播的伦巴第大区尚有一段距离。直至2月25日，市里才确诊了第一位新冠患者。

进入3月，病毒在北部大规模传播已成事实，在意大利全境扩散也只是时间问题。意大利政府在3月4日关停全国学校之后，更是催生了高校学生返乡的额外问题。与此同时，中央地方政府在2月份的相互"撕咬"，也使得普通民众接收到诸般前后矛盾的官方信号；许多天性乐观的意大利人，一直到那时都未能意识到疫情的严重性。3月初，多个监狱的囚犯还因不满政府暂停探监而发起暴动；其中一个监狱有多名囚犯在洗劫完监狱诊所后死在了药物滥用上。很大程度上，若不是中央政府在3月7日和9日相继推出更为彻底的限制令，意大利全国还会在"紧急状态"外游离更长时间。要动员意大利人进入禁足状态本就需要一个过程，再加上封锁初期的混乱与迷惑，各地人民其实都花了一定的时间去调适。即便是处在疫情重灾区的米兰市，许多居民在法令生效后的第一个周末还上街消遣。而在那不勒斯等南方城市中，限制令生效一周多以后，人们仍在雷打不动地聚集、逛街、泡咖啡馆，这迫使当地警察升级了执法强度。据媒体统计，在法令颁布后的10天里，意大利警察在全国就违反限制令的行为下达了不下5万次训诫。

全境封锁前后的几周里，我每天都会收到国内亲友发来的问候消息。那时武汉疫情刚刚得到控制，大家读到报道中“封城”“封国”的消息时，总难免会将两地的抗疫模式关联在一起。不过，武汉方案的严格程度，恐怕令其更接近西方语境中的“宵禁”（curfew）范畴；相较之下，将意大利政府在3月7日和9日颁布的法令称作“限制令”，或许更为准确。人们仍可基于“工作需求”“必要情况”及“健康原因”这三项事由在自己所在的市镇内活动，甚至是前往其他市镇。必要的商业经营，诸如药店、超市和邻里间的小食品铺，都可继续开张。咖啡厅也可以继续营业，但须缩短营业时间、不允许主顾逗留。此外，根据意大利官方发布的指南，遛狗与户外运动亦属正当的出行理由。因为其他“非必需”店面都已关门，社区里那些本不起眼的咖啡馆、小卖部、蔬果店与肉铺，便各自露出了头角。得益于这些小店门外总会有人排队等候，街上便也多了一些烟火气。

隔离期间的超市，人与人保持着一米的距离。抵达入口时，工作人员会递上一副简易塑料手套（图片来源：作者拍摄）

因为1月底那场病，我在2月时已经很少出门了。3月10日起开始生效的限制令，起初也只是略微影响到我在超市的采购：限制令出台后，超市也开始限流，楼里大约只允许20名顾客，后到的便须在外面排队，等待时间从半小时到一小时不等。超市里的各种商品供应都很充足，没有任何货物短缺的迹象。我所留意到的唯一变化，只有鲜花盆栽从货架上消失了，再次看到它们，要 4 月后了。我时常光顾的中国超市也继续营业，老板每日开着车在市里奔走送货。国内的家人朋友们开始担心我会饿着，但其实是多虑了。室友 2 月份从国内回来后，我们两人便恢复了此前搭伙的安排。学校关门之前，通常我们俩都会在学校食堂吃午餐，现在则变成了每人各承包一餐。中午为了省事，往往是煮好意面，再就着超市买来的酱汁，省事也合胃口。说来好笑，一天中午打开橱柜时，发现由于此前大意，家中意面储备已经见底了，我们心中瞬间掠过一丝惶恐。这一经历让我突然想起那位因抢不到意面而高呼“妈妈咪呀”的意大利大爷了。

意大利语中有个微妙的概念叫“furbizia”，有人在网上十分高明地将其译作“心思活络”。按照作家路易吉·巴尔齐尼（Luigi Barzini）不无调侃的说法，意大利民族在历史上屡遭外国征服，而与外族统治者斗智斗勇的经历，也练就了意大利人民在规避管治上的天分。而之所以说“心思活络”翻译高明，是因为这个词多少有一些灰色调侃之意，不像中文里的“钻空子”自带负面评价。意大利政府在推出限制令时，也将此“国民性”纳入了考量。孔特总理在 3 月 7 日宣布新法令时，更是直言“国难当前，大家不要想着耍小聪明”。当然，现实总是会比理想更加丰富多彩、参差多样。如今网上流传着的人们想方设法出门遛狗的段子，便是观察意大利人“心思活络”的极好样本。意大利人爱狗，但全国两千万只宠物狗还是不够每个意大利人在隔离期间尽情放风的。被迫困在家中、想象力得到极大解放的意大利人民，遂在这段日子里想出诸多法子来“借狗出门”：有人在邻里间发明了“狗儿共享服务”，有人装模作样地把一只毛绒玩具狗拖上街头，还有一位先生比较用心，用黑色布条做出一只像是“拖布犬”的道具。这一轮“斗智斗勇”造就了一批抓狂的市长，而他们的吐槽金句也在网上广为流传——“（带狗出门那么多次）你的狗难道膀胱发炎了吧！”大概是因为无可奈何，中央政府于 3 月 22 日进一步升级了限制措施，要求居民出门透气时需遵守“离家不得超过 200 米”的规定。

空旷的自由广场与遛狗者（图片来源：作者拍摄）

我运气很好，赶在 3 月 22 日“升级版”限制令出台的前几天，骑着自行车在佛罗伦萨市中心转了两遭，留下了一些影像记录。街上仍有不少行人，但他们都是只身一人，透着一丝失意。

疫情期的圣菲奥伦蒂尼天主教堂（图片来源：作者拍摄）

疫情期间，教堂仍然敞开着大门。在抗疫上半程中，意大利政府与天主教廷之间保持了相当程度的合作与默契。政府虽在 3 月上旬要求教堂暂停弥撒活动，但也未关闭教堂。神职人员不断探索着与信众保持联系的替代方案，有人网上直播，有人用 WhatsApp 布道（一个类似微信的通讯软件）。也有神父选择土办法，亲自登上天台，和街坊们隔空互动。除此之外，教皇更是鼓励神父不要放弃对感染者们的关心。截至 4 月初，意大利全国已有不下 60 名神父因在医院慰问濒死者而感染病毒死亡。

佛罗伦萨新圣母玛丽亚火车站（图片来源：作者拍摄）

冷清的佛罗伦萨地标——圣若望洗礼堂与圣母百花大教堂（图片来源：作者拍摄）

当所有人都被禁足在家时，只有送外卖的小哥能够理直气壮地在圣母百花大教堂广场上休息（图片来源：作者拍摄）

许多家庭都在阳台、窗前挂起意大利国旗与彩虹旗，表达着对未来美好的愿景——“都会好起来的”（andrà tutto bene）（图片来源：作者拍摄）

菲耶索莱山下

佛罗伦萨是一座依河而建的城市，南边是舒缓的丘陵，北部是山。欧洲大学学院正好在北郊的半山腰上；倘若顺着山路继续北上，便能抵达山顶小镇菲耶索莱（Fiesole）。1925 年徐志摩旅居佛罗伦萨时，大概便是在这里落脚：他写《翡冷翠的一夜》时，落款是“翡冷翠山中”——城南的小丘实在太矮，配不上他在散文《翡冷翠山居闲话》里所提描绘的“上山与下山”、山林与溪水。我们的学生公寓，就坐落在菲耶索莱的山脚下，往西是一片核桃与橄榄林，东侧则是一条源起于山岭的小河。河水虽然很浅，但总会引来一些动物；日暮时分，偶尔还能瞥见水鸟掠过天际。我的一位朋友信誓旦旦地跟我说，他有一天晨跑时，还和一只从河边上岸的小鹿打了个照面。黑死病过后，意大利语中便已开始用“villeggiatura”来描述这种逃至城郊乡间躲避瘟疫的举措；随着有关瘟疫的记忆逐渐消逝，它在今日的意涵已经演化成“出城度假”了。

学生公寓和绿地。远处的山便是菲耶索莱小镇，带钟塔的建筑便是我们的主校园。这里距市中心其实也不过 6 公里的距离，不近不远，站在高层都能看清“地标”圣母百花大教堂的塔尖（图片来源：作者拍摄）

三月四月亲友问起我的情况时，我通常回答“一切都好”。与国内做横向比较的话，佛罗伦萨市的疫情压力其实并不算小；截止到 3 月底，这个人口刚过 70 万的小城里感染人数便已超过 400 人，比整个福建省的确诊数还要高一些。不过，大概是生活环境安逸的缘故，我总还是比较心安的。不像个别美国高校，欧洲大学学院在疫情暴发之后从未要求我们搬离宿舍，故而也免去了在异国的流离之苦。更幸运的是，公寓自带绿地，想要活动腿脚、出门透气或晒晒阳光，皆属我们个人的自由。

尽管生活上可以很安逸，在乡间隔离的生活却也并非没有压力。对于博士生而言，我们面临的最大挑战之一便是如何维系疫情前的学习节奏与工作效率。在家办公这事总是看似简单，操作起来却不乏困难。对于很多人而言，寓所一直是专用于放松休憩的空间，要在这里火力全开地干活，便也免不了一个调整的过程。我慢慢发现，若是在家里穿得过于宽松舒坦，自己便更难进入状态；似乎只有按照平时去学校的规格穿搭，才能提醒自己在图书馆伏案念书时的滋味。后来我偶然想起，马基雅维利当年被流放出佛罗伦萨，在山间农舍中写作《君主论》时，也是要先“脱掉脏兮兮的衣服和靴子，穿上宫廷的华服”。人都是需要一些仪式感的。

尽管身边的同学们都想在隔离期间努力过好自己的生活，但想保全心态不受疫情发展的侵袭，终归还是太难了。从 3 月 10 日意大利政府宣布限制令，到 4 月 4 日全国重症患者人数首次出现下降的这段时间，正是意大利疫情迅速恶化的阶段；意大利政府每天 6 点放出的数据，越看越令人窒息。进入 4 月后，由于实在太过压抑，我和舍友也就不再每日追踪这些数据了。那时我还小心翼翼地联系了我的几位意大利朋友，想去了解他们对此事的感受。令我多少有些惊讶的是，对比之下，我的意大利朋友倒比我淡定许多。其中一位开玩笑说，大概是他对本国政府与国民的期待本就有限，如今虽然疫情肆虐，政府却仍在有效运作、积极抗疫，绝大部分民众也能在禁足问题上保持自觉，这本身就是一种成功了。另外一位朋友也持类似的观点。他对意大利社会的高度凝聚力充满信心，相信社区内部人与人之间的互助纽带，足以支撑他渡过这样的难关：“至少在意大利，当危机来临时，我丝毫没有必要（像美国人或澳洲人那般）去超市抢购、囤积厕纸——如果我敲开十个邻居的门，我有信心他们中至少有六七家会慷慨地伸出援手。”分享这段话时正是复活节（4 月 12 日）的后一天；朋友略带骄傲地说道，在那个重要的节日里，他与邻里终于放下了强装了一个月的矜持，大家站在窗前祝酒对饮。

意大利哲学家吉奥乔·阿甘本（Giorgio Agamben）曾在此次疫情暴发前与暴发初期，连续撰文批判政府的抗疫政策。在他看来，从“禁足”到“安全距离”等政府推出的紧急措施，其目的都只是在人与人之间植入恐惧与不信任，最终也将会根本性地破坏意大利社会所珍惜的人际关系——“这场战争无形的敌人可能是任何其他人，因此显得无比荒谬，也因此它成为真正的内战（guerra civile）。敌人不是外来的，敌人正在我们之中。”事后看来，毋论阿甘本早先对疫情本身的理解存在多大偏差，他在当时的分析多少是一种对意大利国民的低估：疫情并未使人自愿接受恐惧的支配，而是使人更加渴望纽带。

寻医记

1月那场病后，我的喉咙一直没有痊愈。起初我只是注意到喉咙似乎仍有些肿胀，虽无明显的不适，但看着总要比平常大上一圈。2月时，我曾考虑去医院检查。我来意大利才半年不到，口语也仅够我在食堂点上一杯浓缩咖啡，凭此寻医无疑是异想天开了。经过一番周折之后，我还是通过学校老师联系上一个常年服务于外国人的私人诊所。然而，就在我赴约前的几个小时，诊所又给我发来短信，委婉地表示此次无法接收我。鉴于我在去年12月底时还有赴华旅行史，此次又是呼吸道方面出现异常，诊所便必须将其中的风险因素纳入考虑。负责接待我的联络员倒很友善，在沟通时也很诚恳地建议我去大型公立医院就诊；倘若此前真的是受病毒感染，公立医院也能处置得更好。我很理解他们的顾虑，却也为此经历而有所气馁。加之那时我自以为康复得还不错，便也搁置了去医院的打算。二月三月的大部分时间里，我虽然觉得嗓子还是有些肿大、宛若顶着一个双下巴，倒也没再感到特别不适。那时我已闭关在家，“双下巴就双下巴吧！”我如是告诉自己。

到3月底时，我的喉咙突然又肿胀起来；严重的时候，呼吸都会有些困难。那时恰好赶上了意大利疫情最为惨烈的一周，连续六七天里，每日的病死人数都在七八百人以上，加上我每周仍会去超市买菜，不能说没有在外暴露的风险，于是我又忍不住担心自己的症状与病毒有关。在这之后，我又在家里闭关了一周，直至确定没有咳嗽与发热了。至于说呼吸不顺的缘故，我猜是因为喉咙过于肿胀，导致呼吸道物理性的通气不顺。我从国内带回的抗生素早在2月初就吃完了，而在意大利购买抗生素，则又需要医嘱。百般无奈下，我终于决定向佛罗伦萨的本地朋友求助。

此前在美国留学的两年半里，一直没得过大病，也从未在国外看过医生；偶尔吃药，也都吃自己在国内买好带来的。因为那时疫情还很严重，我的这位好友便先把自己一起长大的医生朋友介绍给我。由于新冠肺炎的缘故，医生已经不被允许上门检查呼吸道方面的问题。为了不节外生枝，我和这位医生朋友便以视频、拍照的方式，先远程做一些初步诊断。那之后，我们决定把肿胀当作普通的细菌感染来治疗，先服用一些抗生素与激素试试效果。这时我才得知，原来药店已经就当前的特殊情况做了变通，可以接受电子版医嘱。药店属于必要商业活动，和超市一样都在照常营业，只是店里每次只能接待一位顾客，其余需要在外排队。药的价格并不贵，按汇率折算也只是比国内稍贵一些。

遗憾的是，我在吃完一整板的抗生素后，喉咙的症状仍未减轻。此时市里较大的公立医院仍在专注新冠肺炎的救治，我的意大利朋友们便开始想方设法联络私立诊所。意大利社会也有很浓的“关系文化”，即便是当地人去医院看病，很多时候也会先通过熟人寻找资源。托他们的福，4 月中旬的两周里，我先后做了两次检测。第一次是去市区的一家诊所做了声波检测和血常规检查。诊所藏在市中心独立广场边上的一排老楼里，虽然只有一个小小的正门，里面却别有洞天。诊所的装潢很是复古别致，扑面而来的全是暖色，墙上又挂满了油画与老照片，给人一种酒店而非医院的感觉。接待人员和大夫都很友善，努力跟我说着英文。我当天就拿到了检测的结果——我的指标都很正常，负责声波检测的大夫也无法告知我喉咙肿大的原因，但至少可以排除像肿瘤这种最坏情况。这之后，我的好友又通过家人帮我预约到一位耳鼻喉专家。第二次就诊多了不少波折：医院不在佛罗伦萨，而是坐落在更西边的塞斯托—菲奥伦蒂那市（Sesto Fiorentino），我也只能硬着头皮早起骑车前往；那天恰好又是雨天，乡间山路上风又不小，我在路上吃了不少苦头。这位大夫英文一般，只能靠我的朋友打电话进来，帮我们做交替传译。此般来回往复，我和大夫的沟通也难谓理想。一番折腾下来，大夫也只能确定我的扁桃体并无病变，但也无法就我喉咙的情况做出具体的诊断或提出治疗方案。

在诊所静待就诊的人们（图片来源：作者拍摄）

经过这番折腾，我便也不再执念于疫情期间就将喉咙治好，而是想着调适心态，学着与这个症状和平共处。那段时间除了喘息不顺外，喉咙长时间的肿胀，也总是很干扰我的注意力与效率，以至于我在书桌前坐下，却也读不进去书、憋不出稿子。相比生理性的疼痛，这种无法专注的状态给我的打击其实更大，更是把我困在一个死循环中。直到4月下旬，我才逐渐摸索出适合当前状态的办公节奏——只要觉得喉咙不适、呼吸不顺，我便会去河边树下走上一会儿。那时天气转暖，阳光晒在身上，总能驱散一些阴暗的东西。当我逐渐恢复读书写作后，心头的包袱也就慢慢卸了下来；喉咙就算还肿，我也不再总是为之纠结了。

后来我找了一个周末，去向那位帮了我的医生朋友致谢。他现在是佛罗伦萨新冠肺炎专责小组的成员，有时忙起来，他也只能在换班间歇给我发语音指示。我手头刚好有一些国内寄来的口罩和耳绳挂扣，便给他送去了一些。

回归

经过了3月底4月初的那段峰值期后，意大利的疫情终于在4月底逐渐走向平缓。佛罗伦萨市内已在4月14日和5月4日分别开启了两轮复工，街上的行人也多了起来。上周再去超市时，我发现门口已经没有队伍在等待进入了。我有一个猜想是，限制令生效的那一两个月时间里，去超市买菜正构成了所有人合法出行的基础；而如今大家可以几近自由地出门透风，人们也不必再“假戏真做”地往超市跑了。

解限后的佛罗伦萨独立广场，一些人遛狗遛得丢掉了“社交距离”。我想，这种现象也是为何西方部分公共卫生专家会害怕过分宣传口罩的意义——普通人可能会将戴口罩与自己“百毒不侵”画上等号，从而在其他行为规范上不加注意（图片来源：作者拍摄）

经过新冠疫情的考验，人们外出时也都戴起了口罩。4 月初，佛罗伦萨市政府曾经派人挨家挨户地敲门，每人免费派发了两个普通外科口罩，原则要求每个人出行都需佩戴。不过，我猜政府也未就“如何正确配戴口罩”这件事做好普及。街头上，戴口罩戴得三心二意的一抓一大把：有人把口罩戴得很低、只挡住嘴却不遮住鼻子，有人把口罩扯到下巴上、只顾着先满足一下自己的烟瘾，更有不少人专门摘下口罩，只为了跟身边的人聊上一会儿天！每次目睹这些场面时，我都觉得既无奈又想笑。

上周末，我又托中国超市的老板送来一些做中餐用的食材。他到我公寓时已是傍晚，估计这也是当天送出的最后一单，我们便在门口聊了一会儿，分享着各自之后的计划。老板是温州人，他的爱人来自湖北；两人虽在意大利打拼，孩子却安置在了湖南。他说，接下来的几个月里，超市的生意注定是要减少的。等到夏天来临，旅行限制放宽后，游客肯定不会马上再来，但困在这里的中国留学生们却肯定是要回国的；这是他们平常服务最多的两个群体，夏天的生意本就不好，今年夏天只会更加惨淡。这场疫情也把他们一家折腾得够呛：因为改成了全城送货，最忙的时候需要一直工作到凌晨。他们一家正在琢磨，不如夏天到了就把店关了，回国陪陪孩子。

此时此刻，人们暂时还沉浸在重获（些许）自由的欣喜中；毕竟，人们在彩虹旗上所许下的美好愿景——“都会好起来的”——如今似乎也确确实实地实现了。等待我们的会是怎样一个新世界，则是明天、后天、大后天才需要去考虑的事情。在公寓的绿地上，学校的同学们从重新开张的比萨饼店叫来了外卖，又从家里带来了冰激凌、红酒与水果，一起庆祝着新阶段的到来。在托斯卡纳的艳阳下，我们讨论着隔离结束后所渴望做的一切：我们要趁佛罗伦萨再次被游客占领前，先去独享古城的咖啡厅、餐厅与博物馆；我们要回到欧洲大学学院的图书馆，找回在家里被耽误掉的时光；我们要返回家乡，拥抱此前只能网上联络的父母与友人；我们要……

游客撤离城市已经很久了。本来在街头混吃混喝肥头大脑的鸽子们大概以为人类遭遇了灭绝事件，见到有人路过便会成群结队地凑上去，绝望得令人感到可怜（图片来源：作者拍摄）

狮城的“药丸”

翁　磊*

我是新加坡执业律师，当我接到写疫情观察日记的邀请时，距离武汉封城已经过去了大约50天。回头看看过去的日子，我们每个人的生活都因为这突如其来的疫情彻底改变了它原来的走向。

从后知后觉的角度回看过去这几十天，可以发现一个很有趣的现象：我们每天都只能根据当时获得的信息做出判断和预测。有些判断后来证实是对的，有些判断则错了，有些暂时还不能确定。无论事后我们会多么懊悔之前的决定，那些都是我们在当时的状态下能够做出的最客观的选择。如果我们回到当时，根据当时能获知的信息做判断，很大可能还是会做出相同的选择。

我平时就有写日记的习惯，想通过一篇篇的日记记下我听到、看到、想到、感受到的东西。我是从中国走出来留学，然后留在新加坡工作生活的律师。我的生活中，免不了会遇到一些和法律有关的事情，我也会更关心与法律有关的事件。

因为跟国内的联系还是很紧密，微信群在1月5日晚上就开始讨论一种类似SARS但不是SARS的病毒。但当时大家的感觉还是“大概就是另一种流感病毒吧”。等到大家真正意识到问题的严重性时，已经是春节前的那几天了。我的记录就从这里开始。

* 翁磊，新加坡执业律师，国际仲裁员，国际调解员。

2020 年 1 月 21 日，星期二

取消行程

就在昨天，新加坡卫生部发布了“新型肺炎”的预警，宣布凡是去过武汉并且有发热症状的人，必须隔离 14 天。今天的隔离范围扩展到所有之前 14 天内去过中国并且有发热症状的人以及所有在过去 14 天内去过中国医院治疗呼吸道疾病的人。

我意识到事情的严重性。回想起 2003 年 SARS 期间，我还在读大学，因为宿舍里有人中招，我经历过在宿舍隔离五个星期，每天测两次体温的日子。按照之前的经验，我打算备一些口罩。然而朋友告诉我，中央商业区所有药妆店、超市的口罩早就已经脱销。我准备上午去批发商的仓库碰碰运气，结果扑了个空。不过我下午在一个网上的批发商那里买到了 200 只 N95 口罩，说是第二天到货。

原来计划 23 日坐飞机回中国父母家过年，想想还是觉得风险太大，跟父母商量后临时取消了行程。

2020 年 1 月 22 日，星期三

重视

今天上午口罩到货了。自己留了 60 个，办公室留 20 个备用，给中国家里寄了 120 个，然后跟居住在南京的父母交代了各种居家事项。

当然我不是唯一一个想到囤口罩、寄口罩的人。我的同事和朋友里面，有的比我动手还早，家里早已囤了几百只口罩；有的动手迟，想买的时候已经没有了。我买到口罩的那个网站，从昨天下午 5 点左右开始，所有型号的口罩都处于断货状态。可到今天为止，大部分新加坡人对疫情的发展完全没有概念，还沉浸在准备过年的欢乐气氛中。

当然，新加坡政府还是非常重视的。由于从中国传过来的消息确认了新冠病毒可以人传人，从今天开始，由卫生部和教育部牵头的政府防疫跨部门工作小组正式成立。同时，新加坡也对武汉正式发出旅行警报，劝导新加坡人如果没有必要尽量不要前往武汉。

2020 年 1 月 23 日，星期四

除夕

今天是除夕。下午 3 点左右，卫生部确认了新加坡第一例确诊病例。我第一时间去买了过年的口粮，准备过年期间躲在家里彻底不出门了。超市里跟平常一样，还是人山人海，不过囤食物的人并不多，大部分人是在购置年货。

其实整个新加坡社会还沉浸在过年的气氛中。唯一的变化是牛车水（新加坡传统意义上的华人聚居区）平时人山人海地买年货的人少了一些。今天确诊首例，多少还是对大家过年逛夜市这个传统活动产生了一定的影响。

跟几个关系非常好的本地朋友讲了关于病毒的情况，建议他们尽量减少参加过年期间的家庭聚会。然而大家纷纷表示，过年拜年聚餐这种事恐怕是免不了的，聚会戴口罩也是不可能的。我暗自为他们担心。

另外，由于武汉开始“封城”，新加坡航空公司旗下的廉价航空公司酷航停飞了去武汉的航线。

卫生部公告建议过去两周内去过武汉的人，如果出现肺炎症状，需要开始佩戴口罩，同时也建议大家注意个人卫生，勤洗手。

今天，在瑞士开会的李显龙总理在讲话中提到，新加坡在抗疫的过程中需要非常重视信息的及时和公开，达到“国人能看见我们在做什么，以及我们需要做什么”的程度。总理也劝导人民沉着冷静地应对疫情。

2020 年 1 月 24 日，星期五

十人团

今天最大的一则新闻是关于昨天那个确诊的武汉旅客的。根据新闻报道，这个武汉旅客参加了一个十人家庭旅行团。在其中一人确诊以后，他儿子据说要留在新加坡陪护，其他八个人竟然继续行程，跨过新柔长堤跑到马来西亚的柔佛乐高乐园玩去了。我们纷纷感叹，这些人心是真大。最后的结果当然是整个团八个人被要求在马来西亚进行隔离。

2020年1月25日，星期六

嗤之以鼻

这几天大家都非常关心口罩的问题。目前能想到的能购买口罩的渠道都已经脱销。由于之前经历过2003年的SARS和2009年的H1N1流感，其实大家都知道N95口罩和医用口罩的效果最好。政府今天安抚民心说，保证新加坡有足够的医用口罩库存，希望民众不要抢购。但同时，政府一再强调：健康的人不需要戴口罩。大家应该更注意个人卫生，例如勤洗手、少摸脸、用公筷等。

中国圈子里大家对于这种说法嗤之以鼻。从国内得到的消息是戴口罩是防止病毒传染非常重要的一项措施。我认识的中国人都开始自觉地戴口罩。但是新加坡本地人出于对政府的信任，非常相信“不需要戴口罩”这种说法。甚至有个别公司禁止员工在工作时间佩戴口罩。

新年期间，各种新加坡华人传统节目似乎没有受到疫情的影响，按部就班地进行着。大年初一凌晨赶着在四马路观音堂插头香的路上人头攒动，似乎没有人在意人挤人的过程会不会增加被传染的风险。

今天政府也宣布新加坡启动追踪和隔离机制，开始对每一例确诊病人的密切接触者进行追踪。与确诊病人接触过的人都需要进行居家隔离。

2020年1月26日，星期日

谣言

自从新冠病毒在新加坡开始出现，新加坡就出现了各式各样莫名其妙的谣言。截至今天，最耸人听闻的一则是昨天有人匿名在论坛上造谣，说已经有一名66岁的男子因为感染新冠病毒死亡。

新加坡去年通过了一部新的法令：《防止网络假信息和网络操纵法令》。这部法令最主要的功能就是应对网上造谣。于是政府第一时间援引法令相关规定，要求论坛发表更正声明，并立即删除相关内容。

同时，新加坡卫生部的网站上也专门开辟了辟谣专栏，及时澄清那些流传的谣言。

2020 年 1 月 28 日，星期二

压力

这几天微信群讨论最多的就是：哪里有口罩卖。群里经常会有人说：在××地方买到口罩了。结果其他人兴冲冲地跑过去发现已经卖完。

我在群里问了这样一个问题：大家觉得在家里囤多少口罩才算够呢？这个时候我们通过国内的渠道了解到口罩可以重复使用。但是我发现不同的人对于口罩囤多少才心安这件事的认知差距巨大。像我这样的，家里两口人，各类口罩大概 100 多个就觉得只多不少了。但也有人家里拖大带小四口人，囤了 500 个却还是放心不下。有家长跟我说，家里的小孩需要根据一天要消耗 2 个口罩来计算存量。真是可怜天下父母心。

今天的新闻也主要集中在口罩问题上。卫生部高级政务部长蓝彬跑到物资仓库视察后告诉大家：请大家务必放心，我们的口罩库存足够。

但现实情况是大家确实都买不到口罩。有人在“脸书”上抱怨：如果政府说口罩库存数量足够，那么为什么超市、药妆店里面的口罩一直补不上货？李显龙总理在“脸书”上给大家吃定心丸，说新加坡的医疗系统已经为抗疫做好了准备。但同时他又一次强调：“如果没有生病，就不需要戴口罩。”

今天回办公室上班，全程戴口罩。但我很快发现自己是办公室里唯一一个戴口罩的人，总是受到大家行注目礼。终于有个同事忍不住问我：你到底有没有生病啊？我回答说：我没有生病，但是我不知道会不会被其他人感染，所以戴个口罩预防下。

说实话，我能感觉到同事的欲言又止。不过好在新加坡是华人主体的多种族社会，大家都还算文明守法，既不会有人因为我戴了口罩就歧视我，也不会给我施加同伴压力，逼迫我不戴口罩。但是以前跟过我的实习生对我讲，他们在学校确实会遇到这样的问题。一个班里如果只有一两个中国学生戴口罩，会感受到很大的同伴压力，也便不敢继续戴了。

2020 年 1 月 31 日，星期五

从长计议

昨天新加坡政府突然宣布，本周六开始向全新加坡 137 万户本地家庭发放 520 万个口罩，平均每个家庭分 4 个，通过基层组织发放。

政府强调：口罩是够用的，但前提条件是只有生病的人才需要戴口罩。贸工部长在采访中重申：这些口罩不是用来给大家日常使用的，而是用来应急的。

但如果仔细分析就会发现，今天政府的这种说法明显和之前不一样了。之前政府先说，新加坡有足够的口罩库存；然后又说，新加坡有足够的口罩库存供给医疗系统。现在却说，新加坡如果只有有症状的人才戴口罩的话，库存足够。很明显，新加坡的口罩储量是不够的。不幸的是，很多选择盲目相信政府官方宣传的人并没有意识到这一点。

另外，今天李显龙总理视察了国家传染病中心。一张新闻照片放在网上被传到中国国内，然后有人问我：为什么李显龙心那么大，去看望病人还敢不戴口罩？我跟他们解释，李显龙视察的是空病床以及还没有投入使用的设施，不是病人。新闻还真是很容易被误读。

另外，政府也宣布从明天（2 月 1 日）开始停止办理中国公民的各类签证申请，同时撤销已经签发的各类签证。换句话讲，就是不再让中国旅客进入新加坡了。另外，任何在过去两周内去过中国的游客，都不允许入境或者过境新加坡。我立即通知了我的客户们，原本安排要来新加坡开会、见面、出庭什么的，都要从长计议了。

2020 年 2 月 1 日，星期六

总理说

今天是限制中国籍非新加坡居民入境的第一天。

在过去几天，其他国家出现了一些因为新冠肺炎抵制华人的事件，网上也出现了新加坡本地人抵制中国人的言论。

李显龙总理今天在集会演讲时提到：本次新冠疫情本质上是一起公共卫生事件。这不是国与国之间的问题，更不是一个种族的问题。并不能因为新冠病毒是从中国武汉开始扩散，就可以推论中国人甚至全体华人都有什么问题。总理希望大家能够更理智地看待这个问题。总理说，封城、禁止出境、包机撤侨，这些都是中国现在在做的负责任的事情，也希望新加坡能够和其他国家一起，以负责的态度采取措施，战胜这次疫情。

我倒是没有感觉到身边有特别强烈的排华情绪。毕竟在新加坡大多数人都是华人脸，在街上很难分辨出谁是或不是中国人。

2020年2月4日，星期二

捐款

卫生部的通报说，今天的6例确诊病例中有4例没有中国旅行史。换句话说，新加坡也开始出现本地传播的情况了。

今天，新加坡红十字会发动捐款捐物活动协助中国抗疫，其中新加坡外交部认捐了100万新币。这是新加坡历史上官方向海外提供的最大一笔捐款。

2020年2月7日，星期五

橙色预警

今天上午我亲身经历了一次谣言的制造过程。

上午大概10点多的时候，一个微信闲聊群突然有人爆料：办公室有人中招啦，位置在中央商业区某栋大楼。大家纷纷表示很慌。他还一板一眼地说：他这个同事上周坐过某私召车，现在司机确诊，同事被隔离。于是大家纷纷把这段对话或截屏或转发。15分钟以后，基本上整个新加坡的中国人圈子都知道了。

爆料的人一直很焦虑，我们都在努力安慰他。然而到了11点多，突然有人意识到：如果同事是确诊的话，应该去疾控中心隔离才对，不应该在家隔离呀。这位老兄这才承认：他也不知道同事是疑似还是确诊。据他自己说他英文不太好，开会老板讲了什么也没完全听懂。我们一起逼他去找了个懂中文的同事确认，果然只是疑似，不是确诊。但是这件事已经传到路人皆知的程度了。

于是有人默默地把自己的群昵称改成了“本群出名了”。

一个谣言的制造，其实只需要一个英文单词的理解偏差就足够了。

另外，今天下午政府宣布新加坡正式进入疫情“橙色预警”。新加坡在2003年SARS以后，建立了一个“疾病暴发应对系统”。不同的级别对应了不同的流行病疫情程度，以指导民众和政府实施不同的策略对抗疫情。在之前，新加坡已经不声不响地把警报级别从正常的绿色提高到了黄色。而今天再一次提高到橙色，说明政府已经确认新冠病毒有在本地传播的可能性。这是新加坡第二次进入橙色预警，上一次是2009年的H1N1流感。

随着橙色预警，政府也出台了一系列的政策措施。学校方面，到3月底之前停止所有校际交流活动。政府劝请各个组织方取消所有大型集会活动，如果必须进行大型集会活动的，也需要做好一系列防护措施。说实话，我们这些从中国走出来的人对这项政策是不满的。武汉百步亭事件刚刚爆出来，我们非常担心这些聚会如果继续进行会导致大规模的社区传染。

在接受电视采访时，黄循财部长提到：我们现在并不知道疫情会向什么方向发展。一方面，疫情有可能加重，政府也承诺会进一步采取措施。另一方面，根据中国当前的统计，除了湖北，中国境内的死亡率只有百分之零点几，换言之，这次疫情未必会像SARS一样那么可怕。政府会做好两手准备。同时黄部长也建议大家暂时停止在社交中采用握手礼。

伴随着橙色预警的是从傍晚开始的全城超市大抢购。超市里面的大米、手抓饼、速冻水饺、方便面等利于储藏的食品迅速被抢空。我自己由于早就囤好了食物，所以并不着急。然而卷纸也被瞬间抢光。抢卷纸事件已经在台湾和香港地区都发生过。但我还是无法理解：卷纸这种东西有什么好囤的？

另外一件事，是关于网上请愿要求取消大型集会的。这件事其实要从早上说起。2月7日凌晨，有网民发动网上请愿，要求新加坡的洛阳大伯公宫取消今天晚上的元宵节庆祝晚会。洛阳大伯公宫在新加坡是个很神奇的存在。这座在1980年代建起来的道教庙观，里面同时供奉着福德正神（大伯公）、观音、妈祖、关帝、张天师和地藏王等涉及各种信仰的神祇。每年元宵节，大伯公宫都会举办元宵节晚会活动，今年也不例外。

早上一起床，就发现各个微信群和WhatsApp群都在疯转这个请愿的链接。我也去投了票。早上请愿的人从名字的拼写来看大多是中国人，到了中午以后开始有更多的东南亚名字的人加入，到下午下班时总共攒了10 000多个签名。然而主办方并不为之所动。哪怕下午政府已经宣布进入疫情橙色预警，主办方还是决定晚会正常进行，仅仅在“脸书”的官方主页上发文告知将对所有的观众测量体温。

晚上 7 点，大伯公宫舞台表演照常进行。我们几个无聊的人还特地去看了一下网上直播。乐手戴着口罩，观众较少，据报道和去年相比观众人数减少了一半。看来大家还是比较珍惜自己生命的。不过后来听到其他人说，因为表演的同时在另外一个场地供应免费晚餐，还是有相当一部分人参加了聚会饭局。

另外，为期 3 天的印度教大宝森节的庆祝活动刚好也从 2 月 7 日开始。大宝森节算是新加坡一个传统旅游项目，游客会有机会观摩大宝森节游行。大宝森节并没有受到橙色警报的影响，照常进行。

中国圈子里的气氛则非常焦虑。大家都觉得新加坡政府没有强制取消这些聚会活动，大大增加了病毒在新加坡广泛传播的风险，本地人似乎真的没有特别在意。毕竟政府说了，只要勤洗手、不摸脸，不戴口罩都没事。但是钟南山也好，英文的科研文献也好，已经明确了新冠病毒可以通过间接接触和呼吸道传播。戴口罩其实是一件非常重要的事情。

个人的感觉是，新加坡现在心这么大，迟早要出事。

2020 年 2 月 8 日，星期六

勇气

今天，李显龙总理向全国人民发表电视演讲，他解释了新冠病毒和 SARS 的不同：第一，新冠病毒的传染性更强；第二，新冠病毒在湖北省外大约 0.2% 的死亡率远远低于 SARS 的 10%。他还解释了新加坡不准备“封城”的原因，也准备了充足的物资供应。总理建议大家勤洗手，避免用手接触脸和眼睛，每天早晚自测体温，如果有症状请尽早就医，并避免前往人员密集的地方。

总理也说，虽然目前政府在追踪每一位确诊者的密切接触者，并且强制隔离这些密切接触者，但是如果感染人数过多，新加坡可能无法维持完整追踪的工作。如果患病人数过多，新加坡在未来有可能执行轻症通过门诊治疗，重症和高危人群由传染病医疗中心和大型医院治疗的方案。

总理强调，与新冠病毒做斗争需要依靠我们的团结和坚强。面对这种未知的新型病毒，恐惧和焦虑是人类正常的反应。但是恐惧和焦虑并不能解决问题，反而会使事态恶化。也正因为恐惧和焦虑，人们才会囤积不必要的物品，在网上散播各种谣言，指责某一个特定群体造成了今天的疫情局面。但真正能战胜病毒的，是我们的勇气。

我要为李总理的这段话点赞。

另外，有很多人，尤其是在新加坡的中国人提出质疑，说为什么新加坡不学中国，进行全面“封城”？在这里我转述一下新加坡某公众号的观点：两个国家的专家对于病毒的传染方式有不同的意见。中国的专家认为，病毒可以通过飞沫传染以及疑似的空气传染，也存在无症状传染的情况，因此封城隔离才是最有效的办法。而新加坡的专家认为飞沫传染能力有限，病毒以接触传染为主，因此没有必要全民隔离。

我认为，不同的政策会对应不同程度的成本和风险。任何一个对自己国民负责的政府，都会认真地分析，做出正确的政策判断，并且有效实施。至于这个判断是对是错，就留给时间去评价吧。

2020年2月9日，星期日

处罚

今天新闻报道，过去的四天中有4名外籍员工因为违反法律规定，在强制居家休息期间到公司上班，被立即吊销工作签证遣送回国，并终身禁止在新加坡工作。另外，有6名雇主因为员工违反强制休息令或者隔离令而遭到人力部处罚，两年以内不得为外籍员工申请工作签证。

我们须知新加坡法律规定的执行效率非常高。在新加坡凭运气逃过法律制裁的机会很小。

2020年2月14日，星期五

联名

最近大家都在传阅一份文件。

这是一封于2月10日由四位医生联名签署的公开信。这几位医生都公布了自己的医生执业号，在媒体采访中也确认了这封信的真实性。四位医生推荐大家在新加坡应当注意做两件事：一是时刻戴口罩；二是避免近距离接触。这几位医生认为，如果全新加坡都可以做到这两点，应该可以成功控制疫情。

今天卫生部发言人对这封公开信作出了回应。他认为防范病毒传染最重要的是勤洗手和减少不必要的社交，戴口罩并不是防范病毒最重要的措施。

其实到今天，大家都已经很清楚仅仅戴口罩是不够的，勤洗手等也很必要。但是这并不代表戴口罩不重要或者可以不戴。口罩能够有效阻挡飞沫的传播，不管是对感染者还是对健康的人来说都是有益的。

能戴口罩还是戴着吧。

2020 年 2 月 15 日，星期六

影响

今天朋友给我转发了一篇《海峡时报》发表的专栏文章，它从社会心理学的角度解释了为什么会出现超市抢购卷纸这种有点无厘头的现象。

简单地讲，就是因为全球化的社会影响力。新闻中早就报道了香港和台湾地区抢购卷纸的事件，在这个全球化的互联网时代，我们不仅仅会受身边人的影响，也会受到国际上其他地区人们行为的影响。新加坡、中国香港、中国台湾这三个国家和地区常用的社交媒体又恰好大规模重合（Facebook，Twitter，WhatsApp）。当新加坡人看到香港和台湾地区的人都在抢卷纸，就理所当然地也跟着抢了。

唉，让我说什么好。说好的独立思考呢？

2020 年 2 月 17 日，星期一

闭门会议

今天出了一件大事。新加坡贸工部长陈振声 2 月 11 日在新加坡中华总商会主持召开过一个闭门会议。闭门会议的意思就是不请媒体，内容不得外传。结果陈部长的一大段讲话不知道为什么被人录了音，今天被放到了网上。于是整个新加坡立刻“炸”了。

陈部长讲话的内容和这几天的官方口径差距有点大。在闭门会议中，他用非常接地气的新加坡式英语（Singlish）提到了以下几点：

1. 口罩无论如何都是不够的。在新加坡如果大家都戴口罩的话，每天需要消耗大概 500 万个口罩，而新加坡的产能一个月最多也只能提供 200 万个。政府只能优先保证全体医疗人员 6 个月的口罩存量。但是如果向老百姓敞开供应，必然导致医疗人员缺乏相应的保护。

2. 所以政府做了一个赌博性的冒险决定：给每家每户发 4 个口罩，作为安抚民众的手段。这 4 个口罩并不是人手 1 个的意思，而是供每个家庭在绝对必要时使用。

3. 2 月 11 日，政府还不能确定口罩对于防御病毒感染是否有用。如果没用，现在给全国民众分光了也不能解决问题。如果有用，政府的正确选择是优先把口罩提供给医护人员，然后根据需求的优先级别一级一级地提供口罩。

4. 在国家、地区之间做比较是没有意义的。有些人只会问：别的地方怎样怎样做了，为什么我们没有这样做。但是这些人不会问：为什么香港地区现在口罩不够用了，我们没有不够用？有些政策注定只是短期的，但是疫情会持续多久谁也不知道。新加坡必须做好抗疫 6 个月的准备。

5. 那些去超市疯狂抢购的人都是 Sia Suay（闽南方言，大概意思是说丢脸），都是一群不用脑子想问题的人。抢什么不好，抢米？新加坡从 1970 年开始就囤积了大量的战略储备米。这些人抢米抢得我好开心，我终于可以把陈米卖出去了。有些人搞得好像升了橙色，新加坡就变成武汉了一样。

6. 香港人抢卷纸，那是人云亦云的傻瓜（原话如此）。但是新加坡人为什么也抢卷纸？香港人做得再不好，人家也是中国的一部分，照样有生意做。新加坡人做得不好可没有人管，就没有人愿意跟我们做生意了。

7. 卖口罩随便涨价的人是在破坏国家层面的贸易战略规划。

其他的部分主要是给工商界打气，告诉他们，政府补贴会有的，现金流的问题政府会帮忙解决的。大家现在应该共渡难关，不要随便裁员，眼光要放长远。

这段话被爆出来后，香港人抗议新加坡贬低香港，新加坡人也抗议说部长不应该这么骂自己的人民。但我倒是觉得部长说得挺有道理的。一方面，政府的政策永远都不会仅考虑一方面的因素。抗疫的需求是立体的。国家领导人看到的是国家和社会的利益，而我们通常看到的只是我们自己和身边人的利益。诚然，不敞开供应口罩会增加普通民众患病的风险，但同时只有这样，医护人员的安全才能得到保障，而他们才是抗疫战场上的主力军。

另一方面，做得不对的地方就要说，说了才会知道，才能改。况且这本来是闭门会议，就是提供畅所欲言的环境的。不然哪有政府高官愿意用这种接地气的方式来表达自己的观点？

我唯一有所保留的，是新加坡的官方口径中一直劝阻民众戴口罩的说法。“可以不戴”和“不可以戴”，虽然只是更换了一下字的顺序，意思却大不相同。知道买不到更多的口罩，大家自然会更节省地使用口罩。但是因为口罩不够就不让大家用，这就有点因噎废食了。

2020 年 2 月 18 日，星期二

发钱

今天又到了政府公布年度预算的日子。2019 年是过去十年里新加坡经济表现最差的一年，原来大家指望苦尽甘来，2020 年经济会有显著的增长，结果现在突然来了新冠疫情，美梦破灭了。

在抗疫期间，政府提出了一系列协助全国人民渡过疫情难关的配套方案，其中主要包括：

1. 发现金。21 岁以上的公民人人有份，按照去年收入每人 100-300 新币不等，家里有老人、小孩的还可额外补助 100 新币。

2. 组屋家庭获得消费税退税用于支付水电费，杂费减免 1.5-3.5 个月。

3. 不提高消费税，维持在 7%的水平。

4. 拿出 40 亿新币现金来补贴用人单位，保证本地员工的工作和加薪。

5. 对于受疫情影响最严重的行业，包括旅游业、航空业、零售业、食品服务业以及私营交通服务业，提供减租、员工技能提升补贴、企业所得税退税等优惠。

总结一下就是——发钱、减税、退税、补贴。这是准备用钱砸死一切的节奏么？

2020 年 2 月 29 日，星期六

武当派

昨天，张文宏医生在对比中国和新加坡两地抗疫策略和成效时提出，新加坡不“封城”、不停工、不停课，表面上看不出来，其实很厉害，像是“武当派”的内家套路。

其实回头想想，新加坡到目前为止还没有出现暴发的情况，最重要的原因其实是及时切断了新加坡与武汉甚至整个湖北的交通。毕竟在 1 月底 2 月初的时候，绝大部分病例都是来自武汉的输入病例或者他们在新加坡的密切接触者。新加坡顶着被人指责搞国别歧视的帽子坚决停止与中国有关的旅行活动，确实从根本上制止了可能发生的大规模输入性传染。

但是我并不认为新加坡的防疫工作显著有效。恰恰是新加坡没有采用中国式的强制隔离手段，导致其没有办法从根本上根治哪怕是很小规模的本地传染。接下来新加坡会是哪一种走向，很大程度上取决于运气。

2020 年 3 月 3 日，星期二

歧视

今天媒体报道了一起上个月新加坡公民在伦敦因为华人身份遭人袭击的事件。大概在 2 月 24 日晚上，这个叫作 Jonathan Mok 的新加坡华人学生在伦敦牛津街附近散步时被一群当地青少年打成重伤。我根据新闻报道看到了他在“脸书”上写的一篇关于种族歧视的文章。文章写得非常有深度。在此翻译几句我觉得写得非常精彩的句子：种族歧视并不源自愚蠢，而是源自憎恨。种族主义者总是能找到各式各样的理由去发泄他们的愤怒。这次的新冠只是恰好让他们发现了一个新的发泄口。

我深以为然，也祝福他可以早日康复。

2020 年 3 月 15 日，星期日

在家办公

我从过年开始就在家办公了。对律师来说在家办公影响并不大。一台电脑，一台扩展屏幕，一台扫描打印一体机，网络、手机、耳麦，这就是我工作需要的一切。

其他方面没有什么特别的变化。新加坡的一些生活习惯和其他地方不一样，比如不太在家做饭。新加坡的普通家庭禁止安装外排的油烟机，而那种活性炭内循环油烟机的抽油烟效果也比较有限，在家动大火会很难清理。另一方面，新加坡的餐饮行业特别发达，从高档餐厅到日常餐饮，在自家楼下附近都很容易买到，甚至费用比自己做饭还要更便宜一些。因此相当一部分家庭并没有每天在家做饭的习惯。我因为工作特别忙，所以更喜欢叫外卖。每天到了吃饭时间，打开浏览器点一点就好了。

说起来我的工作生活还蛮无聊的。普通人可能即使在家工作，也应该有很多空闲时间做一些自己想做的事。但对我来说，工作几乎成了生活的全部内容。早上起来收邮件，然后开始开会、写文件、接电话，晚上专心写文件，睡觉，周而复始。疫情开始以来，非诉律师的工作确实减少了不少，但我作为争议解决律师，业务反而特别忙碌。由于经济不好，各种违约、欠债、辞退、谈判、打官司等事件接踵而来。每天工作时间 12 个小时都算轻松的，周末也不能完全放松不管工作。

2020 年 3 月 17 日，星期二

马国封关

昨天晚上 10 点整，马来西亚首相宣布从 18 日凌晨开始封闭国境。知道这个消息以后，大家都担心食物供应会受影响，于是新加坡又发生了大规模的超市抢购（新加坡有一些 24 小时营业的超市）。昨天半夜，陈振声部长在“脸书”上让大家安心，说新加坡的基本生活物资除了鸡蛋以外并不依赖马来西亚进口，不会受到马来西亚封关的影响。

其实从昨天晚上七八点钟开始，马来西亚与新加坡相连的两条道路——新柔长堤和大士第二通道，都挤满了进入新加坡的车辆和人流。这其中不仅有新加坡人赶在马来西亚封关之前往回赶，也有马来西亚人因为各种原因要进新加坡。今天整天绝大部分时间，从柔佛进入新山的车辆大概需要 2-3 小时才能通过 1 公里长的新柔长堤。

白天的时候，大多数人更关心的是另外一个问题：新加坡大概有 120 万外籍工作人员，其中有几十万马来西亚人每天来回新马两地，白天到新加坡来工作，晚上回家睡觉。马来西亚今天确认，从明天开始，这些马来西亚公民都无法继续每天往来新马。新加坡紧急号召企业给马籍员工提供住处，并且给每人每日提供 50 新币的住宿补助。

同时，今天政府开始呼吁还在海外的新加坡留学生尽快回国。

2020 年 3 月 22 日，星期日

限制

新加坡今天宣布，从明天半夜开始，限制所有的短期访客在新加坡入境或过境。颁布这个政策的目的主要有两个。一是防止外国人打“飞的”到新加坡来治疗新冠病毒，挤占新加坡医疗资源。二是进一步防止新病例输入。

严格地说，新加坡还没有完全封国，禁止所有人出入境。但是按照现在的政策，外国人进不来。本地人如果出境回来之后确诊需要自付医疗费。不划算的事是没人干的。

因此，现实就是，从明天开始出入新加坡或者过境的人会非常少了。

2020 年 3 月 27 日，星期五

虚惊一场

今天中午，我正在家里忙着和客户打电话开会。女朋友突然在微信跟我说：疑似感染。早上她出去开了一个会，中午和朋友一起出去吃饭，在餐厅门口量体温的时候被测 38 度以上。

听到这个消息，我们俩都很紧张。餐厅保安让她先休息一下重新测一次，看看是不是真的发烧。在这期间我们俩开始研究，如果确诊了，我们的工作、生活应该怎么安排，都有什么人需要通知，等等。

10 分钟以后，她重新去测了一次体温，这次降到 37℃以下，恢复正常了。原来是虚惊一场。这件事说明了一个问题——用量体温的方法筛查潜在病患这种方法还挺不靠谱的，还是需要依靠更科学的检测手段。

另外，今天新加坡教育部宣布，要求中小学生每周安排一天在家上网学习。在家上课这件事并不是一个容易做的决定。虽说在 2020 年的今天，中小学生早就有在线学习的条件，但是能否让学生们在家学习却没有那么简单。学生在学校上课时，学校其实担负起了临时监护人的责任。如果把孩子们留在家里，他们的父母就需要考虑孩子在家但自己还得出门工作，谁来照顾小孩呢？

2020 年 4 月 1 日，星期三

合理

为了抗疫，新加坡又出了新招，规定从今天开始餐饮场所所有用餐者必须隔着坐。根据政府要求，现在的餐厅里都能看到下图这种标签：

禁止并排用餐的标识

（图片来源：作者拍摄）

我觉得隔着坐的规定还蛮合理的，但是另外一项规定就有点奇怪了：商场可以继续营业，但是要求限制人数，每 16 平方米内不得超过 1 人。这种规定一出来，大部分的商店就只好关门了。乌节路现在冷冷清清，我能感觉到商家心里在滴血。

冷冷清清的乌节路

（图片来源：作者拍摄）

2020年4月3日，星期五

熔断机制

今天下午4点，李显龙总理第三次发表电视讲话，宣布新加坡从4月6日起开始进入“封城”状态，为期1个月，到5月5日为止。但他没有使用“封城”这个词，而是用了一个很有艺术感的词“熔断机制”（circuit breaker）。

随后政府防疫工作小组也召开记者招待会，讲解了一系列“封城”的措施。具体来说就是，提供非必要服务的工作场所不得营业，但是允许在家工作。提供必要服务的工作场所可以继续营业，但是需要在政府专门开设的网站上注册。学校开始远程授课。民众可以出门进行必要活动，但是除了运动必须戴口罩。同时，所有餐饮行业从4月5日起只允许提供外带打包。

新加坡政府自上次给每个家庭发放4个医用口罩以后，又一次向全体发放棉纺非一次性口罩。不过这个口罩的样子颜色有点丑，很多女生表示：我们还是戴自己的口罩吧。

新加坡政府终于开始承认戴口罩的必要性，但是我觉得已经太迟了。之前因为口罩存量不够而不建议甚至不让大家戴口罩，导致现在很多人脑子里根本无法转变思维，重新接受戴口罩的必要性。

因为前几天政府的各种措施，所以对于“封城”这件事，大家都有充分的心理准备。我已经在家工作很久了，对我来说封不封城根本没什么区别。武汉“封城”已经结束了，新加坡却刚刚开始。对于疫情什么时候才能结束，我倒是感到非常忧虑。

有件比较有意思的事情。总理今天讲话用了英语、马来语、汉语（普通话）三种语言。每讲完一种语言，他会习惯性地先喝一口水，然后换一种语言继续讲话。于是有民众在“脸书”上跟总理开玩笑说：“总理你喝的是什么魔法水啊，为什么喝一口就能学一种语言？我也想喝。”其实，能讲流利的中、英、马三语是从李光耀时代传下来的新加坡国家领导人传统。无论是以前的李光耀、吴作栋，还是现在的李显龙，都有三语演讲能力。

2020 年 4 月 5 日，星期日

准备

明天就要正式开始“封城”，今天大家抓紧一切时间进行最后的采购。为了准备全家人在家办公、生活，有些人到宜家排队购买各种桌椅家具，有些人到电脑城排队购买电脑、打印机，还有人去玩具店给家里的小孩买各种玩具。

但是，这些人并没有都戴口罩。我感觉新加坡有一部分人对于病毒到现在还是没有任何敬畏，只是在消极地遵守政府颁布的规章制度。

新加坡的方舱医院倒是建好了，设在新加坡博览中心等大型场馆，为随时会到来的大暴发做好准备。

2020 年 4 月 6 日，星期一

下了血本

今天是“封城”的第一天。新加坡政府通过动议，拿出 40 亿新币（大约 200 亿人民币）储备金，继续发放各种补贴。疫情开始以来，政府为了抗疫已经动用了将近 600 亿新币，这占到新加坡国民生产总值的 12%。政府为了抗疫，更为了保护经济，下了血本。其中每个年满 21 岁的新加坡公民可以领到 600 元。

同时，政府也为本地员工的雇主补贴了75%的工资，鼓励雇主保留员工的工作。

另外，政府还出台了一系列临时法令，规定部分行业如果因为疫情而无法偿还商业贷款、无法支付租金，不得将这种情形视为合同违约，相应的破产、重整的程序门槛也会调至非常高，保护企业不会因为受疫情影响而被迫倒闭。

2020年4月9日，星期四

发飙

有些新加坡人真的是不拿疫情当回事。截至目前，政府已经劝告了10 000多人次，签发了7000多份警告书，给那些不遵守“封城”规定的人最后一次改过的机会。新加坡总共只有不到700万人口，也就是说两天之内至少有千分之一的人在有意无意地违反“封城”规定。这其中，有公然违规外出聚会、聚餐的，有站在楼下闲聊的。还有部分耍小聪明的，例如政府允许民众出门采购必需品，于是有人举家出门“采购”，一家六口人顺便散个步。

虽然政府一再警告：不允许聚会，不允许走亲访友，不允许在外用餐，公共场所保持一米距离，然而执行的效果似乎并不好。今天环境和水源部部长马善高在“脸书”上发飙，说如果大家不认真执行抗疫隔离规定，那么政府的钱算是白发了。

由于大家现在在家工作，反而有了更多的时间随时出门买菜。有公众号贴出了各个地方的照片，在菜场、杂货店、餐饮店，反而能看到络绎不绝的人流和长队。

从明天开始，政府准备严惩不遵守规定的情况，该罚款罚款，该坐牢坐牢。

2020年4月11日，星期六

恍然大悟

按照计划，今天准备去超市进行日用品采购。超市的供货基本上没有问题。部分生鲜食品的价格（尤其是鸡蛋）提高了大约10%-20%，部分商品（例如冰激凌）的品种变少了，但是完全没有缺货的现象。之前闹过的那些抢购大米、方便面、卷纸的问题也都解决了，只有方便面设置了限购。超市还很贴心地把大米、卷纸直接堆在入口，告诉大家：我们足量供应，没什么好抢的。不过我稍微注意了一下，发现口罩依然处于断货的状态。

现在进出商场和超市之前都需要填表、登记、量体温，超市也有人流控制。所以超市里面的人并不多，也没有出现排队结账的情况。政府还推出了一个叫作 Space Out 的网站，可以用来事先查询超市的拥挤程度，大家可以先看看人多不多，再决定要不要去“人挤人”。

按照政府的最新规定，今天开始强制全员出门必须佩戴口罩。我们这才恍然大悟，之前发的那些丑丑的口罩原来是为了这个。

2020 年 4 月 16 日，星期四

路边社

“路边社”这个词最近蛮火的。这缘于新加坡政府这几天公布数据的时间特别晚，大家又很急切想知道今天的情况，就会通过各种渠道问些小道消息。不记得从什么时候开始，每天都会有所谓的“路边社”发布今天的数据，而这个数据基本上又是准确的。所以大家每天都会在群里求：今天的路边社有消息么？

今天的数据是 728 人，官方公布的时间是将近半夜，但是下午这个数字已经在各大网络平台上传播，甚至有人已经把这个数字编成了数学题，再拿到网上传播。

新加坡政府对这件事很恼火，于是他们以卫生部为起点开始调查此事。新加坡有一部法律叫作《机密法令》（Official Secrets Act），其规定不仅泄露秘密资讯算犯罪，甚至连主动接受对方提供的相关秘密资讯也算犯罪。之前教育部有一个雇员因为提前透露学校准备停课在家学习的消息，已经被捕了。这次估计还要有人被抓。

2020 年 4 月 19 日，星期日

泄密

今天晚上 7 点半左右，突然有人敲门。开始我以为是送外卖的，结果打开一看是两名警察。警察找的就是我。我问啥事，警察说是关于泄密的事情，需要问我一些问题。

大概过了几十分钟，我终于搞清楚了来龙去脉。原来是因为 4 月 14 日那天，有人在下午 2 点左右问那天的确诊人数是多少，有另外一个人在微信群里发了一个摩尔斯码。我恰好学过摩尔斯码，就在群里转写成阿拉伯数字的 334。当然这个数字就是当天后来官宣的确诊人数。传播的时间在下午 5 点左右，即官宣之前，于是警察通过电信信息监控，自然会知道我这里有泄密的线索。

我给警察看了微信群的截图，也让警察拍了照片，跟警察讲清楚：（1）这个数字是我听来的；（2）我在当时不能确定这个数字的真实性；（3）我跟传摩尔斯码的人不熟，也不知道对方的真实身份。

当时警察原想没收我的手机做证物。作为律师，我当然知道警察有这个权力。不过我跟他们提出，我手机里面有很多涉及客户的律师保密特权的信息，因此不方便披露。警察可能因为确定我不是泄密的人，也可能觉得处理敏感信息太麻烦，后来便放弃了没收我手机的想法。

我想通过这件事告诉大家两个小知识。第一，新加坡警察有权力根据刑事诉讼法的规定收缴任何怀疑与犯罪有关的私人物品，大家都有义务配合，否则会有涉嫌犯罪（妨碍执法）的风险。第二，微信传输的文字内容对电信服务商是不加密的，电信服务商可以通过关键字检索的方式搜集信息。

2020 年 4 月 23 日，星期四

奶茶

今天，李显龙总理发表第五次电视讲话，宣布封城时间延长 4 周，到 6 月 1 日为止。同时宣布的还有进一步停止一些之前允许继续营业的商家。

不得不佩服一下新加坡人的脑洞。大家在这个时候最关心的竟然是——奶茶店要关门了。于是今天，全岛各大奶茶店都排起了长龙。估计大家是怀着喝最后一杯的心态在买奶茶了。

我倒是在关注另外一件非常重要的事：理发店也不能提供洗剪吹服务了。原来因为知道理发店可以继续营业提供洗剪吹服务，所以并没有特别担心头发太长的问题，但是现在理发店也要关门了，接下来视频开会的形象估计就要大打折扣了。律师作为服务型行业，当然希望能在客户、同行、法官等人面前留下一个好的职业形象，如果长时间不能剪头发，影响还是挺大的。其实很多人赶着今天去理发店排队，但我今天有重要的紧急工作要赶，没办法临时出门，只好作罢。

听到要延长“封城”的消息，朋友圈里的妈妈们一片哭天喊地。虽然我家里没有小孩，无法体会一边有工作要做，一边需要照顾小孩的痛苦，但是我能理解工作时不断被其他人干扰，无法专心的那种郁闷和沮丧。疫情期间，很多客观现实的问题确实无法尽如人意。我们能做的只能是乐观、坚持，希望能够尽快渡过这一关。

2020 年 4 月 25 日，星期六

女公务员

上周的泄密事件，今天新闻报道说抓到了一名女公务员，其已被停职接受调查。后来通过一些关系打听到，这个人似乎是我的学妹，和我一样从中国过来读书，然后移民留在新加坡。虽然我不认识她，但大概能猜到她在这之前的整个人生轨迹，即使不能说大富大贵，也算是顺风顺水了。新加坡是一个非常看重无犯罪记录的地方。因为这次事件，她大概率要背着一个犯罪记录了，这对以后的生活、工作影响都会非常大。

新加坡就是这样一个鼓励大家守法，对违法行为严格追究的地方。

2020 年 4 月 26 日，星期日

客工

“封城”以来，“客工”这个词成了新加坡社会最关注的话题。虽然新加坡每天都能报出几百个确诊病例，但是这些病例里，绝大部分是客工，非客工确诊病例每天少则几例，多则几十例。因此政府现在通报病例也单独通报客工确诊人数。这样做的原因在于，客工在新加坡一直属于被主流社会忽略的一群人，和主流社会的社交交集也比较有限。

在新加坡，客工特指持劳工准证，即到新加坡务工的外籍人员。这些客工来自各个国家，这里面也包括中国。这些客工在新加坡主要从事一些以体力工作为主的人力密集型行业，如餐饮业、建筑业、制造业等。他们的工资通常远低于新加坡社会平均收入水平，大部分住在雇主提供的集体宿舍里。

这些宿舍的环境比较差，一个房间通常住15-20人，卫生餐饮设施也非常缺乏。自“封城”以来，大家都没法出门，这些客工被关在自己居住的宿舍里，但无法避免彼此挤在一起，更无法维持所谓的“一米”安全距离。所以客工宿舍一旦有病例，就会一传十，十传百，渐渐地那里就变成了一个个陆地上的“钻石公主号”。

根据新闻报道的一份调查显示，客工一方面担心自己健康受影响，另一方面也担心因为无法工作而拿不到工钱。

我相信政府在制定“封城”政策的时候，完全忽视了客工的问题。虽然平时在街上能看到扫地的、修剪草坪的、开公交车的各种客工在为这个城市默默地服务，但我们对他们的生活的了解程度其实非常有限。在这次疫情以前，我甚至没有想过他们这些人的居住环境是什么样子的。

当客工出现大量感染后，政府迅速采取了措施。政府一方面将兵营等设施拿出来做隔离场所，另一方面下大力度对客工进行全面的检测筛查，同时派出医疗团队进驻各大客工宿舍。这也算是亡羊补牢了。然而因为检测的设备能力还是不够，所以到现在为止，客工的感染人数完全没有看到任何变化。真实的数据应该比政府公布的更多，只是因为无法进行检测所以无法确诊。

这次疫情对于他们来说是一场灾难。明明是来新加坡工作，付出与家人离别的代价，住着条件简陋的宿舍，拿着微薄的工资，只是希望能给家里寄回一些收入，让家人的生活变好。但是现在，反而连生命健康都没办法保证。

当然有人会问，为什么不回国呢？回国这两个字说得轻巧，做起来会面临很多问题。一方面，这些新加坡的客工来新加坡工作都必须通过中介，来的时候被新加坡的中介及本国的中介抽了一大笔钱作为中介费（如果我没有记错的话大概有好几万人民币），如果回国，这笔钱便无法偿还，这会给很多人带来一系列问题。另外，回国的机票贵得连我都觉得承受不了，让属于低收入人群的客工去承担那样的机票票价显然不现实。他们能做的，只能是在新加坡继续坚持，一方面希望自己的运气好一点，另一方面希望用自己健壮的身体硬抗病毒，渡过这一难关。

当然如果往好处想，经过这次疫情，新加坡从政府到普通民众也对客工旅居在新加坡的情况有了更加深刻的认识。从现在开始，会有更多的义工组织、政府资金项目开始关注客工在新加坡的衣食住行。希望在不久的将来，他们的生活条件也可以获得改善。

2020 年 4 月 28 日，星期二

100 新币

今天接到一个咨询电话，是关于工资的。之前提过，新加坡为了抗疫，政府给在公司工作的员工工资提供补助，要求公司足额发放工资。这位咨询者的老板，却一边拿着政府给的75%补贴，一边巧立各种名目克扣员工工资，于是他最后一个月拿到手的钱只有 100 新币。100 新币在新加坡，以最拮据的方式可以够一个人过一周左右，也就是完全活不下去的状态。

每个人在抗疫期间都有自己的困难。饭店顾客大减，但是店租即使减也是有限的。公司没有业务，但是各种成本并没有因此降低。许多人被迫失业停工在家，但是银行的房贷一点都没有减少。

在“封城”期间，有报纸报道好心的房东主动减免房租，但也有人对上企图从政府手中骗取扶持资金，对下各种不顾他人死活克扣员工工资。每个人都有权利选择自己面对疫情的方式。但我还是相信，人类之所以能繁衍到今天，绝不是因为尔虞我诈，而是因为我们是同一个群体。只有互相扶持，才能共渡难关。

2020 年 5 月 2 日，星期六

宣誓

早上收到纽约州法院昨晚发出的电子邮件，其告知我的纽约州律师资格宣誓仪式正式改到网上进行。宣誓群里有人表示还是蛮遗憾的，毕竟律师资格宣誓这种事也算是人生大事一桩。也有人说，我们算是创造了历史，将会是纽约州历史上第一次通过网络云宣誓成为纽约州律师的一批人。

在疫情的影响下，以前很多强制规定必须亲自前往办理的事情，都开始通过网络解决。渐渐地，人们发现，这些事情通过网络也是可以解决的，并没有像我们以前想的那样必须在线下完成。大学开始远程颁发学位证书，中学开始远程考试、面试，法院也开始尝试远程开庭。我相信在未来，生活工作网络化的进程将会向前跨一大步。

今天政府宣布：从5月12日开始，恢复洗衣店、理发店等部分商业场所的经营。我第一时间给我的理发师打电话，预约了5月13日。

另外，今天有人给我推荐看一个可爱的机器人，它被安置在公园里巡逻，提醒大家在公共区域保持社交距离，避免人群聚集。

新加坡自己研制的巡逻机器人

（图片来源：Youtube 视频截图）

新加坡

2020年5月9日，星期六

一视同仁

今天看到一则新闻，说一个中国籍劳工因为违反疫情期间的规定私自出门遭到罚款，但是因为他企图向执法人员行贿，结果又加了一条比违反疫情封城规定更为严重的行贿罪。

相信大多数人看到这则新闻时一定会暗自指责他：为什么到了新加坡还不懂得守法？但若深一层思考，大概就可以理解这个人当时做出这种决策行为时的心态。他们虽然吃住都有雇主承担，但是本来微薄的工资现在恐怕连个零头都拿不到。在这种情况下，突然要让一个人缴纳上千新币的罚款，会让一个手头特别拮据的人心理崩溃，从而做出极端不理智的行为。

我在这里绝不是要为违法者辩解。违反了法律当然需要接受相应的惩罚。我只是想说，如果大家都能有一些同理心，就更容易理解这些其实算不上大奸大恶的人，以及他们所面临的困境。

新加坡对于执法这件事一视同仁，不论国籍、肤色、身份，只要违反了法律规定，都会被抓、被罚。在隔三岔五的新闻报道中，被抓被罚的人里面有新加坡普通老百姓，有中国籍劳工，也有美国籍高管。对于某些不接受处罚还蓄意攻击商场工作人员和警察的，更是罪加一等，直接逮捕。根据昨天的新闻报道，“封城”一个月以来，总共有 29 个工作场所因为违反各项规定而被处罚款。

从我个人的角度，我很欣赏新加坡政府的这种办事方式和态度。一方面，前文不止一次提过：“法治”这两个字最重要的不在于严刑峻法，而在于违法必究，执法必严。另一方面，即使从一个普通老百姓的角度，我也会觉得，只有对所有的犯罪行为一视同仁加以处罚，才能彰显对于守法者的尊重，才能维护社会的公平正义。

2020 年 5 月 13 日，星期三

理发

从昨天开始，新加坡的部分行业重新开放。对我来说最重要的是又可以理发了。男生的头发一个半月不剪，便会向着鸟窝的形状发展。上个星期就打电话给我的理发师约了今天下午去剪头发。地点还在老地方，那是中央商业区乌节路上一个人气还算不错的商场。

结果整个商场看不到一个人。

空荡荡的商场（图片来源：作者拍摄）

不过理发店照常营业了。全员正常上班，各自忙着。我跟理发师聊起来，问他们最近生意会不会很好。理发师说：一方面剪头发的需求确实很高，预约都排满了；但是另一方面由于一些美容项目都不允许做，所以其实理发店的收入非常有限。我又问了他们这段时间怎么处理店租的问题，理发师说：由于政府给的补贴，商场也进行了相应的减免，所以暂时还算过得去。

总之，我的头发又能见人了，不会影响下周云开庭时的形象。

2020 年 5 月 14 日，星期四

一切都会好起来

根据计划，日记写到今天要告一段落了。可是全球疫情远还没有结束的迹象。到今天为止，各个国家都在猜测能抗疫的各种药物，在进行人体试验后又都发现效果极其有限，无法作为特效药大量投入生产对抗病毒，疫苗的研制工作也不是一朝一夕可以完成的。

其他国家的疫情还在继续。美国每天确诊两万多人，不少国家还在全面封城（封国），中国据说又出现了零星的确诊病例反弹。

新加坡虽然做出大概疫情会持续到 6 月底的预判，但还是决定从下周开始逐步放开各种社会活动。首先是学校毕业班分批回校上课，接着会有更多的行业陆续复工。同时，新加坡会选择性地小范围开放国境，并逐步恢复其作为交通枢纽和旅游热点的功能和作用。

在过去的小半年里，我经历了很多。家里至亲离世，却因为疫情的阻隔而无法送最后一程。虽然自己业务量增加，但是由于律所整体业绩不好而决定全体降薪，自己不但不能丧气，还得安抚下属和同事。而我的心情也经历了从疫情初期的亢奋，到中期的焦虑和慌张，再到现在的平静。

我们每个人面对的问题都不一样。我知道身边有些相爱的人因为疫情无法见到彼此，有些不爱的人因为疫情反而要尴尬地挤在一起。疫情让我们重新审视与身边人的关系，与社会的关系。

疫情总有一天会过去，我们会面对一个新的社会运作方式。就像我以前说过的那样，照顾好自己，照顾好身边的人，一切都会好起来的。

青草地上开满了小花

安　宁*

我目前在荷兰马斯特里赫特大学精神卫生与神经科学学院攻读博士学位，研究精神心理疾病的机制，曾参与TED talk演讲，讲述高中时期患抑郁症的经历，推广抑郁症科普知识的重要性。我本来已经和男朋友弗兰克回到了国内度假，顺便多留几个月找工作，可是没想到疫情暴发，返程机票取消，我被困在广州，弗兰克因为工作关系提前回去，我千方百计买到机票，绕道香港回到了荷兰，不料疫情竟蔓延至此……这些日记就是记录我回到荷兰之后发生的事情，我见证了荷兰在疫情之下的状况，同时感受到了人类抗击传染病的勇气和无畏，并思考到底活着的意义是什么。

在瘟疫肆虐的时候，最重要的是生存，一切奢侈享受和追求繁荣的欲望被迫搁置。人们意识到金钱和健康孰重孰轻，并开始思考自己工作的价值和意义：在这样的危机下，自己能做什么？除了躲起来，还能干什么？

同时人们对死亡有了新的认识。这是人类不同于动物的标志之一，也是让人类拥有精神文化遗产的动力之一。自己死后，能有什么留给后世？瘟疫是件坏事，同时也是件好事，它是一次精神修行，让我们思考死亡、价值和意义。

---

* 安宁，荷兰马斯特里赫特大学精神卫生与神经科学学院博士研究生。

2020 年 2 月 28 日，星期五

囤货

这几天媒体天天在播放关于新冠病毒的新闻，我非常担心好不容易离开疫区，荷兰也沦陷了。那我是不是要再回国去？

上个星期，我预定了一箱酒精湿巾，一盒 100 片，一共 50 盒。这周价格已经上涨了。本来想寄回国去的，目前看来要自己留着了。弗兰克也非常紧张，而且非常后悔，早知道就不是买 800 个口罩，而是 2000 个。当时想着 800 个已经非常多了，而且还有运输风险。可是两天内货被预订一空，是他没有想到的。现在荷兰已经买不到口罩了，好在我们家还有一些自用的，但说不定也不够，弗兰克一家人还有他的朋友，我的朋友，加起来一分就所剩无几了。

当初采访我的 NOS 荷兰媒体，今天晚上将直播关于新冠病毒的节目，从来不看电视的我们这次也乖乖守着电视等节目播出。专家们依然认为没有病的人不用戴口罩，我真是服了，荷兰人心太大了。

上个星期荷兰狂欢节，我对恩雅说，你千万别去。结果几天后爆出一个德国确诊的病人就曾在那里游玩了一次。

今天下午来了一个电暖工人，他和我握手，我在想，他会不会内心对我是恐惧的？“这个中国人会不会有病毒？”

他一走，我和弗兰克就直接开车去囤粮了。他说，必须做好准备，这里不像中国，这里的人不会乖乖听话的，今天我们要多买一些罐头蔬菜。

我脑子里浮现出超市里非常多的罐头蔬菜，从前我从来不买不看它们，那些罐头蔬菜都是荷兰人的口味。以前买过一罐，打开后闻了味道就不想吃，扔掉了。这一刻，我好像突然尝到了这个蔬菜，想呕吐。

2020 年 3 月 2 日，星期一

结婚

一大早起来就看到新闻说，荷兰有“7 个确诊”，晚上就到了“10 个确诊”。我们马上去荷兰爸妈家送去了口罩、酒精棉、手套。荷兰爸妈要来亲亲，我说：“这次还是不要亲吧，万一还在潜伏期呢？”

我们坐在沙发上讲述现在的情况，希望在疫情严重之前可以结婚，需要他们二老的身份证复印件。荷兰妈妈高兴起来，又要来亲亲我，荷兰爸爸也排队要来亲亲我，太热情了。我说："过了这阵子，我们在民政局宣誓的时候再亲吧。"

每周二早上 8 点到 9 点是免费领证宣誓的日子，那天要特别早起来准备。这样一个非正式的婚礼，此刻对我来说也是意义非凡。我询问说："荷兰有没有结婚证？"

荷兰妈妈比画着，有的，一个小证书。

我激动地哭了起来。弗兰克问，为什么哭？

因为是第一次结婚啊。

弗兰克说，希望是最后一次啊。

大家都大笑起来。

张爱玲有部小说叫《倾城之恋》，对于玩世不恭的富家子弟来说，婚姻是生命威胁下的产物。也许对于自由惯了、标榜不婚主义的荷兰人来说，瘟疫也是促成婚姻的理由吧。

2020 年 3 月 14 日，星期六

担心

荷兰确诊了 804 例，其中 5 人死亡。弗兰克一回家，非常焦虑，说他工作的地方一个孩子的家长新冠病毒检测呈阳性，但是孩子不知道有没有确诊，最近要安排检测。我一听非常恐惧，脑海里想象出各种结果。在荷兰，问题少年，比如吸毒的、网瘾的、精神障碍的会被要求离开原生家庭，生活在政府搭建的青少年营地，社工、心理咨询师、心理医生在那里负责照顾、治疗这些孩子。问题少年年龄跨度很大，从十几岁到二十多岁，严重的甚至三十多岁的都有。我去那里参观过，每个孩子都有独立的私人房间，每个人都有独立的卫生间，有大厨房、健身房，自修室全在一栋楼上。总的来说，比我在国内大学的宿舍好多了。从治疗到吃饭、住宿的费用全由政府支付。这是多大的支出，可这也是非常有道理的，孩子并不是属于父母的，孩子是国家的未来，出了问题，一般都是原生家庭有问题，因此这些家庭就会失去照顾这些孩子的权利。

我马上拿来酒精棉给他擦拭手指。他向我介绍那个孩子。这个孩子父母离异，父亲再婚，母亲瘫痪在床，真的是一个破碎的家庭，在这样的家庭孩子不出问题都不可能啊。估计是孩子瘫痪的母亲需要经常去看医生才感染的，我不禁非常担心这位母亲，也为她感到悲哀。我拉着弗兰克，担心自己会不会落到这样的下场，他说不会的，他不会让自己的孩子处于这样的境地。我们忐忑地过了几天，得到好消息，这个孩子检测结果呈阴性。我的心放下来，开始努力囤货。

弗兰克过几天要去军营驻地，他担心我一个人在家，于是教我使用一把步枪。这把枪有点沉重，我需要支撑在地上，或者举起来靠在阁楼墙角，或者阳台，或者把枪托架在窗口，他让我打开手电筒，大声喊："niet bewegen, ik zal schieten!"（不要动，否则我要开枪了！）

2020 年 3 月 16 日，星期一

升职

荷兰冠状病毒检测呈阳性的有 1135 人，确诊人数破千。每天我都要看荷兰内阁辩论，它以直播形式呈现，人人都可以看决策层的激烈辩论：到底要不要关闭学校和餐馆，到底要不要关闭国界……辩论主持人让不同的内阁成员一个接一个发表观点，数个小时的辩论，漫长，烦琐，长期得不出一个结论，让人揪心。关键时刻，的确需要一个可以拍板的人。经过几天辩论，荷兰终于宣布关闭学校。

恩雅给我发来了消息，说她提心吊胆好久了，终于不需要上学了。我还提醒她戴围巾蒙嘴巴，防止感染，同时也为她捏了一把汗。她说每次放学坐火车回家途中都有很多人咳嗽，她非常害怕，可是也不敢戴口罩，因为没人戴口罩，她害怕别人笑话她。的确，在阿姆斯特丹有华人戴口罩反而会招来防疫人员对他进行检查。在荷兰，戴口罩会被认为是生病了。健康人不会戴口罩，媒体宣传也说戴口罩没有用。

华人群里有人打算回国避难，但是路途遥远，风险多多，谁能说清楚到底有没有生病的人在旁边坐着。对我来说，在荷兰与弗兰克在一起，就让我安心了。

经过几天训练，弗兰克从军营回来，告诉我他升职了，但是部队要求他紧急待命。看着他背着比他大三倍的背包和行军床回来，我百感交集，担心他出现意外。我的私心希望他不要去，可是这是他的工作啊，我不能不让他去。我对荷兰政府的做法很生气，当初为什么不在机场检查旅客，为什么不测体温，出事了学校也不关门……现在已经不可收拾了。弗兰克说，一切都是经济，你想，如果学校关门，孩子的家长至少一个人就要在家看孩子。机场如果检查、隔离旅客，那就需要很多人手，需要很多钱。弗兰克给我看他的升职视频，那是一群比他还高的白人士兵往他身上浇灌啤酒，这是升职传统。可是我一点也高兴不起来。听同学说，我所在的医学院已经有了10个病患，而且附近在修建新的隔离病房。好在我在弗兰克家里，远离了医学院，远离了发病人数较多的省。我和弗兰克说起来，他眉飞色舞地说："你看我又救了你一次。"

2020年3月18日，星期三

一身冷汗

一大早，超市送货的来了。送货的说，我订的面粉已经没货了，所以多送了一袋蔬菜，当作替换。他端来了三筐我订购的东西，其中一筐是满满的蔬菜Andijvie，可是我明明只定了5棵菜啊，怎么要这样满满一筐！我蹲下去数了一下，这次的Andijvie和平时不一样，这次的又大又新鲜，一颗菜就可以比得上我和弗兰克两个头大了。明天荷兰爸爸要来除草，我们可以送一些菜给他带回去。冰箱很快挤满了密密麻麻的蔬菜，这么多蔬菜怎么吃才好呢，对了，晚上煮火锅吧。弗兰克自从认识我，火锅就成了他的最爱，还曾专门给荷兰爸妈做了一次火锅。他们没想到，这样简单的火锅居然那么好吃。弗兰克一听晚上吃火锅，高兴得不得了，马上把桌布从阁楼上拿下来，铺在餐桌上。

晚上，荷兰首相吕特要在电视里讲话，宣布关闭学校。我和弗兰克早早就守在电视机前了，吕特终于出来了，说了很多，总的一句话就是，病毒要扩散，大家要准备好一半以上得病，这样获得了群体免疫性，就不怕病毒了。说到这里弗兰克大喊：Bullshit！接着吕特又说，闭关锁国不可能，弗兰克又喊了一句：Bullshit！我端着碗筷被他吓坏了，筷子差点掉下来。接着，弗兰克走出门去，抽支烟，屋里火锅热气腾腾，香气弥漫，而我看到在花园抽烟的弗兰克就知道——他的焦虑和无奈，气愤和压力。

好一阵子，弗兰克进门来。他说，吕特是主导经济的党派，他会为了保经济而选择牺牲百姓。我们不能这样下去，你不要出门了，一步也不要出，还有，多洗手，一定要多洗手，不能大意了，不能冒险。一旦出现危机，我要去军队，你要照顾好自己。那一刻我感觉似乎自己突然没有了遮风挡雨的大树，头脑中想象出各种情形，如果弗兰克感染了怎么办，我要照顾两个八十岁老人，荷兰爸妈身体也不好，是感染的高危人群，我要帮助他们安排网购……

吕特的电视演说并没有让人们放心，反而是更让人担心了。说白了，“群体免疫”就是，你们自生自灭吧，优胜劣汰，活下来的就有了免疫。虽然我不是传染病专家，可是听到这个防疫办法，也是吓出一身冷汗了。

荷兰冠状病毒确诊破 2000 人！

2020 年 3 月 19 日，星期四

欣然答应

截至今天，确诊人数是 2051 人，看到荷兰疫情分布地图，我百感交集，如果我还在荷兰最南方马斯特里赫特（Maastricht），不知道我还能不能安全。好在我搬去了东边与德国的交界地带——暂时不严重的地方，可是未来不知道会怎样。

昨天一个在荷兰留学的朋友希望邀请一些留学生写国外疫情的经历，集结出书。我欣然答应，我希望我的荷兰留学日记可以有更多的人看到，同时希望给自己一段人生做一个记录。

今天弗兰克回来，非常焦虑，他说他经理的家人已经确诊了，经理本人没有确诊。他一回来就要和我保持距离，我冲上去搂住他，他把我推开了，说了这件事。荷兰爸爸在大口吃面条，每次他来帮忙整理花园，都要吃我做的西红柿面。荷兰人口味偏淡，不吃辣，喜欢酸甜，所以我买了很多酸甜酱，每次炒面、炒米饭就加很多。荷兰爸爸用叉子并用勺子艰难地吃了一碗面条，我给弗兰克也端来一碗面。他说，要避开爸爸，不能让他老人家处于风险之中，于是我把面放在旁边的茶几上。

我给教授发了几封邮件，说明现在的情况，希望尽快让我毕业。很快收到他的回信，说：“啊，安妮，你没有感染病毒吧，太好了，不过我现在需要忙着处理医院里面的紧急情况，未来两到三个月都没办法让你毕业啊，你自己照顾好自己吧。”劳伦斯博士后回信说，最近她要忙上网课，我的文章她也没空看，估计下午会抽时间看看。先把要发表的论文看了再看我的论文，具体什么时候就不知道了。

这时候，恩雅发来一个信息说，晚上全国要举行为医护人员拍手的活动，并问道："安妮，你和弗兰克会不会参加呢?"恩雅是我前男朋友的女儿，因为一直玩得好，就一直有联系到现在，我教她数学，她教我荷兰语，也算是在荷兰为数不多的朋友之一。

当然了，小天使，我和弗兰克也会参加。从中国带来的礼物也不知道什么时候可以亲手拿给她了，希望快点见到她。

2020 年 3 月 20 日，星期五

种菜养鸡

昨天弗兰克回来和我说，内阁辩论的时候，卫生部长布鲁因斯（Bruins）晕倒了，他给我看了他晕倒的视频。我看到后真的非常震惊！这几天，内阁天天都要辩论，恩雅也天天提示我要看内阁辩论。百姓人人可以看网络直播、电视直播——公开透明的决策。今天布鲁因斯辞职了，因为医生建议他不要继续操劳。

弗兰克和我要把茁壮成长的蔬菜移植到花园里，我们打算今天去 Gamma（一个 DIY 商店）购买豆角架子，还有木板和木桩，自己打造一个鸡舍。这样自己种蔬菜和养鸡，就不用依赖超市的蔬菜和肉类供应了。荷兰的房子一般都有两个花园，门口花园和屋后花园。门口花园里面种满了松树这样不用照顾的树木；屋后花园有 30 平方米，我想利用起来。自从在房间花盆里种了蔬菜，弗兰克就对这片地有了打算。荷兰爸爸整理了花园杂草之后，我们今天开始做移植了。弗兰克叮嘱我今天出门要小心，和超市其他人保持距离。被关了多日的我欢呼雀跃起来，终于可以出一下门了。我也想看看疫情下的超市是什么样的。超市里，收银员面前树起了透明板，防止飞沫传播；在收银处有提示，排队距离 1.5 米，防止病毒传播。

买到了 DIY 用品，我们还去了食品超市 Albert Heijn。那里也是人满为患，虽然提示保持距离，可是人们习惯了在超市的感觉，还是人挤人的。我和弗兰克拿着清单，购置了面粉、咖啡、培根、小葱，还有大蒜。最近我们天天吃很多大蒜，因为弗兰克听说大蒜能帮助提高免疫力，不知道是不是真的。我每天炒菜都放大量的蒜，弗兰克说自己放屁都是极臭极臭的，这样下去，虽然不知道大蒜是否提高了免疫力，但是大蒜的臭味让人们对他保持距离，也是可以防病毒的啊。

Gamma 超市内的 1.5 米社交距离提示（图片来源：作者拍摄）

荷
兰

Gamma 超市收银员面前竖起了透明隔板（图片来源：作者拍摄）

2020 年 3 月 21 日，星期六

口罩

到今天，荷兰 2994 人确诊，106 人死亡。

全国都缺少防疫物资，监狱里的犯人开始制作口罩，很多医院也自己制作，呼吁收集社会上的口罩。今天一个朋友问我还有没有口罩，我想了想还有一些，可以给她一点，我问弗兰克可以给我的一个朋友几个口罩吗？他非常生气，说：“现在我们都没有多少，还要顾及其他人？你疯了吗？”

“可是她老公在医院工作，很容易感染。”

“那是她的事情。安妮，现在就要自私才可以活下去，善良的人会死掉。”

我很难过，震惊，委屈……可是他说的也没有错。

在危机时刻，我们到底应该怎样做呢？人类的道德和牺牲是不是不值得呢？

2020 年 3 月 22 日，星期日

鱼排

今天一大早非常寒冷，下了霜，我担心豆角被冻死，马上跑下楼看花园的状况，很多豆角被风吹断了茎。我上网查了一下今天的确诊人数，达到了 3000 多人。过会我要上网课，今天有两个学生，一共要上四个小时。我告诉弗兰克如果他饿了就自己吃点面包，今天我无法给他做早饭和午饭了。网课期间，弗兰克起床吃完了饼干，又吃了几个面包，等我一下课，他说实在饿得不行了，要出门买鱼吃。荷兰的鱼店基本上会卖现成的煎炸鱼排，没有刺，拿走就可以吃。看来我不做饭，他就要依赖外卖和快餐了。我告诉他要注意安全，不要与人距离太近。

很快他带回三个大鱼排，煎炸得金黄，香气弥漫，我也开始大吃起来。他说，现在鱼店里人很少，而且不让现金付款了，怕感染，顾客们也刻意保持距离。

2020 年 3 月 26 日，星期四

整装待命

截止到昨天，荷兰确诊人数达到 6412 人，死亡 356 人。3 月 22 日，我收到政府的紧急短信，要求外出与人保持1.5米的距离，如果违反，警察有权对其罚款。政府宣布不允许3人以上的聚会。之前取消100人以上的聚会，现在也要取消100人以下的聚会。

我给自己买了一些小被子，可以在我读书写字的时候保暖，也可以铺在沙发上面做装饰。快递员按了门铃，我出门一看，他把快递早早就放在门口，在距离我很远的位置朝我挥挥手。现在快递员把物品放在门口就可以了。

弗兰克一回来就说，现在孩子们开始恐慌了，他们感觉自己不舒服，觉得患了新冠肺炎。还有一个孩子不写作业，告诉老师自己得了肺炎，结果弗兰克接到老师电话，发现孩子是在利用病毒骗老师同意不写作业。他笑着说如果他小时候遇到这样的事，也会装病的，哈哈。不过现在他是治疗师，必须严肃对待这事。

最近国防部要求军人整装待命，弗兰克准备好了各种装备，防弹衣、子弹、望远镜、头盔等，放在阁楼上，每天都去看看。他急切地想加入行动，养兵千日，用兵一时。就是这样，他说，希望自己能派上用场。

2020年3月31日，星期二

铁饭碗

这几日非常不安稳，阳性人数直接飙到了10 000以上！

今天开始，内阁决定之前原定4月6日的开学一直推迟到月底。现在人们还是可以出门，但要保持1.5米的距离。荷兰出动了无人机监测人与人保持距离的情况，学校继续关门，很多公司裁员，荷兰皇家航空（KLM）裁员了2000多人。

超市网店购物爆满，少数超市可以送货，大超市比如Albert heijn要求购物满250欧元才送货，现在即使购物金额达到250欧元，因送货时间排满了，也无法配送。我在Plus超市订购，满25欧元就可以配送，但是要交6欧元运费。运费就运费吧，比买不到、订不到要好多了。

弗兰克说他非常幸运，这时候换了工作。到政府工作，不用担心失业问题。现在荷兰的奢侈品行业和旅游业遭受重创，而医疗系统、国防系统以及食品供应等相关产业不会有事。现在最缺医疗行业的人了，他顿了顿，说，我们的选择都很不错，你在医疗行业，我在国防系统，都是铁饭碗。

2020 年 4 月 1 日，星期三

新鲜

这几日一直在家，出现身体不适，偶尔呕吐，我不知道是不是在室内太久的原因。今天一大早，我终于出门了，趁着街上没人，我跑了步，一边听荷兰语的录音，深深地呼吸几下新鲜空气。

上午 9 点，Plus 超市的人来送货了，非常新鲜的蔬菜。弗兰克说，Plus 是农民背景的超市，省去了很多中间环节，那里的产品都是直接从农民那里采摘送过来的，特别新鲜，从那新鲜的 Andijvie 就可以看出来，那么大一棵蔬菜，带着泥土和晨露，如果是长期待在货架上的蔬菜泥土会是干巴的，新鲜泥土的感觉是不一样的。

超市员工把两筐蔬菜放在门口，用银行卡无接触付款。但是同样地，很多蔬菜缺货。他给了我其他蔬菜。现在能买到这么新鲜的蔬菜，还能给送，已经很好了。我把蔬菜放进冰箱，弗兰克说，一听就知道这个员工的口音来自哪里，这个地方大部分都是农田。

弗兰克说，好朋友曼迪出现了发热症状，不知道会怎样。我担心起来，曼迪在老人院工作，也许在那边接触生病的老人比较多，具体有没有感染还不知道，一切都是未知，等待检测。

在荷兰性服务工作虽然是合法的，但是因为政府关闭了红灯区的表演馆和酒吧，很多性服务工作者遇到了经济困境。他们不能享受内阁财政补贴，所以不得不继续接客。他们有的开始网上接客，制作顾客定制的视频。

2020 年 4 月 6 日，星期一

高烧

截至今天，荷兰确诊 18 803 人，1867 人死亡！

昨天晚上，弗兰克下班回来感觉不舒服，就睡了，半夜他突然发起烧来，40℃！已经是凌晨了，外面天还很黑。他连忙跑到隔壁去睡，我给他敷了热毛巾，吃了药，倒了热茶，过了半个小时一量 38.5℃，头痛，浑身无力，但是没有咳嗽和呼吸困难，很奇怪。他让我戴上口罩和手套，反复测量体温到了7点。早上起来我做了鸡汤，他也没吃多少，9点多体温37.5℃，中午到了38℃。他联系了老板请假，还跟部队请了假。给家庭医生打电话，一直忙线，13：15打电话说是午饭时间，13：30才开始工作，结果到点还是一直忙线，好不容易打通了，就问了一下症状和工作地址，说在家观察到明天。

一个荷兰朋友给我发来了对面火车站的视频，救护车拉走了一个病倒的人，把他吓得一夜没睡好。我拉着弗兰克说，无论发生什么，我都会陪着他。

2020年4月7日，星期二

假装没事

截至今天，荷兰总确诊人数为19 580（新增777），住院人数7427（新增292），死亡人数2101（新增234）。

昨天晚上弗兰克开始有点呼吸困难，体温达到38.7℃，我把可乐瓶里面装满水，冻成冰，让他枕在脖子上靠近颈总动脉的位置。这里血管湍急，可以快速让血液凉下来带到身体其他地方。不断地测体温，拿湿毛巾敷在额头上，不断换毛巾，我不断安慰他，这一切都会没事，第二天也许医生会让你去医院。他说，不可能的，这是政策，现在轻症都要在家。

可是你现在呼吸困难。

好在我还可以讲话，不严重，没事的。可能是普通流感，放心，没事的。

唉，可是现在轻症不治疗，严重了又治不了，那不是会被拖死？

“不要说了！你越说我头越痛。”他吼起来。我戴着口罩已经快崩溃，眼泪瞬间流下来，无法控制住。我跑去隔壁房间哭，不断地哭。

在面对危机和坏消息时，人的第一反应是否认，安慰自己，不至于崩溃。我如果戳破这样的自我安慰，就会让弗兰克崩溃。其实我们都知道，他很可能是新冠病毒感染，可是我们都不能提，提了就会让我们这样的“假装没事”建立起来的心理防线崩溃掉。

我起身走下楼，开始收拾残羹冷饭和一堆堆碗筷，越是在绝望、焦虑和恐惧中，就越要让家里干净整洁。不仅仅是防病毒，还有让自己头脑放空，不要被恐惧和焦虑淹没，更重要的作用是，整洁的环境会让自己的情绪放松舒畅。

忙碌很久，第二天凌晨，我听到弗兰克不断长吁短叹的声音、喘气的声音，我吓得一下子起来，给他换毛巾，测体温，他现在 38℃。我给他做了一碗菠菜汤，加了很多鸡蛋花、大蒜、姜末，他喝了一些，然后说，对不起又朝你大吼了。我说没事，你现在生病，无论怎么样，我都不会抛下你，我会好好照顾你。很快他继续睡着了，没有接到医生电话。

中午再打过去，告诉护士他呼吸困难的事情，护士向医生报告了一下，然后说继续观察。我很崩溃，但是不能表现出来。走下楼，开始整理花园，这个时候我无法工作，根本无心看书。今天天气非常好，我在另外两排土地上种满了豆角和胡萝卜，给西红柿、南瓜、小葱浇水。阳光直射着我的头顶，忙完之后，我发现情绪好多了，而且还有了希望，等弗兰克病好了，可以看到长满蔬菜的花园，多好。

我打开新闻看到荷兰花卉市场因为病毒而不得不扔掉百万株花卉，荷兰郁金香那是一箱一箱地被扔掉，和垃圾堆在一起，让人心痛。百年来，荷兰都是世界上最大的花卉市场交易地，现在的惨状是前所未有的。

2020 年 4 月 8 日，星期三

取药

昨天半夜 2 点多，我听到弗兰克喘息的声音，还有病痛的呻吟声音，一下子就醒了。就像听到婴孩响动的母亲，马上就可以从睡梦里醒来跑去查看。弗兰克又高烧了，39℃，我马上给他拿退烧药和冰冻可乐瓶。他说全身疼痛，特别是头，我给他按摩穴位，以前在医学院的必修课中医针灸里面介绍，十喧穴、大椎穴、曲池等是退烧穴位，他说舒服了一点，之后我拿来冻成冰的可乐瓶让他枕在大椎穴上。很快他睡着了，我接到北京在医院工作的晓妈妈的信息，她到药房给我拿药，让 DHL 来送货，可是 DHL 说，现在无法运送药品，她很无奈，但是可以寄口罩给我。

早上 5 点多，弗兰克再次发起高烧，我又开始给他按摩穴位，冰敷，他又睡到了中午，体温降到了 36℃。他说饿了，我走下楼做了一锅鸡汤，加了面条和西红柿，给他端上去。

他发烧退了一些，我陪他打最爱的枪战游戏，他说你的名字是什么，我说，

Mrs Lindeman。他说，啊？林德蔓太太？

当然啦，我嫁给你不是成为林德蔓太太了吗？

我们打了几场游戏，他累了，就让他睡了。前几个星期，我们一直看相关新闻和电影，比如美国的《血疫》《末日病毒》，我还调侃问他如果我病了怎么办，他说陪我到最后，可是现在为什么不是我病了，而是他病了。我想起上个星期他去了一趟乌特勒支（Utrecht）参加考试，我脑子里咒骂荷兰政府为什么不停掉所有人的工作，封锁城市？到现在差不多一个星期，也就是说如果在那里染上病毒，潜伏期正好一个星期。

可是下午又开始到37℃，家庭医生打电话询问了情况，说现在这样他们管不了，打电话给疾控中心吧。可是疾控中心那边说，要联系公司的医生，让他们申请检测。弗兰克忍无可忍，咒骂着这一切。我说，荷兰不是世界上医疗条件最好的国家吗？

你看到这一切了，荷兰并不是最好的，现在这个系统无法面对危机，一下子就崩溃了。

我们可以去德国测试吗？德国检测能力强大。

别说了好不好，我们不能去德国检测，能不能不要讲了，我头痛。

我下午收到药房发来的邮件，说我的抗抑郁药物已经准备好，可以去拿了。我犹豫了，我到底要不要去拿？我的药还有10片，如果不去拿，下个星期就没药了，副作用会让我难受到不能动，可是如果去拿，万一我是携带者传染他人怎么办？或者我和弗兰克本来没事，我带来了病毒怎么办？我反复纠结着，外面阳光非常好，我问弗兰克要不要去，弗兰克也很犹豫。

我想起了过去，那是很多年前的事了，我天天被我妈虐待，她扇我的耳光，拳打脚踢之后，掐住我的脖子，快呼吸不上来的情景。患上抑郁症之后，我被我爸关进了他的黑工厂为他做工，一天十几个小时，没有周末，身体暴瘦，这样的事情是真实发生的，可是我那时候小，无能为力，抑郁症长期被耽误成慢性，吃药十几年，已经不能停了。后来我爸公司倒闭，他们躲起来，让我冒着被追债人绑架的风险。我的噩梦这么多年没有停过，我经常半夜大喊，惊恐地醒来。

这时候我接到奶奶的电话，她说和我爸打电话了，让他帮我，可他说没有办法。

奶奶，干吗费这个心，我爸妈早就不把我当人看了，你还会期待他帮我？

我毅然决然地走出门，去拿我的抗抑郁药回来，这么多年抑郁症让我活得太痛苦了，药物还能缓解一下。

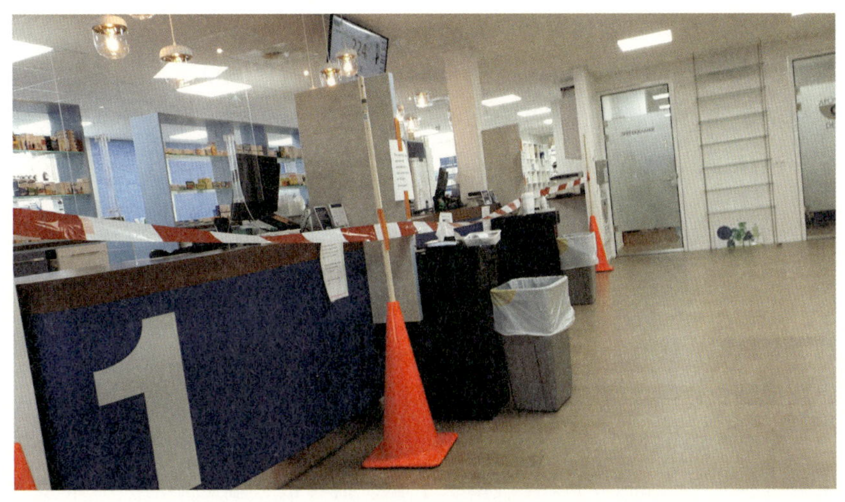

药店内的柜台拉起警戒线，收银员面前树起了透明隔板（图片来源：作者拍摄）

2020 年 4 月 9 日，星期四

分诊室

又是半夜四五点，弗兰克高烧到 39℃，我听到他难受地翻来覆去呻吟着，但他担心我休息不好，也不喊我。我马上起来到隔壁查看情况。他满身大汗，可是一直喊“冷、冷”，我从自己房间拿了一床被子给他。加在一起，已经三层被子外加一个睡袋了，还是喊冷。我冲下楼弄热水袋给他，冲一杯热姜茶。我亲手制作姜茶，用姜末煮水，加上一些绿茶和玫瑰花，让他喝下。端给他的时候，我听到他牙齿打颤的声音，我很心疼，可是毫无办法。我该怎么办？他说，不要走，陪着我。

我靠着他，给他按摩手指，陪伴他。弗兰克说一到早上 8 点就给医生打电话。就这样他很快靠着我睡着了。到了中午，睡了一点安稳的觉，他打电话给医生，那边护士又磨磨唧唧地说先给医生报告一下再说，让我们买布洛芬就好。我抢过话筒大喊：“我们一定要做检测！弗兰克死了你就是罪魁祸首！”

那边顿了顿说，那好吧，下午两点半去老医院的冠状病毒分诊部，看看能不能做新冠病毒检测。

弗兰克看着一向温顺的我变了一副面孔，很惊讶。如果继续像你一样礼貌地回应，就会被排到后面去！现在没有别的办法。

我们连衣服都没换就出了门，上了车，我让弗兰克戴口罩，他不愿意，他怕别人异样的眼光。我生气了，万一你不是这个病，可是到了那个分诊部很可能遇到病患，感染了病毒怎么办？他乖乖地戴上口罩。他已经很虚弱，可是这时还有很多车挡住去路，我说你把口罩给那个人看，让他们让路！他使劲鸣笛，估计是前面司机看到两个戴口罩的人，也害怕了，马上闪开了。弗兰克笑了起来，说："这个办法真好。"

到了分诊部，我看到一个女人从里面走出来，也没戴口罩。弗兰克下车要摘口罩，我提醒说，戴上口罩，离她远一点，万一她是病人呢？他戴上口罩和我走进去。那里有一位前台工作人员，坐在一个玻璃房间内，弗兰克拿起门口电话和她说是家庭医生转介的。门口有口罩、手套、消毒液，墙上贴着——最多允许2个人进去，先消毒，然后戴口罩、手套。我们戴上手套走进去，那是一个经过温馨布置的走廊。到了一个候诊室，只有我们两个人，我们坐着等，一个女人走进

分诊处的候诊室（图片来源：作者拍摄）

来让我们进去。我们走进诊室才看清，这个女人穿着雨衣一样的“防护服”，腿脚是裸露的，戴着一个类似熟食商铺里面的人戴着的帽子、游泳镜，一个带气阀的3M口罩、脸颊是暴露的！她旁边的一个男医生，穿着短袖护士服，戴着泳镜、3M口罩、头套，可是手臂是裸露的，可以看到他手臂上的汗毛！难道荷兰的新冠疫情前线就是这样的?!

他们问了很多问题，弗兰克答着。我补充道，他去过乌特勒支，重灾区，去那边上课，那里每个人都没有戴口罩。那个女医生开始给弗兰克测量体温，39.7℃，血氧浓度还在正常范围。听诊肺部，肺部有轻微的痰，男医生坐在我对面，说80%的新冠病毒患者都是很轻微的症状，我说那可以让弗兰克做检测吗?他摇了摇头，说现在他不严重。

可是，你说了80%的病人都是轻症。

他说严重了再检测，现在没有必要。他年轻，身体强壮，可以扛。一会儿做一个感染检测。

我已经要站起来骂人了，好不容易来一趟，不检测有什么用?一个患者要经过两个电话的“商量”（家庭医生与疾控中心），还要来过你们这一关?那不是要拖到严重了?可是我知道弗兰克超级爱面子，他不喜欢我在外人面前展露凶相，于是我不吭声了。可是脸色很难看。

回到家，我们去了药店多买了一盒扑热息痛和布洛芬。

2020年4月13日，星期一

家庭医生

弗兰克的病情加重，忽冷忽热地发烧。一会儿是热得受不了，我马上拿冰块来，过了一阵子，又是冷得受不了，我又开始加棉被。就这样来回折腾着，要时时刻刻在旁边守着，其他时间就是睡觉，一有响动我就要起来看看。不好的情况发生了——他开始咳嗽了，之前一直没有咳嗽。我买了糖浆给他，还是不能缓解。这时候终于等到了一个好消息，弗兰克的老板申请给弗兰克做检测，可医生说过了复活节再约个时间检测。那还要等好几天，弗兰克咒骂着。这个时候我看到新闻荷兰有25 000人和弗兰克一样，无法得到确诊。这样下去，荷兰这些官方确诊数字根本不能反映真实情况。这肯定是缩水的数字。

我又出门买了一些发烧药来，顺便买了一束郁金香放在弗兰克床头，看着他虚弱的样子我真的很心疼，可是我该怎么办？我接的很多工作也要见缝插针地完成——给留学生改论文，很多都是名校本科生和研究生的，一篇可以拿到1200元。可我真的很累，时刻都想睡觉。我一边照顾病人，一边改着这些论文。

今天下午，弗兰克实在受不了了，他再次给家庭医生打电话，又重复一次患病过程——似乎每次打电话过去，都要重复一遍。弗兰克生气了，吼了起来，那边让他开车去Hengelo，那里离这有半个小时的车程。他又吼起来，我病成这样了，无法开车！请派医生过来！于是那边答应，一个小时后医生会上门来看看。

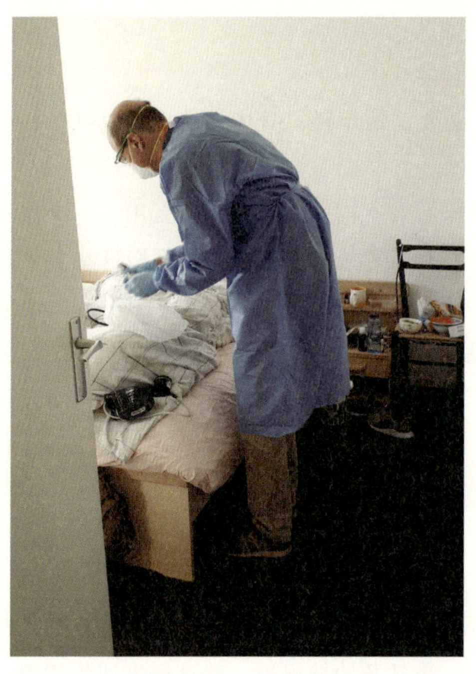

痛苦地躺在床上的弗兰克

以及简陋防护的医生（图片来源：作者拍摄）

我们等了一个小时，医生没有来，弗兰克咒骂着，他们在试探我们！过了一个半小时，门铃响了，一个戴着口罩、护目镜，穿着简陋防护服的医生出现在门口。他有点秃顶，很老，虽然弯着腰，但还是很高。他上楼查看弗兰克，给他测试了血氧含量，96%，体温40℃。我就像抓到了救命稻草一样使劲给他压力，弗兰克咳血了，你一定要救他。

门口停的救护车（图片来源：作者拍摄）

他说，发烧药继续吃。他又开了一点抗生素阿莫西林，就走了。我送他到门口，他打开门，开始脱防护服，放在一个袋子里，然后走向门口停着的救护车。车上下来一个护士给这个袋子再加一层，拿给我说扔到垃圾桶里。我抓住这个护士靠近我的机会，仔细询问，医生给开了抗生素，什么时候能拿到。我知道荷兰的办事速率太低，她说一会儿就有人送来。

“你确定会送来吗？”

“会的。”

我才放下心来，关上门焦急地等待。到了晚上 8 点多，天黑了，门铃响了，一个小伙子把药放在门口，在远处向我招手。我马上给弗兰克服用，他的烧退下来一些，睡了一夜安稳觉。

2020 年 4 月 14 日，星期二

检测

今天早上，弗兰克又开始不舒服，咳嗽、呼吸困难。虽然发烧减轻了一些，但是这样下去他受不了，给老板打电话，他已经说不出话来，只能打字。他说医生打电话过来，让我来说，他说不了话。过了一会儿，老板发来催促各个部门给弗兰克检测的邮件，十几封邮件，还有数十个电话。他真的很担心弗兰克。这时候，弗兰克打通了家庭医生的电话，要求吸氧，那边一个老头接起电话，重新问了一遍他的姓名、地址还有病情。弗兰克已经无法说话，没有耐心了，我拿起电话，说了一切，那边磨磨唧唧没有反应，弗兰克挂了电话。他终于打了急救电话 112。

电话那边又是问了一堆问题，好在没有反应慢速磨磨唧唧的老人家，他们答应派来一个医生查看。

下午一个中年医生按门铃。他在门口穿防护服，戴口罩、护目镜，然后给我一个口罩。我已经戴了一个口罩，他还是坚持让我再戴一个。我带他上楼，给弗兰克一个口罩。血氧浓度 95%，体温 40℃。他说，现在情况不太严重，不需要吸氧，然后他打开一个小包，取出试管。

这是新冠病毒检测吗？

对。

太好了，太不容易了。

什么时候可以拿到结果。

后天。

就这样他离开了。这时候 DHL 的车停在门口，下来的快递员要给我送快递。他看到门口医生全副武装，我也是戴着口罩，非常害怕，把快递包裹放在离我很远的地方，然后喊着，你叫什么名字？我回答她，她拿起电子签字板，写了几下，就走了。我过去把快递拿起来，那是北京晓妈妈给我邮寄的口罩。

2020 年 4 月 16 日，星期四

阳性

这几天晚上每天凌晨 3 点多，我会听到弗兰克咳嗽的声音，剧烈的咳嗽让我很担心。看着旁边的桶里被吐满了血，我吓坏了，马上下去给他冲药拿上来。好一阵子，他才又入睡。直到早上 7 点多，又是猛烈的咳嗽，他喊着，全身痛。

我给他冲了一杯牛奶麦片，然后倒一大杯果汁放在运动杯子里，这样他可以躺着喝。他说自己像个婴儿。到了早上 10 点多，弗兰克给医生打电话询问检测结果，那边说是阳性，我震惊了，怎么会？他生病以后我一点也没事啊，不是传染吗？他刚刚生病的时候，我还没有任何防护地照顾他，直到发烧我才戴口罩。我询问了在医院工作的晓妈妈，她说很有可能我是幸运的，是具有免疫的人。我把弗兰克确诊的消息告诉了我的教授们，他们安慰说我们是年轻人，不用担心。

医生要他待在家，几次血氧含量测量结果还是比较理想的，体质还是很不错的。医生认为他不需要住院，但是要求我和他一起，不能出门，当然这也只是一个要求，并没有人把守在门口。我开始网购，他需要很多果汁和牛奶，我还买了一些保健品。

最近收到很多朋友的询问，表达关心。在这里生病可以报销，工资照发，我们生活是没有问题的。很多朋友也说我，早知道就不要回荷兰了，但是我却认为这样我才更要来荷兰，如果弗兰克一个人承受这一切，太残忍了。荷兰人对亲情很淡漠，到现在他病成这样，他的父母和妹妹都很少打电话，更不要说来照顾了。我感觉到亲情的淡漠，但是也可以理解，这是荷兰的文化，即使是一家人，也是有距离的。

2020 年 4 月 17 日，星期五

好转

目前弗兰克的病情有好转，已经不发烧，咳嗽也减弱了，现在只吃抗生素阿莫西林。昨天和今天他终于主动说饿了，要吃东西，之前根本不思饮食，都是强迫他吃。经常是我做了一大碗吃的，他吃一口就放在一边，我只能把很多吃的倒掉。

今天早上他说要吃面包加奶酪，昨天说想吃鸡蛋西红柿面条，吃得不算多，不过也算好现象。昨天晚上第一次睡了一个安稳觉，没有猛烈咳嗽，只是偶尔咳并带血。

昨天一个师妹给我介绍了她的一个在阿姆斯特丹的同学，她专门跑来给我从东方行中国超市购买的一瓶川贝枇杷糖浆，还有从中国带来的药物——连花清瘟。说起连花清瘟，一个餐馆的厨师朋友上个星期说他的朋友在卖，在德国的现货，6 欧一盒。把我拉进群里后，她马上改口说 7.5 欧一盒，订购 10 盒才卖。我马上把她拉黑了，我很鄙视趁机打劫的人，也不想再和她有任何来往。

我买了一个听诊器，给弗兰克听肺部呼吸音，有一些积液的声音。他呼吸还是有困难，但是明显有好转了。我还买了一个血氧仪器，要下周才能到。他中午很想出去花园看看我种的菜，太阳很好，他终于下床走了一圈再回去。起码他可以下楼梯，不像以前呼吸困难连上厕所都是吃力。

我把花园打理了一下，心情也好了起来。

2020 年 4 月 21 日，星期二

中药

今天荷兰新增确诊 750 人，总计确诊 33 405 人，新增死亡 67 人，累计死亡 3751 人。

昨天弗兰克到花园的椅子上躺了一会儿，阳光洒在他的脸上，鸟儿在他周围鸣叫着，一派祥和的景象。一会儿他起来，拿来铲子翻了一下土。很快他感觉疲累，就继续到楼上躺下了。今天，朋友的朋友寄来了连花清瘟、维 C 银翘片、清火胶囊，还有念慈庵的枇杷糖浆，他好奇地拿着这些药物说，这些怎么吃，读不懂中文。

连花清瘟只有 4 粒了，其余的已经被吃掉。这次就给他全部吃掉吧。他已经不发烧了只剩咳嗽，我舀起枇杷糖浆喂给他。糖浆看上去黑糊糊的，比荷兰的咳嗽糖浆黏稠很多倍，他紧张地闭上了眼，吃进嘴巴里才睁开眼睛，说：“真好喝啊！再给我喝一口。”

“不行，这个每次只能喝一勺，一日三次啊。”

反正是纯植物的中药，也不会有事啦。我拗不过他，他主动拿起来又喝了一口。

我连忙把糖浆拿走了，怕他病好了，却对糖浆上瘾了。

2020 年 4 月 22 日，星期三

简单活着

“我不要继续吃中国菜啦。”

“为什么？你不是最喜欢中国菜吗？”

“因为我生病一直吃中国菜啊，现在一闻到中国菜就想到生病的时候。”

“可是我只会中国菜啊，要不给你做印尼菜吧。”

我在 Youtube 上查了一下简易的印尼菜，打算做几个 perkedel bentang。我从花园里摘了几根葱，把蒜捣碎，再把土豆煮烂捣碎，加入葱花和蒜泥，搓成小饼的样子，加盐和黑胡椒，放入平底锅里煎至两面金黄，香味扑鼻，超级好吃。我端给弗兰克吃，他特别喜欢，终于吃到不一样味道的东西了。

花园里面的豆角老是死，打电话向奶奶请教，她说要用屎尿当肥料。奶奶做的菜是我小时候最喜欢吃的，每次放假都会去奶奶家，吃饭前去菜园里摘菜，辣椒、西红柿、豆角、胡萝卜，太多太多。我和弗兰克说，听了奶奶的意见，我们要开始收集粪便，他皱了皱眉头说，我才不要在花园里大小便。

“我扑哧笑出来，不是让你在花园里大小便，是收集你的粪便。”

“我才不要，那我们要厕所马桶干嘛？如果在花园里面给菜施肥，邻居肯定会抗议。”

我只好作罢，为了种菜，我把家里全部花盆都种满了蔬菜，长大了就移栽到花园里，所有的牛奶罐、罐头罐，还有酸奶桶都种上了菜，能找到的罐状的东西也都种满了菜，最后我看着一个坏了的平底锅，觉得扔了可惜，也种上了菜，哈哈。与此同时，还把所有矿泉水瓶子剪一半，罩在菜苗上面防寒防风保湿。

最近沙拉菜长得很不错，正好弗兰克没有什么胃口吃饭，我就拔一些给他做沙拉，他吃了赞不绝口，太好吃了，超市里的不能与之相比啊。

当然了，自己种的菜都是有机的，我把厨余垃圾放在花园罐子里发酵施肥。我很惊讶一个家庭每天要产出多少厨余垃圾，鸡蛋壳啊，土豆皮啊，剩饭剩菜之类的。弗兰克对种菜越发产生了兴趣。我想起了回中国前，让荷兰妈妈帮忙照顾我的植物，她以为是花草、郁金香之类的，结果我们搬来了一大堆瓶瓶罐罐的蔬菜。啊，什么？蒜苗？荷兰妈妈手里捧着蒜苗，左看右看，惊讶地看着我们，说：“我还以为是郁金香呢。”

通过这么久的“有机”生活，我发现我们减少了垃圾，增加了生活乐趣，多晒了太阳并增加了运动量，而且还可以收获和超市不一样的甜美食物。经历了大病痛，种菜是让我增加希望和平静内心的法宝，以及实践那最具哲学真理的生活方式。“种瓜得瓜，种豆得豆”，在为今后长久发展提前谋划的同时，也要认清，虽然是谋划，可是人最重要的不过就是简单活着。在“活在当下”的生活信念里，一切名利都没有健康活着重要，那么就不强求、不固执一定要收获什么，努力了就足够了。植物就是这样，简单地活着，有机地活着，有阳光、有水、有土壤就满足了。

菜园一角（图片来源：作者拍摄）

2020 年 4 月 26 日，星期日

活力

前天，被憋坏了的弗兰克一下子从床上起来，跑出门去了，说要开车出去透透气。过了很久很久，我一个人在家写稿子，写了五六个小时他才回来，说去车行看了一辆新车，然后买了一些木头准备搭建一个鸡舍。他开始在家里进进出出的，就像每天晚上定时出来跑步的小仓鼠。家里突然有了活力，我倒是不习惯了。每天凌晨 3 点和 5 点我就定点醒来，睡不着了，习惯了要起来去照顾他。现在突然不用了，要等很久才能继续入睡。

下午他说要带我出门透气。我也很久没有出门了。我们到了农场和森林里，看到了久违的大自然和动物们。一匹匹马儿在草地上吃草，草地上盛开了小小的花，远远看去就像撒了一把把芝麻。

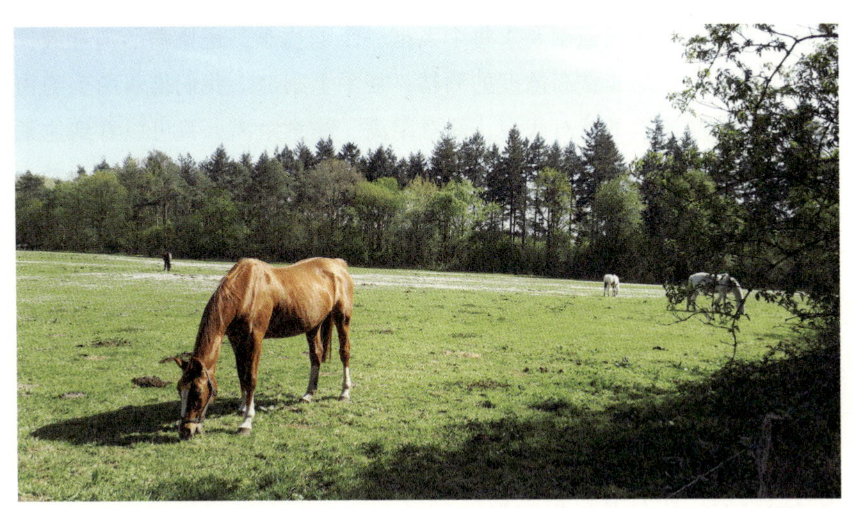

青草地上开满了小花（图片来源：作者拍摄）

今天开始继续上网课了，给一个要考博士的研究生师妹上课。她对神经科学非常感兴趣，但是因为缺少神经科学的研究经历，要跨学科去读神经科学的博士非常困难。我也是经历过从心理学跨学科到神经科学的过程。我和她分享我的经历，她非常感兴趣，很早就报名了。每次上课，我会系统地讲解神经科学，还穿插科研论文写作的技巧，让她尝试写我的博士论文里的一个小内容。她很聪明，可以全英文上课，这也是我强烈建议的，因为一开始就用英文来学习神经科学可以很好地建立用英文思考的习惯，直接看英文文献，上手写英文论文，减少了从中文到英文的一个艰难转换过程。我告诉她，要致力于和全球的科学家共同工作，就不能一开始用中文来学习神经科学。如果你只满足于在国内混个文凭，那就不要来和我学习了，因为我的学习资料都是英文的，我也习惯用英文讨论神经科学。她接受了挑战，而且现在已经上完我全部课程的 40%。

2020 年 5 月 1 日，星期五

哈哈大笑

昨天荷兰爸爸来帮忙搭建鸡舍的外围栅栏，他年纪一大把，但劳动能力绝对不输我和弗兰克。今天我和弗兰克要出门买一些爬山虎装饰花园墙面。到了花园店铺，很多老年人。这里强制要求每个人推一个购物车，还要喷洒消毒液，我把消毒液喷在手上，那是非常高浓度的酒精，在手上很凉。我们推着两个购物车进去，弗兰克小心谨慎，不断对我说，注意距离，注意距离，我可以看到他紧张到额头渗出了汗珠。他警醒地说，前面那个老妇人，离她远一点。我有点紧张，因为他很紧张，如果有人要越过我们，并排走的时候，我就会看到弗兰克的眼睛瞪得大大的，看着我，眉头皱起来，很凶悍的样子。我赶忙往旁边闪躲，可是购物车很滑，用力过猛，就会撞到旁边的货架，那上面全是一些花瓶之类的东西，我的购物车撞到货架，撞出花瓶碰撞的声音。我吓了一跳，急忙稳住货架，还好没有花瓶掉下来。我们继续走，到了一些放着水果树的地方，弗兰克说要不要买一些蓝莓，我说蓝莓是要酸性土壤的，这个要求比较高，所以蓝莓价格都很贵。他说，是吗？我说，你看看树苗上面应该写了的。他拿起树苗说明，恍然大悟，说，对啊，的确是酸性，算了。

然后他挑了两盆爬山虎，搬了两包草垛，慌慌张张、左躲右躲地要马上离开，我跟在后面，走出了商店。他一边走一边说，这些老人家真的不怕死，他们一点都不在乎距离，还常常往人多的地方靠。

到了家里，鸡舍基本建得差不多了。铺上了草垛，然后他说要去一个农场买两只鸡。他拿了一个箱子，说，你在车上待着不要下车。鸡舍这里是一片开阔地，旁边的栅栏内有很多蔬菜，大颗大颗地矗立着。

荷兰本就是个小国家，农村和城市没有明显的界线，三四分钟就能到农场。我在车里待着，他下车搬箱子，过了一会他拿着箱子回来。不要打开，这两只鸡太恐慌了。一路上弗兰克讲着这个土耳其来的农夫的故事，讲他如何从零开始建立自己的农场。这个土耳其人建自己的农场是因为爱好，他养鸡，卖鸡，养鸡，卖鸡。蔬菜自给自足。到了病毒肆虐的时候，他这样的人肯定不愁吃。

是你自己抓的鸡吗？

不是，他问我来着，说你要自己抓吗？

然后呢？

他看我愣着，不知如何下手，就随手抓了两只放到了箱子里。

哦，估计看你就是新手。

这个时候，我们听到两只鸡嘀嘀咕咕地说话，感觉它们像是两个老朋友。

一下车我们就把鸡放进鸡舍，结果没想到栅栏太矮，一只鸡飞起来跨过了栅栏，开始在菜地里面跑。弗兰克见状马上在后面追，这阵势就像一部喜剧片，一个在前面跑，边跑边咯咯嗒嗒地叫，另一个在后面追，从左跑到右，从右跑到左。我愣住不知道该怎么办，就打开栅栏门，等着鸡自己跑进去，弗兰克拿起扫把，把鸡赶进了栅栏，才松一口气。我们开始面面相觑大笑起来，哈哈哈哈哈哈哈，你的样子太搞笑了，幸亏你没有亲自在农场抓鸡，不然估计你要跑遍整个农场了，让人笑话死了。你看今天那只鸡边跑边笑话你，抓不到，抓不到，咯咯哒……

弗兰克依旧哈哈大笑，我们都哈哈大笑，笑得前仰后合，笑得眼泪流了出来，还是不停地笑。

2020年5月3日，星期日

抽离

最近总是下雨，淅淅沥沥地下，我们的宠物——两只母鸡，到目前为止已经下了5个鸡蛋。我和弗兰克很高兴，特别是弗兰克，他这么喜欢睡懒觉的人，很早就会去给鸡喂食，而且开始上上下下收拾房间。花园里面的仓库，收拾得非常干净整洁，焕然一新。我感到他恢复了对生活的热情，每当他望着这些在踱步的鸡，就感叹一声，真美好啊。

恩雅问我说，要给两只宠物起个什么名字呢？我想了想，说就叫作“Corona”（冠状病毒）吧。恩雅说，那么一个只叫“Cor”，另一只叫“Ona”吗？

NO，NO，NO，弗兰克的爸爸叫Cor，不能重名啊。可以叫Coro，另一只叫Nana。

恩雅发来一个哈哈大笑的表情。之后她突然发来一个信息，要跟我视频，但是要避开弗兰克。我很疑惑，到了楼上，恩雅打来电话，再三确认，你确定弗兰克不在周围吗？

对啊。他在仓库修理鸡舍。

哦，她笑起来，有点腼腆，然后拉来妈妈给我打招呼。她们告诉我一个惊人的消息：恩雅妈妈怀孕了。

我想起去年和她们见面，恩雅妈妈说要借精生子，她已经找了很多捐精的人协商。可是我一直以为也许只是个想法而已，不会付诸实践，没想到真的实现了。我也是一惊。

恩雅说："安妮，你是第一个知道的人哦，我们保密了三个月呢，现在已经是第三个月了。"恩雅妈妈打开她的外套，给我看怀孕日历衬衫，倒计时宝宝的到来，每天用笔划一道 X。她还给我展示怀孕阳性的验孕棒和买来的小袜子。我很为她们高兴，说，太好了，我要给小宝贝买礼物，以后我要抱抱他或她。对了，你们知道是男孩还是女孩吗？

不知道，想保留一点惊喜。

我突然想起来几个月前，恩雅给我发来了 muisjes 图片。这是一种糖豆，可以洒在面包上面，在荷兰这是送给生孩子的家庭的礼物，一般如果是男孩就送蓝色的糖豆，如果是女孩就送粉色的糖豆。

恩雅说，上次发的图片就是一个暗示哦。

她说，还不敢告诉爸爸，怕他生气。

我告诉她，不要害怕，你爸妈已经离婚了，你妈妈的自由他没有权利干涉。

恩雅说，爸爸最近一直不见她，因为和第二个女朋友 Ade 在闹分手，把女朋友赶了出去。

我很惊讶，说，我记得好像去年 9 月，你爸爸还邀请你参加他和新女朋友同居的派对呢。

对啊，可是大约去年 11 月，他们就分居了。现在在闹分手，爸爸说在考虑要不要和她在一起，可是他其实已经开始和其他女人约会了，我看到他送给其他女人的花。

你怎么知道？

花上面写了。是个西班牙女人。

我突然感觉很悲伤，因为想起了我和他分手的时候。那是前年的事情了，那时我逐渐感觉到他的心不在焉，便安排了一次修复关系的旅行，去鹿特丹听讲座。回来的时候，他一边开车一边给某个人发短信，我坐在副驾驶位置睡着，醒来看到这一幕。他惊慌地把手机藏起来，掉在了车里，我就知道发生了什么。我闭上眼睛，他以为我睡着了，继续发起短信。可是我在学校的时候，他好几天都不回我的短信，此刻却如此急切地给其他人回信息。我已经下决心了，算了，我必须离开，也没吵没闹。回到家，他在切着土豆，我直截了当地说："你在和谁发信息？"

"一个朋友。"

"什么朋友?"

"网友。"

"是我上次看到的那个网友吗?你们互相发裸照的那个吗?"

"不是。"

"你们在聊什么?"

"没什么,普通朋友的聊天。"

"好的,普通聊天,普通朋友,那可以介绍给我吗?"

"不可以。"

我起身开始收拾行李,好在我没有和他同居,我还有自己租的房间,我还是独立的女性,我还有我值得骄傲的事业。

他看我开始收拾东西,着急了,马上拉住我,给我道歉,大哭起来。

我回过头镇定地对他说,我的生活都是自己规划安排得很好的,但是你的生活一团乱,有个女儿还不好好珍惜,有个很不错的妻子也抛弃了,我不想和你在一起让我的生活也一团乱。然后我继续收拾东西,从他家走了出来。这样快刀斩乱麻的果断,因为太快,我甚至没有感觉到痛苦,直到回到家我才开始哭了两个星期,但是我知道这是正确的决定。

大半年后遇到弗兰克,我才发现舍得放弃,是给自己一条生路。不然就会陷入这个泥潭,消耗自己所有的能量。

恩雅说,她每天都收到爸爸女朋友的短信,说害怕分手之类的。可是告诉她,爸爸已经有别的女人了,她又不信,因为偶尔爸爸还会约她出来。

我说:"那不是变成玩具了吗?"

"对啊。他高兴的时候就见,不想见就不见。"

"你直接把我的故事讲给她听好了,离开这个男人才是正确的选择。"

"说了,她不信。妈妈也告诉她了,她也不信。"

"那算了吧,这是自己必须学到的教训。"

我突然想起一部电影,叫 *Detachment*,中文名叫《超脱》。但是我感觉《抽离》这个名字更好。是关于一个代课老师的故事。

意思是说,把自己置身事外,用旁观者的眼光去看自己经历的一切,这样就可以把身处痛苦中的自己抽离出来。

当主人公代课老师面对学生的挑衅时，一点也不生气，反而说，你扔了我的皮包，我一点也不痛苦，因为这个皮包没有感觉，我也没有感觉。

经历苦难的代课老师亲眼看着母亲自杀而死。因为外公对母亲的童年虐待，当外公咽气似乎想请求母亲原谅的时候，他却用母亲的视角去安慰他，让他安心地去。这些都是应用“抽离”的心理防御机制起到的保护作用。

如何修炼自己到“抽离”自我的境界，真的值得好好学习，我自己就受用无比。

在弗兰克染上新冠病毒的时候，我在旁边照顾他，将自己抽离出这个痛苦的境地，把自己当作一个普普通通的看护，不要加上其他情绪。我知道这些情绪没有用反而有害，是对自己不利的，更对弗兰克的病情不利。

另外，常年读《道德经》，也让我逐渐掌握了这个本领。平生第一本《道德经》是在罗浮山的道观里免费拿到的书，那时候我还是一个初中生，刚开始读不懂里面的话，但是经常读，琢磨一下，我才逐渐领悟到博大精深的内涵，它才让我如脱胎换骨一般。中国的传统文化是不断支持我的营养，使我可以应付很多复杂的局面。中国道家文化里有个“隐士精神”和“处下”的哲理，那是韬光养晦和以柔克刚的精髓，我也一直在实践着。

2020 年 5 月 6 日，星期三

兔子

截至昨日，荷兰新增确诊人数 232 人，累计 41 319 人确诊；新增入院 27 人，累计 11 153 人入院；新增死亡 36 人，累计死亡 5204 人。确诊人数逐渐下降了。昨天吕特在新闻发布会上说，要逐渐开放学校，而且要求乘坐公共交通要戴口罩。

因此恩雅下个月要去学校，她开始害怕了。她说，妈妈怀孕了，我不能得病，传染妈妈和宝宝。

不要担心，我下个星期给你送口罩，顺便去看一个中国同学，她要回国了。

是吗？太好了，可以发个口罩照片吗？

好的。

这是医用口罩吗？

对，我的家里人从中国寄来的。

可是在荷兰，普通人不能用医用口罩，医用口罩要留给医护人员。

这个口罩不是在荷兰买的，是从中国寄来的。

那我就给警察解释这个是从 Aliexpress 买来的？

你就直接说，这个口罩是中国朋友寄给你的就行了。

我好害怕，安妮，估计我要得病了，每天坐火车 30 分钟，而且学校里有 1000 个学生。

不要害怕，你爸爸不是可以开车送你吗？

他说偶尔，不是每天。他说要工作。

可是他可以早起送你啊。

对啊。

算了，你不要管其他人，戴口罩就好了。

我和弗兰克去附近两个地方拿免费的兔子和笼子。最近我们的鸡非常高产，下了很多鸡蛋。而且鸡蛋的颜色和超市鸡蛋不一样，新下的鸡蛋打出来的蛋黄是很正的黄色，而超市鸡蛋的蛋黄是橘色，差别很大。我送了三个鸡蛋给荷兰爸妈，他们也很喜欢新鲜的鸡蛋。

因为鸡粪便需要分解才可以当肥料，兔子的粪便不需要，我们便把鸡粪便放在肥料盆里，盖上土分解，然后我们打算养一个兔子，便在 Markplaats 上面找到了有人因为对动物过敏而想送出自己的兔子和兔笼。可是回来的路上，车里的降温剂没有了，车子被迫停在一个农场附近，然后叫来紧急救援的人来修理。弗兰克和我坐在一家猪肉铺旁边的凳子上等他们。猪肉铺目前关门了，门口放了消毒液。

他紧张地说，等修理的人来了，你要保持距离，不要太近啊。我点点头，跑到农场的草地上拔了一些草。修理员到了之后，和我保持着一定的距离，可以感觉到他在刻意保持距离。很快，车修好了，我们回到家，小兔子很害怕，但是我把它抱在怀里，它就安静了。我抬头看着弗兰克说，这就是我的孩子。

我们家的鸡“Coro” “Nana”和兔子“Corona”（图片来源：作者拍摄）

2020年5月11日，星期一

拜访

最近吕特的新闻发布会宣布，将开放理发行业和学校，昨天晚上我们去拜访荷兰爸爸妈妈。我们没有像往常一样行荷兰贴脸礼，而是远远地打招呼。荷兰妈妈端上一盘蛋糕，弗兰克第一次讲他的生病经历，感觉就像一个人在讲别人的故事一般。可见他已经恢复得很好了。荷兰妈妈很高兴，她说终于可以回到学校了，不过现在学校是让学生分成两拨，一部分上午去学校，一部分下午去学校。在学校看到孩子是荷兰妈妈特别钟爱的事情，之前她因为生病不能在学校看到孩子就会很着急。

第二天我们去看恩雅，先要去一个婴幼儿商店帮恩雅妈妈取一个免费的婴幼儿用品（blij doosje），因为恩雅妈妈没有车，恩雅爸爸也不再愿意帮她们，我便让弗兰克开车去取。然后我们要去一个超市拿礼物，因为之前网上预订的ETOS（荷兰杂货店）的纸尿布和玩具写错了地址和收件人，快递把这个礼物放在了附近超市。

我强调很多次，一定要保持距离，恩雅妈妈现在是个孕妇。弗兰克小心翼翼地进去打了个招呼，喝了一杯茶。恩雅又长大了很多，她说非常期待未来的宝宝，她要当一个好姐姐。恩雅和妈妈，现在没有别人可以依靠，只有她们自己。回去的路上，弗兰克说，他很焦虑、害怕，他可以感受到恩雅妈妈的担心，她的刻意躲避和回避让他感到无所适从。

肯定了，你刚刚好起来。但是人们对这个病毒不太了解，恩雅妈妈害怕也很正常。早知道，我们不应该进门去的。

对啊，在门口把礼物拿给她们就好了。

我来到这里就想起之前的事情，其实也是一个创伤，也许还是不进去比较好。

回到家已经很晚了，路上一共花了六个小时。我开始整理鸡舍，发现鸡和兔子根本无法成为好朋友，只能勉强和平共存，就像我和办公室里的荷兰人一样。

2020 年 5 月 12 日，星期二

未来

因为出版社催稿子，我不得不在此结束荷兰疫情生活的连载，当然我的生活还在继续。

截止到今天，荷兰一共有 42 788 人确诊，新增 196 人；累计入院 11 378 人，新增 35 人；死亡 5510 人，新增 54 人。在这样的日子里，我和弗兰克预约到市政厅办理结婚手续，大厅里人很少，仅有的两个人也是按照规定保持 1.5 米的距离排队。我们很早就到了，接待我们的是一位瘦瘦高高的女士，我们保持着距离到了一个小房间。我本来还在迟疑，这么小的房间三个人在一起会不会不安全，结果看到本来就不大的桌子上有个透明隔板，我们便各坐一边开始交谈起来。

这个女士让我拿出材料，出生公证、户口公证，她微笑着和我说英文，我开始说起荷兰语来。她很惊讶，不过弗兰克一脸笑意，就像“哈哈，你没想到吧，我老婆可厉害了”的样子。她说，现在还有一对在等材料的，是南非人。现在市政厅很忙，因为很多人因新冠病毒而死，要来注销 ID。那一刻我回想起弗兰克生病的日子，就像电影一般。她很快整理好材料，说让我们选个结婚的日子，在市政厅有小型婚礼，周二是免费的，我们就选在了周二。弗兰克说越快越好，什么时候最快？

6月份，16日，可以吗？

好的，你说呢，安妮？

我没有意见，都可以。对这个问题，我还没感觉到是一个多么重大的决定，感觉就像买一瓶碳酸饮料，弗兰克问我想喝柠檬口味还是橙子口味一样。

走出市政厅，弗兰克很激动，他说这是他人生的另一个阶段，没想到他居然会结婚。然后他自言自语地说着，嗯，我们要去准备6月份的婚礼，哦，去买戒指。

我还是一头雾水，懵懵的，然后环顾着周围的景色。教堂的钟声响起来，一排排联排别墅散落在周围。似乎，我就要在这里定居下来了，似乎，这里就是我未来的生活了；似乎，我看到了今后的五十年、六十年。

这时，我收到劳伦斯发来的我的文章的终稿，并抄送给了其他作者。看到第一作者依然是我，终于松了一口气。去年劳伦斯要把我的文章送给她最喜欢的比利时博士生当共同第一作者，我从退让到不得不勾心斗角，过程堪比宫斗剧的戏码。终于这篇文章再次属于我了，似乎我已经不是那个任人欺负的弱女子，而是一个强大的斗士了。

新型冠状病毒是人类共同面对的灾难，就和生活的苦难一样，杀不死我们的，只会让我们更加强大。

等待自由的荷兰小家

陈菽芊*

我是一个在法律行业工作的妈妈，目前主要时间在荷兰阿姆斯特丹大学法律系进修本科，以取得荷兰律师资格所需的学分，并在鹿特丹伊拉斯谟斯大学兼职做研究。我撰写的疫情观察日记，会以我的荷兰生活为主，但因为工作我会往返其他欧洲国家，与欧洲其他国家的友人联系紧密，因此也会穿插一些传闻信息与感想。在疫情之下，我需要与先生一起照顾停课在家的7岁小女儿，写下这份人生的记录，希望在未来孩子也能读到。

2020年3月13日，星期五

字条

比利时的办公室即将暂时关闭，接下来的两周（到3月27日）除了非常必要的员工，其他全员居家办公。看到同事们在办公室打包来去匆匆，真的有一种末日逃难感。我写了一张字条放在办公桌上，给两周后的自己。我一定会回来的。

其实我向来不喜欢戴口罩，觉得脸热，但这次从布鲁塞尔回荷兰的路上，要乘坐地铁、火车、公交车：口罩必须戴好！跨境火车刚过布雷达（Breda），就一

* 陈菽芊，法律相关从业者，现居荷兰。

直听到此起彼落的咳嗽声，我内心感到微微的恐惧，因为北布拉班特省是目前为止疫情最严重的区域。回到家后，我感觉这在路上奔波的三个半小时比平时显得更久，精神一放松，头一沾到枕头就立刻睡着了。

2020 年 3 月 18 日，星期三

压力

荷兰“封城”第 3 日。和小孩一起做了学校布置的网络作业，其实是很简单的乘法作业，但我几乎和小孩吵了起来。也许我和她心里都感到有些难以言述的压力吧。

下午去超市采购，想买鸡蛋但货架上已经没有了，牛奶还很充足。

在路上，许多荷兰人很随意，并无警觉，停课停工还带着小孩在超市或是户外游乐场聚集。

一个在阿姆斯特丹市区工作的朋友告诉我，她的同事上周确诊，但此事竟然没有告知办公室其他人，导致其他同事在全面居家工作之前毫无警觉，继续通勤、开会。而荷兰人是完全没有戴口罩习惯的，这在无形之中不知道已经传染了多少人。虽然一直告诉自己要看开，要镇定，但没法完全掌控自己生活的感觉非常糟。精神也非常紧绷。

2020 年 3 月 20 日，星期五

欣赏

新闻中没有什么令人兴奋的消息，短短 3 周，荷兰就从确诊 1 人攀升到 3600 人，看了心情实在好不起来。但是在社群媒体“领英”上却有两个令人感动的信息。前几日，一个美国纽约的律师，在“领英”公布自己确诊，让近距离接触他的朋友与同事能够尽快向医院申请检测。他真的是一个负责任的人。公布自己的隐私其实不是一件轻松自在的事情，还要面对可能的排挤。也正因如此，他的勇气和责任感，我很欣赏。

另一则信息是关于一个荷兰的实习律师回医院担任护理师。这位同行先前是有二十年经验的护理师，今年 1 月才正式加入律师公会开始实习。在新冠病毒的危机下，林堡省（Limburg）医疗人力吃紧，她向事务所申请留职停薪，暂停实习律师的两个月训练期，回到她原先工作的医院，帮助她的同事。荷兰律师公会在这个非常时期，也允许了这个请求！这样的事情虽没上电视新闻，但却让人精神一振。

2020 年 3 月 28 日，星期六

傻笑

在线用 Zoom 看了一场国际研讨会，觉得非常有趣！这一场是由美国的一个税法教授组织的，用于给他们的学生在线教学。主讲者人在葡萄牙，因为疫情不能按原订计划飞到印第安纳州。组织者在社群媒体上广为宣传，因此我们这些同在税法圈的人，也有幸免费参加。这样的机缘，若不是在这个难以预料的时刻，我可能也不会参与其中。会议开始时，组织者请大家打开摄像头，对着傻笑，因为她要拍一张“团体照”给系主任看，同时放在社群媒体上做宣传。谁又能想到，我与这群知名大教授同框的历史时刻，是穿着家居服对着电脑傻笑呢？

2020 年 4 月 2 日，星期四

重要职业

上周居家避疫，心情比较低落。主要是因为看到荷兰的公共卫生政策以保存医疗资源为最重要的目标。所以官方指示是，确诊者只要呼吸道不适症状完全消失 24 小时，就可以回到工作岗位，完全忽视世界卫生组织建议的自我隔离 14 天（荷兰政府宣称 14 天在家太过奢侈）。特别是医护人员，只要没有再出现症状，就可以回到医疗院所。于是一位在自己诊所工作的家庭医师，确诊三四天后觉得身体已经好了，出门去慢跑 9 公里不说，还上电视的谈话节目与其他来宾大谈确诊体验（她当然也没有戴口罩）。许多荷兰人先入为主地认为，新冠肺炎不过是比较严重的流感，小孩子不容易得，年轻人抵抗力好，即使感染也可以很快恢复。甚至连第一线的医生也是如此。看到身为家庭医师，确诊后还出门大摇大摆跑步锻炼，甚至上电视节目，一点也不担心感染别人，我气得早早睡了。

更令人忧心的是，我家隔壁邻居通知大家，他确诊了。他描述：一开始只有像是流感的症状，但随即转成呼吸困难。他去医院住院吸了几天氧，就被医院要求回家休养。14 天后就可以出关自由活动（是的，荷兰没有人力与资源检测轻症患者，也没有能力检测康复者是不是还有病毒传染力）。原先每天早上我还会趁着路上都没有人的时候，到旁边的树林散散步，现在是一点心情也没有了，出门去超市采买也改为一周一次。要出门，口罩戴得严严实实。出于忧心我上网查了下，我家所在的这个区 2020 年 1 月统计常住人口 91 000 人左右，比花莲市还少。但今天记录在案的感染人口就已经达到 93 个（31 个重症到要住院）。看完心累。

居家避疫进入第 3 周，我的脑子似乎慢慢能够接受事实，然后分析事情了。这次全民停课在家，也打破了我个人对于荷兰教育的刻板印象。一般来说，荷兰的小学是不留作业的，全靠小孩自觉和天生的才华。大部分家长也能接受，12 岁自然分流，只有 20% 左右的小孩能读学术型中学，然后上大学。但这次必须全民 homeschool 的时候，各校布置的网课作业都非常多，家长也打开了荷兰基础教育的“黑盒子”，自己监督小孩做作业。与此同时，这必然会带来阶级的固化。可以在家工作的家长，多半是白领与中产以上，在家工作的同时，还花时间监督小孩做功课甚至亲自教导。但维持这个社会运作最重要的员工，送货员、快递员、垃圾清运的人，他们并不会因疫情而停止出门工作，这些“社会重要工作者”的小孩，也都可以继续上学或去安亲班（政府全额支出安亲班的费用）。但学校老师和安亲班员工所能给予孩子的关注力及教学资源，其实并不比中产家长在家里自己教导多。

我深深反省，在这场疫情之后，“重要职业”的定义应该重新思考了。这些每天照顾着市民生活的人，往往被认为劳力密集、门槛低、薪水也低，实在不公平。荷兰虽然没有高考，但能够上大学，然后领取白领阶层薪水的，也多半是原先就出身于中产阶级家庭的孩子。许多荷兰的教师还有社会学家也纷纷发声，这次疫情暴发，很可能会加剧社会经济地位较低家庭的孩子与中产阶级孩子的地位不平等。许多孩子停课在家之后，老师甚至都联络不到人了，更不要提很多家庭不会有足够的电脑提供给每个孩子使用。

2020 年 4 月 3 日，星期五

友人

昨天得知，隔壁的邻居确诊新冠肺炎后呼吸困难，于是住院吸氧。几日后病床紧张，他就返家自我隔离了。自从得知他确诊，我的精神遭受了一点打击。虽然荷兰的居家避疫，并不禁止出门购买生活日用品，我的口罩库存也十分充足，但我开始变得畏惧出门。听到许多无症状感染者会传染别人的消息，更觉得害怕。

不敢去走路 5 分钟就能到达的超市，我一直很纠结，到底要不要出去买牛奶。没有牛奶，就无法有好喝的咖啡，我感觉自己就更低落。这实在是好无聊的小事。状况好的时候，觉得自己还行，还可以看看书，关心家人朋友，做做杂事。但开始紧张的时候，就觉得坐立难安。

一个艺术家友人在台北，之前她家里有人疑似肺炎症状，全家居家隔离 14 天，于是分享了她的日记鼓励我。其中有一句很打动我："不恐惧、不歧视，当他只是一句转贴的口号，是容易的，但是落实到生活中，是难的。"现在台湾地区的疫情控制做得很好，没有大规模的社区感染，但疑似感染者心中害怕被排斥的恐惧心情，依然是沉重的。她不打算现在将日记公开发表，担心小孩被排挤，但我认为，等到这一切都过去，这些心情记录都该公开，这都是对人性软弱的反省。

2020 年 4 月 5 日，星期日

特别的回忆

因为每次看与疫情相关的新闻都会造成很大的心理压力，所以我决定做一些别的事转移注意力。我转向了波兰文学。我的好友是一名波兰文译者，翻译了诺贝尔奖得主辛波丝卡以及其他许多名家的作品，她也寄了一些她的译本与我分享。好友告诉我，不是每个波兰人都喜欢辛波丝卡，因为辛波丝卡曾经有很激烈的特定政治倾向，甚至签署公开信，要求处死其他政治犯。虽然后来她得了诺贝尔奖，并且扬名全球，但在很多波兰人的心里，她的作品固然美，人品却非常可怕。我向波兰同事求证这个观点，他也表示非常赞同。而我过去其实并没有想过，辛波丝卡竟然也是一个有争议的人物。

说到疫情中与同事的交流与互动，这也是一大意外。三月份时，我搬到布鲁塞尔，开始短期实习；但疫情暴发后，我就回荷兰以在家工作的方式继续实习，后来比利时荷兰边境关闭，没有绝对必要而径行出国的人会收到一张罚单，所以我不确定具体什么时候才能再回到办公室，毕竟实习生真的不是组织不可或缺的人。在疫情暴发、全员居家工作之前，单位同事之间的阶级感很重，不要说主管了，其他同事彼此也并不互相交谈，都在忙着填满自己的工作时间表，自然也没空搭理我这个小小的实习生。但自从居家避疫之后，每周的单位在线会议，我都可以参加旁听了，甚至大家都在一个 WhatsApp 群里。还有一次开会，看到同事误开了摄像头，穿着睡衣满脸胡子（他说要等疫情过后才刮胡子），大家都忍着不笑，但心里充满了好笑的违和感。职场同事之间的距离被迫拉近，有时候还被迫要闲聊（因为主持的主管会点名每个人发言）。也许等到疫情完全结束时，我的实习期也已经走过，2020 年这届实习将会是最特别的回忆吧！

2020 年 4 月 7 日，星期二

小熊

复活节前，继续在家工作。因为看到英国首相进入 ICU 病房的消息，我感到非常颓丧。为了排解自己的苦闷，我这几天都在日记本上作画。甚至还会怀念过去平凡生活里面小小的碎片，比如非常难喝的办公室咖啡，微波食物口味的食堂午餐……想着想着居然流下眼泪来。

办公室的人力资源主管，似乎知道同事们在家很闷，开始了一个“每周挑战”的企划：一周一个主题，同事们可以依主题寄自己拍的照片。其中一个主题是“guilty pleasure”，翻译成中文就是“让人有罪恶感的小快乐”。因此我看到了很多同事分享零食的照片。我寄出的是我的彩色纸胶带收藏：因为在单位的每周语音会议时，我都会默默在旁边玩我的纸胶带，粘粘贴贴好不快活。还有一个主题是“春天来了的证据”，我寄去的则是我自己画的一棵树。做这些与艺术相关的小活动，可以让我短暂忘记紧张的生活。

我观察到小孩在家的大部分时候都还蛮快乐的，情绪也算稳定。但是如果是到了学校网课的时间，她就会变得很抵触而且会反抗。她说：“我喜欢上学，我不要用 Zoom 上课！很糟糕！”甚至会哭起来。虽然她年纪还小，不到 8 岁，但她也懂得那种生活被限制的不自由。

疫情暴发之后，绝大多数小孩被迫在家上网课，一些荷兰人因此发起了一个活动：在自家的窗户放上小熊，让在户外散步的孩子，看到之后，可以感觉自己并不孤单，好像有人给自己发送了一个秘密的暗号一样，非常温暖。

居家窗户上所挂的“小熊挑战”
（图片来源：作者拍摄）

2020 年 4 月 20 日，星期一

争论不休

上周过了一个复活节假期，强迫自己不要想着工作没做好，而试着去照顾自己当下的心灵。感觉似乎好了一点点。放下对小孩学习课业以及学习中文进度的执着，承认自己在这场疫情之中，并不是“在家而能工作，或应该继续更有效率积极的工作”，而是“被迫关在家而试图工作”。因网络便利，我仍能联系居住在欧洲其他国家的友人，同时我也收到来自多年未联系的好几个朋友的问候，他们也顺便与我叙旧。还是感觉非常温暖的。

一位在英国教书的好友和我分享了一篇英文文章，大意是，即使是双薪白领家庭，在疫情下没有立刻失业的危机，在家里一边工作一边照顾小孩，也是难以想象的心理重担。她说这篇文章她看得忍不住眼眶一热，对此，我也有同感。现在偶然看到市政厅发出的阿姆斯特丹街拍视频，看着人烟稀少的街道，秀丽依旧的市容，心里都会一紧：我多么害怕，这些美好的一切都不再属于我。害怕病毒不会被成功控制，害怕不能再享有在街上自由散步的小小幸福。甚至连看到自己拍摄的旧照片，都会有微微颤抖的心情，如果不是因为这次疫情居家，真没想到我是一个心灵这么脆弱的人啊。

荷兰议会正在提出，大厂商到 7 月 1 日之前不能以清库存的方式减价大拍卖。其目的是要保护疫情之下的中小企业。欧盟也在研议如何适用“不可抗力”的法律概念。面对这个“黑天鹅”一样的情势，法学研究者与实务工作者都要重新拿起价值的天平，努力去衡量这个困难的情况。

上周看到一则比较有争议的新闻：阿姆斯特丹的一个冰淇淋店，因为疫情不卖冰了，改卖口罩，3 个 25 欧元，只用现金交易。店主表示，他一个月要支付 4000 欧元的店面租金，现在餐饮业继续停业，不得已他只好另寻商机。此事一报，荷兰网民群情激愤。讽刺的是，荷兰的防疫中心固执地一再表示，不建议健康的人戴口罩，口罩对于防止传染没用。是否配戴口罩在荷兰人民之中竟然形成了类似宗教信仰一样的意见分歧，而非基于科学的决定。支持戴口罩者，举例欧洲邻国例如比利时、德国要求人民戴口罩，说这显然对于防疫有效；反对者则表示防疫中心更了解荷兰民情。至于我个人，因为长年容易感冒，家里总是备有许多口罩。在疫情刚暴发时，除了分给英国的朋友，还寄了一点到比利时给同事应急，他们都很感激。只有荷兰人在这件事上争论不休，我也感到非常不解。

不只是各企业的生意，这场瘟疫影响的范围是方方面面的，甚至在意想不到的地方。比如市政府在官网上特意公告周知，请市民不要再将旧衣回收至回收箱，并且政府也会将街上旧衣回收箱取走。但基于环保考虑，政府仍鼓励市民将不用的旧衣服留在家中，而不是扔入杂类垃圾箱。暂时取消旧衣回收是因为疫情，回收旧衣卖到国外的交易，已经完全停摆，目前垃圾回收单位已经不可能再消化更多的废弃旧衣。我看到这个小公告，一下子也有点意外，本想趁着在家，心烦的时候就“断舍离”一番，现在只好收手。估计有这样念头的居民应该不少，因为市政厅的垃圾收集站也同样贴出网上公告，告知大家：垃圾收集站比往日繁忙许多，因为人力和空间都有限，敦请市民暂时不要再载着大型垃圾到收集站来丢弃了。

从韩国的经验来看，使用智能手机监测疑似与确诊的患者，并发出警告，对于控制疫情似乎有帮助。荷兰目前有 7 种 App 被公开讨论。而根据隐私权学者及政府内部的法律官员的意见，此类 App 实在很难符合目前荷兰的隐私权相关法律的标准。说实话，看到这种讨论，我第一个反应是微微的愤怒。这种人命关天的时候，面对可能是史上传染力最强的病毒，在讨论“个人权利不愿意被公权力或是其他人介入的界限”之时，我有一种“何不食肉糜”的感觉。讽刺的是，个人信息保障、隐私权等主题，一直是我的研究兴趣之一，我几乎可以说是个人信息保障权的强力支持者，曾经也发表过一篇讨论国际税法与信息保障的小文章。我必须承认，在这样困难的时刻，自己对于公权力与个人权利界限的规范，开始觉得非常迷惑。即使是写了这几段日记，心里还是摸不着头绪。

2020 年 4 月 21 日，星期二

孩子

因为确诊而去吸氧的隔壁邻居，他康复了！住了一周医院，好转后回家休养，过了 3 周没有症状，也可以出门散步了！他看上去瘦了很多，人也一下子看起来老了不止五岁。自从知道他确诊之后，我就变得特别神经质，甚至不敢出门买菜，只敢网购。看到他好起来，我心里觉得安慰许多。日子仍然得过下去，所以我还是戴好口罩，勇敢出门了。

下午荷兰内阁总理开记者会，宣布自 5 月 11 日开始，小学可以开始开放上学。但并非全面开放，而是要维持社交距离。大型活动仍然全面关停到 9 月 1 日。根据荷兰防疫机构的研究，先开放小学的原因在于：小朋友即使染上新冠病毒，症状也比较轻，而小孩传给大人的概率，远比大人传给小孩的低，所以从小孩开始解封，会是比较安全的做法。0－12 岁的病人只占荷兰新冠病例数的 0.7%，而这期间因为有流感症状，到家医处就诊的小孩，多数检测后都是阴性。

我个人对于荷兰政府的研究以及数据的诠释方式，心中仍有疑虑。事实上，也有人批评官方防疫机关过于偏颇，可能低估了危险性，而仅以复苏经济发展作为考量，想要尽早解封。但我观察，我的小孩在家将近 40 天，确实心情忧郁。她没有兄弟姐妹，只能偶尔和朋友视频联系。因为上网课、写作业而与我产生冲突的频率也变高了。作为家长，真的是一颗心纠结着：一方面担心这种病毒传染、变异的速度太快；另一方面，我们也不可能把小孩留在家里到 2022 年。她在家里看似轻松，但实际上还是想念着能够上学、看到她的小伙伴，过正常社交互动的日子。对我来说，要不要让我的小孩走出家门去上学，孩子的心理健康发展，也是一个考量的因素。

和亲爱的人因为疫情而分离的伤感，这时期，我们家也略有体会。家人现在无法来荷兰探望自不用说，自孩子出生 8 个月起，我们就托一位做专业保姆工作的邻居奶奶照顾她，一直到她 4 岁上学，现在都要 8 岁了。孩子 4 岁正式上小学后，每周有一个下午，邻居奶奶和孩子是一起度过的。我们工作忙碌不能请假的时候，也是邻居奶奶帮忙照顾。虽然彼此是雇主与服务者的关系，但孩子在邻居奶奶心中的地位，和她对亲孙女的感情也没什么不同，奶奶有我们家的备用钥匙，我们彼此信任。但自从 3 月中旬停课，因为保姆奶奶 68 岁，属于危险族群，我们居住虽仅仅一街之遥，但也不敢再让孩子和保姆奶奶一起玩耍了。而昨天保姆奶奶送生日蛋糕过来，孩子开心得不得了，还怀念着去年 4 月与奶奶一起过生日的时光。

我当然知道，在凶猛的病毒面前，最安全的做法就是彻底躲在家里，尽量什么外人都不要接触；然而我对于社交隔离引发的各种心理压力、心理病症，还是感到忧心。居家隔离即将满 40 天，仍感觉自己像是活在一个 B 级科幻电影里的噩梦中一样，难以习惯。

2020 年 4 月 24 日，星期五

纠结

在网上看到荷兰文和英文的报道，不约而同地谈到视讯会议为什么这么累人。大意是，远距离沟通设备，仍然不可能做到完全同步。即使晚了一两秒，在人类的知觉上虽然看不出，但看似微不足道的延迟，会让人觉得对方的回应可能不友善，然后会下意识地感受到压力。对于这个我非常有体会。上周和两位教授开会，虽然他们也一再表示对我的文章很满意，觉得分析完整翔实，仅提出一些小小的修改建议，但不知道为什么，我一直感觉很疲倦且有微微的焦躁感。和这两位教授认识好几年了，我们彼此的关系亲密友善，过去每次见面聊天都很自在愉快。和他们视讯开会我尚且如此不自在，也难怪我和新认识不久的同事用网络开会的时候，不自觉就全身紧张，把中性的表达，都倾向解释成负面的意味。同样的情绪反应，在我 7 岁的孩子身上我也看到了，她抱怨她不喜欢网课，和老师用视频交流比上学还累。我很心疼，但也只能在她休息时让她放松一点，生活的规则适度地放松一点。

在英国报纸《卫报》上看到一个关于疫情之下阶级之间的紧张关系的报道，是关于东欧季节劳工与德国粮食充足的权衡问题。目前在德国，有许多来自东欧国家的季节劳工，主要在农业领域提供劳力，这些劳工因为拥有欧盟会员国的国籍，依据欧盟法下人员自由移动的权利，他们可以自由流动。这对于人口逐渐老化，需要劳动力的西欧欧盟国家特别重要。在荷兰，花卉产业，也十分依赖罗马尼亚、保加利亚等国家来荷兰工作的农场工人。这些农场工人基本不可能在家工作，他们宿舍的卫生条件还有社交距离，极为堪忧。然而如果真的让东欧来的季节劳工暂停工作在家避疫，德国的粮食生产可能就会产生严重不足，价格可能会攀升使社会不安定。但难道德国的粮食充足，就真的比季节劳工的健康情况更重要吗？

女儿学校寄来 5 月 11 日之后小孩开始每周上课两天的计划：她被分配到周二和周五。学校的计划是，将小孩分成两组（一组周一周四，另一组周二周五），而重要职业家长的小孩，则再加上周三，轮流去上学。每个学校具体实施的细节不同，但精神相同，就是减少接触。

对此我内心很纠结，翻来覆去想了很久。住在荷兰的妈妈朋友们就这个议题，在网络上已是唇枪舌剑：到底应该相信目前政府所提出的统计数字结论“小孩子重症比例极少”，还是应该为求纯然安心，就让孩子继续在家自学？中国先前的一些研究显示，包括在荷兰，确实还是有感染的小孩发展成重症进入加护病房的实例，我不能说送小孩回学校完全就没有风险。更害怕的是，小孩如果感染了，传染给我或孩子爸爸，我们会不会因此倒下？实在心乱。

2020 年 4 月 26 日，星期日

补贴

荷兰政府是荷兰皇家航空公司的大股东之一，因为新冠疫情影响，荷兰政府决定动用国库资源发给荷兰皇家航空纾困基金，该公司 CEO 因此宣布，因为疫情，他个人今年不领取分红。然而，此举却引发舆论哗然。同时，荷兰政府为另一家国际大型订房网站 Booking. com 实施的纾困计划，也遭到了批评。毕竟国家财政资源有限，救助大企业固然能够保这些企业众多雇员的工作，但以纾困基金协助这些公司继续营运，不免有慷国库之慨，图利特定厂商或产业的疑虑。但怎么分配才公平，而且对国家的总体经济发展有益处，考验着立法者与执政者。从欧盟法的角度看，国家补贴是对市场竞争有害的，在竞争法的范畴，原则上禁止国家补贴，只有例外情况可以依法申请欧盟核准；这期间欧盟执委会加速工作，核准各会员国对其国内企业的疫情期间的各种补贴。但这一波国家补贴最后会对未来的市场经济造成什么负面影响，现在谁也说不准。

因疫情取消的航班，许多消费者至今没有得到全额现金返还。依据欧盟法对消费者的保障，这种因天灾而产生的取消，理论上应该全额返还机票面额。但现在航空业也面临很大的困难。疫情之下，处处是各种两难与冲撞。某些旅行业者居然继续开票吸引客户下订单，到时取消，同时也只返还“等价现金券”，而不是现金，藉此继续维持其商业活动与现金流量。说起来是无良厂商，但为情势所逼也让人感到一丝无奈。

2020 年 4 月 27 日，星期一

国王节

今天是自荷兰国王换届以来，史上第一个全民在家的国王节。荷兰维持君主制，王室一向是虚位元首，而荷兰历史上也没有经历过剧烈革命，就完成了民主立宪的过程，因此国王节也就形同是荷兰的国庆节。4 月 27 日的国王节也是现任国王的生日。在 2013 年换届之前，他的母亲碧翠丝（Beatrice）女王，则是在 4 月 30 日庆祝（虽然 4 月 30 日其实是前一任女王的生日，但考虑到碧翠丝女王真正的生日在 1 月底，不适合人民在外狂欢，所以她上任之后，依然维持在 4 月 30 日庆祝）。因为国王节改日期的历史尚短，有些看过旧版旅游书信息的游客，会在 4 月 30 日傻乎乎地穿着橘色衣服，在街上一脸迷惑着为什么没人庆祝节日，过去几年这一直是国王节后荷兰人之间的笑谈。

因为王室的姓是“橘色”（van Oranje），所以在国王节（以及换届之前的女王节），全民会穿着橘色的衣服上街闲逛玩耍，家家户户会在门口或市集自开小卖摊，卖卖家里的二手旧货，也可以趁机淘淘二手宝物。4 月也是荷兰最温暖怡人的旅游时节，在阿姆斯特丹的运河上，游船也几乎是“摩肩接踵”了。总之，国王节或女王节这天，大家习惯要热热闹闹的。

过去每逢国王节或女王节，我其实并不喜欢出门人挤人。最怀念的一次女王节出游是十年前，当时我还在莱顿读硕士，小夫妻两个人还没有小孩。我突发奇想和老公骑着自己的破自行车，从莱顿骑到库肯霍夫，单程 15 公里。当时没有智能手机可以上网查地图，两个人也可以说是愚勇，从网上印了几张地图，很随意地看着路牌就骑车上路了。幸好天气一直不错，我们屁颠屁颠地到了库肯霍夫花园，在里面逛了几小时，又骑着破自行车十几公里回到莱顿的宿舍，一路上郁金香花田的美景尽收眼底。但经此一役，我的自行车就彻底坏了。和其他荷兰朋友谈起这趟旅程，他们啧啧称奇：两个荷兰文都不太好的外国学生，没有骑公路车，没有购买出版社出版的自行车专用道的地图册，凭着一股热血就骑车上路去玩，就是荷兰本地人都会觉得有点过于冒险。被迫在家避疫之后，常常忽然想起一些过去盛会的日常片段，疫情之前觉得平凡无奇的，如今却显得那样珍贵而鲜活。

今年因为疫情，必须保持社交距离，政府要求全民停办户外庆祝活动，也鼓励大家待在家里。没有了往年皇室拜访一个荷兰城市的大型庆祝活动，今年皇室成员全员在家，陪大家直播庆生过节。现任皇室有三位公主，都到了青少年时期，但也许因为自小就有王室责任的意识，三个女孩的情商都很高，陪着直播聊天。

在民主政体中，皇室是否应该存在，在荷兰民间倒不是一个极度热门的辩论话题，宪法规定皇室的各种权利义务，细节则由具有民主正当性的议会通过专门法律处理。社会上时不时会有讨论，荷兰皇室是否浪费了太多国库资源。荷兰国王王后确实领有高额薪水，而且免税，这使得要纳税的平民百姓不免有时升起不公平、被剥夺之感。不过这次疫情下，根据民意调查，荷兰王室的民间支持度升高。我个人对现任皇室并无恶感，有这样一个虚位的元首作为团结全民的象征，还有与历史联结的延续感，是一件美事；皇室的薪资、所享有预算，相较于平常人家是奢华，不过荷兰皇室一直都低调，与媒体关系友好；现任国王因为个人兴趣，其实还兼任荷兰皇家航空公司的副机师，固定飞航伦敦与荷兰之间。我社交圈中的朋友似乎对皇室都无反感。

我的个人观点是，这些高薪与预算是给皇室直系的成员对他们所放弃的个人自由的一种补偿。他们从出生时，就已经被决定生活与职业，想想就觉得有点悲哀。我个人并不羡慕皇室，虽然他们的薪资与生活确实优渥。但我觉得个人选择生活的自由，才是最珍贵的东西，千金不换。

2020 年 5 月 1 日，星期五

包包博物馆

荷兰防疫中心公布最新的统计数据，截至 4 月 30 日，已经有 9 名医护人员因新冠病毒感染殉职过世。在检测的阳性反应总数中，有 58% 是医护人员（主要原因是医护人员一有症状就能检测）。但这个数字依然令人心痛。从上个月开始，就一直有一线医护人员（特别是家医诊所的医师）反映个人防护措施（PPE）不足的消息。虽然有外国友邦挹注与帮忙，运来防护衣与医用口罩，但还是赶不上需要的数量。更不要提某些思想固执的医护人员，自己不觉得需要在上班期间戴口罩，还会对自备口罩的同仁表示不满。这或许也不能完全怪这些医护人员的固执，因为官方提出对于医护人员使用口罩的建议，是根据暴露在病毒下的风险，要求医护人员使用不同防护程度的口罩，甚至不需要戴口罩。例如该建议指出，如果没有直接接触到新冠病毒患者，只是负责打扫新冠病毒患者接触过的环境卫生，这样的人员“不”需要戴口罩。这个建议背后的含义是，被判定为接触到病毒风险小的人，就不需要戴口罩。其实这个风险理论，也不能说是完全没有道理，但对于每一个个体，只要染上，就是折磨。这基础思路的不同，也就带来这个与我的常识相违背的建议，我竟也慢慢接受，而不再一看到新闻或是政府的建议就感到不快。

除了令人感到沉重的疫情新闻，也有温馨的新闻轶事。25 名荷兰中学生（14 岁–17 岁）2 月到南美洲参加帆船集训，3 月初因为疫情暴发，航班取消使他们回程受阻。而带队老师，就带着这群中学生，搭上船龄一百多年的帆船，在 15 个专业船员的指导下，一起跨越大西洋，花了 5 个星期回到荷兰。这则新闻似乎在全球都引起了关注，多半是赞扬荷兰青少年独立之意。作为一位母亲，看到这样的新闻，我的心情还是很复杂的。乘船是比坐飞机安全，根据新闻报道。全船 40 人都先做了检测确定阴性才出发的。虽然我内心有点怀疑，3 月初南美洲的测试盒真的足够供给外国人使用？说到底，概率、风险、赌博都是一件事情，每一个人只能在当下做最符合自己心意与信息的决定。

新闻上报道，荷兰因疫情影响第一个永久关闭的博物馆是：阿姆斯特丹的包包博物馆。包包博物馆位于阿姆斯特丹运河区，设置在一栋保存良好、结构设计精美的运河房内。这个包包博物馆其实不是我最喜欢的一个，但对于阿姆斯特丹运河区，我一直有很深的感情，觉得它有一种富有生活气息的人间烟火之感。运河与建筑距离特别近，运河房门面特别窄，但长度特别深，通常结构有好几进，深处还会有一座花园。我对于这座花园的兴趣远大于对博物馆本身。每年6月，这些阿姆斯特丹运河房建筑群，都会选定一个周末开放花园，许多平时不开放的民宅也会破例开放……而今年已经确定到9月1日之前都不会有这种活动，美好记忆只能留待未来再次重现。

2020年5月3日，星期日

海豚

大概在几个星期之前，有报道说：因为封城，威尼斯的水道变得清澈，居然还能看到海豚。其实我并不知道这则新闻到底是不是真的，在这个信息爆炸的时代，就算是图片也可以造假。在新冠疫情变化如此迅速的时候，即使是几天前的新闻，也需要查证是不是已经过时。不过确实有一只海豚，因为跟着船只游泳，停留在阿姆斯特丹的港湾，经过援救小组的努力，它终于在5月3日晚间被成功送回大海。疫情期间出现许许多多与动物相关的新闻，或许是人类对于自然恢复平静、天人合一的渴望吧！然而全世界都陆续传出动物也会感染新冠病毒的消息（荷兰也有，但目前认为其不会传播给人类），未来的防疫工作，恐怕不只是针对人类而已。

虽然荷兰政府继续倡导，在5月4日与5月5日（分别为第二次世界大战缅怀日与解放日）公众假期这两天，鼓励民众待在家避免出门，但今天一看新闻，在安恒街上，警察查到了40个年轻人在家聚会玩乐，这群人自然因为违反居家避疫的措施被起诉了。连续两周政府都表示，住进加护病房内的人数与死亡数字都在缓慢下降，天气又这么温暖舒适，放松警戒的人自然变多了。如果不是身边有人真的感染，看着街上人变少，冲动的年轻人难免不会产生“岁月静好，何必过于担忧”的想法，开始享乐聚集也就是当然之理了。

2020 年 5 月 5 日，星期二

鸿沟

今年是第二次世界大战结束，荷兰解放 75 周年。昨天是缅怀日，国王发表演说，这是自二战结束以来第一次由国王在缅怀日发表演说。荷兰政坛对此演讲内容普遍表示肯定。现任国王年轻的时候，在荷兰其实名声不好，被认为是没用的贵族公子哥，只是热爱派对。1986 年他曾经用假名报名参加荷兰北方菲士兰省的十一城马拉松滑冰比赛，当时的女王，也就是他的妈妈在终点处欢迎他时，一脸惊讶又无奈！没想到国王到了这个五十几岁的年纪，身为三女之父，也真的成为一个沉稳的人了。

荷兰的抗疫措施号称是“智慧封城”，今天在海牙，竟有 200 人左右的聚集，上街抗议政府“封城”太久（上街抗议群众自然是没有戴口罩的），警察实时依法阻止了这个集会，并逮捕不肯离去的人。看到这个新闻，油然而生一种诡异的感觉：我在家里躲着担惊受怕，但原来有很多人真心觉得，新冠病毒没这么严重，政府“半封城”（实际上还是可以去邮局、去超市）的决定是反应过度。我当然也怀念自由的时光，但面对这种未知的风险，我更珍惜我的生命。在荷兰生活十年，读书、工作、生子，我一直不大能感觉到文化冲击，但这两个月让我重新体认到我与部分的荷兰社会，竟然有如此巨大的思想鸿沟。

2020 年 5 月 11 日，星期一

阳光僵尸

上个周末天气大好，一大群人冲向海滩城市赞德福特（Zandvoort）。通往赞德福特的沿线铁路搭载人潮过于拥挤，导致司机决定在半途停下火车，要求部分乘客下车，以保持社交距离。有个朋友形容得很贴切，荷兰人看到阳光，就会变身没有思想的“僵尸”，追随阳光奔到沙滩，其他便什么也不顾了。平时荷兰长年阴雨，如果气温上升又有阳光，也可以立刻看到人群奔到海滩聚集，享受阳光。赞德福特这个城市虽小，但因其沙滩风景很美，一直是旅游胜地，德国旅客特别多。疫情暴发后，其本地感染率直逼阿姆斯特丹。我恐怕永远都难以理解，这些不怕病毒感染的“阳光僵尸”到底是怎么回事，这样轻忽又欠缺照顾他人的心意。

有个好消息，从 6 月 1 日起，荷兰政府要求，搭乘公共交通工具必须佩戴口罩，同时也向市民宣传，请不要购买医用口罩，把医用口罩留给一线医护人员；一般出行使用自制的口罩就可以了。这场口罩争论持续了两个月，总算是有了一个令人满意的结局！

上周误入阿姆斯特丹港内的海豚，虽然经由救援小组协助回到海中，但最新的消息是，这只少年海豚还是被发现在近海内过世了。可能原因是与船只相撞。不知道最近自己是不是中年危机发作，因为这个新闻我觉得很伤感：是不是童话故事的结尾都是人类的幻想呢？

2020 年 5 月 14 日，星期四

辛波丝卡

本周荷兰的小学正式开学。截至昨天，我居住的地方数据将近 300 人病毒检测呈阳性，且已经有 30 多人过世。不过已经几天新增数为 0。也算是慢慢好转吧。

思前想后，经与老公商定，今天我终于鼓起勇气，送孩子去上学。孩子非常

孩子的学校（图片来源：作者拍摄）

开心，她告诉我，两个月没有在路上走，她觉得好奇怪好不真实，但是很期待见到同学们。虽然上周我还是很忧愁，但现在我内心慢慢平静下来，接受了现实。除了收看新闻，我与在荷兰医院一线工作的医护朋友讨论，参考了她的意见。根据官方数据，截至昨天，荷兰每日能够有能力让4000人做检测，在这4000人之中，5.8%的受试者呈阳性反应，比起3月抽检测试高达30%的阳性反应来说，现在疫情确实慢慢转好。现实是，我不可能一直把孩子留在家，她的心理健康会受影响。学校开放之后，这两周如果疫情再转坏，我们也有自由继续让小孩在家按进度自学。就姑且一试吧。

居家避疫到今日，也差不多两个月了。我非常感恩的是，与老公24小时相处，居然没有吵架，且十分和谐。虽然7岁小孩有时候会任性，会发脾气，但她毕竟是生活在瘟疫流行的巨大压力下，总体来说已经算是非常懂事的孩子了。在荷兰半解除“封城”，半开放的时刻，我想起辛波丝卡的一首诗，住在荷兰的人会对它特别有感觉：

只要那个国家博物馆里的女人
在画出的寂静及专注中
把牛奶从瓶中倒进碗里
日复一日
这个世界
就不应该结束

这首诗抄录自辛波丝卡的诗集——《给我的诗：辛波丝卡诗选1957-2012》（林蔚昀译，台湾黑眼睛文化出版公司2013年版）——形容维米尔的作品《倒牛奶的妇人》，呈现出一幅岁月静好的画面。我知道，经过这样的瘟疫，这样的静好也许不会再相同，但这个美好的世界，并不会结束。在淡淡的伤感中，我仍然感受到微弱但坚强的希望。

安坐“危”邦，仿佛魔幻

李　燿[*]

我本科及硕士分别毕业于南开大学经济学院和北京大学艺术学院，现为耶鲁大学—墨西哥国立自治大学亚洲—拉美比较文化研究项目组博士研究生、研究员，曾辗转拉美数国，目前驻于危地马拉的克萨尔特南戈市，主要从事玛雅文化的研究。玛雅文化的中心区域在墨西哥南部和中美洲危地马拉—洪都拉斯一带，无论是中美洲的地理，抑或是玛雅的文明，在国人听起来大概都遥远而神秘。我的日记，亦是想为国内传去这片神秘区域的一点信息。

无论危地马拉还是墨西哥，乃至整个拉美地区，都在面对新冠肺炎疫情的重大挑战。墨危两国所处的中美及加勒比海地区人口稠密，发展水平不高，非正式经济占主导地位，医疗设施较为一般，在抗疫方面有先天的困难。然而疫情至今，相对欧美等发达国家，整个中南美洲表现相对尚可，社会的状态亦算平稳，以发展中国家而论，实为可贵。我力图记录本地区的抗疫举措及影响，并试图对地区的现状做出一点分析。

危地马拉

* 李燿，墨西哥国立自治大学研究员。

2020 年 2 月 28 日，星期五

大业收手

上午本地市长再次召见我。毕竟也算老相识，我心情轻松赴约，结果市长大人表情一脸严肃，质问我最近大量采购口罩是何动机，是否在人为制造恐慌情绪？我一头雾水。原来本地近期有一韩国女婿春节后由韩返危，遭到就地隔离，消息传出，部分本地人也开始采购卫生用品，各药店这才发现口罩存货不足。诸条线索都指向一名亚洲面孔男子，在这个死个人差不多都能全城出动送殡的小地方，我被轻而易举地发现。

我向市长解释采购口罩并非由于个人情绪，是为支援我的祖国，又找出大量武汉的新闻给他看，市长嗟叹良久，表示理解，但同时表示本市居民可能也将需要口罩，我的口罩采购事业不能再继续。我又模仿以前见过的东北客户，试图画出大饼，吹嘘自己在中国有深厚人脉，许以可代牵线同国内结为友好城市（本地穷苦，十年前同日本长崎结为姊妹市，日本遂援建一所大型公立医院，沿用至今），市长似乎为之一动，脸上露出微笑，并最终许诺我若干额度。

晚上回家就看到新闻报道，“本地药房口罩紧张，当局呼吁市民切勿采取极端行为”，正文中提到“大量囤积口罩”的“极端行为”或许就是指我近期所为。当地朋友说药房已对本地人购买口罩采取限制，每人每次仅可购买“1 至 2 个”。看来先前的大业很难再继续，我的口罩事业也将接近尾声。

大致计算了下，为国内朋友寄了共计 19 箱，约 3 万个口罩，给海外的朋友寄了五箱大约 6000 个。本地的口罩存量也有限，36 000 个确实可能对整个供应市场造成影响，是收手的时候了。

2020 年 2 月 29 日，星期六

“亲我”活动

新冠肺炎疫情形势日趋严峻，本地也不甘示弱，今晚在中心公园举办了“抗击新冠肺炎”主题大型歌舞说唱戏剧演出，吸引观众无数，在本地可算是万人空巷。

组织形式颇具新意，本地顶尖学府 San Lucas 大学的一群大学生着各色长袍、蒙面仅露瞳孔，扮演“病毒”，在观众群中穿梭来回，最终向地上一趴——象征病毒被打倒。身为本地名流，又拥有同冠状病毒的最近“亲缘”，我当仁不让成为嘉宾，在台上唱念做打，与“病毒”们展开亲密互动：整场演出的高潮之一，是为表示危国人民不惧病毒，兼证实中危人民的亲密情谊，台上指挥者临时决定安排大规模“亲我”活动——台上人员约30人挨个同我亲嘴！底下观众齐声大喊“Bésalo！Bésalo！”（亲他！亲他！）

我听明白这一安排后吓得半死，在我一再坚持下，群众采取轻碰嘴唇的简易亲流程，总算勉强维持局面。演出之后我当然成为焦点，在拥挤人群中一边响应各类合影要求一边艰难前行，终于和朋友挤到一处饭馆，吃了双份的牛排——老板还没要我钱，作为魔幻一晚的圆满结局。

2020年3月13日，星期五

贫困比肺炎更可怕

这个周末去危地马拉久负盛名的蒂卡尔玛雅遗址参观旅游，需要坐大约14个小时的大巴车，好在条件不错。

今天的新闻是关于巴西总统博索纳罗：在他和助理一起同特朗普合影后，助理被确诊阳性。博索纳罗第一次检测结果为阳性，他坚持再进行第二次，结果是阴性，目前还在等待第三次检测中。

但是任谁都能想到，他的真实结果究竟是什么。巴西目前的放任自流政策引起很大的争议，我身边两位巴西的朋友Andre和Mariana，每提及此都骂不绝口。不过博索纳罗的政策究竟效果如何，我想还有待观察，他提出的口号——“贫困比肺炎更可怕”——也确实是有道理的。知我罪我，其惟春秋，现在下结论恐怕还太早。

2020年3月14日，星期六

首例

今天是重要的一天，危地马拉确诊首例。

我在蒂卡尔旁边的小镇佩滕，顿时感到了气氛的变化，一下午有十数人对我喊“coronavirus”（病毒）。我起初颇为气愤——后来才知道他们并不是仅针对亚裔，所有外国人都是这样的待遇，危国人认为是外国人将这病毒带了进来。

蒂卡尔是一个考古遗址，需要乘车才能入内，买票时遇到了更大的障碍。本地国营的大巴公司拒绝售票给我，声称最新规定，来自欧洲、中国、伊朗和韩国的旅客不被允许进入蒂卡尔，我大惊失色，坐了 14 个小时大巴之后却不得入内，这可不是什么美好的体验。还好最终在外面找到了私家车贩子，以贵了人民币 20 元的代价将我拉到景区入口。事实证明，上述新规定形同虚设，我仍然能顺利购票游玩。

只是针对外国人的“歧视”仍在继续，我数次被戏称为“coronavirus”——本地人的这种称呼其实多无恶意，更多是玩笑口吻，危国的首例令他们对新冠肺炎顿时重视起来，在此之前，本地人大多自豪宣称具有“玉米的力量”，新冠肺炎不会传入危地马拉。

但是，如果新冠肺炎真的流行开，以危地马拉这样一个较贫困的国家，后果还是很难预料，令人担心。我在考虑撤回到墨西哥。

2020 年 3 月 16 日，星期一

类似“封城”

危地马拉前天发现首例，8 小时后出现首例死亡病例（已经 85 岁），昨日又增至 7 例。举国震动，政府开始宣传，搞了个播音车在外面巡回播放，建议大家少出门，在家关好门；确实立竿见影，街上空荡无人。

针对外国人的歧视亦时有耳闻，比如今天，我的法国邻居说他去饭馆被客气劝退，表示他坐那里很多人可能不敢来……当然他长得实在太法国了。

更严重的问题是飞机，今天据称是危地马拉接受国外飞机起降的最后一天，明日起将停航 15 天（显然 15 天后不可能恢复）。我的美国同仁分为两派，少部分仓皇逃窜，更多的朋友则泰然自若，表示现在美国更危险，决心与危国共进退了。

目前正常的学习研究活动事实上已无法继续，我原打算周末沿陆路撤回墨西哥，不过危国航班取消而墨国正常，大量外国人势必因此涌入墨西哥，不知道墨国是否也会关闭边境，最终决定听天由命就是。这边吃住均正常，只是出现抢购卫生纸、洗手液现象，总体情况尚稳。

晚间总统讲话，危地马拉也宣布了类似“封城”的措施，大致如下：

1. 关闭国境；
2. 取消所有国际航班；
3. 取消所有公共交通；
4. 饭馆关门只许外带；
5. 晚 9 点到凌晨 4 点只有药房、加油站、医院开门；
6. 少串门；
7. 超市、市场还开，有自动点餐的快餐厅还开（就是麦当劳）。

目前的措施持续到 31 日。

2020 年 3 月 17 日，星期二

戏剧性

这两天的戏剧性情节，十分值得记录：

周日晚间，有传言说危地马拉即将封国，不许任何人进出。我与美国和加拿大同仁开会商议，两位加拿大人决心当晚即逃往首都搭乘末班航班回国，一位美国朋友同往，其余四位美国人都觉得危地马拉目前较美国机场更安全，坚守危国似更妥当——至于我，反正回中国必经美国，美国机场一定没有本地安全，没有回去的必要。

周一确定消息传来，允许起降国际航班的最后一日。无数外国人奔赴危国位于首都唯一的国际机场，场面可以想象。有些幸运儿搭上末班机，更多人则没有。危国机场更有“骚操作”，到大约晚上 7 时，宣布由于机场拥挤，取消一切国际航班，请大家都回去吧！——导致可怜的美国妹子在机场待了几乎 20 个小时，却没能搭上去墨西哥的飞机。危国人民的情谊感人，“一帮一结对子”，把滞留在机场的外国人纷纷领回自己家，避免他们流离失所（危国首都是世界上出名的危险城市，夜间露宿街头不可想象）。

同时又有传闻，危地马拉陆路边境也将封锁，我们再次开会，我坚持认为不可能，不能想象不让外国人出境的政策。

周一晚上 8 时，总统发表讲话，如期宣布“封锁边境”，但怎么封锁？谁能出谁不能出？没有说明。

今天周二，一切国际航班均已取消，陆路口岸没有明确说明，但事实上外国人可以出境。昨天没赶上飞机的朋友们又一窝蜂地回到本镇（本镇离墨危边境较近），也闹了不少笑话：有地理不好的美国朋友竟然觉得危地马拉在墨西哥的北方，错跑到了危地马拉的南部边境（墨西哥的北方其实是美国），出境后被“墨西哥”拒绝入境，一番争论后才发现对方是萨尔瓦多海关（萨尔瓦多同样封国了）。

又有一台湾朋友，盖了危地马拉出境章才知道自己去墨西哥也是需要签证的，立时成了风箱耗子，进退不得。

封国政策对危地马拉的影响还需继续观察，仅从今日看，秩序尚算正常。危国这次的动作在拉美来说可算相当快，比起墨西哥现在还日夜笙歌强不少。本镇目前物资尚算充盈，只是卫生用品出现短缺，政府亦承诺尽快补货。或许存够粮草就驻扎在静谧的本镇，也是不坏的选择。

货物尚算充盈的超市（图片来源：作者拍摄）

2020 年 3 月 21 日，星期六

投奔更危险的国家

今天发生了有意思的事情。

上午正睡觉，忽然接了个电话——我很久没接到过说英语的电话了。上来问我“要不要回美国”，说美国明天撤侨。我一脸懵地表示你们打错了吧？我我我中国人啊……对方肯定地说没错！你是 YI LI 吧！我们邀请你乘机前往美国！尽快报名！

我以为面临敌国策反，大义一时涌上心头……正琢磨间，对方开始介绍价格，我才反应过来原来这是花钱的，价格不便宜，不含税 820 美元（这事儿还要收税呢），含税估计要一千出头。

正常去美国的航班大约 300 美元左右。美国撤侨是商业包机，由我从来没听过的 Eastern Airline 执飞，顺序为先美国公民再绿卡，乘客若还不满，便开始探问跟着美国项目或资金来的人。

我当然舍不得花 1000 美元投奔更加危险的国家。结果刚刚又打来电话，一男的语气急促地说：“今晚 8 点最后机会，抓紧报名!!”——看来机票是当真卖不出去了。

2020 年 3 月 24 日，星期二

安心驻守

继美国以后，西方主要国家近期都开始从中美洲撤侨。美国撤侨费用 820 美元，我当时发了朋友圈，很多朋友都喊便宜，这也体现了华人在美的阶层地位——事实上很多美国人登记后到机场一听这个价格立即扭头回去“不如让我死在危地马拉算了”。Eastern Airline 来了 8 架飞机，只飞回去 5 架，剩下 3 架没人坐只好再搞“大酬宾”，不过这次没给我打电话，所以我也不知道到底降了多少价格。

那边德国又出了问题，中美洲与德国有旧交，德国人来的不少，先前从洪都拉斯撤侨，是登机前签账单或信用卡预授权，落地再定价——结果从洪都拉斯飞法兰克福，一人收了 2000 多欧元。消息传出，群德惶恐，危地马拉撤侨时，旅危德胞约有 500 人，自己搞了个维权团体，要求登机前必须公布价格，不然拒绝登机！目前还在争执不下，我同住的德国哥们儿就是维权代表之一，每天要打各路电话三到四小时，相当辛苦。

荷兰的撤侨飞机下周末到，目前还在登记中，本地我有两位相当要好的荷兰伙伴（我发现我跟荷兰人特别投机），每日苦劝我跟他们一起回荷兰——撤侨航班都是商业行为，有空位时也可以载外国人——一个伙伴甚至严肃提出相当友善的提议：可以把女朋友借我在危地马拉结个婚！这样就可以确保我有资格登机。这美意令我感动，但思索再三终于婉然谢绝，毕竟一来危国目前比荷兰安全，二来我也不太想花 2000 欧元还是去个外国，三来这结婚也就是登个记，也没有其他的安排。

中国则组织侨联建了一堆微信群，我加入了天津侨联的群，每天和老乡们聊聊天，也算有个慰藉。在此日久，还找到两位国人伙伴，于是打算安心驻守，继续观察当地疫情。

2020 年 3 月 27 日，星期五

美洲抗疫思路

感觉美洲疫情发展至今，两种抗疫思路已经很明确。

中小国大多是中国模式严防死守，尤其中美洲几个贫困国家纷纷封国。几个大国，以美国为首，还有北墨西哥南巴西，基本是铁了心走“群体免疫”路线了。美国现在机场连个测温都没有；巴西总统昨天强调“封城”违法，严禁地方私自搞“封城”，已经封了的必须解禁；墨西哥总统继“护身符抗疫”之后，今天又表示墨西哥绝不会关闭边境。看意思三国是决心已定。

不过哥儿仨目前表现确实都还可以，美国确诊全球第一，死亡率还算可控，纽约的朋友纷纷表示纽约可能已经实现群体免疫。墨西哥 3 月死亡率不仅没涨还环比微降……巴西最危险目前稳居拉美第一且遥遥领先，但国民普遍镇定自若喜迎新冠，害怕的都只能自己跑出来，我们这边的两位巴西朋友每天怒骂巴西总统博索纳罗害他们有家不敢回……

2020 年 3 月 28 日，星期六

富贵病

今天跟朋友们讨论，感觉新冠肺炎在拉美表现得特别仇富，专门感染达官显贵。可能有以下几个原因：

1. 新冠肺炎在很多国家尤其是发展中国家，的确是个富贵病。比如在南美，目前的感染者几乎都是从意大利或欧洲旅游归国的，这在当地绝对是上层阶级，平民百姓还没机会感染。

2. 在部分国家，阶层分野明显造成天然隔离，如巴西就有一种叫“ubinizacionita”（城市小化）的现象，富人小区自成一体，外有高墙保安，内建超市泳池学校，跟平民不相往来。城市的碎片化明显，客观上形成隔离效用，犹以非洲和拉美最为典型。

3. 一些国家的公务员官僚与平民的分野较小，如我在危地马拉经常可以会见市长，先前在墨西哥，劳工部长正好跟我住得近，没事儿老见他跟他老婆出门买菜去。

2020 年 3 月 30 日，星期一

志愿者

今天有个新鲜事，Jaime 来问我们想不想去医院做志愿者。

危地马拉是全世界玛雅文化最为集中的地方，本地有一百余万玛雅土著。玛雅人的医疗观同现代人不同，他们自有一套医疗体系，普通病例喜欢求助萨满巫师，由萨满燃烧不同颜色的蜡烛，达到祈愿及祝福的效果，再用草灰埋住鸡蛋及土豆熏熟，带回家分食，就算是药物——这种治法反正不会治死人，至于病能不能好，显然就看各自的造化了。

危国的第 24 例确诊患者，偏巧就是一位萨满，还是本地公认法力最为强大的西班牙洋萨满！消息传出，举玛雅震动，大家忽然觉得老办法不能解决新问题，萨满好像治不了这个病了，各路土著纷纷涌向本地公立医院——打算改向大夫祈福自己不会罹患新冠肺炎。

危国的医院体系是典型拉美式的，少数公立医院全免费（无论患者是本国人或外国人），条件当然也就平平，富人则自费去窗明几净的私立医院。玛雅土著当然只去公立医院。本地只有一家大规模公立医院，忽然跑来这么多土著，当然不堪重负。

更要命的是，玛雅土著的母语是玛雅语！和西语完全不通。相当多的土著压根不讲西语，原本医院配了几个翻译（反正大多数玛雅病都让萨满治了），但现在根本无力应对突如其来的人流——我们几个尚未撤离的玛雅语学员就算派上用场了。

征询过医疗专家的意见后（风险其实很小），我们一行四人由老师带队赶赴医院。玛雅语又分四大支，支间差异还不小，我们三个学员能通其中两支，我将负责其中叫 ki'che 的一支。

2020 年 4 月 1 日，星期三

撤侨大战

今天是愚人节，撤侨的故事也跟笑话似的。

德国侨民就撤侨价格争执不下，执飞的汉莎航空公司忽出“假道伐虢”的奇计——宣称撤侨航班不再仅仅接纳德国人，可以把全欧盟成员国侨民都接上！

此处欧盟成员国主要指荷兰，不知有什么样的历史原因，荷兰在危国侨民特多，我的两个当地朋友都有嫁/娶的荷兰对象。荷兰的飞机要下周才能到，德国的航班则是后天就能走。

消息一出，德国侨团立即慌了神，一小部分投降派打算接受汉莎的霸王条款，另一拨抵抗派痛斥绥靖路线后，跑去首都做荷兰侨团的工作，说我们德国太危险了，我们自己是没办法，你们跑去德国转机，简直是羊入虎口云云。我们同住的德国哥们儿这几天操着我听着都很勉强的荷兰语挨个拨打语音电话，据称颇有些效果。我好奇问，荷兰人英语都好，你还费劲用这破荷兰语干啥？德国小伙憨厚微笑表示，讲对方母语容易拉近距离。

德荷两边正合纵连横，英国人又有故事——危地马拉的邻国伯利兹（Belize）是英国巧取豪夺的旧殖民地，类似印度和巴基斯坦的历史，由此危国的英侨也不少。英国人跑去问，那我们能不能坐啊？汉莎查询规程后，以德国人的严谨精神表示：不好意思，不行，贵国已于 1 月 31 日正式脱欧……

英国人顿时不干了，也组织了维权团体，坚决要求获得乘机资格，“首脑”唤作 Jenny，是个老太太，这老太太我还认识，是个利物浦人，说着一口我不太能听懂的英语，长得也颇具威慑力。有趣的是 Jenny 对英国的群体免疫颇不以为然，一贯痛骂英国首相约翰逊。我好奇询问，您不是说不回去吗？Jenny 理直气壮地表示我就是不回去，但是我必须要为我们英国人争取乘机的权利！

我想象可能发生的情况：德国侨团做通了荷兰工作，但始终不能和汉莎达成一致，英国争取到了宝贵的乘机权利但是又并不真正乘机，于是汉莎的飞机还是没人坐。原定周三撤侨的计划，现在看来是相当不乐观。

2020 年 4 月 2 日　星期四

派上用场

志愿者的工作很好玩，绝大多数来医院的土著根本啥毛病没有，本来就是例行祈福，我们只要背熟三个问题：发热吗？难受吗？去过首都吗？（危国病例全是首都的境外输入）都没有，劝慰一下，回家吧，医院危险别来了！如果有一个为是，立马如临大敌转交老师处理！

干了四天，一共碰上不到十个需要转交的。玛雅土著和传统中国人类似，也崇拜洋人，觉得外国人天然就是更厉害一点，我们一说没事儿，立马高高兴兴乖乖回家去了。ki’che 这么小众的一门语言，今日居然也有能够派上用场的地方，还是让人很有成就感的。

2020 年 4 月 3 日，星期五

巴西总统

一周志愿活动圆满结束，周一至周三，玛雅土著来访频繁，周四开始明显减少。我们几人交流的情况，每人日均接诊约两百人，有“三大症状”的基本都在个位数。当地玛雅土著显然将医院看作是祈福场地，前三天能来的都来了一遍，也便结束了。

巴西总统博索纳罗继续对抗主流防疫政策，发起了数千人的支持者集会，从视频上看几乎都不戴口罩。博索纳罗本人发表演讲：“我们都会死的，但面对病毒，你可以选择你的态度！是像个男人一样？还是像个哭哭啼啼的男孩子一样？”

说实话，我真的有点崇拜他了。

2020 年 4 月 6 日，星期一

安静的“圣周”

今天是“圣周”的第一天。“圣周”指复活节的前一周，在拉美这样虔诚的天主教地区，复活节几乎是最重要的节日，可比我国的春节。“圣周”则类似黄金周假期，是拉美人民集中出游的日子，往年各地的狂欢无数，可算是拉美旅游最有趣最精彩的一周——我想几乎所有人都没有经历过如此安静的“圣周”。

危地马拉为了防范“圣周”的聚集风险，措施可谓严密充实，首先从周一起，关闭当地公开市场一周——避免人员密集采购；又宣布周二开始，禁酒六

本地最古老建筑大剧场也免不了被封闭的命运（图片来源：作者拍摄）

天，各家超市的酒柜都遮挡得严严实实，聚会没有酒也不容易进行。不过危国酒贵，一瓶普通啤酒约合人民币 4 元多，对当地人还算个奢侈的东西，玛雅人喜欢自酿玉米酒，这是政府不能阻止的。

总的来说，危国政府从疫情至今，应对充分，措施果断，令人满意。

2020 年 4 月 8 日，星期三

维权成功

本周病人明显减少，我接待了不到十人，Anna 说她遇到一位去过首都且报发热的，这引起一阵骚动和议论。

一个本来悠闲清静的上午，气氛却被突发事件打破。午餐前 Jaime 忽然召集开会，表情严肃地宣布本院发现一例症状高度疑似病例，正在等待核酸检测结果。现在我们一行五人都不得离开医院，等待后续通知。

我们议论纷纷，志愿者的计划还有两天就要结束了，不想竟然“躬逢盛事”，我们可能遇到了本地的首例病人。Anna 尤其紧张，她担心确诊病例就是她上午接诊的那位，Jaime 也不知道细节。

下午约 2 时，院方代表来了，叫作 Yaneth，一位年纪四十上下的白人女子，偕两名警官。简单通报病例情形：是危国第 38 例确诊病例的女儿，38 例自西班牙回国，她曾前往接机并陪同赴酒店——因此这不是 Anna 接诊的那一位，我们都略松了一口气。

Yaneth 宣布我们将被送至首都隔离观察——隔离算意料之中，但是地点我们不能同意。危国疫情暴发一月，确诊近百人，几乎全部集中在首都，何况 Yaneth 说将要隔离观察的地点就是危国“海归”（大多来自欧洲）的集中隔离酒店，而且赴首都的运输方式是整一辆公交（以美国校车改装）把我们一行人一堆儿拉到 300 公里外的首都去——我们不是不愿冒风险，但风险必须要与收益匹配；去医院固然也有风险，但有利于一百万玛雅土著，也利于我自己的语言学习，我想这风险是值得的；但是去首都隔离这一类的“人工接种病毒”过程，就完全是无谓的风险。

我和 Sara 对视一眼，不约而同地开始抗议：“所有人都要去首都隔离吗?”——不不不不，所有人都不用隔离，比如大夫、护士都正常回家观察就行了，除了你们几个外国人。

对方的诚恳令我们措手不及先折一阵（我原本预备说这么大批量的人口转移也很危险对不对），只好又质问为什么一定得去首都？对方表示这是为了你们好，只有首都才有足够的医疗条件，比如呼吸机，万一你们有突发情况在这边是来不及处理的。

他们几乎就已经说服我了，我都盘算要不然送去首都时就让我们把车窗打开……这时美国女生突出奇计，她开始放声大哭！然后抽噎着说些我不太能听明白的话，不过显然对方惊慌并犹豫了。我也赶紧趁机表示我们还是希望在本地隔离，我们都很年轻（除了我，没有大于三十岁的），也很难想象最多也就看了病人一眼就能染上……对方终于被我们说服，表示“尽量安排”。

经过漫长的四个小时等待之后，晚上 Yaneth 通知我们回家，我难以置信地表示那不隔离了？我就回家了？对方解释说不是，你仍然需要隔离。我困惑地坐着警车回家了。

回到家我才明白隔离的意思，我们原本是五个人一起住一套很大的“宅邸”（我觉得可以这么形容），现在——另外四个人都被转移到其他酒店去了，家里只留我一个人，未来的 14 天我就只能在这里待着。

2020 年 4 月 9 日，星期四

居家隔离

隔离的方式是在大门上装一个摄像头，一日三餐由政府安排专人送，包括房东在内的所有人都不准进入。今日实测送饭的时间可以保证，没有拉美常见的拖延问题，不过质量不佳：从昨天到今晚我吃了 4 顿麦当劳，虽然汉堡的品种换了一下。

我不能去买菜，也没人能给我送菜，本地没有京东到家一类的玩意，倒是有 UberEat——但内容还是麦当劳。同住小伙伴留下的菜我都得吃了，要不然 14 天之后也要坏掉。

维权成功得出乎意料，但我很歉疚影响了小伙伴们的正常生活——没想到他们纷纷表示喜出望外，原来危国的强制隔离是发钱的，虽然不多，一天合人民币 134 元，但免费住俩礼拜酒店还发 2000 多块钱，大家表示也蛮不错。

唯一的不好，就是晚间略有点空旷，瘆得慌……另外这么吃下去不定得胖成啥样，当然这也可以作为另一个实验：亚裔中年男子连吃两周垃圾食品的后果观察。

2020 年 4 月 10 日，星期五

文化生活

除了吃，也得有点文化生活。我成功“捡”了个西语老师——先前有一位叫 Maria 的姑娘忽然敲门找人，貌似她要找的人已经搬走了，但她遇到了我。攀谈了一会儿，她表示她是当地的学生，专业是“国际交流”。自告奋勇要教我西语！

Maria 不愧专业出身，教学水平不错，要求还很严格，教材是《雾都孤儿》的西语版，每两天读 10 页，课上讨论——说实话英文版我读着都有些费劲，西语版一小时能看 3 页已经算不错。不过据说摆脱舒适区，接受接受文学熏陶也不错。

休闲娱乐一般就是打游戏，现在的手机居然能玩“文明 6”这样大型的游戏，运行还特别流畅，简直难以置信，20 美元买一个估计能玩到疫情结束……真是感叹科技昌明，如果没有手机，这两周可着实不好熬。

2020 年 4 月 11 日，星期六

荒野求生

吃了两天麦当劳了，实在难以忍受。

房东自己也有玛雅血统，对我比较支持。隔离期间有言在先，整个宅子只要没上锁的东西，我随便取用。于是我现在就很有玩“荒野求生”的游戏感，成天在大宅子里执行“搜索”指令——昨天我就发现了一包炭！打算烧烤！刚好消耗下冰箱里的肉。

烧烤的过程就像人类的进化史，起初我打算“荒野”到底，砍了根院子里的树杈打算用土法引火着炭，折腾了一小时，绝望地发现树杈比炭本身还难点！只好借助科技力量，采取燃气灶着炭法，这就非常成功了，鲁滨逊可真不是那么好当的。

烤的过程没啥可说的，很好吃，很成功，冰箱里有一包叫作 puyazo 的肉，我不知道这个部位怎么描述，总之就是一般巴西烤肉广告里的那一块，肉质很美。坐在客厅一边吃，一边观望外面烤炉袅袅的烟，我感觉隔离也不错，除了缺人没什么毛病。

2020 年 4 月 12 日，星期日

复活节

今天是复活节，也是天主教国家第二重要的宗教节日。

拉美的复活节紧连“圣周”，通常是盛大狂欢的顶点和结束，各地都有花样繁多的庆祝活动。今年的复活节却要在空无一人的气氛中度过，实在令人始料未及。我自己则连家门都不能出，就更是特殊的经历了。

街上来回穿梭的警车用大喇叭播放请市民待在家中的通知，我向窗外望，很多人家在窗子上绑了复活节特有的花束，这就算是过节了。

本地最重要的集会场所之一，街心公园已经封闭（图片来源：作者拍摄）

2020 年 4 月 13 日，星期一

生日蛋糕

今日来送饭的，除了麦当劳还带了个圆形蛋糕，我询问原因，并开玩笑表示以后是每天都有吗？来人一脸高兴：“今天是你的生日，生日快乐！”我不禁愕然，我也是第一次知道今天是我的生日。

不过我已熟谙拉美民风，如果来人认定今天就是我生日，想说服他几乎不可能——何况跟本地军警争执也不是什么好主意。问清确实是给我的，且确实不要钱之后，我便高兴地道谢收下。

生日蛋糕是个草莓芝士的，在本地肯定属于高级货，芝士很细腻，非常好吃。

2020 年 4 月 14 日，星期二

送狗

今日打算要吹一波危地马拉政府：昨天发的“生日蛋糕”还没吃完，今天竟又送来一条狗！

上周三隔离的当天晚上，我被要求填一表格，除去宗教信仰、饮食禁忌等常规选项，还有一项“是否喜欢宠物？”以及“喜欢猫/狗/其他”？

我对宠物兴趣一般，毕竟养活自己都尚嫌费力。不过彼时不知道隔离地点，考虑到新闻报道称猫也可以阳性，而隔离地点如果有狗，狗需要放风儿，我兴许也能“沾光”……就顺手填报了“狗”。

此后直接送我回家隔离，我也就不再记得这一茬。万万没想到，今日跟着早点还真送来一条狗！很大的个头。跟着狗一块来的还有两大袋子狗粮，来人笑说这是困难的时候，大家都需要陪伴。

这狗名唤玛雅（Maya），好像很老实，没事就跟屋里转来转去，也很少吠叫。我看书写东西时，她就在我脚下趴伏，这是我人生中首次养宠物的经验，感觉还不错。

说真的，论“人文关怀”，危地马拉可真算是国际水准。这算是整个拉美的共同特征。

拉美的观念，往往同其经济水平严重不匹配，这与美国长期的殖民价值影响有关，像南美国家普遍人均GDP只有六七千美元，大致相当于东欧，但论环保、人权、垃圾分类、卫生习惯等诸方面，则完全对标欧美最先进的水平。

2020年4月15日，星期三

援助同乡

昨天把狗的情况发了朋友圈，发现爱狗人士颇多，很多人说这是拉布拉多，相当聪明，此言诚矣！我只训练了一日，就有不小的成果：狗确能听懂人话，而且还存在语言的问题，比如玛雅就只能听懂西语，讲中文她就不能明白。我希望她能先"坐下"，然后"give me five!"，我就会给她个果仁吃——她能够很好地完成。

今日有新闻报道，智利由于疫情，商业损失惨重，如一位陈姓华商，举债两百余万人民币来智利讨生活，结果店面还遭遇火灾，几乎血本无归。"事后，智利丽水青田同乡会、智利浙江商会两会决定，每会对陈先生提供500万比索的慰问金。同时两会表示，在这非常时期，尽管大家都在自危中，但考虑陈先生创业不久，艰难与外债诸多，因此还是尽力为受害乡亲同胞减轻点负担，提供必要的援助。"

中国的客商，尤其是青田、丽水一系，在国外做的多是饭馆、小超市之类的营生，这都是受疫情影响最惨烈的行业。这种情况下同乡间还能掏钱给予援助，令人感动不已。

2020年4月17日，星期五

二次送狗

今日有大新闻。

常例来人送早饭，竟然又带来条狗！比玛雅个头儿还大！我只当他是顺便为别家遛狗，结果哥们儿一脸为难地介绍：这位，是玛雅的父亲！

原来玛雅父女情深，她爹叫胡安（Juan），自从离开了玛雅，便坐立不安成天嚎叫。观察几天不见好，官方打算令狗父女团聚，于是只给我两个选项：要么我一起养了；要么把玛雅领走，“也许”会再给我安排个别的狗来。

我略做思考，这个玛雅我还挺喜欢的，再换个狗也难保她是不是还有爸爸，毅然拍板：“那就留下吧！”

于是我现在就拥有了两头巨犬……头一次养宠物就整这么高难度，有点像小学没毕业就保送清华，非常吃力。俩狗一天转来转去，相互嗥叫，宅子里显得有点过于热闹。

2020 年 4 月 19 日，星期日

境外输入的非法移民

最近一周，危地马拉每天都要新增十几例，全部是境外输入——全是美国遣送回来的非法移民（国际航班早已经停了）。

新冠肺炎对中美洲可谓相当不友好：美洲四国均有大量男性非法移民“黑”在美国，一闹疫情，特朗普打算把他们都遣送回来。危地马拉人可不比墨西哥，他们闯的第一关首先是得非法入境墨西哥，再去美国可谓历经千辛万苦，泅水扒车、裸体穿沙漠一样不落，最终大概能有 2/3 的人成功到达美国（其他的便死在路上）。我也有几位这样拿了美国身份的朋友，论起偷渡美国这事，老墨那还得算是含着银汤匙出生的。

万万没想到新冠肺炎来了，辛辛苦苦好几年，一夜回到解放前，还没来得及拿身份的危国朋友们就只能回来——这大概率是他们人生中首次搭乘飞机，然后还不幸中招。从得州回来的一架飞机，182 个人，目前已经确诊了 76 个，且还在不断增长（危国的检测能力，当前大约为每天 50 例左右）。

得州的数据在美国算是比较轻的，实际的情况也是这样。纽约等重灾区就不必提了，我想象美国的群体免疫或许是已经胜利了。

2020 年 4 月 20 日，星期一

消费能力的下滑

与玛雅和胡安共处两日，我发现狗同样有“异性相吸”之特点，玛雅就跟我比较亲，她的父亲胡安便不太行。常出现的情景是，玛雅跟我脚底下趴着玩，胡安耷拉个脸在门口站着盯着看。我同时也怀疑胡安知不知道玛雅是他闺女，两条狗到底是何关系，时间尚短我还没能观察出来。

后天我就将结束隔离生活，二犬命运将何去何从？

新闻说美国农产品价格也出现下跌，跟墨西哥和危地马拉的情况一样。

一个非常有趣的观察：在很多国家，疫情导致的不是物价上升而是恰恰相反——相比生产，消费能力的下滑是更大的问题，有点类似通缩的局面。这在危地马拉和墨西哥都体现得很明显，鸡肉、鸡蛋的价格上升（因为便宜），鸡蛋甚至出现了抢购现象，而猪肉、牛肉的价格下降，其中牛肉价格跌得更厉害一些。

或许国内的涨价现象倒是好事，说明中国老百姓的消费能力起码没受太大冲击，未来缓起来也许还会快一点。

晚上 7 点为国内中信证券做行业研究讲座，介绍拉美疫情局势和社会影响。用视频的方式讲座还是不太适应，感觉没有发挥出想象的效果，虽然中信那边的聪总一直说很好，但我也不确定他是真心满意还是只是客气，反正我自己不大满意。

2020 年 4 月 21 日，星期二

撤侨结局

明天就要解除隔离了。今日出了个小插曲：巴西的两位室友，Mariana 和 Andre 忽然要撤回巴西。

开始我以为自己听错了，这二人一直痛骂巴西总统博索纳罗防疫不力，认为本地安全得多，怎么忽然要回国了呢？再一细问，原来是因为巴西的撤侨是免费的——从中美洲飞回巴西总共要人民币六七千，两人便是一万多，权衡之后，二人还是决定回去。

但在我隔离期间，他们不能回家，行李就只好由我代为收拾，好在两人东西不多，整理了半天，都打包好了。政府来人把行李拉走。我们没有见面的机会，颇为遗憾，不知道以后能否在巴西再聚。

撤侨的故事也值得一讲，除了美国，其余国家的撤侨基本都已完成，最大方的国家，目前来看是巴西和加拿大。

巴西搞了个公共汽车式撤侨，从墨西哥出发，经停危地马拉—洪都拉斯—萨尔瓦多—哥伦比亚—秘鲁，最后回到巴西，简直是人工病毒感染机，但唯一的好处是——免费！Mariana 和 Andre 就是没抵御住免费的诱惑才决定冒险回去。

加拿大则是凭良心，原则上 750 加币，如果你没钱，填个表也能上飞机（也有人说是政府先借钱）。总之是没钱也能走，这就比美帝强很多，美帝是上飞机前先开支票，没钱就只好死在外面。

美国的“撤侨”频率则几乎接近公共汽车班次，因为特朗普正从美国驱逐中美洲非法移民——当然得美国出飞机，美国一飞机一飞机地免费往危地马拉运，航空公司很着急啊！他们不想空着回去，还给我打了数个电话：“走不走？最后的机会！走不走？休斯敦、迈阿密、洛杉矶三地任选！”价格也已经降到 340 美元，接近正常的商业航班价格。哪天要是想尝试群体免疫，的确可以考虑。

台湾地区也很有意思，自己搞不起撤侨就抱美国大腿——美国把散布在中南美洲的台胞都集中带回美国，然后长荣三天一班从美国往回拉人，好处是回台隔离发钱——如果选择居家隔离，每天给 2200 新台币；也可以选择住酒店，那就不给钱了。我的台湾友人 John 想得挺美好，先回家再隔离，俩礼拜赚 3 万新台币……结果从我们这里折腾四十多小时转了三趟机，刚落在台北就被告知：他爸妈不太想让他回家，已经为他预定好酒店……

至于中国，中国最近在秘鲁的首都利马也搞了商业撤侨，价格是 9 万索尔（秘鲁当地货币）起——相当于每人大约 18 万人民币（后降价至 9 万人民币）。我们算了算，目前已知所有国家的单人撤侨费用加在一起，还没中国的一半多。使馆管通知的小姑娘挺为难，又不能不打电话，我个人很同情她。

2020 年 4 月 22 日，星期三

解除隔离

今天是解除隔离的日子。

一早 8 点就有人上门，撤去摄像头，检查房间，让我签字确认一系列表格——最为感人的是居然还带了早餐，尽管内容还是麦当劳。

虽然隔离的日子也不错，但终于能再次出门还是令我喜不自禁。来人也祝贺我平安健康，一片喜气中，我惴惴问起这两条狗怎么处理？对方一愣：“这件事没有人跟我说，我不知道。”

来人离去，剩我在家发愣，这两犬未来将如何安排？二犬加在一起值人民币五六千元，就这么送给我想来不太可能，也许过几日还是要领走。玛雅好像通人性般，跑过来偎在我身旁舔了舔我。

我的室友还剩 Paty 和 Juan，两人还住在酒店。我虽然已解除隔离，但政府表示他们可以待到周日，两人贪恋酒店舒适还有人送饭，都打算挺到最后一天再回来。

纵观整个隔离过程，危国政府表现得极有“大国气度”，不知是仅针对外国人，还是一贯如此。了解一点危国历史的，看它几十年前的无差别种族屠杀，都只觉心惊肉跳，万万不能想到现在的形象。一个客体总是有它的多面，且各面还可能截然相反，要做到“客观”，实在是极难的事情。政府如是，人更是如此。

2020 年 4 月 23 日，星期四

神奇的尼加拉瓜

今日与一位当地朋友聊天，他是尼加拉瓜人——对于我国人民，尼国算是中美洲最神秘的国家，因为没人能说清楚中国人到底如何才能入境尼加拉瓜，有签证不一定就能进，没签证亦不一定就不能进。

尼加拉瓜在中美洲也算是个大国，面积最巨人口最多；在抗疫方面，它的表现也相当神奇——尼国全境都在假装没有这个肺炎。

它不封国——现在全拉美“唯二”不限制任何航班的国家就是墨西哥和尼加拉瓜，管你美国、意大利、西班牙，谁想来谁来。

也不封城——一切活动照常，电视上看，足球联赛全是人。

还不检测——尼国首例出现已经月余，病例数常月停留在 3 例，近期终于增长到 10 例，还是和“没有”差不多；首例之后一个月只有 10 例，这是全世界任一国家都没实现过的神迹。

更神奇的是，它也并不多死人，尼加拉瓜的社会死亡率仍然稳定，像厄瓜多尔的瓜亚基尔（guayaquil）最近议员爆仓的事亦从未发生。之前给我送饭的小伙子老家也在尼加拉瓜，我曾问他你们那到底是啥情况，他只笑着对我说：“我也不知道，可能上帝是我们尼加拉瓜人吧。”

我觉得他说的或许有道理。

2020年4月24日，星期五

滞留海外

今日去找老秦和懒猫伉俪吃饭。老秦和懒猫是我在当地结识的中国朋友，他们本来是打算周游拉美，不想被疫情留在本地，一晃也已经过去两个月了。

危国对外国人的签证已经放松，只要是旅游的签证，在封国期间滞留多久都不算超期。他们找了一所公寓舒适地居住，两室一厅的大房间，每月租金只要1650元人民币。

老秦是四川人，烧得一手好菜，今天做了水煮鱼片，算庆祝我结束隔离生活。吃了两周麦当劳，尝到相当正宗的水煮鱼，简直如临天籁。

拉美的调料种类极丰富，尤其辣椒本就是原产，卖辣椒的摊位可说是琳琅满目不一而足，川人烧菜几乎可以无缝衔接，只是欠缺花椒这一味。

饭间谈及未来的计划，回国航班受限，短时间内恐怕没法回国，二人表示有长期扎根的打算和心理准备。

说起限航，就我所见的，国外的影响真不太大，反而是国内的家属忧心忡忡，特别是留学生的家属。这是人之常情，也是令人担心的地方。一月两月问题不大，临近暑期，中国打算什么时候让海外的140万留学生回归呢——然而海外特别是北美的疫情，七八月间决然结束不了。想想真是令人伤脑筋。

2020年4月26日，星期日

魔幻的厄瓜多尔新闻

今天没什么事情。玛雅和胡安的事悬而未决。两周的时间总是养出些感情来，特别是玛雅对我十分亲近，几乎要到日夜不离的地步，如果送走，还是蛮舍不得。

看看新闻缓解情绪，今日的几则新闻都相当魔幻：先是重灾区厄瓜多尔，本来疫情暴发之后趋势转缓，结果昨日忽然放卫星，一天暴增一万多例！原来一共也就一万例，现在直接翻番。官方说是之前积压的结果未及时宣布，问了下厄瓜多尔当地的朋友，坊间传闻说中国的试剂盒运到了。

大陆另一端的巴西看到了厄瓜多尔的情况，也准备学习一些经验——不是抗疫而是关于死人。圣保罗市长想到，如果忽然死好多人坟头可能不够用，于是下令先挖13 000个坟坑以备不时之需，并表示万一不够用再接着挖。

厄瓜多尔又有一实时新闻，在厄国疫情最严重的瓜亚基尔市，有一74岁老太太因新冠肺炎去世，骨灰由医院送到家中，家人悲痛万分一系列悼念不表。过了三周，老太太竟来电话表示自己将要出院。家里大惊失色，眼光不禁望向了那盒骨灰……医院也说不清楚这骨灰哪来的，只能先这么放着；然后家人亦提出索赔要求——说我们以为老太太没了就把她床垫子一块儿扔了（中国貌似也有这类风俗?），现在人回来了没床了，你们得赔我们家一新床垫子……

开始我还不甚明白，床垫子是此时最重要的事情吗?后来一想，老太太回家首先还是得睡觉，当然需要床垫，这也十分符合拉美人民“走一步看一步”的民族性格。

2020年4月27日，星期一

异性相吸

今天，我的室友Juan和Paty回来了，三周没见，大家言笑晏晏。Juan似乎还没住够酒店，一直遗憾我怎么不多隔离几日，被我骂了一顿。不过看他的酒店照片，至少是四星级标准，条件确实不恶。

Juan回家另有一问题：狗和他重名。叫人的时候狗可能误会，叫狗的时候人也可能一惊；于是商议，人动狗不动，Juan改称为Carlos（西语人名通常分四部分，两名两姓，用哪个都可以）。

胡安和玛雅都不认生，拉布拉多确实是友善的犬类，尤其胡安跟我们的Paty——一位波多黎各女孩子非常热络，钻进她房间就恨不得不出来。

看来异性相吸，人狗皆然。

2020 年 4 月 29 日，星期三

亚马逊丛林

今天国内的魏老师转我一文章，写巴西亚马逊丛林内亦有数十人确诊，3 人死亡。

这确实出乎我意料，亚马逊丛林我已经去过几次，与外界交通极其不便，我还开玩笑说亚马逊要是能染上“新冠”，真是医学上的奇迹——然而竟真实地发生了。

对于国内一些媒体对拉美的报道质量，我素来不抱什么希望，如那篇文章将亚马逊丛林出现病例归因为“巴西修了一条通往丛林的公路”——事实上巴西的基础设施建设一直为人所诟病，时至今日都没有一条能够横贯巴西东西向的高等级公路。我国亦有“要致富，先修路”的民谚，何以巴西修路就成了缺陷呢?我们总说外国对我们有偏见，但中国对拉美的偏见，更不知大到哪里去了。

查询当地的新闻，问题似乎还是出在玛瑙斯城（Manaus）身上。玛瑙斯是巴西亚马逊丛林中最大的城市，现有约 200 万人口，与外界不通公路，只能靠飞机来往——凡去过玛瑙斯的，无不为丛林中能有一座这样的巨城而感到惊讶。

由于巴西的放任政策，玛瑙斯亦未对新冠肺炎给予足够重视，只能飞机来往反而成了这座丛林都市的命门——飞机带来的传染性可能比汽车大得多。玛瑙斯现在报告的病例即有 1800 例，参照圣保罗的系数情况，实际病例恐怕在 20 倍以上。

亚马逊丛林的土著人，生活得依靠河道的船运，凡运输总需要人，玛瑙斯既已沦陷，亚马逊丛林当然不保。

我所在的危地马拉，情况又有不同。巴西总统博索纳罗，素来对经济颇为重视，上任之初即有口号“不能让亚马逊土著像动物园中的动物一样”，他是想要改变亚马逊丛林只靠旅游“被参观”维持生计的现状，引入现代化林业，希冀令亚马逊土著也能接触现代生活——危地马拉情况却完全相反，120 万玛雅土著几乎被隔绝在城市生活之外（当然也有经济能力的因素，巴西的人均 GDP 是危国的 4 倍以上）。在平常，危地马拉对玛雅人的忽视被称为“人道主义危机”，但在疫情的特殊时期，这反而成了保护。

世间万物的复杂诡奇，真是令人感叹。

2020 年 5 月 1 日，星期五

烤肉

今天与 Carlos 和 Paty 吃烤肉，本地的家居环境，凡有房子的，几乎都类似于国内的四合院，家里自备烤肉炉的很常见。5 月雨季将至，趁着阳光晴暖，抓紧时间烤烤肉吃。

危国居家隔离的政策自 3 月 16 日始，转眼间已经持续 6 周。昨日总统讲话称还将再延长一个月，整个 6 月之前，恐怕无法解禁。“Toque en queda”（居家令）看来将成为一段时间的常态。

Paty 做了鸡肉串和汉堡，我学着老秦的方子腌制了鸡翅根和鸡腿，烧烤总是不容易失败，宾主尽欢。玛雅和胡安围着我们吃些碎肉，也其乐融融。我们议论距我解除隔离已近两周，这两条狗始终不见人回收，也许真的就要养在我们这里了，得做长期喂养的计划。

我同 Paty 和 Carlos 商议，近期的生活用品准备不再去超市，就在附近的小商铺购买，也算支持他们的生活——倒不是说我们多么宅心仁厚，实是担忧危国的社会稳定。危地马拉总统前阵宣布政策，说将对困难户发放 1300 克萨尔（约合人民币 1180 元）扶持生活，但危国家庭通常较庞大，行政效率又缓慢，何时能够到位，谁也不知道。

2020 年 5 月 3 日，星期日

全新的世界

在危地马拉隔离的日子过得相当快，一周又一周，用光阴似箭根本不足以形容其速。一转眼 2020 年就已过去 1/3，想想不禁汗流浃背。自 3 月份之后，正常的学习工作几已无法进行，我们的田野调查对象大多是玛雅土著人，而他们在当前已经到了“闻洋人色变”的地步，家访已经完全不具备现实的可能；2020 年将如何度过，不能不令人忧心。

但另一面，全世界都面临相似的困难。Mariana 回到巴西，和我讲首都的景象：没人知道巴西当前的实际病例如何，总之肯定比公布的情况更严重，很多人都不敢上班了。巴西是联邦制，各州行政权力较大，首都的管理就非常严格，单位已经大多停工，仅保留必要的政府部门运作。但由于总统博索纳罗坚持“发展经济”，所以并未宣布紧急状态，州政府也无法发放补贴，大量居民收入急剧下降，同时缺乏合理的救济措施……她言谈中似乎流露出后悔回去的想法。

但是哪里会好一些呢？以目前的情形论，危地马拉暴发也是早晚的事。以拉美的情况观察，除非采取中国式的强力措施，或巴西似的完全放任，否则增长的曲线差异根本不大——区别仅仅在于检测数目的多少而已，我想，拉美的群体免疫是不可避免了。

中国的情况会好一些吗？我也并不乐观。其实全世界并没有哪一国是真像中国一样，采取那么严格的居家隔离的，然而中国国内目前似乎也有放松的态势，除北京以外，人口流动渐趋于自由——由于新冠肺炎的R0（基本传染数，指一名病例在自然条件下的传播平均数）太高，传染性太强，以目前世界的经验看，一旦放松管制，病例必然增加，中国真的准备好应对病例的反弹了吗？

如果疫苗不能迅速研发，事实上的“群体免疫”就不可避免，世界必将迎来全新的局面，这也可以称为“躬逢盛世”。就我个人而言，一方面当然有些紧张，我好像还没能实现“免疫”；另一方面也有些“兴奋”的味道，这样大的历史事件，能够亲身参与其中，这样的机会并没有很多。

2020年5月5日，星期二

切大辣椒

今天和Paty一起，去本地的知名饭店Tan lechuga Yo领了一份工作回来：切大辣椒。

缘由是Tan Lechuga Yo准备开粥厂，每天中午12-14时为本地吃不上饭的穷人提供免费午餐，运行了一周发现供不应求——新冠疫情下本地大量平民失去了工作。这家饭店的人手不够了，需要招一群志愿者，分派洗菜、切菜、备料、做饭等工作。

我们接到的任务就是切辣椒，所谓“Picar”。切辣椒人人都会，但切一百斤辣椒可就不是轻松的工作了。我和Paty整整忙活了3个小时。好在本地用于做沙拉的红色大辣椒并无辣味，否则可有得受。

另，今日终于发现疫情后涨价最猛的物品：杏脯！

疫情前，一大包只售人民币 27 元，今天去买，一小包竟然要人民币 45 元，原先的大包已经要 105 元了。

正制作免费午餐的志愿者

（图片来源：作者拍摄）

2020 年 5 月 10 日，星期日

破产

朋友发来消息，南美规模最大，也是全世界历史第二悠久的航空公司，哥伦比亚航空公司（Avianca）竟然申请破产保护了……心情一下子变得伤感。

我对哥伦比亚航空印象很不错，国内线价格跟廉航差不多，国际线在美洲布局很广，飞机通常簇新，服务也好，由于和国航同为星空联盟的缘故，不时还能升个舱。休息室的条件也是大公司气派，比美国那几个强很多，以前我从哥伦比亚中转美国或回国，总得从迈阿密转机，美联航的休息室非常烂，我没少蹭哥伦比亚航空的“福利”。

南美航空业不算太发达，大的航司就是哥伦比亚航空和智利航空（Latam）两家，还有一堆小廉航。万万没想到，先倒下的居然是哥伦比亚航空。疫情对全球航旅业都是重创。说起来今年以来我就没见过飞机长啥样，放在过去的几年，这是不可想象的。

也有新闻说哥伦比亚航空是在对政府施压，希望以此威逼哥伦比亚政府出手救市。希望如此。

2020 年 5 月 12 日，星期二

声音

今天有朋友给我发一篇文章——《巴西：疫情撕裂社会》——文中又将巴西描述为即将崩溃的国家。

根据巴西市政部门网站的统计，到 4 月末巴西死亡人数 40 万出头，巴西 2 亿人口，年化死亡率约 6‰——还低于世界卫生组织公布的 2019 巴西全口径死亡率 6.7‰。事实上这也是全世界多数发展中国家都已出现的情况，由于新冠疫情，大家减少出门，马路上车少了，坏蛋也不能干坏事，横死的概率反而降低了。

说起来，我昨天还看了哥伦比亚大报 *El Espectador* 对瑞典“自由抗疫”的报道。他家的疫情专题质量一直很高，在很多领域，相比于中国和欧美，拉美的立场比较超然，角度反而更中立，更像是靠近事实一些。

大意就是瑞典乃至北欧四国的“自由抗疫”（不对居民生活做强力限制，只做劝喻）目前效果不错，重症病房空置率仍有 20%，而且密集区域人流量减少了 18-30%不等，去公园的暴增 70%，在居民生活最大程度不受干扰的前提下，他们控制住了疫情。

拉美这边，墨西哥走的其实大体也是这个路子（虽然也关闭了一些商业），目前死亡率还是可控的。巴西更加激进，总统博索纳罗成天反向劝喻，鼓励大家别戴口罩多出门（实际上似乎起到了反向效果），目前其病例数全拉美第一，但全口径死亡率居然也未见明显提升。其他国家中，以阿根廷为代表的坚持继续封闭，其他国家渐露放松管制的迹象。最近费尔南多·巴列霍（Fernando Vallejo，系生活在墨西哥的哥伦比亚大作家，在整个拉丁美洲都颇具影响力）的声音反响不小，他表示新冠肺炎终结的唯一方式就是大多数人都感染，这一趋势不会被任何隔离阻止，大家认命就好了。经过两个月左右的强力措施，他的声音逐渐被更多人理解。

是否“恢复正常生活”，我认为标志不在于能不能下饭馆、去哪儿旅游，首先还是在于能不能接受每天有几十甚至一百来号的新增病例。毕竟从全世界的情况看，新冠肺炎的传染能力决定了至少在疫苗出现前，我们只能长时间与它共存，把它当作生活的一部分。在美国的影响下，全世界其实是渐有接受这一事实的倾向。

根据英国《金融时报》的数据，中国的新冠肺炎死亡率其实是全世界最低的，而且是“遥遥低”，毕竟人口基数在那里。但同时中国又是最最害怕新冠肺炎，最最畏惧有死亡病例的。我觉得这其中有很多正面的因素，但就面对目前的现实，这种“极度畏惧”的心态有可能将非常不利于中国。

蜗居牛津群体免疫记

骆小平*

我是华北电力大学副教授，2020年2月10日到达牛津大学圣安东尼学院访学。作为户籍在北京，老家在黄冈的持湖北身份证的人，阴差阳错地在武汉封城的前一天留在了北京过寒假，只能通过手机与回老家过春节的父母家人保持联系。我躲开了疫情严重的湖北黄冈的"上半场"，却在到达英国一个月后开始了在牛津的"下半场"，果真"是福是祸躲不过"。三百多年前的牛津是国王查理二世躲避黑死病的地方，我居住的房子离有三百多年历史的丘吉尔庄园仅有几站地远。丘吉尔曾说："健康的公民是国家最大的财富。"那么，提出"群体免疫"的英国又如何呢？死亡人数"从一到万"只用了一个月。身处其中，感慨良多，是以为记。

2020年3月13日，星期五

回顾

前天我结束了在剑桥大学的会议，晚上回到牛津的家中。早晨起来跟朱莉才打上招呼，她友好地问我剑桥如何。房东朱莉·汉密尔顿是一位60多岁的和蔼可亲的老太太，从牛津大学Sant Cross大学的环境学博士毕业。退休后在家，照顾住在附近99

英国

* 骆小平，华北电力大学马克思主义学院副教授，牛津大学高级访问学者。

岁的母亲，并醉心于环保事业，在几家与环保相关的社会组织从事志愿活动。女儿在爱尔兰工作，儿子在约克郡工作。平时就她一个人在家，两层的小楼，上面小房间出租用来补贴家用，也能多一个人陪伴。她对住客特别友好，除了卧室，其他空间我们共用。平日我们相处融洽。

2月初我从北京到伦敦机场，晚上11点才到她家楼下，她还开着灯等着我到来。帮我把行李搬上二楼卧室后，她关切地问我中国疫情如何了？得知我家人都在湖北，也表达了关心。我说都还好，我们在1月23日春节前已经采取了封城措施，应该可控。我问她，我从中国来，你不害怕吗？她笑了，回答说："英国没事的，而且英国的医疗保障体系非常好，你在这里很安全，你不要担心。"看来她是误解我的意思了。于是我开玩笑地说，我是说你是否担心我会带来病毒。朱莉耸耸肩说："中国那么大，现在也就几万人确诊，北京有3000万人，目前才300多人确诊……你又是年轻人，没什么，我一点都不担心。"（彼时是2月10日，英国确诊人数还不到10例）短短两句对话可以看出，一是英国人对自己的国家医疗保障非常有信心；二是认为疫情完全跟英国无关，仅仅是在中国境内尤其是武汉发生的；三是英国的边境一直没有关闭。

2月10日，我在北京首都机场快办完手续时，因为看到我的身份证是"421"开头，柜台人员一眼便看出我是湖北省的，他有些惊慌，马上打电话给上级领导。之后我解释我一直没回湖北，一直在北京，否则我这会儿无法从湖北出来到北京的（1月28日湖北就已关闭全省的进出通道）。我最终登记了诸多信息后才出关。12个小时后到达伦敦希思罗机场，人头攒动，除了亚洲人面孔的戴了口罩外，其他外国人无一人戴口罩，我便在这种情况下把口罩摘了。然而，通关过程不到一分钟，没有测体温等任何措施。英国人对于疫情的"无所谓态度"可见一斑。

到12日，来到这里刚好一个月，我也进入了"封城"的禁足岁月。1665年鼠疫时期，为了躲避瘟疫，牛顿在家里被一个苹果砸了，然后发现了万有引力定律。这颗苹果树的种子被带到牛顿的母校剑桥大学三一学院栽种，而苹果树前的宿舍只有最出色的学生可以住进去。我刚好在昨天（3月11日）去看了这颗苹果树。或许我该思考：疫情封锁期间，我能做些什么呢？

今天一大早，国内有几位师友及单位同事给我发来了信息，询问英国采取"群体免疫"是否意味着放任不管了，他们对我的安全表示担忧，嘱咐我要做好防护。原来，今天国内头条新闻报道牛津大学已经确诊5例，这对于只有65万人的牛津郡，参照全英国确诊比例来看，数量算是多的。牛津同样是历史上瘟疫横扫过的地方。1348年7月，黑死病登陆英国梅尔斯科姆港口，席卷英格兰南部地区，很快蔓延至整个英国。1663年至1668年黑死病再次卷土重来，期间英王查理二世带领王室和宫廷人员逃至牛津郡避难。

就在前两天，约翰逊首相提到"群体免疫"，一时间不仅仅英国人炸锅了，更是引起了全世界的关注。从历史上看，对于历次瘟疫蔓延，英国都是采取"无为而治"的政策。说实话，高层统治者和贵族完全不用担心，因为他们享有完善健全的医疗系统并承担得起封闭时期的负担；但普通民众只能听天由命，看命运的安排了。大概是全部感染一遍，能抵抗的就有了抗体，抵抗不了的正好淘汰掉。或许这也是一种"科学"依据吧。

我准备出门买点感冒退烧药。上午10点从住处出发。经过Wolvercote小学，看到老师们带着几十个孩子一起玩类似老鹰抓小鸡的游戏，充满了欢笑和乐趣。孩子们的小小滑板车很整齐地停靠在停车处。高年级的孩子们已经坐上了一辆中巴车，穿着校服，准备去春游……

小学的孩子们还在快乐地上学（图片来源：作者拍摄）

6 路公交车来了，与往常一样，我买了当天的往返车票（3.98 磅）。公交车上有两对老年夫妇，一位年轻男士，一共 5 个人。他们都没有戴口罩。上车后我找了一个离大家远一点的位置坐下。过了一会儿我听到后面的一位男士咳嗽了好几声，有些担心。过了两站，上来了一位推着代步车的年纪很大的男士，我赶紧让了位置。我远远看着他开始拿出纸巾擤鼻涕。今天气温已经比平时高了好几度，但英国的天气一直多变，前几天还下了一阵雪，风大，气温并不高，很多人感冒也是正常的。

11 点到达学院。下车后直接去对面药店看看有没有感冒药。我发现今天来买药的人很多。看了一下，湿巾、纸巾都有，询问了感冒药。店员告诉我在架子上，去看了一下，各种治疗感冒和流感的药物，胶囊、药丸、口服液都有，摆满了。虽然不是很清楚，我还是买了 4 盒作为储备。店员并没有问我是否已感冒，很快结账，花了 14.99 磅。

药店门口贴着的告示："本店没有口罩、洗手液"

（图片来源：作者拍摄）

英国

12点我回到学院图书馆，碰到了学院主管高级访问学者的秘书，名字也叫朱莉。她是我到学院后报到的联系人，也是接触最多的老师，大约60岁。朱莉跟我聊天说，有些担心疫情变化，但总体认为应该没事，英国还是安全的，不出英国就行。今天是本学期的最后一天，明天就放春假了，她和家人准备去英国东南边的一个小镇度假一周。她热情地询问我有没有跟国内的家人联系，是否安好。我回答说联系了，中国现在情况好多了，因为采取了严格的隔离措施，目前已经基本控制住，估计差不多下个月就能解禁。她说："那太好了，中国真的很努力啊，但我想英国应该不会太糟糕的。我和家人目前不会改变度假计划的，看看接下来两周的情况吧。"

12点30分，我与导师蕾切尔·墨菲约好一起在牛津大学潘迪生中国中心的食堂用餐。食堂门口放了免洗洗手液，导师提示我进出食堂都要消毒，并且要用手臂开门，不要用手。食堂里学生并不多，毕竟要放假了，但都是几个人聚集在一起吃饭聊天。吃饭时，蕾切尔说虽然有些担心这个病毒，但是她仍然计划月底带着8岁的女儿回澳大利亚陪独自在家居住的父亲，很担心两周后航班是否正常运行。正说着，我们看到有两个高个男孩来食堂吃饭，两人戴着类似于防毒面具的口罩。导师笑着说这个也太夸张了吧。不过病毒来了，谨慎也能理解。她说她已经买了3月26日飞往澳大利亚的机票，除非航班取消，否则自己不会取消行程，并准备在4月底开学的时候再回到牛津。

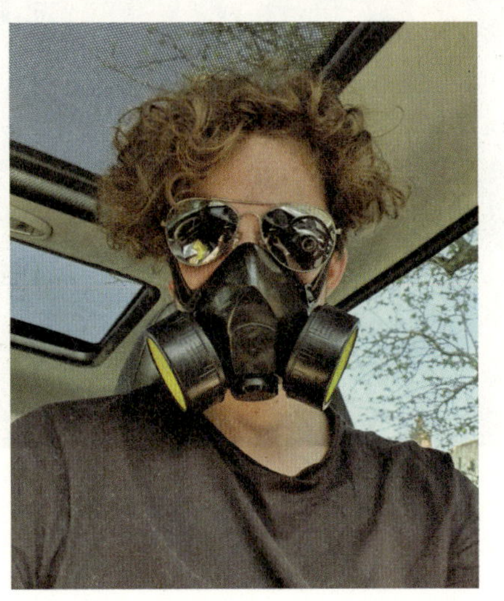

戴面罩的英国学生

（图片来源：作者友人拍摄）

下午 2 点，新闻推送，在过去 24 小时，英国增加了 208 例，确诊总数达到 798 例，死亡 10 例。

看到这里，我不禁担忧起来。3 月 9 日到 11 日，我还辗转去剑桥大学开会。途中乘坐了从牛津到伦敦的火车，再转伦敦地铁两次到达国王车站才坐上去剑桥的火车。11 日我乘坐直达大巴车从剑桥回到牛津，但事实上并非“直达”，路上停靠了十几站，上上下下的人很多，且大家都没有采取防护措施。由于英国的车都是靠左行驶，一路左转弯太多，又多次起步且停靠得急促，晃晃悠悠 5 个小时才到牛津火车站。一路上我头晕得厉害并突然呕吐。这让我一度怀疑自己是否感染了新冠病毒。

3 月 9 日仍旧拥挤的伦敦地铁

（图片来源：作者拍摄）

英国

学校已经放假，学校食堂两周后也不再提供餐饮服务。接下来我只能去市中心的商店买日用品和食物。市中心热闹异常，人头攒动。无家可归的躺在地上的流浪者、街上卖艺的，表演小提琴、口琴、手风琴、吉他、唱歌的仍然如往常一样。市中心有大量年轻人聚集，得有一百来人，似乎在准备庆祝活动。餐馆里大家都在热烈地聊天、吃东西。大超市里没有人戴口罩，中国人也入乡随俗，只有零星的几个中国人戴着口罩。各种食品、洗漱用品和纸巾供货很充足，洗手液和意大利面那儿的货架空着。偶遇到两个中国人带着双层口罩购买了大量商品，主要是大米、面粉等，他们引来了其他购物者的注目。

下午 4 点，我满载物品回到住处。朱莉正在听广播看书。我便跟朱莉聊天，想听听她对英国疫情的看法。

朱莉说了这么几点：第一，英国的医疗体系非常完善，拥有先进、科学的药物研究系统，所以“延缓”策略是科学的、合理的，只有等着疫苗出来才能控制。如果现在就突然说“封城”，势必会引起恐慌，社会秩序就乱了，只会加重疫情向不可控局面发展。第二，在此之前她不担心，现在开始担心了，政府没说关闭学校等。她能理解，因为孩子不上学，家长就得在家，很多工作就没人做，生意就没法做，现在往返欧洲的航班还进行着。但如果政府说了严格要求在家，大家也会接受的。第三，她妈妈 99 岁了，她也 68 岁了，如果妈妈感染了，肯定会死，因为她本来就身体不好。但如果她自己感染了，就不能去照顾妈妈，妈妈就会死于孤独，那也不好。但谁知道自己会不会感染呢？也许哪天出门坐公交就可能被感染了。她说，你还年轻，被感染率低很多，但也很麻烦，要隔离，也会孤独。第四，说实话，现在确实需要隔离，最好政府能够说关闭学校、剧院，关闭与欧洲往来的通道。第五，虽然中英文化不同，但她认为中国采取隔离措施是对的。中国采取措施后，很快就控制住了，说明这个做法是对的。第六，英国今天确诊 79 例，但实际上可能已经有很多人感染了，只是还没暴发，或许等一周后就知道了。但民众也没办法，政府不严格对待，大家信息少，也就更不当回事儿了。看看下周的情况吧。

说到自己母亲时，她眼圈红了。我们彼此安慰了一下，便各自回屋了。

梳理了一下英国疫情的发展状况。2 月 1 日，出现第 1 例；一直到 3 月 1 日才到 36 例，一个月仅增长了 35 例。2 月 10 日那天我到达英国时才只有 13 例，死亡 0 例，治愈 8 例。

从 3 月 1 日开始，确诊人数每天增长两位数，到 3 月 11 日，10 天之内，从当初的36例增加到373例，相当于短短10天增长了10倍。

从3月11日开始，每天确诊人数新增三位数，昨天新增134例，今天新增208例。短短3天时间，从373例上升到798例，增加了2倍。

3月2日，英国内阁政府应对本次疫情的第一次正式会议开启。

3月3日，英国发布预防病毒作战计划。该计划书一共25页，分为四个阶段：

第一阶段：隔离——治疗被感染人群，隔离密切接触者。

第二阶段：延缓——采取措施控制病毒蔓延。

第三阶段：研究——同时深入研究病理并研制疫苗。

第四阶段：减轻——广泛传播后，继续采取严格措施尽量将损失降到最低，减轻代价。

昨天，3月12日，首相宣布英国已经进入第二阶段。从第一阶段"隔离"到第二阶段的"延缓"只用了9天时间，足以说明疫情在英国传播的迅速。明天英国的确诊数会是多少呢？真的不知道。心里正在打鼓呢，接到牛津学联的通知，学联组织给中国留学生和访问学者每人免费发放的8只口罩已经到位，预约明后天可以错时领取。

2020年3月14日，星期六

温暖

昨天休息得晚。醒来时已经7点半了，收到国内许多同窗好友的关心和问候，英国的"群体免疫"已从科学家那里吸引了世界人民的关注。

8点47分，政府发出通告，要求70岁以上的老人要居家自我隔离1至4个月，尤其是未来高风险的几周里。而且需执行"一人感染，全家隔离"的政策。

必要情况下，警察可以拘留疑似患者以防止传播；除了命案外，其他轻罪暂停调查，以此释放警力应对病毒；严重情况下，出动军队守护医院和超市，以免发生秩序紊乱。

同时，英国要求医疗设备工厂增加产能，临时改生产线制造亟需的医疗物品。紧急情况下，皇家后勤部队将会护送食物运输，皇家军医部队将在护理院附近建造临时帐篷医院。

紧急立法，政府有权强制购买土地建造墓地……

这些政策力度很大，希望能够得到执行。

下楼看到朱莉正在忙。今天晚上她要教我做英国传统食物“烤鸡”。鸡骨头剔出来，加上一些佐料，小火熬制，需要 6 个小时。朱莉是环境学博士，非常严谨的环保主义者，买回来的任何食品都要物尽其用，尽量减少剩余物。

聊到关于 70 岁以上的老人居家隔离的消息，朱莉说：“这是个好消息，这样我就能说服我 99 岁的妈妈不要出门了。她其实还好，自己在家洗衣服，做手工，以及整理花园。但是她比较固执，我们电话联系是可以，但是她不想太孤独，有时想出去。但如果政府有指令了，我就有理由说服妈妈了。”她跟我解释说，老人的居家隔离具体措施需要政府公布，因为要分各种情况。比如健康的老人、有基础病的老人，还有重病的老人的要求不一样，都需要在家隔离，但能做什么不能做什么，需要准备什么药物和食物，紧急情况下联系哪些机构，这些都是需要政府提供资源和信息的。我开玩笑说，那您妈妈会听您的吗？她说：“她都那么大了，是成熟的 Lady，这也是为自己和为大家好。等下周二具体指南下来了，我就把妈妈需要用的药品和食品准备好，之后就不过去了，电话联系就可以。”

她对我说，我们也要保证自己健康，还要小心看看邻居。虽然我们住在这儿不怎么相互认识，但是我们知道附近住了什么人，情况如何。如果有年岁大的，很久没看到，便应该敲门问问情况。另外，对一些有症状的邻居也要相互保持距离，万一邻居也感染了呢。对于储存物品，她说还是不要囤物品，要为他人着想，而且她相信食物供应足够。晚上我们吃了一顿温馨正式的晚餐。开了院子里的小灯，铺上好看的桌布，摆好盘子、刀叉，点上蜡烛。这么一布置，平日里看着不起眼的厨房后院，现在特别有氛围了。我感受到了异国他乡的温暖。

2020 年 3 月 15 日，星期日

心真大

今天我去附近的商店买蔬菜。看到店门口贴着告示，已经限购了。店主说，每天前来购物的人很多，但物品目前充足，进货并不容易，为了保障每个人每天都能买到必需品，所以需要限购。他本来可以关闭商店在家待着，但考虑到附近就这一个小商店，关闭了其他人就没地方买东西了，就决定继续进货营业。店主自己没有戴口罩，进来买东西的人很多，也无一人戴口罩，社交距离保持得也不严格。

回来路上，我看到很多人悠闲地散步聊天，皇家邮递员还在按时送信。社区医院的牌子立在路边，以提醒人们及时就医。

今天，英国政府已经明确开始禁止500人以上的聚集，那么500人以下的呢？是否要关闭？如何生存？酒吧和俱乐部无疑是损失最大的。伦敦最著名的LGBT（同性恋、双性恋与变性人的简称）酒吧RVT（The Royal Vauxhall Tavern）预算和现金流出现困难，疫情会大大影响夜生活产业。酒吧里工作的大多数人的保险是不包含新冠病毒的治疗费用的。根据估算，两个月内，酒吧现金就会用尽，数以万计的人会失业。一些酒吧表示无法支撑下去，但它们会继续营业，会教导员工采取预防措施，并做好卫生工作。

英国电影协会的代表则认为：新冠病毒并不意味着公众不能到电影院！……他们抱怨，由于美国暂缓了上映电影的发行，影院收入受到了影响。电影院则发告示说，我们早在政府采取措施之前就做好了保持公共健康的准备，比如将电影院的观众减少50%，让大家有更宽敞的安全空间，可以安心看电影。如果观众或员工表现出发热、咳嗽或者呼吸急促的症状，他们可以要求退场，我们会尊重他们的。

对于电视节目，一些录制活动可以没有观众，但基本上所有电视台都将继续工作。英国最流行的真人秀活动“Ant and Dec's Saturday Night Takeaway”对外说，节目将继续进行，但会严格按照政府措施，将观众减少到500人以下。他们保证每次节目之前，会有工作人员与国民健保署（NHS）联系，及时更新和获得录制场合的安全建议，提前告知进场观众。

看到这里，真心觉得英国人“心真大”“视死如归”。当然另一方面也是“资本至上”，商家要保证利润；普通人认为一定要有收入（因为没有储蓄的文化），否则还没感染病毒就已经饿死了。

2020 年 3 月 16 日，星期一

电视执照费

今天总算天晴了。早晨睁开眼睛，阳光甚好，光芒万丈。但昨晚没睡好，暖气关了冷，开了热。听到门“咣当”一声，朱莉又出门做志愿服务了，不由得有点担心起来。毕竟她 68 岁了，每天出门做志愿服务，会接触各种各样的人。

打开手机上的 BBC 软件听起了新闻。周日（3 月 15 日），离牛津一个小时车程距离的城市——巴斯的马拉松比赛照常进行。那里人山人海，大约有 1.2 万名参赛者参加了这场比赛。而在利兹，民众聚集在一起，提前庆祝传统节日“绿帽子节”（St. Patrick’s Day，对于苏格兰人很重要，相当于春节）的到来，且有成千上万人参加了一年一度的“Otley 长跑”。看来，英国民众还没有意识到新冠病毒的快速传播和威力。

下午 2 点，在志愿者组织“英国新冠病毒互助网络”（COVID-19 Mutual Aid UK Network）的牵头下，短短 24 小时内，英国各地成立了近 400 个“互助”组织，以志愿者关怀老年人，送食品和“陪伴”为目的。加入这些互助组织的志愿者们，在他们所在的地区建立“脸书”小组，大家可以在这些小组中分享需要帮助的人的信息，志愿者们也会尽快帮助他们。

为了不让老人因自我隔离感到孤独，电视运营方也将采取减少收费的措施。这里需要说的是，直到现在，英国很多人家里是没有电视的。因为收费太贵，看不起。朱莉家就没有电视，只有一台收音机，收音机的每个频道也是需要购买“使用执照”。朱莉买了两个频道的新闻，每天都会开收音机听广播来了解这些新闻消息，这在英国不是少数。而英国的自媒体更远远不如中国发达，如此一来，诸多突发信息就很难传达到各家各户，更别提上了年岁的独居老人。

我顺便了解过英国的电视收费，自 2000 年起，英国政府就规定，75 岁以上的老人不用支付每年的“电视执照费”，其费用由英国政府承担。但到了 2015 年，英国政府表示，2020 年 6 月 1 日之后政府不再承担老年人的电视费用，而是由 BBC 自己承担并提供优惠政策。这个政策将会影响英国近 370 万人。去年，BBC 就表示，只有那些获得养老金信贷福利的低收入家庭才能获得免费的电视执照。

2020 年 6 月即将到来，如果继续对所有 75 岁以上老人免收电视执照费，那么 BBC 将损失大量收益。BBC 于今天重磅宣布，由于疫情，将推迟取消 75 岁以上老人的电视执照优惠政策，优惠政策将延迟到今年 8 月 1 日。这也算是资本家巨头对普通民众的“人文关怀”了。

下午 5 点 07 分，英国政府正式发布新措施。根据英国政府官网发布的《新冠肺炎卫生保护条例》，可以看出英国接下来会采取的措施有以下几点：

第一，自行居家隔离由 7 天变成 14 天。在上周政府公布第二阶段防疫计划时，约翰逊曾表示，有轻症的民众可以自行居家隔离，隔离时间为 7 天。而根据新发布的《新冠肺炎卫生保护条例》，那些疑似感染了新冠肺炎的患者，将在医院或其他地点进行 14 天的隔离。隔离时间进一步延长。

第二，拒绝隔离将被认定为刑事犯罪。为了确保隔离的效果，新规定还指出，疑似患者将接受强制检测，他们必须配合相关部门提供血样或进行唾液拭子检测。他们还必须提供近期旅行史，以及密切接触人员的名单，并且要保证信息的真实性。如果有人拒绝检测或隔离，或者提供虚假信息，这种行为将被认定为刑事犯罪，违法者最高可处以 1000 英镑的罚款，或者被警方强制拘留。

第三，老年人需要隔离。明天公布具体执行细节。

下午 5 点 30 分，朱莉回来了。因为天气暖和，我们打算一起把后花园整理一下，春天来了，我们可以种菜。朱莉说如果“封城”继续，我们就在家种菜吃。朱莉计划在玻璃房里种上豆子和西红柿。我的任务是整理玻璃房里的杂草，她用割草机处理外面的杂草。

晚上收到牛津大学发布的消息：欢迎任何不便回国的国际生假期住宿，鼓励所有有能力及有意愿的国际生假期回国，鉴于英国“封城”的可能性，回国的国际生可能难以返校，所以校方会进行线上授课。

这样的安排比美国高校不允许留学生住校的消息好多了。

2020 年 3 月 17 日，星期二

历史性时刻

早晨 8 点，我听到屋子前面铁路上开往伦敦和伯明翰的火车轰隆隆地经过。目前公共交通和城际交通还在正常运行。一会儿，隔壁的装修工作也开始了。几位工人打开录音机听着音乐，吹着口哨，快乐地干活：涂油漆，锯木材，好不热闹。装修工作其实已经持续一个月了。工人是四个波兰人，两位大叔和两个小伙子，每天早晨 9 点到下午 4 点，准点到来准点下班。这是隔壁房主在后花园前面增盖了一个木头房子，屋顶还可以当露台。实际上，装修在英国非常昂贵，尤其是人工费用。

10 点，朱莉说今天要出门去市中心理发店理发，万一“封城”措施严格了，就要有几个月时间不能理发了。她再次强调，根据她对英国政府的了解，肯定需要几个月甚至一年时间才能控制住疫情（哈哈，看来英国民众对政府的了解确实深刻）。英国理发很贵，短头发修理一下需要 45 英镑。朱莉热情地说，你这刘海没事，我可以帮你修剪。

下午 5 点，朱莉回来了，已经换了造型，精神很多。之后我们开始种菜。她搬来了两大包买来的肥沃黑土，我在园子里挖坑，把沃土放进去。她放种子，这次种豆角。之后，我们把沃土洒在种子上厚厚一层，再浇水。就静静等着两周后豆角发芽吧。

休息后，刚吃完饭，震惊的消息就来了！

3 月 17 日，牛津官方再次通过邮件向全体同学告知：确定新学年第三学期即将开展网上教学；所有无法在线完成的教学模块将有其他替代方案；原本在考试院和其他考场进行的年终考试将改为在线模式。

牛津学子即将目睹历史性的一刻——建校 924 年、没有因为第一次和第二次世界大战停学的牛津大学将首次因疫情开展网上教学和网上考试！

而我，好不容易完成各类申请和手续来到这里做访问学者，一个月后便不能参加学院的正常活动了，也没办法与导师们做访谈和交流，更缺少了体验和感受国外校园气氛的机会，想到这里，不免有些遗憾和伤感。

2020 年 3 月 18 日，星期三

战时状态

早晨下楼，看到朱莉在看新闻。她主动跟我说：“英国的疫情很严重了，我们俩要注意，我认为现在大家应该都行动起来，进行隔离。”我说好的，中国在开始的时候也不清楚病毒，但 1 月 23 日采取措施后，2 个月内就控制住了。英国人少，住得也松散，现在采取强制措施，1 个月就应该能见效了吧？她耸耸肩说："中国政府更加负责任，管制也更加严格，你们也配合。但英国政府不是中国政府，英国政府是不会管的，也管不了，我是土生土长的英国人，活了这么大岁数了，虽然不用太恐慌，但是依我对英国的了解，估计得要3个月。我们俩要做好准备。"然后她提议我们可以在菜园里种绿叶菜。

在今天例行的新闻发布会中，英国首相约翰逊表示，英国现在进入"战时状态"，全国要尽一切可能努力应对疫情。并且，他发布了国家将投入3500亿英镑的经济刺激计划。

随后，政府公布了3500亿英镑资金援助计划的细节，3300亿英镑将通过银行以低息贷款的形式发放（相当于GDP的15%），其余200亿英镑用于营业房产税减免和小企业现金补助等，具体措施如下：

1. 对于购置过保险的公司，政府将尽力支持他们通过保险索赔；

2. 对于没有保险，且应课税额在51 000英镑以下的小企业，政府将提供至多2.5万英镑的现金补助；

3. 由于疫情对餐饮、酒店和剧院等实体行业的影响最大，这些公司在未来12个月内将不用支付营业房产税；

4. 对于符合条件的70万家小商业企业，政府将把给他们的现金补助从3000英镑提升至10 000英镑；

5. 对于符合条件的中小企业，政府将提供最高可达500万英镑的担保贷款，且自贷款日期的6个月内不需要支付利息；

6. 在民生方面，政府要求各大银行给予受疫情影响较大的个人3个月的抵押贷款宽免期。同时，政府还将与工会和商业团体讨论就业保护问题。

这些政策似乎还是体现了政府的担当，其关键在于落实。今天开盘，英镑大跌。目前英镑兑美元汇率为1∶1.18，这已经跌到1985年以来的最低水平。兑换人民币汇率降到1∶8.2，而一个月之前我在机场兑换时还是1∶9.3。难怪政府感到压力巨大。

下午1点36分，学校秘书发来邮件，学校正式关闭了。5点11分，北爱尔兰宣布今日起所有学校关闭。此前，苏格兰、威尔士已经相继宣布本周末之前关闭学校。5点21分，英格兰也宣布关闭学校。至此，全英国宣布本周五关闭所有学校。

晚上7点，朱莉回来了。她一进门就喊我，我出来后她郑重地对我说，请跟我保持距离。然后她告诉我一个晴天霹雳般的消息：她办公室的同事今天早晨开始发烧咳嗽，已经自我隔离，目前虽然还没确认是否感染了新冠病毒，但这些天他们一直在办公室一起上班，所以她是密切接触者，从明天开始她要自我隔离14天。为了安全起见，她嘱咐我不要再共用厨房了，错开时间做饭，也不要离她太近，不要跟她说话。卫生间只有一个，只能共用，但需要注意门把手消毒并勤洗手。

慌乱一阵后我安定下来，也许没事儿呢。接下来我得密切注意隔离防护。打算分几个口罩给她，但犹豫了一下，怕她觉得受冒犯。英国人普遍认为戴口罩没用，但洗手有用。所以首相一直强调洗手，而且到处的宣传图片也是强调洗手。但我还是分了5个口罩给她（前两天从学联一共领了10个），写了一张字条，委婉询问她是否需要，连同口罩一起放在楼下过道的桌子上。朱莉对我表示了感谢，并说她觉得自己没事，打算将口罩给自己年迈的妈妈使用。在接下来的时间里，她外出也没有使用口罩。英国人的思维里他们果然对口罩的使用在本质上“内心是拒绝的”。那只好等着看第一个7天了，如果没问题，就基本没事了。听到她从回来后到晚上一直在打电话，我想她应该也是心中很慌乱，在跟儿子、女儿和妈妈等家人在商量吧。

2020年3月19日，星期四

这是恐慌

朱莉是密切接触者，自我隔离了。因此，今天我需要做好自己在小房间生活的各项准备。之前我出门不戴口罩，希望和英国人一样不显得突兀，毕竟在英国人心里只有病人才会戴口罩，而如果是病人就应该待在家里不要出去影响他人。但从今天开始，我出门戴口罩了。路上的行人稀少。但流浪的大提琴手还在街上拉提琴，路边的无家可归者蜷缩在商店一角。我到了Westgate中心的Sainbury大超市。人很多，食品充足，但纸巾、消毒液等剩得很少。一些物品架子上贴了限购告示。超市里我只看到一位老爷爷戴着口罩，他迎面对我说：“It is panic, right?”（这是恐慌，对吧）我向他笑了笑。大概是因为就我跟他戴了口罩吧。

商店里的感冒药每人只能买一盒，也限购。排队的时候，身后一位年轻女士在打电话，离戴口罩的我比较远。听到她生气地打电话，说“Fuck China virus, shit ……” 英国确诊人数的上升给大家生活带来了巨大影响，更多人认为这是“中国病毒”。这里已经发生好几起华人被打事件了。

回来的路上，看到小学里的一大群孩子在操场玩耍，孩子总是最纯真的，不知道发生了什么，而且这是他们最后一天上学，估计开心着呢。

回来后开始收拾房间。一共 6 平方米的小房间，被我分成了好几个区：进门隔离区、工作区、储藏区、厨房区、卧室和衣柜。肥皂、湿巾、洗手液、厕所消毒液都放好了。提了一桶水上来，放着，进门立刻就洗手。

2020 年 3 月 21 日，星期六

浮动医院

今天再次出门购买食品，路上的行人确实少多了。之前每天都是门庭若市的阿什莫尔博物馆（知名度仅次于大英博物馆）已经关闭。博物馆对面的五星级酒店也只剩下英国的米字旗落寞地随风抖动。出门散步、跑步、骑车的人还是不少，当然——不戴口罩。对他们来说，时光显得更加悠闲自在了。牛津的观光旅游车还在，一辆上面只有一个乘客，另外一辆只有司机大叔。公交车、大巴车、火车等照常运行，只是减少了班次。

下车后我沿路走到火车站附近的中国超市。平时超市里人并不多，今天反而人多了起来，而且竟然主要是外国人。很多货架空荡荡，只能有什么买什么了。中国店主戴着厚厚的口罩和塑胶手套。

买完东西后往回走，路过火车站和城际汽车站，只有稀稀朗朗几个人。在以往的周六会有很多乘客出行，牛津交通方便，离伦敦和伯明翰不远。汽车站的洗手间内贴着“勤洗手”的告示（首相认为需要用肥皂洗手 3 分钟，也就是哼一首“生日快乐”歌的长度，这遭到了很多人的嘲笑）。

下午 2 点，我在约定的牛津大学的基布尔学院门口取了北大牛津校友群帮助订购的口罩。陆陆续续有人戴着口罩来取口罩。为了减少接触时间，大家都是按照之前的安排领取了口罩即刻散开。

空旷的牛津火车站停车场（图片来源：作者拍摄）

回来后，看到两则民间防控措施的报道。一则是英国邮轮公司宣布将提供两艘邮轮用作“浮动医院”。两艘邮轮可提供超过2600间单独隔离空间，并且在甲板上配备了医疗设施。邮轮的名字分别为37 000吨位的“萨加蓝宝石号”和58 000吨位的“发现者号”，本周它们已停靠在艾克塞斯的泰晤士河边。（大概类似于武汉的“方舱医院”，英国在海边，这符合海洋国家的特点和优势。）

另一则是英国一些企业给予民众的方便：

1. 超市每天早上专门给老人等弱势群体开放一小时购物，保障他们买到需要的东西；

2. 网上超市准备延长送货时间到凌晨；

3. 超市联合社区，组织志愿者给70岁以上自我隔离的老人定期送物资；

4. 普通民众可以从学校把孩子领回家，部分学校仍然开放是为了给医生、护士以及警察的子女上学，从而保障社会正常运转；

5. 汽车厂商可转行生产呼吸机等医疗物资，确保最大可能地挽救生命；

6. BBC免费给老年人提供更多节目，免除电视执照费以帮助老人度过无聊的自我隔离期。

这些措施，不管是否是在跟中国“抄作业”，它们看上去还是很有希望的。但据统计，从2014/2015年度到2018/2019年度，英国境内过去5个年度的冬季因为感冒病毒（H1N1 & H3N2）的死亡人数，分别是：

2014/2015年度：死亡28330人；

2015/2016年度：死亡11875人；

2016/2017年度：死亡18009人；

2017/2018年度：死亡26048人；

2018/2019年度：死亡1692人。

英国首席科学官预测，2019/2020年度冬季因为新冠状病毒而死亡的人数，如果控制在2万人以内，则是个最好的结果。但英国政府今天已经证实，暂时不会采取“封城”措施。其实，对于6600万人口的英国来说，一次病毒流行死亡2万人并不是个小数字。

2020年3月23日，星期一

封城

过去三天是关键节点。确诊人数和死亡人数每日剧增，放任不管的“群体免疫”遭到了许多人的批评。

昨天，到市区办事。路上看了一眼3月12日民众发起的“封城”请愿，请愿人数已经超过32万。

因为关闭学校、商店类的隔离措施从这周五才开始实施，要想看到实际的控制效果还需要2至3周的时间。也就是说，英国的确诊人数在未来的2至3周里仍会飙升。医疗系统是否会崩溃，也是个让人焦虑的问题。

麦当劳今天宣布，到晚上7点，关闭全部1270家位于英国的连锁店。此前，麦当劳只是全面取消了店内用餐，但仍然支持外卖。英国的麦当劳约有13.5万名员工。关闭后，这些员工将被支付足月薪水至4月5日（两周）；此后员工将收到薪水的80%，资金来自政府补助。

百货公司John Lewis、Harrods、宜家、TK Maxx，服装店Topshop、H&M、

CK，咖啡店星巴克，甜品店 Patisserie Valerie 等也宣布关闭全英范围内的店面。

情况这么严重了，但是英国民众会听从首相发出的在家不出门的提醒吗？生活需要收入，宁愿病死也不能饿死和被房贷压死等理由，会促使人们依旧继续外出和上班，尤其是在天气越来越好的春天。英国人是出名地喜欢晒太阳。

社会疏离法不奏效，政府必须启动强硬手段。晚上，约翰逊首相郑重其事地发表全国电视讲话。内容主要是，从 23 日也就是即日起，英国正式进入“封城”模式，延续 3 周。同时公布了最新的限制规则：禁止 2 人以上在公开场合的聚会（不包括与您同住的人）；禁止所有社交活动，包括婚礼和洗礼（葬礼不包括在新限制中）；关闭所有图书馆、游乐场、户外体育馆、礼拜场等公共场所；关闭所有餐饮店、酒店、咖啡厅；出门购物只能因为基本需求，例如购买生活用品及医疗物资；每天只能出门一次，例如跑步、散步；出于医疗需要，志愿者为了照顾他人可以出门；只有在完全不能避免的情况下才能前往上班地点；警察有权执行规则，可对违规者处以罚款及解散聚会；关闭所有销售非必需品的商店，例如服装和电子商店等；不得与不住在一起的朋友或家人聚会见面。

为了给国民健保署的工作人员打气，政府号召大家画彩虹表达自己的祝福。孩子们都纷纷绘制与彩虹相关的图画。

2020 年 3 月 24 日，星期二

5G 基站

下午 3 点，我跟一位留学生约好去取口罩。今天街上很萧条，除了超市和药店，其他都关门了。买药的人们排队，距离非常远。看来昨晚首相说的话起作用了。

随着疫情加速，牛津街上出现了威胁华人的现象。多名留学生遇到这样的情况：（1）外国人看到你戴口罩，会有人直接问你“你有没有口罩”？然后问你要，还会说“凭什么你有口罩”……（2）直接冲到你面前吐痰……（3）直接过来抓掉你的口罩……。另外，由于有人在推特上发视频说 5G 信号站是传染新冠病毒的工具，武汉发生病毒就是因为武汉的 5G 信号基站最多，于是有人焚烧英国在建的 5G 基站，发起活动抵制华为……真想不通这也会有人相信。

由于出门没有带书包，我手上拿着两大包口罩太引人注意，便塞在自己宽松的毛衣底下，“腆着”大肚子赶紧坐公交车回家。

排队进药店，相隔两米的社交距离（图片来源：作者拍摄）

2020年3月25日，星期三

集结号

今天有三则新闻触动了英国人的神经。一是“查尔斯王子确诊感染新冠病毒，为轻症”，大家对于王室主要成员的确诊表示很震惊。二是英国驻布达佩斯使馆外交官感染新冠肺炎去世。三是一位21岁的年轻健康女孩，没有基础疾病但感染后很快去世。这三则新闻对英国民众触动较大。在推特上看得出来大家都开始警觉了，认为“病毒”是平等的，不仅仅只感染中国人。

英国政府之前承诺，每天将病毒检测数提升到1万人次，4月中旬将每日病毒检测数提升到2.5万人次。但到目前为止，英国还没有哪一天的病毒检测数超过1万，卫生服务部门目前每天只能检测大约5000名患者，且主要针对入院患者，绝大多数有症状并在家隔离的人都没有得到检测也不给予检测，其目的在于确保医疗资源不会被挤兑。

好消息是，号召令发出后，短短三天时间里就有 40.5 万人签名申请当志愿者。英国军队也吹响了自伊拉克战争以来的最大集结号。一直延续几百年都正常召开的英国国会在今天晚上 7 点关闭。

因为长期在家待着，英国的夫妻也是“相看两相厌”。出现了许多家庭暴力事件，心理咨询和婚姻咨询电话骤增。这与前段时间中国报道西安在 3 月份民政局预约离婚人数激增类似，似乎在此事上中西同此“凉热”吧。回想起今天回来的公交车上我听到后座一位外国女生跟男友吵架，哭着说：“我们很久没见面了，你说什么都没变，但是你为什么删除了我的 WhatsApp？还删除了我的推特和脸书？你为什么不开视频？……”我想，疫情期间考验少男少女间的爱情，真是各国都一样呀。

2020 年 3 月 26 日，星期四

鼓掌

今天，英国多地警察出动，拦截和检查路上司机的出行目的。警察将对没有必要纯粹外出闲逛的人现场罚款，第一次罚款 60 磅，如果在两周内缴纳罚款，则为 30 英镑。第二次违反规定将被罚款 120 英镑，每违反一次，罚款加倍，最高罚款可达 960 英镑。多次违反禁足令还有可能面临指控和牢狱之灾。然而，有人却借机发“国难财”，一些人收到诈骗短信：“根据我们的记录，昨天你已经出了三趟门，你在 gov.uk（英国政府官网）的账户上已经有 35 英镑的罚款待缴。”我今天也接到一个声称英国快递公司职工的电话，说我有两个重要紧急快递需要领取，拨打电话即可。我打过去，对方表示不知道我为啥打电话，还要我提供姓名、护照号等信息。于是我有些警惕，询问是什么快递。他便说我有两个从伦敦发北京的快递因里面夹带违禁品，被扣押，需要缴费才能继续发出。我说我没去过伦敦，也没有发快递，他就挂掉了。果然是骗子。

晚上 7 点 30 分，手机收到短信通知：今晚 8 点为国民健保署和所有志愿服务的人员鼓掌欢呼。7 点 59 分，我打开窗户，看到街道对面的人们都出来站在大门口，大家在 8 点时一起鼓掌、欢呼，有吹口哨的，还有敲铁锅的。同步看

BBC 的直播，伦敦和其他地方各种人群都在今晚 8 点为医护人员和工作人员的努力鼓掌，他们也是为自己鼓掌。刹那间觉得很感动，这就是“人类命运共同体”啊。面对病毒，人心其实都是一样的。我虽然刚从疫情严重的国内过来，又赶上国外疫情迅速暴发，但能够与大家共同抗疫，也是一段非常难忘的经历。

家对面的人们在窗边和门口鼓掌（图片来源：作者拍摄）

2020 年 3 月 27 日，星期五

贫与富

英国首相约翰逊确诊轻症，随后卫生大臣汉考克确诊，紧接着英格兰首席医疗官克里斯·怀提也确诊。这三位是当前英国疫情防控的主要领导，每天现场提问，直播发布信息和政策。前天查尔斯王子确诊，皇室和政府高官都不能幸免，这让英国民众终于警惕和严肃起来了。

另一方面，民众们正在热烈讨论为什么王室是轻症也可以做检测？因为英国政府目前只给重症患者进行检测，但王室和几位政府高官都是轻症，也被检测了。这在当下激化了民众对特权阶层由来已久的不满。

那么我们来看看，西方资本主义国家的富人们与底层民众对抗疫情的方式与区别吧。

新冠疫情在海外暴发以来，政府一再强调轻症不用检测，自我隔离就好，但已有众多贵族名人政要被检测呈阳性轻症。12 日，西班牙国王、王后在与被确诊的部长亲密接触后也进行了病毒检测，但结果显示并未感染。

英国伦敦的一家私人诊所 Harley Street Clinic 因“高价检测新冠病毒”的服务被推到了舆论的风口浪尖。据《卫报》《泰晤士报》《每日电讯报》等媒体曝料，该诊所的老板兼主治医生马克·阿里在六天内向英国人售出了 6600 多份检测盒，一周销售额超过 250 万英镑，利润约 170 万英镑。

《每日电讯报》披露，英国的名人、贵族以及大约 60 家公司等已经向阿里的诊所缴纳了高额检测费。该诊所一次检测服务收费为 375 英镑，而位于北爱尔兰克鲁姆林的朗道科斯实验室则只收取 120 英镑。

贫富差距不仅体现在病毒检测的机会不平等上，也体现在日常生活中。毕竟为更好地在疫情中幸免于难，良好的抵抗力和充足的财富储备都是必不可少的，而这些都是社会中下层为之困扰的事情。《福布斯》杂志报道称，诸多富人都可从私人会所或医疗机构获得免疫注射服务，注射产品包括高剂量的维生素 C、增强免疫力的氨基酸和对免疫系统功能至关重要的锌。一个疗程的价格为 300 英镑，价格高昂。但疫情暴发以来，咨询该项服务的人数却增加了 18%。

据《福布斯》报道，许多企业高管在疫情期间为避免乘坐商业航班转而乘坐私人飞机。“国际指导”教育机构也表示：自从疫情暴发以来，精英私人辅导服务的申请人数大幅上升，申请的主体也以富人家庭居多。

然而，社会中下层就没有经济资源来应对这场疫情。很明显，疫情也会加剧贫富差距。由于疫情，人们被迫在家工作。对于那些低收入者或从事不稳定工作的人来说，暖气、网络、电脑、冰箱等这些宅家必备品和拥有足够的可支配收入来购买食物可能都是“奢侈的”了。

此外，从事体力工作的人无法做到在家工作，而对于勉强维持生计的人来说，万一生病，或因医疗原因不得不自我隔离，或因生病没有工资导致收入受损，由此身负债务的人可能将达到数十万。当前，西班牙和意大利医疗系统临近崩溃，养老院的老人直接放弃治疗，已达到每天死亡近 1000 人的程度。可想而知，这些人基本上都是平民。

晚上收到导师的来信，她们一家人原计划于 3 月 26 日从伦敦回到澳大利亚的珀斯老家看望父亲，但因为航班取消无法回去，目前只能带孩子在家上网课了——和中国一样的家庭生活模式。

2020 年 3 月 28 日，星期六

众志成城

看了下储存的食品，我觉得该去前面商店买点吃的回来了。于是戴好了口罩，决定速去速回。街上人很少了，但仍有一些。仅仅看到街上两位外国女士戴口罩，以及商店里结账的女店主戴口罩和手套。商店似乎已有几天都没有进新货了。

英格兰官方在 3 月 24 日向社会发出紧急请求，并在 26 日提高志愿者招募人数：从 25 万名提升至 75 万名来帮助渡过疫情大关。截至 28 日中午，已有超过 73 万人申请注册。非医护人员的志愿者将主要参与保护全国 150 万人的弱势群体，包括从药店拿药给老人；开车送非新冠病人往返医疗点；帮助日常用品、食物供给、设备供给等。截至 3 月 28 日，已经有 7510 封来自前身为医护工作者的人的申请，并且他们中的大部分已经在医院一线加入了抗疫队伍。普通民众对于抗疫也是很热心，众志成城。

2020 年 3 月 29 日，星期日

绿化带

下午，收到学联的通知，填写本人当前的健康信息，并且作为将来领取国内发过来的“健康包”以及学联提供物资的数据。我赶紧填写了表格，并且对自己的房东（朱莉）老太太正在隔离且有咳嗽症状的情况进行了汇报。

英国今天重申将努力把死亡人数控制在 2 万人以下。此前，伦敦帝国理工学院的一项新的研究表明，如果英国学习中国采取严格的社交疏远政策，其死亡人数将维持在 5700 人，这远远低于 2 万人的预期。但英国并没有采取严格措施。

英国留守学生信息登记表

（图片来源：作者截图）

看材料时，我发现一则有趣的记载：城市绿化带居然起源于“瘟疫”。当时的主要作用是隔离，而不是现在的生态文明。公元7世纪麦地那有一项法令即禁止砍伐城市周围12英里地带的树木，那时候其作用是隔离城市与乡村。1580年，伊丽莎白一世要求伦敦城市设置绿化隔离带，并禁止在伦敦市周围3英里宽的地方修建建筑物，目的是阻止瘟疫的蔓延（当时的黑死病）。城市人口密度过大，设置绿化带就等于进行了物理隔离。这似乎很有意思。

2020年3月30日，星期一

批评

3月24日英国政府宣布为NHS招募25万名志愿者帮助150万居家隔离12周的弱势群体，以应对疫情期间人手不足的情况，到今天已经有75万人报名。志愿者主要有四类：（1）社区响应类：为居家隔离的人购买食品、药品或其他必要物资，并将这些物资送到他们的家里。（2）病人接送类：为身体状况适合出院的病人提供接送服务，并确保他们安全回到家中。（3）医疗物品运输类：在NHS各大医疗服务点之间运输设备、医疗用品和药物，协助药房运送药物。（4）登记和聊天类：为那些因居家隔离而面临孤独风险的人核查当前状况，并提供短期电话心理疏导服务。

晚上在推特上，看到了英国普通民众对疫情和政府的评判。梳理一下，主要有：

1. 需要严格执行政府指令后，在家陪伴家人时间增多了，在家跟孩子玩耍，给孩子做饭，其实很有乐趣。推特上还有各种恶搞小孩子以及一家人集体娱乐的欢乐短视频。

2. BBC 中，英国《柳叶刀》主编在电视新闻现场质问一位政府官员："1 月份我们就知道有可能发生今天的局面，比如更多人要去医院，可能死亡……中国的情况给了我们非常清晰的指令，新的病毒具有很强的传播性，会袭击我们的城市。但我们的政府浪费了这两个月时间！也就是说我们在 11 周之前就知道这事，但是英国政府什么都没做。而现在我们的医护防备和设备都没有准备好，我们的口罩标准连 WHO 公布的都没达到。然而，政府却在这里倡导所谓的为医护人员鼓掌！他们没有口罩，没有防护服，用垃圾袋护住自己的胸口，将自己暴露在危险面前，政府没有做更多，却只提倡大家向他们鼓掌?! 这是彻底的'国家丑闻'！我们需要思考，政府是如何一步步走到今天的!"而这位官员保持沉默，没有回答。底下的评论和卡通图片很多，比如把约翰逊的鼻子画得特别长（暗示他撒谎），还有约翰逊和特朗普头像的水军卡通人物手拉手，以及将约翰逊的震惊表情夸张化等等。

3. Talkradio 主持人在节目中号召中产阶级要多为底层群众考虑，而不是抱怨和指责。她说："中产阶级在家办公，动动手指即可，工资照拿。所以请你们不要抱怨生活不方便，请你们中有余力的把自己力所能及的帮助放在房子外面的桌子上，给那些靠体力劳动的人。你们不要太挑剔了。他们是干脏活累活的。但是'脏手是干净钱的标志'，他们是靠自己双手工作挣的干净钱。"那么，如何简单地判断自己是否是中产阶级呢？她说道："打开窗户看看外面，如果你的住所外的街道上停满了私家车，那么毫无疑问你就是。"

4. 有人强烈反对政府的"封城"政策，理由是巴西、日本、墨西哥都没有采取封闭政策，目前疫情也不过如此，我们在大西洋中间，更不应该"封城"了。"封城"后，很多人无法出门工作，因此政府实施这一政策是错误的。

5. 一位在 Youtube 上上传视频的人说，政府有隐瞒，没有告诉我们关于新冠病毒的真相。既然政府不能做，那么我们公民要联合起来行动。因为"不是政府推进人们行动，而是人们推进政府行动"。现在对着打翻的牛奶哭泣是没有用的，在做好自我防护的同时，大家一定要记住：政府的坏政策让我们陷入绝望，等到疫情结束后，我们一定要找政府算账：他们必须为疫情的扩散，为我们死亡的人们，为“封城”导致的经济停摆而付出代价。我们不仅要联合起来追责他们，而且不能继续投票给这届政府了。

6. 有人发推特说，既然政府说会提供检测，那么该提供清晰的检测计划：检测谁？什么时候？地点？如何检测？检测出阳性怎么办？

7. 还有人温馨提醒，他看到有人半夜出来，对着手咳嗽，然后将手上的唾液擦到汽车的门把手上，所以大家开车门前一定要给车门把手消毒。并且提出，必须对类似的“恶性事件”进行惩罚。

8. 有人认为，政府简直就是袖手旁观，没有采取有力措施，却只知道一味地跟在美国身后愚蠢地指责中国缺乏透明度导致全球疫情，而让之前的三个月白白浪费掉，让那么多的英国普通民众陷入死亡和病毒威胁。

9. 有人质疑说，“群体免疫政策”就是政府设计用来杀死那些老弱病残的人，找个借口让他们都死掉，从而解决英国的老龄化问题及其带来的高额医疗费用。

10. 一位民众气愤地表示：西方政客做错了就指责中国，这是我们政府的常态了。可是，有人指责女王和首相吗？

从上面这些可以看出，很多人对英国政府是不满意的。

据调查，伦敦地铁的使用率出现了“急剧下降”，公共汽车、国家铁路和机动车的使用也有明显减少。专家表示，“社交疏离”起到一定作用之后，就能为疫苗的研发争取时间；如果希望彻底终止疫情，疫苗才是最终的解药。英国会争分夺秒地加速研发。

回顾一下最近的死亡人数。

3 月 22 日（星期日）：48 人

3 月 23 日（星期一）：54 人

3 月 24 日（星期二）：87 人

3 月 25 日（星期三）：43 人

3 月 26 日（星期四）：113 人

3 月 27 日（星期五）：181 人

3 月 28 日（星期六）：260 人

3 月 29 日（星期日）：209 人

3 月 30 日（星期一）：180 人

这些数据的趋势看起来正在下降，或许是真正的希望？但是每天确诊人数还是在不断上升。

另外，英国政府开始将第一批 5 万份“爱心食品包”和必需品送到了弱势群体的家中。包装中的物品包括意大利面、咖啡、茶、罐头食品、谷物、土豆、两种水果和其他基本用品等。这些做法类似于中国尤其是武汉抗疫时期的“社区送菜上门”服务。

犹豫了多时，今天终于确定了，东京奥运会将于 2021 年 7 月 23 日至 8 月 8 日举行，但名称仍然叫“2020 年东京奥运会”。

2020 年 3 月 31 日，星期二

袭击

英国今天宣布了几项具体措施：

1. 政府宣布将花费 7500 万英镑安排包机，将因疫情滞留海外的 30 万名英国公民接回英国。

2. 4 月 1 日开始，英航将暂停所有往返于伦敦盖特威克机场的航班。

3. 英国商界领袖和律师呼吁司法部提前释放非暴力犯罪、身体状况不佳以及新冠肺炎易感的犯人（爱尔兰已经释放 200 名）。

4. 威尔士公共卫生部门敦促全国 44 万烟民戒烟，以降低感染新冠肺炎的风险，并表示目前寻求帮助戒烟的人数正在增加。

5. 英国内政部宣布，签证在今年 10 月 1 日前到期的 3000 名海外 NHS 医生、护士和护理人员及其家属可获得长达一年的续签。

然而，让人大跌眼镜的是，医护人员却遭到了仇恨和袭击。据《每日邮报》报道，NHS 伦敦的一名工作人员近日透露，她在下班回家路上，一位暴徒朝她脸上吐了口水。卫生部门警告称，新冠病毒危机已经引发了对医生和护士的袭击，提醒医护人员下班后不要穿制服并藏好员工证。据报道，英国自新冠病毒暴发以来，NHS 员工已经遭受了多起抢劫和袭击：

1. 两名医生在伦敦的路易斯罕区（Lewisham）遭遇了抢劫；

2. 一名护士被称为“疾病传播者”，并在街上遭到指责；

3. 曼彻斯特的一名社区护士的车被盗；

4. 一位急诊室接待员的手提包被一名年轻人偷走（已经被抓到）；

5. 艾塞克斯郡的一名医生被人逼迫交出现金；

6. 伦敦大学学院医院的工作人员在医院附近被抢走证件；

7. 斯塔福德郡的一名医护人员表示，其发布过一张身着医护人员制服的自拍照，照片却被疯狂转发和传播，因为有人表示，医护人员就是导致新冠病毒死亡人数上升的传播者；

8. 一些药剂师也受到顾客的“恐吓”和“咒骂”。

2020 年 4 月 1 日，星期三

利益优先

中午，窗外传来孩子的欢笑声和哭声。原来是一位妈妈带着两个孩子，在家门口玩。他们在门前走廊地上画了格子，玩跳格子的游戏。大孩子大约 6 岁，小孩子 2 岁的样子。这也是我一天当中能够见到的最有活力的人了。

今天两次看到快递车。快递师傅已经开始戴口罩了。这是个好的改变，前几天送快递的人们都只戴手套，没戴口罩。

两个月前中国就建了方舱医院，当时这被一些外媒说成是“集中营”。那么现在看看他们自己，意大利、英国、西班牙、阿根廷、伊朗、巴西、美国等国都在纷纷开建此类医院。他们把会展中心、体育场、房车、医疗船、游轮、购物中心等改造成临时的方舱医院。办法各异，但万变不离其宗，那就是让感染人群隔离开来，减少病毒传播。

但是，疫情高峰期的残酷现实是：人们面对的已不是如何尽可能地保护脆弱群体，而是考虑是否应该放弃老弱病残。当疫情蔓延情况超过各国医疗系统的承载能力所及时，究竟什么样的医学决策才合理？

《新英格兰医学杂志》最新发表的一篇来自宾夕法尼亚大学医疗道德及卫生政策系的文章，探讨医护人员在救治新冠病人时应该遵循哪些工作原则。我们来看看这六条建议：

第一，利益最大化。患者 A 和 B 情况类似，那么就该选择那位基础疾病少、生活质量改善概率较大并且救治后可以活得更久的那一位。

第二，优先保障关键人员。医疗设施要优先提供给医护人员及照顾病患的工作人员、可能接触感染者的高风险人群，以及那些保障国家基础设施运行难以取代的关键岗位的人使用。

第三，医疗资源的分配应当遵循公平原则。资源不足的情况下，类似情况的病人有同等机会得到救治，因此，救治谁将通过随机抽签的方式决定。

第四，优先原则应当根据治疗方式不同、科学证据更新而灵活变化。在没有疫苗的情况下，优先治疗持续生命时间长、生活质量改善空间大的年轻人；如果疫苗不够，采用随机抽签的分配方式。

第五，研发新冠疫苗的人员应当优先获得核酸检测、疫苗注射或及各种治疗机会。让科研工作、疫苗研发者优先得到治疗，以鼓励、奖励他们的努力和奉献。

第六，新冠肺炎病人和其他病种患者之间发生救治冲突时，治疗机会不用于新冠病人。因为治愈后的新冠病人有可能再度复发。

大家可以感受一下，这六条每一条都是利益优先，抢救有利的人。在这种情况下，我们确实需要重新思考“科学的医学伦理”了。

2020 年 4 月 3 日，星期五

视死如归

清晨，我看到收拾垃圾的车来了。昨天新闻出现了禁足期间由于人们在家时间增多从而垃圾增多的报道。今天就开始解决了，效率还不错。因为按照平时的规定，在牛津，垃圾车是每周四才会来一次。一会儿我又看到一位来送快递的时尚姑娘，开着小汽车，没戴口罩，也没戴手套。

今天天气很好，我看到街上的人比前几天多了不少，跑步、骑车、散步、闲逛，开车的人也多了，很少有人戴口罩。看到一个黑人小哥用围巾裹着鼻嘴，一位外国女孩戴着白色口罩，其他人都没有任何防护。可是这一周内，英国确诊人数迅速从 1.7 万上升到了 3.8 万，死亡人数从 1000 人上升到今天的 3608 人，已经超过中国了。其实我很难理解英国人如此憎恨口罩和“视死如归”，虽然在理性上懂得欧洲人的口罩文化。

TESCO 超市外面排了很长的队伍。其间，工作人员会出来提醒保持距离。有一位工作人员出来喊：“有在国民健保署工作的人员吗？”他的意思是国民健保署员工可以提前进去购物——这倒是很温馨的做法。购物的人们出来一个，进去一个。这次我足足排了 40 分钟队才进去。

排长队购物的人们，仍然不带口罩（图片来源：作者拍摄）

2020 年 4 月 4 日，星期六

骑警

今天是 4 月 4 日——中国的全国哀悼日，缅怀在抗击新冠病毒疫情中牺牲的烈士和逝世的同胞。

天气仍然很好。看到新闻说平时英国天气一年到头是阴雨绵绵，可现在“封城”期间居然每天都阳光明媚。今年的春天来得特别早，气温升得很快，已经 20 多度了。我住的这排房子不在主街上，但也有好几拨人成群结队地出行经过。我想，这无疑会给英国的疫情防控带来更大的困扰。在利物浦街道上，骑警都已出现，出门劝说外出四处闲逛的人们。

利物浦街道骑警在警告出行的人（图片来源：作者友人拍摄）

受到疫情的严重影响，大家对疫情的认识增多了，也因此对医护人员的态度有了变化，不再指责，而是纷纷提供帮助，如诸多企业为国民健保署的员工提供打折甚至免费的食品和饮料。

接到政府通知，英国女王将于明天发表全国讲话，这是她在位以来第四次非常规的讲话，前三次时间点分别是 1991 年海湾战争，1997 年黛安娜王妃去世，2002 年女王母亲去世。女王已经在温莎城堡录制好了讲话，录像将在本周日英国时间晚上 8 时播出。

2020 年 4 月 5 日，星期日

女王讲话

晚上 8 点，女王发表讲话。一共才 4 分 9 秒。她呼吁英国民众团结抗疫，共同渡过艰难时刻，并指出这一充满挑战的时期为许多人的生活带来了巨大变化，感谢奋战在一线的医护人员、重要岗位的工作者和所有坚持待在家中的人们，希望英国民众共同努力取得抗击疫情的成功。

然而，半小时后，重大消息爆出：约翰逊首相病情加重，被送到医院重症监护室，这意味着要上呼吸机了。这一下子让民众的心又提了起来。按照之前的安排，每天的新闻发布会由外交大臣接手。

今天已经是英国施行封锁禁令的第 14 天。随着气温的回升，宅在家中的人们开始难掩躁动的心，政坛和学术界也出现了“反对长期封锁”的声音。但外交大臣多米尼克·拉布在今天的每日新闻发布会上表示，对于英国政府而言，现在就考虑封锁的“退出策略”还为时过早，因为这意味着英国将无法尽快度过疫情扩散的高峰期。

从智库经济和商业研究中心的数据来看，自英国政府上月采取更加严格的“封锁”措施以来，英国经济产出下降了 31. 3%，这意味着英国每天的经济损失将达到 24 亿英镑。

除了经济问题之外，社会问题也变得更加突出了。根据英国慈善组织 Refuge 的数据，在英国实施封锁的 5 天内，国家家暴热线接到的电话数量激增 25%。

2020 年 4 月 7 日，星期二

仍然短缺

伦敦南丁格尔“方舱医院”已于今天迎来了第一批入院治疗的患者。英国 ITV 电视台首次公开了一家 NHS 医院新冠重症监护病房的画面。这也是首次，英国媒体被允许进入到新冠重症监护病房，用镜头记录英国对新冠重症患者治疗的真实情况。医护人员的个人防护用品缺乏得不是一般的严重。

进出这里的医护人员都需要身着防护服，并且只有在这里，医生们才有资格佩戴更高级的 N95 或 N99 口罩。视频中，很多人也发现，重症病房中的医护人员们并没有全身性防护服，他们的防护服也只是一次性的罩衣围裙，脖子都露在外面。

大家也没有护目镜，只有透明塑料膜的面罩……在新冠普通病房，医生也只能戴普通的外科口罩，且没有其他防护用品。一些近距离接触患者的医护人员，也只是做了简单的防护，整个人几乎都暴露在“病毒”的面前。

这种情况并非这家医院独有，英国很多家医院都面临着防护物资短缺的困境。因此，为医护人员准备个人防护用品极其紧迫和必要。

然而，紧急情况科学咨询小组认为，一旦政府采取了“非常严格”的封锁措施，病毒就根本不会得到传播。不传播就意味着英国不会产生“群体免疫”了。但等到封锁措施一取消，病毒还是会“卷土重来”。因此，只有不干涉病毒的传播，才能在最大范围内形成“群体免疫”，从而让人类适应病毒，最终彻底“消灭”病毒。所以说，现在采取这种严格控制的措施又有何意义呢？

2020 年 4 月 10 日，星期五

不会这么做

今天英国单日死亡人数为 980 人，创下新高，新增确诊 5195 人，也是新高。然而，今天天气太好了，气温升高，许多人仍然出来逛街，排队买冰淇淋吃，牛津大学公园聚众踢足球，繁华的 Summertown 区聚众野餐……

英国大学联盟负责人阿利斯泰尔·贾维斯说，没有政府的支持，英国大学都可能破产，因此 2020 年需要增加国际留学生数量。根据相关资料显示，国际学生每年为英国经济带来的总净收益为 200 亿英镑（约合 1755 亿人民币），平均每个非欧盟学生为英国贡献了 10 万英镑（约合 88 万人民币）。

牛津大学特里莎·格林豪尔教授等专家在《英国医学杂志》发文表示，应鼓励公众戴口罩作为预防措施。然而，对于这种最实际的防控措施——在公众场合是否应当戴口罩呢？政府发言人回复：根据科学，没有证据证明在公众场合戴口罩可以防止病毒传播，所以政府不会做出关于这个的通告。

2020 年 4 月 12 日，星期日

丘吉尔的话

今天是复活节。约翰逊首相出院，于是“首相在复活节复活”成了大家口中的新词。今天，英国感染新冠病毒死亡人数也超过了 1 万人。从 3 月 12 日到 4 月 12 日，区区一个月的“成果”。后续该如何发展？会达到 2 万吗？会超过 3 万吗？我们不得而知。那么，那些在疫情中无法自保的人们该如何自处，如何生存？

最近 BBC 制作的纪录片《杜甫》引起了很多人的关注，“朱门酒肉臭，路有冻死骨”，用来描述当下的英国疫情中的某种情况，确实再合适不过了。

新冠病毒的传播是“全球化”的，人类是一个命运共同体。期待着英国政府及社会各个层面都能意识到，他们曾经的首相丘吉尔在 20 世纪所说的这句话：“健康的国民是一个国家最大的财富。”国民健康是国家未来存在和发展的基石，期待英国能够取得疫情防控的最终胜利。

2020 年 5 月 30 日，星期六

结语

在接下来的 4 月和 5 月，由于疫情严重，民众和媒体无情批评，政府不断进一步严格“禁足”政策，加大扶持，让民众能够安心待在家而不出门上班。并且，政府终于认识到戴口罩对防控新冠病毒的重要性，倡议大家出门戴口罩了。这是非常难得的，之后机场措施的严格，以及入境后需要隔离 14 天，否则会罚款的政策，终于收紧了疫情防控的紧箍咒。目前每天确诊人数和死亡人数在不断下降。但是，到今天，英国的确诊人数已经达到 30 万，死亡人数接近 4 万，成了欧洲疫情最严重的国家。这完全超出了英国政府一开始提出的“死亡 2 万人就是胜利”的预期。

由于在大西洋岛上，又义无反顾地脱欧，英国的经济遭受了严重的打击。政府的财政实力也无法一直支撑封城下的无收入人群，因此在疫情得到较好控制的今天，英国政府决定将在 6 月开启逐步的解封政策，释放经济压力。但后面疫情到底如何，我们不得而知。拥有世界上最完善医疗体系和最高医疗保障得分的英国，这次疫情防控显然做得非常不尽人意。政府官员的推责、带头违反“禁足”规定、政策反复，检测数量和防控承诺多次食言等等，也让英国民众产生不小的失望。但大部分普通民众还是友好的，没有对政府极尽苛责，约翰逊政府的支持率反而在不断提升。

在重大疫情面前，普通人其实没那么斤斤计较和“理性地用脚投票”。“人同此心，心同此理”在全世界都是相通的。疫情防控期间，英国绝大多数民众积极配合并做出了重要贡献。在政府紧急召唤中，7 万多名退休医护人员回到工作岗位，医护人员大量感染和部分牺牲在前线，几十万志愿者报名加入到社区防控和关爱70岁以上老人的服务中，公共场合如机场、公共交通、公共空间的多名工作人员或被人误解或被人羞辱殴打或因为工作死于新冠病毒等等，以及大部分居民自觉严格遵守政府的“禁足”令，居家生活和在家办公，维持基本的社会秩序，为国民健保署人员鼓掌打气……这些都体现了英国普通民众共克时艰的态度。但愿英国政府的官员政客们能够明白人民的苦心和良善，在执政中尽量保障“国民健康”，这样，国家的发展才会蒸蒸日上。

朱莉近况不错，就是仍然不能去看望妈妈。另外，我们一起种的豆角已经发芽出土了！绿油油的嫩芽坚强地生长着，看着这么有生命力的植物，真是感慨不已。生命总是在成长，哪怕有一点阳光，也会努力探到一丝，让自己生存下来。这是生命的顽强，生命的绽放。在这样的大流行病下，全球共同携手，全体民众共同抗疫，想来就是“人类命运共同体”的真实写照吧。我相信，敬畏自然，保护自然，从大自然中学习，人类终将会与大自然恒久融洽地相处下去。

德里不思议

张文娟*

在中国做了十年公益律师后，我去哥伦比亚大学法学院读了 LLM。2014 年毕业后，出于对印度的好奇，一个机缘让我有机会选择到印度金德尔全球大学（金大）法学院任教。金大校长告诉我，我可能是印度大学中，第一个全职从事非语言类教职的中国公民。虽不一定是事实，但看到薄弱的中印交流，还是有一种使命感。于是，在大学的鼓励下，我创立了印度第一个由中国人牵头的比较研究中心——金大印中研究中心。这个中心侧重中印治理比较研究，积极搭建中印建设性交流的各种平台。

比尔·盖茨说，疫情对人类的影响可能比核武器更严重，想想也有道理。默克尔总理说，这次疫情是德国第二次世界大战以来经历的最大挑战，相信这句话不仅仅对德国适用，对很多国家都适用。不知道今生还要经历几次重大疫情，也不知道，我的孩子们是否将要更频繁地经历疫情。这次在异国他乡的经历更是非同一般。所以，我想把这次经历疫情的生活体验作以记录，既为了孩子们，也为自己有关中印文化与治理方面的比较研究积累素材。

* 张文娟，印度金德尔全球大学法学院副教授，国际合作助理院长，金德尔全球大学印中研究中心主任。

2020 年 3 月 19 日，星期四

挑战

这是一个非同一般的春天。

在北印度一年中最美丽的季节，大学宣布停课，郁郁葱葱、鲜花绽放的校园，几乎没有了人。那些娇艳欲滴的鲜花，似乎因为少了欣赏者，而暗自伤心。

金德尔全球大学校园（图片来源：作者拍摄）

在往年，3 月中的索尼帕特，早就骄阳似火，但是，今年却要凉爽很多。在过去的两周里，连续的暴风骤雨，把气温控制在很舒服的区域。要是没有新冠病毒，这将是让人向往的。但是，有种说法认为，高温能遏制新冠病毒的传播，还举例说，目前发病的基本上都是在气温偏低的地区。这让人不免有些着急了，还是气温高起来吧。

关于这个病毒，我们不知道的太多，到底传染性如何、传染方式有何特点、致死性如何、在不同气候条件下是否会有不同的传播能力、到底是社会隔离还是发达的医疗条件更有助于疫情防控、到底多久这个疫情会结束等，一切充满了不确定性，这对政策制定者是一个巨大的挑战。从中国、伊朗、意大利等国的暴发情况看，这个病毒传染性很强，在不经意间突然指数增长，将政府打个措手不及。更为可惜的是，在疫情面前，很多国家甚至其一国之内的各个地方政府不是立刻团结，想办法集体应对，而是陷入了指责和资源抢夺中，也为疫情的肆虐推波助澜。

世界范围内，有的是不重视，有的争论什么样的应对方案才是最有效的。中国的模式是，采取强有力的行政措施，把人封住，固定在家中，把流动降到最低，以最大限度降低新感染人数。意大利作为一个民主国家，在感染人数指数增长后，也采取了封城措施，效果却不好，在城市内，人们还继续原来的生活。贴面礼这样的习惯也很难被放弃。结果是，感染人数持续增加，目前死亡人数已经超过中国。美国刚开始不把这当回事，特朗普说，美国有最好的医疗资源，这个病毒比流感也强不了多少。对于刚刚经历过大流感的美国，人们当然也就不当回事。结果这几天，还是进入了指数增长阶段。3 月 13 日，英国首席科学顾问 Sir Patrick Vallance 还说，如果病毒没有那么危险的话，群体免疫或许可以作为一个策略。

与欧美国家的自信相比，印度从一开始还是非常重视疫情防控的。印度于 1 月 17 日就开始发布旅游提醒。1 月底，印度发现 3 名疑似病例，是来自科拉拉邦在武汉读书的学生。他们在 2 月初确诊，科拉拉邦高度重视，将疫情控制得很好。在此后的 2 月份，没有任何官方确诊病例被宣布，也没有扩展到其他邦。联邦政府在应对中国疫情输入方面也及时采取了有力措施，如 1 月 31 日，印度航空宣布暂停飞往中国主要城市的航班，后推迟到 6 月份；2 月 2 日，印度联邦政府宣布所有中国人和居住在中国的外国人的赴印电子签证临时失效；2 月 6 日，印度政府宣布给中国人的所有签证类型失效，后澄清外交签证例外。

但是，印度在应对伊朗、意大利、韩国、日本和其他中东国家输入方面，还是掉以轻心了，导致了 2 月中下旬开始有从其他国家输入的病例，并在 3 月初确诊。如 3 月 2 日，一位从意大利回来的德里商人和一位到拉贾斯坦邦的意大利人被确诊。3 月 3 日，一位去迪拜开会回到海得拉巴的工程师也被确诊。到 3 月 4 日，印度确诊病例迅速达到 28 例，这包括一个在拉贾斯坦邦旅行的意大利旅行团（包括 14 名意大利人和 1 名印度司机）全部确诊，德里商人还感染了 6 位在安哥拉的亲戚。从整个 2 月份的零新增感染，到 3 月 4 日，突然增加到 28 个感染，让印度政府意识到即将面临的挑战。

3 月 10 日是印度一年一度的洒红节，此时是旅游旺季，也是全民聚会欢悦的日子。在往年，金大校长会带全家到校园与师生狂欢一天。但是，在 3 月 4 日多国输入、多邦分布疫情出现后，虽然确诊病例只是两位数，但印度政府已足够警惕了，毕竟这是一个十几亿人口大国，且每平方公里的人口密度是中国的3倍，又加上基础医疗设施欠发展。印度总理于3月4日审慎宣布，自己不再参加印度一年一度的重大节日——洒红节，算是倡导民众不参加大型聚会的一种努力，但他没有强制民众不参加。这时的政府感觉还是比较保守的。

事实证明，没有及时强制禁止大型聚会，让疫情的扩散更加迅速。3月19日，印度的确诊病例已经超过160例。

面对疫情的快速扩展，印度政府预测到，新冠病毒也不可避免在印度指数增长。但是，吸取意大利和美国的教训，又不能直接采用中国的措施，莫迪政府制定了一个温和却审慎的社交隔离方案。印度政府规定，一周内来自所有国家的航班都禁止在印度降落，莫迪在当天晚上发表演讲，呼吁民众高度配合政府来控制新冠病毒。从意大利吸取教训，印度并没有立即宣布封城，但是莫迪给了很多语重心长的建议，期待民众遵守。首先，他说，假定印度可以免于这种疫情是错误的，就像很多国家的教训那样，未来很可能指数式增长；其次，他强烈呼吁10岁以下65岁以上者一定要居家；再次，他呼吁自我社会隔离，不要参加大型聚会；他还呼吁大家尽量不要去医院做常规检查，减少医护人员的压力；他提出3月23日将实施实验性宵禁，大家在阳台为医护人员鼓掌5分钟等。

飘忽不定的疫情，也让大学的决策像6月的天，变幻莫测。3月13日，大学宣布从3月15日到3月29日暂停上课两周，以应对疫情。大学刚宣布停课两周的决定，哈里亚纳邦政府第二天就要求大学关闭到3月31日。考虑到不确定性，大学于3月15日再次发信，改变了主意，宣布从3月18日到4月5日期间起用网课教学，并于3月16日和17日组织老师学习 Microsoft teams 这个在线授课软件的使用。但是，今天又变了，教务长再次发信说，考虑到疫情可能不只持续一两周，再考虑到网络教学对课堂效果、评估等影响，决定提前放暑假到5月4日。从3月13日到3月19日，一周时间内，大学的决策变了3次。从这一点，我们也能看到疫情的高度不确定性对一个机构或一个国家决策的影响。

此时，我也在反思武汉疫情的应对。刚开始，我跟其他人一样，对武汉在疫情应对中表现出的各种问题有点气愤。但现在想来，虽然他们可以做得更好，但这种指责可能有点过于苛刻。武汉毕竟是疫情的第一个暴发点，作为初始面对疫情的地区，面临的不确定性更大。早期的疏忽或不重视，或许大部分是因为对疫情的未知。虽然有“非典”的教训，但是这次疫情跟“非典”差别很大。以传染性为例，“非典”时期判断传播方式还是很明确的，就是有发烧症状，但这次疫情，还有大量无症状感染者；而且事后证明，这个病毒的传染性比非典大好几倍。

总之，疫情给我们提出了新的决策挑战，即如何在不确定性中生活和决策。疫情引发的次生问题，如全球化的衰退、对新技术的追捧等，还会进一步加剧生活的不确定性。估计在未来很长时间内，我们都要习惯在一种不确定性中生存。

2020 年 3 月 23 日，星期一

焦虑

早上 7 点，各种鸟儿开始了歌唱和交流，我也该起床了。

去洗手间洗把脸，昨晚从院子里采的丁香花，散发着诱人的芬芳。现在早上的室外温度也就 20℃。家里一直开窗通风，早晨起床后，不加一件外衣，还真能打一个寒颤。如果不是相信炎热能抑制疫情，那应该对这凉爽气温感到欣喜。

昨天莫迪政府试探性宣布全国宵禁，但不是强制性的，而是实验性的。结果印度民众表现出了很强的公民性，孟买外滩竟然空了，班加罗尔平时堵得一塌糊涂，竟然也没有了车。偶尔几个看热闹的，警察就用打屁屁或半蹲式教育他们。自愿性宵禁很成功，然后傍晚的时候，包括哈里亚纳邦等十几个邦宣布 75 个市县要进行封城到 3 月 31 日。有消息说，印度很可能很快宣布封国。

我们属于幸运者，属于受疫情影响比较小的。网课停了，大学宣布提前放暑假，孩子们也是放假状态。如果不是每天刷疫情信息，其实心情更应该像在安静地休假。

可是，我却发现自己用于刷屏的时间却越来越多，一会儿看印度的疫情，一会儿看中国的疫情，一会儿还得看美国特朗普又发什么推文了。那时印度疫情正处于第一个关键点，也即首次多邦、多病例暴发。虽然人数还不算多，但因为检测少，大家都不知道实际上已经感染了多少。有个中国学者说，自己低烧、咳嗽去私立医院要求检测，对方根本不给检测。她又不愿意去指定的公立医院检测，因此只能买了好多药自救，还是挺害怕的。

有时都想干脆不看手机了，无非白白增加焦虑，也做不了什么，还不如用这段时间集中精力做点研究。但是，疫情的不确定性对生活影响是如此之大，不及时追踪信息，可能会导致生活都面临困境。比如，原来还说小卖部等正常开放，可是很快，小卖部就关闭了，每周只开放一次。还有，封国还会不会发生，是否需要提前备一些物资等。还要关心自己所住的地区感染了几例，自己周围有几例了；感染者的治疗和死亡情况如何等。毕竟不是自己熟悉的国家，不能掉以轻心。

不过也受益于在印度的这几年，我还是能努力平衡好活在当下与未雨绸缪的关系。

2020年4月16日，星期四

街景

今天阳光依然灿烂，甚至有点骄阳似火，索尼帕特中午已经可以达到37℃或38℃了，不过早晚的温度还可以接受。说起索尼帕特市，印度之外的人不见得知道。这是印度哈里亚纳邦的一个中小城市，也是德里的三个卫星城之一。但比较起德里另外两个卫星城：古尔冈（商业之城）和诺伊达（制造业之城），对中国人而言，这个城市在三个卫星城中知名度最低，它更多被定位为“教育之城”，但是，尚在发展中。大连万达原来计划建设的工业城就在这个卫星城，可惜后来因为各种原因被搁置了。

因为封国措施的执行，空气已经好了很多，几乎每天能看到蓝天，能见度也很好。据CNN报道，因为封国，印度新德里及附近空气中的污染物降低了70%。要是在往年4月中旬，空调早就全天候开动了，今年4月中旬的温度，似乎比往年要低一些，至少体感温度是这样的。我们几乎连风扇还没有开。这次疫情也是在提醒人类，如果我们过度消耗了地球，地球还是有她的方式来限制我们，以实现自我修复。

已经被封闭一个月了，此前跟医院约的血糖测试一拖再拖，就是因为莫迪宣布从3月25日到4月14日封国。本来约的是4月7日，莫迪宣布封国后，医生主动联系我，推迟到4月16日。但是，莫迪总理在4月14日又宣布将封国延长到5月3日。我问医生是否继续推迟，她说，医院可以接诊了，4月16日可以过来。我其实不着急去做这项检查，可是，考虑到出去看看的好奇心，还是决定4月16日去看医生。可是，学校依然是封锁的，出租车和私家车都不能上路，怎么去医院也是个问题。提前几天，我就在想如何去医院。后来能想到的唯一办法，就是申请学校门诊部的救护车。大学对老师和学生的请求都还是很积极回应的，学校诊所的主任同意了我的救护车使用申请。

4 月 16 日早上 8 点 40，学校诊所的救护车准时到达楼下，我戴着口罩，司机也戴着口罩，他还特意把车窗玻璃摇了下来，这样就可以保持着车内通风。封国前，司机是不会有这种防护意识的。一个月没出大学校门了，路上的我好奇地打量着窗外的景象，看看封国中的农村和小城市都是如何运行的。路上有零散骑摩托车和自行车的人，还有收粮食的农民。明显地，戴口罩的人多了，在我遇到的人中，有六七成的人戴口罩。其中，有近一半是戴购买的口罩的，这说明附近农村的农民生活水平还不差。女性戴购买口罩的少，多数用头巾、莎莉或自制的口罩遮挡口鼻。这也是印度比较务实的一点，没有像欧美那样，非得在口罩供应上为难自己，而是呼吁自制口罩或用其他东西尽量遮住口鼻。莫迪自己上电视都戴自制口罩，做了很好的表率。

大约 12 公里的路程，路上遇到了三次警察在场的路障或检查点。这三个点各不相同，有的是设路障，只让一辆车通行，只有一两位警察看着；关键路口，有五六位警察站在那里，手持棍棒；还有的路口，有两三位警察在那儿坐着，也伴有路障。偶尔看到有行人或车辆被拦住，倒是没看到警察打人。我们是救护车，可以畅行每一个检查点。

9 点就到达了索尼帕特市的一家小医院。3 月初来时，这里的医护人员都不戴口罩，我还问过医生，为什么不戴口罩，我告诉她们医护人员感染在中国已经是个问题。医生回答我说，“如果病人有症状，我们会让病人戴”。潜台词是，让医生天天戴口罩，太不方便了。医生还补充说，这个病毒致死率只有 2%，而且 80%以上都是轻症，只有百分之十几的人需要去医院治疗。那时，能明显感觉到医护人员对这个病的不重视。这次再来，每个人都戴了口罩，而且，进门还有人在手上喷一点消毒水消毒，这种变化也让人欣喜，毕竟目前索尼帕特市只确诊 4 例，在印度不算重疫区。

印度有公立医院和私立医院两种。公立医院免费，但是，排队很长，而且基础设施也普遍弱，医生的水平倒还好，毕竟大家对铁饭碗还很看重。但要想得到好一点的、及时的诊疗服务，一般中产阶级会选择私立医院。对于封国期间私立医院的开放，各医院可以选择。像这家小一点的医院，在封国的第二阶段基本正常运行了。德里还有大一些的私立医院，我也通过朋友了解到，他们在封国第二阶段，也相对正常地给已建档病人提供正常服务了。

抽血后，我便快速走出了医院，在室外等结果，也顺便看看街景。医院对面是一个服装销售商店和一个甜品店，都关闭着。门前台阶上坐着几位中老年男子，在聊天。旁边的药店还开着，卖水果的在不远处的大街上摆摊。另外，还有一个装着饮用水桶的车来到街中心，需要买水的，会拿桶过来接。莫迪政府要求，封国期间非必需品供应全部停止，但必需品供应需要正常开放。日常生活中，能感觉到必需品保障做得还是很好的。出来也能看到，非必需品的商铺的确关闭了。

索尼帕特市算是一个偏向农业和农村的地区，公民素质和执法水平能达到这个程度，已经让人很满意了。

医院对面的街景（图片来源：作者拍摄）

2020 年 4 月 19 日，星期日

生灵

今天依然是晴朗的天气。因为封国，学校基本上停摆了，除了少数住在大学里的老师和家属，以及十几位国际留学生还可以留在这里；另外，负责保安、食堂和维修服务的少数几人还被要求留在校园，其他人都已经离开校园，也不允许随便进入校园了。

这种停摆，使那些本让校园充满生机的各种树和花，正面临着生死考验。校园的土，有点像沙土，保持水分的能力很弱。印度的雨季要到 6 月，在此之前，几乎没有雨。而从 3 月中旬，印度就开始进入了骄阳似火的初夏，这让植物对水分的需求变得更为迫切。在往年，园丁们会每天给植物浇水。但是今年，因为封国，已经好久没有人给花浇水了。本来，春季与初夏是校园最美的季节，那些娇艳欲滴、争奇斗艳的花，让人深深体会到印度人民对色彩的敏感和重视。这些花，似乎就是为这个对色彩极度敏感的国度而生，绚烂得耀眼。但是，因为没有园丁的养护，她们正一个个垂下了带着鲜艳妆容的脸庞，然后，根茎枯萎，短时间衰老死去，不禁让人慨叹青春的短暂与珍贵。那些高大植物，水分保养能力略好些，但是，随着时间的推移，也开始枯黄掉叶。很多树下都覆盖了大量的干枯叶，不免让人怀疑，这是否已经到了深秋。

校园中瘦弱的渴望食物的狗（图片来源：作者拍摄）

面临生命威胁的，不仅仅是树和花草，还有那些长期生活在校园的流浪狗。没有了爱狗师生的庇护和喂养，这些狗狗们一个个瘦骨嶙峋，数量也减少了一大半。这次疫情中，人类自己面临着很多困境，大家都被封闭在家里，也就无暇顾及它们。对这些狗狗们，活下去也变成了一种自然选择。狗狗们平时都很温顺，很少攻击人或其他动物。但是，现在饿极了的它们，有些开始追逐在校园里闲庭信步的鸽子或者野孔雀。我看到过有只狗撕咬鸽子，我儿子在阳台上也看到楼下的狗正在撕咬一只野孔雀。生存的困境，改变了很多东西。

不过印度的确是一个比较善待动物生命的国家。还记得刚到印度时，有一次坐车，看到车里有蚊子，我顺手“啪”地把蚊子打死，而当印度司机看到蚊子时，却是摇车窗让它离开，我当时很不解。在印度住久了，我就明白，对动物生命的善待已通过宗教转化成了一种生活方式，也是一种思维方式。印度素食主义者占到总人口的40%左右，人数算起来比剩下的其他国家素食人数的总和还要多。即便那些非素食者，有的可能只吃点鸡肉，也有的只吃点鸡肉和羊肉；即使那些很不讲究的，可能也就是吃鸡肉、羊肉、牛肉和一些鱼肉。像中国人那样吃得如此广泛，甚至包括野味的，在印度极少遇到。印度的耆那教，在饮食上更严格，不用说肉类，连根类茎植物都禁止或限制吃，比如土豆。所以，在印度看到野孔雀、猴子甚至鹿等都不是稀罕事，它们也经常在大学校园或周边的田地里晃悠。在家里也是，壁虎、蜘蛛、大黄蜂、蚂蚁也是常客。

在印度的宗教里，种姓越高，吃得越素。这跟中国有点相反，我们招待客人的诚意或自我生活状态的展示，要靠大鱼大肉，生活普遍好了之后，又追求珍稀野味，来显示自己的非同一般。印度女记者帕拉玮就记录过印度耆那教商人到中国商务考察，被中国的热情主人招待鸡爪、海参、蛇汤之后脸都变绿了的经历。这也提醒我们，饮食文化应该是跨文化交流中需要重点关注的内容之一。

这次封国后，蛋奶和蔬菜水果还照常供应，但是，肉却变得越来越难买。有些中国人在群里讨论问，好几天没肉了，如何才能弄到肉。有人就建议说，印度遍地都是鸽子，可以逮住杀两只解馋。但也有人立刻提醒，这种做法不妥，此前有中资企业的人杀鸽子吃，倒垃圾时被印度人发现了，情绪激动的抗议者包围了其住处，还好警察解救了他们。在中国的饮食文化里，没肉，意味着营养不够。虽然到印度之后，肉的摄入量已经大大减少，也只限于鸡羊鱼肉，但对于吃惯了肉的我们来说，长期不吃肉，也是一种挑战。这也是我们在异国他乡的抗疫中需要适应的内容之一。

另外，印度同事对那些因封国陷入困境的底层民众也充满了关怀。我已经陆续收到多个替民间组织筹款的同事的邮件，这些组织都在帮助那些因为封国而陷入生活困境的流动人口或贫困人口。想到我们无非捐点钱，但好多人却要冒着感染危险，在一线服务那些不幸的人，我一般都会捐一些，算是一点举手之劳的支持。还有同事发邮件呼吁，不要给自己家保姆或司机减薪。印度劳动力比较便宜，大多数中产阶级家庭都会雇佣一位全职或兼职的保姆，另外，有车的家庭，一般还会雇一个司机。大学老师，大部分都有保姆或司机。所以，我认为这位同事发信给大家，呼吁不要减薪，其实很有普遍意义。同事在邮件中说："我们中产阶级，尤其大学老师，受疫情影响有限，我们要帮助那些受影响更大的人群。"这封信很触动我，这体现了一种人类大爱，而正是这次疫情中人类所需要的。

疫情不仅对人类有影响，而且对人类的影响会因为生存状态和所在国度而有所不同。疫情还影响到所有生灵，不论是动物还是植物，因为我们算是一个共同体。不过，对负担深重的地球来说，这次疫情倒是一个宝贵的喘息机会。

2020 年 4 月 27 日，星期一

能力

金大校长从不看好在线课程到积极运用在线平台推动高等教育，只用了不到两周时间，这所年轻大学的效率和学习能力，可见一斑。

金大是印度第一所真正实现国际性的大学。大家可能知道，印度的高等教育市场没有对国际开放，像纽约大学上海分校、杜克昆山大学这样的合作办学在印度不可能产生，但这正好给了本土印度人成立国际性大学的难得机遇。金大就是这样一所在梦想者拉吉·库马尔博士带领下创立的国际性大学。

想来也很有意思，来自美国、英国、中国、澳大利亚、德国、法国、匈牙利、韩国等三十多个国家的国际老师从世界各国涌到了这所坐落在印度农村的国际大学，去为世界一流大学的梦想而一起努力，这估计也挑战习惯了不可思议的印度人的想象力。这样一所才 10 岁的文科类院校竟然进入了 2020 年的 QS 世界一流大学排名的前 800 名；而且她的法学院也于 2020 年成为了印度排名第一的法学院。印度政府也因此将该大学列入重点培养的冲击世界一流大学的印度十所私立大学之一，并授予其“卓越机构”资格，使其享受更大的自主权。

由于这是一所国际老师汇集、国际会议频繁的大学，疫情的到来，让这所国际大学处于感染的脆弱之中。也正因为如此，大学从 3 月初就通知人力资源部门，让他们与政府确定的本地区的指定检测机构建立联系；让诊所和药店为全校 7000 多名师生准备好防疫物资，包括口罩、消毒液等；还让人力资源部门就出现首例感染及 10 人以上感染等情形做好预案。与此同时，从 3 月初开始，大学组织的一些国际会议陆续宣布推迟，并宣布不再组织洒红节庆祝活动。对于洒红节，大学进行了调休，加周末一共放假 4 天。

3 月 11 日是学生们返校的时间，虽然当时官方公布的确诊数据只有不到 70 例，但是，大学已经比较警惕，给保安发了口罩、额温枪和简单的防护服，所有进校的师生要进行体温测试。在印度，估计在这个时间就能采取类似措施的，好像只有机场。

3 月 19 日教务长给全校发信提前进入暑期时，我给校长和教务长发了一封信，表达了不同看法。在给他们的邮件中，我对这一决定提出了质疑，为什么网课只开了两天就暂停，并认为，在线学习是趋势，疫情只是加速了这个过程。另外，我也提出问题，如果疫情不断延长，大学的 B 计划是什么，总不能一直放假。另外，我还表达了一点对决策机制的异议。在是否继续上网课还是提前放暑假方面，大学咨询的是各学院院长和学生会代表，这其中缺乏了普通老师的参与。实际上，我听到很多老师说，网课进展还是很顺利的。校长给我发了一个有趣的视频，是学生如何一边玩游戏，一边将屏幕设置成“认真听讲”的视频，并附加了一句话，“在线学习经历永远都不能代替在教室里的感觉”。我给校长回邮件说，这些不想学的学生，即便线下，他们依然会将头埋在电脑后面玩游戏，然后校长又给我转了学生们坚持线下课程的一封邮件。但我在回复中提到，虽然学生作为消费者的建议很重要，但大学不是普通的餐馆类服务场所，大学是生产知识的地方，老师的建议至少同等重要。第二天，校长给全校发了一封特别长的邮件，解释决策的难度，并强调在决策过程中其实考虑过很多因素。

但是，接下来的进展，让我大吃一惊，不得不佩服校长和这所大学在不确定性中快速学习和调试的能力。4 月 13 日，亦即印度决定封国 2.0 版的前一天，校长给大家发信，考虑疫情延长的不确定性，大学决定 4 月 20 日恢复网课。4

月 14 日，校长给全校发信，分享了信实研究所组织的“高等教育中的在线学习”主题的讲座信息。能够感受到，校长最近一直在关注这个话题。我进去听了，耶鲁校长理查德 · C. 莱文详细讲述了高等教育在线学习发展的路程，听后我很受启发。4 月 16 日，校长给全校发信，金大决定成立数字学习与在线教育办公室（Office of Digital Learning & Online Education），这更是把我给“震”了一下。到 4 月 23 日，大学已经开展了 50 场线上研讨会，校长亲自参加或主持了好多场。到 4 月 27 日，亦即恢复网课一周以来，400 门课程进行了网上开课，1228 个课堂中 1219 个正常开设，8 个学院、400 位老师、5000 名学生参与。

更有前瞻性的是，金大意识到，疫情会影响美国等国家的海外招生，库马尔校长与国际事务学院超利亚院长在印度《教育时报》上撰文“留在印度、学在印度：新冠时代的高等教育”，帮助印度学生分析在较长时期内无法去海外读书的替代选择。只有思考还不够，在 4 月 25 日，金大组织了“全球法学教育的未来”的研讨会，在研讨会上，库马尔校长透露，金大已经与亚利桑那大学签署协议，对于那些被亚利桑那大学录取却因为疫情无法过去读书的印度学生，可以先进入金大读书，并获得亚利桑那大学学位。库马尔校长还透露，除五年制法学和五年制建筑学外，金大的招生将从 5 月 11 日开始全部实现在线化，由国际知名在线考试平台 Pearson VUE 组织。

所有这些都显示出，校长已经将在线化转化为金大机构转型与机构建设的战略。在印度很难能找到第二家大学有如此高效的战略谋划和执行力。

很多人都抱怨印度社会的低效，但同时我们也看到印度精英在美国大公司、知名商学院干得风生水起。就我这近六年在印度工作的感受而言，印度处于顶端的百分之一的精英有着多元的想象力，和在多元与不确定中应对挑战的能力。库马尔校长显然就是其中的一位精英代表。随着精英人才缓慢回流印度，印度这个社会的改变会有很多潜力。

2020 年 5 月 5 日，星期二

感受

2003 年“非典”的时候，我正在北大读研。“非典”时，我还是一个学生，学校开课，就去上课；学校停课，就封闭在万柳学区跟同学们聊天、打乒乓球，或在宿舍看剧。那时我没有看那么多新闻，对“非典”对中国和世界的影响了解有限，也就不会整天提心吊胆。在大学里遇到疫情，还是比较幸运的，毕竟是个保护比较好的完整社区，也没囤积食物之类的想法。

“非典”留在我记忆中的，除了有宿舍 84 消毒水的味道，还有接下来的几年里，北京的公交车和地铁上“今日已消毒”的字样；再就是到哪儿都测体温的习惯。直到今天，各机场都还有测体温的设备，尽管不如以前常用。

除此之外，“非典”也给了我一些其他有意思的记忆。那时的我，做一件事可以很专注。“非典”封闭期间我爱上了乒乓球，此前我没有任何乒乓球基础，“非典”封闭期间竟然跟同学们对练，在“非典”结束后的北大万柳学区研究生乒乓球比赛中拿了女单亚军。在“非典”刚解禁的时刻，我还跟朋友去了趟黄山，感受了人很少时黄山的美景，那云雾缭绕的黄山奇景至今留在我的记忆中。

十七年后，我竟然再次经历重大疫情，这是我没想到的。

这一次疫情，与上次相比，唯一的相同点是，自己还在大学。但其他的都变了。首先，我已经不再是那个被大学保护的单纯的学生，而是两个孩子的母亲，肩上有了更重的责任。更大的区别是，自己是在异国他乡经历这场疫情，这和在自己国家及所熟悉的城市经历疫情，差别还是挺大的。

最直观的影响是，来、去和留都更加充满不确定性。“非典”对我的交通的影响，也不过是从万柳学区到北大教室的骑行距离。学校停课后，我就可以安心待在校园，不需要再考虑交通问题。但是，在异国他乡经历疫情，行动自由的限制，都不是在母国环境里所能想象得到的。

那些留在印度的中国人，每天都在群里“吐槽”。比如，在印投资的很多中资企业人员和留学生，春节期间回家了，当他们决定回来时，印度已经暂停了所有中国人的签证（外交签证例外）。这意味着，不论他们有多么紧急的财务或公司决策事务需要处理，都无法回来。即便印度疫情得到了控制，因为害怕输入性病例，也很可能会比较长时间限制外国人入境。

同样，也不是想走就能走。随着疫情变得不可预测，一些留在印度的中资企业人员以及留学生期待快点回国，但印度从 3 月 22 日到 4 月 15 日暂停了所有国际商业航班降落印度，后延长到 5 月 3 日，后再次延长到 5 月 17 日，估计还会延长。除非大使馆出面协调，否则根本走不了。即便 5 月 17 日后航班会放开，若印度继续采取封国策略，怎样到达机场都是个问题。所以，我看到华人群里，很多人都在请求使馆撤侨。

每当印度疫情发生波动，比如日感染人数创新高或针对华人不友好的事件出现，请求撤侨的声音就会很激烈。使馆让华人华侨按地区建立了互助群，从互助群的讨论中，我们发现撤侨焦虑首先蔓延在短途旅游者、短期商务考察者和短期访学者中间。因为这些人的确面临着生存困境，比如酒店不让住了、大学不让住了。尤其旅游者，自己身上带的钱用完了，人生地不熟，语言也不通，印度延长封国的不确定性，导致其反复改机票，而机票的购票平台资金紧张，也不退费，有的人几万人民币都搭进去了。也难怪那些提出撤侨的人，对任何不同声音都显得脾气暴躁，谩骂声此起彼伏。

今天印度单日新增病例创新高，达到 3000 多例。从 4 万例到 5 万例，只用了几天时间，这让在印国人更加焦虑。要求撤侨的声音已经从旅游者和学生蔓延到在印度投资数额巨大或较大的企业界人士。今天在一个以国企和中大型私营企业为主的群里，有企业家提出，使馆应该尽快协助撤侨，否则等到印度封国结束，机场有各国离开的人，感染率会很高。但是，从商会的答复看，撤侨几乎没有可能性，即使协助包机，也需要等我国外交部的指示。

也有一些人害怕路上感染，并不打算回国，希望继续留在印度，但并不是谁想留就可以留的。虽然印度政府允许封国期间外国人的签证自动延到封国结束后，但是，本可以续签的人却并不一定都能得到如愿的续签。对于那些想留的，实际上会受制于签证，无法按照自己的想法做决定。也就是说，想回中国的回不去，想来印度的来不了，想留的留不下。

另外一种焦虑来自于反华情绪。这次疫情首先在武汉被发现，是一种主流的共识。尽管其他国家也有反华事件发生，但是，在印度，对华人的戒心则是 1962 年以来的常态，至今也没有多少改变。中印曾经有过蜜月期，印度 1950 年 4 月 1 日就和新中国建交，是第一批与中国建交的国家之一。那时印度在国际上比中国获得了更多的认可，尼赫鲁也更有国际影响力，那时的印度愿意在国际舞台上积极与中国合作，如共同倡导和平共处五项原则。另外，大家如果去过德里的中国大使馆，也会被那巨大的场馆所震撼，这是中国驻外使馆中场地最大的（只是最近被驻巴基斯坦使馆所取代），这也归功于当年尼赫鲁的慷慨。但是，1962 年那场边界冲突，将中印从蜜月期打入冰冷的谷底。在中国，媒体和教科书对这一事件讨论很少，但是在印度，这是一个大事件。虽然双方对这一冲突的起因各执一词，国际上的研究也有很多争议，但印度国内通过媒体和教科书，将中国表述成了一个“忘恩负义、不可信任”的形象。在战争期间，很多19世纪末或20世纪初到达印度并已落地生根的华人被驱赶或关入集中营，很多华人财产被按照《敌国财产法》被没收。尽管80年代，拉吉夫访华，重新开启了中印交流的渠道，但是，信任赤字却成为横亘在中印政府与民间交流中的一个巨大障碍。

2020年4月7日，印度世界羽毛球冠军嘉娃拉·古达还在《印度快报》上撰文，讲述自己作为中印混血，在印度长大所经历的各种歧视。疫情只不过让这种歧视变得更为严重。印度媒体自己也有报道，那些来自印度东北邦的长相近似于中国人的印度人，在德里等很多城市被误认为是中国人，被谩骂为“coronavirus”。印度一社交媒体还半开玩笑说，“从来没想到，我们的死亡都是中国制造”。华人群里还提到，3月份，有些邦要求华人强制检查，甚至暂时没收华人护照。还有的提到，有人专门针对华人抢劫，这些证实的和未证实的信息，都让华人不自觉地紧张起来。4月17日，印度政府修改了外国直接投资的政策，将陆上邻国（主要针对中国）的投资从“自动审批路径”改为“政府审批路径”，怕中国趁疫情对印度企业进行恶性收购，这也显示出政策制定者的戒心。

4月12日，儿子班里让学生画画上传，有个小朋友竟然画了一幅画——将中国和新型冠状病毒并列为致命邪恶因素，这让我非常震惊。我立刻给学校表达了不满和忧虑，我说，学校应该培养人文精神，怎么能让这么小的孩子从小就充满仇恨，我为自己的孩子在这样的环境里读书感到深深忧虑。我还发了《印度快报》的那篇文章给老师，告诉她，针对华人的歧视在印度已经很严重；另外还发了一篇相对权威的英文媒体文章，里面提到病毒来自于自然界。老师道歉，说学校会提醒这个孩子，但是老师也表达了无奈，说孩子们处在这个环境中，学校能做的也很有限。

作为生活在印度疫情下的中国人，我们也比较谨慎，比如3月31日大学给我发邮件让填表。邮件中说，印度政府让1月30日之后所有去过受疫情影响的国家的人填写，但是，表格中只问是否去过中国，是否去过武汉。我立刻给同事写信，发现大多数都没收到邮件，便又问人力资源部门，人力资源部门说只发给通过学校订机票的同事。我对人力资源部门的解释不放心，又问校长。校长说，他也收到邮件要填写。于是我这才填写发出去了。4月24日，人力资源部门又发了一封邮件，让国际老师填写，另一位中国老师也及时问我是否收到邮件。我们这些格外谨慎的确认，从某种程度上，还是来源于一种不安全感。

总之，在异国他乡经历疫情，会遇到很多在母国环境中想象不到的困难。这些经历不见得都是消极的，它会让我们成长，会让我们对问题的看法更加多元。相信未来我们的孩子还会经历更多这样的事，虽然全球化可能会发生改变，但人类的世界联系越来越紧密的事实不会被逆转。所以，这一段经历记录，留给孩子们做纪念吧。

2020 年 5 月 13 日，星期三

艰难抉择

像印度这样的民主制、发展中国家，疫情下如何在公共健康与复工复产、个人权利与集体利益之间进行权衡，就变得更为艰难。

莫迪昨天下午跟各邦首席部长召开了第五次视频会议，讨论 5 月 17 日封国结束后，是否还要继续封国，以及目前面临的经济困境和应对思路。与前几次相对一致支持继续封锁不同，现在各城市和邦的声音出现了分化，像马哈拉斯特拉邦、孟加拉邦、比哈尔邦、旁遮普邦、特伦甘那邦等都积极支持继续封锁，但德里、安德拉邦等则希望放松或解除封锁，包括对红色重疫区的封锁，恢复正常的生产生活。

从 3 月 22 日试探性封国开始，到目前，印度大约已封国 7 周。实际上，封国分了 4 个阶段，封国实验版（3 月 22 日到 3 月 24 日）、封国 1.0 版（3 月 25 日到 4 月 14 日）、封国 2.0 版（4 月 15 日到 5 月 3 日）及封国 3.0 版（5 月 3 日到 5 月 17 日）。

印度的封国是比较严格的，有些地方比中国还要严格，如将国内、国际航空中的旅客运输全部停止，国内火车中的旅客运输停止，公路运输也停止，出租车、私家车等不允许上路；快递公司只允许提供必需品，如牛奶、面粉、大米、蔬菜和水果等；商场、影院等都关闭。到 4 月 20 日之后，只有少数无感染区或感染很少的区域允许少量的复工活动。到封国 3.0 版之后，政府才进行区别化管理，如将全国分为严格封锁区、红区、橙区和绿区，并给予不同的生活、商业和工业活动自由。但到目前为止，全国性的乘客运输尚未放开。

印度大多数病例集中在首都和商业、工业或旅游业发达的邦，如马哈拉施特拉邦、德里、泰米尔纳都邦、古吉拉特邦、拉贾斯坦邦等，这对政府平衡复工复产与控制疫情的决策带来很大难度。与此同时，按国际贫困人口标准，印度还有近3亿人没有脱贫，此外印度非正式就业人数比例高，靠日薪生活的人口比例尤其高。具体数字有各种说法，但根据专家估计，这次疫情会让4亿印度人陷入极端贫困，单4月份，印度就有1.2亿人失业，城市失业率达到23%。

对印度而言，这意味着，封国不仅仅是个简单的失业问题，可能会直接导致一些贫困人口被饿死，亦即逼着穷人在感染病毒而死还是饥饿而死之间做出艰难选择。虽然宗教和慈善组织在积极帮助穷人，但是时间长了，这些组织也将面临资金困境。印度诺贝尔经济学家阿马蒂亚·森在封国伊始就提醒这一点，反对党也是穷追不舍，这让政府延长封国的抉择压力更大。

我在“印中智慧桥”公众号上发布的《谁应该为疫情下的工人工资买单》中分析过，联邦政府为减低封国压力，一边倒地保护劳工权利，要求不要解雇、不要减薪，遭到了企业界的很多抵制。经济的巨大压力，让一些邦走向了另一个极端，这也是印度联邦制给我们展示的一个有意思的现象。

这次部长视频会议中，大家也讨论了是否允许各邦对劳动法执行降低要求。北方邦是第一个提出放松要求的，决定搁置印度30多项劳动类法律，只保留最低工资、禁止童工或强迫性劳动、劳动女性保护等有限的劳动法律执行，工时也允许从日8小时延长到12小时，周工作时间最长可到72小时，而且这种劳动法降低标准的执行将持续3年。在北方邦之后，中央邦也做出了类似决定，古吉拉特邦也要紧跟其后。当然，也有一些邦的部长提出，联邦政府要及时采取措施制止这一侵犯劳动权益的倾向。

大家可能好奇，关于疫情应对，为什么莫迪要与各邦政府进行磋商。这主要是因为印度是联邦制国家，确切地说，是准联邦制国家。所谓准联邦制国家，很重要的一点是，印度联邦政府有剩余立法权，不像美国的联邦制。当然，印度宪法明确列举了哪些事项在邦立法权的单子上，哪些在联邦立法权的单子上，哪些在联邦和邦共享的立法权的单子上，并同时规定，未列举事项归联邦政府。医疗、卫生主要在邦立法权单子上，一百多岁的《传染病法》（1897）也主要给邦很多权力，但是《灾害管理法》（2005）却将灾害管理的权力给了联邦政府。这次疫情期间，联邦政府主要利用该法在行使权力。劳动法事项，则在共享立法权单子上。各邦的放松规定，既要获得联邦政府的支持，还要经得起最高法院的审查，具体能否执行，还不好说。

在个人权利与集体利益方面，最现实的问题包括，就封国滞留的农民工，是让他们继续就地滞留，还是允许他们回家；另外对于那些滞留海外的印度人，政府是否积极撤侨。

印度的宪治强调基本权利，并赋予其最高法院独立司法审查权。印度最高法院为了更好地给民众提供权利保障，还放开了公益诉讼，公益诉讼的诉讼资格不再有“直接利害关系人”这样的要求，基本上只要不是自己的事，任何人都可以对有问题的政府立法和政策提起公益诉讼。这意味着，政府的决策，将在最高法院那里直接面对民众的挑战。

3 月 29 日，封国后 4 天，印度内政部决定农民工就地隔离，担心他们将病毒带回本还未受疫情影响的农村。但是此后，公益诉讼此起彼伏，刚开始是为农民工的生存问题，后来更多的是针对他们的回乡问题。比如 4 月 18 日，又有公益诉讼提起，要求最高法院指令政府允许农民工回乡，只要他们被检测是阴性的。媒体报道被滞留农民工的生存及焦虑问题，也让解决这个问题变得颇为棘手。

5 月 3 日，印度内政部允许农民工返乡，并同意安排火车专列送他们，但要农民工自己出 800 卢比（大约 80 元人民币）的火车票。此后便有学者和律师提起公益诉讼，请求最高法院指令政府免费将这些农民工送回家。但最高法院没有对此表态，各邦的处理方法不太一样，像拉贾斯坦邦、旁遮普邦等，都要求农民工自己付火车票，火车票从 600 多卢比到 800 卢比不等。有的农民工买不起，就决定徒步回家。像马哈拉斯特拉邦，就动用邦紧急救助基金帮助农民工把车票付了。到昨天为止，已经有 468 辆专列被开通，50 万农民工被送回家乡。但是，一些邦也在担心农民工回邦之后带动的疫情扩散，如北阿坎德邦首席部长就担心 25 万农民工返乡后，会将本邦感染人数增加到 25 000 例。

5 月 6 日，印度外交部也同意了海外印度人的撤侨申请，准备安排专机甚至军舰将他们带回印度，但每人需要支付单程 16 000 到 100 000 卢比的机票。5 月 7 日第一批撤回的人员已经到达印度。孟买专门改造了 88 个酒店 3000 多个隔离房间来对这些人进行隔离观察。首批被撤回的有 15 000 人，主要是滞留海外的劳工、孕妇、老年人等，分 64 个航班；滞留在马尔代夫的，则是用军舰撤回。目前登记撤侨的人还在增加，预计有 20 万人。到昨天为止，印度已经从美国、英国、菲律宾、中东、马尔代夫等国家和地区，开始了航班和军舰撤侨。而此前印度外交部明确，对海外的1300多万印度人进行撤侨，从资源上讲，这是不可能的；另外，他们来自疫情严重国家，会将病毒带回印度的不同地方，会严重影响印度国内的“抗疫”。仅仅不到一个月，政府就不得不在社会压力下改变主意。

现在印度的感染数还在直线增加，从3周前（4月22日）每日新增病例不超过1500例，到2周前（5月1日）每日新增2000多例，到1周前（5月8日）每日新增达到3000多例，再到5月11日，新增病例竟然突破4000例。新增病例不断刷新，政府应对疫情的举措似乎却变得日趋柔和。允许农民工返乡并撤侨，只是其中的一部分。

从昨天的视频会议看，政府的封锁措施肯定会放松，比如客运火车从今日开始可以预定。德里首席部长也在向公众收集意见，关于5月17日后如何放松封锁，包括地铁是否要开启。当然，他也认为，完全解除封锁是不可能的。

今晚8点，莫迪对全国发表演讲，提出了20万亿卢比的贫困缓解和经济刺激计划。同时，莫迪表示，我们印度人的生活不能被病毒所控制，要将与病毒共存作为新常态。他说，封国还会延长，但内容会有大的变动，如保持社交距离、戴口罩等还可以有，但复工复产也不能再耽误了。其实，他无非是想说，我们的封国无法等到疫情出现拐点再结束，而是要尽快放开，以拯救经济和穷人。唉，各家有各家的难处，也就不多评论了。

我竟忘记自己身在何处

孙　敏*

2020年1月24日，我怀着忐忑不安、前途未卜的心情到了西班牙，不知道是对是错。我在这里一边担心国内的疫情，一边享受在西班牙的假期，见了很多老师和朋友，参加了我的博士毕业典礼，还去南部旅游了两周。等到快回国的时候，航班却被取消了，马上订了一张新的机票，也很快被取消。得知可以在这边给国内学生上网课，不耽误工作，还觉得很开心，因为我可以待在马德里了。但是等国内疫情渐渐得到控制时，我自己却处在了全球人均感染率最高的国度。计划赶不上变化，面对这突如其来的疫情，无论是国家还是个人，计划都被打乱了，一切都无法预料。我就像在黑暗中行走，没有计划可做，当一天和尚撞一天钟。人面对未知处境时往往是惶恐不安的，进入隔离期后，时间更是变得模糊。就像处在冬天不记得夏天的热，处在夏天又忘记冬天的冷一样，我想趁着记忆还新鲜，将这段隔离经历记录下来，为日后留下一点宝贵的回忆。

---

* 孙敏，曾留学西班牙11年，2019年从马德里康普顿斯大学毕业回国，现为厦门大学外文学院欧语系西班牙语专业助理教授。

2020 年 1 月 24 日，星期五

飞向马德里

1 月 24 日，农历中国除夕，寒假中。这是我工作以来第一个非学生的寒假，是离开西班牙在国内生活的第六个月，而在此之前我在这个斗牛国“板鸭”（指“西班牙”）连续生活了 11 年。这天，我从起床后就开始纠结，按照原计划，我应该在下午 3 点半从厦门出发经停济南到北京转机去马德里。武汉暴发了不明原因的肺炎疫情，全国陆续有不少省份都曝出感染案例，举国上下，人心惶惶。那时厦门只有 3 个感染病例，都是从武汉过来的输入病例，市政府规定所有公共娱乐场所一律关闭，乘坐公共交通或去超市须强制戴口罩。一出门大街上半数人都戴上了口罩，学校里还有零星游客，口罩已经买不到了。我只在学校一个小商店买到了一次性非医用口罩。我纠结的原因是，如果现在去西班牙，会不会在学校第二学期开学时因为疫情回不来。一天之前，武汉宣布了“封城”措施。那时全国已有 300 左右的确诊病例。犹犹豫豫，举棋不定，家人也劝我最好不要去。我那时想，家人朋友都不在身边，如果我不去西班牙，寒假就只能自己一个人待在厦门，独自过除夕、过新年，好不凄凉。最后我怀着一颗恐慌冒险和前途未卜的心决定，还是去“板鸭”。那时已经是中午 12 点左右，我慌慌张张地收拾了一下行李，带了极少的物品，戴着两层一次性非医用口罩匆忙赶去机场。

那天，不管是在厦门机场，还是济南、北京机场，客流量仍然很大，大部分人都戴着口罩。尤其是在北京国际机场候机时，偶尔看见外国旅客没有任何口罩等防护时，真替他们捏把汗，如果有多余的口罩，我真想分给他们。上了飞往马德里的飞机，大部分旅客和全部机组人员都戴着口罩，而我除了吃饭外，全程戴着两层口罩。我当时认为最危险的一段旅程应该就是坐飞机的这段时间了。到达马德里，下了飞机，我很快就把口罩摘了下来。因为当时西班牙还没有病例。但是入关时，西班牙边防警察都戴着口罩。

2020 年 2 月 13 日，星期四

乐观

我一落地，在到达住的地方之前，我先去了一家药店买酒精洗手液和口罩。

只能买到洗手液。来后第一周，我辗转去了很多家药店，看到药店就进去问有没有口罩卖——都脱销了。当时国内已经很难买到口罩，但是没想到在马德里也如此困难。我本来打算买一些带回国用。原来马德里的口罩早就被当地华人和从国内过来的游客买走了。有的人是囤起来转卖，有的是为了捐给国内用，少数人是买了自用。当时价格还没有上涨，300 欧能买 1000 多个带呼吸阀的 N95 口罩。

那时西班牙人民似乎根本没有危机感。卫生部预警及应急协调中心总指挥费尔南多·西蒙·索里亚（Fernando Simón Soria）几次新闻发布会上都说，这个病毒不会传播到西班牙来，即使有病例也只是输入性的，并不会造成社区传播。1 月 31 日是我的博士毕业典礼，这一天，西班牙政府接回被困武汉的 25 位西班牙公民，并统一安排他们进入马德里一家医院隔离。也是在这一天，西班牙出现了第 1 例感染病例，在西班牙非属领地的一个叫戈梅拉（La Gomera）的小岛上，一个来自德国的游客确诊新冠状病毒阳性。距第一个确诊病例 10 天的 2 月 10 日，西班牙确诊了第 2 例，还是出现在一个小岛（Palma de Mallorca）上，一位英国人，他因接触了从新加坡旅游回来被感染的朋友而被感染的。由于这两个确诊病例都是输入病例，而且都在一个小岛上，大部分人都觉得病毒不会在西班牙本土传播，甚至觉得这事很可笑（我当时也是这么想的）。

这期间，国内疫情愈发严重。全国大中小学宣布停止一切线下教学，很多工厂、公司停摆。教育、经济几乎陷入瘫痪状态。除了武汉“封城”，很多其他省市都实行了居家隔离政策。西方社交媒体上传播着很多中国人自制隔离装备等“搞笑”图片，这一度成为很多人的笑点。还是没有人会相信病毒会在西班牙传播。2 月 12 日，原定在巴塞罗那召开的世界移动通信大会被取消，尽管卫生部坚持说不会有危险。但几个电信媒体巨头，如 LG、Facebook、Sony、Vodafone 等都表态不会来参加，所以被迫取消了。这无疑给巴塞罗那的旅游业和旅馆业造成了巨大的经济损失。

2020 年 2 月 29 日，星期六

蓄势待发

我原本打算坐 2 月 13 日的飞机回国，学校原本是 2 月 17 日开学。但因为受疫情影响，我们的教学活动改成了线上教学，而我的航班也被取消了。那时国内疫情已经很严重，坐飞机回国是要冒很大风险的。我把航班改期到 2 月 28 日，只能在西班牙再停留两周。在这之前，2 月的第一周，我参加完毕业典礼去了西班牙南部安达鲁西亚省的几个城市旅游，跟我的一个住在那边的同事会合。由于我们都要在开学的时候回国工作，因此都需要用口罩。这个同事起初并不想买，他是西班牙人，他觉得用不到——但还是需要几个口罩，至少是在飞机上用吧。我们在当地少数几个有口罩的药店买到了口罩，这也许是因为南部华人比首都马德里或巴塞罗那少的原因吧。价格比平时翻了 3 倍。除了买到几盒带呼吸阀的 N95 口罩，我们还很幸运地以 5 欧元的价格买到了一盒 50 个装的一次性医用口罩，虽然因为限购只能买一盒。后来再也买不到了，同样的一盒口罩被卖到了接近 100 欧元。

我从南部旅行回来，进入了我在西班牙的第三周。原本我计划停留 21 天，但因为航班取消只能再停留两周。我那时借住在一个西班牙朋友家，他家在郊区，去一趟马德里很远，需要坐小火车。我住了三个晚上，特别想回马德里，实在是耐不住小村庄的寂寞。还有一个原因是他家跟他父母家共享一个小院子，这个朋友白天上班，我中午会去他父母家跟他父母一起吃饭。他父母七八十岁，吃饭的时候咳嗽个不停，老人身体本来就不太好。虽然咳嗽是新冠病毒感染的症状之一，但是当时没人往这方面想。事实证明，Valdemoro 也就是他们住的这个小村庄是马德里最先暴发社区传染的一个很重要的传染源，一个敬老院和老年活动中心的很多老人都感染了，死了数十人（我当时住在那里时还在想，这里人口这么稀疏，这么空旷，楼与楼之间距离这么远，病毒即便传到这里也不会造成很多感染）。三周后，他父母也被证实感染了，双双住院，他妈妈还在重症监护室待了几天。所幸现在他们都康复了。

从他家出来，我必须要找地方住以度过这段时间。恰巧有一个朋友从中国回来，他自愿住在宾馆自我隔离 14 天，我正好可以在他那里住到我回国那天。但我住进这个家之后，也就是从上面提到的西班牙朋友家出来的第二天便生病了。剧烈的头痛，咳嗽，流鼻涕，嗓子发炎，扁桃体肿大，声音也变了。我虽然怀疑自己感染了，但那时我已经从国内出来 20 多天了，肯定不是在国内感染的，在西班牙也不可能。因为当时曝出的病例还只有在海岛上的几例。

2 月 22 日，意大利的伦巴第地区暴发疫情，1 例死亡，16 例确诊。2 月 24 日、25 日，西班牙不断出现从意大利旅行回来感染的病例。首先是从意大利伦巴第来的一对医生夫妇去特内里费岛旅行，检测出他们病毒阳性，致使入住酒店的700位旅客被迫隔离。后来在马德里、巴塞罗那相继出现感染病例。自2月26日起，西班牙不同地方发现了没有旅行史的不明原因的感染者，这意味着可能发生了社区传播。卫生部预警及应急协调中心总指挥西蒙宣布西班牙从低传染等级进入中度传染等级。感染人数迅速增加，仅在26日至29日三天内，确诊病例就达50余人。全国处于防范阶段。各大新闻媒体大肆渲染不需要戴口罩，戴口罩的防护作用微乎其微，保持好个人卫生，勤洗手，不用手接触眼睛、嘴等部位就好。于是普通民众赤裸裸地暴露在可能存在病毒的环境中。地铁里人还是那么多，街头闹市人头攒动。

2月28日的马德里市中心太阳门广场，街头人流丝毫不减（图片来源：作者摄影）

2020年3月14日，星期六

颜面扫地

3月4日，政府通报第一例死亡病例。这是一个69岁的瓦伦西亚人，事实上他是在2月13日死亡的，直到半个月后才通报，这极有可能是隐瞒不报。3月5日，一所敬老院出现14例感染。3月7日，在拉里奥哈（Rioja）大区的哈罗

(Haro) 的一场葬礼上出现了聚集性感染。3 月 8 日，“三八女权大游行” 如期举办，“板鸭” 国上下 35 万人聚集到街头。游行前一天有 430 例感染者，但卫生部预警及应急协调中心总指挥西蒙在当天的新闻发布会上说情况都在掌控之中，让民众不要恐慌，大部分感染源都很明确，甚至有的地方情况还有所好转，以马德里的 174 例为例，他们都是来自很明确的传染源，且不会增加造成社区传播的可能。当被记者问到是否可以去参加女权游行时，他做了一个让人难忘的后来也被抓成把柄引来无数责骂的回答：“我不会告诉人们应该做什么，但是如果我的孩子问我（能不能去），我会对他说‘随你便’。” 这段时间西蒙每天出现在新闻发布会上公布疫情发展状况，每次的措辞都是 “solo” （只有）、“un poquito” （一点点）、“es leve” （轻微的） 等委婉语。在不造成民众恐慌的同时，他的措辞也使民众放松了警惕。这期间发生了一系列被当地华人和留学生称作 “无可救药的神操作”，除了 3 月 8 日的妇女节大游行，还有 3 月 11 日的国家德比大战（汇集 8 万球迷，人群极密，让人捏把汗的比赛，这会造成多少交叉感染啊，C 罗也从疫情区的意大利来了，比赛结果是皇马 2 : 0 取胜，嘿嘿!），来了上千名意大利游客（这时候还来意大利游客!!!）。

3 月 8 日当天，西班牙增加了 100 多例感染者，10 人死亡。事态已经开始变得严重。虽然有很多地方已经开始采取措施，例如拉里奥哈大区的哈罗开始 “封城”，不久前那里发生了一起举办葬礼引发的聚集性感染；马德里关闭 213 家老年活动中心，因为相继在不同的养老院出现大量感染（其中就有我待过的 Valdemoro 地区）；马德里、巴塞罗那取消大型展会；著名的商学院 IE 大学关闭大门，成为第一家因疫情关门的学校……但是不得不说，控制疫情的黄金时机已经错失。三八节游行使感染人数急剧上升。有几则头条新闻刷爆了中外媒体及社交网络：参加游行的公平部长艾琳 · 蒙特罗 [Irene Montero，也是副首相巴勃罗 · 伊格莱西亚斯（Pablo Iglesias）的伴侣，导致副首相被隔离]、副首相卡门 · 卡尔沃（Carmen Calvo）、首相桑切斯的夫人贝戈尼娅 · 戈麦斯（María Begoña Gómez）以及首相母亲、首相岳父都被曝出感染病毒。由于蒙特罗女部长跟王后有过密切接触，西班牙皇室接受了病毒检测。之后曝出不少政府重量级政客、议员感染的病例，其中包括马德里大区的主席伊莎贝尔 · 迪亚兹 · 阿伊乌索（Isabel Díaz Ayuso）。西班牙成为政客感染数最多的国家（颜面扫地）。

于是政府、会议都变成了视频会议，议会只有零星的几个议员到场。

3月9日，马德里感染人数在24小时内翻了2倍，从202例上升到436例。全西班牙感染人数1204人，24人死亡，马德里大区主席宣布全区大中小学停课。3月10日，政府取消了西班牙与意大利的航班。3月11日，文化部命令关闭马德里所有的博物馆。3月13日，马德里大区关闭饭店，同一天，摩洛哥宣布取消与西班牙的水上交通和空中交通往来。当天，首相桑切斯召开新闻发布会，宣布马德里从周日开始“封城”，截至当日，西班牙共有6000例感染者，200例死亡。3月14日，西班牙首相宣布全国进入紧急预警阶段，并命令全国进入15天隔离期，各地居民开始“禁足”。

到这时，很多西班牙人还是没有意识到事情的严重性。尤其是年轻人，认为即便是得了，也不会有事，就像感冒一场一样，只有老年人比较危险。每次我在西班牙朋友间提起“病毒”这事，他们都批评我说，最后打倒我们的并不是病毒，而是恐惧。这样一次一次地洗脑，加上那时医院里的医生也不当回事，再加上电视里西蒙不断重复的“掌控之中”，我也放松了警惕。天天坐地铁去学校，经常跟朋友约在市中心见面。

3月8日女权运动的时候，我没去街头凑热闹，而是被三个朋友拉去听了一场弗拉门戈音乐会。这场音乐会的地点离我们住的地方有点远，在郊区一个不起眼的建筑里的一个“弗拉门戈中心”。我们到得有点迟，音乐会已经开始，打开门的瞬间，我惊呆了！彻底惊呆了！里面座无虚席且都是老人，上百个60岁以上的老人，包括吧台服务的老板和服务员都是白发苍苍的老人。我们竟是里面少有的年轻人。作为脆弱群体，这些老年人现在不应该待在家里吗？将生死置之度外而及时行乐，这真是西班牙人的民族精神。“为乐当及时，何能待来兹”！

相对当地华人来说，西班牙人真是心大。2月中下旬，当地华人的很多门店都开始陆续关门。1月中下旬以后，从中国尤其是湖北地区返回马德里的，都会自觉隔离14天。有华人社团组织会免费上门给他们送口罩，送吃的。那些不自动隔离的，有些华人用工单位会直接辞退他们。很多留学生从国内回来后，如果不主动去外面租房子隔离14天，他们的中国房东会不允许他们进家门。我的好几个中国朋友都遇到了这种情况。那位把房间借住给我的朋友就遇上了。当时他的舍友，一个中国留学生，非常谨慎，已经从2月初就不去学校实验室上班，而是在家办公了。他的另一个舍友是一个在华人美甲店工作的华人，因为每天接待客人很多，当时就在考虑把工作辞掉，等疫情过后再重新找。

3 月 13 日（周五），两个朋友距离结束隔离期还有 2 天，他们想去西班牙作家洛佩·德·维加（Lope de Vega）的故居参观，我想着马上就要回国了，豁出去跟着去了。铤而走险，在离开西班牙前我打算再去市中心逛一圈。那天无论是市中心还是普通社区，人还是很多。地铁里也是人头攒动。我们到达故居时，已经没有进去的名额了，于是从四点半的场次等到五点半的场次，以为最后的场次有人可能不来。结果到点时，导游遗憾地对我们说："抱歉"。我们依依不舍。最后导游看我们实在想进去，心软了，允许我们进去一起听，说也许以后就要关门了。五点半的场次，有 12 个五六十岁的老人！讲解期间，导游用围巾遮着嘴，咳个不停……

2020 年 3 月 15 日，星期日

病倒

从郊区朋友家搬出来的第二天，我病倒了，那是 2 月 15 日左右。剧烈的头痛，咳嗽，流鼻涕，嗓子发炎，扁桃体肿大，声音也变了。这一病就持续了一个月。晚上睡觉前，我觉得气体呼吸到喉部时会有无法形容的难受，好像从来没有那么难受过。有几次半夜因为嗓子疼，需要吃止痛药才能继续睡。喉咙里总是有痰吐不出来，不停地咳嗽导致嗓子更疼，有一天竟咳血了。第三周，彻底失声了。记得那天是周二，有网课，上午勉强上完两节课，到中午的两节课彻底发不出声音了。学生很体谅老师，说他们可以跟着课件自学，让我在微信中答疑。我关掉视频，眼泪唰唰地流了下来。

第四周、第五周，渐渐有了声音。嗓子还是疼。自以为得了喉癌……

得不到核酸检测。这种算轻症，不会给检测的，只会建议居家隔离。其实，那时救护热线已经瘫痪，打政府指定的电话可能连打几天都打不进去。医院也已经瘫痪（政府不得不规定先救年轻的、有希望的，这让很多被感染老人的家人很崩溃）。

再后来自愈了，我不知道现在是否算是已经得过肺炎并自愈。生病这事我不敢告诉家人，怕他们担心。痊愈之后我跟朋友和家人讲这段经历，他们打趣地说，也许我属于自愈群体，已经有病毒免疫了，以后就安全了。

这期间与我有接触的人，除了一个朋友（我们几乎同时生病），其他人都没事。

2020 年 3 月 16 日，星期一

一票难求

世事难料，计划赶不上变化。当国内连续几日感染病例零增长的时候，这边的疫情却大面积暴发了。我的 2 月 28 日国航直飞北京转厦门的航班也被取消。国航给我改签到 3 月 24 日。没想到没过两个星期，民航局出台限航政策，这使得我遭遇第三次航变，而且是无日期可改，只能退票。一家航空公司一周只能往返一个国家一次的这项规定使机票一票难求，而且价格疯涨，单程两三万起，但即便是这样也很难买到。我在收到航变通知时，立即买了一张 4 月 18 日俄航飞广州的（那时已经没有任何飞机可到厦门），但是很快也收到了航班取消的通知。我又买了一张法航机票，也是很快被取消了。到现在，机票钱还没退回来。

和我一样想尽办法回国的留学生很多。我在公派群里一问，立刻有好几个人来加好友交流。其中一个留学生因为要回去参加博士毕业论文答辩，花了近两万元买了一张 4 月 7 日从巴塞罗那到法兰克福转机再飞上海的汉莎航空公司的机票，这算是铤而走险的一趟旅程。那时的欧盟已经封边界了，能不能从巴塞罗那飞到法兰克福还是未知，有可能人赶到机场，却被临时通知航班取消，能不能从法兰克福转机到上海同样是未知的。

所幸他真的回去了。我因为之前用的手机坏了，直到今天才联系上他，得知他“顺利”回去了。他在上海某酒店集中隔离，还有两天就可以重获自由。就在刚刚，我又搜索了一下机票，只有日航转机 46 小时 5 月下旬的航班票可买，均价 2.2 万人民币。（补记于 2020 年 4 月 20 日）

今天收到中国驻西班牙大使馆发来的组织第二次留学生包机回国的信息。经济舱 3-4 万人民币，商务舱 4-5 万人民币，加上回国之后的隔离费和检查费 1 万人民币。这只允许自费留学生申请，公派生、访问学者、使馆工作人员及家属等没有申请资格。

这几天国航开通了 5 月每周六国航直飞北京的航线，票价 2.25 万人民币起。想想我当初那张国航的返程票不应该退票，如果当时不退票的话，现在还可以免费改签，那就可以节省 2 万人民币……（补记于 2020 年 4 月 29 日）

2020年3月18日，星期三

大相径庭

西班牙“封城”的第四天早上，我梦见在逛超市，没有戴口罩和手套，惊醒！一看手机，是早上8点。想再眯一会儿，但处在发情期的小猫咪Nara一声一声的哀鸣使得我睡意全无。这只小可怜，因为“封城”，不能带它去做绝育，只能任由它呜呜地叫。下午打瞌睡时又梦见去超市，看我是多么想去超市啊。出门扔垃圾，口罩手套全副武装，顺便借着这次出门的机会去了离家50米远的超市。路上还是能遇见行人，有的是在遛狗，有的正提着购物袋，或是正在去商店或是在买完回家的路上。这也是不工作的人能出门上街的仅有的两个借口。买食物的话，一家只能有一个人出去买，而且需要去最近的超市。遛狗也是，需要匆匆地遛几分钟赶紧回家。一旦私自出去瞎溜达，被警察看到，要被罚100欧到60万欧不等。前几天有人恶搞，牵着玩具狗出门溜达，被罚。事实上，这几天几乎每天都有上百人因违规出行被处罚。一直到“封城”最后一天，街上几乎都没有戴口罩的人，甚至我们几个还因为戴口罩，在街上遭人辱骂。进了超市，发现员工都戴上了口罩和手套。口罩是那种简易的甚至都不是医用口罩。西班牙正在经历口罩荒，现在想戴也买不到。没人想到病毒真的能传播到这里，而等到病毒真的传播开来，它就成了稀有物。甚至医院工作人员都没有任何防护。我自己一来马德里就到处去药店买口罩以备回国时用，跑了很多家药店买到了几十个。超市里有零星的几个人，本来这就是一家平时顾客不多的小型超市。还是没有几个顾客戴口罩。蔬菜、水果、肉都比前一天贵了一些，卫生纸的货架空荡荡的，洗手液也卖完了。还剩下一袋价格比较贵的1公斤的面粉。匆匆选购了两大袋食物，足够我吃10天了。买完赶快往回走。

快进楼道门时，抬头往上看，我发现了很多在窗边张望的人头。就像一个个特务一样，新闻上爆出的很多违规出门的人也是被邻居举报的。

晚上8点，四面八方响起一阵阵掌声。就像暗号一样，一到点，人们就去窗边、阳台给医疗工作者加油鼓掌，感谢他们的奉献。此时此景与上个星期大相径庭。就在上个星期及之前，卫生部预警及应急协调中心总指挥西蒙在每天召开的新闻发布会上，还在跟民众说“一切都在掌控之中”。他说传染源很清晰，都是意大利的输入传播，还没有社区传播。那时的防控等级还是以“控制为主”。

2020 年 3 月 25 日，星期三

以书为伴

至今，西班牙 3434 例死亡病例，超过了中国，死亡数居全球第二，屈居意大利之后。总感染人数达到 47 610 人。

很久没出门了，渐渐地放弃了出门的愿望。从开始的暴躁到现在的沉静，我慢慢地适应了这 70 平方米空间的关起门来的生活。天地变小了，抬头能看见猫，无聊的时候可以撸猫，电视看久了会头疼。外面大街上一个人也没有，像极了世界末日的场景。天空时阴时晴，有几个夜晚下了整夜的雨，第二天白天，似乎老天想起来的时候，又啪嗒啪嗒地“抽泣”起来，像一个敏感的正在哭得喘不上气的小妇人一般。早上刚起床，一层薄雾笼罩着马德里，窗子上覆着雾气。这会儿天空完全放晴了。这么好的天气，若是往常，去丽池公园或马德里市中心溜达一圈，再在街边咖啡馆喝一杯咖啡，如果在厦门还可以去海边散步，好不自在。但现在，不论是马德里的生活，还是厦门的生活，仿佛都已经久远了。我再也没有了周末是否有人邀请我出去的烦恼。以前我会时不时地感觉到孤单，尤其是生活在马德里，因为按照西班牙人的思维，周末就要放松，就要出去狂欢。于是很多个周末，我都因为想出去但又没有人一起感到过落寞。如今这种孤单落寞感随着病毒的蔓延消失了。我有大把大把的专心看书的时间，有了不得不躲在家里的堂而皇之而非社交恐惧的理由。

书是我的挚友！在这不出门的日子里，我以两三天一本书的速度看了好几本我买来准备带回国看的书。我痴迷于阅读关于马德里的书，无论是小说、历史、戏剧还是艺术。我想认识这个城市，它的从古至今，想象各种文人墨客生活过的这个空间。我阅读了乌布拉尔（Francisco Umbral）的《阿尔奎耶区的快乐的日子》（*Días felices en Argüelles. Memorias*），这本书写的是作者在马德里生活的记忆。我羡慕他，我羡慕他如此精彩的一生，他的“谈笑有鸿儒，往来无白丁”的生活。他能与国王为友，跟国王、市长等政要吃饭，他有那么多文人朋友，如鼎鼎有名的诺贝尔奖得主塞拉（Camilo José Cela）。书里面提到的很多马德里的街头、角落也承载着我的记忆——这个我生活了 11 年的城市。这真是一种奇妙的感觉。

我还读了胡安·加兰（Juan Eslava Galán）的《普拉多博物馆的皇室家庭》（*La familia del Prado*），这是一本基于马德里普拉多博物馆里皇室的肖像画而写的皇室八卦，很有趣。他们是含着金钥匙出生的人，但是除了拥有富贵的生活，他们并没有比我们快乐多少。因为近亲结婚，他们的智商并没有多高；因为政治联姻，他们的婚姻生活并没有多么快乐，好几位国王甚至有缺陷：卡洛斯五世有贪食症，菲利普二世有强迫症，菲利普二世之子是性虐待狂，菲利普三世是赌徒，菲利普四世好色，卡洛斯二世贪吃巧克力。此外，加尔多斯（Benito Pérez Galdós）的《福尔图纳达和哈辛达》（*Fortunata y Jacinta*）一书也相当精彩，这本小说描绘了19世纪末几个马德里上层社会大家庭的爱恨情仇，讲述了他们的家族企业、他们的家庭生活在当时政治、历史、经济背景下的变迁。我阅读了好几本关于马德里的书，有很多个瞬间，我竟忘记我自己身在何处，仿佛置身于一个连我自己都不知道的空间。

2020年3月27日，星期五

如此相似

凌晨2点才入睡，最近入睡越来越难。早上起来，天空正在下雨。据说马德里的北部下了雪。这是不是悲伤和焦虑的一天的征兆？困在这个小空间里，身体得不到舒展，手脚长时间处于冰冷状态。想起肯·福莱特（Ken Follett），他说中世纪的文人如果长时间静止不动就要裹着羊毛，他在写作的时候也需要裹着毛毯，长时间不动的人身体会发冷。也许窗外的世界比窗内的世界更暖和一些，也许窗外的世界比窗内的世界更安静一些。

在这狭小的空间里，一切小事都被放大了。西班牙这不隔音的墙比任何时候都不隔音。我能听到楼上、楼下、左右街坊邻居的谈话。他们在笑，他们在争辩……就像背景音一直在耳边响起。同住的是一对情侣，他们从早上起床就开始争吵，每天，从早到晚，声音大得让我的心脏狂跳不止。就像迪厅里刺耳的、粗糙的、低俗的音乐，响个不停，我想挣脱却又不能。我每天的好心情都被这争吵声吞没了。

我在想白天为什么我没有时间打开窗来享受窗外安静的环境，偶尔能看见鸟在飞，小猫在悠闲地散步？就是因为白天路过客厅的时候，我向正在吵架的情侣多嘴了一句，“你们为什么这么能吵架？我们住在一个空间里，坏情绪是会传染的”。我那时已经头疼欲裂，忍了二十几天没忍住的话说出了口，结果被这个女同学骂了五分钟。但是我一听这个人完全不讲道理，也就没有道理可讲，就沉默了。过了一会儿，我就服软了，自知我极不擅长吵架，便跟他们道歉说不应该多嘴。这是我违心的道歉，只是为了“多一事不如少一事”。在这个特殊时期里，我很明白，如果把关系搞僵就彻底把自己的环境变成了地狱。于是我马上就调整了心态，还给一个在纽约困在家里的小女孩上了一节愉快的中文课。

我以为这个小不愉快就这样过去了。我去找她再次和解，想把气氛更好地缓和一下，结果她再一次暴发了，还说希望我马上搬走。我很想走。但在这种国家紧急状态下怎么搬家？再搬去哪里住？如果没有理由出门被警察撞见是要被罚款的。就算能找到房子，又能有出租车把行李搬过去吗？我开始四处联系可住的房源，准备可以出门的理由，整个人都处于一种紧张状态，而且抽离不出来。下午收到了回国航班取消的信息，我又开始查找可以回去的航班。结果是近期一个可走的航班都没有，最近的能买到的航班是 4 月 19 日的土耳其航空的。我赶紧买了一张。但是可能是土耳其航空还没来得及下架，因为根据最新的民航规定，每个航空公司每周只能保留一条入境中国的航班，而土耳其航空显示天天有航班……很有可能我还是回不去。我四处求救，在西班牙公派留学群留言，问国家是否能包机把我们接回去。很快，我收到了两个好友申请，他们也是在寻找回国途径的人。其中一位买了 4 月 7 日的需要中转慕尼黑和曼谷的全程 40 多个小时、票价高达 3 万人民币的机票。我肯定是没有这么多钱来买一张机票的。给大使馆打电话，得来的消息是没有办法。怎么办？回国回不去，现在连出家门也出不了。

我一直追求的自由和尊严都被践踏了。回国无门，出家门无门，我被彻底束缚住了。我想起了季羡林先生的《留德十年》，跨越时空，情况是如此相似。他是一百年前的留学欧洲的中国学生，我是一百年后留学欧洲的中国学生。一百年前，他因战争被困在德国长达十年，这十年读了五年博士，又留校工作了五年。妻子、幼儿和老母亲十年未见，母亲没能等到他归国就故去了。当时物资极其匮乏，过日子都要节衣缩食，一袋土豆都是宝贝。他想尽办法回国，终于在第十年通过在瑞士的国民党办事处办理到的回国手续得以回国。而一百年后的我，对抗的是一个无形的看不见的敌人，一次千年不遇的疫情。物资并不匮乏，没有吃的可以去超市购买，但是每一次出门就意味着可能会遇到这个隐形敌人而被打败。不到万不得已最好不要出门。但我一个人的力量是有限的，家里没有购物小拉车，每次去采购，我只能尽可能地扛回维持10天左右的口粮。昨天我刚好冒险出去采购了一次，现在冰箱那层被塞得满满的。如果要搬走，也得把这些口粮带着。

2020年3月31日，星期二

长寿

今天，一位叫露露（Lulú）的老奶奶在隔离中度过了她110岁的生日，电视1台隔空为她庆生。她的身体还很健康，生活还能自理，思维还很敏捷，听力也很好，简直就像一个衰老到一定程度被冻龄的老人。我一直很感叹西班牙人的长寿。我会经常听到身边的西班牙朋友说谁的奶奶、姥姥九十多少。我西班牙导师的姥姥健康地活到了98岁。我曾经住过的那栋楼，房子很老，邻居多是老人，我会经常看到楼道里贴出的讣告，大都是八九十岁的老人过世。有一则印象深刻：×楼×户×先生中午跟朋友们打完牌回家睡午觉，在睡梦中安然地离去。享年93岁。

我经常思考为什么西班牙人抽烟（尤其是很多女性抽烟，有“鸭”嗓）、喝酒、熬夜（周末喜欢在夜店通宵狂欢），还这么长寿？我导师告诉我，长寿的秘诀是保持消瘦的体型（他瘦到皮包骨头），这样老了之后膝盖就不会有问题。还有就是健康的饮食，他说他从来不吃垃圾食品。我观察过西班牙人的饮食结构，据说西班牙人的饮食是全球最健康的饮食之一。土豆、洋葱、胡萝卜、西红柿是他们几乎所有菜肴里都会放的基本食材。他们还和中国人一样，喜欢吃大蒜。还有用抗衰老的橄榄油烹饪。我在这里生活了十一年之久（加上今年这小半年），饮食也跟着他们发生了潜移默化的改变。我也喜欢去超市买这些便宜的蔬菜吃（他们是真喜欢吃这些东西还是因为省钱呢？真的超级便宜，一袋一公斤的胡萝卜只要0.4到0.6欧元）。

我曾经去过撒哈拉沙漠，惊叹但凡有一点点水的地方就有人居住。那里的人民仿佛过着日落而息的原始生活，晚上6点天漆黑一团，村庄里也漆黑一团。中午的时候，会有人穿着袍子戴着连着袍子的尖尖的帽子，双手交叉着晒太阳。我惊讶于那里（北非摩洛哥）人们的平均年龄只有不到50岁。这个与西班牙隔海相望的国度跟西班牙比怎么会差这么多呢？

疫情刚开始在西班牙暴发时，3月初，我去朋友家玩，跟朋友的舍友聊天，他很自信地说："西班牙别的不说，我们有全世界最好的医疗和公路。"（这句话怎么这么耳熟，好像美国总统特朗普也说过他们有全球最好的医疗、最好的医生，准备最为充分。）

确实，西班牙实行公共免费医疗。无论是穷人还是富人，得了病都不会因为看不起而放弃治疗。一个西班牙朋友得了肺癌七八年还好好的（这样一想好像还有几个癌症朋友，一位是患血癌的老师，一位是患肠癌的朋友的老公，他们都好好的）。

这是一个特别长寿的国家。疫情刚开始曝出的一个接着一个的死亡病例都是90多岁或80多岁的老人。如果没有疫情，这些老人肯定还能好好地活个十年二十年。

2020年4月1日，星期三

搬家

天天下雨。昨天大降温。早上醒来是在另一个家，是的，我搬家了。最终还是搬出来了。困难的境地能看出一个人的品质。

这个女同学翻脸比翻书还快！不顾任何情面。我在感受到人心冷酷之后，心里很受伤。我以前帮过她多少忙？我是真心把她当朋友，把我的两份家教都给她做，那一个月能赚好几百欧，足以抵销她在西班牙留学的生活费，她这样一干好几年，但从来没有以任何方式感激过我。这次我住在她家，她按天收我的房租，并不比市价低。在这种危急情况下，她把我赶出来就是让我冒着生命危险，把我推向了病毒。一个善良的人是做不出来的，况且我也没犯滔天大罪或不可原谅之事。法律上也是不允许的。不是因不可抗力出门的，被警察抓住需要罚款600欧。她把房客赶出去算是单方面毁约，我可以不给或只给一半房租。

搬家的前一天晚上，我一夜无眠。凌晨2点还给老爸发信息——害怕的时候总会想到家人。我预约了第二天早上8点半的出租车。因为睡不着，早上8点我就把行李提下去，站在冷风中等车，内心充满了无助。如果出租车不来怎么办？

国家警戒状态下，非不可抗力出门是要罚款的啊。出租车只允许拉载去医院或其他特殊情况的乘客。几个西班牙朋友们还特意帮我搜了法律条文，以确认我这样的搬家算不算不可抗力。距离 8 点半越来越近，连出租车的影子都看不到。路上空空荡荡。左等右等，终于，8 点 35 分时，车来了。司机是一个年轻人，表情很沉重。没有戴口罩、手套。时隔半个月第一次坐车出门，我跨越半个马德里。原本四五十分钟的车程只用了 20 分钟。街上空空荡荡，这完全是一个陌生的马德里。到达目的地，下车，司机帮我从后备厢取下行李，我向他道谢，顺手从背包里掏出几个口罩给了他。他眼睛里充满着感激，对我说谢谢。西班牙人真的是在哪里都买不到口罩了。

2020 年 4 月 6 日，星期一

自谋生路

晚上下了雨，早上起床前也听到了雨声。醒来天空放晴。这是西班牙进入国家紧急状态的第 23 天。西班牙感染人数居欧洲之首，突破 13 万人，死亡人数 13 055 人。这是单日死亡人数连降的第四天，这给很多人带来了一点点小希望。有不少人认为，西班牙的峰值已来临。与刚“封城”时相比，整个国家的气氛严肃了很多，一股悲伤的情绪凝聚在空气中。没有人能想到这个疫情会如此严重，会如此迅速地击垮一个国家。首先是股市狂跌，之后是上百万人失业，国家背负了更多的债务，政治也陷入了危机。各党派间出现了严重的分歧，极右派甚至图谋政变。马德里大区主席阿尤索接受媒体访谈时指出，国家缺乏统一战略，各个自治区正在自谋生路，孤立地奋战，从购买医疗物资到对抗疫情的决策，都是各顾各的。

2020 年 4 月 8 日，星期三

时间

房间里的灯很暗，暗到晚上看不了书。今天在英国公司买的台灯寄到了，但是打开包装盒一看，没有灯泡，还是不能用。家里还有一个舍友不用的台灯，拿来用。打开，昏黄，灯光照在一本已是老旧的泛黄的书上，使得这书越发的老旧泛黄。在电脑屏幕前工作了一会儿，回过神来，仿佛穿越了一般。书是老旧的，灯光是老旧的，腿上还有一只5岁的“老猫咪”一动不动地在睡觉，一切都像静止了一般。连风都是静止的。能听到猫咪的喘息声和敲击电脑键盘的声音。一切都老态龙钟。这种“静止”的、“与世隔绝”的、“沉默”的生活过了多久？我自己的容貌也跟着变老了吗？太久不出门，不用考虑穿衣打扮，不用照镜子，除了给学生上网课之外，一天的其他时间都是沉默的。反而有了很多时间可以看书，看厌倦了还可以进入虚拟博物馆欣赏名画。无聊的时候，总是有一只同样无聊的猫咪可以抚摸。有时候我会坐在露天阳台上看着天空发呆，看着外面的树如何渐渐变绿。4月份，不下雨的晴天，午后，阳光抑制不住地溢进房间。光线强得刺眼，需要把帘子拉下半截。穿着毛衣已经有点热。我是冬天来到马德里的，来的时候只带了两件毛衣，两件冬天穿的大衣。再出门恐怕都没有衣服穿了。

今天去的最远的地方是楼下。开了两次家门，都是拿快递。是的，能网购尽量网购。这个地方自搬进来我只进出过一次，就是去超市买东西。今天下楼再上楼的时候，放慢脚步仔细打量每层楼，原来每层有四户人家。楼道里充满了老旧的气息。这栋楼起码也有七八十年的历史了。邻居之间隔得很近，甚至把头伸出去一点都不费劲就能看到邻居，看到他家在播放的电视节目。有一天我坐在阳台上，往邻居家张望，看到一双手在敲击键盘，我赶紧把头缩回来。有的时候我不想去阳台，因为如果对面的邻居恰巧也在阳台，四目对视，就非得打招呼不可。跟他家干净整洁的客厅对比起来，我的家破旧得让我不好意思。晚上8点是西班牙人统一走到阳台上给医护人员鼓掌的时间。那时候我也不想露面，只在房间里向外看，因为我不想露出我这张中国人的面孔，怕有些无知的人有反华情绪。

时间像沙漏一样，一刻不停地流逝。但是关起门来生活，对时间的概念也模糊了。对一只猫来说，它没有压力，想睡觉上午、下午、晚上都可以睡，想发呆也可以发呆一整天。它不像人一样，睡不着熬夜玩手机，也不会因为看手机、电脑而眼睛发干发酸，肩膀疼、背疼、脖子疼。时间过一天少一天。有的人浑浑噩噩地过一天，有的人把时间充分分配好，用来学习、充实自己。时间真的很容易打发。晚上有学弟分享消息说，国家要安排专机接回一部分留学生，机票费和回国隔离费等自行承担。机票大约3万到5万人民币，这个票价我是承担不起的。但是学弟给我算了一笔账，在这里他每天都是混吃等死，要付房租，还有其他吃饭等开销，他对西班牙的疫情很悲观，认为大约能持续三个月。但是回国隔离完他可以找工作、赚钱。是的，如果沉静不下来看书、学习、画画、演奏乐器，对有些人来说，隔离在家就是一场噩梦。浑浑噩噩得昼夜颠倒，打游戏、看电视、看电影、上网……把自己的身体搞垮。

今天是这个国家进入紧急状态的第 25 天。

2020 年 4 月 15 日，星期三

口罩

没写日记的这一周都在看书、画画、撸猫，不看新闻，不接收负面能量，心情平静，一切都安静美好。

据说今年很多人破产了，也有很多人因为倒卖口罩赚了个盆满钵满。没想到我 2 月初在西班牙南部旅行途中买到的口罩使我成了一个“富有的人”。是真的“富”。我总共花了 200 欧元左右买了 80 个一次性医用口罩，100 多个 FFP1、FFP2 型。现在单单一个一次性医用口罩就要近 4 欧元还不一定能买到，也就是说单单我那 80 个一次性口罩就价值 300 欧元。而我当时仅用 5 欧元就买到了一盒 50 个的，剩下的 30 个每 5 个一盒，一盒 3. 5 欧元，这 80 个总共花了 26 欧元。可想而知，我那 100 多个“高级”口罩现在更是价值连城了。

2 月底，病毒已在西班牙传播开来。街上有很多去药店买口罩的人，但口罩早就没有了，他们是肯定买不到的，白费力气。上文中我已经说过，1 月底马德里各大药店已经无任何库存。我听到街上一个拉美面孔的男子捂着脸沮丧地对他的同伴喊道：没有口罩了，我们就要死了！可见很多人不是不想戴口罩，是因为真的没有。从 2 月下旬开始，街上能看到零星几个戴口罩的，都是中国人。我虽然担心被感染，很想戴口罩，自己也有的戴，但是不敢戴。我怕引发民族仇恨。当时只有中国人有口罩。外国人很少很少有人戴。我怕外国人会觉得病毒本身是从中国传来的，而现在中国人又操控了所有的口罩货源。

3 月的第一周，还没“封城”，学校还没停课时，我还会每天坐地铁去学校，实在抵抗不住被感染的担心，就里面戴着一层一次性医用口罩，外面围上围巾，用围巾盖住口罩。因为在地铁上有人看到你戴口罩，会远离你，用责备的目光盯着你看，仿佛你犯了滔天大罪。

但是中国留学生还是能从中国人那里买到口罩，一盒 50 个的一次性医用口罩卖到了50欧元，便宜的40欧元能买到，这是2月下旬以来至今的标准价格。我在2月初通过一个朋友从中国人那里买了4盒共80个FPP2带呼吸阀的口罩，每盒36欧元，按现在的行情单卖一个3.5欧元起（如果从中国人那里买的话是这个价，从西班牙药店一是买不到，二是价格非常高）。有货源的中国人随便倒手一卖就能赚个上千欧，货源多的赚几万欧元都很轻松。

在我来之前，1月中旬，一个朋友花300欧元买了1000多个FFP1、FFP2型想寄回国内给他的亲人朋友用（那时口罩真便宜，一个“高级的”才0.3欧元）。他本来让我给他“人肉”带回去一些，说可以给我50欧元的运费。口罩会占很大体积，2公斤550个口罩能占满大半个行李箱。后来我航班一再改签，他就只能找其他渠道运回国了。那时国内口罩真的很紧张。

我自己买的4盒共80个的口罩，以及其他从南部买的口罩一度成了我的负担。那时回国回不去，不光是因为航班不断地被取消，还因为担心在回国的飞机上交叉感染。自己本身是不想折腾的，想等着国内疫情得到控制后再回去。那时西班牙疫情还没爆出来（大概是2月中下旬左右），我以为花这么多钱买的口罩要砸手里了，就想出手一些，随便在马德里一个二手货物微信群一发，结果竟有很多人想买。

我又等了等，没出手。那时国内北京要复工复产，我给一个北京朋友寄回了一盒20个的FFP2。还有35个FFP2我预留给一个武汉朋友。等到3月初，我手里还是有很多口罩，我那时航班改签到3月22日，想着快要回国了，国内疫情好转了很多，口罩也恢复了很多供应，就以3欧一个的价格卖了10个给马德里当地一位华人司机。

没有想到，3月中下旬，中国关闭了边境，出台了一系列限航令，我的航班又被扼杀在了摇篮里。这下是彻底回不去了。口罩又派上了用场。好几位没有口罩的人向我求援，我零零散散分出去一部分。所剩不多。前天一个朋友又问我，我好面子，夸下海口，答应给他寄20个FFP2。结果昨天收到导师的邮件，说他一个口罩也没有，我马上回复邮件说给他寄一些过去。今天，快递员上门取走了20个发往卡斯特利翁（Castellón）地区、40个发往马德里导师家的口罩……

这样我就只剩下20个左右的一次性医用口罩和15个FPP1口罩了。我赶紧联系我国内的学校让负责寄送口罩的老师给我寄一些过来。结果没想到，从国内寄口罩过来是如此之难。我在马德里的汉语教师在微信群里一问，才知道不光运费不菲，有人花了六七百元的运费，还需要付关税。之前的政策是，口罩不限数量，都可以寄过来。现在不光是口罩需要符合这边卫生标准，个人自用只能邮寄2公斤以下，且需要付关税。但是具体操作起来，每个人的情况都不一样，每家运输公司的运费也不一样，需不需要付关税得看运气。原来，寄过来还不如再从中国人那里买，最新打听到的渠道是50个一盒的一次性医用口罩是35欧元，FPP2单个3.5欧元。

但愿老天会给我发一个“好人卡”。

国内学校的口罩寄不过来，因为学校采购的口罩证件不全，不符合西班牙要求。我赶紧联系大使馆教育组老师，让他给我寄几个应急。

大使馆教育组老师给我寄的口罩今天收到了，一共20个，10个一次性医用的，10个普通的。物以稀为贵。感谢祖国！

西班牙政府承诺统一调控口罩价格，规定一次性医用口罩单价不高于0.96欧元。口罩现在仍是极度稀缺物资。

2020年4月16日，星期四

互道感谢

下雨下雨下雨又下雨！下一阵，天放晴，过一会儿又开始下！

前几天（4月12日），177名旅西留学生搭载临时商业航班回国，顺利落地杭州萧山国际机场。经过机场检疫后，他们被安排到集中隔离安置点实施医学观察。结果14日上午，海关通报其中一名北京籍女生核酸检测呈阳性，为无症状感染者。如果这位同学不是回国的话，在西班牙根本没有检测的机会。之前很难，现在更难。从这周一起，西班牙政府开始掌控所有私人实验室，这让想自己出钱检测的人也不能接受检测了（在这政策出台之前，我在卡斯特利翁地区的朋友自费150欧元找了一个私人实验室做了核酸检测，当地不能直接测，需要自己取样放到一个试剂管内，再寄回马德里的实验室）。政府这么做是希望让穷人和富人得到一样的救治机会。

我导师就是，有症状，但相对轻微，断断续续发烧了一个星期，无论用他自己单独买的私人医疗保险还是公立医疗，都得不到医疗救助，他只能在家里等着自愈，苦苦撑了两周。政府只给需要住院的病人做检测。

刚刚门铃响了，原来是同栋楼里的邻居正在挨家挨户发放橡胶手套（橡胶手套虽然不值钱，但现在也买不到了）。真的很感动。之前舍友送给他五六个口罩，他很感激。结果我们不停地互道感谢，又匆匆告别。我连他的样子都没看清，病毒让我们只看到了这些陌生人的眼睛和轮廓。

2020 年 4 月 18 日，星期六

猫与狗

人的睡眠还不如一只猫！昨天晚上读《小癞子》，读到凌晨 1 点。很难入眠，拿着书在家里来回踱步，试着运动一下。凌晨 2 点才睡着。可这猫已经睡了好几觉了，还要人抱着睡。它自己不知道自己有多重，总是喜欢压在人胸上、胳膊上，整得人发麻，推都推不开。早上 8 点，它已经醒了，在那里闭目养神。一看到你也醒了，它会立马靠到你眼前晃，求抚摸。是的，8 点醒了想睡懒觉都睡不着。

天气不错，上午我都在阳台上，它也跟着在阳台上。晒太阳、吃花草，很会享受。后来直接整个身子偏躺在那里，好不惬意。对面邻居家的狗也在那里晒太阳，它已经完全人化了，每次都躺在一把椅子里，像人一样。看到楼下的狗经过，它会叫个不停。今天周末，楼下遛狗的人不少。还有老爷爷拄着拐杖在悠闲地散步，没有任何防护。这不是还没解禁吗？

虽然在三楼，但我就像二楼一样，西班牙的一楼其实是中国的零层，离地面超近，离左右前后邻居也超近。我一直怀疑，在阳台上会被感染吗？病毒会飘上来吗？结果今天的卫生部新闻发布会上就有记者问到了这个问题，西蒙笑答说，一般不会的。

隔离的第 35 天，还没解禁，仿佛很多人都变乐观了。这周一开始复工，街上人越来越多，很多人鱼目混珠，混到街上瞎溜达。最近还曝出前首相拉霍伊无视法律法规，隔离期间天天出门跑步。这位西班牙历史上第一位被弹劾倒台的前首相回复说是假新闻，结果媒体拿出了证据，他出了更大的洋相，可能得接受上千欧元的罚款。

2020年4月19日，星期日

词

一直不明白“picaresco”是什么意思。西班牙人经常用这个词形容他们的民族性格。疫情暴发以来，政客也经常用到这个词。按照西班牙语皇家词典RAE的解释，这个词的释义有“流浪汉的”“流浪汉小说体”“描写流浪汉的文学作品”“流浪汉统称”“卑鄙、下流、无耻、狡猾、流氓、无赖的行为表现”。现在想来，用这个词形容“板鸭”人，真的再恰当不过了。

刚开始进入居家隔离时，出现了很多闹剧。花式遛狗、扮成小恐龙、扮成垃圾桶、捉“精灵宝可梦”（任天堂开发的一种电子游戏）等。总是有很多“板鸭”人特别爱耍小聪明，让人哭笑不得。

下到民众，上到政治家，这种掩耳盗铃、自欺欺人、不光荣的胜利行为遍布。议会上互骂“不要脸”“无能”“你不配坐这个位置”“骗子”……不管是骂人者还是被骂者，这得有多厚的脸皮才能这样。这真的是西班牙的常态，最近经常召开的议会会议充斥着各种声讨、责骂声，还有激烈的辩论。首相、内政部部长、卫生部部长、交通部部长等，都被轮番轰炸过，被骂了个狗血淋头，在屏幕前能看到他们青绿的脸。西班牙的政客们得有很好的口才才能胜任，就像罗马时期的政治家西塞罗。

2020年4月20日，星期一

疲惫

如果不是上网课，真的很难分清工作日和周末。但是连着周末也上网课的这段时间，有种生无可恋的感觉。这几日工作的疲惫已让我无暇关注外面的世界发生着什么。

今天阳光明媚，下午阳光照进房间，竟让我热出了汗，我得买衣服了！真的有可能从冬天等到夏天。看来这个房间老旧的空调也许能用得到。而西班牙的疫情真的有可能持续到冬天。

工作很多，整个白天，我只听了5分钟的新闻。就这5分钟，我竟听到政府在安排到12月份的防疫和拯救经济的措施，计划再延长2个月的远程工作；西班牙经济下滑13%……

截至今天，西班牙的死亡人数破2万，感染人数破20万。

2020年4月22日，星期三

读诗

西班牙内政部公布，3月“封城”以来到4月19日期间，因“违规出行”开出了667 437张罚单，拘留5923人。罚单从600欧元到10 400欧元不等。有网友算了一笔账，仅这些罚单，西班牙政府今年就能入账6.6亿欧元。

能读进书去的时刻都是幸运的。今天读的是西班牙黄金世纪伟大诗人加尔西拉索·德·拉·维加（Garcilaso de la Vega）的诗歌。我不该笑，但是这柏拉图式的爱情诗是如此纯粹：“为你出生，为你而活，为你而死，为你死。”人类的感情都是一样的。这与中国古代汉乐府诗《上邪》（上邪，我欲与君相知，长命无绝衰。山无陵，江水为竭，冬雷震震，夏雨雪，天地合，乃敢与君绝）这类的爱情诗有何二异？

想想这种诗过去我是很难读进去的，也得益于隔离才能沉得下心来，乐在其中。

2020年4月23日，星期四

颁奖日

今天是世界读书日，据说是为了纪念同年同月同日去世的两大世界文学巨匠塞万提斯和莎士比亚（塞万提斯实际是在1616年的4月22日去世）。西班牙同时将今天定为“塞万提斯文学奖”的颁奖日。这是西语世界的诺贝尔文学奖。往年的颁奖典礼都是在古老的阿尔卡拉大学里面的塞万提斯礼堂举办，由国王、王后亲自颁奖，场面很宏大。得知今年的获奖者是约安·马尔格利特（Joan Margarit），我真的吃了一惊。去年抑或前年，在学校举办的诗歌日上我们有幸邀请到了他，并在文学院礼堂用数十种语言朗诵了由我们集体翻译的他的诗歌，我上台读了他的两首诗的中文译文。作为当时唯一一个中国人，他记住了我。午饭时我们一起用餐，他送了我一本他的诗集，亲笔签名并题词。他很激动地说，他特别喜欢中国诗歌，特别是黄玛赛翻译的版本他觉得最好。他的诗悲伤而有力量，我记得他似乎有一个有残疾的孩子。他还是加泰罗尼亚理工大学建筑系退休的老教授。

因为疫情，今年的颁奖典礼被推迟。在电视里我看到他开心地大笑：我一生都渴望被隔离起来安静地写作，你看看现在。

2020 年 4 月 25 日，星期六

首屈一指

这几日，中国的劣质口罩事件持续发酵。根据今天的《国家报》，西班牙的医护感染在这次全球疫情中首屈一指，占总感染人数的 20%，远高于疫情同样严重的意大利：目前共有 3.5 万多名医护人员感染，而邻国意大利的医护感染不到 1.8 万。37 名医护人员因感染病毒去世。不知道是不是政府甩锅给中国背。民众及各党派指责政府办事无能，连医疗物资都买到假的。这一波“神操作”不知道是“黑中国”还是“甩锅中国”。直到现在，疫情暴发的两个多月后，医疗物资仍处于短缺状态……

2020 年 4 月 26 日，星期日

伤感

下午 2 点收到了快递送来的路易斯·塞普尔维达的《读爱情故事的老人》一书（此书有中译本），一口气读完了。这是一位因为疫情我才知道的智利籍作家。近几十年他一直定居在西班牙北部的阿斯图里亚地区，是当地第一位死于新冠肺炎的人。他在 4 月 12 日去世前，已在重症监护室失去意识的情况下躺了 48 天，靠呼吸机续命，最后还是不幸离世。伤感、伤感、伤感着……

2020 年 4 月 28 日，星期二

乌龙

相比昨日，今日新增感染 1308 例。死亡数累计 23 822 例，确诊 210 773 人。

闹剧！西班牙政府第一次报检测病毒数据给经合组织（OECD），结果就出现了西班牙的病毒检测能力跻身于世界“前十”的榜单，它位于第8位，远高于德国、法国、英国以及美国，这一消息被政府用来宣传执政党的治理能力，被卫生部部长在新闻发布会上很自豪地公之于众，被首相桑切斯在推特上推送，豪言壮语地表示要继续提高本国检测能力，以便安全地过渡回归到正常生活。这一数据遭到了民众强烈的质疑。当天晚上，各大主流媒体《国家报》《世界报》《ABC》发布头条新闻披露政府掩耳盗铃，想瞒天过海，将PCR和抗体检测的数据一并发给OECD，假想自己是世界前十。这一乌龙事件无疑又让政府颜面尽失。第二天，经合组织纠正了西班牙的数据（减去抗体检测）之后，西班牙跌落至排行榜的第17位，低于平均检测值。

2020年4月29日，星期三

策略

今日新增人数反弹，单日超2000例新增感染，325例死亡。仅马德里单日新增感染数就反弹了3倍，从昨天的320例，增加到今日的981例。此时，西班牙共有24 275例死亡，213 000例感染。

昨天桑切斯政府出台了迈向新常态的过渡计划“四步走”策略：

阶段0：准备阶段5月4日起

居民可单独出去运动，将于5月2日起执行；门店开门实行预约制，如饭店只允许外卖；允许职业或各运动联盟的运动员可单独训练；预备公共场所的开放。

阶段1：初始阶段5月11日起

开放小规模的商铺；开放露天咖啡馆，只允许接待30%的客人；开放部分旅馆、酒店；特别预留时间给65岁以上老人活动；取消对农业食品和渔业的限制；开放宗教文化场所，限制入场人数；体育方面，开放半职业赛事的训练。

阶段2：中级阶段5月25日起

重新开放室内场所，允许接待30%的客人；学校9月份复课，但以下群体可在此阶段复课：父母双方都工作的6岁以下儿童，参加高考的学生等；开放电影院、剧院等，仅允许使用三分之一的座位；开放旅游景点，允许接待三分之一正常数量的旅客；文化演出，50 人以下规模的可在室内举行，400 人以下可在室外举行，但所有观众须坐在座位上；宗教文化场所，限制一半的入场人数。

阶段 3：高级阶段 6 月 8 日起

将允许公众的自由出行，在室外及公共交通空间建议佩戴口罩；商业领域，限制 50% 的容量，人与人之间保持 2 米距离；餐饮业遵循严格的隔离规定，但容纳人数等将更加灵活；允许公众去海滩。

这四个阶段将通过 8 个星期时间完成，解封计划将在 6 月底实现，那时将进入到疫情过后的新常态，并解除国家警戒阶段。

桑切斯政府的决策引来很多不满。极右党声音党（VOX）批评说政府的谋杀式操作将使西班牙成为新冠状病毒“世界上感染比例最高、死亡人数最多的国家”。保守党领袖巴勃罗·卡萨多（Pablo Casado）指控政府“滑稽出丑”和“撒谎”。桑切斯反驳巴勃罗·卡萨多，指责该党派在疫情期间只会跟政府唱反调却不干实事。马德里大区主席阿尤索说，她最大的失误就是相信了撒谎的政府。

政府反对势力力劝政府延长国家紧急状态。

今天政府又开了一天议会。桑切斯政府又被骂了个狗血淋头。看到镜头里面的他，头发都白了许多，整个人苍老了许多。

下午去超市，沿途看到了好美的景色。能看到这样的绿色，真想驻足一会儿！一只黑色的小猫咪悠闲地在上面散步。看到一簇红色的虞美人花，我都忘记了现在是“虞美人”盛开的季节。往年这个时候，在“板鸭”到处都能看到盛开的“虞美人”。

不能停留很久，怕被邻居举报。抬头往居民楼一瞥，能看见从不同窗口缩回去的人头。

除了超市和水果店开门，其他店铺都大门紧闭。

2020 年 4 月 30 日，星期四

时间表

今日死亡人数 268 人，相较昨天 325 人，死亡数有所下降。总感染数 213 435 人。

新出炉的时间表！从这周六开始，民众可以出门散步、运动，并根据年龄段划分了一个出行时间表：

14 岁以上及成年人：6：00-10：00；20：00-23：00

14 岁以下儿童：12：00-19：00

70 岁以上老年人：10：00-12：00；19：00-20：00

5000 人以下城市属于人员稀疏地区，没有时间段限制。

2020 年 5 月 1 日，星期五

钱

居家隔离政策已实施满 7 周，太可怕了，禁足已 49 天。

白天跟父母视频通语，向他们哭穷，吐槽缺钱。爸爸问缺多少？我说缺个几千万，一两亿。如果有这么多钱，就可以在厦门和马德里两边买房而不用担忧房租问题。今天是付房租的日子。厦门那边的房租和马德里这边的房租，付完之后月工资已支出去 60%。今年是我工作的第一年，从一穷二白到一穷二白，挣的工资基本上都贡献给租房了。

老爸说，如果有那么多钱，你早就去享受生活了，还能受那么大苦读完博士，现在又这么辛苦工作？

谈到钱的问题，想到昨天晚上在朋友圈看到的一个朋友（马德里的理工科博士后）跟他西班牙导师在 WhatsApp 上的对话截图：

朋友发出去的信息大意是“老板，你交给我的工作我都做完了，请问有新的任务吗？”

西班牙博导：“三个建议：1. 新的算例；2. 新的算例；3. 新的算例。”

朋友：“哈哈，我知道了，我就去做。”

西班牙博导：“我这是引用 19 世纪的法国皇帝拿破仑的话，为了赢取一场战争需要三样东西：1. 钱；2. 钱；3. 钱。”

朋友引用西班牙谚语回复道：“是的，先生！世界上最伟大的骑士是钱先生。”

论一场疫情对一个小老百姓的个人经济影响！

但是与其他行业相比，我们至少没有失业。很多其他行业损失惨重。据西班牙国家统计局估测，这场疫情将造成西班牙 2020 年 19%的失业率。政府将投入

350 亿欧元来帮助企业渡过危机。这意味着在这一年结束时政府将背负更多的债务，债务将是 GDP 的 115%，收入及支出的赤字将高达 10.3%。一切预估数据都显示出，这将是西班牙自内战以来经济最差的一年。这无疑让还没从 2008 年经济危机中走出来的西班牙雪上加霜。

2020 年 5 月 3 日，星期日

美丽的工作

今日死亡数降至 164 人，是近 50 天以来的最低值。单日新增感染数也降至 1000 例以下。

允许居民出门运动的第二天，天气好得不得了。早上 9 点醒来，还是头昏脑涨，最近几天睡眠不好，白天都有轻微的头痛。也许多点运动能让我晚上休息得更好。如果出去的话，10 点前得回来。匆匆喝了一杯咖啡，戴上口罩、手套我就出门了。

这个家我已搬过来一个月。但是对于周围的环境我只局限于在阳台看到的场景和走路五分钟到超市的途中。回家后撞见舍友（他是中国留学生），他惊讶地问“你出去运动了？街上人多吗”，我回复说“不多，走小路的话基本上看不见人”。（这是骗人的，我是担心他对我出门有意见，其实我还是在途中遇见了几个人。）这片区域破旧不堪，路上都是狗屎和垃圾。我走小路，误打误撞地走上了一条能看到皇宫的路——如此触手可及。眼前的颓废、破旧、脏乱真是鲜明的讽刺。路上遇到两个人在搬运花束，很好看的花束。再往前走两步，我看到他们的仓库里面都是好看的花，心想，这真是一份跟美打交道的美丽的工作，他们肯定能在接过花束的人的脸上看到洋溢着的笑容。

路过一个街口的时候，我又看到一个人拿着一束鲜花。心想，疫情期间买花装点暗淡的生活，不愧是浪漫的“板鸭”人。后知后觉，原来今天是西班牙的母亲节！

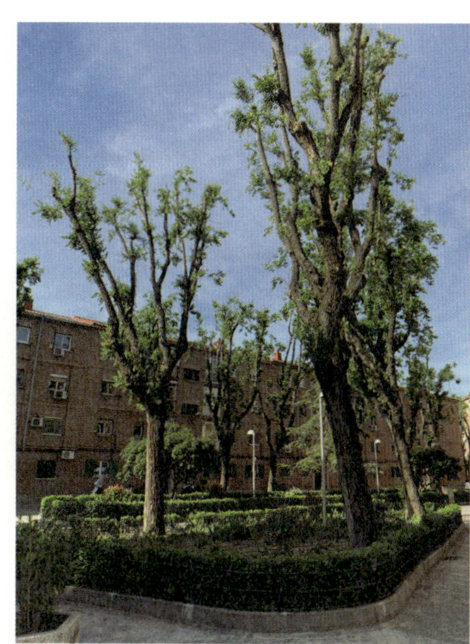

在小区周围散步看到的花草树木（图片来源：作者拍摄）

2020 年 5 月 6 日，星期三

散步

上午议会投票通过了第四次延长国家紧急状态的决议。这是来之不易的一次“通过”。对首相桑切斯来说这真是艰巨的一天，他被各党派发言人变着法地谩骂了好几个小时，有好几次被骂得很无语，甚至被骂笑了。很佩服西班牙的政客，旁征博引，从古至今，间接骂、指着鼻子骂，毫不留情，言语犀利，讽刺味十足。比如极右党声音党领袖阿尔巴斯卡尔（Santiago Abrascal）的言辞：“因为您，西班牙的医护感染率夺得了冠军。……我知道您现在有点坐不住，别担心，我很快就讲完了。希望您对因为疫情遭受经济损失的个体户和失业者做出补偿，付清之后再引咎辞职。”

天气好得不得了。下午从网上买的运动裤送来了。晚上 8 点一过（成人可以散步的时段），我就换上运动装出门散步了。结果只用了半小时就走到了市中心。这是近两个月以来第一次来市中心。一路上散步、跑步的人不少。马约尔广场空空旷旷，很漂亮。

马德里市中心空空荡荡的马约尔广场（图片来源：作者摄影）

90%以上的商铺都是关门的，市中心的居民们终于可以睡个好觉了。往常都是昼夜不停，门庭若市。

路过西班牙广场，我很好奇中国超市是否开门了。结果真的有一家是开门的，是一家规模不大的，以卖西班牙食品为主，只有一两个货柜是有中国食品的超市。价格上涨了好多。

2020 年 5 月 7 日，星期四

遇见堂吉诃德

居然到现在，还有西班牙人不相信病毒的存在！

晚上出门散步，遇到一个问我时间的人，他看到我是中国人，便用中文跟我聊了几句，原来他会中文。他还用中文写了一百首诗！原来我们住在同一小区。那时我刚好往回走，他也是，正好顺路。开始的聊天很正常，他还是我的校友，跟我毕业于同一所大学。他大概有五十几岁的样子，学的是企业与管理专业，当过很多年的会计老师，现在专门从事艺术创作。我一听觉得这人兴趣爱好很广泛呀。但是越往后聊我越害怕。他说根本就没有病毒，这病毒完全是政客捏造出来的。还说隔离期间他天天出门（无视法律法规），也没被感染。说我们小区一敬老院是最先曝出病毒感染的感染源之一，死了三十几个老人，他还专门进去看了看，里面的老人穿着消防员的衣服，简直滑稽死了。说西班牙政客一直在撒谎，这些电视里出来说感染的人都是一些政府雇佣的演员。当时武汉有病毒时，他还买了一张从韩国首尔转机到武汉的机票，要亲自去看看，结果后来航班被取消了，没去成。他天天出门就是为了让自己感染上病毒，可是自己还好好的。他家人及认识的朋友中没有一个被感染的，这让他更加坚信病毒是不存在的。我说那么多的死亡数从哪里来的？他说以马德里为例，各种各样的正常非正常死亡每天都有1000多例。我说病毒如果不存在，为什么全世界都在受疫情影响，他说这才是最可怕的，全世界都在撒谎。

难道我遇到了一个现实版的堂吉诃德?!

我把这遭遇“吐槽”给一个西班牙朋友，他打趣地说，“病毒是Mercadona超市制造!”（Mercadona超市是西班牙境内发展很好的连锁超市，其自产品牌物美价廉而且种类繁多，深受“板鸭”人喜爱。）

政府公布的感染数已经没法看了，现在只计算PCR的检测数据，之前的抗体检测数据一律不计算在内。现在的数字做得很好看，感染数、死亡数都在趋缓，一切仿佛都在证明政府的决策有了效果，但其实是掩耳盗铃、自欺欺人。有党派批评当届政府是“自我满意”，问真正的数据在哪里？

截至今日，累计感染人数221 447人，死亡26 070人。民众感染率居世界之首，医护感染率也勇得世界冠军。

2020年5月14日，星期四

雨

雨下了一整夜，白天还在下。就像《百年孤独》里的马孔多，像《佩德罗·巴拉莫》里的科马拉。开始是一片繁荣的景象，后来一直下雨一直下雨，带走了繁荣，带来了衰颓。现在的马德里像一个小怨妇，下了一场一场又一场的雨，很多次都是电闪雷鸣、乌云密布，仿佛有很多冤情想要宣泄……

今日西班牙累计感染人数229 540人，较上日增加506人，累计死亡人数27 321人，单日死亡217人。

后记

全球疫情已持续100多天，我在这里从冬天滞留到了夏天。民航局的“五个一”政策使得回国机票仍旧一票难求。我依然回不去。而这学期也到了尾声，下周上完课，就只剩下考试了。除了每晚8点之后的出门活动时间，一天之中90%的时间我都在家中度过。我透过窗子，看尽了窗外的花开花谢、云卷云舒。窗内的我，心情平静，与世无争。

我曾经焦虑过。原来人在紧张焦虑的时候，是很难集中精力看书、工作的。疫情大面积暴发期间，每天睁开眼睛第一件事就是看疫情数据。看完中国媒体的新闻，再看西班牙语、英语媒体，穷尽我这个文科生所会的所有语言，从各个国家、各个层面认识、想象这个病毒。原来人又是适应能力极强的，会渐渐地对不断增长的数字越来越麻木。如果对新闻闭耳不闻、视而不见，关起门来，是可以做到与世隔绝，过自己安静的读书、工作的日子的。

一切仿佛都在向着好的方向发展！现在无论是感染人数还是死亡人数，都在大幅下降。全西班牙70%的人口都进入了“中级阶段”。处在疫情中心的马德里也在逐渐恢复之中，大大小小的商业活动都开始慢慢复苏。西班牙政府正在申请第六次也是最后一次国家紧急状态延期，计划延期到6月21日。那一天正好是我的生日。我在这里提前许下愿望——祈愿世界和平，期望人间没有痛苦与灾难！

风雨遮住了南洋的月亮

丘碧钦*

我在马来西亚华文中学当了十年的老师，近年迷失于学校行政工作。我很留恋教课时与学生一眼瞬间的交汇。现今，防疫成了工作中的头等大事。新冠病毒把我的思绪带回到2003年春天，那一年SARS席卷了北京城。那时我还是个懵懂的小留学生，躲在校园里感觉像身处在暴风眼，外围疾风暴雨，被困在小小宿舍里的我，压抑却也平静，甚至爱上了84消毒液的味道。2020年，我在成人的世界里打混，有感人性的自私比病毒可怕，流言扩散的速度比疫情更快，于是偶尔敲敲键盘安抚内心的躁动。因为疫情，想起了远方的朋友，一句问候，竟有机缘把小躁动写成了日记。疫情依然把我困在房子里，忙碌却也平静，同时再一次爱上了酒精消毒液的味道。

2020年3月18日，星期三

彻夜未眠

这一晚，新柔长堤未眠。

新马两国一衣带水，每天都有数十万马来西亚人凌晨三四点起来越过长堤到新加坡工作，他们回到马来西亚的家时已经是晚上十一二点。周而复始，长堤是

* 丘碧钦，马来西亚人，华文独中教育工作者。

必经之路。跨国上班一点都不浪漫，没有驰骋于高速公路的激情，没有结伴而行的欢愉，劳工们只能用1比3的兑换汇率激励着自己耐心排队过海关，用养家糊口的信念撑起沉重的眼皮。

3月16日晚上10点，马来西亚首相慕尤丁发表电视讲话，宣布全国实施"行动管制"，即从3月18日起至3月31日禁止群众集会，停止一切宗教、社会活动，学校全面停课，除超市外非必要机构、场所和商业单位都必须关闭，全国公民与外国人皆被限制出入境。

行动限制在即，摆在"马劳"面前的是一道艰难的选择题：如果留在马来西亚，意味着他们再也无法到对岸上班，会因此丢了工作吗？十四天不上班，家中的生计还能维持吗？但若选择留在家中万一行动限制时间延长，被裁员似乎是唯一结果，疫情之下又去哪里找工作？家庭经济该如何维持？若到新加坡工作，接下来两周的住宿问题该如何解决？十四天回不了家，疫情日益严重，谁知道接下来会发生什么事？谁能确保家人安然无恙？此刻是不是该与家人抱团取暖，珍惜当下……

新柔长堤亮起了点点灯光，没有时间让这数十万人思考。他们毅然选择了出行，期盼在12点关卡关闭前冲关。其中不少人为了不被困在"车龙"中，宁可拖着行李箱，沿着长堤内侧，在狭隘的走道上人挨着人步行越堤。他们分秒必争，因为过了长堤便是人满为患的通关关卡，他们需要比平时等更长的时间才能入境。媒体将此景描述成马来西亚版的"Train to Busan"（韩国电影《釜山行》）。不同的是，后面没有夺命的丧尸，催促人们前行的是生活的包袱。在故土与亲情、生活与生计之间，穿梭于新马的"越堤大军"步履匆匆。

历史为新马两地画上了国界，各自书写着自己的故事。摆渡在两国间的人，今晚12点后，是庆幸自己顺利过境？还是为未来14天回不了家而难过？选择留下来的人，在住宿昂贵的新加坡又能到何处安歇？

这一夜，长堤上的人们未眠。堤上车灯明亮，车龙缓慢向前，但灯光再怎么亮，都好像照不亮前程，车速再缓慢，离家也越来越远。通关后，他们不禁转身回望牵挂的亲人、遥远的故土……

2020 年 3 月 22 日，星期日

一家之主

行动管制进入第五天，政府收紧可出行人数，只允许“一家之主”单独外出采购食品和日常用品。消息一出，最吸引大家关注的不是只能“单独”外出，而是谁是“一家之主”。

当政府说只有“一家之主”可以出门购物后，这激发了男人争取“一家之主”这一崇高、不可被取代的荣誉。想象一下，只要左手推购物车，右手掏出钱包，把买回来的货品往家中一搁，女人必然投以崇拜的眼神。这仿佛回到狩猎时期，男人把野猪往桌上一摆，从此就奠定了其家庭地位。于是，男人们纷纷戴上象征“一家之主”的勋章——口罩，手上拿着妻子提供的武功秘籍——购物清单，迈着矫健的步伐，怀着“保家卫国”的壮烈情怀，像一个战士一样踏上征途。

战场是残酷的。为了限制人流量，超市只留了一个入口，执勤的工作人员为每个购物者测量体温。周遭没有了日常的喧嚣，别说交谈，眼神交流都好像存在风险，能做的就是尽快买，赶紧走。排队时，大家不时用消毒液搓手，总觉得每一样物品的上一个经手人都有可能是新冠病毒患者。周遭的陌生人是不是也很可疑呢？他们接触过什么人？还有，超市工作人员长期接触那么多顾客，他们是高风险人群吧？此刻和他们接触，感染风险高吗？也许我们可以很科学地做防范，但心里的恐惧一点点占据了上风。

然而，真正考验战斗实力的还在后头呢！进入战场后，许多男人迷了路，摆放鲜牛奶的柜子究竟是在冷冻食品区还是在饮品区？番茄在蔬果区没错，但番茄酱呢？有些人认对了路，却在洋葱和红葱之间难以抉择，在绿豆和青豆之间踟蹰不前。于是，为了终极胜利，机智的战士们纷纷打视频电话向后方寻求支援，自愿当起了“远程采购员”，把话语权留给了“一家之煮”。在隐形的病毒威胁中，我们选择站在同一阵线。

门铃响起。我看着回来的“一家之主”问道：“长白菜呢？”，他无辜地指着包菜问：“这不就是长白菜？”看着眼前这个被口罩憋得满头大汗，身上散发出浓浓消毒液味道的男人，我也只能露出迷之微笑，淡然温柔地说：“噢，买对了！”拿着浑圆的包菜转身进厨房，心里却忍不住嘀咕一句：“这身材也能叫长白菜？”

2020 年 4 月 4 日，星期六

遥祭

网上流传一首新版《清明》：“清明时节疫纷纷，关门修业欲断魂，借问口罩何处有？政府遥指回家蹲。”

清明节祭祖这一习俗随着各地先贤漂洋过海，在南洋这片土地上扎根流传。先人开拓荒土的同时，用行动将慎终追远的价值观传了下来。墓碑上刻着先人的祖籍地，对很多家里没有族谱的人来说，只有这块石碑记载着祖辈的来处，遥远而陌生，但充满了想象。

清明常遇上下雨，多是雨水霏霏轻绵如絮，走在泥泞的路上要特别小心。沿着墓碑边上窄窄的小径走，不只是坡斜路滑易摔，还容易误踩别人祖先的“领地”。今年的清明，墓园显得一片孤清，墓园中茅草顶着刚被修理过的小平头倔强地立着，等不来的是家家户户扶老携幼上山踏青。

对很多家庭而言，清明扫墓是继华人农历新年后，亲戚共聚的日子。各自成家的兄弟，带上老小，拎着祭品，祭拜前相约到附近咖啡店吃早餐、话家常；祭拜时长幼有序地跪拜，祭拜后分享供品。长辈总能在墓园遇到同乡故友，当年意气风发的少年郎，在年复一年的寒暄之间，已是两鬓斑白，能见上一面就意味着彼此安好。如果哪一年老朋友不来了，子侄辈还叫上一声叔叔伯伯，也是一种安慰。扫墓发展为家庭乃至社会成员间互动的行为，牵引着一家人或一个群体的感情，更起着教育下一代饮水思源的作用。

然而，随着疫情蔓延，因一纸行动管制令，国内许多墓园义山为配合政府，纷纷“封山”，促请民众勿在疫情期间外出扫墓。消息一出，对数十年从不间断扫墓的长辈而言，不免害怕不去扫墓违背“尽孝”。虽然马来西亚华人社会常有“清明前十日，清明后十日”扫墓的习惯，但依当前疫情，“前十日、后十日”的弹性显然远远不够。为了阻止上了年纪的长辈执意上山扫墓，年轻一代放出了“先人还不想见你，面对面那种”的狠话。上一代心里过不去，下一代心中很着急。

为求权宜之计，民俗学家纷纷提供替代方案。如网祭，对于上了年纪的长辈而言，网祭显得过于陌生且不切实际，对网购尚且不放心的他们，在网络虚拟世界上香、献花，无法抚慰他们不安的心灵；如代祭，长辈一句“日后你让陌生人来叫我老爸？”就把年轻一代想法堵死了，此举显然谈不妥，行不通。看来，祭祀这种传统的事，只能用最传统的方法解决——家祭。虽无法踏青，但在家中摆上供品，一切从简，也算如约祭拜，不再让先人“望穿秋水”。最关键的是，家中长辈可以在家祭时告知先人时下局势的无奈，表达来日再拜的意愿。我们无法得知家中一炷清香、一番告祭，亡者是否满意，但生者必能得到慰藉。

清明时节雨纷纷。也许这场雨把家人都留在家中怀念先人之际，也唤起我们“珍惜当下”之感念，有些爱和倾诉不需要等待来年的、未来的清明。

2020 年 4 月 23 日，星期四

斋戒月

如果你们听到某地发生了瘟疫，就不要去那个地方；如果你们所在的地方发生了瘟疫，也不要为了逃避瘟疫而离开自己的地方。

——《布哈里圣训实录》

行动管制第 37 天，纤细的新月出现，马来西亚穆斯林迎来了斋戒月，首相慕尤丁发表了斋戒月演讲，同时宣布了行动管制再次延长 14 天。这已经第三次延长行动管制期限了。就每日确诊病例仍维持在两位数来看，此举是必要的。往年斋戒月是宗教集会和家庭聚会频密的时期，也是市集林立，穆斯林外出购物的高峰期，这期间一旦有所松懈，就有大规模感染的可能，会造成医疗体系不胜负荷的局面。因此站在抗疫的角度，严格落实行动管制尤其重要。

伊斯兰历九月，随着纤细的新月出现，一个月内从第一道曙光至太阳落下前，成年的穆斯林必须严格把斋，不吃不喝、不吸烟、禁说秽语及避免消遣娱乐活动等。所以为了让穆斯林同胞能免去斋戒时准备食物的不便，这个月马来西亚的各个地方都会设有平日没有的斋戒月市集（Bazaar Ramadhan）。那里售卖着各式各样的马来特色食物，包括主食、饮料、糕点等，许多传统食物更是只有在斋戒月“限量供应”。因此，逛斋戒月市集的人并不只有穆斯林。随着饮食文化的融合，从市集买食物回家与家人聚餐分享美食，似乎是全马来西亚人的传统。

这几天，烘焙店排起长长的队伍，除了行动管制期间培养出来的“被生活耽误的米其林级厨师”外，更多的是已经在斋戒的穆斯林。由于需要保持社交距离，店里只允许5人购物，限时20分钟。购物者顾不得精挑细选，不能货比三家，限时完成抢购使命才是赢家。大家也许对疫情的发展没有预知能力，但从心底希望，待满满的糕点摆在桌上时，已是平安相聚之时，虽然目前看来只是希望。

比起排队购物，目前城市里更多的人选择线上购物和点外卖。最近流行一句话“企业转型的推手不是CEO，是COVID-19”。疫情下，以最传统的种植业中的菜农和果农为例，行动管制期间他们的销路受阻，无奈销毁及丢弃作物，损失惨重。无论业者有没有准备好，愿不愿意，都被迫改变思维，转向线上平台拓展自己的业务。活跃于菜市场的叔叔阿姨，终于也接受了买青菜不用亲身杀价，买海鲜不用戳一戳看是否有弹性才下手的现实。在没有实体斋戒月市集的情况下，我们也迎来了电子市集这个新兴交易平台。无论消费者多留恋那“身未动，嘴已馋”的开斋市集，我们今天也只能通过线上点击外卖服务，来感受拆包裹时的快乐。这种新的消费模式未来更可能成为大部分人的消费习惯。

这是一个注定没有集体礼拜、无法群聚开斋、没有美食共享的斋戒月。这样的改变让很多穆斯林感受到些许失落、恐慌和沮丧，一个没有集体礼拜的斋戒月的确是一项巨大的挑战，会带来极大的冲击。穆斯林将以“新常态”的方式迎接开斋节。这个开斋节前夕，贯穿西马半岛的南北大道不会出现高速公路变停车场的场景，车里也没有一家老小回乡的画面。看见亲友时，更不能有亲手背、互碰脸颊等亲密动作。穆斯林需要克制，接受因爱之深所以离之远，保持一定的社交距离。

疫情面前，人人平等。任何人不会因为种族、地位、信仰而受到新冠肺炎的特殊优待。期盼马来西亚穆斯林能抵抗住欲望，在这一年中最祥和最尊贵的月份，能遵循圣训，能通过上苍的考验及忍耐思乡之情，忍耐离亲之苦，换来自己与家人的平安和健康。

2020 年 4 月 25 日，星期六

回不去了

行动管制结束后，是否还能享有无限的假期？

马来西亚雇主联合会（MEF）预测，新冠疫情将对就业市场造成巨大冲击，在行动管制令后失业率将创下 13%的新高，这意味着可能有 200 万人失业。这一预测远远高于国家银行估算的 4%，也就是约 63 万人失去工作。这一波冲击堪比 1998 年亚洲金融风暴及 2008 年全球金融危机，甚至更为巨大。

这片国土没有台风，没有地震，更无战乱，我们这一代人从未经历过突如其来的防灾抗疫的考验。一夜之间，我们竟然手握政府颁发的“雇主不准不发薪水给员工”之令，奉命待在家 14 天。于是大部分人进入了没日没夜刷社交软件、研究食谱、追偶像剧、看综艺节目的假日模式，生活何其惬意。

随着行动管制期限的一延再延，打工一族讨论最多的话题从“禁足的娱乐”和“厨房的艺术”转至“生计的维持”和“职场的命运”。随着公司内部邮件如雪花般飘进邮箱，告知一系列节流措施，无薪假、薪资减半、津贴取消……雪花带来了寒意，人们逐渐意识到，如果再延几个 14 天，就要面对“永远放假”了。从此不需要看老板脸色，发不出工资的老板，也不再有资格摆脸色。面对公司紧闭的大门，员工或许可以到劳工部投诉，也可以请律师状告雇主维权，但结局不会有太大改变。

马来西亚的中小企业提供了全民三分之二的工作机会，政府早先宣布了经济配套政策以援助中小型企业，但其所提供的援助犹如在暴风雨来临时分发的挡雨瓦片，来不及也挡不住经济产业停滞这股风暴。企业营运停顿近一个月，老板除了收入中断外，还得承担各种开支。如行动管制落实前就已苟延残喘，那结业便是宿命。更让人忧虑的是产业链上的企业相继倒闭所掀起的骨牌效应。结果就是我们跨过疫情这道坎，很快就会掉入经济衰退那道沟。

生存的压力会让埋在沙堆里的鸵鸟抬头。打工一族一旦失业，一切得重新开始，迫于无奈，他们只得将多年打拼下来的车子、房子卖掉；失业后迫于现实屈就在新的领域，而新的职业薪资、职位远不及现在。而摆在企业老板眼前的问题是：要苦苦支撑下去？还是弃卒保车，裁员缩小规模？抑或止损结业？看着报表，心里的算盘再响也难算出个圆满的决定。唯一可以预想得到的是，在企业面对生死存亡之时，比起眼睁睁看着公司的盈余归零，然后负债倒闭，痛下狠手裁员节流才是最残酷、最现实，也是最可行的选择。

我们迎来了疫情这场台风，暴风已经持续一个多月，也许还要刮更久。躲在家中防疫避开强风的威胁，可我们知道外面已经被雨水打得满目疮痍。我们必须承认已经回不去了，工薪一族下班后三五好友酒吧一聚、吐槽老板的日子回不去了；青春洋溢的大学生沿着奶茶街，挨家品茶自拍的时光回不去了；投资者不动声色看着股价，嘴角轻轻上扬的时刻也回不去了。至少，短时间内大部分人都回不去了。

暴风雨后，哪个地方的人会看到彩虹？财富往往是从一批人的口袋流向另一批人的口袋，新兴产业也将在这场风暴中崛起。我们还来得及掌握新技能，调整好心态，在疫情结束后从容地应对挑战吗？

暴风雨后，很可能我们不是看见彩虹的那批人。我们希望能成为从险境中断尾逃生的壁虎，拥有足够的生存欲望和能力面对、适应已是“绿肥红瘦”的新世界。

2020年4月27日，星期一

急，急了

凌晨3点半，手机信息铃声连声作响。摸黑捞起手机，看到“老师，我的孩子……”六个字后，我用最快的速度关机。可惜睡梦中，那六个字始终缠绕着我，不得好眠。

这是行动管制的第41天，也是学生居家学习的第35天，我已经不记得收到多少份家长传来的信息和投诉邮件了。比如：

甲：我的孩子在家闲得无所事事，天天睡到日上三竿，醒来后男孩玩手游，女孩看偶像剧。老师你能对我孩子多提要求，多安排些功课吗？

乙：我孩子在家对着电脑学习的时间过长，搞得很疲累，学习压力很大。老师你能否少留作业，要求别太高行吗？

丙：我工作很忙，老师不要再发信息，提醒我监督孩子做作业好吗？

丁：我还没有收到老师发的作业通知，今天没有作业吗？

……

马来西亚中小学学制里没有寒暑假。一般而言，3月、6月、8月、12月学校都有或长或短的假期。3月，在行动管制令发布前，疫情愈加严重，平静的校园里有一种“山雨欲来风满楼”的气氛，无论是家长还是老师，都期盼着假期快点到来。假期中，行动管制开始，学生怀着喜悦的心情，享受着忽然展延的假期。殊不知，后来行管期限一延再延，家长和老师坐不住了，生怕耽误了学生的学习进度。于是，一股线上学习的风潮开始在各校掀起。

线上教学在马来西亚是一件新鲜事，许多父母对线上教学的认知停留在“老师在线上像在班上一样讲课”。他们期待老师在线上一端讲，学生在另一端听，虚拟课室坐满了同班同学，这才叫“线上教学”。对线上教学的多样性和伸缩性了解不足，也容易导致误会。当孩子看与教学相关、有趣的视频时就感觉孩子“不务正业”；当老师不在虚拟课堂的一端滔滔不绝地讲课时，就觉得老师好像不够敬业。

每个家庭的教育理念不同，需求也就不一样。教育的国度里，没有一架天平能度量出一个让大家都满意的标准。作业留多少算多？要求多高叫高？学习情况有差异，不是用一种方法就可以调和解决的。撇开这些，从家长凌晨三点半传来的信息中，我看出一个问题：“父母真的急了。”

生活成本高，教育成本更高，想着自己在职场搏杀，孩子却在手机对杀，能不着急？想想别人家的孩子都在认真学习，自己的孩子一副吊儿郎当无所谓的样子，为人父母在生活与教育的双重压力下，又怎一个“急”字了得？

孩子宅在家中，家长对孩子的关注会被无限放大，孩子的一举一动都牵引着父母的神经。过度的关心导致了焦虑。而这种焦虑感也会直接传递给孩子。学生无奈地告诉我，今天他妈妈问“功课做完了没”高达17次，提醒他喝水11次，晚上10点后催他早点睡觉，频率为5分钟一次。最终他得出一个结论：再不复课他会离家出走N次！

为了尽到监督和在家教育的责任，父母最怕看到的就是：孩子在学习软件和游戏之间切换画面。当父母的不时得来个偷窥，紧接着再来个突击检查；当孩子的不时得竖起耳朵听房外的脚步声，然后飞快调整成认真学习的样子。这场兵抓贼的角斗，让父母不胜负荷，孩子不胜其烦，最终“相看两相怨”。

居家学习所引发的亲子冲突并不仅源于网课，与孩子的沟通、和谐相处也并不仅限于疫情期间。青春期的孩子自律性不高是很常见的问题，需要家长通过引导，与孩子沟通达成协议，建立好常规，这样才能培养出孩子自主学习的能力。但父母历经“好言相劝——怒火攻心——精疲力竭”三个阶段后，还是看不到孩子发生“质”的改变时，耐心也就被磨光了。父母的期望值和孩子的行动力，不在同一个维度，才是亲子冲突的根源。

疫情期间，在同一个屋檐下，亲子之间获得了更多的相处时间，却失去了给彼此喘息的空间。面对疫情，我们要淡定，疫情终会过去；面对孩子，我们要从容，孩子总会长大。再过十年，待孩子离家后，我们彼此一定也会怀念这段“亲密时光”。

夜晚 11 点 45 分，学生传来信息——“老师，我爸太过分了……”教书育人不易，入职的时候我就已经知道了，但万万没想到这么不容易啊！

2020 年 4 月 29 日，星期三

赶回去还是抓起来？

前两天，卫生总监在新闻发布会上称，在第三期行动管制期间，新增病例日愈减少，并连续 16 天维持在两位数。而康复的数据也日愈增加。数据显示已经成功“压平曲线”，即传播速度减慢，社区并无大量病例涌现，已进入康复的阶段。

行动管制开始后，军警部队从 3 月 18 日至 4 月 28 日，共逮捕了 21 749 人，在 6669 个场所进行了 37 753 次突击检查，每日设下超 1000 个路障。其目的就是要在公路做到“阻挡去路，增加拥堵”，在人口聚集处做到“四面埋伏，驱散群众”。

行动管制前期，最让警察头痛的是那些已过“知天命”、每日笑看风云的叔叔阿姨们。被打破生活习惯的他们，叛逆得像个小孩。要几十年如一日，每个早晨都在咖啡店坐在同一张桌子，约上同一群人，点上同一份早餐的叔叔妥协，乖乖待在家里，难度系数相当高；要每天早上 5 点起来在公园打太极的阿姨，放弃群聚而欢的日子，一点也不容易。儿女苦劝也如轻风掠过，起不了多大作用。但他们也有软肋，那就是怕警察和罚款。

马来西亚军警部队中马来人占绝大多数，行管期间军警的耐性与语言能力还是很突出的。马来警官用马来语夹杂几句华语或是几个泰米尔单词，逐间咖啡店进入像赶鸭子一样，连哄带劝，再吓唬几句，便把那些还坐咖啡店里喝早茶，议论国家大事，嘴里说着防疫却不戴口罩的大叔赶回家了。隔了几天，警车传来好几个版本的“驱逐辞令”，看到什么族群聚集在一块，就播该区居民的语言，主要有马来语、华语、泰米尔语、马来方言等等。在一些小镇还能听到浓浓的闽南乡音，亲切却也让人汗颜。

军警劝了将近20天，行动管制进入第二阶段后，大部分人仍然当不了乖小孩，而叛逆的大人比比皆是，政府终于宣布劝导期过去，违规的民众将直接被罚款。后来基于违反行动管制令的1000令吉罚款无法起到很好的阻吓作用，警方在第三阶段行动管制时，便不再把重点放在开罚单上，而是逮捕和提控违规者。行管期间律师不能上班，被逮捕也没有被保释的机会，违规者惟有乖乖蹲拘留所，以致各地拘留所人满为患。但此举有效阻遏了违令的现象，我们终于等到了“压平曲线”的小小成果。

今天是迈入第四阶段行动管制的第一天，我们开始感受到“解冻”的气氛。首先，政府在宪报公布，放宽人民出门购物或买药的限制，车程不再限制在10公里内。此外，司机也不用再当独行侠了，可多载一个来自同一家庭，住同一屋檐下且是夫妻或亲属关系的人一同出行。可想而知，多少人已经按捺不住那颗“蠢蠢欲动且不安分的心”。接下来，男士们遇上的经典难题恐怕不再是“我和你妈妈掉进水里，你救谁”而是“今天出门购物你带谁”。

有趣的是此举间接保障了“原配”的合法地位，这期间能“比翼双飞”的都是“同林鸟”。然而，如果真的是爱着彼此的同林鸟，就在窝里多待几天吧，毕竟外面病毒还找着猎物，带上结婚证也只能合法出行，无法“正当防疫”啊！

如果不是“同林鸟”则要小心了，因宪报列明，违反法令者将被控上法庭，面对罚款不超过1000马币或监禁不超过6个月，或者两者兼施的惩罚。换言之，不管关系多亲密，如果此时坐在旁边的不是“原配”，除了罚款还会招来牢狱之灾。特殊时期出轨，得付出特殊代价啊！

2020年5月1日，星期五

是公仆，不是官

劳动节。今天没有公休，没有宅家隔离。下午5点左右，出现在新闻发布会上的还是诺希山（Noor Hisham）。

2月24日，在许多国家严阵以待抗疫之际，一夜之间我们没了卫生部长，一场政治较量让马来西亚陷入扑朔迷离的政治局面，人们对政局的关注忽然多过了疫情。可是一转眼，我们还来不及弄清内阁成员有谁，谁是新的卫生部长时，病毒便已经杀入人群肆意蔓延。

在政局动荡与疫情蔓延的双重压力下，人们感到前所未有的恐慌。对于新政府我们没有足够的信任，对于新冠病毒我们没有足够的信心。能想象吗？在这期间我们看到的是：某国家级重要人物提出，只要在病毒到达肺部之前喝温水，就能将病毒"冲"到胃部，让胃酸"杀死病毒"；我们还得到某位高官"新冠肺炎死亡率仅1%，我们随时都可能碰到100%死亡率的事情"这种荒诞的安慰。乱局中，人们渴望有一位中立、专业、可靠的领导者告诉我们，面对病毒我们应该怎么做？马来西亚有没有足够的医疗设备为病人保命？

所幸的是，还有一个没有部长头衔、没有调动各方权力的卫生总监，引领医护团队站在抗疫的最前线，也在大众面前扛起了"抗疫第一人"的责任。诺希山，一名公仆。之所以称他为"公仆"，是因为他在疫情蔓延的关键时期，获得人民高度赞许，有人甚至给了他"国家英雄"的称号。但他只微笑回以"现在这种时刻，焦点不应该是我，而是我们可以一起做什么来齐心对抗新冠病毒。对我来说这些不重要，重要的是我们为民服务"。

电视上，我们看出诺希山明显比一个月前憔悴，两鬓斑白及愈加明显的眼袋尽显疲惫，但他依旧站在媒体镜头前，认真仔细地汇报，对记者的提问认真地记录，逐一耐心回答。曾经有记者现场问出"食用黄姜鱼汤是否治'新冠病'"这种荒谬的问题，诺希山听了以后严肃认真地回答："这是毫无科学根据的'新冠病'疗方。"尽管已经很晚了，但在解答了一个接一个的提问后，他还是会问"还有什么问题吗"以确保记者们报道正确且详细的资讯。

这场抗疫的持久战中，我们不需要一个被神话的英雄，我们也厌倦了在风口浪尖侃侃而谈的明星政治家。诺希山频密地召开新闻发布会，每日不间断地发布与更新疫情数据及报告，实事求是，提供了科学可靠的事实和资讯。在新增病例数节节上升时，他安抚民心并给予专业抗疫意见，病例数下降时提醒人们不能松懈。

曾经历三任卫生部长的诺希山，近日被外国媒体点名为"全球三大杰出抗疫医生”之一，面对掌声与赞美，诺希山依然谦卑得如饱满的稻穗，将功劳归于国家的努力，将荣誉归于前线的伙伴；他依然愿意百忙当中放下身段，给一位小女孩回信，和她分享团队努力的重要性，并鼓励她好好学习。他鼓舞的是前线人员坚守的信念，展现的是在艰难时刻对孩子的关怀。

诺希山用专业和淡定把守在前线，谨守在岗位上，守护着大家的希望。疫情之下，我们何其不幸，又何其有幸，在两个风暴间看到了一个可以依靠的港湾。

2020 年 5 月 9 日，星期六

边缘异乡人

阳光未及处，还有一群影子。

今天卫生部鉴定了一个新感染群——一个“外劳”宿舍，都是孟加拉籍员工。

建筑工地除了起重机和堆积的钢筋外，工地旁的简陋板屋还住着来自孟加拉、尼泊尔、印尼等地的外籍劳工。除了建筑行业，“外劳”服务的领域以种植业、制造业、服务业及保安业居多。城市建设需要仰赖大批“外劳”，他们屈居于条件极差的环境里，或是陈旧的组屋，或是旧店屋的二、三层。屋里隔了好几个房间，打个地铺五六个人能躺下就算是睡房，里面可能没有窗户，没有垫子，没有桌子，来几条绳索，衣服就挂在上面，汗味夹杂潮湿闷热的环境捂出了一股酸味，再加上食物的辛辣味，满是生活的味道。疫情之下，这就是他们能待的隔离地，仅仅是落脚地，不是家。保持社交距离，对他们而言是奢侈的要求，不出门对他们而言等于断了生计。

这些异乡人不是没有家，他们大部分有妻有儿，也因此他们更难回去。昂贵的签证费和机票是东拼西凑借来的，要从每个月赚的钱里，一分一毫地省出来还回去。加上当地也锁国了，回去不是心一狠就能做到的。他们不是不懂储蓄，只是来不及储蓄，钱就得寄回国；他们不是没有远见，是日子迫切得只能考虑下一顿饭。怀着赚钱盖房的梦来到外地打工，谁能想到自己会沦落到还没凑足瓦片，就深陷沼泽了呢？囤积粮食、展现厨艺、学习新技能这些所谓居家隔离能做的事，对他们来说是另一个星球的生活，能工作、能加班、能赚钱的地方才叫地球。

行动管制期间要是遇上无良雇主，命运就更坎坷了。管制开始就有雇主“失踪”，外面的世界一夜之间变得寂静无声，他们也和世界断了联系。如在建筑业中很多劳工由中介或承包商雇佣管理，然后再分配给建筑商，也就是说，建筑商不会对他们的生活负责。一旦中介人失踪，在这个城市里他们就没有了“主子”，生活出行都成了问题。如果他们还算幸运，这段时间遇上好雇主，还能领些薪水，吃喝暂时不成问题。但各领域复工后，雇主为了节约成本，被下狠手裁员的首当其冲就是他们，经济如此糟糕，被辞退是迟早的事。加上政府要求雇主承担“外劳”病毒检测的费用，经过检测不是患者才能工作，雇主一来顾虑营运成本大大增加，二来担心“外劳”集体受感染而断然不敢仓促复工。不管是哪一种情况，许多“外劳”的工作都没有着落。

如果“外劳”是非法入境的，这段时期他们的处境将更加艰难。各处都设了检查站，非法“外劳”寸步难行。他们害怕被逮捕，只能留在居住地，这也就意味着断了生活来源。随着“外劳”出现确诊个案，他们聚集甚多的区域，成为抗疫的关注焦点，移民局和军警几度率领大军到其集中的组屋区，挨家挨户检查，展开大规模的逮捕行动。乘防疫之势，行平时未尽之责，看起来是一举两得，但难免让人感叹：当初为何不拒他们于千里之外？

前几天，当局为大批“外劳”做检测，完成检测后竟然有 145 名“外劳”乘乱逃离。如果他们检测结果是阴性，那他们已经违法；如果检测结果是阳性，他们混入茫茫人海中，后果不堪设想。他们因无知而变得可恨；也因恐惧而显得可悲。据统计，马来西亚有两百多万合法“外劳”，非法“外劳”的人数可能要多于合法“外劳”，这个合起来大于 500 万的庞大群体如今是新冠病毒高风险群。如何管理与降低他们的受感染风险，是现阶段防疫的极大挑战。如果他们因害怕被取缔资格而躲藏起来，如果他们不相信一旦得病自己会获得同等的医疗照顾，如果他们不懂得该怎么防疫，如果他们不知道自己已经受感染，如果他们没有办法保持社交距离，只要有一个如果发生，防疫的缺口一开，马来西亚将重演新加坡的历史，并且更加惨烈。

经此一疫，非法“外劳”这蛰伏已久的复杂问题浮上了台面。本地人害怕非法“外劳”藏身于人群深处，随时带来病毒的威胁，因而看待他们的眼光也日渐尖锐和挑剔；执法当局面对抗疫压力，逮捕行动必然更频密与严厉；雇主在权衡利益与风险后，也不会再冒险雇佣非法“外劳”。

不管是国民抑或“外劳”、贫穷抑或富贵，我们都同样被疫情所困，“外劳”不只是一个群体的代名词，对他们的身份我们一眼就能认清，但对他们身上的困顿，我们却难以感同身受。这些身处边缘地区的影子，接下来会有怎样的遭遇？

2020 年 5 月 15 日，星期五

当病毒靠近，当宏愿离去

1991 年，时任马来西亚第四任首相的马哈蒂尔将“2020 年成为先进国”作为国家的奋斗目标。2020 年 2 月 24 日前，马来西亚第七任首相还是马哈蒂尔，“2020 宏愿”也还只是一个宏愿。

2020 年对马来西亚人来说是一个再熟悉不过的年份，成长岁月里，很多人都参与到“2020 宏愿”的想象当中，我们用语言勾勒繁荣的景象；用文字抒发高昂的斗志；用画笔描绘摩天大楼林立的城市，街道上都是炫酷跑车，各族民众手牵手和谐快乐地向前走……那是一个时代的人共同憧憬的梦，至少 80 后、90 后在 18 岁以前，我们都相信梦会成真。

三十年后的今天，孩子们的描述可能与我们的梦想不太一样：城市里大楼林立遮挡了月亮，手机离我们很近，科技发达却离我们很远。我们生活周边有很多“外劳”，但朋友圈里向往到国外当“马劳”的也不少。孩子的画笔下，2020 年的图像是这样的：满街的人都戴上口罩，人们没有手拉手，因为亲近会带来伤害，保持社交距离才叫作礼貌；进入公共场合的资格是低于 37.2℃ 的体温，在病毒面前我们低着头，自卑得像个做错事的孩子。

我们应对病毒的态度，真的像个孩子。劳动节当日，政府突然宣布大部分行业 5 月 4 日可以复工，距离尚未结束的行管第四阶段还有整整 8 天，取而代之的是“有条件的行动管制”。第二天整个社区热闹了起来，一早就听到大家拉铁门的声音，居民迫不及待敞开大门迎接自由，快乐地互相道喜。左邻右舍聊得不亦乐乎，有没有口沫横飞我不知道，但我肯定他们没戴口罩。小区外的行车检查站迅速被撤走，没有了路检，汽车的速度仿佛在宣告向宇宙中心出发。私家车出行，车内除了司机可以有 3 名乘客。此例形同虚设，毕竟除了公交车，能载 4 人以上的车子并不多。

大家被憋了近 50 天，虽然左脑理智地提醒外面的世界很危险，但敌不过右脑热情地呼唤外面的世界很精彩，还有那蠢蠢欲动的心“扑通扑通”地指使双脚往大门走去。毫无意外，大街小巷的车流量和坊间人潮拥挤的情景，给人带来了开斋节的喜悦，也让人卸下了戒备之心。确诊病例一直徘徊在两位数与三位数之间，政府先是放宽政策，允许夫妻一起出门购物，隐约开了方便群众购买开斋节用品之门，接着再让一家四口可以同车出门，并打破了只允许人们在10公里内活动的限制，此举又为开斋节互访添加了可能性。果不其然，尽管多位医疗专家在这之前给予了劝告，首相还是宣布，国家安全理事会决定，在开斋节期间只要不跨州，则允许20人以内的聚会。以1米的社交距离计算，能容得下20个人的客厅，有多大？你应该很羡慕马来西亚人人都住豪宅，个个有庄园吧？可惜，马来西亚大部分人还处在为豪宅打拼的阶段，还来不及拥有它。

比起沙特阿拉伯决定在开斋节期间的5天内执行24小时的全面封锁政策，我们任性得像个孩子。人在面对亲人时防备水平最低，最不愿意拒绝亲近亲人。我们会不会在看到亲人时戴上口罩全程禁食？我们愿不愿意见面时先消毒再保持距离畅谈？我们能不能列张清单贴在门口，写上“只欢迎名单上的20名亲友到访”？卫生总监诺希山替这一政策解释多次后，累心地建议民众以“闭门住家”的方式欢庆开斋节。除了拒绝家庭互相拜访，甚至可以以自家宵禁的方式，确保外人无法踏入家门，并且吁请民众忘了20人这一数字概念。然而宽松的政策搭配松懈的子民，这一忠告能让多少人停下互访的脚步？

一边是卫生部发出的3C指南，即避免前往人群拥挤的地方（Crowded）、避免密封的地方（Confined space）和避免近距离交谈（Closed conversation），另一边却又传来一旦清真寺集体祈祷的标准作业程序（SOP）获得国家元首及马来统治者的御准，穆斯林就可以在遵守这一程序的前提下恢复到清真寺进行集体祈祷，包括星期五集体祈祷。冬末之际，春花已开，人们早早地将寒衣丢弃，如果寒流逆袭，下一波我们还能挺得过去吗？

也许是高达千亿令吉的经济损失让政府陷入焦虑，也许是政治考量、选票走向让当权者犹豫，也许是文化风俗传统的思维固不可破，但不管是哪个原因，都可能逆转来之不易的、暂且稳定的、受控的疫情。中央政府宣布复工，而州政府另有决定，这从侧面反映了部分州属并不认同仓促出台的、欠缺周详严谨规划的政令。但政策之下，身为子民，除了自我保重还能做什么呢？

十年之后，马来西亚的历史书上会记载“2020年在新冠病毒肆虐期间，我们富有策略地成功战胜病毒，写下抗疫辉煌的一页”，还是写着“2020 年我国曾经成功抗疫成功，但因……”？在历史的洪流中，我们可选择的机会并不多。历史的想象力永远比人强，徒留我们在生活中焦虑地适应着、探索着。

2020 年，我们失去了对“宏愿国”的想象。这一年不敢奢求国运昌隆，但求民安人和。

观疫芸芸事，善治若烹鲜

姜孝贤*

德国

我是厦门大学法学院的一名助理教授，主要从事立法学、法理学方面的研究。2019年8月开始，在德国汉堡大学从事立法法理学方面的研究工作。年初，爱人来到欧洲与我团聚，补过之前的蜜月。彼时国内疫情暴发，旅途中便多了一份对亲朋和祖国的牵挂，也激起了我去了解德国疫情防控体制机制设计的念头。恰巧同事魏磊杰教授告诉我，他计划组织编写一本观察各国疫情方面的书，问我是否有兴趣参与供稿。听到这样棒的想法，我当即欣然应允。此次疫情对各国而言都是一次大考，其各自治理体系的实效性、有效性和效率性均全面经受着检验，这为我们评估各国治理之道及其成效提供了一次机会。爱因斯坦曾精辟地指出："正是理论决定了我们能够观察到什么。"因此，在接下来的几篇日志中，我将主要从政治和法律的理论视角来呈现自己在此期间的见闻和感受，借以管窥德国国家治理之宏观架构和微观机理的某些面向。

* 姜孝贤，厦门大学法学院助理教授，厦门大学立法研究中心副主任，2019年8月起在德国汉堡大学访问。

2020 年 2 月 28 日，星期五

咖啡与疫情

与乌尔里克·卡蓬（Ulrich Karpen）教授在爱丽舍酒店（Grand Elysée）见面。

作为第一篇疫情期间的日志，我想对教授作个简单介绍。卡蓬教授是德国立法协会、欧洲立法协会、国际立法协会的创始人之一，曾是几个协会的首任主席，卸任后则担任几个协会的名誉主席，在德国乃至欧洲立法学界享有极高的声誉，也是立法法理学复兴的关键人物之一。

何其有幸，作为一名“小青椒”，能够得到卡蓬教授邀请在德国从事访学研究。依稀记得抵达汉堡那天，年过八旬的卡蓬教授亲自到汉堡火车站接我，因为火车晚点（后来发现，德国火车经常晚点），他在车站等待了一个多小时。在德访学的这段时间，他不仅给予我很多学术上的指导，在生活的方方面面也时常关心我。除去法定节假日，我与他基本上每周都会见面，就一些问题进行讨论。爱丽舍酒店位于汉堡大学主校区旁边，在汉堡非常有名，咖啡和甜点很棒，环境和氛围十分惬意，所以我们大部分的讨论都是在那里进行的。我们每次都会各自准备几个话题，然后一一展开交流。这次谈话的主题之一，便是新冠疫情的应对问题。

一

目前，德国疫情尚未暴发。根据昨天的统计，德国全国确诊病例是 26 例。其中，从 2 月 23 日到 27 日，德国新增 12 例确诊新冠病毒感染病例，德国政府已经发出疫情可能大流行的警告，今天科赫研究所也会召开新闻发布会，就疫情的有关情况和接下来的建议进行通报。昨天，汉堡大学医院（UKE）儿科一名工作人员确诊，该员工此前曾前往意大利。在与卡蓬教授的交谈中，他说他们对此表示担忧。同时，他也表示，德国已经预判到新冠疫情迟早会影响到德国，关键是采取什么样的防控策略，以便将疫情影响降到合理水平，这也是联邦和各州政府接下来需要共同考虑的首要任务。

在谈到中国在此次疫情防控中的表现时，我说到中国的政治体制的一个明显优势是决策效率高，可以集中力量和资源来防控疫情，例如，我们在武汉可以一周就建起一座医院（说这话时，我其实是带着稚嫩的自豪感的）。卡蓬教授对此表示完全赞同，但话锋一转，说自己也看到一些报道称，在疫情早期的信息发布方面，地方政府可能存在瞒报的现象。当然，也提到了李文亮医生。在他看来，地方政府之所以会有策略上的失误，根本原因还是地方自主性的缺乏。一方面，地方政府无法真正自主地做决策；另一方面，决策的风险却主要由地方来承担。这种矛盾的根源实际上表明，中国政治体制在集权和分权之间还需要做出进一步的调整。他说，德国战后几十年的发展经验是权力下放的联邦制，并认为这是应对各种社会问题或者风险的有效方式。同时，他还提醒我，虽然都采取联邦制，但是德国的联邦制与美国、瑞士等都是不同的，例如，与德国相比，瑞士更加注重州的自主性。并且，没有完美的制度设计，我们能做的就是实现"更好的治理"，这就要求根据本国历史、文化和社会等方面的特点，不断对制度设计的实效进行评估，并进行动态调整、优化，从而提高制度设计的有效性，也就是提高政府和公民（企业、社会组织）自觉遵守相关制度设计的程度。

当然，卡蓬教授并不是反对中国权力比较集中的宪法体制设计。相反，在他看来，中国的这样一种政治体制实际上已经展现出了很大的实效，令人赞叹。他说，对他这一代德国人而言，从战后日本的快速发展，到亚洲四小龙的繁荣景象，再到中国经济持续和快速的发展，这些都不断地对他们产生着冲击，而这其中冲击最大的便是中国的快速崛起。但是，大部分德国人只是觉得中国经济发展很快，中国人很富有之类的。作为一名公法教授，他认为中国快速发展的深层次原因应该要从其政治（宪法）体制中挖掘。话到此处，他还开玩笑说，知道为什么我要邀请你来欧洲吗？因为我们希望德国与中国之间能够保持良好的关系，等以后中国强大了不要攻打德国。我也笑着说，我们中国是和平崛起，我们不会主动发起战争，世界只会因中国的崛起而更加和平。

二

虽然整个谈话过程气氛十分轻松，但是我内心深处却有一种忧虑感。我愈发感觉到疫情防控中看似没有那么严重的短板，其实反映出我们治理体系中的根本问题，当然这也说明我们还有很大的提升空间。

这让我回想起 2 月 18 日，卡蓬教授带我前去拜见汉堡地区高等法院院长埃里卡·安德蕾斯（Erika Andreß）女士时的两个画面。一个是，法院内墙上挂着历任高等法院院长的照片，我便向院长女士说到，"我之前看报道说您是汉堡高等法院的第一位女院长”。安德蕾斯女士说：其实在她之前还有一位女院长，但那位是纳粹时期的，所以媒体的报道可能有一定的选择性；另一个是，法院门口的西维金广场（Sievekingplatz）矗立着一面墙，上书“1933”。卡蓬教授告诉我，那一年希特勒掌权德国，这面墙实际上是在提醒着德国法律人：保持独立，捍卫法治，警惕任何形式的极权势力。他还讲到，“纳粹”的那段历史对于战后德国重建影响深远。所以，德国的宪法体制设计十分重视权力制衡，不管是联邦与州之间的纵向分权，还是立法、行政和司法之间的横向分权，甚至总统与总理的二元设计……很多其实都是在避免权力的过分集中。记得去年，汉堡州法院还开庭审理了前集中营看守（当时 17 岁）胁从谋杀案。汉堡州司法部的纳粹罪行中央调查委员会副主任托马斯·维尔（Thomas Will）表示，对于很多纳粹大屠杀幸存者而言，不仅仅是这些诉讼案件本身，保持对纳粹罪行的记忆也非常重要。

汉堡州高等法院门前的纪念墙（图片来源：作者拍摄）

三

谈话的最后，我想让卡蓬教授对中国的法治建设提出一点建议。他说，治理像中国这样一个大国，需要大智慧，并且制度和美德都很重要。前者是以宪法为统领的稳定治理结构设计，后者则不仅包括权力拥有者的美德，也包括普通公民的美德，因而公民教育（civic education）很重要。对于社会系统而言，教育的一个重要功能就是使不怎么可能的沟通变得可能，稳定社会的期望结构，因而是任何系统运行不可或缺的支撑性功能系统。

想想自己在上大学学习法律前接受过什么公民教育？好像那时的脑海里只有名次和分数。现在的中小学生们，可能有过之而无不及。因为至少我们那个时候没有如此繁荣的辅导班产业。

2020 年 3 月 21 日，星期六

疫情防控，谁人职责

德国联邦政府准备全面“接管”此次“战疫”。当然，这种“接管”是不直接的替代决策和执行，而更多的是一种“协调”，因为德国的国家组织形式是合作性联邦制。此前 3 月 18 日晚上，默克尔总理就德国当下疫情危机发表了电视讲话，这是她执政德国十四年来首次紧急发表的电视讲话，由此可见事态的严峻程度。她在讲话中指出，这是德国自第二次世界大战后面临的最严峻挑战，需要所有德国人的协助和共同努力。

德国应对此次新冠疫情的体制至少包括三个层面：联邦层面的授权、各州层面的具体规制和多层级合作。其中，多层级合作不仅包括联邦与州和地方之间的合作，同时也包括国家与社会的合作。

联邦政府和州政府在规则制定和实施中的核心作用反映了德国联邦政府的两种传统模式：行政联邦制和合作联邦制。前者源自《基本法》中有关行政权限的宪法分配，即通常法律的实施都是由各州政府来承担；后者是指州政府在联邦立法中具有强大的影响力，这种影响力主要是通过联邦参议院（Bundesrat）中任职的州代表来实现的，以及联邦内部财政的均等化（即财政联邦制）。同时，合作联邦制也指以“多边讨价还价和寻求共识”为主要特征的联邦制制度文化。在合作性联邦制宪法架构下，3 月 16 日，联邦政府与各州首脑就新冠疫情的防控措施达成了一项协议，以便协调德国各州的防控举措。协议内容包括：关闭酒吧、俱乐部、剧院、博物馆、游乐场、体育设施和大多数零售店；有关医院和疗养院中社交距离的严格规定；禁止包括宗教团体在内的社会聚会的规定；所有大学、学校和幼儿园都应在很大程度上关闭。同时，因新冠疫情影响，大部分非必要旅行也不得不取消。由此可以看出，联邦没有权力在疫情防控领域对各个州发号施令，二者本质上不存在所谓垂直的上下级领导关系，而是一种“合作性联邦制”的宪制关系。

在联邦制国家中，多层级治理需要遵循辅助性原则（Subsidiaritätsprinzip）。辅助性原则的核心思想是指，政府的存在不是为了消解个体，而是为了成就个体。具体而言：一方面，只有当个体无法通过自身或者具有较小权力的共同体（如一般社会组织）解决问题时，政府的介入才是正当的；另一方面，当个人或者小的组织无法做到特定事务时，政府则有义务去进行干预。根据辅助性原则，如果属于州的权限，联邦不当干预了，则可能造成违宪。宪法法院的一个重要任务就是就联邦与州之间的争议进行裁决。

在多层级治理（Multi-level Governance）过程中，借助辅助性原则，德国力图在中央与地方之间、政府与公民之间达到良性的合作互补关系。正如默克尔在应对疫情早期时所表达的那样：只有联邦政府与各州之间在政策设定上紧密协调，德国的防疫政策才能真正发挥效力。

疫情期间超市收银台增加的防护设施（图片来源：作者拍摄）

2020 年 4 月 3 日，星期五

口罩与科学

德国确诊人数超过中国，累计感染人数达到 87 340 人。今天德国的一个重要新闻是，默克尔总理结束了为期 14 天的居家隔离，并返回总理府工作。据媒体此前报道，由于一位曾在 3 月 20 日接触过默克尔的医生被确诊感染新冠病毒，默克尔自 22 日晚居家自我隔离。

此外，读到两则有关研究机构的报道，借此谈谈科学系统在疫情防控中的功能和有效性。

一

第一则报道是关于罗伯特 · 科赫研究所（Robert Koch-Institut）建议民众佩戴口罩的新闻。此前，该研究所认为，并没有充分科学证据能够表明佩戴口罩可以显著降低感染风险，因而仅建议具有呼吸系统疾病的人在公共场合佩戴口鼻保护工具。根据今天德国《每日新闻》报道，从周四起（4 月 2 日），科赫研究所开始建议民众佩戴口罩，其认为此举可以减少感染风险，并能够产生一定的心理影响，唤醒人们的健康意识，从而强化“社交距离”政策的效果。

第二则报道是汉堡法医学专家强调不要过分恐慌新冠肺炎。在汉堡，所有死亡病例都会进行法医检测。基于检测结果，汉堡法医学研究所所长克劳斯 · 普舍尔（Klaus Püschel）认为，这种病毒以完全夸大的方式影响着我们的生活。至少在汉堡，感染死亡病例都曾患有严重的身体疾病，例如，癌症、慢性肺病、糖尿病或心血管疾病，吸烟者和肥胖者感染后的死亡风险也非常高。因而他认为，新冠病毒仅在特殊情况下才是致命的疾病，而在大多数情况下，其仅仅是无害的病毒感染。因此，无须对此过度恐惧，产生不必要的心理压力。

二

罗伯特 · 科赫研究所是联邦卫生部下属的联邦级研究所，是联邦政府在疾病监测和预防领域的中央机构，因而也是联邦政府在应用导向和措施导向的生物医学研究领域的中央机构。根据德国《传染病防治法》第二章第四节第一条的规定，科赫研究所的核心任务是发现、预防和控制疾病，尤其是传染病。主要任务是科学研究、流行病学和医学分析，以及对具有高风险、高流行性、公共性或“卫生政治重要性”的疾病进行评估。就法律职责而言，根据一般法律授权，发展科学知识，为卫生政策决策提供基础，即为主管联邦政府各部提供咨询，尤其是联邦卫生部（BMG），并参与制定规范和标准。就社会功能而言，其为专业人士以及越来越多的公众提供信息和建议。在发现健康危害和风险方面，其在早期预警系统的意义上发挥着核心的“天线功能”。

在疫情防控领域，科赫研究所无疑是知识权威的化身，尽管其本身并非政治权威，但对德国政府的决策具有十分强大的影响力。权威的一个重要社会功能就是给予人们一个无须反思便可据以行动的理由，从而减少人们的思维负担，弥补人们因为知识的匮乏所造成的不知所措。只有当权威与民众自身的信念体系极不相符的情况下，人们才会质疑权威，甚至否定权威。德国人给人的感觉就是严谨、规则意识强，其对于权威的服从性也比较高，这其中涉及历史、文化、国家制度、人种特点等诸多复杂因素。

科学建议实际上对普通德国民众而言影响很大。科赫研究所一开始“不建议佩戴口罩”，这一建议是完全出于科学考量还是受到政治系统的影响，我们不得而知。很多人认为，疫情暴发初期德国医疗物资储备并不充足，因此德国的基本策略是优先保障医护人员拥有充足的医疗物资。此时，如果建议民众佩戴口罩，可能引发民众抢购，导致医护人员没有充足的口罩。而如果医护人员被感染，无疑对整个医疗体系和防治工作都会产生影响。这意味着，一个简单的建议或者决策都会引发系统性的风险。所以，经过综合权衡，在疫情初期给出“不建议佩戴口罩”的建议便可以理解。

例如，汉堡的感染比例在德国处于前几名，在前期甚至是德国感染比例最高的一个州，感染风险相对而言也比较高。但即便如此，在我去超市采购时，发现佩戴口罩的人群比例依然很低。佩戴口罩的基本上都是老年人，而且大多都是普通的一次性医用口罩，很少见到 FFP3 级别的口罩。这种现象既源自德国民众长期以来对于戴口罩的一般观念，也跟科赫研究所、汉堡法医学研究所的科学建议有密切关联。

三

长期以来，德国政府十分重视循证决策（evidence-based decision making），强调证据和事实在决策中的作用。这样一种治理策略与德国人心理系统的一般特质十分契合，从而保证了德国政府疫情防控的实效性。根据深度知识智库（Deep Knowledge Group）最近发布的 COVID-19 国家健康安全性排名中，德国目前是欧洲最安全的国家，排名世界第二，仅次于以色列。这表明德国在检疫隔离效率、政府管理效率、监测和发现、紧急情况处置准备等方面都非常出色，显示了强大的治理能力和治理水平。

另据《每日新闻》报道，科赫研究所所长洛萨·威勒（Lothar Wieler）在当天的例行新闻发布会上表示，尽管目前的新冠肺炎感染人数还在增加，但是按照科学分析，目前的管控措施是有效果的。只要措施有效，德国便能够将病患的基本传染数控制在 1 以下，也就是每个病患最多再传染 1 人。这样一来，整体疫情的传播速度将得到显著控制。总体而言，德国病毒专家在面对疫情问题上的看法比较一致，默克尔在 3 月 18 日的电视讲话中将其概括为：减缓病毒的传播速度，为研究药物和疫苗争取时间，最重要的是为以最好的方式照顾那些生病的人争取时间。很明显，德国并没有像英国、荷兰以及瑞典那样采取群体免疫策略，而是依然寄希望于疫苗研发。因此，当务之急肯定是切断传染链，降低病毒的蔓延速度，防止对医疗系统的冲击，并等待疫苗成功上市。可以想见，德国甚至欧洲的疫情防控还将持续相当长一段时间，而在这期间，科赫研究所的作用显得尤为关键。

2020 年 4 月 27 日，星期一

信法不信人

今天非常荣幸与德国联邦议院国务卿、德国立法协会主席昆特·科林斯（Günter Krings）教授通话，就德国立法质量及其保障机制；德国立法教育的现状与展望；国会如何合法、有效率地应对社会危机（特别是此次疫情中，德国政府的应对策略和表现）；与其他西方国家相比，德国法治与民主的特色等问题向教授进行了请教，受益匪浅。按照原来的计划，这周我本应在柏林访问。因新冠疫情影响，德国联邦议院及联邦政府各部均暂停接受访问，所以相关计划安排不得不推迟。

之所以能够与科林斯教授取得联系，最重要的是要感谢卡蓬教授的引荐。4

月 16 日，我与卡蓬教授通话，专门就疫情防控聊了半个多小时。因此，今天我想结合与卡蓬教授和科林斯教授的谈话，谈谈德国是如何“依法抗疫”的？更准确地说，我想透过此次疫情，管窥一下“法治作为治国理政的基本方略”，如何在德国落实的？

一

之前很多亲朋好友都给我打电话或发信息，表达对我在德国工作生活的关心。通过与他们的简单交谈，我体会到一种感知上的距离，即国内觉得欧洲疫情十分严峻，人民生活在水深火热之中，所以大多会不断嘱咐尽量不要出门，出门一定戴口罩、护目镜和手套。但就我在德国的亲身经历来说，除了商场、理发店、餐馆等场所关闭外，其实生活上并没有感受到什么限制，人们的生活也没有很大的变化。虽然没办法下馆子、逛商场，但是周末集市上有很多小吃可以品尝。说实话，绝大多数情形下，我甚至感受不到管控的存在，除了从 4 月 20 日开始进商场、乘坐公共交通工具必须佩戴口罩。这里顺便插一句，德国人真的很有规则意识，政府口罩令一出，大家都很自觉地戴上口罩，虽然很多人出了门、下了车就会摘掉。当然，口罩供应依旧不充足，所以政府对“佩戴口罩”的界定也是很宽泛，比方说自制口罩、围巾包裹起来等都是可以的。所以，你会发现一个很有趣的现象，德国人的口罩五花八门、五颜六色。我所见到的最简单的“口罩”就是用一块白布条把鼻子遮住，嘴巴还在外边的（这个好像不合法，口和鼻应当都被遮住）。昨天我到耶尼诗公园（Jenisch Park）跑步，看到一个小姑娘坐在草地上，身前则摆放着几个粉色系列的自制口罩售卖，而且这口罩制作的水平那真是相当高，绝对是专业水准。我与朋友不禁感叹，德国人动手能力真的很强，而且不分男女。

大弗洛特贝克（Groß Flottbek）周末市场（图片来源：作者拍摄）

二

尽管与国内相比，德国的管控“很宽松”，但这里的各项防疫工作却井然有序，颇具实效。为什么？这让我想到了“大道无形”。在与卡蓬教授的交谈中，我们都赞同如下观点：最好的政府，是你平时感受不到它，但当你需要它时，它会及时出现并给予你最好的帮助。这样一种想法与联邦制、法治的理念内核都是相同的。在卡蓬教授看来，法治最重要的精神指向便是自治（autonomy）。

科林斯教授告诉我，德国的法治更多是一种演化（evolution）的产物，而不是革命（revolution）的产物，这使得德国的法律体系非常稳定，当然变化也非常缓慢（德国人的办事效率很多时候确实很慢），这也使得法治观念已经深入人心，成为德国人内心深处不可磨灭的历史记忆。同时，第二次世界大战不仅在军事和经济上，更在道德上击垮了德国。战后德国宪法或者《基本法》在将人民重新团结在一起（重建国家认同）的过程中，发挥了关键作用。相对于其他西方国家，德国法治在如下方面相对而言具有特色：成文法的透明性、更加重视法律技艺、政治权力的包容性和平等性、宪法法院。其中，在权力体系设计上，更加强调权力制衡，所以不希望给予一个人或者职位过大的权力。因此，在这种宪制架构之下，很难出现“政治强人”。虽然德国总理事实上拥有很大的权力，在政治上却与其他人是平等的。这当然与默克尔本人的执政风格有关，但更可能是德国宪制结构下的自然成效。

谈及德国在此次疫情中的表现以及国会如何有效应对社会危机时，科林斯教授首先表达了对中国抗疫努力的肯定，认为中国给其他国家分享了经验，告诉大家应当怎么做。总体而言，德国现在还是处于疫情之中，所以形势依然比较严峻。但是，德国联邦议院目前没有错过任何一次会期，整体运行比较顺畅。同时，联邦政府在采取防控措施时，要十分重视保护公民的基本权利，因为很多人会对防控措施提出违宪质疑。但是，在他看来，面对严峻社会危机，在几个星期或者几个月内，合比例地限制公民的一些权利，是正当的。

三

法律系统的功能是稳定规范性预期，借此人们可以预期到政府、其他人的行动，从而保障互动以及沟通的顺利进行。之前跟一位曾经也在德国访学的师兄交流，我们一致认为德语国家在此次防控中的表现都是很不错的。特别是考虑到人口规模和感染数，德国无疑是做得最好的，至少在欧洲确实如此。究其原因，我们觉得这可能跟德国人的性格特质有关系，这样的一种性格特质实际上就是长期历史沉淀的结果。德国人对法律的信任远远大于对个人的期待。

从社会系统理论的角度来看，信任是所有沟通中的核心问题。任何沟通都需要信任，信任是简化社会复杂性的一个必要机制。因此，要真正改变人们对法律的不信任，不仅仅是改变具体的内容，不是政府做几件暖心事或者法院平时依法裁判等就可以了，更重要的是改变人们的思维形式，改变人们的期望结构，实现人们对法律系统本身的信任。这种改变既要遵循法治的一般规律，也要正视自身文化的历史沉淀，在持续建构的过程中实现演进的稳定成效。当然，这样一种稳定成效或者固有值本身也是不确定的，因而也是有风险的，必须时刻进行自我反省，以便达到人们对法律之信任结构的动态稳定性。

2020 年 5 月 4 日，星期一

疫情下的华人

这些天，我对身边一些在德留学或者工作的同胞进行了访谈，借以了解大家对于疫情的感知。在此将其梳理并发表一下自己的一些感想。我访谈的问题主要包括四个方面：第一，新冠疫情对你的生活影响大不大，主要表现在哪些方面？第二，疫情对你的学习或者工作有什么影响？第三，你对德国政府防控措施的感知是否强烈？第四，请对比一下中德在疫情防控中的表现。采访对象共 7 人。其中，博士后 1 人、正在汉堡大学攻读博士学位的 2 人，以访问学者身份在汉堡大学交流的国内某高校博士研究生 2 人、欧洲学院（Europa Kolleg）硕士研究生 2 人。

第一，疫情对生活的影响程度，这实际上涉及大家对此次疫情的风险感知。其中，5 人觉得影响有一些，但不是很大。大家的理由大体包括两个方面：一是超市的生活物资供应还是很充足的，价格也比较稳定，整个社会运行比较有序。唯一的影响就是餐馆都停止营业了，所以没办法下馆子。在汉堡，中餐馆以实惠著称。比方说，如果你在超市买一盒寿司，里面包括 6 粒，可能需要花费 8 欧元左右。但如果去中餐馆，9.9 欧元就可以吃上寿司自助了；二是在德国，大部分中国留学生或者研究人员的人际交往范围相对有限，因此平时没有多少社交活动（事实上，相较于国内，德国人自己的社交活动也不是很多）。

总体而言，这 5 人对疫情的风险感知都比较理性，大家基本上都表示要做好必要的防控措施，但是没必要恐慌。所以，平时大家也会进行适量的户外运动。顺便提一下，德国城市的人口规模都不大，比方说汉堡是德国第二大城市，但人口也就 150 万左右，这与我国存在巨大差异。同时，城市规划比较合理，生活居住区域外出的话碰到人的概率比较低。我自己做了一下测算。例如，早上 11 点左右我从住处前往附近的 LIDL 或者 ALDI 超市，距离大约是 800 米左右，每次往返路上遇到的人数都在 10 人以内。在超市遇到的人数时多时少。但是，每个超市都会遵守社交距离 1.5 米的要求，所以都会控制超市内部的购物人数。在 4 月

因社交距离规定，超市外排队等候购物的人们（图片来源：作者拍摄）

德
国

20 日放松管制前，超市门口都会有工作人员进行引导，一旦超市内人数超过一定数量，顾客便需要在门口排队等候。其他顾客出来后，相应人数的顾客再进入。超市内部的地板上都贴有社交距离的红色提示线，非常醒目。结账处如果出现排队超过 3 人的话，基本上就会再加开收银柜台，从而保证人员的快速进出。此外，大部分超市门口提供免费的消毒喷雾，顾客消费结束后可以进行手部的消毒。德国人都会非常自觉地遵守社交距离规则，在选购或者结账时，如果顾客之间距离太近的话，工作人员也会适当进行提醒。

另外 2 位留学生表示疫情对他们的生活影响很大，这主要表现在：感觉超市中的人数还是太多，而且由于刚开始戴口罩并非强制，所以大部分人都不佩戴，因而感觉风险太大。为了减少风险，基本上每次都是采购至少 10 天的食物。另外 5 位受访对象则表示，要重视但不能恐慌。他们进入超市前都会戴口罩，回家后会将购买的食品外包装进行必要的消毒，也会用洗手液洗手 15 秒以上，有的甚至直接洗个热水澡，以便减少感染风险。

第二，疫情对学习或者工作的影响。因为疫情原因，汉堡大学的公共场所

（图书馆、自习室等）都关闭了，学生上课都采取网络直播的形式。对于需要上课的学生（主要是硕士研究生）来说，大家普遍的感觉是影响不大，甚至很多人比较喜欢网上授课的方式，理由大体包括：线上授课形式更加灵活、自由；大家的坐姿会更加放松；需要自己课前和课后阅读更多的材料，从而提高自主学习能力；只要授课老师做好沟通，甚至可以参加其他国家大学的研讨课程等等。要说有影响的，就是大家的讨论可能不是很充分，有的学科（如数学）需要用到黑板和粉笔，可能受影响大一些，并且网络也可能掉线（与国内相比，德国网络的稳定性和速度都相对差一些）。

对于以研究工作为主的博士后和博士生而言，疫情影响存在学科差异。比方说，法学院的博士生或者访问学者都表示"基本上不受影响"，只是工作或者学习的地点发生了变化而已，从前都到图书馆，现在则在家里。对于实验学科而言，影响比较大。疫情初期，汉堡大学只允许开通特权的人员才能进入实验室，其他人原则上不允许进入实验室。放松管控后，实验室也需要遵守社交距离等规则要求，所以大家不能每天都去实验室，而是分为周一到周三，周四到周六两个组，周日则是每个组一个月。换言之，如果这个月 A 组可以周日到实验室工作，那么 B 组人员便不能去实验室。事实上，我看过他们疫情期间的实验室使用规则，非常详细，十分符合德国人的管理风格，例如，实验室的公共厨房只能在特定时段进入，并且要保持适当的社交距离。关于这些规则的执行和监督问题，他们都表示，大家都是自觉遵守，没有专门的监督机构或者人员，要说监督也更多是相互监督。

第三，对德国政府防控措施的感知是否强烈？受访对象有两位都是疫情期间从中国返回德国的，所以他们对中德两国防控措施的感知更加具有对比度，也更加深切。他们中有两位都表示，国内的管控强度非常大。受访的一位博士后告诉我，他们居住的地方，只有业主才有权进出小区。同时，业主只能在特定的时间段进出。如果出去了，但是没有在规定的时间段内返回，那么对不起，该业主只能在下午允许的时间段返回。其实，大家从国内各种报道中也可以看到各种防控中存在的"过度"的问题。当然，他对国内这种防控强度表示理解，因为国内民众很多还是习惯被管着，而且有很多不遵守规则的人。再加上处于春节期间，所以严厉的管控措施有时候还是必要的，但是方式方法需要改进。

相比之下，德国的防控就显得"非常宽松"，大家的生活会受到一定的限制，但如前所述，限制的程度十分有限。在汉堡，大家可以自由进出允许营业的超市等经营场所，也可以出门散步、跑步，但是禁止2人以上（不包括2人）聚集，同时要遵守1.5米的社交距离规定。否则，如果被警察发现，则可能会面临150欧元的罚款。超市或者其他仍在营业的商店如果没有遵守社交距离规定，则可能被罚款1000欧元。酒吧、餐馆等违反规定继续营业的，则可能面临4000欧元的罚款。这个罚款的力度还是很大的，所以我们可能会觉得威慑力度很大。事实上，如我之前讲的，在德国，处罚并非法律赖以执行的主要机制，相反德国人大多是因为规则意识比较强而自觉遵守法律。所以我们会发现，在德国人的思维之中，康德道义论的痕迹更重，结果主义则相对而言处于次要地位。

另外一位在疫情期间从国内归来的博士生告诉我，国内的防控力量都是下沉到社区或者村委会等基层，所以人们会深切地感受到政府的存在。返回德国后，她与身边的德国老师和同学强调了此次疫情的严重程度以及佩戴口罩的重要性，但是德国的老师和同学都有点不以为然。并且，他们相信德国的医疗体系很发达，所以不必如此恐慌。

在佩戴口罩的必要性问题上，他们还进行了一些讨论，由于在疫情初期，佩戴口罩并非法定义务，而且最开始时科赫研究所还不建议普通人佩戴口罩，所以德国人基本上都不戴口罩。即便是经过讨论之后，他们被这个来自中国的博士生说服，但仍然坚持：虽然戴口罩有效果，但是我们相信政府，所以我们也支持官方决策。

第四，关于中德在疫情防控中的表现。首先，大家对中国的防控决心和力度大体上都持肯定态度。有的认为，这次疫情充分展现了我们的制度优势，那就是可以集中力量办大事。例如，我们可以在八天左右兴建一座可容纳1000张床位的医院，这让很多德国人觉得不可思议。我们也可以用两个多月的时间将疫情基本控制住，实现复工复产。相比之下，德国人则有点“慢工出细活”的感觉，效率并不高，但也可以说是坚持质量优先于效率。两位欧洲学院的硕士研究生表示，在课堂上，个别其他国家的同学甚至觉得我们的数据不可信，因为在他们看来根本无法在短时间内就将疫情控制住。

很多时候，“意识形态”限制了人们的想象。部分西方媒体对华的歪曲报道，更是对部分人士产生了不好的影响，甚至存在一些不当的反华言论。当然，媒体总是偏爱具有冲突性的报道，以便博人眼球，一位受访者告诉我，绝大部分德国人还是很理智、很包容的，并没有歧视中国人。一位在德国学习工作了五年的受访者则认为，德国政府在此次疫情中的表现非常好，反映了德国强大的综合国力和治理能力，这其中就包括发达的医疗体系。在她看来，首先，德国在科研支持力度上比较大，而科研机构在地域上分布非常平均。这些科研机构中的很多都参与到了这次“战疫”，特别是检测工作，这极大地缓解了疫情对于整个医疗体系的冲击；其次，德国人规则意识强，所以轻症患者一律居家自我隔离（治疗），只有重症患者才会在医院接受治疗。另一位受访者告诉我，刚开始他对德国的防疫表现有点质疑，觉得防控措施太过宽松。但是，随着抗疫第一阶段的结束，他改变了自己之前想法，认为德国的防疫策略非常符合本国国情，至少就目前而言，德国政府的抗疫成效还是十分显著的。

我与上述受访对象谈论的内容还有很多，以上仅是就具有共性的观点所进行的梳理。其中，有这样两点引发了我的思考：一是大家普遍提到了德国人的规则意识；二是大部分人对德国现阶段的疫情防控成效表示肯定。规则意识强已经成为德国人的一个鲜明特点，这也是德国政府的防疫举措能够真正得到成效的关键原因。德国普遍存在警力不足的问题，这也是近年来德国社会治安变差的一个重要原因，当然治安变差更重要的原因可能还是难民问题。同时，德国非常重视个人隐私和信息保护，由此只有特定场所才被允许安装监控探头。所以，即便法律规定了严厉的惩罚，实际上真正被处罚的概率非常少。因此，在德国，法律的执行更多的是靠公民的自觉遵守。事实上，德国在治理结构上也非常重视自我规制和共同规制，这其实也是联邦制和辅助性原则的一种具体体现。

2020 年 5 月 14 日，星期四

写在后面

由于出版时间要求，我对“疫情下的德国治理”所进行的观察需要暂时告一段落了。到目前为止，我本人对德国政府在此次疫情中的表现是非常赞赏的，对德国的治理能力和治理水平也十分钦佩。目前，德国的社会生活已经逐步恢复正常，在美丽的初夏，人们纷纷走到户外，大部分人仍然自觉遵守 1.5 米的社交距离规定。但是，根据科赫研究所的统计，德国的基本传染数已经突破了 1 的警戒值，甚至有部分城市突破了联邦和州政府共同达成的警戒线（7 天内出现每 10

万人中超过 50 人确诊)，从而可能不得不重新恢复到 4 月 20 日之前的防控状态。德国乃至欧洲未来防控工作何去何从，还存在诸多不确定因素。

总体而言，疫情防控策略和举措是国家治理体系的一次具体运作。因此，如果要理解德国疫情防控的策略及相关决策，需要在德国国家治理体系和治理结构下进行，只有这样才能客观评价德国国家治理的能力和水平。正如习近平总书记所强调的那样：“一个国家选择什么样的治理体系，是由这个国家的历史传承、文化传统、经济社会发展水平决定的，是由这个国家的人民决定的。”对于德国而言，也是如此。德国政府找到了一种契合本国国情的治理策略。

“解封”后公园中休闲的德国民众（图片来源：作者拍摄）

坦率地讲，我不是德国研究方面的专家，对德国的了解也需要不断深化。我所记录的，只是通过日常所获得的有限信息，从自己感兴趣的研究视角来管窥一下德国的国家治理。我的观察视角肯定具有局限性或者盲点，不可能全面。并且，随着疫情的发展，也存在其他诸多不确定因素会影响德国抗疫的整体实效。

2021 年，德国即将迎来新一轮大选。卫生部长思潘以及巴伐利亚州和北威州两个州的州长被视为默克尔继任者的有力竞争者，这无疑会涉及联邦和州之间的政治博弈。同时，默克尔所在政党基民盟（CDU）也存在内部分裂的问题。诸多因素都会对德国政治系统的运作产生影响，进而间接影响到抗疫决策及其实效。

毕竟，政治系统是以权力为媒介的沟通系统，有关参与者以获得权力或者执政为旨归。执政者或许真的想要做出符合民众长远利益的决策，而在野党诸方则肯定考虑着如何利用一切机会去拥有权力。

柏林空城记

唐雪峰*

德国对于中国人来说是熟悉的，因为德国人的严谨作风，因为中国人对德国产品的高度认可、对德国文化的耳闻。但是德国对于中国人更是陌生的，德国社会的内在机理、德国社会的真实现状对于我们来说都缺乏细节，缺乏了解的渠道。疫情是一把手术刀，将德国社会“开肠破肚”，为我们了解这个神奇的国度提供了一次难得的机会。

我在德国首都柏林工作、生活，完整地经历了德国新冠疫情的全过程。因为篇幅原因，我以周记的方式重点将德国疫情从暴发到拐点出现的这段历程做了记录。关注点侧重于疫情本身、疫情物资、德国政策等主题。希望这些记录可以展现德国体制怎么应对疫情，以及疫情为我们展示的德国社会的众生相。

2020 年 1 月 20 日至 1 月 26 日

风声

1 月 20 日，钟南山在央视的采访中表示，新冠肺炎“肯定人传人”，还提到了 SARS，且提醒民众近期尽量避免前往武汉，然后还要随时佩戴口罩。当年 SARS 流行的时候我已经出国，正在匆忙地准备入学考试，所以这一堆信息没有

* 唐雪峰，自由职业者，现居柏林。

勾起我的切身体验，只是一览而过。没过多久有好友发微信，问我国外有没有什么风声？我当时一愣，说什么都没有。

1 月 23 日，中国突然宣布武汉“封城”。然后，香港的合作伙伴找我询价口罩。因为我觉得这个疫情不严重，等这边询价下单一堆事情做完，还没等采购疫情可能就已经结束了。所以就简单找了两个供应商询价。

1 月 25 日，春节，跟家人通电话，因为疫情，交流气氛特别。家里又有亲戚正好从武汉回来，所以今年的家族聚会也都省了。跟父母在电话里面有的没的地聊了几句，我宽慰父母，没关系的，难得过一个清净的年，疫情肯定会过去的。

2020 年 1 月 27 日至 2 月 2 日

遥远

中国国内疫情依然严峻。

开始有供应商提供样品过来，讨价还价一番。结果香港客户觉得价格高了。作罢。

又陆续接到国内客户的询价。这个时候我开始认真对待。于是在德国主流的防护用品门户网站上挨个打电话寻找产品，谈价格。但是基本上客户都觉得价格高了。

1 月 28 日，德国出现了第一例新冠病毒患者，男性，在拜仁州施塔恩贝格县（Starnberg）的汽车配件工厂工作。之后的几天，陆续有同事检测出阳性，被隔离。

尽管如此，我还是感觉新冠病毒离我还是有一段距离。

2020 年 2 月 3 日至 2 月 9 日

代购

几经沟通，客户终于接受价格，我赶紧下单。结果口罩已经处于缺货状态，需要等货期。再打电话，几个主要门户网站都开启留言模式，目前因为冠状病毒暴发，太多的询价，导致客服无法提供服务，只能通过邮件联系了。

这期间开始接到国内陌生企业采购口罩的询价，有国字头的、医疗口的询价。甚至国内某市的区政府人员通过私人关系找到我，请我帮忙，因为缺少口罩，大家工作可能都会受到影响。而市面上也没有多少存货，只能优先保证医院的供应。

3M 防护口罩成为硬通货，价格开始从 3 欧涨到 4 欧多。

周五，之前下单的供应商纷纷打电话或者写邮件告知被砍单。很多供应商明确表示，他们的库存已经空了，而他们自己并不在德国生产口罩，他们的工厂在中国，因为中国的疫情，国家管控口罩生产企业，并且作为口罩主产区的湖北正在“封城”当中，什么时候能恢复供应他们也相当茫然。

出于个人需求，我到周边药店采购口罩。售货员很热情，卖给了我 10 个，多的不卖。找到几家药店，都是一样的情况，因为药店断货了，仅剩的一些存货不能被人一次买完。想想也是，来德国十多年，基本上就没有见过德国人在大街上戴口罩。又去问医生朋友，医生说，很正常，很多药店就只有一两盒的量，因为法律规定药店必须有至少 3 个的口罩库存，否则这种平时根本没有人买的东西，他们才不会备货呢。所以能买到已经很不错了，何况口罩还有保质期。

2 月 7 日，施塔恩贝格县已经出现了第 14 例患者。不过传染路径都很清晰，隔离也都及时，一切尽在掌握之中。

2020 年 2 月 10 日至 2 月 16 日

寻找

被砍单后，无奈之下又重新开始寻找货源。这次是地毯式的寻找供应商。中国货源已然无望，只能找非中国货源渠道的口罩。最后联系上了东欧的口罩生产厂家，不过他们报价已经开始离谱，一盒口罩已经 10 多欧，而之前一盒 50 片装的一次性医用口罩报价才 1 到 2 欧。

又寻找到土耳其的厂家，了解到一些行业内部的信息。原材料疯涨。欧洲有大的集团采购商企图采购他们的产品，以百万盒为单位。他们的设备已经满负荷，而从中国新购进的设备要 3 月中旬以后才能从上海起运。等调试完毕，也就是 4 月份才可能开始投产。

口罩行业的形势如潮水一样大涨起来。4 欧多的 3M 口罩已经出现断货。口罩以外的防疫物资，比如防护服，已经开始进入疯抢的行列，温度计、额温枪也开始有人询价。

2020 年 2 月 17 日至 2 月 23 日

该来的还是来了

口罩的采购陷入死胡同，德国市面上但凡能看到的口罩，基本上已被抢购一空。

2 月 21 日晚，参加完聚会，我在车站等城铁，一个刚从意大利游玩回柏林的朋友在微信上跟我问好。寒暄之后，他说意大利的朋友刚刚告诉他，意大利北方的什么小镇要封了，出现 10 人感染。我一愣，赶紧搜新闻，获知意大利北部 10 个小镇关闭学校以及商铺，有 10 人感染，且有 1 人死亡，成为欧洲第一个暴发点。赶紧发了一条朋友圈。

一位在柏林的湖北人，最近为了给家乡筹集物资而忙得不可开交的女汉子，在我朋友圈留言："该来的还是来了。"

2020 年 2 月 24 日至 3 月 1 日

许愿

24 日晚，继续阴雨，从游泳池出来后，我发了一条朋友圈。算是许个愿吧。

大势已至。近半个世纪以来，人类第一次这么真切而强烈地感受到了"共业"。瘟疫涤荡着这个世界，这个转瞬即逝的时代，一个一个瞬间变幻莫测，却又让我们看到了更多的人性，看到了人的渺小，各种情感暴发，还不至于麻木。

惟愿远离恐惧，我们所恐惧的惟是恐惧本身。

惟愿安隐无畏，无畏苦厄灾疫，无畏病疾死别。

惟愿风雨共济，曙光早日来临。

2 月 25 日晚，德国新闻爆出有 2 例新的新冠病毒患者，一例是在巴符州，一例是在北威州海因斯贝格（Heinsberg）。

消息一出，感觉形势马上就不一样了。之前拜仁州的新冠病人仿佛离我们很远，而且拜仁州的病人康复迅速，让人觉得有些不明觉厉。但是这次新暴发的2例，有前面意大利作为“铺陈”，大觉来者不善。接下来的报道分析，巴符州的病例来源于意大利，而北威州海因斯贝格的病例找不到来源。而且之后在海因斯贝格陆续发现了更多的病例。在回溯他们过去14天的行踪时，发现他们都曾经到过柏林附近的热带雨林岛娱乐中心，在那停留了4天。看到这里，只觉得一大片乌云向头顶飘来，这犹如一个特大号的生化武器培养器。

我大学是在北威州亚琛市的亚琛工业大学念的，亚琛是离海因斯贝格最近的城市之一，因此我会特意关注亚琛的疫情。亚琛是大学城，人口不到25万人，其中大学生4.5万，中国学生有2600人左右，再加上工作、生活在亚琛的中国人，推测此地大约有3000多名中国人。亚琛的中国人反应迅速，第一时间就建立了疫情群，我也立即加入其中。疫情群在短时间内就从无到有，迅速扩张到了几个群。

29日晚，根据前段时间对物资采购的观察，我做了一个总结。我预计3月后中国的物资产能就会释放出来。而前期中国采购光了欧洲乃至世界的物资，现在欧洲需要物资的时候，中国如果不能迅速回输物资，那么中国的外交可能就会陷入被动，海外华人会身处反华风险之中。而接下来的经济危机，也将可能席卷全球。之前中美贸易摩擦，大家担心的货物贸易脱钩的情况，新冠病毒已经让它实现了，中国停产，美国缺货。当务之急是，中国需要快速恢复产能，恢复世界性的供应。

2020年3月2日至3月8日

一脚油门到底

3月1日晚23点24分，新闻报道，柏林出现了首例确诊病例。根据判断，我迅速建立了柏林疫情资讯群，重点关注以下事项：（1）政府动态，政府现在的运作体系；（2）患者病例情况、活动情况；（3）救治方式以及相关资源分布；（4）中国人的健康状况；（5）中国人自发自救的预案。

柏林市政府的官网上公布了热线电话及检测条件：（1）14天内接触过病人；或者（2）14天内在疫区停留且有新冠症状，经过医生确认；或者（3）14天内接触过来自疫区的人员，经过医生确认。

柏林 Vivants 医院新准备了 1860 张隔离床位专门应对新冠疫情。按照目前经验值推算，重症率为 15%。根据床位以及武汉的情况，我做了一个大致的推算。

目前武汉人口 1100 万，感染人数为 4.9 万，感染率为 0.445%。

柏林人口为 340 万，柏林市政府准备了 1680 张床位，根据 15%的重症率来倒推，预计对应 1.2 万人感染，感染率是 0.353%。

1680 实际是最大载荷，即同时可以收治的重症人数。算上换床率（死亡以及治愈），柏林市政府预估的可承载感染人数应该大于 1.2 万人。

参考中国湖北以外的省份，在没有医疗资源挤兑的情况下，治疗都是比较理想的。从目前床位来看，德国政府准备是足够的。

但是，这一切的前提是需要相应的医生、护士数量以及后勤供给，而这些够吗？

也就在 2 日，德国卫生部长思潘（Spahn）带领一众专家——包括被称为“德版钟南山”的德罗斯滕（Christian Drosten）教授——召开了德国新冠疫情新闻发布会，简要介绍了德国新冠疫情的现状以及目前采取的措施。

整体的思路是：

1. 尽可能不传染。

2. 尽可能控制传播速度。保证医疗资源不受到冲击。

3. 暂不采取中国式全国停产停工隔离的处理模式。

柏林夏利特医学院的德罗斯滕教授在几天前提出了全民 60%-70%感染的概念，引起了大量质疑。记者会上，他解释了 60%-70%的感染率来源。

60%-70%是放在两年或者更久的时间跨度内考虑的。新冠病毒本身是流感病毒的一种，当人感染并痊愈以后就会产生抗体。在不冲击医疗体系的前提下，病毒在社会中传播，感染的人都可以自愈或者被医治。当大多数人都有抗体之后，病毒的传播就会终止或者达到平衡。目前新冠病毒的传播速率还没有准确的数据，估计在 3 左右。

也是在 2 日，媒体公布了柏林首例患者的感染情况。患者是在热带雨林岛娱乐中心被传染的，最开始出现感冒发热症状后，去检测了流感，为阴性，于是医生放病人回家，顺便做了新冠病毒的核酸检测。一天后发现检测结果呈阳性，于是赶紧把病人接到医院收治，这纯粹的意外成了柏林的首例。从热带雨林岛娱乐中心停留到确诊，病人曾与 60 人接触。因为涉及个人隐私，外界并不知道更多细节。于是微信群中大家多了几分不安。

再看德国的震中海因斯贝格，该县县长提出，他不会“封县”。德国是联邦制国家，根据《基本法》，在防疫问题上，联邦不能干预地方的疫情管理，除非地方要求联邦介入，否则联邦只能辅助。因为体制上的巨大差别，看到中国国内抗疫的各种操作以后，再看德国的操作，中国群里有了各种心急。怎么还不隔离啊？什么时候建方舱医院呢？怎么还不要求大众戴口罩呢？大家无可奈何的心情可见一斑。所以当海因斯贝格的县长说不会“封县”的时候，大家就不淡定了。不仅如此，第一批确诊患者接触者今天已经解除了禁足。大家都惊呼，请给予新冠病毒以基本的“尊重”！

3 日，亚琛决定不再隔离没有症状的接触者，目的是为了保证医院运行不会因为新冠而瘫痪，并且不再隔离与确诊患者接触过但没有症状的医务人员。这一消息，在亚琛的疫情群里犹如深水炸弹，影响甚大。亚琛工业大学校医院是欧洲最大的大学医院之一，也是这次亚琛新冠病毒的诊疗中心。中国人都知道无症状传染意味着什么。校医院的这个决定，显然表面上是让医院的医生不会因为隔离而人手不足，但这却可能很快地使其发展成院感、群体感染。大家都为德国要将武汉走过的弯路再重新走一遍而扼腕，但是什么也做不了。

收到朋友发来的一张图片，柏林的诊所贴出来的。它要求如果病人有新冠症状或者感冒症状，或者在疫区曾有停留史，请按三次门铃，等待诊所工作人员的接待，但不要直接进诊所。工作人员会做好防护出来迎战。上面所列的疫区包括了中国湖北省，浙江省的温州、杭州、宁波、台州等。3 月中国的疫情实际已经接近尾声了，但是德国 1 月底认定的疫区，并没有发生改变。我们无法改变他人的“傲慢”。

柏林工大的内部邮件显示，有 3 名学生已经被隔离，他们与确诊病例有过密切接触，并且有症状。学校开始考虑取消集会活动。而有小道消息称，隔离三人当中有一名中国人。但是因为没有确切的消息，所以无法证实。正是这类扑朔迷离的消息，使得群里人心不安。特别是中国学生们，立即开始自我隔离，需要写论文报告的都一次性在图书馆借够资料，尽可能少出门。

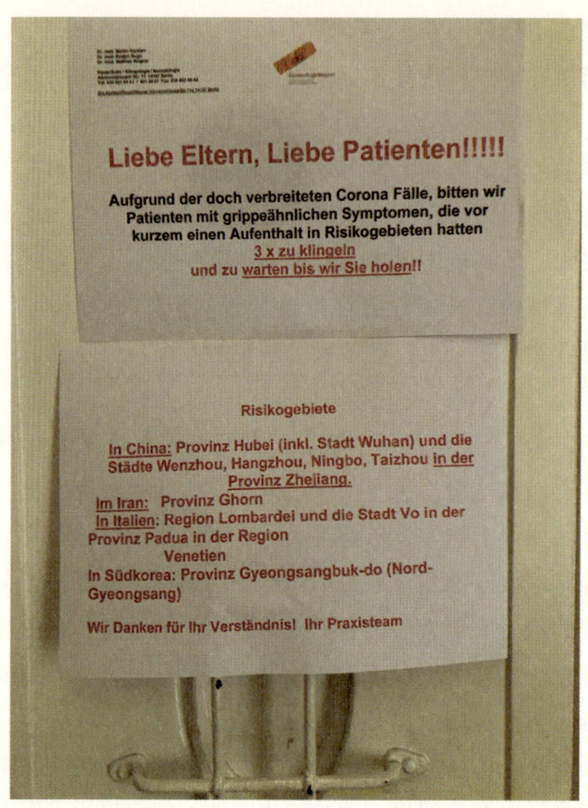

柏林一家诊所的通告

（图片来源：作者友人拍摄）

最让广大华人家长担心的是幼儿园、学校目前没有停课的迹象。如果学校、幼儿园发生群体感染怎么办？而家长还不能擅自让小孩逃课。请假最多也就 3 天。为此，不少家长发起了在线请愿，希望学校早日停课。

4 日，鉴于亚琛以及亚琛周边疫情的迅速发展，在亚琛的华人代表，包括教授、医生以及企业家等成立了亚琛华人应对新冠疫情志愿者信息和服务中心，为需要帮助的华人提供及时的服务，并且在群组内进行新冠病毒常识的普及、在线咨询等。中心的出现发挥了安定人心的作用。

3 日，法国宣布口罩等防疫物资由国家统一管理。4 日，德国作为回应，禁止物资的出口。物资的问题，渐渐凸显出来，德国医疗供应系统的人找到我，想让我帮助寻找资源。但是德国人对物资的价格预期还停留在 1 月时的情况，而现在的物资价格已经是当时的几倍甚至十几倍都不止。目前医院还有部分库存，但是面对每日大量的消耗肯定不能持续太久。而作为医疗系统的第一线，诊所系统已经出现了物资短缺。有医生发视频抨击德国卫生部长思潘，思潘说一切都做好准备了，但是诊所医生都没有防护物资。如果诊所医护人员得不到应有的保护，他们将面临不得不关闭诊所的窘境。

这边疫情迅速发展之际，土耳其却打开边境，开始放任难民涌入欧洲。希腊顽强地将难民抵挡在国门之外。2020 年的德国，在经过 2015 年难民潮之后，不再暴发圣母情结，不敢轻易松口放开欧盟边境，接收难民。难民压力又给疫情期间的德国投下了一层阴影。

3 月 5 日，德国感染人数首度突破 500 人。北威州、巴符州、拜仁州成为疫情最严重的地区。

随着德国疫情应对措施的开展，在政策以及具体实践方面，周围的中国人越发觉得，德国的操作方式同大家期待的或者经历的方式差距越来越大。在中国，民众生病了直接去医院，而在德国是要求民众先去诊所，经过诊所医生的联系，才能决定是否检测及住院与否等。德国并非中国式的全防全治，哪怕对与感染病人有接触的人群也都没有搜集全部线索逐一排查。隔离方面也存在很大的差别，中国的强制隔离在执行的时候，有监督人员，饮食方面都有照顾。而在德国没有人强制执行，全靠自觉，没有人来保障饮食，全靠自己采购。如果隔离期间被发现违反规定，还要进行相应的处罚。具体的检查与处罚方式，各地方政府都有自己的标准。

我觉得基于当下德国的抗疫手段，疫情的走向充满了未知数。于是我在朋友圈及疫情群内呼吁，没有事的国人，都回国。一方面现在条件都还宽松，机票价格等都还合适，中国也没有将欧洲当作疫区对待。另一方面，没有必要将自己置于无谓的风险之中。

3 月 6 日到 7 日，德甲联赛如火如荼，在海因斯贝格边上的门兴主场对阵多特蒙德，8 万人的球场座无虚席。而柏林赫塔队的球赛也全场皆满。整个周末的德甲、德乙赛场，人们尽情释放自己，全然不顾新冠病毒的存在。90 分钟声嘶力竭，激情碰撞，再加上比赛前后的交通人流，为病毒传播创造了再好不过的条件。

3 月 8 日，国际三八妇女节，柏林有上万人在三个不同的地方游行。据悉，全德各地都有类似的集会游行，在法兰克福还有半程马拉松比赛，也是盛况空前。

一方面是德国整个周末高密集的活动，另一方面是疫情的迅速发展。仿佛车已经从市区驶上了高速，一脚油门到底，加速飞奔。中国人因为眼见了武汉疫情的惨烈，所以大家都战战兢兢，万分小心，各种准备防范。而德国人脑袋里面根本没有那根弦，反正专家说了就是流感一样的病毒。德国人相信他们的专家，专家说准备好了，那德国就是准备好了。专家说床位充足，那肯定就是床位充足的。

2020年3月9日至3月15日

马照跑，舞照跳

3月9日注定是见证历史的一天，美国标普500指数触发了美股史上的第二次熔断。而德国的DAX也跌去740多点。疫情的影响开始扩散到金融领域。又有说法是，金融领域的风险本身就存在，只是疫情及石油交易触发了。不知道这场风暴会刮到什么程度，又会刮到哪里为止？

德国报道本土第1例和第2例死亡病例，分别来自埃森和海因斯贝格，都在北威州。第1例死者为来自埃森的89岁女性，于3月3日确诊。第2例为来自海因斯贝格的78岁男性。在此之前的3月8日，在埃及旅游的60岁德国消防队员因新冠死于埃及，成为德国海外死亡第1例。

今天的另一则信息也很劲爆，德国的内政部长霍斯特·泽霍夫（Horst Seehofer）因为参加了欧洲内政部长峰会，必须进行为期14天的隔离。同时有报道称，瑞典央行行长新冠检测呈阳性，意大利陆军参谋长确诊感染新冠病毒。病毒专门欺负老年人，而政客们年龄普遍偏高。如果要是有什么闪失，那欧洲政坛又会生出多少故事来。

意大利开始封国。而封国之前我们就听说德国南部的村庄里突然冒出一些意大利人来投靠亲戚。意大利封国本身是自己抗击新冠疫情的需要，但是放在欧盟的背景下，欧盟人员自由往来政策都将在执行上受到影响。出于政治影响考量，欧洲的老大德国没有主动提出关闭边境。这或许可以认为是疫情在欧洲政治政策上的传导滞后性。

可以预料的是，欧洲国家接下来人员往来会中止，国家边境会陆续关闭，这恐怕是欧洲自欧盟成立以来的第一遭。

10 日，奥地利宣布对意大利关闭边境。德国萨克斯安哈特州沦陷，成了德国最后一个检测出新冠病毒的州。昨日意大利宣布封国，随后微信中便流传意大利华人华侨呼吁撤侨的公开信。言辞恳切，完全可以想象到意大利华人处境如何。这种信息也直接影响了德国的华人华侨。

不过一次性撤退这么多人，是不现实的。30 万人，往哪里安顿？撤退过程中交叉感染了呢？先有了意大利，接下来法国、英国、德国等其他欧洲国家呢？

就算撤退，一个航班 220 人左右，每天调集 20 个航班，一天也只能撤退 4400 人。30 万人全部撤退，这得多少天？

同样的情况也适用于德国、法国等其他国家。意大利封国以后经济停摆，欧洲内部产业链必定被打破。意大利一时半会是恢复不了秩序的，对周边国家的影响必定会逐步显现出来。如果再有第二个国家赴意大利后尘，那欧洲就是“一锅糨糊”了。德国经济 2019 年第四季度就已经很难看，现在因为世界范围的疫情，必定更难。中国先停摆两个月，接下来世界其他地方再停两三个月，德国自己就算控制住疫情，那也是剥一层皮。

而德国本身的食品供应，特别是蔬菜水果都靠进口，一旦混乱开始，那会出现很多不由德国自己把控的情况。随着欧洲疫情的持续，通胀乃至食物的短缺都是可以想象的。

中国为欧洲争取了两个月时间，意大利为德国争取了两周时间。两周前谁会想过意大利封国？一周前谁想过会困在意大利经历动荡？

3 月 11 日一早，德国的统计数据出炉，感染人数破 2000 人。

世界卫生组织将此次疫情定义为“大流行”。柏林工业大学宣布停课，改为网上授课。随后亚琛工业大学也宣布停课，但是考试继续。亚琛抗疫群里迅速“炸锅”。这一届的学生真的很“难”。

3 月 12 日，德国宣布超过 1000 人以上的活动统统取消。于是曼海姆音乐学院把观众人数限制在了 999 人。音乐会继续。马照跑，舞照跳。

今天美股再次熔断，德国的 DAX 一口气跌了 850 多点。疫情对金融的影响，使得大家现在有一种惊慌失措的感觉。不知道这种情况会不会成为危机，又会在什么时候传导到大众身边来。头顶一团乌云，并且起风了。

3 月 13 日，消息一个接一个地来，柏林大有“封城”的感觉。

早晨9点，柏林宣布城市短途交通工具减少运量运力到最低。同时，保证医院运作以及水电供应。继大学以后，中小学、幼儿园也宣布停课。群里面的妈妈们终于长舒了一口气。

就在今天消息宣布以后，超市出现了抢购潮。从之前的“脱销王”手纸，一下子扩展到肉、菜、各种罐头、面、油等，就连洗头洗澡的这些日化用品也都出现了“空架子”。我住市郊，也出现了“空架子”的情况，而市中心的超市早就被抢得一塌糊涂。“神兽”们马上要回家养着了，家长们如临大敌，自然少不了各种采购。又因为疫情，大家也都是囤囤囤，做好准备。

下午3点，商业行会宣布会保证所有超市的物资供应，并且周末不限制货车高速行驶，以便货物能够第一时间配送到位。

到下午5点政府宣布柏林所有的游泳馆关闭，快到6点的时候，宣布所有的酒吧、俱乐部等娱乐性经营场所自下周二起关闭。

大家纷纷在群里商讨各种政策走向，最关心的是，这样下去会不会演变成“封城”，以及封城以后会发生什么。像打鸡血一样，充满各种不安与激动。不过最让人慰藉的是，柏林的国人们早就提前做好了物资准备，囤好了各种东西。

今天世界卫生组织将欧洲界定为疫区。捷克总理宣布所有外国人禁止进入捷克境内，同时也禁止离开边境——等同于封国。这意味着捷克单方面关闭了德国与捷克的边境。奥地利宣布全国进入紧急状态，商店、餐馆关停。

这两天突然冒出两则德语假新闻，一则是德国的大型超市连锁Kaufland关门的消息，另一则是德国超市从16日起关门的消息。不知道制造这两则消息的人出于何种目的，但是制造谣言，特别是危机时刻制造谣言，都是非常恶劣的事情。

今天德国宣布关闭与法国、奥地利及瑞士的边境。

到目前为止，德国的政策基本上是停学不停工，降低社会活动程度。然而不停工的最大问题在于，这种措施不能斩断疫情的传播，只能起到抑制作用。并且德国还不宣传戴口罩，物资的缺口还没有真正得到社会正视。德国抗疫的形势让经历过武汉疫情的中国人实在是心头难安。

2020年3月16日至3月22日

请严肃认真对待

3月16日晚6点，默克尔总理召开新闻发布会，详细介绍了德国最新的防疫措施，涉及所有的民生产业。零售业除了超市、市集、药房、日用品店、加油站、银行、邮局等继续营业外，其他必须关闭。饭店营业时间调整到18点。休闲场所、运动场所、所有学校等一律关闭。停止一切宗教活动。全德实行1.5米安全距离的规定，除家人外，其余情况下人与人必须保持1.5米的距离。

措施有了，但是看起来还不是中国人期待的力度。与武汉和中国其他地方的措施相比差别很大。但毕竟德国已经开始行动起来。

3月17日德国感染人数破万，而死亡人数只有25人。也许这么低的死亡率才是德国人措施这么温柔的原因吧。不过也有很多人怀疑这么低的死亡率是怎么做到的，是不是有问题。法国的死亡率已经达到2.2%，而德国只有0.25%。是否统计有所滞后？或者统计方法有问题，死于并发症的人没有归类到新冠死亡人数里面？

不过类比中国湖北以外地区的死亡率，我个人觉得德国的死亡率还是可信的。只要在医疗资源充足的情况下，新冠死亡率应该能够控制到低水平。

德国各地开始纷纷扩充医疗设施。柏林计划把旧的展会场馆改建成临时病床位。而开姆尼茨（Chemitz）更是搭建了类似方舱一样的就诊小隔间，以应对可能即将到来的冲击。

今天欧盟宣布禁止非欧盟居民入境，立即执行。有群友说，难民潮没有实现的事情，病毒却轻轻松松就实现了。

3月18日晚7点15分，默克尔破天荒地以“请严肃认真对待”做了电视讲话，这是她执政十四年以来的头一遭，发布这样的紧急电视讲话，2008年金融危机、2009年欧债危机的时候也没有过。事关德国的每个人，默克尔晓之以理动之以情，告知大众当前危机的基本情况、国家的应对措施，要求大家在特殊时期行动起来做好保护，团结一致共同渡过疫情难关。

欧盟层面，欧盟委员会主席冯德莱恩（Ursula von der Leyen）同李克强总理通话，从中国采购200万个医用口罩、20万个N95口罩、5万支检测试剂。这是欧盟第一次向中国采购抗疫物资。鉴于当前的情况，这些物资要怎么分配还不清楚。欧洲疫情暴发以来，欧洲各国各自为政，意大利有求不应，已经形成了一种潜在的欧盟危机。危机会不会扩大，还需要时间来观察。

世界卫生组织宣布要针对德国的低死亡率展开调查，并对“利用60%的人口感染建立群体免疫力”的说法提出批评，不建议使用“群体免疫”的概念。在德国，最开始是病毒专家德罗斯滕提出60%群体免疫说法的，默克尔直接拿来就使用了。

3月19日，美股再次熔断。特朗普总统发表罕见的盘中讲话，然而他一边讲，股市一边往下掉，讲话结束，跟着就熔断了。石油跌到22美元一桶，黄金也跟着跌。十年期美债大涨15%。资本走投无路，市场价值观变得混乱。特朗普第一次使用“中国病毒”来描述新冠疫情。国人群情激愤。

3月20日，德国感染人数突破2万，死亡56人。感染人数从破1万到破2万只用了3天时间，而死亡率未变。拜仁州宣布封州，成了德国第一个执行封闭政策的州。

德国宣布解除防疫物资出口禁令，允许欧盟内部物资进出。两周以来，德国已经两次扣押了瑞士的物资，一次美国的物资，一次意大利的物资，很牛气。分析原因，一方面是欧洲各国开始从中国采购物资，另一方面就是德国发现欧盟因为抗疫物资出现的矛盾会将欧洲引向一个很不利于德国的未来，所以需要及时调整政策，以免战术错误导致战略目标受到影响。

今天的《图片报》当了一回“总理狗仔队”，跟着记录了德国总理疫情下的生活。下班后去超市采购。看得出来总理5点就出现在超市了，下班挺早。总理居然买到卫生纸了，不科学。总理买那么多酒，压力挺大。也许总理想通过这种方式，给德国大众释放信息，就算疫情来了，该有的生活节奏还是要有，不能慌乱。而事实上，德国的节奏也一直保持得很好，大众也都没有表现出恐慌心态。

今天柏林还颁布了新的政策，从本周日起，禁止10人以上的聚会活动，禁止所有餐馆堂食，只可以自取或者外卖。这将在很大程度上改变德国人的生活方式。自由惯了的德国人恐怕会觉得很难受。不知道具体实行情况怎么样，只能等待时间验证。

今天我进城去补给了一些物资，气氛明显不一样了。有少数德国人戴口罩了。有亚洲人，我猜是中国人，把护目镜也戴上了。大家刻意保持距离。在车厢里文明地避免目光相交，各种站位使自己与别人不正面相对。手尽量不触碰到陌生物品，尽可能减少与周围的接触。开门的时候绝对不拥挤。

进一次城，就跟丛林探险一样，超级刺激！

夜幕降临时的车站

（图片来源：作者拍摄）

3 月 22 日，昨天报纸报道了默克尔的出行，今天就有了意外的后续。周五上午，默克尔去私人医生那里注射了肺炎疫苗，而今天得知诊所的医生新冠病毒检测结果为阳性。默克尔成了密切接触者，现在她必须居家隔离两周，并且要做一系列检测。

政策发展太快，昨天公布的 10 人聚会禁令，今天就被推翻了。联邦和州政府达成一致，禁止 2 人以上的接触，但家庭及伴侣除外。全德理发店关门，餐馆只能外卖或者购买者自取外用。禁令至少执行两周。政策一步步加码，却依然不是中国人期望的一步到位。这种挤牙膏式的政策调整是德国特色的政治博弈结果。大家都要自由，政客们不想得罪选民，那可怎么是好。德国的游戏规则是，联邦和州都有相应权力来制定政策，这就给各方博弈留下了很大的空间。一旦联邦不想揽烫手山芋时，就丢给州政府自己去决定；一旦联邦觉得过了底线，就会出手制止。这种灵活性就是德国体制对政客的优势所在。但这个游戏规则是否真的对选民有利，还有待验证。目前还只能看疫情发展，抗疫结果才是检验体制的标准。

柏林禁足的细节今天也公布了。一开始看时觉得它很严格，觉得这下对了，觉悟了。不过越往下读越觉得——也就是那么回事。反正要出门，还怕找不到理由？

1. 公职人员，比如警察、消防、急救等部门工作人员可以出门。城管、卫生部门的相关人员可以出门。市区工作的人员可以出门。

2. 购物可以出门。需要散步或者运动的时候可以出门，但只能独自一人，不能结队成群。可以拜访亲人、伴侣、老人等。基于私人赡养、陪伴照顾未成年人、丧葬等原因的允许出门。

3. 可以遛狗。

4. 看病、就医可以出门。

5. 公共交通包括出租车继续运营。送货及取货的车可以上路。

6. 上下班是允许在马路上出现的。

2020 年 3 月 23 日至 3 月 29 日

求助

海因斯贝格县县长发公开信向中国求助。现在前线的物资缺口巨大，需要借鉴中国的抗疫经验，他希望跟武汉结对子。海因斯贝格是州下面的一级，县长的这个声音好像跟德国联邦的调门不太协调，中央与地方在行动上出现了分裂，并且县长的呼吁已经涉及外交事务。不知道这件事情后续会怎样发展。但是它反映出来的情况是，德国前线的抗疫情况不容乐观。

今天查资料，看到一些前几天的消息，德国现在好像放弃“应测尽测”的标准了。亚琛 19 日宣布不再免费测试，而斯图加特 18 日宣布轻症不测。这意味着德国基本上选择了一条跟中国不一样的抗疫之路。检测执行方面，各个地方政府有权力制定地方检测标准和实际执行措施，德国从一开始就没有统一协调。现在各个地方根据自己检测能力和物资条件决定放弃应测尽测原则，那么之后轻症怎么办呢？这场抗疫之战要怎么打呢？

3 月 24 日，各个群都突然变得异常安静，大家都不关心现在的感染人数了，没有人问，也没有人主动发布。平平静静地，或许大家已经习惯了这个节奏而变得麻木，或许大家已经系好了安全带，准备迎接暴风雨的到来。

今天终于有专家开始提倡推广戴口罩了，说口罩对遏制新冠病毒有意义……

德国疫情发展到今天，很多政策观念方面与德国的病毒学家德罗斯滕不无关系。德罗斯滕教授是柏林夏利特医学院病毒学研究所的所长，因为人在柏林，天子脚下很容易一步登天。德罗斯滕勤于出镜，在疫情一开始就在 NDR 电台开通了个人播客，每日一更，不断发表超出专业领域的言论，对经济政策、社会行为、边境政策等问题都发表了看法。在德国精英社会中，他在前期成了类似于“新冠政客”甚至“新冠总理”的角色。对广大民众而言，他的专业知识以及恰到好处的幽默语言使大众亦步亦趋紧紧跟随着他对疫情的看法。对各路政客而言，卫生部长思潘更是与德罗斯滕出入相伴。默克尔也基本照搬德罗斯滕的观念，比如 60%-70%民众感染群体免疫、财政政策、特殊群体保护，等等。

德罗斯滕在 NDR 开办的播客封面

（图片来源：NDR. de）

在德罗斯滕灌输的错误观念下，大众完全没有把新冠病毒当成一回事。直到意大利“封城”且医疗体系不堪重负，各种惨状暴露在大众面前，德罗斯滕才一脸揪心地说低估了对“新冠”的认知，现在他改变自己对“新冠”的看法，认为它绝对不是简单的流感。

从 3 月 13 日开始，部分政客开始对德罗斯滕提出批评，社会不同的声音开始被大家接受。大众开始发现，德罗斯滕一方面对疫情过于轻率，另一方面又过于学院派。这就导致德国在抗疫上错失了良机，导致整个社会将为此付出巨大代价。

德罗斯滕被中国人称为“德版的钟南山”。但是稍微对比一下我们就会发现，此“钟南山”非彼钟南山。中国的钟南山除了在发现新冠人传人的情况下，通过媒体提出在武汉的尽量留在武汉，没有重要事情不要来武汉，拉响了“封城”抗疫的警报外，并没有过多言论干预政府政策的制定。专家只就本专业领域提出意见，政策决策则由政府拿捏。而德国“钟南山”却能量很大，不仅什么都讲，甚至直接影响政策走向、民众对疫情的认知。

为什么德罗斯滕能够做到这样呢？

个人认为，一来德罗斯滕是专家，且专业领域成绩斐然，在 SARS 病毒、埃博拉病毒等领域都走在前沿，这次新冠病毒的检测方法又是他率先提出的，权威得以确立。虽然期间也有另外一位德国病毒学的领军人物亚历山大 · 凯库莱(Alexander Kekulé) 有其他观点，但是被媒体、政客以及大众自动过滤掉了。

二来在问题还没有真正出现的时候，政客是不会随便冒犯主流观点的。所以，政客乐见德罗斯滕的大嘴巴，然后再看民众的反应。德罗斯滕在前面冲，政客只用跟在后面就可以。政客在疫情发展中的不作为可见一斑。

三来德罗斯滕身段也很灵活，比如最开始提出小孩免疫力强，新冠病毒不会感染小孩，后来波兹坦出现幼儿园儿童感染事件，德罗斯滕随即调整自己的观点。就这样，德罗斯滕随着疫情的发展，依照认识规律“科学地”调整自己的观点，然后德国大众也跟着节奏在调整。大家“演”得合情合理。

难道中国发生的一切德罗斯滕没有看到吗？德罗斯滕的解释是，中国的数据不可信，不采纳。德罗斯滕的“恶”以及随之而来的抗疫贻误战机，是德国社会制度的必然，是意识形态的产物，是傲慢的结果。

(因为以上情况，所以疫情刚刚发生的时候，在德中国人各种忧心忡忡、不理解，觉得德国人真的不把“新冠”当回事。而德国人又觉得中国人反应过激、神经质。)

随着德国社会开始意识到问题的严重性，主流德国人开始囤粮囤货，紧张严肃起来。从媒体、从周围跟德国人的打交道中，我能明显感觉到整个社会调动的节奏带着刚硬。用朋友的话说就是“面带凶相”。

这种“凶相”的另一层面就是德国的雄厚实力——从死亡率、新冠检测数量、床位、社会资源调动等方面对比，德国明显甩开欧洲其他国家一大截。

抗疫，本来是一场阻击战，现在演变成了拉锯战。因为德国始终不采取全防全控的策略，所以接下来会不会变成持久战，让我们拭目以待。

3 月 25 日，德国医院协会报告，目前德国医院共收治了 1000 名新冠重症患者。而全德医院最多可收治 4000 名重症患者。目前德国疫情处于初始阶段，未来发展不可预测。罗伯特·科赫研究所（RKI）准备降低新冠检测门槛。新的门槛为：

1. 已出现典型症状，例如咳嗽或呼吸急促；
2. 与确诊患者有过直接接触；
3. 属于高风险人群；
4. 直接接触高风险人群的医护人员；
5. 有严重病史。

其再次强调“口罩能够在病人打喷嚏或咳嗽时阻隔飞沫，有效阻止病毒传播”。

现在问题来了，口罩在哪里？德国面临一个巨大的物资缺口。统筹抗疫物资本来是德国卫生部长思潘的责任，但是现在他两手空空。今天德国电视二台更是报道了他的失职：曾有批发销售商因为中国 1 月份大量的采购，向思潘写邮件提醒保证库存的问题，但是邮件石沉大海。思潘并没有做出回答，直到昨天才回复了邮件。思潘为自己的失职道歉。

今天，又有一个问题进入到大家的视野中：一旦医疗设施不够，那先抢救谁呢？意大利、西班牙已经发生了人伦悲剧，80 岁以上的老人必须把床位让给年轻人，被迫放弃治疗。虽然目前德国还没有发展到这一步，但是如果这一天在德国发生，又会怎样呢？德国决定不采取意大利、西班牙的办法，准备成立一个伦理小组。小组由两名资深急救医生、一名资深护士代表组成，可能再根据情况加上专科医生。谁能获得关键的医疗资源将由伦理小组决定，原则是谁存活的概率更大就先救谁。

今天，美国的感染人数超过了中国。

3 月 27 日，德国感染人数破 5 万人，柏林破 2000 人。德国宣布 1.5 万士兵投入战役，而同时开始接受意大利、法国的重症患者。

3月28日，柏林和勃兰登堡州的零售商协会呼吁，超市购物时请戴上口罩。所有的超市收银台都架上透明有机玻璃作为隔离，阻挡飞沫。并且超市购物限制距离至少1.5米。

今天还看到一则消息，它可能会作为德国缺乏口罩下的一个缩影。波兹坦残疾人康复中心需要口罩，于是他们呼吁德国人行动起来，用耐高温的棉布在家缝制口罩，之后寄过去帮助中心的150名残疾人。一方面德国还在纠结各种口罩认证的问题；另一方面，棉布口罩也已经成为难得之货。

物资方面，在口罩之外，现在呼吸机也是极度火爆的产品。德国自己本身也制造呼吸机，特别是经历过SARS的德国企业，更是有所准备。这一点体现出德国的实力和企业的社会责任心。

3月29日，海因斯贝格县县长接受媒体采访，就23日向中国发出公开信的行为进行解释，表示公开求助中国是出于德国联邦不解决问题的无奈之举。县长此举存在违宪的可能，而是否违宪已经不是县长的第一考量，救人求生才是。

德铁上空荡荡的车厢，到处张贴了新冠病毒的注意事项（图片来源：作者拍摄）

2020 年 3 月 30 日至 4 月 5 日

关键一环

3 月30 日，柏林下了今年的第一场雪，这也是自 2019 年入冬以来的第一场雪。这雪的节奏，就如同当下的疫情，纷纷杂杂，让人看不清摸不透。

之前德国颁布疫情救助办法，其中有一条是与房租相关的，即房东应该酌情考虑给租户减免房租。而德国的阿迪达斯宣布立即滞缴全德房租，今天被媒体捅出，遭到了批判。还有其他一些品牌公司也有同样的情况。真的是资本主义的空子，资本主义钻。

从 3 月 16 日算起，德国已经执行禁足政策两周了。我们观察到感染人数的曲线开始有走平趋势，每日感染人数开始有所下降。拐点是否到来了呢？目前我还是持谨慎乐观的态度，我觉得还需要持续观察至少一周，因为德国周末工作量会减少，那么数据也自然会受到影响。

德国上周检测了 35 万例，科赫研究所仍然认为，目前还不需要效仿奥地利全民履行进超市戴口罩的限制。而德国城市耶拿今天却宣布，在接下来的时间里，在公共场所必须佩戴口罩。耶拿成了德国第一座执行“口罩义务”的城市。

4 月 1 日，媒体报道，某些新冠病人会有后遗症。这在中国早就发生的事情，在德国现在才成为他们专家的发现。

今天的重磅新闻是来自欧洲层面的。欧盟内部，以意大利为代表的南方国家商讨成立“新冠债券”以解决财政问题。而以荷兰为代表的北方国家率先向意大利开炮，称从 2009 年欧债危机以来，某些国家没有长进，没有成立专项资金应对突发危机，应该展开调查。问题的关键其实是荷兰、德国等北方国家本身债务状况良好，如果发布“新冠债券”，则会变相使自己财政状况变糟，并且意味着要用自己的债务去填补以意大利为代表的南方国家的窟窿。北方国家当然是不愿意受此拖累。

4 月 3 日，德国预计 2020 年全年的 GDP 增长为-5. 4%。

《明镜报》今天刊文报道，政治失误导致了德国口罩的紧缺。而德国全社会也已经开始动员生产口罩。巴符州的一家公司开始行动，预计到冬季能每日生产 75 万 FFP2 口罩。然而，这个产能在中国看来也就是一两条流水线的量。而且就算德国能生产口罩，原材料呢，比如熔喷布、无纺布，甚至固定用金属软皮以及纺织线都没有。产业链的问题立刻凸显出来。

我随便梳理了一下近期医疗系统的口罩新闻。真的是“一次意外，让原本不富裕的家庭雪上加霜”。

3 月 3 日下萨克森州一家医院口罩失窃 1200 个；

3 月 6 日柏林儿童癌症中心口罩被窃 6 万个；

3 月 15 日科隆 5 万个口罩不翼而飞；

邮局外排队的民众，保持 1.5 米的间距（图片来源：作者拍摄）

3 月 24 日德国联邦国防军从肯尼亚采购的 600 万个口罩不知所踪；

4 月 3 日柏林从中国订购的 20 万个口罩在泰国被美国拦截；等等。

德国的口罩危机，还来自于德国的经济，德国不可能一直这样禁足下去。要想适度放宽恢复社会活跃度，则必须推广佩戴口罩。否则德国的经济将受到很大的打击。

德国感染人数至今超过 10 万人。按照德国理想的疫情剧本，接下来增长人数会渐趋平缓，而医疗系统可以持续保持在不被击穿的状态，那么，复活节以后大家就可以有序地陆续扩大生活活动力度，经济开始缓解，新冠疫情危机就可以逐渐过去了。现在这个剧本最关键的一环就是口罩。

2020 年 4 月 6 日至 4 月 12 日

拐点来了

4 月 8 日，武汉解封了。

德国最近的疫情曲线表现也很好。大家绷紧的神经也都渐渐放松下来。增长的人数并没有当初那么多。

4 月 11 日，统计数据显示，目前德国 1160 家医院 ICU 病床，其中 37 家医院严重负荷，326 家吃紧，但 637 家还有充足的床位。全德有 19 663 张床位供给新冠病人，只有 58%的床位已投入使用，42%床位还空置着。

回顾疫情从暴发到现在，最高的感染人数增长纪录是在 4 月 3 日这天，之后一路向下。德国并没有发生意大利、西班牙那样的惨剧。究其原因，德国的实力雄厚是一方面，有充足的床位，医疗系统一直没有被击穿，而口罩的问题最终也

疫情期间的勃兰登堡门，空无一人

（图片来源：作者拍摄）

解决了。另一方面，这也跟德国人的社会生活方式有关，意大利人家庭聚会频繁，晚辈在外面感染以后就把病毒带给家里的长辈，导致疫情一发不可收拾。而德国人代际交流有限，年轻人基本上只跟同辈人交流，一年中家庭聚会的次数也有限，所以间接导致病毒传染给老人的机会大大降低，就算年轻人被感染，也是以轻症为主，所以并没有造成严重后果。

就这么在手忙脚乱和莫名其妙的状况当中，德国抗疫的拐点就来了。过了拐点，曙光也就在眼前了。

后记

在德国，随着拐点的到来，戴口罩也全面推广开了，感染人数稳定地向下走。到5月下旬餐馆已经开始恢复营业，6月初除旅业、娱乐业等行业外，德国社会已经逐步恢复正常。

到达拐点后，德国迅速从抗疫转向了经济恢复。并且修正了前期在欧盟层面的缺位，挑起了欧洲的大梁。

纵观德国抗疫表现，虽然有贻误战机、物资供应不及时以及联邦与地方在行动上的偶尔不同步等问题，但不可否认，德国的表现是欧洲国家中最优秀的。医疗系统始终没有被击穿，没有出现恐慌动乱，社会秩序良好，也几乎没有听到类似人伦惨案的消息。

我的一位德国朋友说，德国的专家、政客都是毫无准备的，他们都没有真正做什么事。但是谁让德国运气好呢。经历了整个过程的我，现在回想起来，这话或许对，也或许不对，结果明明摆在那里。或许，德国抗疫成功的最大因素是普遍遵守社会规则的德国公民吧。这才是德国通过疫情向世界展示的实力。

巴黎“散漫”记

张膑心 *

我是厦门大学法学院的教师，从事国际法研究。曾在 2018 年到巴黎政治大学访学，就此爱上了巴黎这座城市。今年春节过后，我因私来巴黎，本只打算短暂逗留，却没想到先是因为国内的疫情，后又因为欧洲的疫情，就此滞留在巴黎。所以，我其实经历了两次疫情暴发，非常直观地感受了世界的联系。但讽刺的是，一场不分疆域的疫情，不但没有带来戮力同心，反而引发了无尽的纷争和冲突。我记录的期间，不偏不倚正好是巴黎封城的六周期间。这些记录，当然完全是个人的观察和感悟。但我希望它们能够或多或少还原一点“封城”状态中的巴黎生活，和我所观察到的法国社会的一些面貌。

2020 年 3 月 22 日，星期日

巴别塔

巴黎，封城第六天。

封城的正式通知，是周一晚上马克龙通过电视讲话宣布的。封城开始的时间，是周二中午 12 点。

而我最早听到封城的消息，则是在周日晚上。

* 张膑心，厦门大学法学院助理教授，巴黎政治学院访问学者。

上个周日，大概是巴黎今年开年以来最暖和的一天，阳光明媚，天空湛蓝，感觉整个世界都被调亮了一度。

下午，我出去散步，走到家附近的市政广场和一个小的社区公园。人不少，尤其是公园里，很多孩子在玩。但我当时并没有什么感觉。那个时候，尽管意大利已经封国，尽管法国的病例快速增长，尽管全世界似乎都已经在抢卫生纸，但巴黎人民似乎一直都很淡定。尽管此前学校、餐馆、酒吧、咖啡厅等都已经关闭，但感觉民众还是该干什么干什么，超市的货架也一如既往，没有出现抢购的现象。

然而这一天晚上，情况突然发生变化。

晚上 10 点，我接到一个朋友的电话。我们本来约好周二见面——也是去公园。但他同我说，我们要取消见面了。他从一个在政府工作的朋友那里得知，法国马上要全面封锁，不能出门，亲戚朋友也都不能见了。

接着，朋友发给了我几张截图，都是当天社交网站上的热帖。

也是这一天，法国新增病例 924 例，总数达到 5423 例，死亡人数 91 例。如果对这个数字没有概念，可以做这样的对比：我的家乡湖南省，因为与湖北省相邻，在国内算是受影响较大的省份之一。湖南省人口略多于法国，而湖南确诊总数是 1018 例，死亡 4 例。

而法国这个数据，反映的当然还不是全部的实情。因为法国所采取的策略，是鉴于检测能力有限，只检测重症病人。大量的轻症病人无法得到检测和确诊。

我一个朋友的姐姐，发烧一个星期，请求检测而不得。医生只给她吃 Doliprane——这是法国人平时最常用的非处方退烧药。当然，现在药房已经断货了。朋友负气说，从这个角度看，医生也并不是全无用处。

这一切，在我听来都很熟悉。因为，我是在 2 月初国内疫情最严重的时候来法国的。

数据只能反映检测能力，轻症病人得不到检测，药房的断货……几个月内，好像历史又重演了一遍。我身在其中，不免有种魔幻的感觉。

封城之后，跟国内的朋友通电话。朋友听说我在封城前一天还出去散步，说你怎么那么不小心，脑洞不要变得跟法国人一样清奇。

这似乎是国内普遍的看法——不仅是国内，大部分在法华人应该也是这样认为的。

我所在的学校，有数个中国留学生的群。疫情最开始时，就是一片紧张和恐慌的情绪，夹杂着对法国人“天真”“不知死活”和“脑洞清奇”的批评。这个群转发了数次写给学校的请愿信，要求学校采取更为严格的限制措施，比如允许学生缺勤等等。确实，在同样的情况下，国内早已采取更为严格的措施，而法国则一切照旧。

但我想谈的，并不是官方的措施。关于这件事情的讨论已经够多了，而且它牵涉到每个国家的政治制度、医疗制度、文化、历史和社会经济现状等，很多方面并不具有可比性。何况目前我们身在其中，各种不同选择最终带来的综合效应如何，恐怕还不到盖棺定论的时候。

我想谈的，是民众的心态。

当时法国政府虽然还没有采取强制限制出行的措施，却也已经通过各种渠道多次呼吁。事实上，官方的态度比民众要担忧得多。而最后之所以封城，一方面当然是疫情发展的结果，另一方面也是因为民众实在太不重视，不得已只好采取强制措施。那么为什么巴黎人那么淡定？为什么明知道有病毒，还去公园、去市场扎堆？为什么同样在巴黎，中国留学生们却那么紧张？

在留学生群里，有一次我看到有人说，因为我们怕死啊，我们惜命啊。

我觉得这话不无道理。普遍地来说，中国人似乎相对比较谨慎小心，对于“安全”的诉求，大抵上大于对新的经验、对冒险、对刺激的追求。这一点，无论是看国内社会治理中安全与自由的平衡，还是看中国人个人的行为模式，都很明显。

对于这些留学生来说，武汉的惨痛经验，成为鲜活的、当下的教训，让他们在巴黎人的满不在乎中，痛心疾首地呼吁早日采取更严格的措施，并指斥法国人不负责任。而且，很多在海外的华人，即便在国外生活多年，也并不能熟练使用当地语言。因此无论是其所接触的媒体，还是日常的社交圈，都仍然是中文环境。比如在一个留学生群里，马克龙发表完电视讲话，有人表示基本没听懂，还要等待后续的中文或英文翻译。封锁之后，法国政府发布了一个出门需要填写的表格，也有人附上了中文翻译发到了群里。

不难想象，如果我们只生活在中文语境中，那么即使我们生活的物理空间是巴黎，即使“客观”层面我们跟法国人生活在同一个空间里，但在主观上，在我们生活的精神空间里，反而是跟千里之外、生活在祖国的中国人更为贴近。我们的"经历"，尽管它实际发生在巴黎这座城市中，但我们对它的反应，却直接受到千里之外中国经验的影响，直接受到中文媒体的影响。反过来说，对于法国人而言，尽管武汉的惨痛近在眼前，尽管他们不是没有听说，但他们并不真正"拥有"这段经历。

总而言之，我们生活的空间，并不只是肉眼可见的物理空间，而更多的是我们脑中的精神空间。因此，我们可能远隔千里，却在精神上生活在同一个空间之内，从而在思维和情感上都更加接近。我们也可能近在咫尺，每天在大街上擦身而过，但在精神上却生活在完全不同的空间，永远都只能是陌生人。

这让我想起巴别塔的传说。分隔人类的，并不是物理上的距离，而是这种经验上的隔绝。"新冠"已经成为一场全球性事件，但这场事件的讲述方式，却仍然是国家性的、地域性的。

很多人说，这场疫情让我们看到，世界是实实在在无法分割的。但也有很多人得出相反的结论。跟历史上很多其他时刻一样，灾难面前有很多人互相攻击、互相责怪、推卸责任、转移视线，但同时也有很多人想要更加紧密地联系、联合起来，共同应对灾难。而我想说的是，首先，让我们想办法互相理解吧。物理的空间已然被打破了，精神的空间呢？

2020年3月25日，星期三

能否兼容

今天，法国宣布考虑开发相应的技术，用以追踪确诊患者的接触史。

3月19号，欧洲数据保护委员会也发表声明，表示政府为了抗疫需要有权使用个人定位等私人信息。

欧洲一向最重视隐私保护。可以想见，法国政府想要开发这种技术，一定会引起不小的讨论。

但这让我想到法国疫情恶化过程中一个颇为重要的事件。2月底，法国东北部城市米卢斯的一座教堂举行了一场一年一度的传统宗教活动。该活动吸引了来自法国各地及法国海外属地的2500多名信徒参加。

当时，意大利疫情还没有大规模暴发，疫情对于大部欧洲人来说，还是一个遥远的"亚洲问题"。但法国专门针对疫情的救护热线已经开通。上述宗教活动发生后的两三天内，米卢斯所在地区拨打热线的人数翻了数倍。接热线的工作人员在事后接受采访时说：“你看着屏幕上的显示，就觉得疫情在你的眼皮底下扩散开了。”但从人数翻番，到人们知道问题来自于那场宗教活动，又过了一段不短的时间。

而知道感染源头可能是宗教活动之后，又出现了一个新的问题：这场活动是完全免费的，对所有公众开放，教堂没有任何登记名册，根本找不到这 2500 个人是谁、在哪里、这期间跟谁接触过。这 2500 人，来自全法各地及其海外属地。他们回去之后，“便如一把盐撒进了沙堆”，再也找不到了。

看到这则新闻后，我请教过一个研究网络和数据的朋友，他说以现有的技术手段来说，是有可能追踪到这些人的，前提是移动网络服务提供商事前就已经被允许搜集客户位置等信息。他说这在东亚应该没有问题，然而在欧洲，鉴于其严格的数据保护法，估计没有服务商敢这样做。

但疫情，很显然是一个特殊的情况。在上面这个例子中，大概很多人都会希望存在有效的追踪方式，并能够付诸使用。

危机往往会导致公共政策在短时间内出现极大变化，这样的例子在历史上屡见不鲜。很多问题，放在平常可能会需要经年累月的讨论，但在危机之下，时间有限且代价过大，所以决定往往能够很快通过并落实。

也有的时候，政府可能借危机之机扩大其权力和控制。同样在美国，“9・11”事件之后包括大规模监听、酷刑在内的各种人权侵害就是很好的例证。危机所带来的恐惧被发酵，使得政府更倾向于采取极端措施，也使得民众更能容忍和接受这些措施。

总之，无论是什么性质的政策，有一件事情是肯定的：它们以危机之名被执行，却不会随着危机的消失而消失。无论在哪个国家，这样所谓的“紧急政策”，最后往往都会变成“日常政策”。

在抗疫或是反恐这种涉及公共安全的问题上，人们或许更容易“同意”牺牲其他某些权利，比如“禁足”之下牺牲一定程度的人身自由权。隐私权的重要性相对于生命安全来说显然要低，这一点，即便在极为注重隐私权保护的欧洲恐怕也并无争议。而且抗疫还不同于反恐，恐怖主义对生命安全的威胁还是个或然性问题，疫病的威胁却是必然的，且其威胁对象的范围还要更大。

所以，面对“隐私还是安全”的选择，或许很多人都会选择暂时放弃或减损隐私权。

2020 年 4 月 8 日，星期三

“封城日记”与“阶级矛盾”

封城开始之后，法国一些作家和其他知识界人士也在各种媒体上发布“封城日记”。有意思的是，这些日记引起了很大的争议，有人批评某些知识分子作为“特权阶级”，站着说话不腰疼。

宣布封城那天，政府给了大家半天时间，决定自己的“禁足”地。据统计，11%-12%的巴黎居民选择了离开巴黎，去自己的乡间度假屋“禁足”。发表这些“封城日记”的知识分子中，也不乏这样的人。

巴黎的住房是出了名的紧凑和昂贵。大部分人都生活在 30 平方米以下的空间里。我自己找房子时有过非常曲折的经历，深知租房的不易。我现在生活的空间，是一所 28 平方米的单身公寓，窗外有一个小体育场，种了不少树，视野开阔。窗户朝向西南，每天下午五六点的时候，半间屋子都会沐浴在阳光里。我很享受每天下午的这段时间，会坐在窗边阳光下看书或发呆。

我算是非常幸运的。在小巴黎，独居的年轻人即使经济条件中等，多半也就是租住在 20-30 平方米的单身公寓或一居室，而大部分都没有我这样无遮挡的视野和大好阳光。生活拮据的人就更不用说了。一家人挤在 30 平方米小公寓的情况并不少见。如果家里孩子多，封城期间孩子又都需要在家上网课，那种困难和混乱可想而知。还有一些房子本身的条件就不好，遇到通风不佳、潮湿发霉等情况，在家里禁足时间长了，怕是不得“新冠”，也要患上别的病。

在这样的情况下，作家们在自己乡间别墅的院子里，享受着阳光、草地，看着远山，写一些酸溜溜的文字，难怪会惹得读者不快。

这里面，其实折射出法国社会更深层的矛盾。

前两年轰轰烈烈的“黄马甲”运动席卷法国全境，巴黎更是每个周末都要遭一次殃。最严重的时候，全法多地公路交通几乎瘫痪，每个周六都有数千人来到巴黎游行，香街上的“打砸抢”闹到凯旋门要封闭重修。

那时候我在巴黎刚好待了一年的时间。但在我认识的所有法国人中，不仅没有人参与过“黄马甲”运动，甚至他们都不认识任何参加该运动的人。巴黎居民普遍的态度，从一开始“还有一定的同情和理解”，到后来变成了“彻底的反对”。

“黄马甲”最初的起因，是加征汽油税。对于居住在乡间的人来说，开车出行是必不可少的，没有汽车的话，甚至连购买基本的生活用品都很麻烦。而居住在巴黎的人，普遍并不需要车，有车反而是个麻烦。这是一个很典型的例子，折射出以巴黎为代表的大城市和精英阶层与仍然代表法国人口大多数的农村之间的区别。

这次的情况也是一样。逃离巴黎的人们，多半是在乡间有第二套房子专门用来度假的“有钱阶级”。这些人在巴黎的房子，就已经是条件非常好的公寓了。他们可以去度假别墅，空着巴黎的“豪宅”，而巴黎的很多家庭却必须四五个人挤在30平方米的空间里，更有很多人流落街头。

另外，对于乡间的人来说，他们觉得大城市人口复杂，流动性大，这些巴黎人带有病毒的可能性也因此更高。所以除了“阶级仇恨”，他们也担心“外逃”的巴黎人会将疫情扩散到流动性小、人口构成单一，从而相对安全的乡村。

对作家们“封城日记”的攻击和嘲讽，很大程度上就是这种矛盾和情绪的一个出口。

2020年4月14日，星期二

两难

13日晚上，马克龙做了一个月之内的第四次电视讲话。这次讲话，宣布了封城的截止时间：5月11日。同时，他也宣布了解封之后即将采取的恢复措施。

让我觉得意外且非常有意思的是，在“恢复措施”中，他第一个提到的，就是要重新开放学校。国内已经陆续开始复工复产了，但学校，绝大部分到现在也没有开学。在大家的意识中，尽量保证孩子的安全理所当然是第一位的考虑。更何况，学校是否开学对经济并没有什么直接的影响。

但马克龙首先宣布的就是重开学校，他的解释也非常简单直接：“对我来说这是首先要考虑的问题，因为当前的情况加剧了不平等。”他提到，在贫穷的街区和农村，有太多的孩子因为没有网络而无法继续学习，他们的父母也没有能力帮助他们。在禁足期间，住房情况、家庭状况的不平等都被加剧了，因此孩子们必须要尽快回到学校。而政府也会采取错开上课时间和地点等方式，尽量保证孩子们的安全。

大门紧闭的高中（图片来源：作者拍摄）

疫情之中，疫情发展情况本身当然是政府和公众最关心的事。这一点，所有的国家都一样。

但是疫情之外，大家关注的焦点各有不同。在很多国家以及国际场合的讨论中，经济毫无疑问都是一个重要的焦点。在美国，很多人甚至认为，经济考虑比遏制疫情更为重要。在法国，经济当然也是一个重要的议题，但“社会不公”这个议题的关注度之高，是我原来没有想到的。坦白地说，在看到法国这些讨论之前，我本人并没有特别去注意社会不公的情形在疫情中被放大，而弱势的群体又是如何面临着格外艰难的处境。

在法国关于“社会不公”的讨论中，“教育不平等”又是一个格外受关注的话题。因为学校关闭，孩子们都要在家里上课和学习。如果说不同的家庭背景本来就造成了教育的不平等，那么“封城”则大大加剧了这种不平等。有的家庭是居住条件有限，孩子没有很好的学习环境；有的家庭可能没有电脑，甚至连网络都没有；还有的父母没有时间或是其自身教育水平不够，无法辅导孩子。

法国本来就有专门针对教育不平等的措施，从 1980 年代开始的“教育优先区”政策经过多次改革，宗旨和大体方向却没有改变，一直是希望借由国家层面的政策倾斜促进教育平等。根据该政策，教育部按照一定的参数对学校进行分类，被列入“优先区”的学校，会享受一定的优惠政策，比如教师奖金、免费食物等。这些“优先区”，往往是比较贫穷的、少数族裔聚居的社区，学业表现比较落后，有的更是治安堪忧，学生也比较容易卷入一些非法的活动。

“教育优先区”的有效性一直颇具争议。我认识一个黑人朋友，就是来自这样的“优先区”。他本人对这项政策颇有微词。他说他小的时候，感觉老师并不是真的愿意去他们社区教书，而是因为在这些社区工作可以拿到更高的工资。老师对学生们也不抱期望、不够尊重，老师的态度也会影响学生，使得学生们自己也自暴自弃。

但无论如何，这项政策的存在、其不断的改革以及引起的争议，就足以说明“教育不平等”这个议题在法国是备受关注的。在疫情之下，毫无疑问，受冲击最大的也正是处于这些社区或类似条件下的家庭和孩子。

上周，巴黎近郊93省的11位市长给教育部长发了一封联名公开信，要求部长考虑“不利社区”教育不平等的情况。93省是大巴黎地区一个出了名的“困难”区域，也是少数族裔聚居的地区。这个区域总是与贫穷和治安极度混乱联系在一起，名声非常糟糕。2016年，华人张朝林遭遇三名北非裔匪徒抢劫并被殴打致死，此事后来引发了罕见的法国华人大游行，当时国内也多有报道，就是发生在该省。

93省的这11位市长给教育部长写信，直言在家学习加剧了教育不平等，而93省这样的不利社区和他们的孩子是首当其冲的受害者。此前，教育部长曾说已经有5%—8%的学生联系不上了，这些市长则表示，在困难街区，这个比例估计要到25%—35%。

纠正社会不公要从教育入手，这大概是很多人都会同意的一个逻辑。成年人身上存在的差距或许已经很难改变，而保证教育公平则是防止阶层固化的前提。在这样的背景下，马克龙第一个宣布的就是重开学校，也就不难理解了。

在法国，即使这个“教育优先区”的政策已经实施了快半个世纪，教育不平等仍然是一个热议而无法解决的难题。我访学的巴黎政治学院，在法国是一所精英学校，据我的观察，这里很少能见到非裔和阿拉伯裔的学生。解封之后，学校重开，解的也不过是燃眉之急。不平等的根源，在社会的更深处。无论如何，有这样的讨论总是好的。93省的家庭和孩子，至少还有这11位市长为他们发声。

2020年4月21日，星期二

大疫情中的小善意

随着解封日期的临近，日常聊天中，大家也越来越多地说起了解封之后的计划。

一个朋友是自由职业者，帮私人和小企业管理资产。受疫情影响，他的工作量比原来少了很多，有了更多的自由时间。他说解封之后打算每周抽出两天去做志愿服务，为独居的老人提供帮助，帮他们打扫卫生、买菜等等。他自己的外祖母92岁，也是独居，住在波尔多附近的一个小村庄中。老人家身体虽然还健朗，但毕竟年事已高，做不了太耗体力的事情。平常家里的打扫、花园的料理等等，都托赖村里的邻居时不时前来帮忙。因此这位朋友对独居老人的困难很有感触，又觉得疫情期间更少有人探望他们，所以想要出一份力。

这让我想起前两天听一个播客，里面说到有的老人感染“新冠”，因为重症收治入院，治愈后却没有家人来接。这些老人不是独居，但反而比独居更惨，家人因为担心传染，即使已经治愈，也不想再接他们回去。医院无计可施，只好让他们继续住着。但床位本来就有限，这么一来，又占用了宝贵的医疗资源。

马克龙在宣布封城的讲话里，说了数次“我们身处战争之中”。很大程度上，疫情的确就是一场战争。在这种极端的情况下，人性中的丑陋和美好都比往常显现得更加清晰。

封城之后，伴随着关于“社会不公”这个议题的讨论，媒体上也有很多关于“solidarité”（团结）的讨论和信息，但是我总觉得“团结”表达不出来“solidarité”的意思。或许是“团结”一词在政治语境中用得太久，听上去只有高喊口号的形式感，而少了“solidarité”所传达出来的那种友爱和温暖。

法国的互助活动中，很多都是针对独居老人的，这大概是跟国内不大一样的地方。法国社会的老龄化程度比国内要高很多。近年来，老龄化在国内引发了很多讨论，但是跟法国比起来，中国社会还是很年轻的。根据目前的数据，法国65岁以上老人占总人口的比例是20.3%，在全世界的排名达到了第9名。而中国的这一比例不到12%，在全世界排在50名开外。

这次新冠疫情，很多人质疑中国的死亡率为什么远远低于欧洲。我想其中一个因素，就是中国的人口状况相对比较年轻化。在法国，新冠死者中91%是65岁以上的老人，其年龄中位数更是达到了84岁。

此外，在中国，因为社会文化观念和养老体制的原因，老人独居的情况相对少见，尤其是高龄老人独居，在中国社会大概算是例外情况，而这在法国却是正常现象。平常走在路上，也经常会看到高龄老人扶着走路辅助器，自己去采购日常用品。所以这次大家对独居老人特别关心，也就不足为奇了。高龄老人日常就难免有各种不便，现在还要担心出门会染上病毒。如果说宅家不出，又必须要去采购日常生活用品；此外，长期不出门，封城期间别人也不能前来探望，也会引发情绪和心理上的问题。

刚刚封城的时候，有个“红布条”运动。独居老人可以在自己的窗户上挂上红布条，请求邻居的帮助。邻居可以帮忙购买生活用品，之后放在门口。在各种网站和社交媒体上，还有详细的卫生建议，包括提醒志愿帮助的人勤洗手或是戴上一次性口罩，以防帮人反而酿祸，让老人感染病毒。此外还有各种热线、陪聊等服务，以帮助独居老人度过孤独的宅居生活。

不过我自己比较直观的体会，大概要属街上的乞丐和流浪汉问题。如果在平常，春夏其实是他们日子相对好过的时候。天气转暖了，至少不会冻着。来往的人多了，也总会有人不时施舍一些。但封城期间，街上行人寥寥，流浪汉们不仅更难填饱肚子，也因为没有居所又无法保持卫生而更有感染的可能。

封城之后，在我常去的两家超市门口，各有一个长期“驻守”的流浪汉。一位每次都会问我有没有2欧元零钱，可以给他买一个三明治。另外一位则非常年轻，断了一臂，大概因为这样才不好找工作。有一次我买了一堆东西，购物袋里放不下，只好把一袋卫生纸抱在手里。他看见我抱着卫生纸出来，问我能不能给他一卷。一个三明治，一袋卫生纸，大概也就是我能够释放的一点微小的善意了。

春节期间我还在国内，武汉已经封城。因为封城的决定是突然通知的，而且正值春节，很多人回老家过年了，便把宠物独自留在了家里。当时看了BBC的一个短片，讲志愿者去家里照顾留守的宠物。记者问那个年轻的志愿者，你自己不怕病毒吗？他对着镜头一脸朴实：“我倒也不是很怕。我就怕我去的时候，已经太晚了。”他说这话时语气平实，却让我深受感动。

疫情肆虐，环球同此凉热。每天都会看到不断的互相攻击和“甩锅”，甚至一些幸灾乐祸的评论。但与此同时，世界各地都能看到普通人微小的善意，如同昏暗中的一丝光亮，让人感到温暖。

2020 年 4 月 28 日，星期二

出台

在所有人的企盼中，今天，大家终于对“解封”有了一个更加清晰的概念。

下午，法国总理爱德华·菲利普在国民议会上做了整整一个小时的讲话，汇报了政府的解封计划。国民议会是法国议会的下议院，对政府有监督职能。每周二和周三下午，国民议会会对政府进行口头质询，由政府相关部长解答议员问题，全程电视直播，民众都可以观看。

封城已经是一个艰难的决定，但封城的政策目标相对单一：就是为了控制疫情的传播。而解封则更加艰难，需要考虑各个方面互相矛盾的诉求，除了保证安全和恢复经济之间显而易见的两难，在学校是否开放、交通如何安排、如何保证信息透明等方面都面临着各种困难和质疑。政府也是举步维艰，无论怎么做都讨不了好。

因此，菲利普在讲话中表现得极其谨慎，这既体现在他所公布的解封内容上，也体现在他讲话过程中的态度和措辞上。

在详细解释解封计划之前，他就先说了，5 月 11 日是计划的解封时间，但还是要看从现在到 11 日之间情况进展如何。如果一切顺利，疫情继续得到控制，就按计划解封，否则便不能解封，或者进行更加严格的调整。

而即使按照现在的解封计划进行，仍然显得非常谨慎。解封将分成几个阶段。5 月 11 日到 6 月 2 日只是第一阶段。在这个阶段，不仅饭店等场所还将继续关闭，人们的活动范围也将继续受到限制。目前允许的活动范围只有 1 公里，而 5 月 11 日之后也不过是扩大到 100 公里，这基本上限制了跨区、跨省的流动。

口罩是这次总理讲话中的重点问题之一。欧洲疫情初起的时候，“口罩”在中文媒体上也是一个热议的话题。国人普遍觉得无法理解西方人不戴口罩，无法理解他们甚至歧视戴口罩者的心态和行为。确实，法国政府最开始的宣传，也是

"普通人不建议佩戴"。但现在，政府又开始鼓励大家戴口罩，甚至说解封之后，在公共交通工具等特定场合，或是幼儿园老师等特定人群，必须佩戴口罩。

因为这种口径的转变，政府没少受批评。很多人怀疑政府是因为口罩不够用，所以一开始骗大家说不需要戴口罩。而总理在讲话中则再次强调，口径的转变是基于医学上认知的改变，从而间接否认了这种怀疑。

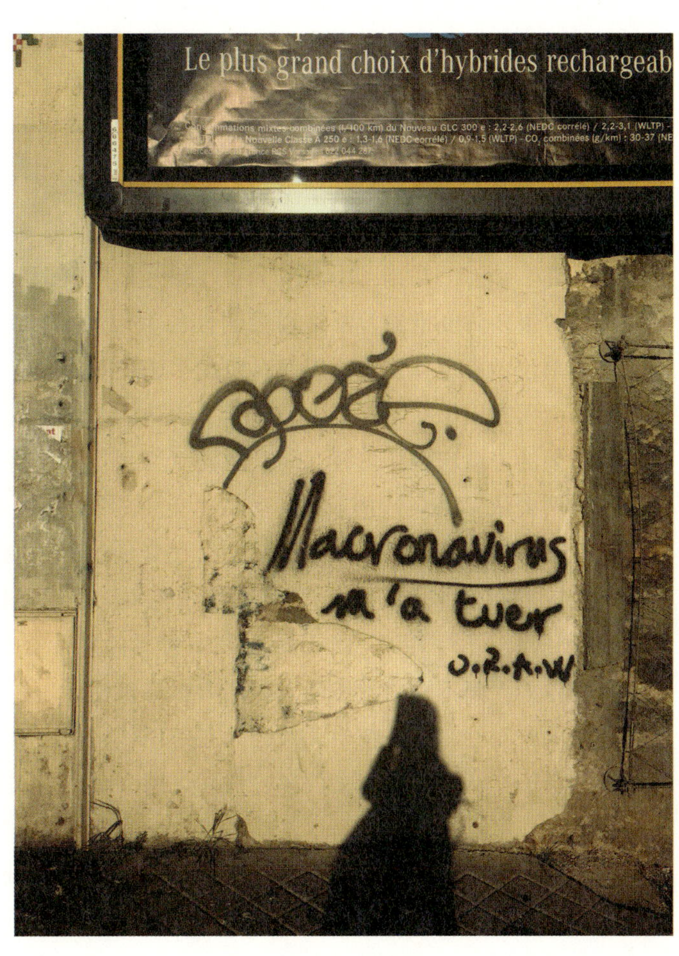

大街上对马克龙不满的涂鸦，和我的影子（图片来源：作者拍摄）

但问题在于，既然要求佩戴，就必须保证供应。法国的口罩产能在疫情暴发之后已经增加了五倍，再加上从中国等地进口的口罩，数量已经很可观，但仍然供不应求。总理目前所承诺的，是 5 月 11 日之后，会有足够数量的"可水洗材料”口罩，供普通民众使用——也就是说，一次性的医用口罩仍然是留给医护人员的，普通民众只能保证可重复使用的口罩。

我觉得非常有意思的是，总理本人在讲话中呼吁大家自己在家制作口罩。现在很多网站上都有教人们制作口罩的小视频。不用说，这又是一个发挥各种奇思妙想的好时候，社交媒体上一时充斥着各种奇形怪状、花样百出的口罩。

但问题是，即使是非一次性可水洗口罩，还是有供应不足的风险。按照总理的说法，总数应当是够用的，但他仍然担心分配不公的问题，怕“有的人有太多口罩，而有的人又没有”。

我记得当时国内有一段时间口罩也很紧缺。当时厦门的做法是每个人每天通过 App 登记，凭身份证领取，这就可以有效地防止大家囤积口罩。我父母住在湖南的一个小县城，当地没有这样的政策，于是他们就有很长一段时间买不到口罩。不过法国似乎无意采用类似的限购措施，只是呼吁大家不要囤积口罩。

国内的很多防疫措施，都是用强制性的手段来推行的。有的是政府层面的，也有的是单位、街道甚至小区层面自发的措施。有的时候反而是层层加码，越往下越严格。西方国家似乎普遍更倾向于采用非强制性手段，欧洲最开始在采取封城措施方面的谨慎与动作迟缓，与此也不无关系。马克龙在宣布封城的讲话中，就数次强调要依靠民众，并号召民众要“负责任”。在日常的各种媒体宣传、报道、社交媒体信息上，都可以看到对“公民责任”的强调。

这种态度，在欧洲似乎大体还行得通，但是在美国却带来了灾难性的后果。

前段时间，春假期间美国海滩上人满为患的照片在全世界的社交媒体上流传，全世界的人都不明白，美国人到底哪根筋搭错了。如果说那个时候他们还不知道问题的严重性，但就在十天前，处在封城状态的佛罗里达州又部分开放了海滩，允许市民在特定的时间去放风。然后大家又看到了欢欣鼓舞、完全没有任何防范意识的扎堆场面。

在国内，大众媒体经常用“西方”这个词大而化之地笼括欧美国家，在一般民众的印象里，也往往认为它们彼此之间非常类似，且与“东方”或“中国”的传统截然不同。但我觉得国内对“西方”的很多印象，大抵是来源于美国的。因为美国在国内公众舆论中有巨大的影响力，大家便有意无意地忽视了其他西方国家，直接以“美国”代表了整个“西方”。

事实上，欧洲和美国无论是在文化上，还是在国家的治理理念上，都有极大的差别，在这次疫情的应对方式上就可以明显地看出来。

美国是典型的“小政府”和个人自由至上。美国人对政府的最大期待，大抵就是“你不要来管我的事情”。所以国内很多人惊讶于美国政府应对如此无力，民众竟然没有太大的怨念，反而是反对继续封城的声音甚至抗议不断涌现。这其实与这种根深蒂固的传统和理念有关，因为封城是极强的政府干预行为，也极大地限制了个人自由。

欧洲大陆则不一样。在法国，民众是期待政府干预的。因政府干预而限制个人行动的自由，法国人并不觉得是很大的问题。问题更多地在于，政府的这种干预是否正当有效，是否在各种不同的利益需求之间达到了很好的平衡，而政府前期的不作为反而遭到了很多批评。

当然了，相对于国内，法国人对政府权力的扩大也很敏感，比如说用来进行个人追踪的防疫 App。在国内，“健康码”的推行极其迅速，大家也都安静地接受了。但类似的技术手段，在欧洲就历尽艰辛。许多国家都在研发，但是从研发开始就各种争议不断。法国和德国到现在还不知道这个 App 最后会是什么样子，会如何运作。

法国的媒体不断在讨论这个问题，国会也要求进行辩论。总理在今天的讲话中说，这个辩论现在还“不成熟”。说等 App 做出来了，自然会辩论、投票的。他话说得很客气，还强调了公众自由问题是“有理有据的”，是应当提出和加以辩论的问题。不过我总感觉这话背后透着些许无奈：这东西我做不做得出来都还不知道，你们到底是要辩论什么？一个小时的讲话，“干货”满满。不过也还有很多计划，需要更进一步细化。

现在，我们大概也只能期望疫情继续得到控制，解封能够顺利进行，并希望解封之后，民众真的能够担负起“公民责任”，而政府也能做出明智的抉择。

2020 年 5 月 2 日，星期六

危机重重

自从欧洲疫情暴发，国内的家人一直非常担心我。今天他们又发了一篇文章给我，忧心忡忡地说“怎么办啊？法国控制不住啊！”

文章长篇大论，我没有细看。不过它有一个很有意思的开头。因为法国现在的计划是 5 月 11 日解封，所以能否顺利解封、如何解封基本上是大家现在最关心、讨论也最热烈的问题。这篇文章一开始也是谈解封的问题，并对解封表示了担忧。大意是说，以法国人散漫的个性，解封之后肯定大家就出去撒欢儿了，于是第二波无可避免。

紧接着这个开头，文章放上了一张塞纳河边人满为患的照片，说这是封城期间的法国——这张照片的真假我个人非常怀疑，因为照片上的人都是夏日装束。前几个星期巴黎确实天气很好，路上也确实有人穿短袖，但这么多人、这么彻底的夏日打扮，我很难相信。更不要说封城期间，如果真有这么多人，警察早就出动了。

当然了，照片的真实性不可考，我也无意纠结于此。我觉得有意思的是，“法国人天性散漫”这个刻板印象，一开始就给文章定了调。

往日繁华的大街现在空空荡荡，与我父母看的文章“不是同一个巴黎”（图片来源：作者拍摄）

法国

国内对法国人的印象，有很大一部分是围绕着这个“散漫”展开的。与此相关以及以此为基础，往好了说，认为他们浪漫、懂得享受生活、遇事比较放得开；往坏了说，就是懒惰、不爱工作、不守规矩、不够严肃、靠不住等等。

这些刻板印象，我当然也有。

我第一次到法国，正好是十年前，只在巴黎待了三天。浮光掠影，对城市、对人都没有留下太深的印象。但还记得我在地铁站的售票机上买票，翻遍钱包也找不到足够的硬币。因为那个入口刚好没有人工柜台，我正在为难，一个步伐雀跃的小哥注意到我可能有什么事情需要帮助，问明情况之后当即表示可以帮我。我以为他要帮我买张票，结果人家理所当然地说，我先过去，你跟着我，咱俩个子都很小，没问题的，肯定可以过去。我于是就这样一脸懵圈地跟着他过了验票闸机。之后小哥很开心地说：“Voilà，你看很轻松地就过来了。”然后继续雀跃地走掉了。我倒是一路提心吊胆，担心被查票。

就这么一件小事，大概多少“坐实”了一点我已有的刻板印象。

2018年，我到法国访学，待了一年。那是我第一次长时间待在法国。那个时候，我的法语还不大好。因为工作原因，我身边的朋友基本上英语都很熟练，所以不大会跟我说法语。为了练习法语，我当时刻意去认识了很多不同领域的朋友，得益于此，也更深入地接触到了法国社会的不同面向，我原本的刻板印象也慢慢有了很大的改变。

远的不提，单说这次疫情。

封城之前，法国人确实不负“散漫”之名。当时意大利已经疫情肆虐，最严重的，恰恰就是与法国交界的北部隆巴顿地区。但即便邻国已经如此，法国人还是没有多少危机意识。当时刚好赶上入春，晴好天气之下，大家纷纷去公园扎堆。

但封城之后，法国人的态度却迅速地改变了。封城之后我第一次出门，就看到路上不少人戴着口罩，明显比封城之前多。在此之前，政府和权威医学人士的口径大多是口罩对防止被感染作用有限，而且口罩使用不当反而会沾染病菌，再加上口罩数量紧缺，要留给医务人员等最需要的人，所以只建议有症状者佩戴口罩，普通人不建议佩戴。但封城之后不久，政府改变口径，说因为出现大量无症状感染者，希望每个人都把自己当作一个潜在的传染源来看待。口罩虽然对防止“被”感染作用有限，但如果你已经是感染者，口罩则可以有效地防止你将病毒传染给他人。

我有一个朋友，早先囤了一些口罩。刚封城时，他听说阿尔萨斯那边的医务工作者口罩不够用。因为祖父来自阿尔萨斯，所以他对那边多少有一些乡土情结，听说这个消息，就把自己囤的口罩全部捐了过去。等到政府改变口径，他又觉得很后悔，感觉应该留一些自己戴。另一个朋友，还是前段时间去越南出差时，越南当地的朋友给他准备了一盒口罩。他带回巴黎，本来也一直没戴，说是要留着万一自己出现症状再戴。听了政府这个新的宣传，也乖乖地每次出门都戴了。

口径变了，口罩却还是很难买，其实民众很有怨言。但即便如此，他们大体上还是信赖政府给出的信息，并接受政府提出的建议。而且，他们对于“戴口罩”这件事情的理解，主要是在于“不要传染他人”，而不是防止自己被传染——当然，这个说到底其实是一样的，戴口罩的人越多，每个人被传染的机会自然就越少。

我所认识的人，也都很自觉地遵守封城的规定。

但与国内不一样的是“是否出门”。我知道在国内很多人会连续多天都不出门。在巴黎我认识的中国人，也有很多人是长期宅在家的。但我认识的大部分法国人几乎每天都会出去。当然，他们会遵守出门的时间和距离限制，注意跟人保持距离。

不过很有意思的是，法国人自己也接受自己“散漫”“不守规矩”的刻板印象。当然了，在他们很多时候会把这些理解为一个优点。最近法国总理在说明如何“解封”的时候，措辞一直都非常谨慎。连解封的时间，都说要等到5月7日才能最后确定。

我有好几个朋友在跟我解释这件事情时，都说了同样一个理由：“因为你知道，我们法国人不大守规矩，我们有革命的传统。”他们说，政府不敢轻易承诺，因为如果承诺了而到时候做不到，民众的怨气就会比较大。反过来，他们对中国人的刻板印象，是觉得中国人“很守规矩”，政府很有权威，民众比较服从。在平常，他们对于自己的“反叛精神”是很骄傲的。但在疫情之中，他们又羡慕起中国人的“守规矩”来。我跟他们说，所谓的中国人“守规矩”，也只是一个迷思。中国人所谓的“守规矩”，大部分时候是出于对权威的服从。而且这种服从很多时候与其说是出于畏惧，倒不如说是出于惯性，是从小时候服从家长、服从老师开始就已经被训练出来的习惯。独立思考、挑战权威、争取权益，这些在传统中国社会都不是什么被赞赏的品质。从小到大，从家庭到学校再到社会，也都没有给我们提供太多空间来发展这些品质。

法国人呢，就我的观察，确实是有“革命的传统”，而且大家普遍都有一种以此为傲的心态——虽然有时候他们也会以此自嘲，但我感觉自嘲之中，其实也是正面的态度比较多。

不服从权威，并不代表不尊重规则。这次封城之后，我身边朋友的反应，以及我日常观察到的一般人的反应，其实也又一次提醒了我刻板印象的武断和不可信。因为我看到的，不仅仅是大部分人都在遵守规则，而且他们不是为了畏惧权威而遵守，而是因为他们相信这规则是“善”的、正当的和必须的。此外，我也看到这种遵守在很多时候不只是为了保护自己，更是为了保护别人。

国内对西方社会的印象，大抵是觉得他们个人主义至上，人们没有太多的集体观念。这次疫情初起的时候，也有不少欧洲的朋友跟我说，他们觉得在东亚的集体主义社会，可能大家会更多地“顾全大局”，他们自己也担忧在欧洲，人们不会像在东亚那样为了他人而牺牲自己的自由。当时媒体上也有不少与此有关的讨论。

但封城日久，我却发现这种担忧很大程度上是多余的。在这方面，美国社会似乎确实表现出根深蒂固的自由主义和个人主义观念，且在很大程度上影响到政府的政策选择和执行。但在法国，我感觉人们对于“为了公共利益而限制个人自由”这个概念本身，并没有什么抵触。讨论的焦点在于如何限制，在于如何平衡不同的利益。这个问题如果深究，恐怕说来话长，但总而言之，我觉得把西方社会定性为“个人主义”，就像把东亚社会定性为“集体主义”一样，都太简单粗暴了。

当然了，刻板印象得以产生并流传，大多不是空穴来风，最初总归是有其实际基础的。但是，刻板印象一旦成为根深蒂固的偏见，就会影响到我们观察世界的客观性和深度。一个国家、一个社会有它的文化和特色，并由此塑造了在这些文化中成长的人。所谓的“民族性格”，在不同文化耳濡目染下形成，也确实是存在的。这些文化、特点、“民族性格”，都不是简单、粗线条的刻板印象可以真实反映的。实际社会要远比这种粗线条的描述复杂和丰富得多，而在这个社会中的个体，就更加丰富而鲜活了。

2020 年 5 月 9 日，星期六

病毒纠察队

距离解封的日子越来越近，从政府到民众，所有的人都很紧张。

最新的民意调查显示，法国人对于政府解封措施的信任度只有 35%。对于政府来说，这绝对是个吃力不讨好的差事。解封本来就是在不同的利益之间做出的平衡，无论怎么做，都一定会有人不满意。

大家最大的担忧，也是政府当前最大的任务，大概还是怎么预防和阻止第二波疫情的暴发。

事实上，如果以国内的标准来说，法国目前的形势还远远不到解封的时候。武汉解封时，新增病例已经清零，而法国昨天的新增病例还有 1288 例。政府对疫情的评估，固然考虑疫情传播和新增病例的情况，但同时也会考虑医疗资源是否充足。总理 28 日在国会讲话时就开门见山，大家要做好与病毒共存的准备。所以判断的最终标准并不是病毒不再传播了，而是医疗系统能否应对病毒的传播。在这种情形下，如何防止发生新的大规模传播就显得尤为重要。

但与此同时，已经讨论了一个多月的"追踪软件"还是没有动静。于是政府最近公布了一个手动追踪计划：成立一个"病毒纠察队"，由专人负责追踪病例及其接触者。纠察队的组成人员，主要是法国医保系统的工作人员，此外还有志愿者、社工、红十字会的工作人员等。纠察队的工作方式，首先是依靠家庭医生或者医院发现感染者。该医生或医院将询问感染者的家人和其他接触者的信息，并形成一个名单，然后把所有信息交给纠察队。纠察队组成两人的小分队，包括一个医疗工作人员和一个非医疗工作人员，逐个联系名单上的人，上门检测，对于感染者及其家人要求隔离，并继续询问和追踪他们的接触者。隔离形式一般情况下是居家，但如果居住条件特别恶劣，也可以去政府安排的酒店等地隔离。

对于这个措施，法国媒体最近有很多报道。《世界报》近日发表过一篇评论文章，谈及中国和韩国在这方面的经验，说两国虽然有追踪软件的辅助，但也是依靠大量的人工投入，手动追踪并确保相关人员得到检测和隔离，才有效防止了第二波疫情的暴发。文章尤其提到，在深圳，接触者被追踪到的比例是 100%，并表示这主要是得益于人工追踪，而不是仅靠相关的技术手段。不过，该文章也同时提到，在中韩两国，放松封锁措施的时候日增病例都维持在50例以下，这与法国日增仍在1000左右的情况截然不同。所以法国面临着更加艰巨的挑战，这也更凸显了纠察队的重要性。

对病例的追踪是必需的，但纠察队的具体工作方式还是面临着一些质疑和挑战。比如医生行业协会就质疑纠察队的工作可能会违反医疗保密原则。医疗保密是各国法律或医生行业准则都有规定的一个原则。“纠察”要求家庭医生或医院将信息交出——而且还不只是感染者本人的信息，而是所有感染者能够想起来的接触者的信息。纠察队中还有很多非医疗系统人员，这些人能否以及在多大程度上能够知晓敏感医疗信息，这都是需要回答的问题。

法国的国家数据保护机构“国家信息与自由委员会”就此发表了意见。委员会表示，其最关心的是这些数据保存的时间问题。

目前离解封只有两天的时间了，媒体上还是有各种讨论和各种不确定性。政府之前说据估计至少要三四千人加入纠察队。这么短的时间内，如何组成纠察队，如何对加入的人员尤其是志愿者和非医疗人员进行培训，也是一个很严峻的任务。目前有一些人员已经到位并接受了培训，接下来在全国范围内更进一步成立和扩大纠察队，大概是要随着解封一起进行了。

不过对我来说最有意思的是，这个纠察队虽然由政府成立，却在很多方面都依赖于民众的合作，并没有什么强制性的权力。纠察队工作的第一步，是需要家庭医生或者医院在发现感染者的时候，就询问感染者的家人和其他接触者的情况，并将信息报告给纠察队。显然，这是整个环节中至关重要的一步。但这一步，并不是通过强制性的行政命令而完成的，而是通过奖金鼓励来实现的。

在法国找医生看病，一般情况下是一次25欧元。而这次为了追踪，医生如果提供了感染者及其家人的信息，则会收到55欧元。为了鼓励医生尽可能详尽地询问信息，如果在家人之外还能够问出别的接触者，则每多一个人再增加2欧元。如果还能提供这些人的联系方式，那么每多一个人就增加4欧元。

追踪到这些人之后，检测和隔离也都不是强制性的。政府的措辞是“邀请他们前去检测”。目前并没有规定，如果当事人拒绝检测和隔离将采取什么措施。卫生部长说相信法国民众的“责任感”，所以暂时没有考虑“强制措施”的问题。

当然，因为纠察队还有持续跟踪、保证检测和隔离的职责，如果有人不肯检测或隔离，大概会被纠察队一直“纠缠”。但我想如果没有强制的权力，即便纠缠也不见得总会有用。

就在今天，受疫情影响较小的西南部地区有一个小镇出现了一起小规模聚集性感染。事情的起因就是一个家庭举行葬礼，参加者有二三十人，两周后其中一人出现症状，检测阳性。到现在为止，因此事已经有127人被检测，其中9人阳性。

这个家庭坚持说他们遵守了封城的规定，说全程只有20个人参加，且每个人都戴了手套和口罩。因为根据规定，葬礼最多只能20个人参加。但有邻居表示，他们看到教堂里有30多个人。

该小镇所在省的省长和小镇的镇长都没有直接回应葬礼是否遵守规则。省长只是提到，解封在即，这种掉以轻心的态度正是大家要极力避免的。镇长则比较实诚，很无奈地表示，我们也只能告知他们怎样做比较好，我们不是警察，所以我也不知道我能做什么。

这还是在封城期间，有明确的规则，也有强制性的惩罚措施。如果葬礼参加者真的超过20人，而又有人报警的话，警察是可以采取强制措施的。但即使是这样，事情还是发生了。所以解封之后，如果对于感染者和接触者的检测和隔离不能强制进行，我想，发生类似的事件也是不足为奇的。

而且，即使所有人都积极配合纠察队的工作，也达不到中韩人工和技术追踪同步进行的效果。很多时候，就是前一天发生的事情我们也无法完整地还原，更不要说病毒的潜伏期可能很长，追踪需要上溯到14天甚至更久。这14天内感染者接触了什么人，仅凭自己的回忆是很难追踪全的。在追踪软件迟迟没有消息的情况下，也只能寄希望于纠察队了。

在国内，无论是使用“健康码”还是人工追踪，保密和隐私的问题都没有引起太大的讨论。不要说工作人员知道信息，很多个人信息甚至会经过媒体的报道，变成公众茶余饭后的谈资。大家对于看到“查病毒发现外遇”这样的信息，普遍的反应是一笑了之，不大会有人去深究对个人隐私的保护。对那些出于各种私人原因而不愿意透露行踪的人，公众的态度更多的是愤怒和谴责，而不是理解和同情。相反，对于强制性的追踪、检测和隔离措施，大家则普遍是支持的。比起隐私泄露和公权力的强制，大家似乎更害怕自己的小区、地方政府等不够“硬核”，给病毒可乘之机。

这其中有很多深层次的文化和制度差异。在效果上，这也有可能造成一种很有趣的张力。在中国社会的背景下，隐私保护的缺乏可能使得人们在某些情况下更不愿意透露自己的信息，从而必须要有“健康码”那样的辅助手段。在法国，对隐私的保护力度较高，也许这反而可以在一定程度上鼓励人们主动提供自己的接触者名单，从而或多或少弥补一些没有“健康码”带来的困难。

或许，每种文化和制度都有它自己的内在逻辑，能够各自形成一种内部自洽的系统，使其以不同的方式达到殊途同归的效果吧。

两万公里的项城和家*

郭达明**

我于2019年赴复旦大学发展研究院做访问学者，2020年1至2月间曾先赴广州、福州、合肥、徐州等地考察，后留在河南省项城市度过了我的第一个中国春节。随着新冠疫情暴发和中国社会隔离政策的实施，我在项城市度过了为期35天的隔离期。2月底，我经非洲飞回布宜诺斯艾利斯后，又在阿根廷度过了2个月的时间。阿根廷疫情暴发期间，我协调了由在阿华人社团资助的向阿根廷捐赠检测试剂盒的国际活动。我一年中大约一半的时间在中国，一半的时间在阿根廷，这也使我有了两次疫情的“神奇”经历。

2020年1月25日，星期六

在项城

河南省项城市。第一天隔离。

我们现在已经不出门了。透过窗户，我看到小区已空无一人，只有停放着的车辆。我看CCTV，虽然听不懂电视里在说些什么，但是通过画面也能知道，不

---

* 本日记原为西班牙文，由厦门大学外文学院欧洲语言文学系西班牙语专业本科生张一帆与苏滢涵两位同学译成中文，厦门大学外文学院欧洲语言文学系助理教授孙敏博士校对。

** 郭达明（Nicolás Javier Damin），阿根廷人，布宜诺斯艾利斯大学阿根廷—中国研究中心协调员、萨尔塔天主教大学亚洲合作战略顾问。

好的事情正在发生，而且是关于医生和医院的事。通过朋友们的翻译我得知，中国国家卫生与健康委员会证实，这种病毒通过呼吸道传播，极易发生突变和广泛传播。武汉已经“封城”。

就在 20 天前，我还参观了离武汉市不远的几个省市：安徽、江苏、福建、广州，以及我现在所在的河南。我一直不知道我离病原中心如此之近，我甚至还参加了数十场会议，在酒店的游泳池游泳，锻炼时也没有与他人保持两米距离。我会被传染吗？我会是无症状病毒携带者吗？我该如何用我并不太熟练的中文跟医生解释我嗓子痛的情况？医生们能通过我的手势和眼神明白我的病况吗？

我被告知，我所在的城市交通已停止运行，并且被强制要求所有民众戴口罩。我才发现，原来我从来没戴过口罩。

我的朋友们把我叫到了餐厅，他们准备了茶。对我说，达明，如果你现在想回阿根廷，我们是能够理解的。我看了看他们，对他们说我想留下来，走一步看一步。

我现在待在离我家 19 212 公里的地方。如果我能从项城市挖一个地洞到圣路易斯省的梅赛德斯镇就好了，那离我父母所在的布宜诺斯艾利斯市有 708 公里。我想念我的父母、我的衣服、我的书籍、我的 CD。我在这里只有一个行李箱，里面装了两套西装、四条领带、六件衬衫和运动衣。

项城市老城区（靠近袁世凯行宫）（图片来源：作者拍摄）

2020 年 1 月 26 日，星期日

春节生活

据报道，两天前中国将 6000 名新型冠状病毒患者密切接触者隔离。中国科学院宣称存在蝙蝠将病毒传播到人身上的这种可能。政府也将隔离范围扩大到了整个湖北省。

我住在朋友巴勃罗·张家，和他们一起过春节。我和他、他的妻子，以及他们的儿子亚里克斯、巴勃罗的岳母、他的妹夫迭戈·郭和迭戈的女儿露娜分住在不同的房间里。我的房间里有一张书桌和一台跑步机。我们默默形成了这样的作息：每天一起吃早餐、午餐和晚餐，晚上还一起看一部电影。此外，我还学习一会儿中文，处理一些工作。每天下午 5 点的时候我帮助亚里克斯练习西班牙语，并且做一些阅读写作练习。亚里克斯曾在墨西哥的维拉克鲁斯生活过一年，现在他申请到奖学金要去萨尔塔天主教大学学习国际贸易。

自从 6 年前起，我每年都会在中国生活几个月，但这是我第一次在中国过春节。之前的几天，我们参加了一个婚礼，参观了一家生产手工毛笔的工厂，参观了袁世凯故居，并且拜访了一所乡村小学。我们还去练习打太极拳，参加了一家购物中心的开幕式，参观了市里的数百栋新楼房。我们把这些活动都录了下来，希望制作一部纪录片。

在汝阳刘泰和枫笔业练习书法

（图片来源：作者友人拍摄）

参观沈丘县大陈庄小学
（图片来源：作者友人拍摄）

2020 年 1 月 27 日，星期一

朋友来陪

春节假期延长到了 2 月 2 日。我的一个阿根廷朋友斯蒂文，他是常州大学的老师，他与妻子于 1 月 24 日来这里陪我们过春节，跟我们一起待了一周，他就返回江苏了。他的妻子，贾兹米·杨，去西安看望她的妈妈了。一个月前他们刚在海南岛举办完婚礼，并且希望在那里买一个靠海公寓。他们是一年前在一个会展上相识并走在一起的。斯蒂文已经在中国住了 15 年了，能讲一口流利的中文。

我们不理解为什么要采取如此严格的措施来遏制这种感染病例不多的病毒的传播。但显然这种病毒很危险。我们在手机上装了一个具有数据统计功能的 App，上面显示着在中国 14 亿人中共有 2761 人感染新型冠状病毒。

2020 年 1 月 29 日，星期三

不是个好征兆

电视上说居住在武汉的日本人和美国人要回国了。我想，这是在大灾难中才会发生的情况。这并不是一个好征兆。

2020年1月31日，星期五

无法入睡

今天有43例感染新型冠状病毒的患者死亡。昨天世界卫生组织宣布进入“全球公共卫生紧急状态”。美国也宣布取消所有来自中国的航班。我原本计划2月28日飞回布宜诺斯艾利斯的航班因为要在华盛顿中转所以被取消了。他们给我退还了机票费。我现在要决定我是前往北京搭乘这家航空公司的最后一班飞机还是再等等看。我思考得无法入睡，于是拿出一张纸列出了所有的可能性。我认为现在回去途中是很危险的，因为感染正在扩大，很有可能在美国或者欧洲遇到麻烦。从中国到布宜诺斯艾利斯又没有直达航班。我会不会是第一个将病毒带到阿根廷的人呢？我如果将病毒传染给我的父母怎么办？我吃了一片安眠药来缓解紧张情绪。还和巴勃罗以及其他朋友聊了一会儿。洗了个澡。最后，我决定等疫情缓解之后再回阿根廷。

2020年2月2日，星期日

接受采访

武汉的雷神山和火神山医院建造完成了。中国人民银行宣布将投放1.2亿人民币帮助恢复经济。

亚里克斯的姥姥给我们做了烩面和捞面条，也给我们做了菜、馒头、鸡蛋和玉米饼。晚饭结束后，我接受了阿根廷国家广播电视台的采访。中国和阿根廷隔着11个小时的时差，这时候他们才刚刚到早上。事实究竟是什么？美国流传的关于新型冠状病毒是中国军用病毒的新闻是真的吗？这个传染病将会传播到布宜诺斯艾利斯吗？我不能回答所有的问题。出于谨慎，我只根据世界卫生组织的数据和我日常生活中发生的事情来回答问题。我对他们说现在没有人出门；超市即便开着门，人们还是用送货上门的方式来获取食物。街上播放的喇叭让人们待在家里。至于说这种病毒会不会传播到阿根廷，我不知如何回答。我告诉他们，有可能，但是，最好咨询一下阿根廷卫生部部长。我不想引起民众恐慌。虽然我不是流行病领域的专家，但是我知道国民恐慌对整个社会的影响。

2020 年 2 月 7 日，星期五

吸引我的地方

作为最早拉响疫情警报的人之一的李文亮医生去世了。我的微信朋友圈里大家都在发照片纪念他。一场针对官员们应对武汉疫情刚暴发时所采取的举措的讨论被展开。西方大多数民众、学者以及政客们对中国的了解都是有限的。我访问过中国 11 个省的 20 多个城市，我学习了汉语和中国历史，结交了很多中国学者，即使这样，我对中国还是缺乏了解。我知道在中国说话的方式和做事的方法有很多都跟世界其他地方截然不同。或许这恰恰是中国最吸引我的地方。做事的方法不一定都要相同。

2020 年 2 月 11 日，星期二

阿根廷华裔

从今天起，这种病毒被正式命名为 COVID-19——2019 年冠状病毒病。为了避免排外主义，命名中并未提及病毒源于中国或者武汉。

我在想，我的那些住在布宜诺斯艾利斯的中国朋友们将会面临什么呢？阿根廷的华裔人口比其他拉美国家都少，因为阿根廷在 19 世纪没有接收作为苦力的中国移民。近 25 年来，约有 20 万中国人移民到阿根廷。据估计，其中有 5000 名是驻阿根廷的中国公司的经理和负责人。他们只是停留几年，最后还会返回中国。剩下的中国华裔 90% 都是出生在福建，他们有的经营着超市，有的经营着餐馆，有的经营着小商店。他们居住一定的年限之后，阿根廷政府就会授予他们护照和正式的公民身份：这也就意味着他们能在阿根廷免费上大学和就医。在他们中有一位叫袁建平，2015 年成为阿根廷历史上第一位华裔议员，现在在当地政府任职。他曾经经营着一家小型玩具店和食用油销售店。他们现在会怎么样呢？

2020 年 2 月 14 日，星期五

看电影

一位 80 岁的中国游客成为法国境内第一例因感染新型冠状病毒死亡的患者。截至目前，中国已有 1500 名死者，大部分死者都来自武汉以及武汉周边城市。昨日，湖北省更换了大量的官员。新型冠状病毒患者的统计方式也做了调整，根据新的统计方式，感染者多达 15 000 名。也就是在今晚，我们明白了事情的严重性。前几天，我们观看了具有中国功夫武打元素的电影《叶问》，几部喜剧，以及由桂莉芙·栢德露、麦特·蒙德、裘德·落主演的电影《传染病》，这部电影讲述了一场传染病，与我们现在正在经历的极为相像。在看这部片子的时候我们都没说话，片子结束时，我们感叹道，什么时候才能研发出疫苗。

2020 年 2 月 17 日，星期一

支持湖北

截至目前，已有 7 万例新冠肺炎确诊病例，7000 例疑似病例，11 000 例治愈病例以及 1880 例死亡病例。这场疫情已持续了一个多月。专家说，为了更好地避免病毒传播，需要个人做好防护，需要合理安排家庭日常生活。隔离生活就像处于慢镜头之下，每一刻都像在度假一样享受晚餐、下午茶和工作。早晨，如果去超市的话，我们需要戴好口罩，但出门时间不得超过 3 小时。回到家中，我们需要认真地消毒。下午，我们收到那些从网上商店订购的东西。在中国几乎所有城市，除非非得人员到场，否则都会采取远程办公。寒假也被延长了。孩子妈妈向我们展示了医院收到捐赠物品的照片和专家解释疫情进展的视频：治愈人数大幅增长。我们了解到新型冠状病毒对老年人的影响更大，在儿童中发病率很小。同时，医护人员也极易受到感染。

政府正在大规模地调集医护人员支援湖北省，在疫情中心武汉，平均每 7 个病人就配备有 6 个医护人员负责照料。武汉市市民被要求实施更加严格的隔离措施，这也成了阿根廷外交部组织撤离 14 位在武汉的阿根廷公民的原因。这些在武汉的阿根廷人录制的一段请求从武汉撤离的视频在公众舆论中引起了巨大的影响。阿根廷外交部每天与我们联系以了解我们的情况，并及时向我们通知相关信息。我们这些滞留在中国的阿根廷公民被允许可以在任何时候返回阿根廷，前提是需要落地后隔离一段时间。

2020 年 2 月 26 日，星期三

该回家了

一位 61 岁的巴西公民在圣保罗市去世，此前，他在前往意大利出差时感染了新冠病毒。截至目前，意大利已有 800 例确诊病例。阿根廷也针对新冠病毒拉响了警报。一位在布宜诺斯艾利斯进行学术研究的中国学者在他的社交平台上发布：阿根廷媒体针对病毒已传播到意大利表示担忧。他说对了，因为阿根廷与意大利和西班牙关系密切，因为阿根廷一半的人口都是这两个国家的后裔。我打电话给我的父母，告知他们要推迟他们的假期，因为他们原打算在 4 月份去看望居住在意大利北部特伦多市的我的爷爷奶奶。

在我下载的 App 上没有显示项城的新型冠状病毒的相关数据，但是有整个周口市的相关数据。我居住的城镇已经连续 3 周没有新的感染病例，并且那 6 名感染者也已经痊愈。我认为，是时候启程回家了。

2020 年 3 月 1 日，星期日

启程

乘车去郑州，从那里坐火车到北京，然后搭乘从北京到埃塞俄比亚亚的斯亚贝巴的飞机，再在圣保罗市中转，最终到达布宜诺斯艾利斯。这一趟旅程将会是安全的吗？戴好口罩，带好酒精洗手液，与人保持社交距离。我会是第一个携带病毒的阿根廷人吗？我会传染给我的父母吗？我非常害怕。巴勃罗开车送我去郑州，亚里克斯跟随我们一起。巴勃罗的妻子为我准备了香蕉、苹果、饼干、水、茶叶以及其他许多礼物。当我们快进入郑州的时候，警察拦住了我们。他们查看了我的护照，给我测量了体温。一个警察非常恐慌地看着我，因为温度计上显示我的体温偏高。巴勃罗告诉他是因为我穿的衣服太厚了。我们把车窗打开，等了一会儿，我的体温就恢复了正常。在火车上原本每排该坐 4 个人的，现如今只坐 2 个人。每到一站，我都要测量体温。到北京站后，我打车到了机场。距离我的航班还有7个小时，我去了一家咖啡厅消磨时间。桌子与桌子之间隔着很宽的距离，且每张桌子只提供一个座位。最终，我登机了。我的座位旁是一对60多岁的夫妻，但是我们全程都没有交流，甚至整个飞机上都没有人交流。

2020年3月3日，星期二

第二次隔离

阿根廷布宜诺斯艾利斯市。我的第二次隔离。

旅程很顺利。但我一直睡不着。只有一半的乘客戴了口罩。埃塞俄比亚机场的旅客很多。我去了一个没人的区域。我找到了热水，泡了茶喝。3个小时后，我上了第二架飞机。飞行员是阿根廷人。这次航班有50多名从埃及度假回来的阿根廷人，全都戴着N95口罩，他们很害怕不能进入阿根廷。旅行社跟他们解释道，从意大利出发的航班跟其他航班是分开的，需要对乘客进行检查。但是从中国或非洲起飞的航班都允许入境。

我顺利到达布宜诺斯艾利斯。在机场，我接受了体温测量，签署了一份健康证明书，并表示我将进行自愿隔离——阿根廷还没有实施强制隔离。

我家就在距国会大厦200米左右的地方。一进家门我就先去洗澡，然后把所有衣服消毒。我已经两天没睡觉了。我打开收音机。阿根廷确诊了首例新型冠状病毒病例。是一位去过米兰的人，因出现喉咙痛而被收治进了医院。他们还说，现在阿根廷各地都开始出现疑似病例。巴西、厄瓜多尔、墨西哥和多米尼加共和国已有确诊病例。我只希望我不会成为新增病例之一。

我父母在冰箱里放了够我吃几天的食物，水果、蔬菜，所以我不必外出。公寓很大，我一边打电话一边走来走去，就当做点运动。我想念足球，想出门散步。我在阳台上环顾，邻居们的生活一切照旧。大家没有为疫情做任何准备。我提醒我所有的朋友，让他们：购买食物、口罩和清洁用品。

2020年3月7日，星期六

首例死亡

一个64岁男子今天在布宜诺斯艾利斯市的一家医院里去世，成为拉丁美洲的首例死亡病例。他有多种疾病史，最近去过法国。

人们十分焦虑。新总统于2019年12月10日就职，他手下的官员都有在前政府工作过的经验。阿根廷经济形势脆弱，还欠了美国一大笔债务，然而，它仍然维持着许多国家那种福利政策，例如免费教育和医疗、全民退休保险、失业保险以及对未成年子女的扶助措施。隔离迫使商业活动停滞，对经济造成了沉重的打击。

2020年3月8日，星期日

隔离一周

我已经隔离了一周，逐渐能睡得着觉了。人生中第一次收到如此多朋友打来的电话。我也很乐意跟他们讲我的经历。这是一次难得的心理训练。我的父母这会儿还在海边度假，等着回来。

政府给要工作的人设了两周的“特殊假期”，并让学校等教育行业停止运行。

2020年3月12日，星期四

不会短缺

政府宣布延长紧急医疗卫生措施，且30天内暂停申根地区、欧洲其他地区、美国、韩国、日本、中国和伊朗的国际客运航班。

争相购买隔离期间食品的人们将各大超市堵得水泄不通。就像世界末日题材电影里面描绘的一样，人们担心物资短缺。我朋友是最大的连锁超市的经理，我给他打了个电话。他告诉我，阿根廷有4500万居民，生产的却是足够4亿人口的食品量。因此食品不会短缺。

2020年3月15日，星期日

空荡荡

今天，我的隔离期结束了。我没有任何症状。我父母度假归来，我们在离家

100 米的比萨店吃晚餐。这是我两个月来第一次出门。今天只有 10 个人在这里用餐，平时都会有 200 多人。街上空荡荡的。暂时还没有实行全民隔离。政府宣布全面封锁边境线，直到 3 月 31 日。

疫情期间布宜诺斯艾利斯空荡的街道（图片来源：作者拍摄）

2020 年 3 月 16 日，星期一

家人聚会

电视上播放了巴西的情况。博索纳罗总统不支持采取隔离措施。我觉得这是个错误，但我也知道，隔离对中产阶级比对那些靠日工资为生、不干活就拿不到报酬的工人阶级来说好过一些。

我的弟弟妹妹们来看我了。中午我们一起吃了意大利面，喝咖啡、聊天。我妹妹是高中的文学老师，她准备开始网络授课。我弟弟是一家美国公司的公关，他将在家里工作。我父母已经退休了，都待在家里不出门。我们今天去了超市，产品都没有短缺。

2020 年 3 月 19 日，星期四

照顾外婆

总统宣布实行全民隔离，直到 3 月底。我知道这个决策马上就要落实，所以搬到外婆家以便照顾她。她住在城市南部，她的房子和我们每次拜访她时暂住的另一所房子相连。我在那里放了一些书和唱片。爸妈为她煮了 20 个蔬菜布丁（一种用甜菜制成的绿色糕点）。我去了附近 100 米外的一家中国人开的超市，买了很多食物。

2020 年 3 月 22 日，星期日

经验

外婆非常苦恼，因为电视上的新闻很糟糕。我按照之前在河南学到的经验来做。我跟外婆说，我们只在中午和晚饭前各看一小时新闻，然后晚上我们就一起看电影，讨论各自的感受。我还说要陪她一起做几道新菜，一起打扫房子。

2020 年 4 月 1 日，星期三

试剂盒

今天，我的中国朋友威利 · 刘给我打了个电话。他和他的妻子丽莎 · 林还有她的哥哥埃斯特万 · 林购买了 5000 个检测新冠病毒的反应试剂盒。他们有两个团结互助协会：铂烽基金会和阿根廷华文教育基金会。我们发起了一项运动，从福建向阿根廷运送医疗用品。我给布宜诺斯艾利斯大学阿根廷—中国研究中心主任伊格纳西奥博士还有卡洛斯律师打电话讨论了策略方案。我们和上海领事馆、阿根廷外交和宗教事务部、外交部捐赠办事处及卫生部取得联系，申请到了物资输入的许可批准。

2020 年 4 月 3 日，星期五

反歧视

阿根廷自发现确诊病例的一个月内，累计感染 1353 例患者，其中 42 例死亡，治愈率为 20%。

我平时买东西的华人超市关门了。据报道，在福建人开的 10 000 多家超市中，未来几周 20%将暂停营业。从媒体的报道中可以看到，世界各国的排华情绪不断高涨。伊格纳西奥打电话来，说我们要在媒体上发起一场反歧视的运动。

2020 年 4 月 9 日，星期四

对中国不利

伊格纳西奥接受了阿根廷最重要的三大报社之一《民族报》（La Nación）的采访。我也上了圣达菲市的广播节目。社交网络上流传着许多关于中国的不实报道，特朗普将病毒归咎于中国的言论在全世界都有一定的影响力。阿根廷政府则表示支持中国。官方媒体和官员们没有攻击或指责中国，但是有一些私人媒体会激烈地谴责中国，尤其是写于美国或欧洲的。我的表弟是音乐家，他给我发了段一个西班牙人录的视频，那人说是中国制造了这个病毒来摧毁欧洲，他问我是不是真的。我跟他指出这个视频的荒谬和虚伪。令我震惊的是，这个西班牙人在视频中提到了一篇文章，我在社交网络上读过同样内容的英文版。

作为社会学家，我知道发生这场疫情危机后，公众舆论将会对中国不利。

2020 年 4 月 12 日，星期日

接收试剂盒

我要去国际机场接收病毒检测试剂盒的捐赠包，然后安排邮递发往萨尔塔省和门多萨省。机场离我外婆家只有 1 个小时的车程。我在网上申请了出行许可，他们给了我一辆公务车以方便我去那边。医疗用品要进入一个国家是非常困难的，需要得到批准，我先前不知道。我必须亲自前往，代表萨尔塔省政府签名，接受捐赠并确认物品正确无误。整个流程花了 5 个小时。我们取完所有箱子，很快两辆快递卡车就将检测盒运往 2000 公里以外的实验室。

我的一个阿根廷朋友在深圳做葡萄酒销售生意，他发朋友圈说自己在街上被袭击了，因为他是外国人。他还发了一张和中国女友的合照，说他很爱她，说中国是个美好的国家。还有别的外国人也谈到在中国发生了类似事件。古斯塔沃 · 伍是中阿混血（他爸爸是广东人），现在在布宜诺斯艾利斯。他在脸书上发帖说自己在街上被人辱骂，就因为他有一张中国人的面孔。

根据约翰斯 · 霍普金斯大学的调查，在全球范围内，已经有 114 000 人死亡，近 190 万人被感染。许多社会的不公现象是统计数据无法呈现出来的。

阿根廷华人社团的捐赠
（图片来源：作者拍摄）

物资到达萨尔塔省卫生部
（图片来源：作者拍摄）

2020 年 4 月 14 日，星期二

顺利到达

试剂盒顺利到达。萨尔塔省与玻利维亚和智利接壤，这里原先只有 200 个试剂盒，现在他们多了 2000 个。新闻媒体对此正面报道。这星期内还将有一大批试剂盒送到，能够给数千人做检测。

2020 年 4 月 25 日，星期六

盖亚假说

全球感染病例已经超过 300 万，其中有 100 万人痊愈。全球死亡病例超过 22 万，阿根廷有 220 人。我们知道隔离期肯定会延长到 5 月底。

驻阿根廷的中央广播电视总台记者问能不能请我做一次采访，讲讲我在河南和布宜诺斯艾利斯的两次隔离经历，还有我们是如何获得来自中国的第一笔私人捐赠的试剂盒的。采访前他说，他对我的个人感受以及我为什么要帮助中国移民很感兴趣。我同意了。在这一小时的谈话中我告诉他，在第一周和第二周的时候我还不了解实际上发生了什么，只是跟着我在河南的朋友一家人，他们怎么做我就跟着怎么做。到了第三周和第四周，我开始感到恐慌，难以入睡，最后，在所在城市里没有出现病例的情况下，我便回国了。我开始重新思考自己的人生、我的工作，我为什么离开祖国，还有我到底喜欢中国的哪一点。这次旅程是我人生中最焦虑的一次。第六周时我已经在自己家里隔离了，虽然还是睡不着，但感觉已经好多了。从第七周开始，因为没有任何症状，我的生活就恢复了正常，不过还是在隔离的状态下。这是我多年来第一次有更多时间来思考自己，思考我的人生，和心理医生打电话咨询。回想起我从二十年前开始环游世界，写作，教书，经历爱情，一刻都没有停下来过，我的健康状况受到生活节奏和旅途奔波的影响。很多时候我想和家人待在一起却做不到。

父亲告诉我，有一个理论叫“盖亚假说”，称地球能够自我调节，现在它正处于自卫状态；人类在摧毁地球，而这次病毒就是地球的复仇。但我和父亲都觉得，这是一个谬论。

我想，人们可以把这次危机当成一次新的转机。比如，改换工作，减少旅行，健康饮食，多做运动。但是，我意识到，面对这或许短暂甚至随时会被不知名的病毒所终结的一生，旅行、写作、学习和冒险，便是我的“复仇”方式。

向阳而生的布鲁塞尔：当爱情遇到疫情

顾昱雯*

我是荷语布鲁塞尔自由大学的一名传播学博士生。因为申请到中国人民大学和自由大学双硕士合作项目而与比利时结缘，没想到一待就是四年多。

一直以来，比利时都不是一个在国际事务中存在感很高的国家。布鲁塞尔虽然是欧盟总部，但中立又不爱搞事情的比利时在很多人眼里是“无趣”的，甚至有60%的比利时本土人认为，假如人生可以重来，他们渴望出生在别处。几年里，不止一个人问过我：你怎么会选择留在这里读博啊？比利时多无趣！

是啊，为什么呢？我似乎就是喜欢比利时的这份低调与平和。在这里，薯条不叫“French fries”，而叫“Belgian frites”；在这里，即使每天换一种啤酒喝，一年也不会喝重样；在这里，人们似乎不太在意无政府状态的天数，而更担心“红魔队”在欧洲杯的进球。你也许会说，薯条还是法国的有名，啤酒还是德国的出色，足球只认巴西。但正是这样一个低调的国度，在这次疫情中火了一把。三月第一周，比利时确诊人数几天内跃升至近300例。四月更是“挺进”全球前十，每日确诊近千例。截至完稿，比利时因新冠病毒死亡的病例高达8656例，这一数字是中国死亡病例数的两倍多。

* 顾昱雯，荷语布鲁塞尔自由大学传播学博士研究生。

全球化将世界各地的人们前所未有地紧密联系在一起。在了解对方的同时，我们往往也是在了解自己。而已经把比利时当成“第二故乡”的我，想把欧洲中心的故事，讲给你听。

2020 年 3 月 18 日，星期三

临时政府

这一周，欧洲的疫情形势发展迅速。从意大利的大暴发，到西班牙、德国和法国迅速加快增长的新增病例。终于，最“乐观”的比利时卫生部长玛姬·布洛克（Maggie De Block）也开启了紧急会议。而三月初比利时连续两周保持只有 1 个确诊病例记录时，我们每天都听到她在新闻里说：不要恐慌，我们准备好了！

上周五（3 月 13 日）开始，比利时出台了对抗疫情的新政策，到了今天，疫情临时政府正式上线，开始实施了“封城”、停学及限流等疫情防控措施。比利时荷兰语区（弗拉芒语区）和法语区（瓦隆区）有着明确的政治分野，水火不容，在党派分立的情况下，比利时曾经有长达 540 天处于无政府状态。而面对疫情，一个具有统筹能力的临时政府变成了必要选择。

这个临时政府任期是 6 个月。疫情期间的决策均来源于这里。临时政府由少数党组成，他们多少有点渔翁得利的感觉。比利时比较偏右的多数党新弗拉芒联盟党（N-VA）对临时政府持坚决反对态度，因为 2019 年的大选中，他们占据了优势，所以他们认为，这是少数党撤销选举结果的欺骗民主的行为。新上任的首相苏菲·维尔梅斯是个温和派，最近的表现还是很突出的。昨天刚就职就开了新闻发布会。而在政治分野明确的比利时，6 个月之后这个政府将何去何从，也还是未知数。

昨天新首相还在宣读政策时，华人微信群里已经开始“奔走相告”：“封城了！”但其实这个政策不能称为“封城”，维尔梅斯刻意避免了使用“lock down”（封锁）或者“confinement”（禁闭）的字眼，而是用了“measures renforcées”（升级措施）。没有用“封锁”，是因为比利时的公交线路还是开放的。我来比利时的这几年里，只有 2016 年恐袭时政府短暂地使用过这个政策。而“禁闭”是指化工或核事故后人们需要待在家里并且用湿布密封门窗的政策。不过她也提到，如果这种政策效果不佳，还将推行更加严厉的措施。

因为一直跟进国内新闻，所以我们这些留学生对禁足、远程办公等措施早已不陌生。13 日当天，学院再次发送邮件，通知大家开始远程办公并对一些课程做了安排。16 日，我和导师最后一次面谈，讨论了论文和课题的进展与方向，第二天就从办公室把所有重要的书本和办公用品打包好，再从超市背回了大米、鸡蛋、蔬菜等生活物资，为居家抗疫做足了充分准备。

但真正进入“封城”期间，比利时的“禁足”还是和我们想象的不一样。虽然餐馆、酒吧不再开放堂食，聚会、集会也被禁止，但人们还是可以进行户外运动。当然，比利时的人口密度与国内有很大差距，就算在城市里，白天出门跑步也时常面对空荡的街道，超市、公交也不算很拥挤。但即使是理解了这种国情差别和政策差距，面对让武汉“流泪”、全中国警惕的病毒，焦虑与不安感依旧时常出现，尤其是在居家的第一周。临近小学，本应熙熙攘攘的住处因为停学一下子安静下来，原计划举行的活动和会议也全部取消，和其他同学社交的机会寥寥无几。这也使我使用社交媒体的时间变多，每天清晨，邮箱和微信推送着疫情的最新数字和走势，家人、朋友群里不断分享着欧洲各地的疫情暴发信息。这让我们感到担忧。

随着新增病例的加速上升，不少当地同事也开始体会到同样的不安。虽然文化观念有不同，但对疫情的“紧迫感”也开始逐渐加强。研究组原本定在五月初的巴黎研讨会，在经过了两周的讨论之后，也最终被取消。

今天有了一个好消息，就是布鲁塞尔免除了停车违规罚款。我们也不用再支付每天的停车费了。

值得一提的是，比利时的薯条店并没有关门。比利时的薯条是全民推崇的“地道国货”，习总书记顺访比利时的时候，也品尝过这份“油腻”的当地美食。没错，薯条发源于比利时，而不是法国。这也是比利时人最讨厌的一个“乌龙”。如果你说比利时踢球不行，他们很可能会咽下这口气，但如果说薯条是法国的，那就很难跟你做朋友了。疫情中的比利时人，冒着生命危险也要去排队买现炸薯条。为了保持社交距离，薯条店门口排起的长队成了独特的“比利时抗疫风景”。

公园里的蒲公英开花了。落英缤纷的景象里，我和橙子先生才发觉，我们每天盯着疫情，忘记春天已经到来。

临时政府开始全速运转。而疫情之中，大到世界，中到国家，小到个人，都在经受巨大的考验。我们最近总听到新闻里重复一句话：不要恐慌。

而就在今天，还有一个新闻被人们忽视了。关于埃博拉疫情，刚果已经连续25天没有新增病例了，如果能一直保持这个记录，那么4月12日刚果将宣布本轮埃博拉疫情结束。

所有的疫情，都有结束的时候。在布鲁塞尔的橙子先生和我，这样相信着。

2020年3月20日，星期五

我们都一样

“他者”（the others）叙事源于赛义德教授的《东方主义》一书，书中指出，19世纪西方国家眼中的东方社会并没有真实根据，而是凭空想象出来的东方。随着时代发展，我们对于“他者”的理解变得更广泛，指代将人群有意带有偏见地划分成“他们”和“我们”的行为。而媒体在报道中具有相似特征的报道形式则被称作“他者”叙事。在本次疫情的海外报道中，这种“他者”叙事频繁出现。

这其中不得不提到的是新闻配图。我观察到比利时阅读量排名前五的纸媒在疫情报道中普遍选择了中国人戴口罩的照片作为新闻配图。尤其是在疫情初期，比利时政府无比自信地告诉民众，一切都“在控制之中”，于是这样的配图不断使比利时人民感到自己与病毒有距离。

最近我一直在思考这样一个问题，好的疫情报道应该是怎样的呢？我今天才明白，好的疫情报道应该让我们意识到，在疫情面前，“他们”与“我们”没有多大差别。

《人类简史》的作者尤瓦尔·赫拉利前些天在互联网上提出了自己对疫情的看法，一些学者认为他的观点中理想主义色彩太浓。其中令我比较感慨的是他说的一句：“交流合作才是人类战胜病毒的武器”。如果各个国家和政府，可以真正地实现直接交流，那么病毒也许能得到全球范围内更集中的关注和控制。而不是像个别国家，通过疫情对外树敌，用以换取内部的支持，甚至不惜以更多人的生命作为代价。

现在，每天国内外的新闻信息很多，我会努力进行信源和报道倾向性的再核实。可哪怕最权威的新闻也只能代表部分的真实，有时甚至是小部分的真实。作为一个专业传播学人，我有时也会陷入新闻恐慌中，这个专业强调的“批判性思维”并不能减少我们的焦虑与疑惑，理性的探讨也可能被嘈杂的声音淹没。

同样地，“他者”叙事并不仅仅存在于海外媒体。最近有大批留学生回国，而其中个别负面案例在互联网上被广泛转载和评论，例如“矿泉水女孩”事件*。个案报道逐渐被放大到对整个海外留学生群体的质疑，网络上不断出现“两面派”“白眼狼”等字眼以及其他更加过激的针对留学生的言论。

我相信，全国人民在这样的紧急关头，都需要团结一致，为了抗击疫情而拧成一股绳。然而，我们也需要警惕任何过激的情绪和话语，无论是对待海外人士，还是本国同胞——比如武汉人、湖北人、从境外回国的人。

这次疫情在全球的大流行，再次让我感叹全球化的发展。我们每个人面对的灾难，无论天灾还是人祸，基本上都是类似的。面对灾难我们也许有相似的心理过程，即使文化和价值观有差异。人们会有过分自信，也会有焦虑和不安，会有双重标准和社交虚伪，但也会有温暖奉献和救助关怀。而越是这样，我们越会看到对个体的关怀与尊重是多么重要。面对病毒这样真正的“高墙”时，每一个“鸡蛋”都同样渺小。

美国曾举办一场关于伊拉克战争的摄影展，展览中有一张照片触发了人们广泛的共鸣，照片上既没有炸弹爆炸，也没有什么其他血腥场面，而只有一个伊拉克人去看牙医。

为什么有共鸣呢？这并不是一张视觉冲击力强的照片。纽约大学前教授弗里德·里奇（Fred Ritchin）解释说，因为那些爆炸之类的战场照片让人产生的联想是：在伊拉克那个遥远的地方，有一群疯子一样的人，他们打来打去，互相杀害。也就是说，那些照片会让人觉得那里的人和自己是存在巨大差异的一群人。而一个伊拉克人去看牙医的照片，则会让美国人意识到：噢，原来他们也要看牙医的，原来他们跟我们其实差不多。这会让大家更真切地感受到战争的恐怖：既

---

* 2020 年 3 月 16 日，一名女子在集中隔离点坚持要喝矿泉水的视频引发关注。视频中的主人公随即被网友爆料是从意大利返回的留学生，在上海浦东被隔离期间，对提供的白开水不满，坚持要喝矿泉水。该女子因为喝水问题与工作人员发生争执，还想冲卡闯出，随后警察赶来处理纠纷。此后，该女子被媒体用“矿泉水女孩”代称，而此事件也成为疫情期间海外留学生归国相关报道的负面参照案例。

然他们和我们是差不多的，那么战争就也可能会发生在我们的头上。

简单来说，就是不再让人们把伊拉克人当成与自己无关的“他者”。

一个国家遇到的事情，另一个国家也完全有可能遇到。所以，在“后真相”时代，我觉得新闻报道在呈现灾难的时候，应该让我们看到：“原来我们都一样”“原来这种糟糕的事也可能发生在我身上”，而不是让受众觉得“好遥远”“这是他们的事情”“这种事情根本不会发生在我身上”“他们和我们差得很多”。

而“我们”与“他们”的对抗，只会加重人类的苦难。

2020 年 3 月 22 日，星期日

封城一周

长居比利时的人都明白，居家隔离措施在这里实施起来会有多难。爱聚会、爱运动的比利时人确实不大喜欢“关禁闭”。3 月 14 日，就在“封城”前夜，人们不顾安危地去餐厅享受“最后一餐”，或在广场上开“封城” Party。“封城”第一天，在比利时的海滨城市奥斯坦德娱乐区有 5 人被行政逮捕；在尼维尔，警方为了制止那些不遵守禁令的人，动用了催泪瓦斯；有的比利时人近几日偷偷开车去法国和荷兰下馆子；甚至有一对新人选择在禁令前紧急结婚，宴请宾客……

在这样的新闻被不断爆出的同时，根特大学医学系教授维姆·德瑞弗（Wim Derave）写了一封公开信，谴责这些“封城” Party 的不负责任。他认为许多人没有意识到疫情的严重性，而这种“个人主义将杀死我们”。他总结了几个在对抗疫情上做得比较成功的国家的特点（例如日本和新加坡）：（1）曾经经历过 SARS、禽流感等；（2）拥有敢作为又反应迅速的政府；（3）民众具有公民精神，将集体置于个人之上。他认为前两项已经无法弥补，比利时目前能做的只有第三项。他批评自私的聚会行为，并呼吁尽可能多地保护前线护理人员。

德瑞弗教授没有说错。因为就在今天，警方还拦截了不少正在去往海滨路上的人们。他们或在海边有度假屋，或是去享受家庭一日游。为了杜绝类似事件，警方不断提高罚款的金额并重申“现在不是假期”!

关于“未雨绸缪”这件事，可能只有亚洲人做得出类拔萃。疫情还未波及欧洲，当地的华人社区就开始鼓励大家购买消毒用品并适当囤粮，等真的“封城”了，我没听到任何一个华人说没准备好这件事。

面对疫情，难道比利时人就不恐慌？其实谁都怕得病。咱们在国内读书看报，欧洲人也一样。看电视，看报纸，和邻居唠嗑。所以对于疫情，都有焦虑和恐惧。但是，欧洲人的心态确实是“成熟”，你很少会“看到”一个欧洲人真的恐慌什么事。最起码你“看”不出来，他们骨子里的两面派也不会告诉你。但这种过于“心大”的表现也时常被谴责，就像报道中的这些故事一样，忘了自己生活在疫情之中的人们，每天都有，而且他们在不断地扩散着病毒。

不过必须要承认，这一周里，街道上的人的确少了，戴口罩的人也越来越多了。可见，欧洲人的恐慌是比较“滞后”的。

“封城”前一周的布鲁塞尔，人声鼎沸，而那一天，法国的确诊人数已经过万　（图片来源：作者拍摄）

但这并不是欧洲独有的现象。这就好比国内疫情暴发之初，在一些人口密度较高的地区，年轻人看到新闻，打电话给家乡的父母，让他们戴口罩。父母亲则叹一口气，让你放心。结果还是啥防护都没有，大摇大摆地出去跳广场舞了。感觉差不多。

我们总感觉危险在“别人”那里，看不到自己身边。疫情刚暴发时，病毒只在武汉；疫情发展到欧洲时，欧洲人都觉得病毒只在意大利。身边不出现几个病例，人们很难把口罩戴起来。

“封城”第二周，街道上的人流量显著减少（图片来源：作者拍摄）

自从超市开始限制人数之后，我们顿时感觉到了生活的变化。许多人在大超市门口排起了长队。每个家庭只允许一个人进超市买菜，每个人推一辆购物车。

人与人之间的距离通过地板上的一条条胶带限定在了1.5米。Delhaize超市从昨天开始推出了一个“暖心行动”：把早上8-9点的时间段留给65岁以上的疫情高危人群。但我发现并不是所有老人都买账。今天在比利时《晚报》(*Le soir*)上看到一位接受采访的老人说：我不希望被就此归为“老人”。“我可是经历过战争年代的”，他这样倔强地回复记者。

不过，比利时人民确实有一种成熟的社会心理状态，这主要体现在疫情暴发的近期，在媒体报道信息较为丰富、多元的情况下，他们依旧保持着一种积极客观的态度，没有产生过多的社会恐惧。今天看到国内一些媒体报道了欧洲各国人民对于卫生纸的疯狂抢购。值得一提的是，比利时“封城”前一天，仿佛忽然“苏醒”的欧洲人确实去占领超市了。但，仅限于那两天。我调研了将近六个区，从“封城”第三天开始，超市生活用品都是供应充足的。关于“卫生纸”的抢夺，更多的是出现在社交网络的恶搞或者是社会新闻的猎奇专栏中。

比利时人也是非常有个人思想的，对于信息的批判性思考普遍存在于大众内心。政府一直不鼓励民众戴口罩，这周，鲁汶大学医学院教授坐不住了，把口罩作用对比图发到了比利时《晨报》(*De Morgan*)的头版上，用事实数据告诉当局，口罩可以有效地降低感染率。批评自己的政府，比利时人向来不手软。而在这样的声音之下，淡定的比利时人也开始自制口罩了。

自制口罩（图片来源：自制口罩教程网站，https：//faitesvotremasquebuccal.be/）

2020 年 4 月 12 日，星期日

晾着

又是一个艳阳天。

比利时的天气真是有趣。平日里时常阴天，还时不时伴有小雨。长期的阴雨天使维生素 D 成为比利时人人必备的保健品。可疫情暴发以来的这一个月里，天天都是大晴天，这仿佛是在考验比利时人民抗疫的决心和毅力。户外，阳光、聚会、聊天，这些欧洲人最爱的自然享受，被疫情挡在了窗外。

因为雨水过多，所以比利时人格外喜欢晒太阳。我们学校有片很大的阳光草坪，平日里如果有这样的艳阳，草坪上会躺上满满的人，学生们有的从教室后门跑出来在草坪上伸伸懒腰，有的早早从宿舍做好了午餐三明治，三五成群地聚在一棵大树下野餐，还有的刚从食堂饱餐一顿，顺势就倒在草坪上午憩。三年前，当时我还是一名硕士生。一日难得放晴，阳光正好，几个“胆大”的欧洲学生决定集体翘一节课去晒太阳。“快来呀 Annie，你可以错过比利时的课，但可不能错过这阳光！”他们规劝我。

不去上课而去晒太阳，这也太疯狂了！眼看就快到上课的时间了，我局促地坐在草地上，脑子里却惦记着这节课的考勤。刚想找个借口逃回教室，却看到上这节课的教授不急不慢地向我们走来。他手里拿着一杯咖啡和一份《晨纸》，微笑着坐到我们中间：“10 分钟后我们再去上课吧。”他喝了口咖啡，然后反复强调：只 10 分钟哦！

正是那一次草坪上的轻松交流，让我更加融入这里的氛围。而越是在提倡“社交距离”的此刻，我越无比怀念那一日娇艳的阳光和畅快的对谈。

欧洲人很讨厌现在提倡的“社交距离”，因为聊天几乎是每一个欧洲人的爱好。曾经在无数次聚会中，酒过三巡，我看到欧洲姐妹们还在欢笑畅谈，而我一个中式“话痨”却已口干舌燥，精疲力竭，不得不在这场“中欧对聊耐力赛”里败下阵来。“Annie always sleeps early in parties”，她们总这样评价我。每每此刻，我都在内心里咆哮：欧洲人，你为什么这么能聊天？

欧洲人很喜欢面对面聊天，而且不拘泥于场合。路边咖啡馆、露天草坪，甚至车站门口的空地上，一杯饮品，简单桌椅，或者席地而坐，聊起来就忘了时间。

荷语布鲁塞尔自由大学的阳光草坪（图片来源：自由大学官网）

很多时候，这种聊天也不拘泥于内容。有一次，我们课题小组开完会后，大家提议去“喝一杯”。下午4点叫了杯啤酒，每个人都开始分享自己最近的小事。一位同事的狗狗生了宝宝，另一位同事院子里的玫瑰花开了，还有一位同事最近喜欢上一本小说。交换喜悦，分享生活，而整个谈话中的三个小时，我们没有一个人打开手机，只是专注于倾听和对话。

英语里对于这种聊天有一个贴切的翻译：hang out，直白的理解就是在外面“晾着”。阳光正好的日子里，三五好友，没有琐事烦扰，没有手机游戏的诱惑，只是去聊聊天，晃悠晃悠。惬意二字，不过如此。

最近两周，原本人声鼎沸的咖啡馆冷冷清清，热爱聚会的邻居家也不再飘过来露天烤肉的香味，甚至所有超市和药店里都在地板上用胶布贴上了1.5米的“安全”距离。我们每个人被这1.5米的距离拉开，即使是一家人，也只能被隔开。上周末，我和男友看到一对原本手拉手的老人在超市门口被工作人员拦下，要求拉开距离，一个人单独推一个购物车，于是他们两个人呢喃了几句，耷了下肩，放下了购物车，拉着手离开了。这是多么不“正确”却又让人感到浪漫的一幕。

昨夜里，硕士班级的脸书群忽然有人发了条信息：“等这一切都结束，我们聚聚吧”。于是，我又回想起那一日，我们聚在校园里的草坪上，聊到口干舌燥。

希望社交距离的改变，只是物理的距离变长，而不是人心的距离变远。

2020 年 4 月 13 日，星期一

媒体

上个月，特朗普在推特上使用了“中国病毒”的字眼。近日，一些媒体强调新型冠状病毒的起源与中国及美国的关系，关于病毒是美国制造还是中国发源的信息不断发酵，甚至上升到了“阴谋论”。这使很多国内的朋友也问我，比利时媒体对华的报道倾向以及比利时整体对华的态度是怎样的？

其实这里有一个背景，那就是欧洲、美国的媒体有自身市场及政治立场的定位。之前很有名的媒体偏见图 Media Bias Chart 就专门讨论过不同媒体的立场，以及针对特定事实的固定论述及语气等。比如一说到特朗普就经常提到的福克斯新闻（FOX）就是很“右翼”的媒体。这个基本态度会决定报道对于事实选择的不完整和断章取义。如果说一个人长期受到福克斯新闻的信息浸染，那么他想不“右”也难。

关于比利时的对华态度，有一个相对积极的案例。之前有一个“油管”（YouTube）的网红团队对比利时的反华态度进行了现场测试。他找来了三个中国学生和两个当地人，在很繁华的一段地铁线路的一节车厢装上摄像头（脸部打码）。所有准备工作完成后，中国学生和当地人前后脚上地铁，并假装在车厢内发生冲突。这两个当地演员对刚上地铁的中国学生进行抨击，而团队则会用摄像机记录下毫无防备的当地人对冲突的现场反应。

他们对中国学生的抨击内容包括：你们必须下车，你们是病毒的源头，你们带来了灾难，你们是受感染的病人。在被拍摄的三个场景中（同一地铁中三个时段的取景），被拍摄到的比利时人均对这种抨击进行了批评、谴责，并出面维护这三个中国学生，阻止对他们的语言暴力。这段视频被多家媒体转发，在一定程度上反映出一个积极的态度。当然，这段视频拍摄于欧洲疫情初期的 2 月中旬。

视频截屏（图片来源：腾讯视频）

然而近期的一个例子就比较负面。比利时当地政府购买到了 300 万个不合格的口罩。这扑朔迷离的口罩订单可以说是比利时医疗系统的救命稻草，但上周，政府负责人在会议中表示，这 300 万个 FFP2（规格等同于 N95）口罩是完全无法使用的。

这笔 300 万个 FFP2 口罩的订单是通过一家总部位于比利时祖尔特（Zulte）的叫作 Life BVBA 的公司进行采购的。这位公司的负责人，是我提到过的新弗拉芒联盟党的一个区的主席。两方负责人开始打嘴仗。一方说合格，另一方说不合格。

在各执一词的情况下，这位公司负责人说：我们的口罩在中国实验室进行了测试，我们对此充满信心。这一下牵扯进一位中间商，出生于根特，有中国父母，2012 年开始移居上海，还做过一些中比贸易。事件随即发展为"中国口罩"不达标，比利时医务人员无法使用。中国驻比利时大使馆在 4 月 10 日发出通告表示对此事的密切关注，并且在调查情况。但这件事影响了媒体的态度及当地人的观感。

在对这个事件的报道中，我再次看到了"他者"叙事的影子，报道中的新闻配图也不同程度地体现了中国产品"质量堪忧"的刻板印象。但对比我们所熟知的一些美国媒体，比利时媒体的态度要温和很多，即使是明确的批评态度，也会选择同时引用一些正反双方的观点。这一点通过对病毒起源的报道就可以看出来。这些报道更多是通过病毒起源观察中美之间的较量，态度也并没有"一边倒”。当然，这也要分不同的媒体。我观察到，关于比利时最早的病例报道，多半集中在意大利。因为最早确诊的患者多数是从意大利南部疫区刚度假回来的比利时人。2月那会儿，新闻普遍在提醒从意大利回国的人要自行居家观察和隔离。

提到比利时的媒体系统，可以说它与其政府系统一样复杂。首先要区分语言区。法语和荷兰语的媒体区别很大，对于市场的占有度分庭抗礼。虽然两个语言区的媒体态度观点不同，但在“他者”叙事上还是有很多相似点的。比如说，(1) 对于中国的报道少之又少，或者说，对于亚洲的报道整体都少。傲慢与偏见，很多时候源于不了解。他们只关注自己的一亩三分地，就很难真实全面地认识远在东方的中国。欧盟天天对比利时人民进行“政治宣传”（propaganda），希望大家支持欧盟，相信团结的力量。结果一大选，右翼势力异军突起，这说明比起全球难民和共同治理，当地人还是想先整明白，自己商店的产品怎么卖出去，新政府管不管我失业老父亲的医疗。(2) 刻板印象依旧普遍存在，这个我上面提到过。(3) 比起美国的很多媒体，欧洲媒体还算温和派，很少看到新闻媒体上有带着“惊叹号”的标题。

同时，比利时媒体对于自己的内部政府吐槽起来也是不会手下留情的。所以在很多问题上的报道，比如对于新冠病毒的来源，大多数媒体并没有得出某种结论或是进行针对某一方的揣测，而是通过疫情的传播来观望美国和中国的相互较量。

其实，欧盟内的媒体和美国媒体在报道风格和态度上存在差距。所以，我们也不应用“西方媒体”来宽泛地概括和代表他们。而我们在探讨欧洲媒体对华态度的时候，其实也可以对比参考其对美国的态度。近年来，比利时特别注重本土媒体，且近几年并购势头很强（比如 De Persgroep，Mediahuis，以及 Roularta 三家最大的出版商）。不断的并购不仅使本土媒体更集中化，也是在一定程度上同美国所主导的“GAFA 势力”（Google，Amazon，Facebook，Apple）展开较量。把“Diversity”看作核心理念的欧盟对于“GAFA”的态度一贯强硬。媒体垄断，尤其是美国技术公司对欧洲人民私人信息和媒介的垄断，对于欧盟来说是个灾难。所以大部分比利时媒体对于美国主导的“GAFA 势力”的报道，往往都更加负面。

2020 年 4 月 17 日，星期五

志愿者

居家隔离进入第二个月。虽然新增病例依旧保持在每日千例左右，但我和橙子先生以及其他比利时的留学生们似乎都进入了“平稳舒适期”。

近期不断有关于“复工”的信息传出。这也印证了专家的预测。两天前，张文宏教授与四位驻外大使（荷兰、比利时、卢森堡及中国驻欧盟使团）以及华人、留学生进行了问答直播。他提到，欧洲的国情与医疗体系同中国存在差异，大面积的、集中性的方舱医院在比利时很难在短时间内建成。在这种情况下，当地政府不得不让轻症患者居家隔离、治疗，为的是把更多的医疗资源留给重症患者。同时，国情和政策的差异，也让人们对于这种社会停摆的容忍时间缩短，所以张教授预测比利时 5 月一定会复工。我有幸作为比利时的留学生代表提了一个关于无症状感染者的问题。张教授不断提到，无症状感染者虽然具有传染性，但只要保持社交距离，加之欧洲的人口密度较低，传染概率会非常低。他强调，戴口罩是社交距离的延伸，“两个人都戴口罩可以使得彼此的社交距离从 1.5 米延长到 4 米”。不得不说，张教授实在太幽默了。他在直播中说“绝不要给孩子吃垃圾食品，一定要吃高营养、高蛋白的东西，每天早上准备充足的牛奶，充足的鸡蛋，吃了再去上学，早上不许吃粥!”，神情和语气都像极了一个苦口婆心的家长在你耳边叮咛。两个多小时的直播氛围很轻松，知识量也很大，消除了我们的很多焦虑。而他反复强调的“多吃鸡蛋，不许喝粥”也成了留学生群里一句“洗脑”般的疫情寒暄。

面对比利时这种“复工”的呼声，更好的防护品也再次变得紧俏。此时，大使馆的“健康包”如同雪中送炭，让我们感到格外的温暖。

上周，学联在群里发布信息，通知尚在比利时的学生们可以按照所在区域前往固定地点领取使馆分发的“健康包”。但因为很多学生没有车，住所又离学校比较远，且由于“封城”，他们很难跨区领取到这份重要的物资，学联晚上又发了一个通知，招募可以分发“健康包”的志愿者。

因为比利时的中国留学生相比于法国、德国等国家数量相对少。所以各个城市留学生的圈子也相对更加紧密，整体氛围比较温暖。也是因为学生整体数量少，学联工作人员也不多，为了完成工作，常常一个人当多个人用。

作为曾经的学联主席，我深知这份工作的重要性和难度，一早便想加入志愿者队伍。但因为出门就多一分感染的隐患，我必须要和男友商量。没想到橙子先生不仅支持我的想法，还决定开车载我去派送，这样还可以扩展我们派送的距离和范围。

经过沟通，因为有开车的便利，我们被分到了为距离最远的16位同学派送的任务。他们分散在布鲁塞尔的六个区，最远的Jette区从我们的住处出发开车要一个多小时。为了不让橙子先生太辛苦，我提前把各个住址按照区域进行科学划分，尽量不走回头路，并且提前一天联系到这些同学，让他们按照规划好的时间准时领取。

因为比利时依旧实行“封城”政策，所有跨区的车辆都有可能被警察排查、罚款，所以大使馆提前为我们准备好了通行的证明文件。今天一下班，我们便安排好路线，带上文件，做好自己的防护，开始了“健康包”的派送之行！

没想到，“封城”下的布鲁塞尔车辆依旧很多，遛狗的老人、跑步的健身者、骑车玩耍的孩子，没有人戴口罩。在很多比利时人眼中，只有自己生病了才需要戴口罩。不过道路很通畅，我们一路上也没有被警察问询，除了在Jette校区迷了路，转了半小时才找到那三位小姐姐的位置，一切还是很顺利的。

疫情期间，是否“回国”这个问题可能会困扰到一些海外留学生。就个人而言，我毫不犹豫地选择留在比利时。一方面因为学业。另一方面，比利时相较于疫情更严重的国家，总体状况还算稳定，居家隔离也最大限度地降低了危险。值得一提的是，这周国内通报的两个从比利时输入的新增病例，经确认均是从比利时回国途中与同机确诊患者密切接触而被感染。我们也在这样的案例中，不断认识到长途旅行交叉感染的风险。上周开始，大使馆教育处开设了留学人员的倾诉热线，虽然我没有真正拨通，但很多时候，知道它存在，这份温暖便不需要通过声音就可以抵达内心。

虽然在“是否回国”这个问题上的选择不同，但我相信，存在不少愿意跋山涉水归国的学子，也是因为这份只有自己家乡所能给予的温暖。

派送完最后一个“健康包”，橙子先生开着车，回家的路上我忽然想起顺子那首有名的《回家》，我用蓝牙在车里播放这首歌。比利时成了我们现在的“家”，但有这份来自祖国的关怀，我们便可以互相陪伴四海为家吧。

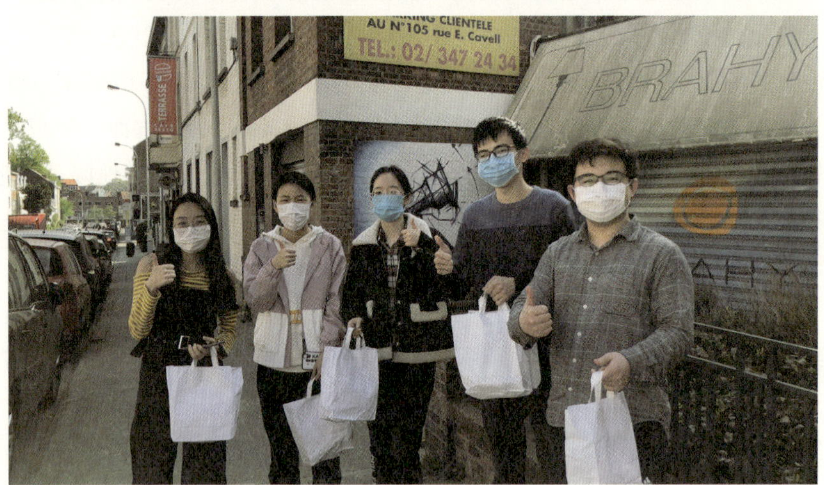

收到“健康包”的比利时留学生（图片来源：作者拍摄）

2020年4月19日，星期日

5G 谣言

这周日，比利时北部的林堡省（Limburg）的一座小城 Pelt 发生了一起信号塔被烧事件。被烧的是比利时两大移动通讯公司 Proximus 和 Telenet 的信号塔。比利时警方怀疑，这起事件的起因与网络上不断扩散的5G加速了新冠病毒传播的谣言有关。

无独有偶，5G信号塔被烧事件也发生在欧洲其他国家，比如荷兰和英国。本月4日，唐宁街公开辟谣，5G和冠状病毒的相关新闻是假新闻，比利时的通讯管理局也发出了最新的通告，毁坏信号塔的行为将受到法律的严惩。

平白无故地，为什么5G就和新冠病毒扯上关系了呢？

其实，在比利时，甚至在整个欧洲，关于5G对人体健康的危害这类虚假信息最初出现于疫情暴发之前。早在2018年，此类信息便开始在互联网上发酵，从有意或无意流传的民间谣言，发展到媒体刻意编制的信息操纵（disinformation）。这些虚假信息经过两年的酝酿和发展，在本次疫情中实现了一次集中的暴发。疫情之中，关于新冠病毒的谣言与5G的人体危害信息，同时被贴上了一些“中国”标签，互相碰撞，使得他们升级为一个有体系的阴谋论。

作为欧盟中心的比利时与5G谣言有着很紧密的关系。2020年1月22日，比利时著名荷兰语报纸 *Het Laatste Nieuws*（荷兰语区的订阅率达到人口的40%）刊登了一位比利时医生 Kris Van Kerckhoven 的报道。他提出，很多人没有注意到5G对人体的危害，“强大的信号辐射将引发人体的各种疾病”。而就在那一天，中国的确诊病例为440例，死亡9例；而比利时安特卫普港刚被指定为5G的试点港。一切背景设定完毕，一条关于5G与冠状病毒的谣言开始蔓延。

其实，欧盟对于5G的态度是非常支持的。早在2015年9月，欧盟就与中国签订了共同开发5G的合作文件，并被欧盟委员会定义为“具有里程碑意义的文件”。欧盟认为，中国是5G的最大市场和共同开发的友好合作者。5G的发展将意味着6250万欧元的直接经济回暖，算上间接的影响，其将带来近1.13亿欧元的巨大市场潜力。在这样的文件背景下，欧盟各国纷纷开始5G的研发。而这一波欧盟各国所产生的反对5G的浪潮让欧盟犯了难。欧盟原本计划近期在各成员国开始推进5G网络的发展，并认为6月底会有扎实、具体的成果。现在看来这

散播 5G 与新冠病毒假消息的涂鸦

（图片来源：Euronews）

个期待要落空了。在谣言以及疫情的实际影响下，法国、西班牙等国纷纷推迟了 5G 基础设施的建设计划。

就比利时内部而言，本月初，比利时部分地区推出了 5G 的光纤网络，各地对于 5G 的讨论也再一次白热化。瓦隆区（法语区）一些学者和民众对此举感到恐慌，担心会不会有身体危害，会不会污染环境等等，加上疫情与 5G 的谣言扩散的影响，比利时的 5G 建设停滞了下来。

值得一提的是，本次走在谣言前面的比利时政党，除了提倡环保的绿党之外，多半是极端性的党派，比如极右翼弗拉芒利益党（Vlaams belang）。他们借此机会不断强化对民众情绪的煽动，用以换取更多的支持。比利时有着法语区和荷语区两个比较明确的政治分野。历史上曾经占据更多经济和资源优势的法语区随着比利时经济结构转型的脚步而发展速度变缓，从而使荷语区形成了更强的经济、贸易优势。正是因为有着历史上争夺经济、政治优势的竞争，两个语区各自的最大党（荷兰语区的 N-VA 和法语区的 PS）历来水火不容。在 2019 年的大选中，N-VA 占据了优势，这也是为什么在组建疫情临时政府时，N-VA 投了坚决的否定票，认为这是企图撤销选举结果的欺骗民主的举动。但在本次的 5G 谎言中，N-VA 却明确地表达了支持的态度，并公开辟谣：瓦隆区（法语区）关上了 5G 的大门，但弗拉芒区（荷语区）却支持科技进步。可以看得出，即使是表态也不忘拉踩对手。虽然此次信号塔被烧事件发生在荷语区的一个小镇，但法语区才有对 5G 的明确反对政策。本月初，一些法语区的城市如那慕尔（Namur）就率先暂停了 5G 基础设施的建设计划。

如今，社交网络上依旧流传着5G与新冠病毒之间关系的谣传视频。但是由于缺乏实际的证据和权威的佐证，民众对此事的态度还是比较中立的。然而极端右翼势力对此类谣言的不断渲染和利用作用，不容小觑。

公司负责人回应，被烧的信号塔尚未使用5G技术，说到底，信号塔很冤枉。而且，警方也提到，这种烧塔行为很有可能伤及人命。且由于信号塔被毁，通过信号塔传输的急救、报警等电话将受到影响，那些需要帮助的人可能因此错失宝贵的求救机会。去烧信号塔，是为了保护生命，可正因为信号塔被毁，宝贵的求生机会被剥夺。这是打着“人权”的旗号，破坏了“人权”。想一想，这是多么讽刺啊。

2020年4月25日，星期六

论文

比利时再次延长“封城”期限。虽然“复工”的呼声越来越高，但所有解禁的政策，都要在5月3日之后才会慢慢被实施。

其实从整体来说，比利时的政策立场在欧洲比较中立，但是这次很多政策却受到了法国的影响。可以看到，马克龙的讲话对于比利时的“封城”是有推动作用的。

疫情期间，马克龙一共发表过三次电视讲话。第一次是3月12日晚上8点的电视讲话，晚上11点，比利时政府召开国家安全委员会紧急会议，宣布关闭学校、餐馆；4天之后，也就是法国实施禁足令前一天（3月16日），曾有3500万民众看了晚间新闻，几乎有一半的法国人关注总统宣布的防疫措施，18日开始，比利时正式进入“封城”；4月13日晚上是第三次，内容是法国延长抗疫政策到5月11日，本月15日，比利时将“封城”政策延长到了5月3日。

疫情猛如虎，但生活还要继续，尤其是对于需要赶稿的博士生来说。

这是我居家抗疫的第二个月，而之前的新闻焦虑感已经逐渐得到缓解。街道上的行人开始礼貌地保持距离，超市里的工作人员也都戴上了口罩手套，虽然面粉和卫生纸这类“紧俏品”偶尔会脱销两天，但所有生活基本品依旧供应充足。于是我开始学会放下手机，每天只在晚餐后看一些必要的信息更新，将生物钟调回平日的工作状态。当在家充实自己变成一种新“常态”时，我的内心也逐渐接受了这份焦虑中的平淡。

博士生涯走到最后一年，我常和同事开玩笑，论文的压力已经帮我赶跑了对疫情的恐惧。经过第一周的手足无措和调整计划，我的论文写作再次被提上日程。国内疫情暴发后，使馆就不断提醒我们要增强防护意识。于是我3月初便把大部分需要的数据和文献整理分类，为宅家写作做好了准备。从第二周开始，我规定自己每天八小时工作，劳逸结合。

虽然毕业压力很大，博士期间也走过一些学术弯路，甚至对四年前赴比留学这个选择质疑过，但我还是相信，现在的每一分努力，都是成长的积淀。在考验与历练中，我依旧怀抱着对自己博士理想的希冀。

上周五我完成了一个章节的写作。当时很开心地在阳台上伸了个懒腰，我忽然明白：即使是这样的日子，我还是多么幸运。多年以后，我也许会怀念这段日子里的一些片段，比如封闭式写作，比如自己研发的扯面，以及没有聚餐，只有阳光、我和音乐的午后时光。

我觉得自己是尤其幸运的。而这份幸运得益于无数医务工作者和志愿者的奋力工作，得益于那些为“我”付出时间、心血的“陌生人”。

“复工”的呼声越来越高，比利时的一名医生在接受采访时表示，对于控制疫情来说，放松措施没有好处，但他能理解为什么要放松这些封闭的政策，因为对于人的身心健康来说，大家都被压抑了太久，太需要和人接触了。可一旦开放亲人间的探望，最容易感染的老年人会再次暴露于危险之中。上个月里，比利时出现了多个养老院老年人感染病例集中暴发的情况，甚至出现了老人集中去世的新闻报道。

虽然不知道还要多久，但我希望疫情过后，我们可以平安、快乐地奔走在春日的阳光里，无所忧惧。

2020年5月6日，星期三

爱情

橙子先生明天就要回去上班了。眼看着我们俩居家抗疫的生活即将告一段落，我好舍不得。

4月中旬开始，比利时一些当地政党开始提出“复工”的可能性，到了4月底，这种呼声在不断地加强。这周日，当隔壁的法国还在严守“封闭”政策的时候，比利时临时政府正式公布了逐步“开放”政策。这周开始，比利时解封措施将分三个阶段开展，所有需要“复工”并乘坐公共交通的人都必须戴口罩。而在这两天的新闻中我们看到，几乎所有乘客都遵守了规定。为了能让民众购买制作口罩的材料，布料和裁缝店铺首先获得了开门的许可。而人们也在这些店铺的门口排起了长队。虽然店家称每次只允许五名顾客进店选购，但这样排长队的景象依旧让人悬心。如果下周其他商店开门，我不知道自己是否有勇气为了暂时还穿不上的夏装排上一个小时。

虽然大部分学校和公司依旧遵循、提倡远程办公，但由于橙子先生负责的项目出现了一些问题，明天他就要回到公司上班了。记得刚开始居家隔离的时候，我跟他开玩笑说：“完蛋了，每天24小时待在一起，我们一定会受够了彼此！”

没想到，真的要结束这种朝夕相处的生活时，我反而沮丧起来。“明天早晨记得吃个苹果！要不要我做个三明治带到公司？口罩还是装两个在口袋吧！”

“你好啰唆啊！”橙子先生不耐烦道，“都说小别胜新欢，我们天天黏在一起，怎么也胜新欢了呢？”

情侣之间的距离好像是个复杂的存在。如果说长距离的恋爱容易渐行渐远，那没距离的恋爱就能保质保鲜吗？近期读到一些在疫情期间争吵、分手的情侣故事，我渐渐发现，隔离期好似一块感情的试金石。如果感情从一开始就有问题和缺陷，朝夕相对、形影不离的两个月中，彼此便会把自己的缺点暴露无遗。但如果两个人事先就已经有很好的基础，隔离反而会促使他们感情更好。空间和距离的拉近，会使两个人更容易沟通。很庆幸，我和橙子先生属于后者。

疫情期间，我和橙子先生经历了很多考验。第一重考验来自我母亲的到访。原本计划与我旅行欢度圣诞节的母亲，因为疫情在比利时的快速传播而滞留于此。在国际旅行危险不断升级从而暂时不能回国的情况下，母亲决定和我们暂住。而这一住就是三个月。原本只是想让母亲和橙子先生吃顿便饭，聊聊天，慢慢深入了解，而这突然打破的距离感，改变了我的原计划。母亲和我们一起跨年听音乐会，一起过情人节，一起包饺子，一起喝咖啡。这样吃住同行的三个月，听起来有很大压力。但这竟让我们三个格外亲近。这结果令我意外极了。

母亲在生活细节中看到了橙子先生的温柔和稳重，而橙子也通过母亲了解到我的很多童年趣事和我的家庭，这加深了他与我及我们家的联系。我记得第一次去机场时，橙子手足无措，第一次见未来丈母娘，不知道说点什么。而三个月后，当我们再次送母亲去机场时，橙子先生对我妈说：您要走，我心里很舍不得。这样的一句话，从不爱表达情绪的“摩羯男”口中说出来，很不容易。也正是在与我母亲的相处中，我看到了橙子的担当、稳重以及对长辈的耐心与孝顺。

母亲回国后，我们“24/7”（全天候）的二人世界开启了，这也是疫情中的第二重考验。

橙子先生话不多，“高冷”的做派常常赋予他别样的神秘感。但隔离期间，在没有其他社交的同时，我们把更多的心声留给了彼此，这让我看到了他“话痨”的一面。

这一个多月里，无论白天里工作多忙，我们每天晚上都会一起聊天，分享心情和感受，直到入睡。我们仿佛回到了初次相识，有着聊不完的话题和永远都觉得不够用的时间。

从前我总认为“不浪漫”是他的短板。而居家隔离期间，我逐渐发现，橙子先生是个很浪漫的人。只不过他的浪漫，是安静的，是不擅用言语表达的。

昨夜里，我忽然想起第一次约会的场景，我们去吃了顿 Brunch（早午餐）。我当时提到自己有每天早晨吃一颗煮鸡蛋的习惯。我们在一起后，无论上班多早，他都会煮一颗水蛋再出门。即使在隔离期间，我们都不用太早起床，他还是会比我早起一些，给我煮蛋。

也许在我以往的常识里，浪漫是爱情的附属。而我最近感受到，浪漫其实更像是一种对待生活的态度：不慌不忙，有情有趣。

月底我有一个重要的博士会议，紧张准备 PPT 的我在会议前夜焦虑失眠，同样要早起上班的他在我身边听我倾诉；午后的阳光下，他会和我一起准备烧烤，弹他喜欢的吉他曲；写论文的枯燥时刻，花粉过敏的他会带着 N95 跑到院子里采一朵玫瑰花放进书桌上的花瓶……点点滴滴的简单感动，编织了我们的“隔离浪漫”。

全民抗疫的日子里，我们都退进了自己的小小天地。一边忧心着窗外风雨大作，一边庆幸着屋内灯火可亲。如何保持着这份对待生活的“浪漫”情怀，也就成了我和橙子先生的第三重考验。

当疫情让周围的环境变得更加安静，当我不再把眼睛紧盯着电视里的加重病情，我似乎能更加用心地、清晰地听到周遭的声音。

在爱情里的我，在疫情中居家的我，在可以多睡一小时的早晨，一醒来便听到炉子上“咕嘟咕嘟”地煮着一颗鸡蛋；橙子先生早早开始上班，在键盘上敲打着；打开窗，阳光洒进院子里，微风吹起树叶，簌簌作响……这些平时被我忽略了的声音，我很喜欢。

每一天的简单日常，不是告白，却胜似告白。这样的生活，我想是浪漫的。

无论身处何地，我希望看到这段文字的你，有情人，终成眷属。而那些以为旧情已去的夫妻、爱侣，若从前一直找不到合适的场景好好沟通，愿这次能在这样一个漫长无扰的结界里，重新联结，重新确认“我很爱你”这件事。

写完稿，一起出门买菜的橙子苹果 Couple

（图片来源：作者拍摄）

愿太阳照常升起

金弘宇*

2020年对于韩国来说注定是不平凡的一年，国会大选和新冠疫情在韩国社会掀起了一波又一波的浪花。如今，韩国再一次站在了历史的十字路口上，进步派在左，保守派在右，朝鲜太近，美国太远。而我，作为一个韩国社会的旁观者，希望能通过自己在疫情期间的抵近观察，向更多人展示韩国人生活的一个切面，希望与大家共同见证这个对中韩两国，乃至整个世界都意义非凡的历史节点。

2020年2月22日，星期六

一切刚刚开始

这是值得记录的一天，虽然不是好消息。

这本该是一个普通的周六早晨，起床，收拾，洗漱，喝一杯加了大把砂糖的咖啡当早饭，戴上口罩，出门坐车，前去打工。

周末的早班车一如既往，乘客坐满了老弱者席之外的座位。车上的男男女女大多都已经戴口罩，虽然款式五花八门，看起来还是让人多少感到了一点安心。扫视车厢，仍然能看到有个别穿着泛白工作服的大爷没戴口罩。韩国老大爷的倔脾气没人敢惹，我不知道他们不戴口罩的理由——也许是觉得首尔感染人数屈指

* 金弘宇，韩国高丽大学信息学院本科生。

可数，没必要大费周章，也许只是老顽固发作，总而言之，我只能祝他们身体健康。

来到打工的办公室，前台的接待们在摆弄一台长得像摄影机的热成像仪，大概是嫌之前的枪式电子体温计不方便，给换掉了，保洁大妈们也如往常一样到处消毒，所有工作人员都戴着口罩。这种状况是几周前开始的，不过我想大家都知道这会是接下来很长一段时间的常态。我开始庆幸这个寒假找到了这么一份靠谱的零工，至少办公室的防疫准备无可挑剔。但是想到刚刚进大门时看到的几位没戴口罩的顾客，还是不免暗暗叹了一口气——当然，无奈也只能憋在心里，前几天一起打工的留学生工友就提醒我，现在因为疫情，韩国大众对中国人的态度非常微妙，凡事要低调。也许对韩国人来说，这仍然是其他国家的事情。

现实生活总是比小说疯狂得多，如果小说的剧情荒诞不经至少我们还能去找作者理论，现实生活可没有这么方便。刚进入办公室，我就发现办公室里的电视正用特大号红字标注着“明天起暂时歇业”的通知，没有截止日期，意思不难理解。老实说我还是很喜欢这份零工的，工作环境很好，待遇也不错。这学期的学费又涨了不少，一边要准备毕业，一边要忙着申研，老爸就职的韩国公司主营中国市场，现在业务收缩得厉害，收入怕是会受影响。本来想着这一假期的打工收入攒下来应该能滋润滋润我那干瘪的精神和物质生活，然而既然开学前就停工歇业了，一假期的收入比预想的少了很多，那计划也就自然泡汤了，学费倒是还能靠按揭支撑，生活费免不了要紧张一段时间了。着实让人焦躁。

不过人总是有侥幸心理，也许这只是临时措施？运气好的话或许下周，最晚下下周就能复工了？就在我怀揣着自我安慰，趁着休息时间在同学群里聊天时，现实给我来了一记漂亮的上勾拳：

“韩国这疫情有点增速太快了吧。”某同学在群里说道。我点了点头。

“韩国政府太不重视了。”我耸了耸肩。

“听说明天光华门集会……”我吓得无话可说……

光华门的集会，在韩国来说算得上是日常活动。一般来说，这种活动内容不是传教就是要求当朝总统下野——或者两者的结合。小则三五人拉条横幅，多则如推翻朴槿惠的“烛光革命”一般，号称百万。韩国人对这种团体运动有着极大的热情，这一点我前两年就见识过了——当时我正路过学校正门广场，正好目睹了学生会拉了小几百号人在广场上要求扩建学生宿舍，降低学生经济负担，因为韩国只有两成大学生能入住宿舍，我校更低，只有一成。比起学生造反，学校显然更担心因扩建宿舍导致周边房租下降，得罪周边业主。不过那次运动倒是没有不了了之，校方很快在后山建起了一栋宿舍楼——只不过是留学生专用的，毕竟这样更赚钱。

组织运动是一回事，顶着疫情搞运动就是另外一回事了，万一造成大规模传播岂不是很危险？我急忙查找相关新闻，然后发现了这么一组关键字："全光君"（全光勋）和"韩基总"（韩国基督教总联合会）。

那个韩基总是个问题很大的宗教组织，看着新闻里高呼"上帝保佑，百毒不侵"的现场受访信徒，我感觉我的胃已经快拧成麻花了。我依稀记得几年前朴槿惠参选时新闻里山呼海啸的宣传攻势，以及崔顺实事发后民众对她的一致唾骂。又是光华门，又是宗教团体，不变的只有那披上宗教外衣的极右政治立场。算算日子，大选将近，又要到拉票车开着大喇叭扰人清梦的日子了。

下班后，我顺路去了趟附近新开的药房，玻璃门上贴了一张纸，用中韩双语写着"消毒液"，老板不像中国人，大概是最近经常有代购光顾吧。柜台上摆满了消毒液、洗手液和各种款式的口罩，感冒药之类的常备药被挤到了一个小角落里。问了问老板，KF94 的口罩果然断货了，KF80 的倒是还有，但也不便宜，上个月在口罩还不贵的时候我买了一大盒。不过来都来了，也就顺手买了一瓶免洗洗手液，拿回家试用了下，洗手液的强烈挥发性带来的刺激感，多少缓和了心头的焦虑。

但是很明显，一切才刚刚开始。这种烦躁的心情让人很想喝点啤酒，不过还是作罢了，毕竟酒精对免疫力和钱包都挺有害的。

2020 年 2 月 24 日，星期一

冰火两重天

起床的时候已经是日上三竿了。

老实说我经常为自己的作息不规律感到自责，不过既没有工作又没有开学，在"新天地"刚闹完事的当下也不方便出门放松，看起来睡一点懒觉也不是什么罪过。

不过也该起床了，今天还是要去办些正事的。耽误不得。随便查了查新闻，作为韩国疫情震中的大邱市西区新冠疫情防控主任被证实是“新天地”教徒，我不禁苦笑三声，毫无震惊和愤怒，甚至想要鼓掌——多精彩的剧情，《无间道》的剧本也不过如此吧？

平心而论，韩国政府和各个大学还是挺重视这次疫情的，我隔三岔五地就收到首尔市政府关于新冠疫情的通知短信，首尔的各个大学也都因为担心海外留学生大规模返校而选择延迟开学，虽然我们学校坚持到最后一刻才下决定发通知，不过对比一下“新天地”教徒，这已经称得上是坚决果断了。

我的中国同学大多会熬到假期最后一天再回韩国返校，如今因为疫情而导致开学延迟和航班取消，更是不方便回韩国了。更重要的是，随着疫情不可避免地恶化，这学期的课该怎么上？这可是个大问题，几个朋友已经在和家里讨论休学的事情了。既然如此，假期一直留在韩国的我也就义不容辞地要去教务处帮朋友们问问这学期的留学生政策了。

穿上外套，戴上口罩，套上兜帽，准备出门。韩国的大学毕业季在三月，毫无疑问，今年的毕业典礼和毕业合影都已经取消了。然而看重“小确幸”的韩国大学生们又怎么会让如此重大的仪式在人生中缺席呢？于是就有了这一幕——还没等我走进校门，就在路上看到了大批穿着学士服抱着毕业证的学生，他们或是三三两两地聚在一起，或是在家人的簇拥下，脸上毫无例外地挂满了笑容——没错，挂满了笑容。也就是说，他们都是自发来拍毕业照的，而拍照自然不会戴口罩，这与路上的其他行人形成了鲜明的对比。走进校门，果不其然，中央广场上正有不少毕业生聚在镜头前拍照，看架势，这些在广场和草坪各处抱着设备的摄影师里有些是专业的，但也有些学生家长模样的。旁边的篮球场里，几个学生正在打篮球，和其他大部分学生一样，没戴口罩。

我非常理解他们的心情，毕竟再过几个月我也要本科毕业了。处在“学生”和“社会人”之间的分水岭，大学的毕业典礼确实让人无法割舍，趁着风和日丽来学校拍照留念也是人之常情。然而我无法理解的是，为什么他们不能在拍完照之后戴上口罩呢？普通的韩国民众应该都有这方面的意识才对，毕竟连挽着这些学生手臂的家长们也大多戴着口罩，学生们自己却坚持露出笑脸，实在是让人摸不着头脑。是觉得首尔疫情还不严重，所以没必要吗？还是怕口罩会影响化妆的效果呢？我不得而知，我只希望口罩能掩盖住我因为无法理解而开始略微扭曲的表情。学校里只有少数几个和我一样穿着便服、背着书包、戴着口罩的学生，在这样一幅“生机勃勃”的景象面前显得格格不入。不知他们是照常出勤的研究生，还是来学校自习的本科生，当然也可能是和我一样来学校询问情况的，无论如何，这少部分人消除了我心中那股“我才是异类”的恐惧感。

一路来到留学生管理中心，门前贴着韩、中、英三种语言的红字告示，要求曾经在疫情地区滞留过的留学生在家隔离 14 天，否则从严处置。告示通篇内容不长，态度紧张严肃，却给人一种微妙的安全感。推门进去，马上就能看到统管留学生事务的办公室，和以往不同的是，那扇漂亮的玻璃门前的茶几上立着一张餐厅占座牌一样的小告示，和一沓申请表模样的纸张，旁边摆着几支笔和一瓶免洗洗手液。小告示上写的是前往办公室访问的人必须填好表格，洗手消毒后带着表格进入办公室，表格内容大概就是来访者身份、入境时间、访问时间、联系方式之类的，看样子是用来预防传播的。坐在茶几边上，洗手消毒，开始填表，满脑子都是几年前来这里递交入学申请时候的回忆，而此刻手里的这份来访者登记表分量并不比当年的入学申请书轻。一切准备妥当，我推门进入办公室。

办公室的格局和当年一样，一侧是宽敞的等候区，另一侧是接待柜台兼工作人员的办公区，门口还有一个实习生模样的接待员，和外面不一样的是，这里所有的工作人员都戴着口罩。门口的接待员主动向我要了登记表，然后问了问来意，神色中略带紧张。我笼统地问了一下学校对新学期的安排，根据他的说明，学校目前的安排是外国留学生入境后统一在家隔离 14 天，无症状者才能返校，这期间不会算作缺勤，另外学校已经在准备网课的相关工作，如果疫情确实不允许课堂教学，就会先上一段时间的网课，不过目前这方面还是待定的状态。期间这位实习生几次回头向后面的工作人员询问了具体情况，虽然在这区区几步之遥的距离上我完全听得见工作人员的答复，但是接待员还是不厌其烦地用近乎答复幼儿园小朋友一样的浅显方式给我又解释了一遍，也不知是因为学校对留学生的平均韩语水平缺乏信心，还是特殊时期特别注意避免误解。

在我最关心的问题得到答复后，我向接待员和工作人员道了谢，走出办公室。眼看走廊里无人，加上学校官方这一套谨慎的措施，我放心了不少。我走到自动贩卖机前买了罐可乐，坐到了门口茶几对面的一组沙发上，喝着可乐整理一下刚才得到的信息，然后逐条发到中国同学群里。虽然首尔市内其他几所大学早就确定了开学要上很长一段时间的网课，而敝校这股扭捏的态度多少让人觉得有些尴尬，但是既然学校把该做的准备都做了，也没什么好抱怨的。然而，那些依然身在国内的同学们却又给我抛出了问题，主要是关于休学和学费退款。一方面是因为我们这已经是最后一个学期了，休学政策上不知道有没有什么限制，另一方面也是因为私立大学对学费退款这个事情特别严苛，敝校比起其他大学动作总是慢半拍的主要原因就是，害怕上网课会导致学生对本就高昂还年年涨价的学费感到不满，进而导致什么突发情况——毕竟这是学生运动风起云涌的韩国。

于是我只能再度洗手，戴上口罩，重返办公室。不同的是这次后面的工作人员，也不完全了解情况，我只能拿起电话询问其他部门，一番问答之后，结论大概就是，学校对留学生休学这个事情已经做了决定，3 月底之前因疫情而休学的情况可以直接走网上申请，且全额退还学费。因为是学校刚做的决定，明后天才会有正式的通知文件发出来。我又帮一位同学问通识课程相关的毕业要求，然而工作人员无奈地表示，这个事情要去本学院的办公室咨询，于是我又前往步行几分钟距离的另一个校区，继续我的咨询之旅。

来到日常上课的学院楼门前，我却没办法进入。之前听室友说首尔市内的另一所大学已经出现了校内病例，所以敝校也以防万一，限制了所有教学楼的出入。我本来想着自己早有防备，带着学生证到门禁前刷卡，刷卡机给我的答复却是“证件无效”。学生证被吊销了什么的显然不可能，大概率是连本科生也被限制出入教学楼了，倒也难怪，毕竟都准备上网课了嘛。正在我思考该怎么进入学院楼的时候，大厅的保安大爷注意到了我，于是按下了开门按钮，放我进去。在他负责的大厅前台前面摆了两张课桌，上面跟留学生中心的茶几一样，摆着要求来访者洗手消毒的告示牌和几瓶免洗洗手液。保安大爷示意我洗手消毒之后，递给我一张出入登记表要我填写。这个表格没有之前在留学生中心填的那张复杂，看起来就是普通的出入登记表。扫视了一下这张表格，除了我之外的访问者大部分是送外卖的快递小哥，或是给自动贩卖机补货的运输工。例行公事之后，我向大厅内侧的学院办公室走去。

学院办公室就在一楼大厅的一条走廊里，离大厅前台也就十几步的距离。然而走到这里，我却惊讶地睁大了眼睛——办公室门前居然又单独摆了一张课桌，上面照例摆着洗手液。于是我又在自己刚刚干透的双手上打上洗手液，再次“例行公事”。

推门进入办公室，还是熟悉的格局，毕竟我为了成绩和毕业要求相关的问题来这里咨询过很多次——靠近门口的左手边是一排摆着职务牌的办公桌，兼做接待处，右手边则是很大的一块办公区，位子空出了不少。与留学生中心那边一样，这里所有的工作人员也都戴着口罩，气氛有些压抑。我转向左手边，向前台工作人员询问了朋友的通识课是否满足毕业要求，工作人员答复后撕下一张便条，在上面写下一个电话和一个邮箱地址，解释说目前办公室已经有部分员工进入居家办公状态，所以有其他问题可以通过电话短信或者邮件咨询。收下这张便签，向工作人员道了谢，我踏上了回家的路——其实只有十几分钟的步行路程，加上各处询问的时间，这趟出门一共也就一个多小时，可我却感到有一股难以言说的疲劳感。

老实说，我这一趟微小的“远征”颇有点“冰火两重天”的感觉。一方面是无忧无虑地拍着毕业照的毕业生们，另一方面是谨小慎微、神色紧张的学校工作人员，这两方面谁更能代表我的这所母校呢？更进一步讲，他们谁更能代表韩国呢？

我想，可能两方面都可以。22 号“新天地”教徒在光华门集会的时候，这种矛盾的现象其实已经发生过一次了——当时首尔市长正声嘶力竭地呼吁示威者为自身健康着想，立刻解散，示威者们却一边高呼“文在寅下野”一边对记者表示“有信仰加持的集会现场比地铁更安全”。我不认为学校里的大学生们与这群狂热分子有什么共同诉求，真要说共同点，也就是韩国的在校大学生们和那些“有活力的社会组织”一样，热衷于“运动式政治”吧？热点事件暴发了就成群结队的四处奔走，高声疾呼，一个个都自诩是整个韩国社会良心的化身。等风头一过，整场运动就好像没发生过一样，不留下一点痕迹，大家的生活也恢复到日常的工作或学习的状态。

回到家里，摘下口罩，洗手，换了一身衣服，疲惫感也涌了上来。我掏出手机，下单了一套对标 KF95 的防毒面具和配套的替换滤芯，虽然戴着这种造型夸张的防护设备出门，可能会有些另类，但是考虑到最近口罩已经很难买到了，而手里的存货也不知能坚持多久，还是下决心付了款。事已至此，总要以防万一。

2020 年 2 月 26 日，星期三

坐地铁

早上难得地准点起了床，天气不错。

手机提示快递送达了，打开家门，一个瓦楞纸盒子放在门口。虽然这种“非接触”措施不是疫情时期的特例，但也确实给我这种平时不一定在家的学生带来了不少方便。打开盒子，里面正是我前两天下单的防毒面具，3M 的 6000 系列，带单向呼吸阀的橡胶面具，还配上了一组滤片与过滤盒。戴上试了试，造型确实有几分夸张，像是《蝙蝠侠》里的贝恩。严格来说只有那组跟口罩类似材质的滤片能起到防护病毒的作用，而且这种防护措施其实是过度的，但是最近韩国的疫情发展情况实在让人乐观不起来，感染者总数直奔 1000，日增数量也没有减少的意思，主要是围绕大邱市和“新天地”教会出现了集中传播。最近身边已经有了“新天地”教徒蓄意传播病毒的说法，看上去像是谣言，但鉴于这帮人的所作所为，这也确实难以否认。在医疗用品日渐紧俏的大环境下，防毒面具的滤片至少比已经飞涨的口罩价格便宜不少，如果韩国政府能想办法避免口罩短缺，那自然用不上这东西，但是如果出现了口罩紧缺，至少我还有专业防护设备可用。

另一个好消息是，学校关于疫情期间休学的正式通知终于发下来了，学校的意思是，学生如果因为疫情原因选择休学，可以通过专门渠道进行网上申请，由学院和教授审核过后就可以受理，而且全额退还学费。当然学院和教授大概也不会为难自家的学生，所以审核条件可以说很宽松了。学校毕竟是个大量外国留学生人来人往的地方，虽然我本人没有休学的打算，但是看到学校能采取了有力措施，心里还是踏实了很多。

吃过午饭，准备出门。疫情期间如此频繁地出门不是什么好事，但为了申研，我必须把户口进行翻译认证。这个事情几年前我在本科入学的时候也干过，不过那时找的事务所莫名其妙的偏僻——虽然也是在市区繁华地带，但离各大院校很远，大概是因为主要业务不是留学材料吧。这次我找到了离自家不远的一处翻译事务所，打电话联系了一下，大概坐几站地铁就到了。

地铁上已经看不到不戴口罩的乘客，检票口也准备好了消毒液供乘客使用，加上墙上贴的防疫指南，让人有一种很靠谱的感觉。也正因为如此，我没有戴上我那副吓人的防毒面具，而是戴了一个普通的 KF94 口罩。不过有一点还是多少让人觉得有些疑惑，地铁因疫情影响要缩减发车量，但主要是通过提早末班车时间实现的，而且所谓提前也不过是从凌晨 1 点提前到半夜 12 点左右而已，大概是为了限制市民聚餐和夜生活？我不得而知。

顺着手机导航，我来到了一间略显老旧的办公楼，目的地在地下二层。走下楼梯看到的却是一条干净整洁但灯光昏暗且略显逼仄的走廊，走廊中间放着一台看起来像是公用的复印机，走廊两侧是密密麻麻的房门，这让我想起了以前去釜山旅游的时候住的民宿，门上贴着各种事务所的名字。我顺着门牌号找到了之前联系的那家，一位中年男士接待了我。

跟外面看上去的一样，这间事务所的空间很小，与我的卧室相当，里面的桌椅书架看上去是宜家那种简约风格，不过井井有条的布局还是能看出主人的用心。我向这位翻译说明了来意，他示意我坐下，看到戴着口罩一脸紧张样子的我，没戴口罩的他便调侃说，韩国医疗水平高得很，疫情不会扩大的，不要紧张。老实说他的乐观情绪多少影响了我，但我心里还是很难相信事情会如此简单，于是也就附和着笑了笑。翻译向我说明了业务流程和收费标准，翻译认证整个户口簿的费用折合人民币大概三四百块，虽然略显心疼，但据我所知这也是行情价。我把自己的户口簿交给他拿去扫描后，他让我留下联系方式和住址，说是算上快递时间一两天就能拿到。这倒是让我很高兴，不管怎么说不用再出一趟门了。

返程地铁上，翻译大叔的笑脸一直在我脑海里挥之不去。确实，首尔不是韩国的疫情“震中”，目前单论首尔市，甚至单论整个首都圈，疫情形势都谈不上严峻。同时首尔也是个医疗条件相当不错的城市，加上地方政府对此事高度重视，几乎每隔几个小时，我们就能通过官方的紧急告警短信收到当前疫情的发展情况，按理说，首尔是很难大规模暴发的。但正是韩国政府的高度重视，与翻译大叔那种轻描淡写的态度之间的反差，让我产生了很大的困惑。该说这是一种积极乐观，还是一种危险的信号呢？我无法确定。

2020 年 3 月 24 日，星期二

见教授

三月无事，虽然本不该如此。

本月的头一天，也就是 3 月 1 日，既是韩国独立运动纪念日、公休日，同时也是韩国各个院校的春季开学日。准确来说，这本应该是同学们久别重逢，一起去汉江边踏青野餐、小酌两杯的时候，然而由于疫情影响，还在国内的同学说机票很难买，订下的航班被屡次取消，而即便顺利入境韩国，也要居家隔离 14 天，顺应这种局势，学校的开学日期也延期了半个月。虽然在文在寅政府相对强力的措施之下，新增感染人数在进入 3 月后已经得到明显控制，但是仍然以低速增长，看来从疫情中彻底走出来还需要时日，这注定是个艰难的春天。

原本为 3 月份订下的各种计划，不管是趁着毕业之前与朋友们多聚一聚，还是转换状态迎接最后一个学期的学业，都没能落实。整个上半月，我都待在家中无所事事。没有工作，没有课程，没有作业，连申研的事情也因为在等从国内邮过来的材料而暂时陷入了停滞。这样每日闲着多少有些虚度光阴的感觉。

前几天，接受了我研究生申请的金教授要我在今天去他的办公室聊聊。和往常一样，洗漱，穿上衣服，出门——当然，如今连出门去学校这种事情都变得微妙且有些沉重，很难说这一切“和往常一样”。走到楼下，看着本不繁华的门前小路上三三两两的行人和他们脸上的口罩，不知这种局面何时才能结束，我不禁轻轻地叹了口气——这时我才惊讶地发现，我居然没戴口罩。纵然在疫情之下已经生活了两个月，深居简出的我确实没有适应这种生活节奏，不知道这是好事还是坏事。这个时候我才认识到，即便自己没有自觉，但我依然十分向往过去的那种略显“散漫”的生活。

来到了学院楼，和之前一样，因为学院楼封楼，我的学生证无法通过门禁，门卫为我开了门，并让我登记。穿过门厅，来到电梯前。如果是正常的开学期间的话，我是不大会坐电梯的。在等电梯的同时，我抬头看了看电梯旁的电视，上面播放的内容和往常一样，就是普通的新闻节目，不同的是，现在的新闻大多围绕着疫情。我对韩国政客不甚了解，但对现阶段的韩国政策，我还是挺满意的，至少他们竭尽所能采取了积极的应对措施，我每天都能收到好几条各级政府通过官方警报短信发来的对当地疫情的跟进信息。可惜受国情所限，韩国无法让所有娱乐场所都歇业，于是乎，我所在的东大门区的一家网吧成了一个集中传播点，这不得不说是一种不幸。

来到教授的办公室，教授正在准备新学期的课件。一月份的时候我就曾来这里接受教授的面试，不过我并不知道这次教授把我找来是因为什么，但愿不是申研的事情因为疫情出了什么变故。之前我听室友说首尔市内已经有大学开始考虑取消本学期的本科留学生招生了，但本校的研究生招生办跟我说过，目前研究生的招生计划没有变动，网站的招生页面上也写着受疫情影响允许中国留学生延期递交材料，但总体日程不变。

跟教授寒暄几句之后，进入了正题——当然，正题基本上也就是寒暄，大体上问了问我目前的生活状况和申研的情况，希望我好好学习，为下学期读研究生做好准备之类的。金教授是个好老师，我之前上过他的几门课，不管是内容还是教学态度都无可挑剔，他也很欢迎外国学生到他这里深造，这也是我申请这位教授的原因。

回到家，我又检查了一遍装在透明文件夹里的申研材料，确保无误，我准备在递交材料截止日期前交上去。不过考虑到现在的疫情，招生办会不会有所宽限呢？

2020 年 3 月 26 日，星期四

健康包

今天看到留学生群里的消息说，中国驻韩大使馆准备为在韩留学生发放“健康包”，内含防疫物资和防疫指南等，这可真让人感受到了祖国的温暖。3 月 9 日开始，韩国开始对购买口罩进行限制，每人每周凭身份证可购买两个，且每周的购买日期由出生年份尾号确定，比如 1994 年出生，则在周四购买。不用说，大使馆的举措确实称得上是雪中送炭。不过我本人并没有参加申请的打算，因为东北老家的疫情相当严重，我也有先见之明地赶在韩国限购之前储备了大量口罩，还有以防万一的防毒面具。既然并不缺少物资，我想大使馆的“健康包”还是留给更需要的人吧，毕竟刚刚入境韩国或者没有提前做好准备的留学生不在少数。

当然，今天还有件正事要干，那就是提交申请研究生的书面材料。申请书和申请费转账都在线上完成了，不过书面材料还是要自己递交到招生办。虽然也有邮寄这个选项，但我毕竟就住在学校附近。

来到研究生院门前，我突然发现这里的大门和我们学院的学院楼一样也是紧闭的，同样，刷我的学生证也打不开门禁。好在此时刚好有研究生模样的人刷卡进去，还很友好地给我留了门，我这才进到里面。一楼走廊的尽头就是招生办，门口立着用多种语言写的指示牌。我走进去之后，发现里面比我想象中的要繁忙，两张办公桌后面各有一位工作人员，其中一位正在打电话，好像是正在解释学校对近期入境的学生的政策，另一位则在接待一名戴着口罩的白人留学生。过了一会儿，打电话的那位听起来好像已经说得差不多，于是我凑了过去，这位工作人员用手示意我稍等，在挂断电话之后他注意到了我手上的文件夹，立刻就理解了我的来意，于是接过文件夹，并没有当面检查，只是表示如果有缺漏会通过申请书上留下的联系方式联系我。整个过程干净利落，全无以往处理公文时那种繁文缛节的感觉。

回到家，刷手机的时候突然发现一条奇怪的消息：特朗普在推特上扬言“（美国）去年因为流感就死了三万七千人……好好想想”。我整个人都震惊了。再看看韩国政府，光今天我就收到了 3 条官方短信，第一条是来自中央灾难安全对策本部，呼吁避免聚会聚餐；第二条和第三条是城北区区厅的，内容是通报本区第 14 号感染者，从英国入境的 1996 年出生的女性，以及第 15 号感染者，从法国入境的 1997 年出生的女性。两相对比，高下立判。不得不说，眼下的现实真是让人不寒而栗。

2020 年 4 月 16 日，星期四

值得称赞的“韩国防疫”

这是个韩国的大日子，国会议员选举日。对于我来说，过了今天，扰人清梦的大喇叭选举车终于不会再出没了。

当然这种心态未免过于消极了，严肃地讲，这次选举还是有挺大意义的。我还记得 2016 年的韩国国会大选，当时文在寅所属的共同民主党战胜保守党成为国会第一大党。当时此事可以说既在意料之外也在情理之中，毕竟保守党和朴槿惠在其执政期间表现实在乏善可陈，不仅经济状况没有起色，在“世越号”事件和 MERS（中东呼吸综合征）疫情期间的表现也令人咋舌。保守党在选举惨败之后遭遇了一系列清算，包括重启 2011 年被雪藏的加湿器杀菌剂杀人案的调查，和后来轰动一时的推翻朴槿惠的“烛光革命”，可谓近年来韩国特色式“运动政治”的一波高潮。那之后就是总统大选的提前和文在寅上台。

转眼又是一个国会选举年，然而这次的选举和上次一样，注定不寻常。韩国疫情在进入 4 月份之后得到了进一步控制，日增感染人数已经减少到了二三十人的水平，累计死亡也只有 200 多人，可以说基本取得了防疫的胜利，进入了主要针对境外输入病例的阶段。相比于疫情愈演愈烈的欧美，韩国的防疫工作无疑是值得称赞的。这一切韩国民众自然都看在眼里，其结果就是投票率达到了1992年以来最高的66.2%，而共同民主党与其卫星党“共同市民党”获得了国会300个席位中的180个，成为1987年韩国民主化以来首个超级执政党。

对于韩国来说，这绝对是个风起云涌的时代，受2016年韩国政坛的一系列丑闻影响，韩国放弃/丧失国籍者达到了惊人的36 000多人，比前一年整整翻了一番，对于一个人口只有五千余万的国家来说，这个数字是相当惊人了——这还没有考虑韩国人热衷的海外生子的情况。相比之下，今年的超高投票率和文在寅的历史性胜利说明了韩国人开始对自己的国家重新树立起了信心，一起一落，真是充满了戏剧性。

然而当我们仔细研究选举背后的政治斗争的时候，故事似乎又没有那么简单。2月末那场人心惶惶的“新天地”教徒示威活动，其目的就是为了打倒文在寅。正是“新天地”在大邱市的活动和对防疫工作的不配合直接导致了大邱成了韩国疫情的“震中”，而大邱又是韩国保守党的老巢，这一系列事件不得不让人浮想联翩。当然，随着疫情在大邱地区，尤其是“新天地”教徒中的密集暴发，其组织已经成为过街老鼠，彻底消亡也只是时间问题。

文在寅政府在防疫工作中的表现无疑是值得称赞的，他们在韩国体制框架下尽可能地施行了强有力的管控措施，也取得了不错的成果。但是这能称之为某些人所说的“民主自由”式“宽松”防疫的典范吗？恐怕不是。仔细想想，如果没有2016-2017年对保守党的一系列清算，和保守党裹挟邪教制造混乱的阴谋“偷鸡不成蚀把米”，文在寅能如此顺利地贯彻其相对强硬的防疫政策吗？我想这是很困难的。换言之，这并不是“宽松自由”的防疫政策取得的胜利，恰恰相反，这是在反动的保守党被彻底批倒批臭之后，一个强有力的超级执政党与其政府采取果断措施赢得的胜利。从这一点上来说，韩国的防疫工作跟中国相比，其实是共性大于差异的。否则我们该如何解释欧美目前糟糕的防疫工作呢？为何韩国就能取得阶段性胜利而美国的感染人数已经坐上了火箭呢？

这次大选之后，动荡不安的韩国现代史又将翻开新的篇章，对于这个在近现代史中饱经苦难的国家来说，不知文在寅和韩国政坛的进步派能带领韩国走到哪一步。我们姑且作为一个局外人，只能拭目以待了。

2020 年 5 月 14 日，星期四

后疫情时代

韩国的疫情形势已经趋于平缓，不过梨泰院的一家夜店貌似成了集中传播点，最近手机收到的警报短信基本也都是请 4 月末曾经访问过梨泰院夜店的人要主动上报，接受检查。不得不说韩国人的“玩心”是很重的，我所在的东大门区虽然也有“新天地”教会，所幸不同于大邱地区，我这里的“新天地”只出现了 1 例感染者。这一带的传播中心主要是公共娱乐场所，之前是网吧，现在则是夜店。韩国的防疫工作取得阶段性胜利确实不假，但是顶着还没完全平息的疫情去网吧、逛夜店，这实在让人无话可说。不过这就是韩国人，尤其是韩国年轻人的生活氛围，及时行乐，一醉方休，从某种意义上来说，和俄罗斯人倒是颇有共同点。我之前打工的地方也是人来人往的大众娱乐场所，加上外国人不少，因此也是歇业至今。不过前一阵子老板发消息说最近就快复工了，我还是很高兴的。老爸就职的韩国企业因为客户集中在中国，上半年也是业绩惨淡，最近也听说 6 月份韩国和国内的复工展开之后收入也会恢复。还在黑龙江老家的妈妈最近因为俄罗斯输入的病例，现在依然生活在高度戒备之下，不过既然之前已经控制住了一波增长，这次暴发得到控制应该也只是时间问题。学业方面，学校虽然准备复课，但是仍把选择权交给了教授，不过对于已经习惯了上网课的教授们来说，继续网课直到本学期结束显然是一种更方便的选择。当然，这对于即将毕业的我来说多少缺了点仪式感。

对于我以及我身在中韩两国的亲友来说，疫情正在结束，破晓的曙光已经近在眼前，但是现实世界和童话故事还是存在差距的。

只要热爱生命，一切，都在意料之中

李坤阳*

俄罗斯

作为一名在海外漂泊多年的90后学子，我深感此次疫情对很多方面造成了巨大影响和破坏，自己记录下身边所发生的这一切，是希望能给大家呈现出一个更加真实的世界。什么样的人就会看到一个什么样的世界，我相信自己，相信90后，更相信未来的弟弟妹妹们。每一代人都有每一代人的历史责任和使命，让我们携起手来努力让这个世界变得更加温暖和绚烂！

2020年1月31日，星期五

该来的终究是来了

今天，在实验室做实验时，我们得知俄罗斯联邦消费者权益监督局局长安娜波波娃确认，在俄联邦境内查出两名新型冠状病毒感染者，两人都是中国公民，分别在后贝加尔边疆区和秋明州进行观察和隔离。

放下电话，我便和身边的俄罗斯同学调侃道，看来病毒也想尝尝俄罗斯的伏特加啊，不知道这病毒酒量咋样？俄罗斯同学劝我不用担心，说俄罗斯天气冷，病毒的传播活性会有所降低，而且我们在莫斯科，一切都不用担心。我们聊完哈哈一笑，继续做实验。回宿舍的路上，没看到一个俄罗斯人戴口罩，俄国内普通

---

* 李坤阳，莫斯科国立大学地质系硕士研究生。

民众对即将到来的疫情丝毫没有紧张感。为了以防万一，我还是去买了口罩和消毒用品。

1 月 28 日下午，莫斯科大学校长签署了关于莫斯科大学疫情防控部署的正式命令，确保从中国归来的学生和教师在返校后，立即前往校医院进行检查，俄罗斯政府也立即限制了中俄两国的交通运输。对于目前俄方所采取的政策，有些普通民众是很支持的，但也有一些人认为应该采取更为严厉的措施，例如限制所有中国人入境，对已入境的中国人应单独隔离观察。近期返校的中国同学对于俄方的体检政策表示理解，可校医院的医生只量了体温，就给开了体检证明。一切也只是走了个形式。晚上回到宿舍，我和朋友闲聊起来，俄罗斯媒体目前还没有做过多的防疫宣传，大部分只是停留在提醒大家要做好心理准备的层面上。学校里的俄罗斯老师和学生也没有戴口罩，只有那些刚从国内返校的中国学生戴着，一切都只是像往常一样。躺在床上，我心里有了那么一丝害怕和纠结，害怕国内的情况进一步恶化，也纠结自己将来的实验该如何进行。一切都开始变了！

2020 年 2 月 13 日，星期四

俄式“玩笑”

近几个星期以来，俄罗斯很多网红博主拍摄了不少关于新型冠状病毒的恶作剧视频，或者为了博取眼球或者为了赚取流量，但大部分都没有引起普通民众太多的关注。从这么多网红博主的恶作剧可以看出，目前俄罗斯普通民众对于此次疫情是以一种开玩笑的态度去面对的。尤其是年轻人，面对这样一个全球性突发事件，大家总是觉得新奇，仿佛要经历一场巨大的历史事件，并且他们是在以一种群体性狂欢的方式来面对初期的疫情的。其中，值得一提的是这两天发生在莫斯科地铁的引起不小轰动的恶作剧事件。博主扎博罗夫在前往“1905 年大街”站的地铁车厢里倒地并假装抽搐，与此同时，他的同伙开始大喊“冠状病毒”，引起了恐慌。俄罗斯的主流媒体也做了报道。这毕竟是发生在人流量大，并且有来自各个国家公民的莫斯科，所引起的俄罗斯普通民众对此的关注，足以能够让此次事件的制造者获得足够多的关注和流量。据了解，此次事件大概有 6 人参与，博主是一位俄罗斯人，其他还有几位来自中亚的斯坦人。俄警方根据俄罗斯“流氓罪”条款，将这位博主羁押于看守所，他或面临最高 5 年的监禁。俄警察不仅逮捕了扎博罗夫及其同伙，还逮捕了其他试图利用冠状病毒开玩笑、制造骚动和恐慌的博主。

在各个社会，“自由”作为个体的直观感受是个中性词，因为它只是个体在特定情况下的一种物理或者心理状态的描述。而对于整个人类社会的发展而言，“自由”作为一个概念的标志，则是褒义词。从特定状态的描述到概念的升华，中间有很多辩证关系，但很多人分不清楚这其中的差异。我们不能把个体的直观感受凌驾于整个人类社会的发展之上，不能以个体的自由造成社会的恐慌和动乱，因为这种恐慌和动乱会妨碍其他人追求自由的权利。

网红博主在每个国家都有，在俄罗斯也不例外。仔细分析一下便知，此次事件中最大的受益者是这位俄罗斯的网红博主。可是很少有人注意到，其他人呢？他们在此次事件中所起的作用是什么？他们得到了什么？中亚人，生活在俄罗斯的中亚人，俄罗斯社会中一个特殊的群体。

由于疫情的暴发，很多原本在俄罗斯打零工的中亚人已经失去了工作。对他们来说，疫情就是灾难，帮助网红博主拍摄视频，吸引流量，所获得的收益或许就能让他们在莫斯科生存下去。但导师极不赞成这种做法。近年来，俄罗斯本国人口不断减少，只能靠吸引其他国家的公民来弥补劳动力的不足，而中亚几个原苏联前加盟共和国的斯坦国，不管在语言还是在文化历史方面，都再合适不过了。所以在莫斯科有很多来自中亚地区的人，他们的文化程度不高，只能依靠打零工来维持生计，而现在又正好碰上疫情，生活就变得更加艰难了。

1 月份的时候，莫斯科国立大学一个由学生建立和管理的公众号上，发布了一篇以中国国旗为背景经过处理的冠状病毒图片，引起了很多中国学生的不满，很多不同专业的中国学生在微信群里发起了各种各样的号召，大家一起在帖子下边留言，表达抗议和不满，并要求删帖和道歉。我也特地询问了俄罗斯同学，很明显，此次事件中俄罗斯学生对于这样的帖子是报以开玩笑的心态的，他们对中国学生解释道那仅仅是一个玩笑，仅仅是具有俄罗斯特色的玩笑。后来我又浏览了公众号里面其他的帖子，发现里面对于学校老师、俄罗斯的政府要员，以及文化历史名人，都有各种各样的具有所谓俄罗斯特色的恶搞。看着那些图片，我不禁陷入了思考。

我所在的大学，是俄罗斯的最高学府，也是俄罗斯在理工科领域综合实力最强的大学，然而就是这样一所大学，一个关注人数达到几万人的公众号里面，经常发布一些经过处理的老师、政府要员和历史文化人物的帖子。一方面，这些帖子反映了俄罗斯目前对于年轻一代的教育存在不足，这些不足造成了俄罗斯部分年轻人在面对全球性的疫情面前，缺乏应有的责任感。另一方面，俄学生公众号侮辱我国国旗事件，也反映了俄罗斯年轻一代中的部分精英阶层的一些人，没有以一个国家精英者该有的面貌，在全球性重大历史事件面前号召和带领大家在抗疫路上朝着正确的方向前进，反而表现出一种不合时宜的群体式“狂欢”。

一切都是刚刚开始，希望俄罗斯已做好准备。

2020 年 3 月 5 日，星期四

我的矛盾

2 月 18 日，俄政府发布消息，自莫斯科时间 2 月 20 日 0 时起，俄方临时禁止持工作、私人访问、学习和旅游签证的中国公民入境。自 2 月 19 日起，俄方暂停受理、审批和颁发中国公民的工作邀请函和境外中国公民的工作许可，暂停受理、审批和颁发中国公民的私人访问和学习邀请函，暂停向中国公民颁发学习、私人访问和旅游签证。前几天系里外办（主管外国留学生事务的部门）发了邮件通知开会，并且特别注明“会议很重要”。大部分中国学生看到这条消息，心里都已经猜到老师要说什么了。会上外办主任给大家发了防疫宣传的单子，上面主要写了一些防疫注意事项，强调要大家戴好口罩。特别对于不久前从国内返校的同学，他强调在课堂上要特别注意与老师和其他同学保持距离，戴口罩。并让大家安心，外办会尽一切努力帮助大家解决学习和生活上的困难。

此后，宿管大妈每天都会催着隔壁的一位同学去体检，因为他是 2 月份刚从国内返校的。俄政府规定此类人员必须隔离 14 天，学校要求每天要去量体温。原先的政策是集中到校医院做体检，后来为防止体检过程中大家聚集在一起交叉感染，学校专门开设了三个体检区，电梯旁边也用俄语和中文写着提示。俄防疫部门也开始对所有的中国学生拍照，进行电话号码、护照等信息的登记。如果哪一天没有去量体温，楼管就会到宿舍询问情况，或者有专门的防疫人员到宿舍进行体检。

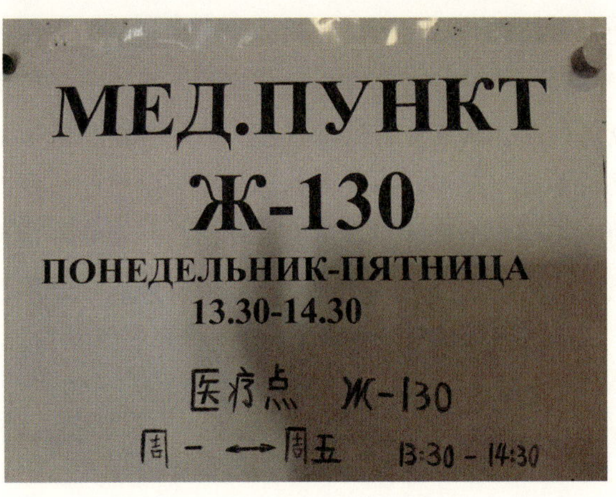

电梯旁边的中俄双语提示

（图片来源：作者拍摄）

很多同学也开始变得焦虑起来，所有人的计划都被打乱了。我已经开始着手在网上购买东西，不再去商店，以减少外出活动的次数。生活一下子变得不方便起来。实验也进行得不顺利，和老师的交流、接触的时间比以往少了很多。很长一段时间以来，俄罗斯人对于新型冠状病毒的政策和新闻都漠不关心。各地的状况每时每刻都在恶化：口罩的脱销、朋友的确诊、公司的倒闭，我把国内的真实情况告诉了身边的俄罗斯朋友和同学，劝他们尽早购买口罩和消毒用品以备不时之需。但是他们毫不在乎，甚至还嘲笑道，不用害怕，这不是在中国，这是俄罗斯。

3 月 2 日，莫斯科出现了第一例俄罗斯本国国民确诊病例，患者曾去过意大利。早在 1 月份，俄罗斯与中国之间的航班已被暂停，中俄边境被关闭，俄罗斯试图阻止病毒在境内的传播。遗憾的是，一切都还是静悄悄地来了。疫情初期，俄罗斯的旅游公司为了挽回生意上的巨大损失，开始积极推销去往意大利等欧洲国家的机票，而当时那些国家的疫情早已经萌芽，之后很多旅行者就带着病毒回俄罗斯了。更糟糕的是，大量的人没有坚持自我隔离，2 月，一名旅游归国的 32 岁圣彼得堡女子“涉嫌”感染新型冠状病毒被强制隔离期间，因检查结果为阴性而对隔离不满，连夜出逃。她还在网上发布了自己的“逃跑计划书”：先画了一张医院的简图，然后趁晚上医务人员休息时，弄坏隔离门上的电子锁，打开门逃走。之后，圣彼得堡市首席卫生检疫官对她提起诉讼，庭审已于 2 月 17 日进行。

事实上，俄政府及学校的各项政策等于是给大家吃了一颗定心丸，可另一方面俄普通民众的反应，真的让人很无奈。疫情刚开始时，媒体称受感染的大多是老年人，但在莫斯科，40%的感染者年龄在45岁以下，这个比例着实让人感到害怕。年轻人是抗疫中的主力军，如果年轻人都倒下了，谁还能坚持得下来？

放心地继续生活，还是无奈地担忧？疫情之下的莫斯科，有多少人正在矛盾地生活着。出不出门，自我隔离，是去，是留，关于这宿舍窗户内外的想象，在这短短一个星期的时间里，已在我的脑海中被堆叠得如此之高，以至于从学校主楼那五千多个半掩窗子里透来的阳光，都能让我这颗不安分的心，惊喜得不知所措了。离毕业还剩几个月的时间，计划中的3月是要去旅行的：飘在土耳其上空的热气球，索契海滩上晒日光浴的俄罗斯女郎，落日之后，琉璃灯下法国塞纳河左岸的钟情咖啡。可现在，躺在床上，听着自己的呼吸声，感受着走廊里传来的一阵阵脚步声，触摸着周围无法躲避的寂静和压抑，回想着曾经的诗酒岁月，做实验的酣畅淋漓，恍惚间，早已分不清哪是现实，哪是梦境。唯一还能让自己有所触动的，就是站起身来伸一个大大的懒腰，然后大叫一声的快感。外界给予自己的，只剩下每天的日出、日落和无休止的等待。

进入3月的莫斯科，风开始变得有些许燥热了，麻雀山的夜晚还是一如既往的宁静，向远望去，这城市的繁华尽收眼底。仔细想来，俄罗斯人最爱的便是酒了。只是此刻，在疫情的调味下，这霓虹下的高脚杯平添了些许的矛盾和躁动。

2020年3月19日，星期四

只要热爱生命，
一切，都在意料之中

前两天，俄罗斯政府宣布自3月18日0时起至5月1日零时止，临时禁止外国公民和无国籍人士入境。莫斯科中小学从3月21日至4月12日放假。莫大校长也已签署文件，从3月17日起使用远程教育技术开展教学。

俄罗斯媒体报道，莫斯科高校的一位老师不幸去世。有些人说主要是因为并发症，有些人说是因为新冠肺炎，系里俄罗斯的老师和同学，大多数认为其并非因肺炎去世。很多本科毕业于那所高校的中国留学生反映，那个老师住院前不久还给学生们上过课。莫大地质系也有些老师在那所高校兼职，听闻此事也紧张了

起来。

莫斯科超市（图片来源：作者朋友拍摄）

有位在中国读书的俄罗斯朋友回到莫斯科，问我能不能见一面，想要一起出去逛一逛，我断然拒绝。这就是俄罗斯年轻人对于疫情的态度，下午朋友全副武装地去了超市（据传言莫斯科可能 20 日会封城），去超市的路上空无一人，只有公交车穿梭。超市的货架很多也都空了，尤其是大米，厕纸和某些肉类已经无货，可戴口罩的人还是很少。

晚上吃饭的时候，我发现国内的“老干妈”和俄罗斯这边的“叔叔”牌豌豆罐头味道挺配的，很有意思，俗称为“疫情期间的爱情”吧！这时候以现有物质条件基础，能达到精神世界的满足，就显得十分难能可贵了。

我相信疫情改变了很多人的人生轨迹，无论是对于俄罗斯人还是中国人。其中当然也包括我自己。有人实验停止延期毕业；有人无法参加面试，错失工作；有人结婚推迟，有人离婚推迟；有人聚，有人散；有人更是永远离开了这个世界。原来习以为常的事物，逛商场聚餐，约会见面，出门旅游等等，都因为疫情而变得无法实现。事实上，很多事情不是看到希望才值得去坚持，而是坚持了才会看到希望。在当前，能活着就是一种幸福，今天所拥有的对那些曾经习以为常的事物的极度渴望，也会让自己懂得如何用力地活着，珍惜当下。

“只要热爱生命，
一切，都在意料之中。”

2020年3月25日，星期三

硬核的“可爱”

3月24日，俄罗斯政府下令各地区关闭所有娱乐中心，餐馆和咖啡馆也停止营业，以遏制新冠病毒的传播。但是，俄总统只建议莫斯科以外的国民自觉居家隔离。很多莫斯科人继续如往常一样，购物，带孩子散步，河边烧烤——在他们看来，这是一个难得的带薪假期。在目前各国抗疫形式如此严峻的情况下，某些俄普通民众的做法，着实“可爱”。

疫情初期，俄方对中国公民在公共交通领域实施的差异化防疫政策，及大量中国公民险些被驱逐事件，引起了各方的关注。作为一个中国学生，我所了解到的是，这是一个由各方力量相互纠缠的结果，不能单从一方角度来评价这些事件。事实上，早期俄方已下达指令要求来自疫情严重国家的公民包括俄罗斯本国人，必须接受14天的隔离规定，那么这意味着14天之内他们是禁止外出的；并且在防御初期，由于近年来与中国的交流日趋频繁，俄方所面临的压力非常大。在莫斯科留学的学生中，中国学生占很大一部分，所以俄方在早期就已出台了很严厉的措施，并在机场让相关学生签署承诺文件。可俄方没有考虑到的是中国留学生在语言方面的困难，所以当中国学生在机场签署文件时对于很多条款和项目是不理解的，或者说是有错误认识的。他们在未明确文件政策的前提下签了字，这也就造成了当他们在14天隔离期内外出，或未遵守其相关规定时，会面临更加严厉的处罚。第一，从中国学生方面来说，部分同学在14天的隔离期内，确实没有严格遵守俄方规定，有些同学甚至去超市或者以倒垃圾为由外出，违反俄防疫政策。第二，对于俄方警察来说，俄新任总理对于此次疫情实施了十分强硬的防疫政策，地方警察在完成固定工作任务的同时，会有各种各样以出色完成任务为目的的理由，做出超严格的执法行为，执法对象就包括很大一部分的中国学生。第三，俄方社会确也存在反华势力，或纯粹的民族主义投机分子，在此次疫情期间，这些人以疫情首先从中国暴发即意味着“中国病毒”这一推测为论断，对中国公民进行污蔑和攻击。第四，为了增加点击量和关注度，相关媒体进行报道时断章取义，其中包括很多中方的自媒体和俄方自由派媒体。甚至有一些媒体专门以破坏中俄合作为目的，进行选择性的、有针对性的报道 。

早在2月1日，俄罗斯媒体就已经向中央广播电视总台捐了足足5万个口罩。2月5日，载有5位俄罗斯防疫专家的伊尔-76运输机抵达武汉，其中还包括医疗设备等在内的人道主义救援物资。2月9日，俄罗斯再次向武汉捐赠大约190立方米的医疗物资，后来经过国内工作人员的统计，才知道物资共计23吨。要知道伊尔-76运输机最大容积一般是180立方米，这意味着他们把整架飞机都填满了，甚至连驾驶员也被货物封在了驾驶舱里，满满的硬核感涌上心头，而对于俄罗斯捐赠这件事，至今鲜有人知，甚至没上过热搜。“丢下捐赠物资就跑”，连一句宣传的话都没有，着实又“可爱”了一把。因为疫情，俄罗斯的确出现了不少地方排斥中国人的现象，但随后俄罗斯立即出台了“硬规定”：俄罗斯的酒店和餐馆，不能拒绝为中国人提供服务，否则涉事单位将受到相应处罚。

很多人对于俄罗斯的印象，可能就是天气冷、硬核的行事风格。我仔细想来，在这生活久了，会发现俄罗斯人是有其温柔之处的。他们对朋友会竭尽所能地帮助，甚至有时候会不计后果。

硬核式的可爱背后所隐含的，是俄国人对于生活的态度，正如普希金的诗句：一切都是瞬息，一切都将会过去；而那过去了的，就会成为亲切的怀恋。

2020年3月31日，星期二

野韭菜和熊

熊，暂且不提。没想到在这疫情之下，野韭菜也能让战斗民族为之倾倒。

一个月前，两万多人聚集在俄罗斯车臣共和国首府格罗兹尼，一起烹饪和品尝野韭菜，甚至榨汁享用。百度百科介绍，野韭菜又叫熊葱、熊果大蒜、熊蒜，是一种欧洲原生的草本植物，带有蒜香，味道如同食用韭菜，气味并不强烈，但香气独特且营养丰富，常吸引刚结束冬眠的熊前来觅食……如果是这样的话，那我就明白了，这看来还是和熊有关。据媒体报道，当地旅游部长称野韭菜营养丰富，能提高抵抗力，当地居民甚至准备靠它来预防新冠病毒。只不过不知道现在格罗兹尼的民众怎么样了。

3月27日，俄罗斯外交部发言人玛丽亚·扎哈罗娃在主持例行新闻发布会时，对此前互联网及部分媒体盛传的一条关于普京的新闻进行评论。据此前消息，为了迫使自由散漫的俄罗斯人遵守临时居家隔离制度，普京总统下达命令，放出800只狮子和老虎，让它们走上街头，吓唬不听劝阻的民众。此消息的真伪引发了很多人的猜测，一位来自巴基斯坦的记者，在27日的新闻发布会上向扎哈罗娃求证。扎哈罗娃称，上述消息是“非常好笑”的，她明确告诉记者，这种事情不是不可能，但传统上，俄罗斯一般会选择在大街上放熊，和狮子、老虎比起来，放熊上街的效果会更好。

的确，放熊上街的效果会更好。我这样认为，俄罗斯同学也这样认为。而对于其他国家，熊、狮子和老虎，效果都一样。因为其他国家不是俄罗斯。

2020年4月13日，星期一

进步，总在灾难之后

坏消息：昨天，市长签署法令，宣布自下周起对莫斯科市乘坐私人和公共交通工具的出行人员实行数字通行证制度。通行证共分三类：第一类用于工作，有效期至4月30日，出行次数不限；第二类用于赴医院就医，有效期1天，一周内可多次申请；第三类用于因私出行（乘车赴食品店等），有效期1天，一周内可申请2次。违规者将面临罚款和暂扣车辆等处罚。此外，莫斯科几乎所有企业和组织的工作都被暂时中止。

好消息：应俄罗斯方面邀请，莫斯科时间4月11日下午，中国政府赴俄罗斯抗疫医疗专家组乘俄方包机自哈尔滨飞抵莫斯科。据报道，来俄机舱内塞满了抗疫物资，紧靠机舱壁大约50厘米宽的铁质座椅上铺着一层坐垫，座椅和货物之间是宽度不足60厘米的过道。平常坐几个小时客机都感到难受的我，不知专家组是怎么熬过来的。

之后，专家组成员向旅俄华侨华人、中资企业和留学生代表发放了防疫物资，并通过视频连线向大家讲解新冠肺炎防控科普知识，线上解答了疫情防控的相关问题。事实上，截至4月13日，俄罗斯输入中国的患者共计已500多例，这足以看出俄罗斯的防疫形势有多么严峻。

作为一名海外学子，从假期期间国内疫情严重，到开学后国外疫情严重，我算是“打了一个全场”。国与国之间，人与人之间，在非常时期总能够体现得更多。新冠病毒就像一面反光镜，照出了黑暗下各个国家镜像。隔离期间人与人之间的距离，凝结了多少温情。

重大的历史进步都发生在重大的灾难之后。希望经历过这场疫情的考验，各个国家的体制和治理能力能够进一步完善，也希望自己能更理性和更宽容地看待这个世界。

2020 年 4 月 18 号　星期六

砥砺前行，中华同心

俄罗斯感染人数已经“挤”进世界前十。

随着疫情恶化，莫斯科的防疫物资一直处于紧张状态，莫大中国学联前期已紧急从国内自费购买，协调调拨了几批物资。4 月 15 日，我和学联的同学一起给大家派发了口罩、藿香正气丸和温度计。从收集名单信息到登记再到派发，最后反馈结果，派发分布范围之广，电梯和楼道人流量之大，俄方宿舍管理人员之不理解，每一个步骤都不容易，再加上作为调配人员外出活动频率的增加，使得很多人担心被感染而选择在家等待救援。然而，想到学联同学连续 18 个小时滴水未进，彻夜未眠义无反顾地为大家服务，我最终还是决定加入派发者的队伍中，做一点小小的贡献。1 月、2 月，国内形势很严峻，网络上的恐惧与现实中的国家防疫政策交相映衬，甚至于在莫斯科都能感受到那种压抑和恐惧。进入 3 月，国内疫情好转，俄罗斯疫情却变得严重起来，莫斯科也一直都是疫情的正中心。时至今日，总需要有一批人站出来，做国内的接力棒，给身在莫斯科的国人一份温暖的守候——“你的过去我来不及参与，但你的未来一定有我”。

余华在《活着》一书的自序中有这样一段话：作家的使命不是发泄，不是控诉或者揭露，他应该向人们展示高尚。这里所说的“高尚”不是那种单纯的美好，而是理解一切事物之后的超然，以同情的目光看待世界。

莫斯科的雨，在这个不用打伞的北国四月，显得有点温柔。中华同心，砥砺前行。准备好留给世界一个坚强的背影吧。

2020 年 5 月 1 日，星期五

莫斯科之伤

4 月 30 日晚，据俄罗斯媒体报道，俄罗斯总理米舒斯京被确诊感染新冠病毒，莫斯科的疫情已极度恶化。此消息随后在社交网络上引起轩然大波。尽管俄方称已做好各项防疫工作，但总理的感染，足以令俄民众担忧。

疫情初期对不同国家的差异化防疫，中期的模糊性隔离政策，以及俄民众特有的散漫式的隔离心态，这些因素在很大程度上造成了今天俄罗斯的境地，莫斯科市长对总理的确诊评价道，这是给我们所有人的一个信号。

“莫斯科”一词源自芬兰语，意为“潮湿的地方”，历史中关于莫斯科最早的记载出现于 1147 年。最初，莫斯科只是一个小小的村庄，后来方便而又相对安全的地理位置为其提供了得天独厚的发展机遇：莫斯科独立出来，成为一个公国，之后便在历史中占据着极其重要的位置。时至今日，俄罗斯人一直视其为世界的政治和商业中心。今天的莫斯科作为疫情集中地，不禁让人唏嘘感叹。

疫情所带来的长时间居家生活，已经蚕食了我对于时间的感知。每天早上只是用梳子机械地蹭两下自己不断增长的头发，关于桌子上那本用蓝色圆珠笔标注的毕业论文，在这些个压抑的日子里，脑海中也只剩下些模糊的字迹。俗话说，年轻总是好的，在这即使生活在同一座城也不能相见的日子，也不用太执着于遗憾，此时的莫斯科，见或不见，都是凄凉。待到开花结果的那一天，作一个初心未变的寻常故人，跟着旅行团，在三十度半的莫斯科夏日里，依偎在莫斯科河的游轮边上，从傍晚等到天黑，让自己在美酒和俄罗斯女郎的怀抱中涤荡沉沦。当然，也可以背上行囊，来一场独自游，像一对还未初识的情侣，你在你的摩尔曼斯克，她在她的涅瓦河，你的美，在那头，她的心，留在这头，在摩尔曼斯克的极光和彼得堡涅瓦河的不夜天中分别刻下彼此的名字，让彼此在初恋未满的年纪相遇在贝加尔湖畔。还要去那电影中灯红酒绿式的乌苏里湾玻璃海滩，但一定要像个来自莫斯科的诗人，温柔地等待一场久别重逢的邂逅。

莫斯科这座城，我终究是个过客，疫情过后，残存的记忆，恐怕只剩下这窗外的喷泉广场和远处目之所及的 CBD（商业中心），至于这里的人，藏在心底里最深处的，莫过于在这北国冰封时所思念的——红玫瑰味儿的伏特加了。

莫斯科，一座伟大的城市，她承载了太多俄罗斯的历史。普京的叹息，诉说着莫斯科之伤，但莫斯科从未相信过眼泪。

2020 年 5 月 4 日，星期一

结语：一个 90 后的话

历史赋予了今天很不一样的意义。50 后、60 后、70 后、80 后、90 后、00 后，当然，也还有 10 后，这几代人的视野、知见和境界都有很大的差异。目前世界正处在发展的十字路口，作为一名 90 后，我觉得这个问题很值得探讨。在此次武汉“战疫”中，90 后和 00 后的医护人员约占三分之一，并且是一线医护人员的主力。自己身边的很多同学和朋友在国内疫情最严重的时候，想尽一切办法转机回国捐赠物资，或者主动做志愿者。他们冲在第一线，每天还要给家里的父母、爷爷奶奶视频或者打电话指导抗疫，提醒疫情的形势，我觉得，这些才是正确的有意义的事。以一个旁观者和评论者的角色在一群人冒着巨大危险争取来的环境下去批判揭露、割裂人性，是会被人嘲笑和鄙视的。我们需要的不是旁观者和评论者，我们更需要的是默默地支持和静静地等待。

当然，时代的进步并不以个人的意志为转移，每一代人的贡献都应以不同的标准来衡量，不能狭隘地去评判任何一代，也不能以一个过来人的道德感去绑架将来的人。那么，现如今又是一个什么样的时代呢？

近来一个叫《后浪》的短视频霸占了朋友圈，里边有一句这样的话：你们有幸，遇见这样的时代，但时代更有幸，遇见这样的你们！想了想，作为 90 后，很庆幸生在这样一个时代。

现如今，无论在俄罗斯，还是在中国，90 后都正在经受着历史的考验，这一次疫情，我觉得与其他国家相比，90 后已经做得很好了，我们没有搞什么反对防疫政策的集会，没有违反政策出门乱跑添乱，而且几乎每天都给自己的长辈普及防疫知识，甚至有些直接去了防疫一线，大家都在用自己的方式保护着身边的人。我们感恩过去，感谢当下的时代，一切的美好都不是那么容易获得的，但 90 后在享受着物质生活极大满足的同时，很多人也正经受着独生子女带来的孤独和不安，以及被高房价压得喘不过来气的绝望与无奈。的确，我们是幸运的，与以往的时代相比，90 后有更多的机会可以去丈量这个世界，感受不同的人、文化和历史，良好的物质基础使我们可以获得更完善的教育，视野的开阔所带来的思维的跳跃也使我们变得不那么确定，我们尊重不同的想法，人不能被过去所禁锢，终究要往前看，要对未来满怀激情！

别样的特维尔

聂新然*

去年秋天，我来到俄罗斯特维尔，在特维尔国立大学开始了为期近十个月的交流生生活。选择来俄罗斯交流的初衷便是想在学习语言之外，能够切身实地地感受一下俄罗斯的风土人情，给自己平淡的大学时光增加一段特别的经历。没想到，就在交流生活即将结束之际，疫情来临，无奈困于宿舍，每日与网课为伴。虽因疫情影响，无法在回国之前更多地欣赏俄罗斯各地的风光，实在遗憾，然而，既来之，则安之，记录下自己身处疫情之下的所思所感，也算是以另一种方式实现了自己观察体验俄罗斯生活的愿望。

2020年3月17日，星期二

打车上学

截至目前，俄罗斯感染人数已经增加到114例了。其中首都莫斯科感染人数最多，53例。据新闻报道，这些感染的患者大部分都是输入型病例，主要来自意大利等目前疫情较为严重的几个欧洲国家。总的来说，俄罗斯政府对于疫情的防控还是很重视的。看俄罗斯的电视新闻，有一半的篇幅是在报道新冠病毒的相关情况。Яндекс（俄罗斯最常用的搜索引擎，类似中国的百度）上也增加了新

* 聂新然，厦门大学外文学院欧洲语言文学系俄语专业本科生，俄罗斯特维尔国立大学交流生。

冠病毒新闻报道专栏，随时更新相关信息，以方便我们了解疫情的最新进展。俄罗斯教育部宣布，一些地区的中小学和高校自3月23日到4月12日暂时停课，俄罗斯的高考也将推迟到6月份进行。看到网上有人上传了莫斯科超市货架上的商品已经被人们抢购一空，虽然俄罗斯官方已经对莫斯科将要“封城”的消息进行了辟谣，也保证未来超市物资供应充足，但是大家仍然存在恐慌情绪。

今天早上向老师询问我们会不会停课，目前得到的答复是暂时不会。但考虑到学生们的安全，原计划3月26日去莫斯科看芭蕾舞剧和27日在本市剧院观看演出的活动都取消了。疫情时期即使是普通感冒也被重视了起来，今早有患了感冒的同学来上课，刚进教室就被老师要求等到感冒痊愈再回来上课。

学校不宣布停课，那就依然要坚持上学。然而有一个问题令大家都十分担心：我们几个中国学生的宿舍和上课地点不在一个校区，平时大家都是坐公交车上学放学的。最近几天连接两个校区的公交车班次比原来减少了很多，每一次都要在车站等很久。又是上学上班的高峰，公交车内非常拥挤。尤其是在当前疫情的影响下，乘坐公交车出行，在密闭又拥挤的空间里一旦存在感染者，其他乘客就会面临很大的感染风险。

俄罗斯人平时很少戴口罩，恰好现在又是春冬季节普通流行感冒的高发时期，公交车内总能听到剧烈的咳嗽声。特殊时期，大家对于周围人打喷嚏和咳嗽变得敏感了许多。考虑到当前的各种情况，我们几名中国学生商量后决定放弃乘坐公交车，改为每天一起打车上学和放学，尽量减少在公共场所和其他人近距离接触。即使特维尔暂时还没有出现感染病例，然而还是应小心为上，做好安全防护。

2020年3月18日，星期三

还是停课了

最近早上起床之前的第一件事，就是先看看俄罗斯和国内关于新冠肺炎的相关新闻报道。很高兴国内疫情已经大为好转。大部分地区已经连续多天没有新增感染病例，人们也都陆陆续续恢复了正常的工作和生活。武汉的疫情已经完全得到了控制。看国内新闻报道说武汉的方舱医院已经全部关闭，各地援鄂的医疗队也陆续撤退回家，近两个月的艰苦奋战终于迎来曙光。我很喜欢今天新闻评论中的一句话："来时冬冷夜黑，走时春和景明"。这场暴发于春节之际，缓和于初春之时的疫情总算在国内得到了基本的平息，也不枉大家这段时间为抗击疫情作出的种种牺牲和努力。

然而欧洲这边的疫情却依然令人担忧。俄罗斯境内感染人数已达 147 例。尤其是最新报道称今天特维尔州确诊了 2 人，突然就有一种病毒来到了自己身边的感觉。

依旧和室友选择打车去上学。今天三楼的俄语教研室格外安静，已经没有什么班级在上课了。口语课原本是大家准备介绍各自国家的教育体系，但是临近上课，就只有我和室友两个人坐在教室里，另外 4 名同学都因为感冒请假了。整节课和今天的三楼一样安静，介绍完毕后因为人数太少没办法讨论，基本上都是老师提问，我们回答，到最后老师再讲，我们边听边做笔记。

果然，还是停课了。第一节课结束后，对外俄语教研室的老师通知我们从今天起停课放假，预计停课两周，3 月 30 日看情况决定是否复课。看得出来，学校和老师们对疫情比较重视，也很担心学生们的安全。老师们布置了这些天的作业，留下了各自的联系方式，并多加叮嘱我们尽量减少外出，有需要的话可以电话联系市内的几家大型超市上门配送生活用品，感觉身体不舒服要及时联系医生或者叫救护车。

放学时遇到了刚从国际处出来的隔壁班级的汤姆，和他简单聊了两句。他和另外一名来自英国的女生丽莎准备提前结束这边的课程，明天就要回国了。和他同班来自意大利的小姐姐前不久也已经回国。刚开学不久的芬兰班级的同学前几天也集体回国了，据说芬兰要求在海外的芬兰公民全部回国，并准备暂时关闭国境。今天没有看见另外几个班级的学生，不知道他们是否也打算返回自己的国家。总之，希望所有人无论身处何地都能够平安地度过这次疫情。

我准备再去超市采购一些生活用品以及去药店买几瓶酒精。去超市的路上遇到有媒体在做关于新冠病毒疫情的街头采访，被问到了有没有买到口罩和酒精，每天洗几次手，准备储备些什么生活用品等问题，他们还建议我们减少外出。也许是今天早晨新闻报道了特维尔州新增 2 例感染者的缘故，可以感觉到一些俄罗斯人开始对疫情有了防范意识。超市里，蔬菜区的菜突然就少了一半，许多装菜的筐已经见底，摆米和鸡蛋的货架也基本上空了大半。放置消毒洗手液的货架已经空了。前去药店买酒精的时候，我旁边一名俄罗斯人询问售货员是否有口罩，得到的答复是“没有”，并且药店的工作人员回答说，他们也不知道口罩何时能到货。早在很多天以前，特维尔的药店中就已经很难买到口罩了。

2020 年 3 月 21 日，星期六

期待改进

今天是停课的第三天，待在宿舍没有外出。一直在浏览俄罗斯网站上关于疫情的消息。随着感染病例的出现，特维尔地区也开始加强了防范措施，中小学停课放假，限制大规模的集体活动，开通了新冠病毒热线电话，呼吁大家及时报告疑似感染人员或者其他疫情相关信息。看了很多新闻，希望能够找到关于特维尔州新增病例的具体情况，可惜一直没能找到。目前还不清楚这两人是如何感染的、具体生活的区域、近期活动的路线等。从这一点来说，与中国疫情期间精确报道感染病人近期的活动轨迹相比，俄罗斯新闻对于感染病例的报道还是不够详细和公开。我们很难了解到被感染人员近期的活动范围，是否有乘坐公共交通，有没有去过超市、剧院或者其他一些人流密集的场所，曾接触过哪些人。在我看来，仅是新增人数等各种统计数据对大家日常生活的疫情防范并不能起到多大的作用。如果能够调查清楚并公开报道感染人员的活动轨迹，及时对其接触过的人进行隔离观察，或者至少能让大家清楚自己近期是否有可能接触过确诊人员，从而自我隔离及早发现病情，及时上报，这对于整体疫情的防控肯定大有裨益。总之，还是希望未来俄罗斯能够及时采取这方面的措施，详细报道确诊感染人员近期的活动路线，帮助更多人有针对性地加强防范，也能够让更多人意识到疫情的严重性和防范的必要性。尤其是对莫斯科这样疫情较为严重的地区，应尽量限制居民无必要的外出，做好出行活动路线的登记工作。

2020 年 3 月 26 日，星期四

文化差异

停课已一周，一直待在宿舍里没有出门，今天不得不去超市采购一些生活用品。特维尔难得的好天气，阳光明媚，气温也很舒适，给人一种春天来了的感觉。这样的晴朗天气也是俄罗斯人所喜爱的，很适合在公园的长椅上坐一会儿，喂喂鸽子，吹吹风，散散步。

特维尔晴朗的天气与空旷的街道（图片来源：作者拍摄）

但是疫情的发展却不像阳光明媚的天气这般讨人喜爱，近一周内，莫斯科地区的确诊病例已达 800 多例，并以每天新增 100 多例的速度不断上涨，是整个俄罗斯疫情最为严重的地区。单从政府层面来说，一直以来俄罗斯对于疫情都比较重视，采取防控措施也很及时。并且借鉴中国成功抗疫的经验，在莫斯科的郊外建造方舱医院，限制甚至取消了与许多疫情严重国家之间的航班，限制大型集会活动，关闭电影院剧院等娱乐场所，学校停课，学生们通过网课方式学习。俄罗斯总统普京近日也多次发表讲话，呼吁人们待在家中减少外出，并宣布全国带薪休假至 4 月 6 日。

然而和媒体报道中的紧张气氛不同，在我所生活的地方，疫情并没有对俄罗斯普通民众的生活产生什么改变。前往超市的一路上，我看到有男孩子们骑着自行车相互追逐，父亲陪着小孩子在篮球场打篮球，年轻妈妈推着婴儿车在散步，还有人在街边的树林里遛狗。超市里也货物充足，没有出现我担心的商品被抢空的现象。人们的生活秩序一切如常。然而令人担忧的是，因为特维尔并非莫斯科、圣彼得堡这样受疫情影响严重的城市，大多数人对于疫情依旧不重视，也不采取任何防护措施。我这一路上遇到的所有人，包括楼下门卫室大妈和超市收银员，没有一个人戴口罩。

与他们形成鲜明对比的是我们几个中国学生，出门之前戴好口罩，反复确认是否透气。从超市回来后立刻洗手，把衣服和买回来的东西全部消毒。虽然没有亲身经历国内的疫情，但是每天关注着国内的新闻报道的我们十分清楚这次新冠疫情的严重性，了解国内宣传的各种个人防护措施，也看到了国内为抗击疫情付出的巨大努力和牺牲。与完全没有经历过这些的俄罗斯人相比，中国留学生们在面对疫情时格外小心谨慎。

今天也是自疫情出现以来我第一次正大光明地戴着口罩上街。因为此前看到有新闻报道，在欧洲国家有中国留学生因为戴口罩被视为携带新冠病毒而遭到歧视甚至殴打，很担心自己在俄罗斯也会遇到这种情况，所以一直没有敢直接戴着口罩上街，不得已需要戴口罩时也是偷偷藏在围巾里面，尽量遮挡起来。起初，“戴了口罩的人就是携带新冠病毒的感染者”的这种观念让我感到不解和震惊，然而这确实是一种文化上的差异，俄罗斯人也普遍没有日常戴口罩的习惯，在他们的认知中，口罩应该是留给生病的人使用，如果有人戴口罩，通常是因为其自身得了感冒避免传染给他人。这也就不难理解，为什么有一些人会产生一些在我们看来荒唐又极端的想法。

走在路上的时候，还是能够发现一些人对于戴口罩仍旧存在一点误会和些许抵触的情绪。我注意到一些路人看到我们戴着口罩时，目光会稍作停留，也有一些人会稍稍避开我们。对于普通民众如何做好防护措施，官方的宣传中有勤洗手，保持社交距离，避免与其他人密切接触，戴口罩，不要外出活动等措施。但是在俄罗斯的社交网络中还是能够发现，一些人不相信口罩可以起到很好的防护作用，人们最普遍的预防措施还是勤洗手、保持距离和不要外出。

2020 年 4 月 6 日，星期一

邮件学习

俄罗斯的疫情越来越严重了，从原来的每日新增百人到如今每日新增超过一千人，已经累计近万人感染，这其中一大半的感染者都在莫斯科。这段时间面对越来越严重的疫情，俄罗斯也在不断采取更加严格的措施。许多地区都宣布了居家隔离制度，莫斯科已经开始使用二维码来监控居民的隔离状况。筹建多日的莫斯科“方舱医院”也开始投入使用，并且政府正在计划建设俄罗斯版的“火神山”医院。

原本计划的开学日期也因为俄罗斯宣布全国假期延长到 4 月 30 日进一步推迟。停课期间，由于设备和网络上的不方便，大部分老师并没有采用远程上课的方式。我们与老师的交流基本上依靠邮件来完成：老师通过发送邮件布置作业，提供一些需要学习的资料或者视频链接，我们再按照要求在规定的截止日期前将作业提交给老师批改。这种方式基本保证了我们日常的学习，但是不得不说，宿舍里自主学习效率低以及不能像在课堂上一样与老师及时交流和互动，还是会让学习效果大打折扣。虽然身处俄罗斯，我也体会到了国内老师和同学们上网课的不容易，以及同样想要开学的强烈愿望。处于疫情的特殊时期，大家都在克服各种困难，坚持学习和工作。希望疫情能早点平息，一切恢复正常。加油！

2020 年 4 月 9 日，星期四

高度警惕

原本在此次疫情中情况还算乐观的特维尔州近两天感染人数突然快速增加，这也让俄罗斯 85 个联邦主体中唯一一个还没有实行强制隔离措施的地区进入了高度警惕状态。

很久没有出门了，宿舍里的各种存货所剩不多，看着愈加严重的情况，有必要再出门采购一番，也顺便看看有了什么新变化。终于看到这里的俄罗斯普通民众对疫情重视起来了，街上已经有行人戴上了口罩。去超市的路上，明显可以看到街道上车流量和人流量已经少了很多。除了超市、药店、母婴用品商店和维修店等维持基本日常生活需要的商店，街边其他商店都已经关闭。大型商场里也是如此，非生活必要的商店已经关闭，并用封条封了起来，仅仅保留通往药店和超市的通道。超市里各种物资供应充足，收银台附近的地面上也贴上了红色的标识，提醒人们在排队结算时注意保持距离。公交车还在正常运行，但是透过车窗玻璃可以看到，车厢内基本没有人，有几辆车甚至是空车。进宿舍楼时，保安室大妈要求用门口新放置的消毒洗手液仔细洗过手后才可通行。总的来说，疫情日益严峻的情况以及俄罗斯政府的各种宣传和强制措施，对大家防范意识的提高还是起到了一定作用。

俄罗斯超市内货物供应充足

（图片来源：作者拍摄）

2020 年 4 月 15 日，星期三

艰难岁月

多名莫斯科归国人员感染的新闻仿佛是一个预告，最近几天俄罗斯报道的感染人数猛增，处于疫情中心的莫斯科情况更是不容乐观。市政府也终于宣布从 4 月 15 日起，莫斯科开始实施严格限制出行制度，必须携带有效证件办理电子版或者纸质版的通行证才能够出行。与之前国内在疫情初期就开始在全国实行通行证制度，严格限制外出相比，莫斯科现在才开始实施这项措施似乎已经太迟了。强制限制外出总比仅靠宣传呼吁俄罗斯民众自觉居家隔离的做法要有效许多，毕竟真的有一些人总认为自己有“不得不外出”的理由，将为应对疫情的全国放假当作真的休闲度假。

然而想法虽好，执行起来却有很大问题。晚间看到新闻报道中一段莫斯科持证出行第一天实际情况的视频。莫斯科各个地铁站全都排起了长队，人们开始凭借电子通行证出行，然而在地铁入口，仅有两名警察负责扫码。地铁可以说是莫斯科市民出行十分重要的交通工具，每日客流量非常大，虽说凭证通行初衷是好，但是这样的效率反而造成大量市民拥挤在地铁入口，甚至从视频中还能看到一些人没有戴口罩，也在没有做任何防护的情况下一起挤在人群中。街道上由于警察需要检查司机的通行证也造成了严重的堵车。这些情况引起了许多莫斯科市民的不满和抱怨。有时感觉俄罗斯虽然为应对疫情采取了不少措施，但是最大的问题是这些措施并没有真正落到实处，发挥应有的作用。这导致虽然防控了许久最终还是等来了疫情的暴发。

另外，医疗资源紧缺也是疫情防控的一大阻碍。俄罗斯目前还无法做到将所有患者全部收治，一些轻症患者依然得不到及时的隔离与治疗。昨天新闻中看到了一段拍摄莫斯科地区医院周边情况的视频。从中可以看到，一整条街上都是排着长队等待送新冠肺炎感染者进医院救治的救护车。当记者采访一名救护车司机时，他提到有时他需要等待十几个小时才能够等到医院接收病人。视频下方有评论称，不仅是莫斯科，像圣彼得堡这样疫情较为严重的城市同样面临着此类情况。

看来俄罗斯抗疫还有一段艰难岁月要度过。

2020 年 4 月 17 日，星期五

感到温暖

俄罗斯的疫情日益严峻，尤其是最近俄罗斯华商归国，莫斯科飞往中国航班上多人感染等事件让俄罗斯成了继意大利、英国、日本、韩国、美国之后国内民众关注的又一焦点，国内相关的报道也越来越多。家人都十分记挂我在俄罗斯的安全，甚至比我自己都关心和清楚俄罗斯疫情状况的最新进展。每天和家人通话第一句总是“今天俄罗斯又新增多少例，你那里又新增多少例，千万不要出门了，去超市买吃的一定要避开人多的地方，戴好口罩，回来好好消毒洗手……”

他们还在微信中给我转发俄罗斯大使馆的最新公告、求助电话、防护知识等等。最近也陆续收到了许多来自老师和好友的问候，全部都是各种贴心的叮嘱，甚至担心我有焦虑的情绪，不顾国内和俄罗斯存在5个小时的时差，在国内凌晨时间陪着我聊天。想对所有惦念着我的家人、老师、朋友真诚地说一句谢谢，谢谢你们的支持和陪伴，让我在异国他乡也能感受到温暖。

2020年4月20日，星期一

集会抗议

俄罗斯疫情陡然严峻起来，最近几天每日都要新增五六千人。原本一直排在末位的特维尔州也随着疫情整体暴发，每日新增感染人数快速增加，已经累计有296例患者，成了联邦主体中排名靠前的一员。

随着疫情的加重，政府采取的居家隔离政策也越来越严格。但是这样“限制自由”的政策并不能让所有人理解，也没有办法同国内一样得到明确高效的执行。今天看到俄罗斯新闻报道称，北奥塞梯近千名群众到政府门前集会抗议居家隔离制度，要求企业复工，开放学校。有一些人甚至不相信新冠病毒的真实性，从拍摄的抗议活动视频中可以看到，很多人都没有佩戴口罩。由于疫情被迫停工停产的确给经济带来了不小的损失，也有许多人因此失业，失去了收入来源，从而产生不满的情绪。不知道未来还会不会继续出现这样的情况，如果抗议依然存在，政策没有办法落实，人们无法严格遵守居家隔离制度，甚至因为这种集会出现大规模的集体感染，俄罗斯的抗疫工作恐怕会更加艰难。

2020年4月22日，星期三

买机票

今天网课结束后，我收到了明确的课程结束时间。5月21日和22日期末考试结束，拿到我们的成绩报告单，我在俄罗斯的一年交流生活就正式结束了。收到这一通知后我立刻打开了订票软件准备订回国机票，却没想到两周前看着还很充足的俄航直飞机票已经没有了。虽然知道由于疫情导致回国航班大半取消，最近的机票比较难买，也看到了网上的新闻报道，人们为了回国不得不买高价机票，辛苦辗转多国，才得以回国，中间还要经历航班突然被取消的崩溃，但直到今天买票之前，我都没想到这些可能最后也要发生在自己身上。打开订票软件，5月份只剩下28日还剩4张票，而且要在蒙古乌兰巴托机场等候11个小时再转机才能回国。查了其他日期的票，也没有直飞航班可以选择。6月4日有一班同样路线转经乌兰巴托的航班，票价相对便宜一些。只是没有想到，正在和同行回国的同学商量着买哪班的机票比较好时，原本还剩5张的6月4日的机票瞬间销售一空。见此情况，还在犹豫的我们果断购买了5月28日的机票。

虽然已经买好了回国的机票，但是依旧无法安心。俄罗斯疫情在逐步加重，无法预料5月末6月初的时候这边的疫情将会处于怎样的情况。飞机中途需要转经乌兰巴托，但是蒙古国海关截至目前规定4月30日之前所有国外的航班都不允许入境，如果5月继续延续这一政策，我们的机票就会被取消。一切都还是未知，只能期待俄罗斯尽早度过疫情暴发期，形势渐渐好转起来，归国行程一切顺利。

2020年4月25日，星期六

担忧

今天收到了几天前在俄罗斯购物网站上买来的雨衣，大为失望。这件雨衣是我计划着充当回国途中的防护服使用的。本以为是类似国内橡胶材质的雨衣，没想到拿到手的实物是像透明的塑料袋一样薄，甚至一戳就破，根本没有办法当防护服使用。

如何拿到归国途中要用的防护物资已经成了当下的又一大难题。当下正处于俄罗斯疫情的暴发时期，医疗防护物资本就短缺。购物网站上根本买不到防护服、护目镜这样的防护用具，即使有商家出售，也标明了货物要从国外进口，具体到货时间不确定。药店里就更没有这类商品售卖，甚至现在俄罗斯的药店内还依然买不到口罩……

回国需要从疫情形势最为严重的莫斯科的机场出发，且就目前的情况来看，莫斯科的疫情持续到5月末6月初已是必然。前往机场这种客流量大、人员混杂的地方本就存在很高的风险。据归国人员说，莫斯科的机场工作人员并不会在乘客上飞机前进行基本的体温检测，所以根本无法确定飞机上的哪些乘客可能已经

从俄罗斯购物网站上买来充当防护服的雨衣（图片来源：作者拍摄）

感染了病毒，也不会进行一个相对的隔离。看国内的新闻报道，最近从莫斯科归国的航班中已经检查出有多人感染，甚至一班飞机上感染的人数高达 30 人。在密封的机舱内待 8 个多小时，同行人员中可能很多人已经感染，无法想象在没有完善的防护措施的情况下如何平安度过这段艰难的旅程。可能真的要靠免疫力和自身的运气了。

家人对于这样的情况也是格外担忧，希望能够从国内给我寄过来一些防护用品。然而联系了多家快递公司得到的答复都是货物会被扣留在海关，具体何时能够发货无法确定。3 月份学校老师为我们邮寄的口罩现在依然还在路上。从国内邮寄的办法现在看来暂时行不通，只能另想办法了。

2020 年 4 月 28 日，星期二

归国路漫漫

下午收到了订票软件的短信通知，前几日订的回国机票被取消了。机票被取消虽然失望，但也在意料之中。毕竟接连几天俄罗斯每日新增病例都在 6000 人以上，现在累计感染人数已经超过了中国和伊朗，位居世界第 8 名。这种情况下蒙古肯定不会允许国际航班入境。今天下午俄罗斯总统普京召开的关于抗击新冠病毒的视频会议中也提到了现如今俄罗斯疫情的拐点还未到来，并宣布将全国假期进一步延长至 5 月 11 日，5 月 9 日俄罗斯胜利日的游行活动也改为线上举行。

如今国航航班被取消概率最小，但是航班数量也极少，仅有每周末的一次航班。即使是最便宜的经济舱，票价也在万元以上。订完中转蒙古乌兰巴托回国的机票后，因为估计航班大概率会被取消，所以我前几天考虑了一番后，为了保险起见还是又订了一张国航从莫斯科直飞北京的机票。现在看来当初再买一张票无疑是明智之举。虽然现在还是 4 月份，但是我最早也只能买到 6 月 14 日的机票了。其他几名中国同学，因为有一些手续要办，今天才开始买票。可是国航的购票软件上 14 日、21 日的经济舱票早已售完，只剩下几张 20 000 多的公务舱机票。然而就在这犹豫的过程中，仅剩的这几张机票也被抢完了，只有一名同学买到了 6 月 28 日的机票。

原本没能买到票的同学已经做好 7 月份再走的准备，开始联系特维尔大学国际处老师询问办理签证延期的事项。没想到事情出现了转机，晚上临睡前我再次查看国航购票软件惊喜地发现国航新增加了航班，甚至 6 月 14 日之前也出现了新航班。经历了上午的事情，即使机票价格昂贵，也没有人再敢犹豫，选好日期后立刻提交了订单，终于买到了回国的机票。我也找到了可以同行回国的伙伴，不用担心自己独自一人前往莫斯科的安全问题。今天的购票经历可谓一波三折：从担心票被取消的焦虑，机票取消的失望，再到买不到票的无助茫然，后来突然有票的激动惊喜。多日以来悬在心里的大石头终于落地了。接下来就是想办法联系特维尔当地能够做核酸检测的机构。由于近期俄罗斯归国航班内出现大量感染人员，给同一班飞机上其他旅客的健康带来极大威胁，也给国内的防疫工作带来了不小压力，因此国家要求海外计划归国人员除了要在登机前 14 天开始每日如实填写健康登记表，又新增加了要求登机乘客拥有起飞前 72 小时内的核酸检测报告。虽然有些麻烦，但还是支持国家的决定，这样既是对自己、对机内其他乘客负责，也能适当减轻国内防疫工作人员的压力。归国路漫漫，每一步都是困难重重啊。

晚安吧，明天又是新的一天，愿一切顺利。

2020 年 4 月 30 日，星期四

中国红

俄罗斯媒体报道称，俄罗斯总理也确诊感染了新冠肺炎，随后没过多久，这条消息迅速登上了俄国内的热搜排行榜。俄罗斯国家高层领导人感染，再一次证实了俄罗斯尤其是莫斯科疫情的严重程度，也不禁让人忧心俄罗斯的疫情防控工作是否到位，还有多久才能看到拐点到来、疫情平息。许多俄罗斯人在新闻下留言称，怀疑莫斯科的实际情况比新闻报道要严重得多，对疫情忧心忡忡。当然也依旧有人认为病毒不会来到自己的身边，想要自由地工作和上学。不知道究竟要怎样才能让这部分人真正意识到问题的严重性，不会为了自己所谓的“自由”辜负抗疫一线医护人员和整个社会付出的努力，不让别人为自己的行为承担风险呢？

除了让人忧心的疫情，还是有好消息的。功夫不负有心人，努力多日终于找到了防护服的购买渠道，不过获取信息的方式确实在我意料之外。曾在 B 站上关注了一位在俄罗斯留学的 up 主，其中一条关于莫斯科留学生归国的视频下有人留言称从莫斯科华商手中可以买到防护用品。其他方法尝试失败后，我抱着试一试的心态给这位 up 主私信留言求助，很快就得到了回复，通过她的帮助我获得了华商的联系方式，成功订购了防护服，这样回国路途中又能多一份安全保障。真的非常感谢 B 站 up 主“莫大女孩信息站”，虽是素未谋面的陌生人，但感谢她的热心与善良。

同样也是今天，我们收到了来自中国驻俄罗斯大使馆的健康包。虽然早就得知了大使馆会为留学生发放健康包，在网上也看到了不少已经收到健康包的俄罗斯留学生拍摄的短视频。但是下楼亲手取到健康包的那一刻，内心依然是满满的激动。健康包中都是一些很实用且急需的防护用品：15 只普通一次性医用口罩，两只 N95 口罩，一大包消毒湿巾，两盒连花清瘟胶囊，防护手册以及大使馆给在俄留学生的一封信。这样一份小小的健康包承载着祖国对海外学子的关怀。在国内时，对国家的关怀并没有什么太多的体会和感触。然而如今身处国外，还是在这样一个特殊时期，更能感受到背后站着一个坚定可靠的国家令人多么心安。“砥砺前行，中华同心”，中国红的颜色让人踏实温暖。

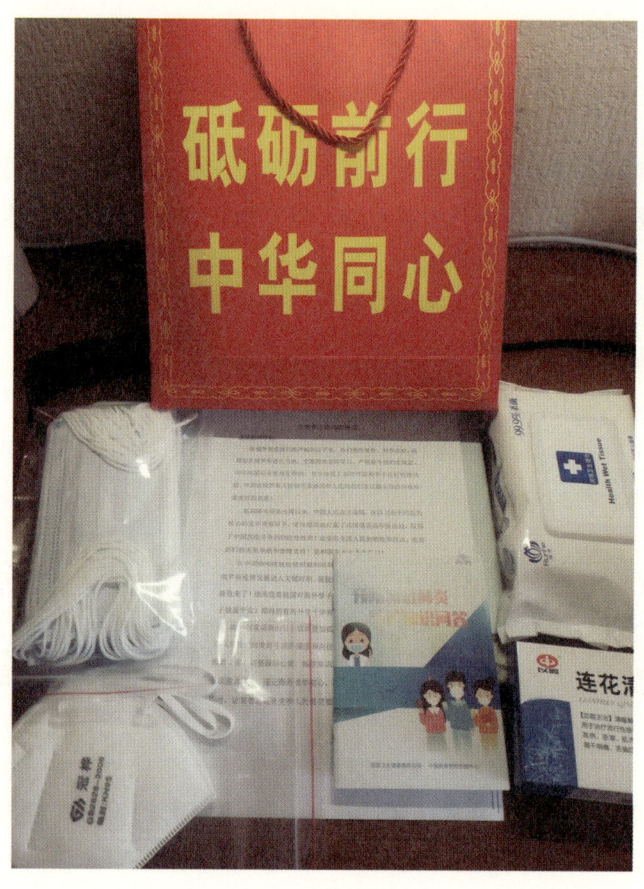

驻俄罗斯大使馆为中国学生发放的防疫健康包（图片来源：作者拍摄）

俄罗斯

有时几十年都一成不变，有时几周就地覆天翻

陆恭蕙*

我是香港科技大学环境学院首席发展战略师，美国加州大学洛杉矶分校（UCLA）安德森管理学院客座教授。自2019年12月中旬起住在洛杉矶。我曾担任过香港特别行政区政府环境局副局长（2012-2017年）、前立法局议员。在此之前，我曾经营一家公共政策智库。2003年，在香港SARS疫情期间，我积极记录当地发生的事情，共同撰写并编辑了一本名为《震中：香港与SARS暴发》的书。十七年后，新冠疫情在全球肆虐，SARS的记忆再次涌现，当我决定拿起笔再次记录这一重大危机事件时，主角换成了号称拥有最伟大经济、最伟大医疗体系、最伟大领导人，以及最伟大的国家——美国。

美国

2019年12月19日，星期四

合作

与鲍勃·葛特里伯教授（Bob Gottlieb）共进早餐。我们共同撰写的专栏文章发表在去年的《中国日报》（*China Daily*）上。无论中美两国之间有什么分歧，我们认为两国都需要在重大的全球问题上进行合作，比如气候变化——这也是我们

* 陆恭蕙（Christine Loh），香港科技大学环境学院首席发展战略师，美国加州大学洛杉矶分校安德森管理学院（Anderson School of Management）客座教授。她自2019年12月中旬起住在洛杉矶。本日记原为英文，由厦门大学法学学士、即将赴美攻读JD学位的王亚同学翻译，魏磊杰校对。

第一篇专栏文章的主题。我们同意起草另一篇关于加州与中国气候变化合作的文章，因为美国联邦政府似乎一意孤行，既要抨击中国，又要忽视气候变化。

2019 年 12 月 31 日，星期二

类似流感

对于 27 日中国公布的第一例不明原因肺炎病例，香港地区的新闻报道说，专家们担心这可能是 SARS 的重现。我很高兴获悉香港的专家们一直在保持关注，在这种事情上他们是世界上最好的专家之一。据报道，武汉官员表示，没有观察到明显的人际传播。世界各地的卫生专家想必都在密切关注着这件事。

关于 SARS 的记忆再次涌现。2003 年，人们担心 SARS 会不会成为席卷全球的“大流行病”。香港在那时有四五个月的时间都是“鬼城”。作为思汇政策研究所的首席执行官，我认为智库可以从研究的角度做出贡献，将发生的事情以文字形式记录下来——若不留文字记录，我们又当如何铭记自己的这些经历呢？在香港大学出版社的鼓励下，我们达成了合作协议——我们加快写作速度，出版社尽快出书。时至今日，2004 年出版的《震中：香港与 SARS 暴发》仍然是我最难忘的项目之一。我希望这个新的类似流感的东西不是 SARS，更不要是一种更致命的病毒。2003 年我们就明确的一点是，当一种感染性疾病出现时，你需要做好准备。世界卫生组织当时表示，人们做好“300%的准备”都不为过。

2020 年 1 月 17 日，星期五

病毒

2003 年，当香港地区受到一种新型病毒袭击时，香港大学的病毒学家们夜以继日地工作，我那时与裴伟士教授（Malik Peiris）保持着联系，是他的团队最终确定了罪魁祸首。香港大学的专家们现在正在利用模型加班加点地工作，以评估新型冠状病毒有多严重。中国内地的科学家已经对该病毒的 DNA 进行了测序，并将其上传分享。很快就会有包括中国科学家的重要研究在内的大量研究出来。

不像我在香港的朋友那样，南加州的普通人并不谈论这个病毒。当年的 SARS 虽然很严重，一旦感染了相当致命，但事实证明，它的传播力没那么强。

而在这里谈论病毒的人，都是那些需要出差旅行且对亚洲的情况很熟悉的人，他们担心即将到来的出差或旅行可能无法成行。

小徐问我，她要不要在这种情况下回南京老家过春节。她已经买好了机票，她想妈妈了。我告诉她不要回去，因为事态很可能会恶化。我把当年 SARS 的事情告诉了她。她挣扎了几天，才决定留在原地——很明智的选择。

2020 年 1 月 23 日，星期四

首例

1 月 21 日，华盛顿州出现了美国首例确诊病例，此人曾到过武汉！今天，武汉进入隔离状态，航空和铁路都被停运。内地对这件事显然很重视。香港也如临大敌，春节庆祝活动被取消了。

世界卫生组织认为此次事件不构成“国际关注的突发公共卫生事件”，因为显然还没有证据表明病毒在中国境外人与人之间传播。如果我没记错的话，前几天好像看过一个报道，有一位中国专家说人与人之间的传播正在发生，而且病毒可能还会随着春运而更为肆虐。前景似乎不好，但美国人好像并不担心。我有一些朋友的家人在内地，他们中有几个人告诉我，他们买了口罩寄回去了。一个在香港有家人的朋友也把口罩寄回了家。她告诉我，药店里口罩被扫货一空。

昨天，特朗普说：“我们已经完全控制住了。”哇，真的吗？但愿如此吧！

2020 年 1 月 31 日，星期五

海啸即将来临

昨天，世界卫生组织终于宣布此次疫情构成“国际关注的突发公共卫生事件”，美国也同样宣布进入“公共卫生紧急状态”。眼下，病毒已蔓延到中国的多个省份。昨日，美国境内首例人传人病例在芝加哥得到证实，一对夫妇中的妻子从中国回美国后，丈夫也被传染。从 2 月 2 日起，美国将对过去 14 天内有中国旅行史的外国人实施入境禁令。此前，美国人已于 1 月 29 日被撤离出武汉，前往离洛杉矶不远的河滨市，并在那里接受检测。特朗普说，中美两国正在沟通，“这将会有一个非常好的结局”。但愿中美能合作，因为这个病毒非常可怕。

虽然美国现在已开始行动，但他们的行动和中国的完全不同。我在香港大学的朋友已经开始公布他们的研究结果。梁卓伟（Gabriel Leung）等人的结论是，中国多个主要城市的感染率已经呈指数级增长，感染规模滞后于武汉 1–2 周；除非立即在群体和个人层面采取实质性的公共卫生干预措施，否则海外与中国有航空联系的城市也可能暴发疫情。换句话说，海啸即将来临。然而这里的日常生活依旧没有改变，人们也毫不在意。我们仍然要去上课，去酒吧，去聚餐，去购物，去看比赛，去听音乐会，去参加派对。

2020 年 2 月 7 日，星期五

生日周

这是我的生日周。我花了几天时间看参议院对特朗普弹劾案的实时投票，他被宣告无罪。真是场闹剧，既引人入胜，又令人目瞪口呆。和其他地方的人一样，不管是否受过良好的教育，美国人一般都不太关注政治。然而，人们普遍承认，自 2016 年特朗普入主白宫以来，美国政治已经变得极度两极化。

弹劾案和民主党初选角逐主导了美国全国广播公司（MSNBC）、美国有线电视新闻网（CNN）和福克斯新闻台（FOX）的政治节目，他们各自的政治倾向很明显。脱口秀节目也很有启发意义。支持和反对特朗普的媒体阵营提供了两个现实，而这就是今天的美国。对于我这样的局外人来说，它们是很好的教材。

在美国，国际新闻是一件相对不重要的事，美国这样的霸权国家更关心内政。有关中国的新闻是确诊病例数和死亡人数的上升，以及武汉市中心医院眼科医生李文亮去世的消息。他于 12 月 30 日在微信群内分享了他听说的一种看起来像 SARS 的疾病的消息。1 月 3 日，武汉警方要求他不要传播虚假言论，这导致李医生的死讯成了社会焦点。

安德森管理学院计划在 3 月底去香港和深圳进行 MBA 技术考察之旅，我会在香港与他们会面。鉴于中国已经全面进入了抗疫模式，我们讨论了一下目前的情况。现在已经很清楚，病毒的传染性很强，比 SARS 要强得多。事实上，我原计划 2 月中旬回香港参加的会议和活动都已经取消了，学院最终决定将活动改期到 2021 年。

2020 年 2 月 14 日，星期五

COVID-19

病毒从世界卫生组织那里得到了一个新的名字：COVID-19。这也是我今天上课的主题。我们从非市场风险的角度讨论了 COVID-19 和传染病的问题。我的一些学生从事供应链行业，中国的停工对他们的公司造成了影响。

把视野放宽，我们也讨论了自 2003 年 SARS 疫情以来的技术进步。2003 年的时候，世界卫生组织每天都会召集世界上最主要的实验室进行电话会议，让他们通过合作来加快病毒的鉴定速度。令班上学生觉得有趣的是，正是香港的工作帮助拼凑出了 SARS 的部分基因指纹，从而使加拿大、美国的团队相继对病毒进行了测序，绘制出了病毒的基因组图谱。2003 年，经过一段时间的研究，我们得到了新病毒完整的基因图谱。而就 COVID-19 而言，中国科学家们在 1 月 12 日之前就完成了对病毒基因组的测序，并将其上传共享。中国科学进步的速度让班上的同学们感到非常意外。我们还研究了汇集 COVID-19 在全球范围内传播的实时数据的电子平台，并讨论了多学科合作的重要性，其中一个案例是百度向基因检测研究机构开放了其预测性的算法。线上教学此前从未被如此大规模地实施，我们还讨论了中国学校推行线上教学的计划，以及从这一经验中可以获得哪些有关启示与创新的议题。

2020 年 2 月 25 日，星期二

拭目以待

今天，在加州大学洛杉矶分校（UCLA），安德森管理学院与菲尔丁公共卫生学院首次合作举办了一场联合活动。菲尔丁学院的罗伯特·金·法利（Robert Kim-Farley）谈到了冠状病毒和 COVID-19；安德森管理学院的经济学家俞伟雄（William Yu）谈到了冠状病毒对加州和美国的经济影响；而我则补充了关于中国香港如何抗击病毒的信息，并讨论了随着疫情放缓，中国在医务前线与恢复经济上的双轨举措。现场有 200 名听众，线上还有更多。一个问题是，疫情会持续多久？特朗普上周说，4 月天气变暖后，事情可能会好转。很多人可能寄希望于此，因为 SARS 就是这样。罗伯特提醒人们，COVID-19 是一种新的病毒，所以我们拭目以待。可以确定的是，亚洲和欧洲都已有疫情暴发：韩国两天前宣布了最高级别的警报，而意大利的病例数量正在快速上升。情况并不乐观，罗伯特明确表示，COVID-19 会影响到美国！

2020 年 2 月 29 日，星期六

最坏的准备

刚刚收到 R 和 M 的消息，他们要为一个小手术来洛杉矶 10 天，因为香港已经“封闭”了，而他们也有时间。我们约好了下周他们做完手术后一起见面吃顿饭。他们说，1 月时有很多外籍人士已经离开香港去了更安全的地方。

中国境内的病例数量在下降，这是一个好消息，但境外传播却越来越多。自疫情暴发以来，中国境外报告的新病例首次多于中国境内。世界卫生组织称，这是各国准备应对“潜在”疫情的“决定性节点”和“机会之窗”。这意味着世界卫生组织准备宣布疫情构成大流行，而“潜在”二字只是为了警告各国政府疫情来袭之严重性的外交辞令。

两天前，加州也报告了首例人传人的病例。州长纽森（Gavin Newsom）已经严阵以待了。他说他不想反应过度或反应不足。我对他的说法表示同情，因为如果你反应过激，而事情没那么糟糕，你就会被人嘲笑；如果你反应不足，而结果不好，你就会被视为无能。做出合适的决定并不容易。反对者和批评者只有后见之明，他们会毫不留情地责备他人，因为他们的本意就是造成怀疑、损害和不信任。呼吁封城并不容易，而且各地的人口结构、医疗系统的情况都很不一样。令人惊讶的是，纽森说加州只拿到了 200 个测试包。这让人头皮发麻，如此发达的地区，为什么只有这么少？我在这里的朋友也不明白为什么。

与此同时，特朗普还在说一切都很顺利，“我们已经做好了最坏的准备”。“最坏的准备”对美国来说是什么意思？是像武汉那样出现数以万计的确诊病例，大量死亡病例与大规模“封城”吗？有意思的是，特朗普说，病毒会“像奇迹一样”消失。我住在附近的朋友 JS 转发了已故灵媒苏珊·布朗（Susan Browne）在 2003 年写的一本书中的一页，书中预言 2020 年左右会出现类似肺炎的疾病，而且会突然消失，并在十年后再次出现。这是在社交媒体上流传的东西，或许特朗普也看到了这个信息！

2020 年 3 月 9 日，星期一

紧急状态

3 月 4 日，州长纽森宣布加州进入“紧急状态”。尽管如此，社会生活还是在照常进行。“紧急状态”的制定被人们理解为州政府需要做好准备，而不是停止社交活动。生活照常进行……这很不真实。我邀请了 UCLA 的同事和两位刚来的俄罗斯学者喝咖啡，我们没有提到俄罗斯的疫情，我也不记得有人讨论了紧急状态。第二天晚上，我去参加了一个朋友的女儿的 30 岁生日聚会，地点在卡尔弗市一家很火的餐厅。年轻而无忧无虑的朋友们玩得很开心，我不记得有人说起过当时的紧急状态。我和 L、M 一起度过了余下的周末。他们每年都会从纽约来加州旅游，按照惯例，他们的行程涵盖了纽波特海滩、圣莫尼卡和圣巴巴拉。我非常享受跟这些老友一起散步、聊天、吃饭的时光，这再好不过了。今天早上，我从家里一路走到了他们住的酒店。我避开了洛杉矶马拉松比赛的线路，看到第三购物步行街（Third Street Promenade）上摆了很多摊位，供人比赛后游玩，但马拉松不应该像香港那样取消吗？

L 会在 16 日回纽约后进行一次手术。我和 L 聊了很多关于健康和养生的话题。鉴于 L 今年会有一部分时间在法国度过，所以她很关注欧洲的新闻，我们讨论了法国和意大利的疫情。我们还讨论了特朗普对病毒的应对！特朗普说起话来就像在用他的人格力量来摆脱疫情，但这不会奏效。中国、韩国和新加坡都在进行大量检测，我和 L 讨论了美国缺少试剂盒的事，她也不明白为什么会这样。但没有测试就无法追踪病毒。

根据联合国的数据，有 13 个国家的学校停课，疫情已经扰乱了全球 2.905 亿学生的学业！这在以前从来没有发生过，不过话说回来，世人的记忆中还从未有过这样的大流行病。欧洲已经取代了中国，成了这个难缠病毒的“震中”。美国也不会幸免，美国人将不得不经历亚洲和欧洲国家已面对的事情，只不过有个时间差而已。

2020年3月16日，星期一

令人困惑的“希望”

上周是一个重要的转折期。上周周中，UCLA决定结束所有的面授课程，剩余课程全部改为线上授课。我曾答应过学生们，周四课上我要给他们烤蛋糕，但这没有实现，我们只能在网上上课。那时我的学生们都已经改为居家状态了。上周五我家附近的高中宣布停课到春假结束后。活动、运动、聚会等一切都取消了。

L与M 3月11日飞回纽约，当天世界卫生组织宣布新冠病毒构成全球大流行。3月13日，全美进入紧急状态，有关社交距离的指南也随之发布。美国对来自欧洲的航班实施了禁令。L的手术没有受到影响，她很好，万幸。她很幸运，我在本周晚些时候在UCLA的预约体检被取消了，因为医院需要准备好迎接他们预计“激增”的患者。

昨天，中国境外的感染和死亡人数首次超过了中国境内的感染和死亡人数。马云向美国捐赠了50万个检测试剂盒和100万个口罩。我还是不明白，为什么美国不能提供足量的检测试剂盒。我理解美国没有工厂可以快速大量生产出口罩和呼吸机，但生产试剂盒肯定是可以的。特朗普还在想方设法地智取病毒：“我们会赢的。而且我认为会比人们想象得要快，我希望如此。”是啊，强调“希望”恰逢其时。

这一切令人相当困惑。1月30日，在世卫组织宣布公共卫生紧急状态后，美国宣布进入公共卫生紧急状态，但几乎没有什么措施上的变化。3月4日，加州宣布进入紧急状态，同样也没有什么变化。直到3月11日，世卫组织宣布大流行，美国宣布“全国进入紧急状态”之时，事态才开始改变。

2020年3月25日，星期三

地覆天翻

“指数型”的增长是非常可怕的。昨天全球的新冠病例突破了40万。增长到最初的10万，用了3个多月的时间，而12天后全球确诊人数就达到了20万，3天后达到30万，2天后达到40万……病毒正在意大利和西班牙肆虐，纽约市已经成为全球疫情新中心！医院已经不堪重负，一线医护人员没有足够的防护装备。这种情况怎么会在纽约市发生？

洛杉矶发生了更多的变化。3 月 19 日，市长加切蒂（Eric Garcetti）宣布了"居家令"：所有学校停课，雇员要在家工作，非必要的企业一律关闭，并采取"保持社交距离"的措施。这差不多是整个加州的情况。上周发生了"恐慌性抢购"，就像早先香港的抢购一样，为什么要纷纷囤积厕纸呢？人们在抢购纸巾，商店里的意大利面也都没了。

奇怪的是，当印度昨天开始实行为期 21 天的全国封锁时，中国却宣布武汉的"封城"将于4 月 8 日结束。疫情一波接一波，当一个国家受到冲击时，另一个国家正在恢复过来。我们生活在这个大流行病的平行宇宙中，疫情现在来到了美国。我们从非常有用的约翰斯·霍普金斯大学的电子平台上看到了实时发生的数字。中国正逐步复苏，其他国家的情况开始恶化；中国香港正面临着从美国和欧洲飞回来的人的涌入，随着欧洲和美国的情况恶化，大量的人正在返回香港。列宁有句话说得很对："有时几十年都一成不变，有时几周就地覆天翻。"疫情在全球范围内同时改变着每个人的生活。当病毒消退后，我们的世界会变成什么样？

2020 年 3 月 27 日，星期五

R 的观点

二十国集团（G20）领导人举行了一次线上会议，为什么他们花了这么长时间？会议结果听起来很积极："合作"，但这真的会发生吗？毕竟，迈克·蓬佩奥（Mike Pompeo）希望七国集团（G7）的领导人将新冠病毒称为"武汉病毒"，他们最终没有达成一致声明。特朗普也开始称其为"中国病毒"。中美之间的事情并不顺利，如果没有中美之间的合作，世界怎么可能真正合作？

针对某知名财经人士的一篇关于新冠病毒的通讯文章，我与 R 展开了一场早该举行的辩论。R 同意作者的观点，他认为世界正在经历"历史上最大的群众性妄想"，美国人已经大规模地上当受骗。他反对取消各种活动，因为不是每个人都有感染病毒的同等风险。他认为，由当局做决定，而不是让人们评估自己的风险，自行决定如何保护自己的做法是不对的。他之所以采取这种立场，是因为他认为美国的优势在于它是一个"自由的国家"；而一个自由的国家承认"自然界的一个基本真理”，即人是不一样的，不存在“公共利益”这个概念。他认为，这也是美国之所以能在每个方面都取得巨大成功的原因。他预言到，当人们真正了解新冠病毒的时候就会发现，取消各种活动对阻止病毒的传播或降低其致命性没有任何作用。他认为，这种病毒对老弱病残来说是危险的，但对其他人来说却不是大事，就像流感一样，所以所有的担心都是“废话”。他认为，整个社会应该让人们尽快接触到病毒，因为这样人们就会产生免疫力，就会很安全。他的结论是，病毒不是危机，政府关停经济，让每个人的经济状况恶化才是危机。我为此而叹息，但 R 的观点在某些圈子里很流行。

2020 年 3 月 31 日　星期二

推卸责任

帕利萨德公园被关闭了，因为在人们本应保持距离的时候，太多人成群结队地聚集在那里。圣莫尼卡警方封锁了所有路边的停车位以阻止游客。

美国的政治新闻有两个关键部分，唐纳德·特朗普和中国。如果新闻机构站在特朗普一边，就报道说他的表现很好；如果不站在他这边，就会说他很可笑。至于中国，美国的新闻机构和精英们现在什么事都怪中国，因为中国犯的是不按美国的规矩办事的“原罪”。一遍又一遍地听到和看到同样的污蔑让人反胃：中国在撒谎；世卫组织太亲华；中国产的口罩有缺陷等等。但其实真正的问题是，尽管自知道武汉发生的事情到病毒在美国暴发有很长的准备时间，美国还没有准备好应对 COVID-19。特朗普的策略是推卸责任：这是中国的责任，是世卫组织的责任，是疾控中心的责任，是各州州长的责任……他说到，协调资源不是联邦政府的职责。与此同时，医务人员和一线的工作人员得不到他们急需的个人防护装备。这不符合我们对美国的期望！

尽管特朗普每天都在胡搅蛮缠，但在他的支持者中还是很受欢迎。所以，这与政绩无关。他之所以受欢迎，是因为他代表了他的支持者，他反映了他们的政治信仰和世界观。

2020 年 4 月 4 日，星期六

平行宇宙

今天是清明节。上午 10 点，中国举国为数千名病亡者默哀三分钟，以寄托哀思。昨天特朗普告诉美国民众无须戴口罩，因为这只是建议，而他本人不会戴口罩。这就是我们的平行宇宙，美中两国领导层的行为大相径庭。我决定读一读关于特朗普政府的书籍，例如匿名人士写的《警告》（*A Warning*），和两位记者撰写的《一位非常稳定的天才》（*A Very Stable Genius*）以了解更多。

2020 年 4 月 10 日，星期五

洛杉矶：潮流之都

学习英国的做法，洛杉矶的著名场馆在昨晚纷纷亮灯向抗击疫情的人员表达谢意。我理解“点亮蓝灯倡议”的原因，是大多数医院的工作人员都穿着蓝色的工作服，但“蓝色”也意味着悲伤。在有许多死亡和痛苦的当下，也许换种颜色会更好，但我绝对同意全世界都需要向所有抗击 COVID-19 的前线工作者表示感谢和敬意。虽然我们不能冒险出去看灯，但网上的图片看起来很不错。

UCLA 的安德森学院和菲尔丁学院今天再次合作，为大家介绍了 COVID-19 的最新情况。在短短的六周内，我们的生活发生了巨大的变化：2 月 25 日第一次活动时有 200 多人集中在一个会议室里；3 月 11 日，UCLA 变成了一个线上校园。好消息是，加州的情况相对较好，感染曲线正在趋于平缓。报道称，纽约的医院已经不堪重负，其死亡人数是加州的 14 倍。在加州，尽管其他健康问题没有得到应有的关注，但其并没有因新冠病例激增导致医疗体系超载。加州可以留出呼吸机借给其他州！我谈到了 COVID-19 的“震中”从武汉到欧洲再到纽约的转移，各地可以如何相互学习以及互相指责的把戏对抗击疾病是无益的。人们一致认为美国错失了早期采取果断行动的机会，其自身犯下了错误。

我的口罩储备本就不多，现在也越来越少了。自从洛杉矶市长命令人们外出时必须戴上“面部遮盖物”，否则店家可以拒绝服务之时，我就改用头巾了。我发现了一家当地的公司，他们用竹制的布料制作出了可水洗的口罩，颜色和花纹都很好看、很舒服，几乎是一种时尚的装饰！我觉得这款口罩很好用，而且还能让人觉得非常舒适。允许灵活选用口罩是明智的，因为它给了人们选择的余地。医疗级的口罩可以留给医护人员，而我们其他人都可以开动脑筋创新，甚至在时髦的同时又能保护好自己。洛杉矶是最好的潮流之都！

2020年4月12日，星期日（复活节）

特朗普的“尽力”

天气阴沉而清凉。我静静地走一走以活动血液，清净心灵。我每天只能接受这么多的“新冠新闻”！然而，新闻背后的政治以及它如何对人们产生影响，却令我十分着迷。包括美国在内的世界上那么多的领导人，怎么会对显而易见的事情反应如此迟钝？《警告》和《一个非常稳定的天才》洞悉了今天的美国政治。它们描述了一个无序的白宫，还有总统的漫不经心与狭隘的利益盘算。新冠病毒是特朗普和他的政府一错再错的最新例子。

在与我认识的一群人的一次在线晚餐谈话中，MJ说，中国之所以能够让人们遵守严格的遏制病毒的举措，是因为中国的体制。我建议他查找一下东亚不同的政治制度，因为它们代表了不同的治理范例，这些地区在对抗病毒方面都很有效。我想表达的是，不要用强制性或是否“民主”来评估治理制度。全球有目共睹的是，拥有不同文化和政治制度的亚洲各个地区在实施遏制病毒的政策方面都取得了很大成效，比欧美国家更有效。这让不习惯于认为亚洲可以比美国做得更好的美国人感到惊讶。换句话说，很多亚洲国家的领导人在抗击这一流行病方面做得比西方国家的领导人要好，他们拯救了生命，比如中国、韩国、新加坡、越南等。我想美国人的盲目性大概来源于种族主义。

而且，抨击中国对他们来说是有效的！特朗普式的“新冠叙事”是冒犯性的宣传：病毒来自武汉，所以中国有错，要称其为“武汉病毒”或“中国病毒”……中国应该早点告诉美国这个病毒……中国误导了世界……中国是由中国共产党领导的……中国的共产党是对美国和“自由”世界的威胁……中国需要被挫败，因为它代表着威胁等等。共和党人和民主党人在很多问题上意见不一致，但在中国问题上却有共识。这里的老百姓已经普遍地对中国持怀疑态度，鉴于美国反中与反亚洲的情绪日渐高涨，我担心两国之间的关系会变得更糟糕。难道中美合作解决全球问题就没有希望了吗？

美国此次在应对疫情上的失败实在过于传奇。几乎每天都有关于特朗普不重视病毒风险的分析，尽管他在1月和2月的多种场合都已被警告过。相反，特朗普却始终说一切都好。现在，灾难已经蔓延，特朗普和他的支持者们说“特朗普已经尽力了”。或许，特朗普忽视了风险是因为区区一个病毒无法引起他的注意，这不符合他关于“美国是最伟大的国家，拥有最伟大的经济和最伟大的领导人”的叙事。特朗普认为，必须关闭商店、学校、企业，实行物理上的疏远的这种想法并不“酷”。

2020年4月21日，星期二

戴口罩

2003年的时候，我在香港并没有看到很多西方人戴口罩。香港的朋友说，在病毒肆虐的当下依然如此。2003年的时候，我还以为西方人不戴口罩，因为他们认为戴口罩是胆小的表现。最近在15个国家开展的一项调查的结果给了我一些启示。尽管大多数亚洲人出于自我保护和出于对他人的考虑佩戴口罩，但西方国家的人戴口罩的可能性较小：英国只有16%、澳大利亚21%、法国34%、美国50%的人戴口罩，因为他们不确定口罩是否有用。当你们的领导人拒绝戴口罩的时候，你怎么能动员民众戴口罩呢？

2020年4月28日，星期二

美国的方式

过去一周内，科罗拉多州、密歇根州、俄亥俄州、肯塔基州、明尼苏达州、北卡罗来纳州、犹他州、华盛顿州等地出现了中小规模的抗议活动。这些都是对特朗普呼吁五月重开经济的反应。各种说法不一而足：有人说州长们对疫情的反应过激，这些措施伤害了普通民众；也有人说州长们行使了超越宪法规定的权力以命令人们留在家里，居家令侵犯了人们的自由。抗议的画面包括国旗、亲特朗普的横幅、大型枪支和基督教标志等。抗议者大多不戴口罩，也不拉开距离。因为规模不大，我的朋友们也没太当回事。这些抗议活动由例如亲特朗普的组织等“保守派”势力组织，活动显示出了一定程度的组织和协调能力，想必其目的是为了强化人们不能相信建制派和专家的观念，以及人们应该自由地去做他们想做的事情，因为这就是美国的方式。

2020年4月30日，星期四

没有亚洲人

达到确诊病例100例仅8周后，4月28日美国确诊人数就突破了100万例。要知道4月11日时，病例数才刚突破50万。截至4月28日，已有58 355人因感染病毒死亡，美国成为迄今为止死亡人数最多的国家。

今天，《纽约时报》的编辑部评选了几位应对“抗疫”十分得力的领导人，他们都是西方人。* 没有亚洲人。难道他们忘了世界上还有很大一部分地区的死亡率远远低于被点名夸奖的地方吗？韩国和中国台湾地区得到了最简短的提及，只因为他们被视为美国的盟友……这就是美国建制派的盲目性。

2020年5月3日，星期日

反对种族主义

刚刚参加了由洛杉矶的亚洲协会举办的题为“在COVID时代反对种族主义”的在线讨论，很受启发。洛杉矶的种族类型非常多样化，其中包括大量的亚裔人士。亚裔美国人一直以来都在经历和报告有人因为COVID-19而针对他们的攻击，包括辱骂、欺凌、骚扰，甚至是殴打。与会成员之一、亚裔美国人促进正义组织（Asian-Americans Advancing Justice）的创办人郭志明（Stewart Kwoh）表示，亚裔美国人之所以担心，是因为在历史上，亚裔美国人一直被污名化，比如1882年的《排华法案》限制了华裔移民；或被污名化为不忠，导致二战期间日裔美国人被集体关押在集中营里。与会成员希望政治领导人站出来反对种族主义，不要将COVID-19称为“中国病毒”以传播种族主义的语言。郭志明提到的数据追踪显示，在使用“中国病毒”一词后，包括对亚裔美国人的人身攻击犯罪行

---

* In a crisis, true leaders stand out, New York Times, 30 April 2020, https://www.nytimes.com/2020/04/30/opinion/coronavirus-leadership.html.

为在内的仇恨活动上升。我于4月24日在网上找到了“停止亚裔仇恨”的数据追踪。数据显示，自3月19日以来，它收到了来自全美各地的亚裔美国人受到因病毒被歧视的报告，共计1497份，而歧视的上升与政客们的抨击中国的言论有关；歧视很大比例上针对了易受害的弱势群体，即儿童、青年、老人和英语水平有限的社区。郭志明给亚裔美国人的建议是，抵制攻击，追查谩骂，鼓励亚裔美国人做对社会有积极意义的事情，团结一致行动起来，打破沉默、指认种族主义，互相支持，要求美国政治领导人站出来反对各种形式的种族主义。

我觉得美国社会的种族和文化多样性是一个吸引人的因素，它的平等理念也是令人信服的。然而，即使经过多年政策和立法的努力，偏见和歧视仍然是一大挑战。因为它是一个移民国家，这里或许有最伟大的包容性实验。因COVID-19而加剧的中美冲突，将是漫长而痛苦的，对我们这些通晓中美两种语言与两种文化的人来说，将更是如此。我们理解双方，我们看到了对话与合作的机会，但我们也看到了深深的不信任感，不信任使这种合作机会变得很难，在这个充满恐惧和相互不认同的时代，甚至也许是不可能的。我们不想选边站，但这有时也很难。相互猜忌阻止了中美两国为共同利益而合作。

2020年5月11日，星期一

病毒究竟来自哪里？

在过去几天里，我花了很多时间阅读了关于中国在多大程度上向世界推迟公布了COVID-19的情况，因为这是美国控诉的核心。关于事件的时间轴，已经有了很多信息。我们知道因为看到了异常的肺炎病例，张继先医生于12月27日向所在医院提交了一份报告。12月30日，武汉市卫健委发出紧急通知，国家卫健委于12月31日派出专家组到武汉市查看情况。同一天，中国向世界卫生组织报告了一种新的疾病。因为我们现在知道潜伏期大概是两周左右，这意味着新的疾病已经在武汉流行了一段时间了。据推测，美国辩称，中国一定是更早知道或应该更早知道真相，但没有通知全世界。最近法国传来的消息使这一论点变得复杂起来。巴黎的医生们查看了较早的病例，发现一名患者在12月27日即对现在被称为COVID-19的病毒检测呈阳性。这意味着这种病毒已经在巴黎流行了一段时间。那里的医生也向本国卫生部门报告了这一情况，但法国没有向世卫组织发出警报。显然，巴黎和武汉的病毒基因组虽然相似，但并不完全相同。那么，病毒究竟是来自哪里，或者说这两种病毒的起源地分别在哪里？有了新的证据，美国人可能更难维持将责任归咎于中国的说法，但除了武汉病毒实验室意外释放出病毒的这种说法外，还有一股力量为阴谋论推波助澜。不管 COVID-19 起源于哪里，美国人的“战狼”们也在论证，在病毒入侵武汉之时，中国没有封锁全国，因此没有阻止病毒的传播。还有另一个逐渐发展的说法似乎是中国在一月份进口了个人防护装备，所以当 COVID-19 疫情来袭之时，其他国家就出现了防护装备不足的情况，这大概是暗示中国掏空了他们的储备。

2020 年 5 月 13 日，星期三

美国“抗疫”

计划返回香港的时间到了。我在 COVID-19 疫情暴发后的前四个半月都在洛杉矶。美国现在有近 137 万例确诊病例和约 8.3 万死亡病例，而这些数字还将继续上升，因为许多州正在重启经济活动，尽管重启看起来为时尚早。这是中美之间平行宇宙的另一个迹象。如果美国媒体是诚实的，他们需要感谢中国和其他一些亚洲国家的得力抗疫为他们提供了“抗击大流行病”的范本。

美国的医疗体系本是世界上最好的，但终因治理混乱导致其无法应对疫情，其具体表现为缺乏准备，延误了遏制病毒的时间，未能提高检测能力与生产个人防护装备的能力。这其中存在着某种结构性的瘫痪。无论特朗普政府及其支持者如何否认，如何推卸责任，这届政府的政治领导力都是一个问题。美国总统没有注意到早期的警告。美国在公共卫生方面的专业知识和经验都很丰富，但政府与民众之间的沟通往往是不清楚的、自相矛盾的，在某些情况下甚至是错误的或虚假的。虽然领导者不需要假装拥有所有的答案，尤其是在面对新型传染病的当下，但一个诚实而得力的领导者会对自己的决策保持透明，并引导民众了解他们应该怎么做。一个好的领导人会向民众解释到：保护人民的健康和处理经济问题都需要做出艰难的判断；如果决策需要改变或修正，领导人会清楚和公开地向公众解释。这些都是民主制度应当擅长的，此刻却成了美国的失败之处。

我看着美国一步步滑向火山口

李　泉*

这里呈现给读者的是美国新冠疫情期间，3 月 12 日至 5 月 4 日的点滴记录。3 月 11 日时，中国新冠肺炎的确诊人数和死亡人数都远远高于美国：中国确诊 80 980 例，而美国只有 1004 例；中国死亡 3173 人，美国死亡 31 人。而到了 5 月 4 日，美国确诊将近 120 万人，死亡将近 7 万人，超过中国 10 倍以上。

疫情在美国的发展从 5 月 4 日前后进入第二阶段，在没有控制住疫情的情况下即开始复工，其社会经济将面临非常大的不确定性。尽管对美国自 20 世纪 70 年代以来积累的种种矛盾多有所闻，但这次美国应对疫情左支右绌的窘相还是颠覆了我长久以来对它的一些基本认知。

2020 年 3 月 12 日，星期四

风暴要来了

昨天两件事表明全球和美国的形势都将更加严峻。一是世界卫生组织宣布新冠疫情成为“全球流行病”，二是特朗普晚上 9 点在白宫椭圆形办公室发表电视讲话，宣布除了英国和爱尔兰，对其他所有欧洲国家封航。白宫椭圆形办公室往

* 李泉，武汉大学教授，2019 年 12 月下旬开始在美国访学。

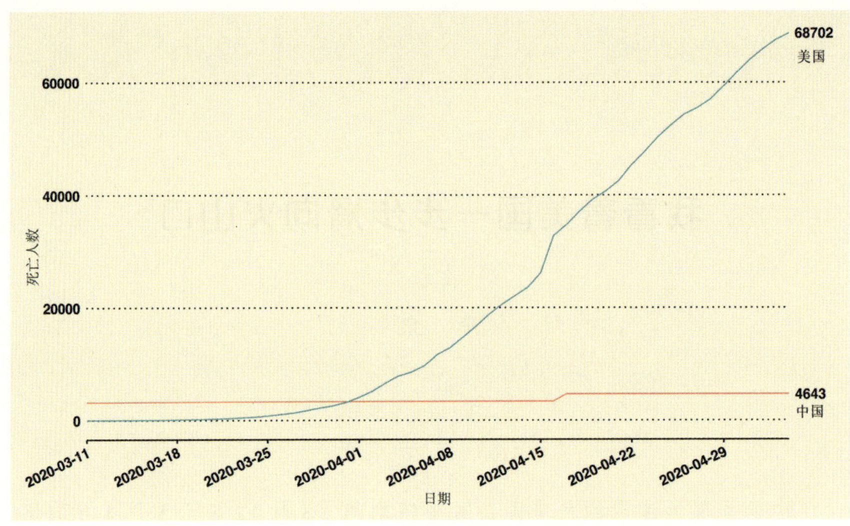

中美两国疫情死亡人数对比（图片来源：作者自制）

往只有在重大事件发生时才会使用，比如小布什宣布入侵伊拉克，奥巴马回应英国石油公司在墨西哥湾的钻井平台爆炸事件。2 月 26 日特朗普发表全国讲话的时候，地点还只是安排在白宫的新闻厅，这次搬到椭圆形办公室，显然是想提醒美国民众要更重视讲话的内容。

整个 2 月，我一边关注国内的疫情，一边不可思议地看着美国一步步把自己推到了火山口上。从 2 月中旬开始，我连着几个星期出去买口罩，方圆十几公里的所有生活超市都跑遍了，最后只买到 20 个防尘口罩。加上 1 月底从网上买的 40 个 N95，这就是我们一家三口的所有口罩了。很有些懊恼。看国内报道和微信上的信息，我早就知道病毒的厉害，但潜意识里觉得，既然中美之间的人员来往 1 月 31 日就停了，美国即使受到波及，总不至于太严重。出于保险心态，我虽然很早就开始买口罩和消毒液，但却没想到需要大量囤积这些必需品。

推特上看到一位记者的推文，说国会的专属医生告诉国会议员助理的推测是，美国最终的感染人数大约会在 7000 万至 1.5 亿之间！考虑到美国人口大约是 3.3 亿，那么目前的内部估计感染率大约在 21%至 46%之间。如果按照 80%轻症、20%重症的比例来看，那么需要住院的人数将会在 1400 万到 3000 万之间。这其中如果 1%需要进 ICU，那就是 14 万到 30 万人。

顺手在网上查了查。根据美国医院联合会2020年的统计，全美共有6146家医院，924 107张病床。ICU病床数根据全国公共电台的报道是65 000张左右，医院联合会2015年的统计要高一些，但也只有94 837张。所以如果上述预测准确的话，现有的ICU病床全空出来也远远不够。

我所在的佛罗里达州昨天下午宣布进入紧急状态。最新消息，NBA因为有球员确诊，决定暂停本赛季。风暴是真要来了。

2020年3月13日，星期五

囤货

这几天国内的朋友在微信上不断询问我这里的情况。虽然《纽约时报》的图表显示，目前的暴发地主要集中在华盛顿州、加利福尼亚州和纽约州，佛罗里达州只有46例，但考虑到美国现在检测能力严重滞后，国内总结的“早发现、早报告、早隔离、早治疗”四早防控方案在美国还是没影的事，所以连《华盛顿邮报》都说，美国正在闭着眼睛往风暴里扎。心里还是有些担忧，因为一名印第安纳大学医学院的儿科教授撰文警告，美国有可能出现医疗挤兑的风险。根据他的数据，美国千人拥有床位数为2.8张，低于意大利的3.2张、中国的4.3张以及韩国的12.3张。感染了未必能治得上。对于我们这种没有多少社会资源可以借助的人群而言，最稳妥的还是不感染为上。朋友在国内帮我问了他熟悉的医生，给我传了预防新冠肺炎的1号方和2号方。

奥兰多作为迪士尼、环球影城等主题公园的大本营，周边几个城市人口加起来约200万人，华人数量和旧金山、纽约没法比，但也还行，至少有中药店。早上9点我打电话过去，按照方子订了家里三口人10天的量，约好11点去取。我住的地方离中心城区较远，开车大约要45分钟，路上目测车流量和往常一样。到了店里，药还没备齐。想着与其在店里等，不如先去中国超市把菜买了。到了中国超市，人不多，估计很多人还在上班，除了收银员，都没戴口罩，包括我自己。米面肉什么的看上去都充足，和原来没什么不同。看到一位老兄购物车里装了3袋50磅的大米，我估摸着家里的存量还够个把月的，所以没多买，只拿了一袋25磅的。家里领导这次没有亲自出马，所以购物自由度比较大，在购物单上的规定动作之外，我多买了些速冻的葱油饼、千层饼、馅饼、包子什么的，这样早上可以偷懒，中午、晚上偶尔也能对付。回到中药店，药都配好了，一个方子冲服代茶饮，一个方子煎服。放在车里，满满的药香味，瞬间觉得安全了许多。

回去的路开到一半，收音机里传来特朗普在玫瑰园召开新闻发布会的消息，宣布全国因为疫情的原因进入紧急状态。一路开一路想，是不是应该折回去再买几袋大米，最后决定算了，加上刚买的一袋支撑两个月没问题，肉倒是应该多买一些，但冰箱里也放不下了。

孩子所在的学校一直没有是否停课的通知，不过他们从今天开始放春假，一直到22日。前几天她说乐队里有同学有感冒症状还拿着乐谱传来传去的，好在小孩一向比较注意，希望没事。

家里领导检查我买回的货品，发现大米买成了糯米。好在能退换，领导冷嘲热讽了一番，没有发脾气。

这次买的五花肉是2.26美元一磅，熬汤的小排是3.86美元一磅。

2020年3月17日，星期二

上行下效

美国在自己应对新冠疫情的时候，也没有放松地缘政治操作，今天宣布将加大制裁伊朗。国务院将南非、中国内地和香港地区的9家机构以及3名伊朗人列入实体黑名单，理由是这些公司和个人都参与了和伊朗的石油化学品贸易。按照美国法律，被列入实体名单之后，这些公司将不再能够从美国采购物品。哥伦比亚广播公司（CBS）的华裔记者蒋维佳（Weijia Jiang）发推文称，有白宫官员将新冠病毒称为“功夫流感”，显然有借机揶揄她亚裔身份之嫌。媒体报道一个亚裔家庭在得克萨斯州的一家超市被袭，包括小孩在内都被刀划伤。如果不是有人见义勇为制服了歹徒，后果可能更严重。

从特朗普到白宫官员的这种做法，虽然看上去只是发个推特或是要要嘴皮子，但上行下效，民间的一些种族主义者就可以理解为白宫也赞同将新冠和亚裔特别是中国人挂钩的立场，一旦今后美国国内疫情恶化，只怕会有更多的亚裔被袭事件发生。

今天佛罗里达州州长宣布关闭酒吧、夜总会30天。现在正是大学生陆续放春假的时候，全国各地特别是北方的大学生都会借这个机会到佛罗里达州来狂欢。商家不愿错过一年中难得的客流高峰，学生们也不愿意取消假期，所以这项禁令能在多大程度上得到贯彻实施，实在是要打个大大的问号。

2020 年 3 月 18 日，星期三

这大概就是生活吧

国内网上关于中医治疗新冠有效的报道渐渐多了起来，我在第七版诊疗手册里找到“清肺排毒汤”的方子。打电话给上次抓药的中药店，他们已经知道这个方子了，方子上要求的十几味药，店里都有。按理说是感染了才需要，但我有些担心以后断货或者封闭不让出门，所以就按照诊疗手册建议的疗程提前订了 9 副。路上的车流感觉和上次差不多。到了店里，一位朋友得知后也想要，所以又加了 6 副。老板人很好，反复叮嘱不要忘了熬的时候自己加方子里的生姜，另外，没有症状的时候不要随便吃。回来的路上顺便去了家附近的生活超市，人不多，蔬菜、肉蛋奶、水果都充足，但前几天还有的面包、意大利面都卖完了。洗手液也还是缺货。看到码货员刚往货架上补了些消毒湿巾，一人限购两桶，赶紧入手。所有人都没有戴口罩，因为疾控中心说，有症状的人才需要戴。我要戴了，反而要被周围的人怀疑是感染了。结账的时候尽量和所有人都保持距离，收银小哥好像比平时也紧张些，都不怎么说话打招呼了。与我们这种偶尔出来购物的顾客相比，超市员工受感染概率更高，但为了生计，还必须坚持上班，即使天天暴露在风险中。

今天佛罗里达州的一位联邦众议员成为第一位确诊感染的国会议员。他上周六出现症状，今天确诊。媒体在特朗普的吹风会上问他，为什么在目前检测资源如此紧张的情况下，富人、政客、影星、体育明星这些要么有钱要么有关系的人更容易得到检测。特朗普说了句大实话：这大概就是生活吧。

是啊，这确实就是美国的生活实况。不同的收入阶层连常去的生活超市都不一样。

吹风会上，特朗普还被记者问到美国目前日益增多的歧视、袭击亚裔的行为。特朗普的回答更出格，说他不认为亚裔社区会受到污名化的影响。相反，亚裔社区都会百分之百地同意病毒来自中国。

小布什当年在“9·11”事件之后还特意去了一个穆斯林文化中心，呼吁美国人不要敌视美国的穆斯林，虽然没能阻止后来发生的一些袭击杀害穆斯林的行为，但至少他从领导人的角度履行了政治职责。特朗普到现在各种抗疫措施不仅迟缓，而且杂乱无章，使用带有种族歧视色彩的“中国人病毒”，丝毫不顾及亚裔社区所面临的危险。难以想象美国政治怎么会堕落至此。

2020 年 3 月 19 日，星期四

买枪

路透社报道，继脸书之后，推特从周三开始对发布关于疫情虚假信息和错误诊疗手段的用户进行管制。自由总是存在边界，美国在紧急情况下，各种实用主义的管制措施就会纷纷出台。永远不要听美国说什么，而是要看它如何做。

今天的新闻发布会上，《华盛顿邮报》的记者抓拍到特朗普的讲话稿，“新冠病毒”被用记号笔改成了“中国病毒”。当被记者问到这样说是否涉及种族主义，特朗普说完全不涉及，因为病毒就是来自于中国。从 16 日开始首先在推特上使用该词，到在吹风会上亲口说，特朗普就是这样在一步一步升级和中国的对抗，而且这两天数次被问到这个问题，都没有考虑到可能对美国国内亚裔社区的冲击。

之前就犹豫了很久，但看到特朗普如此不考虑亚裔社区可能面临的风险，我决定买枪以防万一。朋友推荐了几个牌子。第一家下单成功的连锁运动店网站很快发来邮件取消了订单。打电话问，说实体店的信息和网站上的信息没有同步更新，我想买的型号在本地店已经卖光了。登录另一家比较大的专业枪械网店，最流行的型号基本都缺货。最后找到一把弹夹容量只有 10 发的 9 毫米手枪，果断下单，不过也要 7 至 14 天后才能发货。子弹当天没货，只能以后再慢慢淘了。

在美国抗疫，买米、买面、买药还不够，到头来还得买枪、买子弹，希望永远都不要用上。

美国各地医院的防护物品都出现了严重不足。《纽约时报》今天报道，伊利诺伊州的一名护士一个一次性口罩要用 5 天；加利福尼亚州一名急诊室的医生将用过的口罩放在塑料袋中保存，以便再次使用；华盛顿州的一名儿科医生用酒精对口罩消毒，直到破损不能用为止。这就难怪彭斯在今天吹风会上呼吁建筑公司捐献防尘口罩；卫生总监则在推特上呼吁民众不要购买口罩；以及医生在CNN上呼吁需要紧急向全国的医院运送口罩等防护品。但特朗普的一席话又让人大跌眼镜，他竟然说联邦政府不是运输小哥，各州州长应该为其境内的医院负责，提供防护用品和呼吸机。

纽约市的确诊病例从昨天的1362例直接蹦到今天的5894例。一个被很多专业研究者认可的研究说，在最坏情况下，美国会有多达110万人死亡。当病人涌入医院的时候，连停车场上设立的临时设施都会被挤爆。

这就难怪《纽约时报》今天的社论说美国在检测问题上的表现是“史诗级失败”。纽约市的一名医生给《纽约时报》投书，标题直接写成：“天要塌了”。

2020年3月20日，星期五

集结在旗帜下

最近一段时间很多外地学生都在迈阿密，各种扎堆玩乐，完全无所顾忌，根本不遵守保持社交距离的规定。美国如果都像迈阿密这样，后面的10天恐怕会有更多病例出来。

好一点的是加利福尼亚州、纽约州、伊利诺伊州都下达了不同形式的禁足令，命令大家待在家里，旧金山、纽约、芝加哥这样的大城市在这个周末基本上将进入停摆模式。这对缓解疫情应该能起到一些作用。今天下午佛罗里达州州长宣布，关闭所有餐馆和健身房，但餐馆可以送外卖或者消费自提。印第安纳州将总统初选从5月5日推迟到了6月2日，这是第七个这样做的州。

填报税表的截止日期从4月15日被推迟到了7月15日。富兰克林说过，这世上唯二确定的事就是死亡和交税。受新冠死亡威胁，能迟一点交税，也算些许慰藉吧。

欧洲同样开始使用带喇叭的无人机来劝说人们遵守隔离规定，可媒体的报道却没有像对待中国那样展开各种政治隐喻和引申。同样是用无人机，中国用就是侵犯人权和隐私，欧洲用就是保护人民健康。

美国广播公司的民意调查显示，现在认可特朗普应对疫情的民众达到55%，不认可的为44%。而就在上周，认可的只有43%，不认可的有54%。

连基本的全国检测都没有完全展开，医院的防护用品依然紧张，感染人数依然在快速上升，特朗普的认可度竟然会上升。只能说底层美国人的心理认知结构高度统一，当国家遇到波折的时候，对政治人物会更宽容。美国政治学有个讲法，叫作“集结在旗帜下”效应，说的是美国民众在危机事件和战争中，都会放下政治立场给予总统更多的支持。不过这种效应持续时间不会太长，一旦形势没有好转，支持率就会掉头急转直下。特朗普这次估计也逃不出这个规律。

2020年3月21日，星期六

六个关键失误

昨天美国确诊人数超过2万。

各州市到现在都没有采取像中国那样严格的限制措施，各种禁足令、居家令都是半吊子措施，并没有让人员流动彻底停下来。这种半停摆防疫措施唯一的效果不过是拉长感染期，避免感染人数过于集中而导致医疗资源挤兑。

从2月份到现在，特朗普及其支持者先是淡化疫情威胁，之后把民主党对疫情的关注归入阴谋论，攻击民主党妄图借疫情来打击特朗普的连任机会。用来检测的试剂盒长期短缺，医护用品仍然短缺。特朗普今天转发了一个推特，说是羟氯喹加阿奇霉素有90%的治愈率。可是福奇在今天的发布会上强调，网上的一些关于氯喹疗效的信息只是个案证据，是否真正有效需要经过严格的临床检验。这已经不是第一次由专业疾控人员出来纠正特朗普的说法了。

媒体上对特朗普至今的抗疫过程总结了六个关键失误：淡化危险、限制专家、行动迟缓、将疫情政治化、寻找替罪羊以及掩耳盗铃无视事实。

2020年3月24日，星期二

不落下风

昨天美国确诊人数超过4万。

我今天本来是要去夏威夷参加国际研究协会年会的。这次的讨论组集合了不同大洲的学者，是很难得的学习和交流机会，结果取消了。不知道明年还能不能补上。接下来的3周，本来还有另外两个会，也全部取消了。

到今天，美国16个州发布了居家令，超过1.5亿美国人被要求尽量待在家里。

加利福尼亚州开始将一些学校宿舍改成临时收治点，同时包机从中国采购防护物资。

《芝加哥太阳时报》今天报道，在本月初，一家医院开始接收新冠患者，由于护士们每天都和这些患者近距离接触，因此部分人给自己买了一些N95口罩，觉得这些口罩比普通医用口罩保护力更强。其中一人给另外大约50名的同事发邮件，希望大家都戴上N95。结果次日她就被解雇了。

我注意到美国媒体现在要提先进经验也是韩国、中国香港、新加坡的。一些所谓的新发现，比如无症状感染、氯喹在特定情况下可能有一定效果等，虽然中国内地早已发现，但美国却硬是要营造出一种独立自主应对疫情的叙事框架和印象。

2008年以后成立的G20（20国集团）到现在也没有启动。从地缘政治的角度看，西方这是有多怕中国通过这次新冠疫情而占了上风？不仅一直拒绝公开直接借鉴中国好的经验，也不情愿一步到位实行严格的封锁措施。这里面的长远考虑大概是寄希望于用与中国不同的方法扛过疫情，这样就能在地缘政治竞争中不落下风。但这样一来，会有多少本来可以得救的民众因此而死亡？

今天的吹风会上，特朗普把演讲稿中的“中国病毒”划掉了。在福克斯电视台的采访中，特朗普仍然坚持说每个人都知道病毒来自中国，但决定不再纠缠这件事，同时表示不后悔使用“中国病毒”一词。

2020年3月26日，星期四

30分钟

昨天美国确诊人数超过6万。

上午收快递，快递员还是没有戴口罩。提心吊胆地在她的手持终端上签了字。包装袋剪开扔了之后，把门把手、地板、剪刀、袋中的物品全部用消毒纸巾擦了两遍。

不知道西方社会在矫情什么，戴口罩就威胁其珍视的生活准则了吗？就算普通人不戴，像快递员、邮递员、超市等公共场所的工作人员难道不应该戴吗？这难道不是最低限度的对所有人负责的措施吗？

网上买的枪到了。这里的规定是枪必须首先被送到有销售资质的枪店，购枪人通过背景调查之后才能取枪。下午去枪店填表，就在离家 4 公里的一个靶场。到了一看，挺热闹，包括警察在内的五六个人正在打飞碟。就我一个人戴口罩，有点心虚地向店主解释我没有任何症状。他笑着说那就好啊。

表格不长，就十来个问题，有没有犯罪记录、心理疾患之类，一页纸。5 分钟不到搞定。店主复印了我的所有证件，手续费 20 美元。等 3 个工作日之后就可以再回来取枪。从出门到回家，前后也就 30 分钟吧。

2020 年 3 月 28 日，星期六

县官不如现管

昨天美国确诊人数超过 10 万。

13 日的时候特朗普说连锁超市、连锁便利店会在停车场开设移动检测点，民众不下车就可以检测，这借鉴了韩国的经验。昨天报道披露，当时到场的包括沃尔玛在内的四家公司代表尽管都表示支持，但他们一共 26 400 家门店中，到昨天只在 5 家门店的停车场设立了流动检测点。从联邦到各州市，部门协调不力，试剂盒短缺是造成该策略没能实施的主要原因。

今天有报道说，民主党州长控制的州比如麻省和科罗拉多，都无法从联邦政府的战略储备中得到全额拨付其申请的防护装备。但佛罗里达州，因州长是共和党，而且在大选中是关键的摇摆州，所以特朗普不仅全额拨付，而且是超额拨付，佛州将会收到三批物资。疫情如此严峻，感染人数都超过 10 万了，却还是党派政治当道。昨天特朗普在吹风会上说各州州长应该知道感恩联邦政府，甚至告诉彭斯不要联系那些不上道的州长。看来说的就是民主党州长了。白宫放风说考虑对纽约市封城，结果遭到纽约州州长的激烈反对，特朗普随后发推文说封城没有必要。这是美国式的“县官不如现管”吗？

2020 年 3 月 29 日，星期日

亚洲还是中国

昨天美国确诊人数超过 12 万。

今天早上第一架从上海出发，满载防护用品的飞机抵达纽约，接下来的 2 周还会有 22 架这样的飞机到达美国。美方负责人告诉媒体，主要运输航班都来自亚洲。到底是亚洲还是中国？美国现在就这么小家子气了？随机到达的物资包括 1200 万只手套、130 000 个 N95 口罩、170 万个医用口罩、50 000 套防护服、130 000 瓶洗手液以及 36 000 个体温计。

看来尽管美国使用“中国病毒”等说辞污名化中国，但中国并没有掐断对美国的防疫物资出口。

特朗普今天尽管很不情愿，但还是决定将保持社交距离的措施延长到 4 月 30 日。这意味着他想在复活节（4 月 12 日）那个周末启动复工复产的计划失败了。

2020 年 3 月 30 日，星期一

安慰号

昨天美国确诊人数超过 14 万。

一位医生这样形容美国目前的状况：“我们正站在黑暗中的海岸边，等着海浪的来袭，却没人知道海浪会有多高。”

21 日从沃尔玛网站上成功抢单泰诺，今天邮件通知说要推迟交货，什么时候能到货不知道。美国主要有两种类型的退烧药，泰诺是其中的一种。前一段时间网上传，感染新冠发烧用另一种退烧药会适得其反，只有泰诺好用，结果店里、网上一下子全脱销了。

今天去停车场拿中餐馆配送的肉夹馍和包子。下午五点半本来应该车水马龙，但目测流量减少了 80%。大家终于开始宅家了。餐馆的外卖老哥口罩手套齐全，我在车里隔着 5 米报了订单号，他过来打开车的后备厢帮我放好，互道珍重，我回家，他继续等其他来取货的“老中”。全程无接触，不超过 5 分钟。回到家，忙着换衣服，消毒车把手、门把手，领导拿了包子就吃，也不重新蒸一蒸。

安慰号海军医疗船到达纽约港，推特上一片欢呼。巨大的白色医疗船缓缓沿着哈德逊河溯流而上，经过自由女神像的照片当天就占据各个网站头条。美国民众特别是纽约民众现在确实需要这样的鼓励和激励。

2020 年 4 月 4 日，星期六

全国哀悼日

昨天美国确诊人数超过 27 万。

今天国内全国哀悼烈士和病逝者。一看更新，法国超过中国，排到第五了。伊朗大使馆降半旗致哀，其微博引用《左传》，很有水平：

> 国之大事，在祀与戎。中国以国之名祭奠新冠肺炎遇难者，让我们看到了中国对个体尊严与生命的尊重与敬畏，也读懂了 14 亿中国人集体情感释放背后的团结与力量。江河凝滞，天地失色。此刻，我们同中国人站在一起，我们降下半旗，向所有没有等来春天的生命致哀，向所有用生命守护苍生的英雄致敬。

美国大使馆也发了微博：

> 我们对各地新冠病毒的受害者及其家人致上最真诚的哀悼和慰问。我们坚定地站在一起，齐力抗疫。

俄罗斯驻华大使录制了视频：

> 疫情暴发以来，中国、俄罗斯和全世界有许多人都因感染新冠病毒而患重症甚至病逝。今天是清明节，俄罗斯人民和中国人民一道沉痛默哀，追思新冠肺炎的遇难者，向英勇牺牲的医护人员致敬。

英国是这么说的：

> 在 4 月 4 日中国全国性哀悼活动之际，英国希望表达与中国携手并肩的愿景，英中两国将继续共克全球疫情。

欧盟驻华大使郁白（Nicolas Chapuis）如是说：

> 今天是中国的全国哀悼日，我们与中国站在一起。我们会记住所有被这可怕的病毒夺去生命的人。这是一次全球战疫。唯有携手共同努力，欧盟、中国乃至全世界才能战胜疫情。

疾控中心终于在昨天晚些时候正式开始建议所有人外出时都要戴口罩了。但只是说戴布制口罩即可，而不是医用口罩。截至昨天，还有9个州没有发布全州居家令。其中阿肯色州、爱荷华州、内布拉斯加州、北达科他州和南达科他州没有任何限制措施。

2020年4月8日，星期三

不讲究细节了

昨天美国确诊人数超过39万。

今天终于在网上买到了子弹，但卫生纸还是没有抢到。

在特朗普暗示会采取报复措施之后，印度昨天宣布重新允许出口羟氯喹。特朗普下午2点发推文说，特殊情况下朋友之间更需要紧密合作，对印度表示感谢，并赞美莫迪的领导力和对全人类的贡献。印度不过是出口了一些可能有效的氯喹而已，而中国运来成千上万的口罩和防护服，却没听到特朗普说半个谢字。

昨天和今天连续补充了些日用品和蔬菜，全部网购。快递费加小费比平时多出15美元，牛奶也从5.99美元一加仑涨到6.65美元一加仑了。快递小哥直接将所有东西放在门外，没有任何接触。自己搬进家里，又是一通消毒操作。

今天纽约死亡人数再创新高，达到779人。纽约一个州的感染人数（149 316人）就超过其他任何国家。另外纽约市的初步统计数据显示，黑人和西班牙裔的病人死亡率是白人的2倍。每10万人中，西班牙裔死亡22人、黑人20人、白人10人、亚裔8人。黑人和西班牙裔从事的都是基础性公共服务工作，比如地铁司机、超市服务员等，暴露接触病毒的概率远远高于其他族裔，新冠病毒不懂得区分族裔，但社会和阶层的鸿沟却能助纣为虐。

下午外出拿订购的芒果，还是在购物中心外的停车场。我戴口罩，对方也戴口罩，1 分钟搞定。反而是反复洗手花的时间更多。

回来给自己理发，比前几周的第一次有进步。电推子上装好塑料夹子，直接在脑袋上多转几圈就行了，主要是后脑勺看不见不好处理。不过这次有了经验，不用领导帮忙也搞定了，对着镜子照了几分钟，总体满意，加小费省了 18 美元。其实去店里，理发师也是电推子上装塑料夹子，只不过在细节的处理上更专业些。特殊时期，就不讲究细节了。

2020 年 4 月 9 日，星期四

没人下台

昨天美国确诊人数超过 42 万。

美国一些地区，比如佛蒙特州开始禁止沃尔玛这样的大型商业超市在实体店出售非生活必需品，以便最大限度地降低人流。人们需要的话可以在网上购买。

华盛顿大学的一个模型预测，美国的死亡高峰会在 4 月 12 日复活节那天到来，大约会有 2212 例死亡，然后会逐渐下降，在 5 月 29 日至 6 月 21 日之间会达到没有病例死亡的状况。该模型预测，最终死亡人数是 60 415 人。

国内朋友不远万里寄来的连花清瘟胶囊到了，患难见真情。

送包裹的邮递员从原来的老先生换成了一位年轻黑人姑娘。我戴着口罩，但她没戴。她主动站在门外两米开外的地方，问我能否由她代为签名签收，这样就可以不用有任何接触。这是这位姑娘能够做到的唯一保护自己的办法了。疾控中心要求戴口罩都这么多天了，依然没有给像她这样的公共服务人员配备口罩，还能说什么呢？到今天也没看见从联邦到地方任何人因为抗疫不力而下台。

收完包裹，发现旁边还有一个。全部用酒精消毒之后，打开发现是 3 月 18 日在沃尔玛网站上买的 20 个 N95 口罩也到货了。醒目的中文商标。其实不仅是现在严峻疫情下的口罩，就是在平时，美国如果不进口中国生产的各种看上去不起眼的医疗消耗品和药物，连普通的手术都做不成。在美国生活所享受的岁月静好，其实背后包含着无数中国劳动者的辛勤劳作。

2020年4月10日，星期五

国家战略

美国今天确诊人数超过了50万，全国的死亡人数也创下新高，达到2056人。特朗普几周前还信誓旦旦地认为美国在这个复活节周末就能够走出疫情，开始复工。

白宫目前还没有一个明确的战略，却想着在4月底复工，重启经济。倒是一些州长，前政府官员和疾控专家聚在一起设计了一个国家战略，通过三个手段，也就是检测感染者、追踪接触者，以及重点防控受感染区域来逐渐推动经济重启。简而言之就是检测—追踪—隔离。从武汉能够解除“封城”的过程来看，这就是中国证明了的行之有效的办法。报道中也说，非洲应对埃博拉的例子也证明，检测—追踪—隔离三位一体，缺一不可。

从现实来看，这个检测—追踪—隔离的策略在美国可能很难展开。首先，自2008年以来，美国各市、县层面的公共卫生机构因为预算减少，已经流失了1/4的员工，人手严重不足。武汉动用了9000人做追踪筛查。根据美国专家估计，在美国1个人可以跟踪4例病例的接触状况，那么需要培训动员的总人数可想而知需要多少。马萨诸塞州最先开始行动，和非营利组织合作，准备培训1000人，每人20美元时薪，来开展追踪筛查。我查了一下，该州人口690万左右，比武汉少1/3，只动用1000人能筛查得过来吗？

2020年4月11日，星期六

毁灭性创造

一家非营利研究和咨询机构报告说，在美国疫情暴发后的第一个月，有43 000名医务工作者被解雇。比如南卡罗来纳州的一家医院就解雇了17 000名员工中的900人，并且要求剩下的全职员工减薪15%。看起来被解雇的都是非一线员工，各个医院实际上在利用疫情进行大规模的结构调整。

同理，很多行业实际上也在利用这次机会进行结构调整，这意味着美国的就业市场正在进行大洗牌。娜奥米·克莱恩（Naomi Klein）2007年就写过一本书《休克主义：灾难资本主义的兴起》，来讲述资本如何利用天灾等极端情况进一步扩大其利润空间。熊皮特用“创造性毁灭”来解释资本主义经济中的螺旋波动过程。在这次疫情之下，也许改用“毁灭性创造”更为贴切，而且创造出的很可能是一个更加分裂、分离的美国。无数人力岗位势必会加速湮灭，更多的技术白领也会因为跟不上技术迭代的速度而被抛弃。资本增值的模式不改变，美国只会在这条路上越走越远。

今天美国总死亡人数超过 2 万人，已经超过了意大利。

救助法案中直接拨付给民众的那部分由联邦税务局根据报税记录开始发放了。首批对象是提交了 2018 年或者 2019 年报税单，并且绑定了银行账户的个人和家庭。没有给税务局提交银行账户的会在今后的几周内收到纸质支票。每个人 1200 美元，一个小孩 500 美元，那么四口之家可以收到 3400 美元。在美国生活，房贷、车贷、房屋保险、医疗保险、车险是每个月的固定支出，3400 美元只能帮助支撑一个月，所以如果 5 月中下旬还不全面重启经济的话，很多家庭就要断供了。

今天特朗普批准怀俄明州进入“重大灾难状态”，这意味着美国所有 50 个州、首都华盛顿特区以及美属维尔京群岛、北马里亚纳群岛、关岛和波多黎各 4 个海外领地全都进入“重大灾难状态”。这在美国历史上是首次。

2020 年 4 月 15 日，星期三

选举逻辑

昨天美国总确诊人数超过 60 万。

今天全球总确诊人数超过 200 万，家里领导告知凌晨终于从开市客抢到 60 卷卫生纸，可惜的是因为手慢，冰柜还是没有抢到。自从肉类加工厂被迫关闭或者削减产能的消息出来后，家用冰柜一下又成了畅销货。

特朗普连着几天都在喊，各项体育赛事尽快恢复。难不成是担心如果电视上没有新的体育赛事可看，美国人的荷尔蒙无处发泄，就要开始真正关注特朗普的抗疫成绩了？曾有学者用“3S”来总结美国舆论场对民众的蒙蔽功能，也就是用体育、性和丑闻来掩盖转移民众的注意力，最后真正的公共问题反而无法得到严肃认真的讨论。特朗普演过电影，也主持过真人秀，能够当选很大程度上也是拜电视所赐，对媒体的催眠功能想必一清二楚。

《华盛顿邮报》报道，特朗普要求在发给美国民众的救济支票上签上自己的名字。由于财政部的惯例一向是让参与发放工作的公务员来签名，以避免让政府支票带有党派政治的色彩，于是为了平衡，财政部长姆努钦决定在支票正面左下方的备忘栏中印上特朗普的名字。这次总额约 3000 亿美元的纾困计划给 8000 万人是直接发到银行账户，7000 万人是发支票。

支票拿到后，这 7000 万人又不可能把支票裱起来挂墙上。往银行一存，就看不到特朗普签名了。不集中精力完善抗疫措施，却整天想着如何维持塑造自己的高大光辉形象，特朗普这种行为背后的根源还是美国的选举逻辑。如果作秀能多拉一些选票，何乐而不为？为了加印特朗普的签名，支票的寄送日期至少要推迟几天，而对那些着急等米下锅的家庭，这几天可是火烧眉毛。

2020 年 4 月 16 日，星期四

推特上翻车了

威斯康星州奶农倾倒牛奶之后，今天报道加州奶农也开始倾倒牛奶了。昨天农业部长信誓旦旦地说，有足够的食物供美国人民消费。美国农业生产率高，产出量大是不假，但农业部没有能够及时介入，调整生产链、供应链造成巨大损失也是实情。

特朗普的高级顾问凯莉安·康威说，新冠病毒（COVID-19）中的 19 是指第 19 种病毒毒株，那么世界卫生组织从第一种毒株开始就应该有足够的时间调查清楚情况，并及时反应。结果推特上翻车了。一些媒体人士对这种史诗级别的愚蠢忍无可忍，大爆粗口。

康威当初在特朗普选情不利的时候加入其竞选团队，凭借三寸不烂之舌在电视上颠倒黑白，为特朗普当选立下了汗马功劳。这次能够如此曲解地球人皆知的专业词汇，也就不难想象当初竞选时她说了多少不实之词。

今天全国公共广播电台的一篇报道讲到，美国如果想重启经济现在就要开始做五件事：全面检测、跟踪、隔离、加强医院救治能力和防护物品生产能力，以及开发有效的治疗手段。第一条现在似乎勉强做到了，后面四条似乎都还是没影的事。

2020 年 4 月 17 日，星期五

解封还是解放

昨天美国确诊人数超过 66 万。

得州成了第一个宣布开始逐步解封的州。零售商店下周五可以开始供顾客提前下单然后到店外路边提货。公园下周一开始开放，但游客需要戴口罩。离我 3 个小时车程的城市也决定今天开放海滩。

美国宇航局准备在 5 月 27 日利用太空 X 火箭将宇航员送入太空，这是美国自 2011 年以来首次从美国本土运送宇航员。自从航天飞机退役后，美国一直依赖俄罗斯的火箭。这次疫情之后，从高端火箭到低端医疗消耗品的生产，美国应该都会做出类似的调整，以减少自己对中、俄的依赖。

打理草坪的时候，碰到对门邻居出来拿信，聊了几句。他说可能要等好几个月才会被叫回去上班。看得出他有些沮丧。

今天白宫新闻室内戴口罩的人明显多了起来。特朗普发推文号召解放弗吉尼亚，解放密歇根，解放明尼苏达，直接鼓动这些州内反对居家令的民众对抗州政府。现在美国的问题不仅仅是将疫情政治化，而是特朗普拼命想从政治化中牟利，结果是对内无法协调和民主党州长的关系，对外无法协调和中国的关系。退一万步讲，即使特朗普的战术成功了，美国人在这其中要遭受多大的损失？

2020 年 4 月 21 日，星期二

绿卡

早上醒来我仍然有很强的倦怠感。其实即使没有强制居家令，我也是常年宅家看书码字。近来因为跟踪疫情的发展，便叠加了更多的紧张。不过和疫情期间还必须坚持外出上班的人相比，条件已经好很多，无病呻吟就太矫情了。左手拇指以下整个掌缘都发酸，拳头也握不紧，想必是前天晚上拉枪栓训练后的疲劳反应。

传言证实，靴子落地，特朗普宣布暂停发放绿卡 60 天。公开的理由是要保护美国工人不被抢工作。但对技术岗位和农业岗位的外国客工仍然留了口子，很显然科技公司和农业公司没有这些外国雇工根本无法运转。

这次疫情冲击之下，估计很多毕业后以工作签证身份在美国工作并正在申请绿卡过程中的中国人会受到很大影响。因为成功申请绿卡需要保持连续的工作记录，这意味着如果丢掉工作，需要在30天内重新找到新工作，才能确保提供连续收入证明。

即使现在能够保住工作，特朗普的这个命令也给他们的绿卡申请之路增加了很大的不确定性，根据特朗普的风格，谁能保证他不会延长这个禁令？

另外，由于死去的病人太多，纽约市的殡仪馆已经收容不下，不得不将尸体从冷藏车转入冷冻车来保存。

2020年4月23日，星期四

亚洲会进一步崛起

今天本地微信群里传言我们这个县开始设立流动检测点了。21号开始，持续到29日，周末休息。每天一个地点，从10点到14点开放。不收费，不过有医疗保险的需要带上保险卡。我们这个县感染人数目前不多，300多例。不知道检测铺开后情况如何，过两天找个机会出去看看。

参议院共和党多数党领袖麦康奈尔，就是华裔交通部长赵小兰的老公，昨天说那些财政困难的州应该考虑申请破产而不是指望联邦政府救助。很快就有分析指出，一旦这些州能够申请破产，那么就可以名正言顺地解雇州内公共机构的员工，抑或要求他们停薪留职或者是削减工资和退休金。在美国的政治版图中，公共机构雇员工会往往更倾向于支持民主党。那么由共和党的参议院多数党领袖讲出这么一个想法，很难不让人产生联想，其是否借机通过疫情来削弱民主党的力量。在美国，法律问题政治化不奇怪，公共卫生问题因为背后关系各种资源分配和党派力量消长，被政治化也不奇怪。

新的失业数据出来了，440万人。加上前四周的数据，一共有2600万人丢了工作。根据《华盛顿邮报》的报道，这其中300万人还没能领到失业救助。

申请失业金的整个过程并不是填一张申请表那样简单。由于申请人数太多，各州的网站有宕机的，热线电话有无法接通的，还有因为身份认证出现问题而不得不重新申请的。像佛罗里达州，有170万人申请，但目前只有12万人拿到了失业救助。有人3月22日就申请了，但到昨天还没领到。有人一天打三四十次电话但从没打通过。一位申请者4月初申请，每天早上睁眼第一件事就是查银行账户，但还没有收到任何补助。焦虑紧张的状态可想而知。何况佛罗里达州的补助金和其他州相比算低的，一周只有275美元，拿到了也是杯水车薪。

《纽约时报》的一篇文章讨论疫情对美国全球领导力的冲击。欧洲民众看到美国医院的场景和申领失业救济的长队，都难以置信这样的事情会发生在美国。一直以来的美国例外论正在坍塌。对欧洲人而言，这次疫情暴露了美国的两个短板：一是特朗普的无能和对专业意见的蔑视，二是美国差强人意的公共卫生系统和社会安全网。该文章同时认为，这次疫情会加快历史进程，亚洲会进一步崛起，而美国和欧洲的影响力则会进一步下降。

2020年4月24日，星期五

集体行动困境

昨天美国确诊人数超过85万。

CNN采访一位亚特兰大的餐馆老板，问是否准备检测顾客的体温，因为亚洲的很多国家都在这样做。老板说美国人心理上可能不接受。

实际上这是经典的集体行动困境，和心理习惯什么的没有本质联系。如果所有的餐馆都能行动起来测体温，对所有人实际都有好处，但如果其中有些餐馆偷懒不合作，就可能因为更少侵犯顾客的个人空间而获得更多客流，这样一来其他遵守规则的餐馆就承担了政策成本却没有获得相应的收益，最后导致集体行动失败。

要想成功应对疫情，需要每一个个体都承担起责任才能使集体行动成为可能。而不是像目前这样强调个人自由，背道而驰。目前西方恰恰是在这一点上仍然没有走出迷思，这必然就意味着，在疫苗出现之前，疫情仍然会在这些国家延续。

今天食品药品监督管理局正式警告说，使用羟氯喹可能引起强烈的副作用，会危及生命，所以用药必须非常慎重。

2020 年 4 月 26 日，星期日

算不算失败？

今天武汉新冠患者清零。昨天美国感染人数超过 90 万。

媒体上的讨论显示，美国新冠疫情有从卫生危机转为政治危机的苗头。首先是《大西洋月刊》网站上 4 月 21 日提前刊登了其 6 月号的评论文章，标题就是“我们生活在一个失败国家”。4 月 24 日保守派网站《国家评论》刊登了一篇反驳文章。更早一些时候，4 月 20 日半岛电视台网站刊登了一封读者来信，作者是美国的一位历史学者，他认为美国不仅是一个失败国家，更是一个失败的历史和政治实验。

纽约市医院中暴露出的不平等就是一个很好的例子。黑人和西班牙裔的死亡率是白人的 2 倍，治疗重症最严重病人的医院却往往是条件最差和物资最缺乏的医院。比如布鲁克林区的医院要靠自己的医生在网上众筹来获得采买物资的资金，而曼哈顿的医院则可以动用巴菲特公司的私人飞机从中国运送 N95 口罩。

如果不是看报道都难以置信，在布鲁克林区的这家医院里呼叫护士竟然是依靠敲击老电影里常见的那种在酒店前台使用的金属铃铛。1963 年医院建成的时候设计流量是每年 6 万人，但现在每年诊疗 20 万人，它早就不堪重负。一边是医院需要纽约市财政支持才能运转，另一边是医院的管理层浪费腐败严重——在百慕大度假地为拿了医院上千万咨询费却没有作出什么实际贡献的咨询顾问举办生日会。医院医生的防护装备连国内火车站等场所检查人员的防护水平都比不上。

一家以盈利为目的的公司 2014 年买了西弗吉尼亚州和俄亥俄州农村地区的三家医院后开始解雇医生，也不认真投资改善办院条件，最后在去年 9 月一关了事，导致附近居民去最近的医院都需要开车 30 分钟。

农村地区基本不会堵车，按照时速 60 公里计算，也就是至少 30 公里开外了。这些公司购买了医院以后从病人和政府两头赚钱。首先是削减开支，尽量减少不赚钱的医疗服务，专注赚钱项目，然后对政府医疗报销项目狮子大开口。就算是加利福尼亚州这样的发达州，也有将近 80 万人离最近的医院需要开车至少 30 分钟。佛罗里达州南部一个 24 000 人的小镇，生产了全州大部分的西红柿，但到最近的医院需要 40 分钟到 1 个小时。

对美国这个唯一的超级大国来说，这算不算失败？

2020 年 4 月 27 日，星期一

感恩

早上一睁眼，查手机，家在外州的研究合作者发来短信想线上开会讨论。一看时间，还有 8 分钟。跳起来洗脸、洗头，冲到电脑前，他又发了一条短信，因为美国两地时差的关系，1 个小时以后才开会，赶紧吃早饭。

开完会查新闻，佛罗里达州州长上头条了，起因是在昨天的吹风会上把佛州称为“上帝的候诊室”（God’s waiting room）。这是一个已经流行多年的调侃老年人的歧视性说法。因为佛州是退休养老的第一大目的地，很多其他州的老人因为佛罗里达半岛的亚热带季风性气候，冬季温暖少雨，选择把原来的房产卖掉，到佛州重新置业养老，比如我街对门的邻居就是从西弗吉尼亚州来的。

州长不假思索地直接在讲话中使用这种平时私下里才会用的说辞，触怒了很大一部分老人。2018 年这位州长当选是靠了特朗普的鼎力相助才成功的。特朗普这次在拨付救援物资的时候也对佛州开绿灯，满足所有要求。这背后其实有很深的政治考虑，因为佛州是今年选举中非常关键的州。但州长这么一说，大概会丢掉至少一部分老年人的选票吧。

商业内幕网站今天刊登了桥水基金创始人达里奥接受可汗学院的一篇采访，其中提到美国的极度收入不平等已经成为一个国家紧急状态，危及资本主义的生存。美国梦在今天的美国已经很少有实现的可能了。

达里奥自己出身于美国的下层中产，父亲是爵士乐演奏者。在他看来，没有公平和平等的机会，美国梦就失去了实质意义。但在美国教育领域存在的巨大不平等已经在很大程度上关闭了中下层的上升通道。他自己的研究表明，收入靠前的 40%家庭在教育上的花费是收入靠后的 60%家庭的 5 倍。1600 分满分的 SAT 考试，家庭年收入 20 万美元以上家庭的孩子的平均分要比年收入 2 万美元以下的高出 260 分。

查了一下达里奥有多少钱，180 亿美元！当然他不是最富的。亚马逊的贝索斯身家 1451 亿美元。查找过程中，英国《卫报》的一条报道蹦了出来，昨天刊登的。根据公共政策中心的研究，从 3 月 18 日至 4 月 10 日，美国巨富阶层的财富增长了将近10%。

贝索斯从1月1日到4月15日，财富增长了250亿美元。其他一些人比如特斯拉的马斯克的财富也都各自增长超过10亿美元。这次联邦政府的救助资金在发放过程中显然出了问题。迈阿密外海的一个小岛上住满了只有取得会员资格才能入住的富翁，平均资产220万美元，这次他们竟然也收到了200万美元的救助。

另外这次联邦政府的救助资金很大一部分因为要通过各大私有银行来发放，光手续费，这些银行就收了100亿！截止到2016年，美国90%的家庭都还没有从2008年的经济危机中完全恢复元气，但收入靠前的10%家庭的财富已经超过了他们2007年也就是经济危机之前的水平。换言之，这些10%家庭不仅恢复了，而且财富还取得了增长。从1990年到2020年，美国亿万富翁的财富增长了1130%，而同期美国家庭财富增长的中位数值是5.37%，相差超过200倍。

达里奥看问题的角度实际上反映出美国有识之士的通病。看到了病症，但幻想仅仅依靠提升教育公平来改变美国的这种极度不平等状况，这个“药方”不说是缘木求鱼，至少治标不治本。

曼哈顿一家医院的急诊室主任自杀身亡。她父亲说是因为再也承受不了在急诊室面对各种新冠病人死亡的场景，很多病人还没有被抬出急救车就去世了。她前一段时间自己也感染了，康复后重新回到岗位，但很快，医院就让她继续回家休息。想起前一段时间还有护士感染后死在自家沙发上的事情。和今天剪草看到的小区景象相比，唏嘘不已。不管在这个星球的任何地方，灾难来临的时候，总有人或因为职责所在，或主动挺身而出，为其他人承担了更多的重负与责任，乃至献出生命。这些人值得我们这些幸运儿永远感恩！

2020年4月28日，星期二

超过越战

昨天确诊人数超过98万，今天将超过100万。就在这个当口，海军医疗船安慰号离开纽约，和当初到达纽约时全国欢呼的景象相比，今天网上没有任何动静。

确实也没有什么值得夸耀的。3月30日到达，到今天，将近一个月，收治了不到200个病人。不仅感染人数超过100万，死亡人数也超过越战58 220的死亡人数。如果想想6周内死亡人数就超过越战十几年的死亡人数的事实，美国的海上版雷神山医院这样悄然落幕也就不奇怪了。

特朗普要变成祥林嫂了，又在不断地唠叨美国比其他所有国家都展开了更多的检测，同时也正在生产更多的呼吸机。再就是又抱怨媒体视而不见，暗示自己的工作没有受到公正评价。

但针对他的这个推特的两个回复却反映出特朗普推特治国的巨大局限：

第一个回复看头像和推特是一名医生，要求特朗普停止抱怨媒体和不要再仅关心自己在媒体中的形象，而是应该多想想，多关心一下在疫情中正在艰难应对的民众。第二个回复则直接指出虽然美国的检测总量很大，但除以人口总量之后，还远远低于其他国家，目前只有大约1%的美国人接受了检测，而这对掌握疫情感染状况是远远不够的。

我去由第一代中国移民制作的疫情跟踪网站上快速查询了一下。截止到今天，美国一共检测了563万2474例，而全国共3亿2820万人，那么大约是1.7%的人接受了检测。这里排除了同一个人重复检测的情况，假设一个人只检测一次。以每百万人中检测数量来比较，Statista网站把美国排在了全球第10位。

2020年5月2日，星期六

群体免疫

昨天美国确诊人数超过110万。

一家上市的大型酒店管理公司从给中小企业的救助项目中拿到了7000万美元的贷款，而真正的中小企业拿到的救助贷款的平均额度只有20万美元。

这些贷款的利率很低，而且如果公司把总额的75%用来给员工发工资，避免他们失业，这笔钱就不用再还给联邦政府。但这家大型公司表示，只会满足法律的最低要求，不会去重新雇用已经被解雇的员工。这家公司之所以能够拿到贷款是因为利用了救助法案中的一个漏洞，而这个漏洞就是这家公司在内的一批企业通过游说国会而制造出来的。

游说后的法案允许餐馆或者酒店独立申请贷款，这样就能满足所谓对企业规模的限制。但实际上这些餐馆和酒店都不过是这家管理公司的下属企业，所以实际上受益的还是这家管理公司。不得不说，这就是美国“窃国者诸侯”的高级玩法。现在总共 312 家上市公司收到了 18 亿美元的贷款。

在这种问题上，媒体披露其实没有什么作用。因为国会议员都是这些大公司的囊中之物，几十年来，美国财政就是这样被各种公司寡头给掏空了。媒体曝光的不过是冰山一角而已，而且还给了美国人虚假的安全感，以为媒体监督在起作用。

今天终于看到有在主流大报上讲解群体免疫实质真相的文章了，文章昨天登在《纽约时报》上，两名作者是生物学和生物统计的教授。他们解释群体免疫实际上是指在疫苗存在的情况下，足够多的人通过疫苗获得免疫，这样没有接种疫苗的感染者就无法再传染给他人。至于多少人接种疫苗才能产生群体免疫的效果，要看病毒的传染力有多强。如果平均 1 个感染者会传染给另外 3 个人，那么就需要 2/3 的人接种才能实现群体免疫。没有疫苗的情况下，靠自身的抗体来获得群体免疫，抛开自身抗体能够作用多长时间不谈，即使能够长效保护，也意味着病毒传播在超过取得群体免疫的最低门槛后还会继续传播，而且很多人会在这个过程中死去。

不过这两位学者在引用成功抗疫的例子时说的是新西兰和中国台湾地区。对中国大陆的成功经验视而不见已经成了美国现在的政治纪律。

股神巴菲特的公司第一季度损失了 497 亿美元。

3 月份的时候，特朗普、彭斯和其他白宫官员不断许诺美国的检测量会快速增加，宣称到 3 月底会生产出 2700 万份测试盒。但后来统计，到 3 月底只检测了 100 万份，到 4 月底也就检测了 620 万份。特朗普这周许诺检测量会达到每天 500 万份。卫生部助理部长随即澄清说，那根本不可能。目前一天中的最高检测量是 314 000 份。他承诺今后一个月的检测量可以达到 800 万份。

昨晚特朗普撤换了卫生部的内部审计长。因为她 4 月 6 日发布了一个报告，详细列出了各地医院缺乏测试盒和防护装备的实情。从特朗普开除舰长、审计长到各医院开除透露医院实情的医生，美国在怕什么？

疾控中心周四发布了一个报告，对美国的疫情走向做了一番预测，其认为基本会是以下三种情形中的一种：一是第一波高峰过后还有小规模的暴发，持续到 2021 年后渐渐消失；二是 2020 年秋冬迎来第二轮大暴发；三是第一波过后病毒继续缓慢传播，但不会形成任何的规模式暴发。疾控中心倾向于第二种情形。

2020 年 5 月 3 日，星期日

漏洞百出

昨天美国确诊人数超过 110 万。

今天《华盛顿邮报》刊登长文，梳理特朗普从 3 月 29 日以来的防疫动向。左支右绌、进退失据跃然纸上。一会儿宣称自己是战时总统，拥有所有权力，希望能依靠抗疫成功为连任加分；一会儿情况不利时，又宣称自己只是协调帮助各州州长们抗疫。

摇摆之间，美国的抗疫行动漏洞百出。检测设备有了，但检测材料没有，一样造成无法开展测试。比如威斯康星州 3 月底向应急管理署请求运送 6 万个装试剂的塑料瓶和 1 万个取样棉签。但截止到 4 月 21 日，只收到 2800 个塑料瓶和 3500 个取样棉签。

马里兰州州长通过其韩裔妻子的关系从韩国采购到了 50 万测试盒。为了防止不被联邦政府劫走，甚至动用了本州的国民警卫队。

4 月 10 日时疾控中心和危机管理署提供给特朗普一份 36 页的报告，详细列出复工所需要采取的步骤，以及对学校、幼儿园、夏令营、公园、教堂和餐馆等场所的详细指导。

等到 4 月 16 日特朗普公布的时候，很多细节却都被拿掉了。

2020 年 5 月 4 日，星期一

天知道

昨天，美国确诊人数超过 115 万，死亡人数超过 6 万。

而昨晚特朗普接受福克斯新闻采访，地点设在了林肯纪念堂。林肯因为挽救美国免于分裂，被美国历史学家评为美国历史上的最佳总统，甚至超过华盛顿。特朗普抗疫一塌糊涂，一心想着如何才能确保自己连任，很可能成为历史最差，却敢于把采访地放在林肯纪念堂。何等反讽。

采访中特朗普承认美国死亡人数可能会超过 10 万，同时进一步攻击中国，说毫无疑问中国误导了全世界，而且中国有意向全世界传播病毒。

蓬佩奥说的则更直接。在昨天接受美国广播公司采访时，说有大量证据显示病毒源头在武汉病毒所，并且表示很多专家都认为病毒是人造的。但当主持人援引国家情报总监办公室的报告说美国情报界认为病毒不是人造的，蓬佩奥马上现场在电视上改口，说他同意情报机构的说法，病毒不是人工制造或者经过基因改造，但仍然来自于武汉。

《华盛顿邮报》报道，特朗普2017年任命的主导美国应对公共卫生紧急事态的国家战略储备计划的负责人暗中进行利益输送，购买了10年期价值28亿美元的天花疫苗，每支疫苗的采购价格是原来的2倍，生产企业就是该负责人曾经担任过顾问的公司。

从2018年开始，战略储备采购的决定权从疾控中心剥离出来后，该负责人和周围几个顾问就把持了决定权。奥巴马时期曾经拨款3500万美元准备建立能够日产150万个N95口罩的生产线，被该负责人以资金不足的理由而废除了。战略储备资金也从应对流感类大规模传染病转向了应对生化袭击。在美国生产能力本就不足的情况下，这种现状更加剧了物资严重不足的状况。

今天起会有更多的州开始复工。《纽约时报》披露了一份政府内部报告，该报告估计，到6月初美国可能一天确诊20万人，死亡3000人。从今天算起，美国的疫情发展大致进入第二阶段，到底情形会怎样，只有天知道了。

时代的一粒沙，个人的一座山

丁俊华*

我是河南大学马克思主义学院的一名教师，从事政治经济学教学和研究工作，2019年9月到南亚拉巴马大学（University of South Alabama，位于美国亚拉巴马州莫比尔市）访学。

此前，我曾在学校党政办公室工作，每当处理教师出国（境）文件时，都梦想自己有一天也能像他们一样出国留学。为了这个梦想，我在工作期间考取博士并顺利毕业，随后转岗成为一名教师并参加了英语培训。经过充分准备，2019年8月30日，我终于如愿登上了飞往美国的飞机，踏上了我的出国访学之路。

这是我生平第一次来美国，但我无论如何也想象不到我的访学生活会与突如其来的新冠疫情和多年不遇的骚乱联系在一起。2月初，当疫情在中国暴发的时候，我曾庆幸自己身在美国。富有戏剧性的是，3月初，疫情在中国已基本得到控制，却开始在美国蔓延，美国很快成为全世界疫情的“震中”。身处这样严峻的形势之中，亲人的关心一度加重了我的不安，但我最终选择留在美国，继续完成学业。

于我而言，疫情期间的每一天都是不平凡的，都是难以忘怀的经历。于是，我决定将之记录下来。从3月13日居家隔离开始到5月30日，历时两个多月。两个多月的时间里，美国从确诊6000多例、死亡

* 丁俊华，河南大学校聘副教授，美国南亚拉巴马大学访问学者。

100 多人，发展到确诊 180 多万例、死亡 10 万多人，成为全球疫情最严重的国家。我以自己的观察和感悟，记录了美国尤其是我所在的亚拉巴马州的疫情情况，以及我的防疫生活、心路历程。希望我的记载，能使读者朋友对疫情中的美国有更全面、更深入的了解。

2020 年 3 月 13 日，星期五

请假

我在美国居家隔离的第一天。

新冠病毒已开始在美国蔓延，但我们所在的亚拉巴马州官方还未报道有确诊病例。儿子还在上学，先生很是担心，希望我能给他请假。但亚拉巴马州规定每个学生每学期请事假不得超过 8 天，否则监护人就会被警告、罚款，严重的还要面临法律制裁。疫情也许一时半会儿不会结束，要给他请多久的假呢？先生说至少要请两周，两周后孩子放春假（美国学校一般在 3 月底或 4 月初会有一周的春假），加在一起一共可以在家休息三周，三周之后视情况再定。

昨日中午一点半左右，我去儿子学校说明了情况，准备给他请假。但学校说不能请这么久，除非有医生假条。可是去哪开假条呢？开不了假条，又请不了这么久的假，该怎么办呢？突然想起美国允许孩子在家上学（homeschool），或许可以试试这个办法。跟老师商量之后，决定给他上 homeschool，但是要先给他注销学籍，然后再去该市的学校公共管理部门申请。而恰好当天办理学籍注销的老师请假了，让下周一再来。看了下表，已经中午 2 点，再有 45 分钟孩子们就要坐校车回家了。那么多孩子坐在一起，万一有一个病例，很可能就被传染了。于是我决定提前接孩子回家。

因为要注销学籍，所以估计以后都不会再来学校了。老师给了一些辅导教材。领着孩子走出校门的那一刻，我想着自此就要与它说再见了，稍稍有些伤心。但为了孩子的健康，也只能这样。

孩子听说可以不用上学了，很开心。但当我跟他说可能很长时间都不能再去上学，见不到老师和同学时，他又觉得还是上学好。今天才是休假的第一天，三周后什么情况还不得而知，但除了等待，好像也没有别的办法了。

2020 年 3 月 16 日，星期一

感动

居家隔离的第四天。我本来计划今天去给孩子办理退学手续，结果昨天晚上接到通知，学校将于本周起开始停课，4 月 6 日复学。我访学所在的学校——南亚拉巴马大学也于今天起开始停课，复课时间另行通知。这样孩子和我暂时都不用去学校，心里终于踏实了。

疫情渐渐严重起来，纽约市最为严重。股市狂跌 3000 点。从昨天开始，纽约州、康涅狄格州和新泽西州都相继宣布关闭娱乐场所，餐馆可以营业但只能送外卖。曾经十分热闹的纽约街头，此刻显得空旷异常。电影院、健身房、酒吧等公共娱乐场所均已关闭，但地铁仍在运行。

3 月 16 日的纽约街头

（图片来源：纽约当地华人拍摄）

今天读到一条令人感动的新闻：昨天俄亥俄州州长宣布，当日晚 9 点后该州所有餐厅不再允许客人堂食。在这条消息宣布后，该州一家餐厅的一位客人在餐厅消费了 29.95 美元后，给了 2500 美元的小费，并留言让五位服务员均分。是的，虽然病毒肆虐，但人间还有温暖在。

我想起一个月前，国内疫情最严重的时候，家人在国内买不到口罩。当时美国还能买到，于是我决定买口罩寄回国内。但是，去买时才发现好多药店的口罩都已售空。听说在 Home Depot（一家家居用品商店）可能会有口罩卖。于是我驱车前往，到了之后向营业员询问口罩位置。我正准备买时，身边一个四十岁左右的中年男子走过来跟我说：“不要在这里买，你去 Dollar Tree 买，那里的口罩跟这里一模一样，但只要 1 美金，比这里便宜很多”。我听了很感动，连声道谢。

2020 年 3 月 17 日，星期二

焦虑

居家隔离的第五天。每天看得最多的就是美国疫情动态图了，看着确诊人数一天比一天多，心情也变得越来越焦虑。再也不敢出门了。因为出门时不戴口罩，怕被传染；戴口罩，又怕被歧视、被攻击。美国疾病控制中心不提倡健康人戴口罩，他们认为，只有生病的人才需要戴。因此，戴口罩，别人就默认为你有病；有病，你还要出门，你这不是出来传播病毒吗？就有可能被打。所以，索性不出门。

今天第一次尝试用 Instacart（一款购物 App）买菜，效率很高，上午下单，下午就送到家了。暂时解了后顾之忧。

美国疫情发展其实早现端倪，医疗物资短缺、问题试剂盒、疾控中心呼吁不戴口罩、大型赛事照旧等，都预示着疫情将会进一步扩散。

而留学生们要面临的困难才刚刚开始。像南亚拉巴马大学一样，美国大学陆续停课，一些学校更是下达了驱逐令，要求学生们离开宿舍。这些留学生，从学校宿舍搬出来之后，要么需要自己租房子，要么只能选择回国。但回国机票一票难求。即使能买到机票，路上被感染的风险也很高。

2020 年 3 月 18 日，星期三

口罩

3 月 18 日，晴。往日热闹的南亚拉巴马大学校园，此时因停课变得空荡荡的。平时“一位难求”的停车场，零星散落着几辆汽车。

停课后的南亚拉巴马大学校园一角（图片来源：作者拍摄）

关于要不要提前回国这个问题，我考虑了很久。最后还是决定留下来。留下来，除了囤日用品和食物，还要准备防疫物资。好在提前买了酒精、洗手液和消毒液，但口罩早就买不到了。也许一个月前都被当地华人买了支援国内了吧。

我也是从美国购买口罩寄回国内的这类人之一。2 月初，正是中国疫情最严重的时候，当时国内口罩供不应求。而我所在的莫比尔市还有口罩供应，于是决定从这里买口罩寄回国内。2 月 5 日，我跑了好几家药店，买到了 10 包一次性外科口罩。我选了加急快递，运费 101 美金，工作人员说 10 个工作日寄到。可家人收到口罩时已是 3 月 7 日了——历时一个多月。问题是，3 月 7 日的中国，疫情已基本得到控制，口罩供应量也越来越大。而这时美国疫情却开始蔓延，到处都买不到口罩。于是，家人决定把我从美国寄回中国的这些口罩再寄回美国给我。口罩还是那些口罩，搭乘飞机往返中美，于今日又返回我的手中。国际往返的运费已远远高于购买费用，这也许就是非常时期的非常选择吧。

2020 年 3 月 19 日，星期四

加油

汽车没油已经好几天了，因担心出门有风险，一直没去加油。近日，美国政府一些政客故意将新冠病毒称作“中国病毒”，以转移美国民众对当局的不满。在美华人的处境更加危险，屡屡爆出亚裔被打事件。我所在的亚拉巴马州，是红州（支持共和党的州），而且当地华人很少，在外面更容易引起注意。所以，一直不敢出门。

但又怕万一有急事需要用车时，车没油，更着急。于是决定冒险出门加油。出门就要面临这个问题：戴不戴口罩？考虑再三，还是决定戴上。但怎么戴口罩才不被人发现呢？难道真要找件秋衣改装成穆斯林妇女戴的 Burka？

但又觉得不太可行，因为 3 月中旬的莫比尔已经进入夏天了。裹个用秋衣做的这种穆斯林妇女戴的头纱出去估计会中暑。忽然想起从国内带来的一条黑丝巾，于是翻箱倒柜找出来，先戴上口罩，再裹上黑丝巾，这样既可以遮住口罩，又不会太热，完美！于是决定就这样出门……说实话，心里还是有点担心。但好在加油站很近，开车三分钟就到了。加油的人并不多。油加满了，只用了 21.09 美元，好像比平时省了差不多 6 美元……突然意识到：油价下跌了，美股熔断了，全球股市都暴跌了……新冠疫情对全球经济的影响，也许会远远超过预期。

2020 年 3 月 21 日，星期六

拭目以待

儿子还好，比较乖，并没有吵着要出去。老师布置的作业也都能按时完成。终于体会到国内人民的不容易，两个月熬过来，真不简单。望着窗外过往车辆和依然不戴口罩的路人，一切仿佛都没有改变，有一种不真实的祥和与宁静。估计国人怎么也想象不到，这就是每天 5000+确诊病例下的美国。

纽约确诊病例已经超过 10 000，依然没有“封城”。据说武汉“封城”时，确诊病例也才 2000 多。疫情就像一个窗口，透过这扇窗，我们可以看到不同国家和民族最真实的一面。

最近流行一句话，中国打上半场，世界打下半场，海外华人打全场。在中国疫情最严重的时候，全球华人清空了全世界药房的口罩寄往国内。如今，国内疫情告一段落，国外却越来越严重。海外华人把自己的后路也给挖断了，于是不得不向国内求援。我就是其中一位。

亲友们都很担心我们，希望我们能早日回国。但身在美国的我们，看着特朗普政府出台的一系列政策，比如为每个公民发放1000美元补助，带薪停工；军舰扎到重灾区纽约作为方舱医院；第一例实验疫苗在华盛顿州已经投入使用，等等，以及各种防护措施不断升级，心里竟然也不那么焦虑了。如张文宏医生所言，也许我们不用为美国发愁，美国自有美国的办法。

最终“美帝”将怎样熬过疫情，只能拭目以待。这场疫情，也许真的会改变世界格局。

2020年3月22日，星期日

过山车

今天一大早，特朗普就向美国人民汇报最新进展了，他发文称：“羟氯喹和阿奇霉素合用，有可能在医学历史上成为最大的游戏改变者之一。美国食品与药品监督局已经搬动了大山（指批准使用）。”“希望它们能立即被一起用起来。上帝保佑每一位！”

羟氯喹45美元一盒，阿奇霉素36.45美元一盒，价格都不贵。如果真的有效，那么使用二者来治疗新冠病毒感染者，经济成本将非常低，大家都承受得起。虽然相关治疗方法需要进一步大规模的临床试验来检验，但这一结果还是非常振奋人心。

最近几天的心情一直像过山车，时而紧张时而平静。紧张的原因：一是美国疫情越来越严重，最近几天确诊人数每天都在5000以上，总数已突破30 000，美国已经急速踏入世界前三。二是近期不时爆出华人被打、被歧视，华人餐馆被砸的事件。国内的亲友十分关心我们，有劝我们提前回国的，有要给予经济资助的，有寄口罩等防疫物资的……

真的要提前回去吗？这个问题，我在之前已经考虑良久。还是决定原地等待。一方面是因为如果现在回去，就要面临暂停或者终止学业的问题。如果暂停学业，要暂停多久呢？疫情什么时候才能得到有效控制？回去之后，国内单位是否同意我再出来，都是未知数。如果选择终止学业，那么之前为之付出的所有努力，都会付诸东流，心有不甘。另一方面，机票很难买到。在携程官网查询回国的机票，5 月之前都显示“无票”。再有就是，即便是买到机票，回去的路上风险也很大。有报道说，一个英国留学生回国，几十个小时不吃不喝，下飞机时人已经瘫软……如果我一个人，应该也可以，问题是，我还有六岁多的小朋友，要他一路不吃不喝？恐怕不行。而且，即便是辗转回国，也要被隔离 14 天。思虑再三，还是决定原地居家隔离。

在美国这个可以自由携带枪支的国度里，居家隔离除了要准备吃的用的，还要考虑人身安全。万一隔离期间出现治安问题，有枪支就可以自保。美国人最近都在囤积枪支弹药。在 2 月 25 日旧金山市市长宣布进入紧急状态后的几天内，旧金山教堂区枪店的枪支销售额增长了 45%，弹药销售额增长了 130%，还有的枪店被买断货。在美国，每当社会遇到紧急情况，发生骚乱基本是一条铁律。

对于在美国短暂生活的我们，该怎么办呢？难道真要买枪吗？咨询了当地的华人和访问学者，大家说法不一。一是买枪要面临如何存放的问题。要配置专用保险箱，还要去警察那里申请备案。二是，大家一致认为，目前还没有到那个地步。思虑再三，放弃了买枪的计划。

居家隔离的生活还要继续，唯愿一切安好，早日回国。

2020 年 3 月 24 日，星期二

免费午餐

先生一早打来电话，说英国已经出现了食物短缺现象。怕美国也会如此，他嘱咐我再网购一些食物备着。于是我又在 Costco 网购了一些食物。上午 11 点下单，下午 2 点多，食物就送到家门口了。

疫情已经导致很多人失去了工作。没有工作，就没有收入。美国人大多没有储蓄习惯，也就是我们俗称的“月光族”。没有收入也没有储蓄，可是人们仍然需要食物维持生存。在政府救济还没有到达之际，这些人的生计问题着实令人担忧。为了不让孩子们挨饿，美国的公共学校为学生们提供了免费午餐，但是仍有很多不到学龄的孩子，他们的食物从哪里来？

2020 年 3 月 26 日，星期四

世界第一

今天心情再次跌入低谷。一大早看新闻说中国民航局将大幅减少国际航线，国内每家航空公司经营至任一国家的航线只能保留一条，且每条航线的每周运营班次不得超过一班；外国每家航空公司经营至我国的航线只能保留一条，且每周运营班次不得超过一班（俗称“五个一”）。如果是这样，回国之路将变得更加艰难。之前就听说有老师访学到期，计划回国，结果机票被退了 6 次。航线调整之后，更是难上加难了。怪不得有人说如今买回国机票就像买彩票。我 8 月即将结束访学，不知道到时候会是什么样的情况。

美国疫情一天比一天严重，确诊人数已经连续三天每天增长超过 1 万人。到今天晚上 8：53，确诊人数已经达 85 358 人，成为世界第一。

最可怕的是，美国确诊病例的近一半都在纽约州，纽约州的确诊病例中又有三分之二来自纽约市。从某种程度上说，今天的纽约州就是中国疫情暴发时的湖北省，纽约就是当时的武汉。纽约州州长科莫多次表示，纽约的医用物资撑不了多久。昨天，曼哈顿贝尔维尤医院外临时搭建了一个停尸房，以应对可能激增的死亡患者。卫生官员称，纽约市的太平间已接近满员。

我所在的州，由于检测设备的增加，确诊人数也越来越多，26 日已达 400 多人。相信随着检测设备的进一步增加，确诊人数将会更多。

一边是锐减的航班，一边是越来越严重的疫情，心里的恐惧感再次增加。对未来的预期，也变得越来越模糊，一切都成了未知数。而面对六岁多的孩子，我内心的这种恐惧和担心，却丝毫不能表现出来，否则他会更加担心。

2020 年 3 月 27 日，星期五

安慰自己

3 月下旬的莫比尔市已经是夏天了，高温在 25 度左右，低温 20 度左右。窗外的树木已枝繁叶茂。

疫情变得更加严重了。至下午 3：29，美国确诊人数突破 10 万，纽约州突破 4 万。我所在的亚拉巴马州确诊人数达 604 人，死亡 4 人。特朗普正式签署 2 万亿美元经济刺激计划。

当地华人群里的人们在讨论枪支问题。虽然我已经下定决心不买，但看到他们的讨论，内心又开始动摇，如果真的发生暴乱，我该如何保护孩子和自己？购买仿真电击枪？报警？再次陷入恐慌和纠结之中。

日子还要继续，还不得不自己安慰自己。恐慌和纠结都无济于事。也许我该学学美国人的乐观，相信美国政府会进一步采取措施，疫情终将过去。

2020 年 3 月 29 日，星期日

“我从未见过像这样的事”

昨日晚些时候，美国疾病控制和预防中心根据特朗普的要求，发布了旅游警告，敦促纽约州、新泽西州和康涅狄格州这三个州的居民“14 天内不要进行非必要的国内旅行，并立即生效。”目前这三个州的确诊和死亡人数占全美国总体确诊和死亡人数的一半以上。

在这三个州中，纽约州最为严重。严重到什么程度呢？特朗普今天在白宫玫瑰园召开的新冠疫情新闻发布会上这样说：“我看到了以前从未看到过的景象……只在电视上和别国看到过，而在我的国家从未见到过。”医院的尸袋太多，走廊上到处都是，无法处理，最终只能将它们装入冷藏车内。“我看见卡车停下来，取出尸体，那些卡车的长度和（白宫的）玫瑰园一样。看见那些黑色的尸袋，你会问起：这里面是什么？这儿是艾姆赫斯特医院，那一定是物资，但这不是物资，里面装的是人。我从未见过像这样的事。”

据特朗普政府新冠病毒特别工作组成员之一安东尼·福奇博士（被网友称为“美版钟南山”）预测，新型冠状病毒可能会感染美国数百万人，并会造成超过 10 万人死亡。但他认为，延长“社交距离防疫措施”将有望抑制这些数字。

这样的预言，让我的担心进一步加重。好在美国各个方面一直在努力：特朗普又批准了纽约四家急诊医院。本周，曼哈顿哈维茨会议中心的一家医院还将提供 1000 张床位，美国海军“安慰号”（USNS Comfort）也将于下周一抵达纽约。达美航空公司宣布，将免费运送医疗专业人员飞往受新冠病毒影响严重的地区。疫苗研制也在进行当中。如果难以在短时间控制传播，那么我们也许只能寄希望于疫苗尽快研制成功。明尼苏达大学医学院负责研究的副院长蒂莫西·夏克博士，在接受美国全国广播公司（NBC）采访时说，如果一切按计划进行，几个月之后将会有重大进展。

2020 年 3 月 30 日，星期一

不堪一击

今天又是不同寻常的一天，美国确诊人数单日增加超过 2 万。疫情最为严重的地方仍是纽约，平均每 17 分钟就有 1 人死亡，尸体遍地。连日确诊病人的急剧增加，已使纽约的医院难以应付。床位、医护人员、防疫物资都日益短缺。今天莫比尔市的一个姐姐说她在纽约的亲戚被确诊，去了当地医院。但医院只给开了退烧药和治疗咳嗽的药，并未收治。因为纽约医院已经人满为患，现有的床位只能接收危重病人。

除了床位和医护人员，同样缺乏的还有防疫物资。由于缺乏防疫物资，很多医护人员和警察不幸被感染。为了做好防护，医护人员不得不自制防护设备。

莫利特是纽约市布鲁克代尔大学医疗中心的一名急诊科医生。她对这样的现状感到非常忧虑。她所在的医院极其缺乏防护用品。在接受路透社采访时她说：“我们真的很害怕。我们在尽全力拯救别人的生命。但我们也要保护自己，所有的医护人员现在都暴露在高风险之中。”“每次下班后我都会哭。”她认为医院现在像一个战地医院。

也许谁也不会想到，美国这样一个超级大国在面对疫情凶猛来袭时，医疗系统脆弱得不堪一击。

2020 年 4 月 1 日，星期三

冷藏卡车

美国

随着感染人数的不断增加，纽约的医院已经不堪重负了。在纽约市医院外面，这已经成为一种严峻的仪式：穿着防护服的工人将新冠病毒患者的遗体装进冷藏拖车。

死亡人数的激增已经使纽约的太平间不堪重负，许多医院的储物室都被尸体填满。纽约市和联邦应急管理局不得不向医院运送冷藏卡车作为临时停尸房。在布鲁克林医院中心，这种情况已经持续好几天了。在另一些地区，如曼哈顿的莱诺克斯山，拖车正停在医院旁边的街道上。周二的《纽约邮报》官方网站上出现了这样一段视频：在布鲁克林医院外面的一条街道上，一具具尸体正在被装进冷藏卡车，旁边是来往的汽车及公共汽车。“这令人难以置信，但这是真的。”拍摄视频的人用颤抖的声音说。

我所在的亚拉巴马州也不乐观，确诊人数已达 1106 人，死亡人数达 17 人。我每天都觉得心里很慌。这几天很多人在讨论从国内寄药过来，药单包括连花清瘟胶囊、藿香正气颗粒等，不知道是否有用，但至少心理上可以得到少许安慰吧。我是否也该考虑让家人寄点药过来呢？看看明天的疫情情况再做决定吧。

2020 年 4 月 2 日，星期四

裹尸袋

居家隔离的第二十天。

特朗普总统上周还信誓旦旦地宣布准备在复活节全面复工。如今形势日益严峻，他不得不改口称“未来两周将会是痛苦而黑暗的‘地狱般的生活’”。美国已经连续六天新增确诊人数在 2 万左右，最近四天的涨幅更是一天比一天迅速。这只是刚刚开始。激增的死亡人数已经让美国的太平间难以应对。4 月 2 日，五角大楼承认他们正在寻购 10 万个军用裹尸袋，用来应对新冠肺炎带来的死者数量的激增。

昨晚，美国国家科学院院长带领权威科学小组致信白宫，称他们的研究表明新型冠状病毒不仅可以通过打喷嚏或咳嗽来传播，还可以通过讲话甚至呼吸来传播。终于，美国一些政客开始改口了，呼吁民众出门戴口罩。早知如此，何必当初？问题是，目前的美国连医护人员的口罩都保证不了，普通民众又去哪里买口罩呢？

前几天一位访学的老师说，他和妻子去超市购物，遇到一个美国老人问他们买口罩。恰好这个老师车里备有口罩，就拿了一些给这个老人，但并没有收费。老人很感激，连声道谢。可是绝大部分美国人没有这么幸运，为了防护，他们不得不自制口罩。塑料袋、纸尿裤、卫生巾等统统被派上了用场。初看起来也许觉得滑稽，但我笑不出来，难以名状的酸楚涌上心头。

2020 年 4 月 9 日，星期四

水深火热

一大早，一条枪击案新闻令我感到震惊。

据报道，莫比尔警察局在早上 6 时 30 分左右接到报案称在该市一个院子里发生了枪击案。警车抵达后，在该院子里发现了一名受枪伤死亡的男性受害者尸体。犯罪嫌疑人是一名成年男性，目前已被拘留。这已经是继 4 月 6 日、4 月 8 日的枪击案之后，四天之中发生的第三起枪击案了。

疫情越来越严峻，枪击案一个接一个，用“水深火热”来形容此时的生活也许一点也不为过。这意味着在这里的每一天，不仅要防控病毒，还要防备暴徒。前些日子，大家讨论买枪的时候，我买了一个防盗锁，买来后才发现门太厚了，用手持螺丝刀根本装不进去。现在看来，要想尽办法把它装上。于是我在沃尔玛线上商城下单买了一个电动螺丝刀……

中午，又看到一条更令人担心的新闻。据莫比尔市治安办公室称，莫比尔市监狱有 6 名囚犯、9 名狱警新冠病毒检测呈阳性。接下来会不会有囚犯被提前释放？这些人出来后，会不会带来更多的治安问题？监狱警长称，他将和莫比尔市市长一起出席明天的新闻发布会。

截至今日，莫比尔市已有 3 名警察确诊。莫比尔市警察局称，虽然保护居民的人身和财产安全是他们的职责，但是保护警员的人身安全也同样重要。在疫情期间，对诸如有狗叫、噪音这类低风险的报警，他们将不再回应。医护人员中确诊人数则更多，已达 406 人。

莫比尔市自上周六开始实施宵禁（晚 10 点至早 5 点，居民必须待在家中，急救人员、医疗工作者、媒体成员、外来旅游者和流浪汉等除外），但仍有不遵守规定的。据警察局称，他们昨晚向三名违禁者开出了第一张罚单。我再次感受到美国人心真大，疫情这么严重，还出去吃夜宵。

下午 4 点左右收到了先生从国内寄来的快递，里面有连花清瘟胶囊、抗生素，还有一些口罩。有了这些东西，惶恐不安的内心稍稍踏实了一点。也许根本用不到，但有时我们需要靠外在的物质给心灵以安慰。

到今天下午 6 时，美国总确诊人数 468 168 人，死亡 16 630 人。也许明天确诊人数就突破 50 万人了。特朗普好像每天都在召开新闻发布会，但却不知道他到底做了什么……印象最深的就是要求增加裹尸袋！

官方称这周是美国最艰难的一周，那是不是意味着下周就会有好转呢？可是仍然觉得希望是那么渺茫。除了等待，好像什么也做不了。

时代的一粒沙，落在个人头上，就是一座山。

2020 年 4 月 10 日，星期五

枪击案

夜里大雨。天亮时，雨停了，气温明显下降许多。

今天莫比尔市又发生了枪击案，这已是 4 月 6 日以来该市发生的第四起枪击案了。中午 12 时左右，一名男士在街上被击中，随后被送往医院，好在没有生命危险。这四起枪击案，有两起发生在室内，一起在院子里，一起在大街上。室内室外，不知道哪里才是安全的地方。这让我更理解美国人为什么在灾难来临时最先囤积枪支了。在这个人人都可以持枪的国度里，谁也不敢保证明天和意外哪个先到来。而拥有枪支，就意味着可以在遇到险情时持枪防卫。

昨天提到的莫比尔监狱囚犯和狱警确诊新冠肺炎的事，今天有了新的进展。据莫比尔市治安官萨姆·科克伦说，目前已有 7 名囚犯、8 名狱警确诊，另有 6 名囚犯正在接受监测。萨姆说，由于担心病毒扩散，他们已经在上个月释放了大约三分之一的囚犯。监狱看守特雷奥利弗在他的“脸书”上写道：“在不到 4 周的时间里，囚犯从 1580 名变成了 1100 名。”此外，监狱还采取了其他措施，如对进出监狱人员检测体温，加强消毒，加大检测力度等。无论怎样，都希望病毒不要在监狱大面积传播。

但枪击案频发、监狱囚犯和狱警确诊与下面这件事相比也许还不够糟。据报道，一名确诊新冠肺炎的 17 岁男孩因被医院拒收而不治身亡。该男孩是美国第一例死于新冠病毒的未成年人。他住在加利福尼亚州的兰开斯特市。该市市长雷克斯·帕里斯（Rex Parris）说：“这个孩子在去医院前已经病了几天了。他以前身体良好。死亡当天，家人送他去了一个紧急护理中心，但因为没有保险被拒绝治疗。随后，他被送往一个名叫 AV（羚羊谷）的医院，但在去该医院的路上，因心脏骤停死亡。”

再来看今天的疫情图，到晚上 9 点半，确诊人数达 505 153 人，死亡 18 760 人……

2020 年 4 月 12 日，星期日

复活节

周日，复活节。美国经济并没有像特朗普预测的那样能在复活节“复苏”。这是我们在美国度过的第一个复活节，估计也是美国历史上最没有节日气氛但最令人难忘的一个复活节吧。居家隔离的措施还在执行，除了超市、药店和枪店，其他所有的商店都仍处于关闭状态。

此时除了愈演愈烈的疫情，还有破坏性很强的恶劣天气。昨天天气预报就说今天有冰雹、大风等恶劣天气，提醒大家注意防范。一个月来，我们一直在家宅着，天气好坏对我们影响不大，唯一担心的就是如果有大的冰雹落下来，车可能会被砸破。担心也无济于事。

下午大风，莫比尔市很多树都被刮倒，但好在没有下冰雹。可周边的一些地方就遭殃了，一些居民的房子被摧毁，还有人员伤亡。疫情之下，遇上这样的恶劣天气，更是雪上加霜。

坏消息一个接一个。今天又发生了枪击案。这已是 4 月 6 日以来莫比尔市发生的第六起枪击案了。上午 11：08，警方接到报案，在西奥多斯佩里路的一处公寓发生了枪击案。受害者名叫阿尔文 · 迪斯，22 岁，因伤势过重死亡。

之前我和儿子白天还敢在门口的走廊上透透气，但现在枪击案频繁发生，更是连门也不敢出了。看不到终点的疫情，没有任何安全感的治安，不知道这样居家隔离的日子何时才能结束。写到这里，突然想哭。想起在国内每日茶不思饭不想终日挂念我们的母亲。母亲平素就很爱多想，常常挂念这个担心那个。现在我和儿子在疫情这么严重的美国，她便更加担心了。前些天弟弟发信息说，母亲常常一个人坐在屋里发呆，说她十分放心不下我们，希望我能常给她报平安。自那之后，隔两天我就要跟她视频一下，当然，只报喜不报忧。

好在，我们并不孤单。中午，志雯姐来看我们，带来了她儿子小时候的玩具和她自己做的年糕。她人非常热心，之前也帮了我们很多忙。有她这样的热心人在，心里才不觉得那么孤单。

别样的复活节，令人难忘的复活节。希望复活节之后，一起都可以“复活”起来吧！

2020 年 4 月 14 日，星期二

希望

今天收到了先生从国内寄来的另一个快递：里面装有防护服、护目镜和 N95 口罩。有了这些装备，回国飞机上就可以多一些保障（如果到那时疫情还未得到控制）。

亚拉巴马州已经确诊 3836 人，莫比尔市在该州位居第二，确诊 497 人。

今天终于看到了好消息。据亚拉巴马州伯明翰市 UAB 医学中心的消息，今天该院新冠肺炎患者比尔・钱伯斯出院了。比尔是该院第一位康复的新冠肺炎患者，他在医院接受了为期 22 天的治疗。医院的医务人员为他举行了庆祝仪式。听到这样的消息，泪水盈眶。这是这么久以来第一次听到亚拉巴马州患者康复的消息。

只是高兴劲还没过，又看到一则令人难过的消息。一名大学生棒球运动员死于新冠病毒感染，“这是每个家长最可怕的噩梦”。上个月，当 21 岁的科迪・莱斯特有症状时，从他的家人到他的医生团队，所有人都相信他会完全康复。他是一名大学棒球运动员，患病之前身体非常健康。但是没过几天，莱斯特就被送进了医院并戴上了呼吸机。这是科罗拉多州死于新冠病毒的最年轻的患者。难以想象他的家人该有多伤心，他只是已经死于新冠肺炎的 25 000 多人中的一个，而这其中又有多少家庭处于无尽的悲伤之中呢？

我所在的亚拉巴马州位于美国南部。相较于其他州，这里的经济状况较为落后，非裔美国人也较多，估计会遭遇更多死亡和经济损失。一方面是南部的州长们迟迟不肯关闭企业并下达居家令；另一方面，南部的贫困率高，社会福利计划参差不齐，医疗基础设施水平也较为落后。美国去年共有 120 家乡村医院关闭，其中有 75 家在南方。据最新数据显示，美国黑人（其中一半以上生活在南方）感染或死于新冠病毒的比例远高于白人。由于贫困和获得医疗保健的机会有限，黑人患糖尿病、心脏病、高血压、肥胖症和哮喘等疾病的概率更高，而这些疾病都会加剧新冠肺炎患者死亡的风险。此外，非裔美国人大都从事一线工作，这也使得他们被感染的概率大大提高。

截至今天晚上 7 时，美国全国确诊人数已达 612 781 人，死亡 25 748 人。其中纽约州突破 20 万，死亡 10 842 人。

情况虽然并不乐观，但我还是愿意相信：疫情终将过去。

前天种在饮料瓶子里的大蒜，已经发芽了，充满生机。只要希望还在，就好。

2020 年 4 月 15 日，星期三

天高云淡

一大早亚拉巴马大学商学院的黄颖老师发来问候。黄老师是江西人，二十年前到美国读书，博士毕业后留在美国任教。她在我访学所在学院金融系任教，也是该院唯一一个华裔教师。

刚到美国没几天，我的导师詹姆斯教授就介绍我和黄老师认识了，自那之后我们一直保持联系。她很热心，常常打电话嘘寒问暖。我跟她说除了担心治安问题，别的没什么。因为最近一直关注本地新闻，看到枪击案频发，吓得我连门都不敢出了。她听了哈哈大笑，说我太紧张了。治安状况也是分片区的，有些地区治安的确不好，但我们住的这个小区还是比较安全的，她叫我不必太紧张。听了她的话，感觉轻松很多。

中午 11 点，我带儿子到门口走廊上透气，天高云淡，微风习习。顿觉心情大好。儿子也非常高兴，说这是他一个多月来第一次在门口走这么远。小区平素就很安静，现在更安静了。住在对面一楼的老太太悠然自得地坐在自家门口晒太阳，一支烟，一本书，好似这疫情与她无关。

从上周开始，美国很多人陆续收到了政府发放的救助金，成人每人 1200 美元，儿童每人 500 美元。除此之外，部分人还可以领取失业金援助。我先生的堂弟一家住在纽约，他说他们不仅收到了政府发的现金资助，每人还可以领两三千美元的失业金援助，这样下来他们一家四口可以领到将近 10 000 美元，这足够他们的日常开销了。纽约疫情已经开始好转，重症病人数量和死亡人数都在减少。

莫比尔市今天也传来了好消息。据莫比尔医务室消息，今天一位名叫埃伦·奈特尔斯的新冠肺炎患者康复出院了，该医务室的员工聚在一起为她庆祝。这样的消息真是令人兴奋。相信未来会有越来越多的病人康复的。

2020 年 4 月 18 日，星期六

忘乎所以

今天收到了从沃尔玛网站购买的八角，很袖珍的两小瓶。但好在这种调料平时也吃不多，两小瓶也能用一段时间了。原以为这种网购的日子随着预测疫情拐点的到来能很快告一段落，但现在看来，估计还要持续一段时间。拐点还未到来，可特朗普已经要重启美国经济了。美国的科学家和卫生学家对在这个时期重启经济表示很担忧，也许第二波疫情高潮即将到来。

截至 4 月 18 日晚 6 时，全美确诊 72 万例，死亡 3.8 万例。在过去 24 小时，全美新增确诊 34 476 例。而且，这些数字还在上升。但就是在这种情况下，各州都在抗议居家令，他们“宁愿被病毒杀死，也不愿失去工作”。复工呼声日益高涨，特朗普于本周四宣布重启经济的“三步走”计划。昨日，佛罗里达州就率先开放了海滩，成为全美首个“松绑居家令”的州。在宣布开放后的半小时里，美国人如潮水般涌入海滩……没有人戴口罩。

亚拉巴马州宣布下周将重启经济，相信随后会有越来越多的州加入这个队伍。看着海滩上欢快的人们，好似这一切都是别国的事。久违的阳光、沙滩、海浪，让人们忘乎所以……

2020 年 4 月 22 日，星期三

除了担心，还是担心

截至今天，亚拉巴马州确诊 5610 人，死亡 197 人。我所在的莫比尔市，已经成为亚拉巴马州确诊人数最多的城市，确诊 759 人，死亡 39 人。莫比尔市已位居全美感染率最高的城市之一，更糟的是，该市新冠肺炎患者的死亡率也很高。莫比尔市市长解释说，之所以莫比尔疫情严峻，可能是受隔壁城市——新奥尔良市的影响。新奥尔良市是一个旅游城市，距离莫比尔 235 公里（2 个小时车程），该市已经被列为美国确诊人数最多的城市之一。好吧，也许有一定影响。

美国每日新增确诊人数仍在 3 万左右。可就在这样的严峻形势下，部分州已经开始复工了。在莫比尔市，个别理发店无视全州的停业要求，也开始营业。昨天，孩子的英语老师 Amy 发来信息问候，说她已经开始上班了，字里行间难掩兴奋之情。我委婉地提醒她，还是要注意防护。

住在隔壁的曾老师今天出去买菜，帮我们也带了一些。中午去她家拿菜时，她说她下周也要开始上班了。也许真的要慢慢复工了，不知道复工会不会带来新的暴发。除了担心，还是担心。

晚上先生打电话过来，说快递客服已经告知他，3 月 14 日他从国内寄往美国的口罩可能丢了。这些口罩，3 月 16 日到达纽约之后，就没有进展了。如果真的被征用，也算是我为美国疫情做了贡献吧。

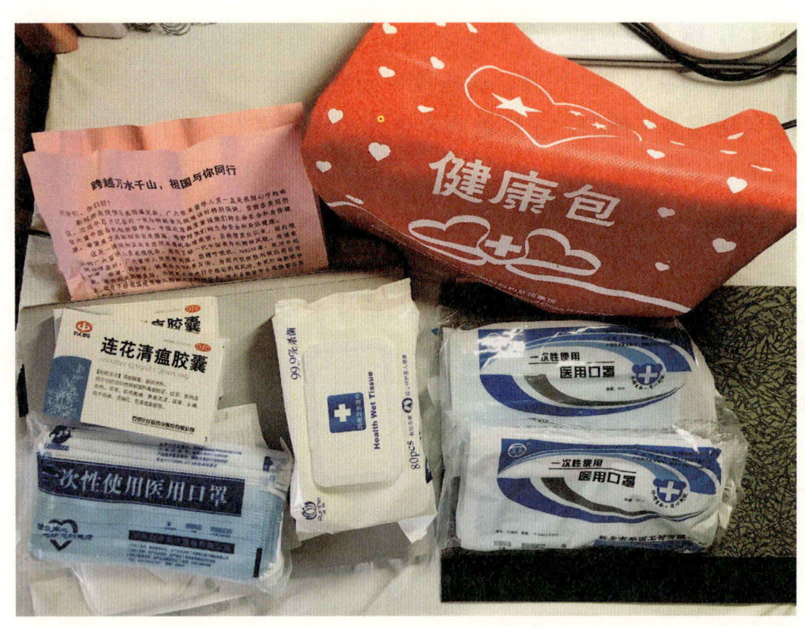

来自祖国的健康包（图片来源：作者友人拍摄）

2020 年 4 月 24 日，星期五

难以入睡

中午接到南亚拉巴马大学学联通知，让我们去领大使馆发放的“健康包”。下午 4 点左右，我开车到学校的学生活动中心去领。本来从住处到学生中心就 5 分钟的车程，可因为好多路口被封，左拐右拐找不到通往学生中心的路。后来联系了负责发放的同学，约在商学院门口见面。5 分钟后，学联的负责人到达见面地点，终于领到了。

因为停课，校园显得异常冷清，车辆和行人都非常少。领完“健康包”，顺便去银行取钱。毕竟出来一次不容易，要戴口罩、帽子和一次性手套。

街上依然车来车往。到达银行时，前面有两辆车，我把车停好后耐心等着。旁边有两位女士在谈话，都没有戴口罩。取钱回来，我在小区里见到一个年轻妈妈带着一个 1 岁左右的孩子玩耍，也都没戴口罩。回想了一下，这些天看到的美国人，没有一个戴口罩的！

突然想起我的导师詹姆斯教授，他是个地道的美国人，60 岁左右。人非常好，对我们很是关心。前几天，他又发来信息问候。我问他有没有口罩，如果没有，我可以送他一些。他问我：戴口罩真的有用吗？我听了，有点意外，但还是给他说有用。他说他夫人平时就有洁癖，现在因为疫情，变得更加敏感了，也许她会需要。于是，我请詹姆斯教授来拿。他到后，我下楼送口罩给他。他打开车玻璃，我把口罩递给他后，迅速退到了 1 米以外的距离。我告诉他我们已经一个月没出门了，他听了有点吃惊，然后又幽默地问我：外面的空气是不是很新鲜？他看我离他很远，估计怕我担心，很快就开车离开了。大学教授尚且对口罩持怀疑态度，估计其他市民更是如此吧。

每天睡前看疫情表成了习惯。到晚上 9 点 58 分，美国确诊人数已达 92 799 人，死亡人数达 52 172 人。亚拉巴马州确诊 6026 人，死亡 209 人。莫比尔市确诊 845 人、死亡 39 人的数据居亚拉巴马州之首。

每次看完这些，我都久久难以入睡。

看新闻说，中国国际航班 5 月继续执行“五个一”政策，不知道 6 月会不会继续执行。严峻的疫情，枪击案频发的治安状况，锐减的航班，心情变得愈加沉重起来。

2020 年 4 月 27 日，星期一

感动

窗外阳光明媚，对面的老太太坐在门口悠闲地晒着太阳，不远处传来南亚拉巴马大学纪念钟整点报时的声音。看了下表，上午 10 点整。这样的祥和与宁静，会让人暂时忘却新冠病毒带来的烦恼。

南亚拉巴马大学纪念钟（图片来源：作者拍摄）

上午 10 点半左右，艾米发来信息，说要买东西寄给我们，问我要地址。艾米是莫比尔市国际学校的一名志愿者，该校免费提供英语培训服务。工作人员都是当地的志愿者，既有 20 多岁的年轻人，也有 50 岁左右的中年大妈、70 多岁的老奶奶。学校每周一、周二晚 6 点上课。2 月 10 日，我第一次带儿子去，那里的每个人都非常热心。我和孩子一下子就喜欢上了那里。上课的时候，艾米会负责帮我照看儿子。她人非常好，儿子很喜欢她。后来由于疫情越来越严重，3月9日以后我们就没再去了。3月14日接到艾米通知，说学校停课了，要到8月才开学。

我告诉艾米不要花钱买东西，我们家什么都不缺，但她执意要送。我只好给她发去了地址。

同样令我感动的还有奥德丽老师。奥德丽是我儿子的英语网课老师，住在伯明翰市，和我们同在亚拉巴马州。每次网课结束，她都会在电脑那边和我聊上几句，问候我们。昨晚儿子上完课之后，她又和我聊天。她说她做了口罩，家里还有一个来自北京的学生给她寄的200个一次性口罩，说要寄给我一部分。我告诉她我们有口罩，并向她表达了谢意。早在2月时，她就说要在春假（4月初）来莫比尔市看望我们。后来因为疫情就搁浅了。昨天，她又提及此事，说希望能在8月我们回中国之前来看我们。但是，疫情什么时候才能得到控制呢？我们心里都没底。

看看疫情表，美国确诊累计已过百万。我想我又见证了历史吧。一百万也许还只是开始，因为确诊数字还在攀升，拐点还未出现。但部分州已重启经济。

有人说：受过苦难的人，都值得一帆风顺。愿病毒早日散去。

2020年4月29日，星期三

好消息

上午10点多，我下楼取快递。信箱位于公共洗衣房的外墙上。路过洗衣房门口，看到有两个人在里面聊天，均未戴口罩。取出快递回家，打开水龙头准备洗手时，发现停水了，而楼下传来机器的嗡嗡声，隔着窗户向下望，一楼门口停着一辆工程车——估计是家里水管坏了，正在维修。几个穿着工装的人进进出出，都没戴口罩。似乎一切都很正常。

如果不是每天查看定期更新的疫情数据，也许我们很难想象这就是每天新增确诊2万多人、死亡2000人左右的美国。早上和父母视频通话，他们说国内疫情已基本得到控制，但大部分人出门还戴着口罩。

为了应对危机，各州陆续恢复了经济活动。亚拉巴马州州长艾维也在昨天宣布了新的公共卫生秩序。新秩序将于周四下午5点生效，5月15日结束。根据这项新秩序的安排，海滩将重新开放；服装店、珠宝店等零售店可按50%的容量开业；择期医疗手术可以恢复；餐厅可以营业但禁止室内进餐，仅限外卖、购买者路边取货；理发店、美甲店、电影院和健身房等仍然关闭。

今日，美国国立卫生研究院和著名的吉利德（Gilead）药厂几乎同时发布了“瑞德西韦可有效治疗新冠肺炎”这一好消息。传染病专家福齐也宣布了这一好消息，称之具有“非常显著的效果”。喜讯快速传遍了华尔街，今天的股市道琼斯指数上涨了500多点，距离2月2日的最高点只跌了16%。在3000多万人失业、第一季度GDP下降4.8%的现实面前，这个数字也算是疫情下的奇景了。

2020年4月30日，星期四

两本书

一早醒来看到弟弟发来的信息，说母亲住院了。心里咯噔一下，问了详细情况，稍稍放心了些：母亲还是老毛病，就是心思重，平时总是担心这个挂念那个，

疫情期间我们在美国住的公寓（图片来源：作者拍摄）

美国

睡不好。如今我和孩子在美国，她更加寝食难安了。可能是连日休息不好，加上没有按时吃降压药，积劳成疾，血压突然猛增，住进了医院。好在医生说并无大碍，等血压稳定了就可以回家疗养。一年多来，母亲两次住院，我都未能在她身边陪护，心里满是愧疚。

上午 11 点左右听到敲门声，我打开门看是快递。拆开来看，里面有两本书：一本圣经和一本圣经启蒙读物。觉得奇怪，我并没有买过这些书。突然想起来，前两天艾米联系我，说要送东西给我，当时她还问我是不是说普通话。这定是她买了寄来的。发信息确认了下，果然是她买来的。

2020 年 5 月 2 日，星期六

车上观景

从 3 月 13 日至今，我们一直居家隔离，已经快两个月了。除去几次到自动取款机办理业务，再也没出过门。孩子更是没有迈出家门一步。今天天气非常好，决定带他出去透透气。我问他想去哪里，他说要去学校。真是太让我意外了，之前上学的时候，他最讨厌去学校。现在学校停课，终于可以不用去上学了，他却想要去学校了。也许在他的内心深处，还是很认可他在美国读书的学校吧。学校离家很近，开车 5 分钟就到了。孩子说他想去学校的操场。可是学校大门紧闭，操场是肯定去不成了。学校门口的停车场也空荡荡的，显得异常冷清。操场没去成，决定带他去附近的朗安公园转转。想着疫情期间，公园估计没什么人，可以在那里玩会。

大概 10 分钟就到了郎安公园。完全出乎意料，公园里人并不少，有跑步的，有带孩子玩耍的。天高云淡，风景如画。孩子们在草地上玩耍，大人在锻炼身体，一切都很和谐。

这么多人，大部分都没戴口罩，不敢让孩子下车。在停车场休息片刻后，继续奔赴下一站——附近一个高尔夫球场。那里环境也很优美，我想着疫情期间也许不会有人去打球，可以在那附近玩耍一会。到了才发现，又一次判断失误：球场入口处的停车场几乎停满了车，好多人在那里打球。看来今天只能在车上看看沿途景色了。

自上周四亚拉巴马州州长艾维宣布周五起恢复部分经济活动以来，莫比尔市的一些服装店、饭店已陆续开始营业。而莫比尔市长觉得仅仅恢复服装业、餐饮业还不够，他写信给州长，希望有更多的商店可以恢复营业。

所有这一切都让人觉得疫情似乎得到了控制。可事实是，美国的确诊人数和死亡人数还在不断增加。截至 5 月 2 日上午 10 点，全美确诊 114 万多例，死亡 6.6 万多例。莫比尔仍高居本州榜首，确诊 1154 人，死亡 61 人。虽然疫情并没有好转的迹象，但人们想要自由、想要重启经济的情绪却在不断高涨。

南亚拉巴马大学今天也宣布将于秋季开始恢复面对面课堂教学。我把这个消息告诉了和我一起上课的小郭同学。她很紧张。因为教室使用的都是中央空调，在这样的封闭空间里上课，如果有一个人确诊，一同上课的人很有可能被传染。她说要家人从中国再寄些口罩过来。我理解她的心情，但除了安慰，也不知道能为她做点什么。只能期盼 8 月开学的时候，疫情可以得到有效控制。

2020 年 5 月 5 日，星期二

邮局、超市

大约一周前我在亚马逊网站上给小朋友买了一个玩具，以庆祝他的生日。想着一周左右就该到了，但迟迟未来，后来查询物流显示无法送达，只能自己去附近的邮局取。这是我们隔离这么久以来，第一次要与人近距离接触，心里难免有些胆怯。

邮局 8 点半开门，我 7 点半就从家里出发了。想着反正要出门一次，索性先去超市买些东西。这也是自隔离以来第一次到超市。离家最近的超市是 2 公里以外的 Pulix，5 分钟车程。本想着早上去超市的人会比较少，结果到了之后，发现人并不少，硬着头皮走了进去。

超市物资供应充足，除了酒精、口罩这些防疫物资，其余的日用品和食物都能买到，也没涨价。超市的工作人员绝大部分都戴着口罩，顾客也是。

到达邮局的时候，离开门时间还有十分钟。邮局的工作人员有戴口罩的也有没戴的。但柜台上装了一个透明塑料挡板，应该可以有效阻止飞沫。出示了单号之后，很快就拿到了快递。

住处附近的 Pubix 超市一角（图片来源：作者拍摄）

住处附近的莫比尔邮局营业点

（图片来源：作者拍摄）

早上给弟弟通电话，他说母亲已经出院了，在家服药修养，已无大碍。心里宽慰很多。

2020 年 5 月 6 日，星期三

不幸

3 月初看到网上有人说锌锭剂可以治疗新冠肺炎，将信将疑。但后来还是决定买来备着，以防万一。于是 3 月 8 日我到附近的 CVS 药店，买了六盒锌锭剂，买来之后就放在抽屉里了，再也没有动过。后来先生从国内寄来了一些药，之后又收到“健康包”，觉得这些锌锭剂更不可能用得着了。拿出来看了下收据，显示 5 月 6 日前可以退货。于是我今天上午拿去药店准备退了，结果收银员说疫情期间售出的药品一概不能退货……

从药店出来之后，又去了沃尔玛超市。超市购物的人不多，食物供应充足，价格和平时差别不大。事后还发现，沃尔玛超市还提供自提服务，顾客可以在线选购，超市接到订单后会按照订单将物品备好放在指定窗口，然后顾客到该窗口去取就可以了。这样既可以减少感染，又可以省去送货上门的服务费。应该是个不错的选择，准备下次也试一试。

疫情仍然没有好转的迹象。截至今晚 9 点，美国已经确诊 129 万人，死亡 7.6 万人，亚拉巴马州确诊 9046 人，死亡 369 人。莫比尔仍高居本州榜首，确诊 1355 人，死亡 78 人。

如果说以前对这些数字的感受还不深刻，那么昨天南亚拉巴马大学一位教授因感染新冠肺炎死亡的消息，却让我感触很深。他叫布赖恩·阿克斯密斯，是一位生物学教授，于星期二早上去世。布赖恩博士本身患有基础疾病，于 4 月底被确诊，但他当时仍坚持给学生上网课。之后他因呼吸困难被送往医院，医生为他戴上了呼吸机。他的病情持续恶化，后不幸逝世，年仅 57 岁。

心里久久不能平静，在南亚拉巴马大学半年多的时间里，认识了一些老师和学生，他们都非常友善。这已经是半年多来我所了解的该校去世的第二位教授，第一位是我访学所在学院年仅 39 岁的怀泽博士，他于去年 11 月在家中被入室抢劫的两名暴徒枪杀。在他遇害的前一天，我还和他一起听过一场学术报告，当时他还做了发言。没想到第二天他就遇害了，真是世事难料。他非常和善，同事和学生们都很喜欢他。如今他的模样在脑海中依然清晰可见。愿天堂没有枪声。

今天收到先生3月从国内寄来的口罩和防护帽子。这个快递3月16日就到纽约了，但之后再没有进展，原以为丢了。如今快两个月过去了，却又意外收到了。

2020年5月8日，星期五

降薪

州长艾维今天宣布更新居家隔离措施，允许开放更多的商业，包括饭店、理发店、酒吧、沙龙和健身房，但是不能举办超过10人的聚会。该政策将于下周一生效，直到5月22日。但夜店、电影院等仍然不能营业。

南亚拉巴马大学也已宣布将在秋季开学，促成这一决定的其中一个因素也许是学校的开支问题。受疫情影响，该校实施了一些临时性的节约开支措施，包括暂停员工升职和新聘员工，暂时降低（为期4个月）行政人员和工资在3万美元及以上教职员工的工资（降幅4.5%）。但两个月后，是否具备开学条件呢？还不得而知。

2020年5月9日，星期六

理发

阴天。气温下降了好儿度。

美国的暑假从5月20日就开始了。我们住的这栋公寓与亚拉巴马大学只有一路之隔，具有天然的区位优势，很多房子都被该校师生租用了。可能是放假的缘故，小区内好几家都搬走了，包括我家楼下的邻居。

昨天亚拉巴马州州长宣布允许理发店下周一开始营业，刚过去一天，理发店的预约电话就被打爆了。一个理发店老板说，她已经接到了300个预约！这么踊跃的报名，可见经过一个多月的隔离生活，大家需要整理的不仅是头发，也许还有心情吧。

儿子的头发也一天天长起来，虽然理发店将要营业了，但我还是不敢冒险出去给他理发。一个好朋友中午发来信息说她很想回中国，因为看新闻说新冠病毒已经变异，对儿童（她有两个孩子）影响很大。她说据美国和欧洲多个国家报告称，在儿童群体中，一种罕见的多系统炎症综合征病例数在激增。这种综合征的症状与川崎病类似，包括发烧、皮疹、腺体肿胀等，严重时还会出现心脏炎症。其中部分患儿被发现同时感染了新冠病毒，也许二者之间有一定关联。听了之后，不寒而栗。可怕的病毒，可怜的孩子。

下午收到了从 Costco 网上商城订购的理发器，终于可以在家给小朋友理发了。居家隔离的日子，我既是妈妈又是老师，既是厨师又是理发师。晚上儿子睡了，我又变成了键盘手，要写论文、写日志、写项目申请书、写博士后出站报告……总觉得有干不完的活。因为熬夜，头发掉得厉害。但每每总是躺下又睡不着，索性起来继续写。疫情中的访学日子，生生把自己变成了全能选手。这段难忘的日子，也许多年后回忆起来仍会记忆犹新吧。

2020 年 5 月 10 日，星期日

没敢下车

上个周末开车去公园，因为人多，没敢下车。今天决定再去一趟公园。儿子说他想去 Medal of Honor Park，那里有个儿童乐园。志雯姐上周末也推荐过这里，说这个公园有一条很长的林荫小道，很适合散步。开车从家过去大约 10 分钟就到了。遗憾的是，里面的儿童乐园并没开放，可能是因为疫情暂时关闭了。公园

疫情中的 Medal of Honor Park

（图片来源：作者拍摄）

美国

很大，散落着三三两两的人，有锻炼身体的，有遛狗的，也有陪孩子玩耍的，但可能是室外的缘故，很少有人戴口罩。

还是不敢下车去玩耍，在公园里开车转了一圈后就回家了。虽然没能下车，但沿途可以看到外面的风景，孩子还是很开心。

2020 年 5 月 11 日，星期一

机票

下午，一位访学老师发来信息问我是否买了回国机票？我说 8 月底才回国，不着急买。她听了我的话，很吃惊！她 9 月访学到期，机票都已经买好了；我这 8 月到期的，还没买机票，她感觉很不可思议，并提醒我要提前计划，怕到时候想回买不到。我听了，感觉醍醐灌顶，赶紧着手行动。从下午 2 点到夜里 11 点，一直都在研究机票。现有的直飞中国的航班只有中航、厦航、南航和东航四个航司，都是“五个一”，查了下 10 月之前的机票，中航、厦航、南航都是 3 万多元/人；东航稍微便宜些，2 万多元/人。两个人，最便宜也要 5 万多，而且买了可能随时会被取消。为防万一，可能要买不止一套机票。这样下来，少说也得 10 万。

后来看微信群有人说可以中转第三国，这样机票会便宜很多。于是又开始查中转第三国的机票，对比之后锁定了中转韩国的机票。最终定了如下航线：从莫比尔——亚特兰大，亚特兰大——首尔，首尔——北京，隔离 14 天，然后北京——郑州。虽然长路漫漫，但能省下不少费用。航线定了，心里踏实很多。查了下机票，美国飞首尔以及首尔飞国内的机票，还比较充裕，悬着的一颗心终于可以放下了。

今天真真正正体验了一把“回国有多难”。

2020 年 5 月 27 日，星期三

突破 10 万

上午大雨，雷电交加。

居家隔离已经七十多天，心情已经渐渐恢复了平静，虽然偶尔还会担心，但大部分时候都已能泰然处之。在隔离之初，因担心感染病毒，每日闭门不出。所需物品都靠网购。随着时间的推移，我对病毒已不再那么恐惧，也可能是渐渐麻木了。

最近一段时间因忙于撰写研究报告，没能坚持每天记日记，对当地新闻的关注也少了。不看新闻，心情反而变得轻松起来，似乎外面的一切都与己无关，这竟有种“躲进小楼成一统，不管春夏与秋冬”的意蕴。

今天再次点开疫情图，数据显示疫情有所好转。昨日新增确诊 19 127 人，死亡 689 人，单日新增确诊和死亡人数较之前都有不少下降。至今日上午 9 点，总确诊人数 1 722 367 人，死亡 100 402 人。死亡人数在昨日首次突破 10 万。两个月前，当美国专家预测美国将有 10 万人死于新冠肺炎时，我曾觉得这预言有点耸人听闻，没想到这么快就已成事实。

2020 年 5 月 29 日，星期五

骚乱

今天出门采购物资。上午 10 点多从家出发，第一站是距家最近的沃尔玛超市。超市没有要求顾客必须佩戴口罩，所以很多顾客都没戴，有的是大人戴了，孩子没戴；有的是一家都没戴。看着他们尤其是那些小孩子，心里真是替他们捏一把汗。

从沃尔玛超市出来之后，我又去了 Kohl’s 商场，商场人也不少，很多顾客也都没有戴口罩，还有几个孩子在店里玩耍；好在工作人员都戴了。选好商品后去柜台结账，好多人在排队。结了账之后又赶去亚洲超市。

回到家已是中午，吃完午饭，打开手机浏览新闻。与前段时间满眼都是疫情报道不同，如今满眼都是游行示威活动。

2020 年注定是不平凡的一年。疫情还没结束，动乱又开始了。5 月 26 日，明尼苏达州爆发抗议示威活动，数百名抗议者聚集在明尼阿波利斯市要求“伸张正义”并与警方爆发冲突。事情的起因是该市一位名叫乔治 · 弗洛伊德的 46 岁黑人因涉嫌“伪造”被拘捕，拘捕他的警官暴力执法致其死亡。此事激怒了非裔群体，数百人涌上街头游行，还出现了打砸抢、纵火等恶性事件。

虽然涉事警官已经被指控三级谋杀，同时有四位警察被捕，但是明尼阿波利斯市的骚乱并没有终结的迹象，甚至引起了全国性的暴动。至昨晚，美国已有

11 座城市爆发骚乱：俄亥俄州的议会大厦被破坏；纽约州也爆发了游行，70 人被捕；在明尼苏达州，骚乱仍在持续，政府不得不派国民警卫队维持秩序。

莫比尔市也将于本周日举行示威游行活动，游行队伍将于当日下午 3 点从莫比尔市的狂欢节公园出发，前往位于多芬街市中心的莫比尔警察局大楼。

种种迹象表明，这次骚乱也许不亚于 1992 年的那场，积压已久的种族矛盾在疫情这个特殊的时期再次暴发。原因很可能是非裔、拉丁裔在疫情中的损失远大于白人，而这根源于他们的普遍贫困，没有钱，没有医保，没有宽敞的房子，加上一些民主党政客的推波助澜。这种长期积压的仇恨在乔治·弗洛伊德事件中被催化，最终以骚乱的方式喷涌而出。接下来，也许游行示威、暴力冲突活动还会持续。

心情久久不能平静，但面对这一切，又感觉束手无策。正难过时，听到敲门声，打开门看到一个信封。拆开信封，是奥德丽寄来的明信片，她写道：希望你们一切都好，我一直在牵挂你们。读完，瞬间热泪盈眶。

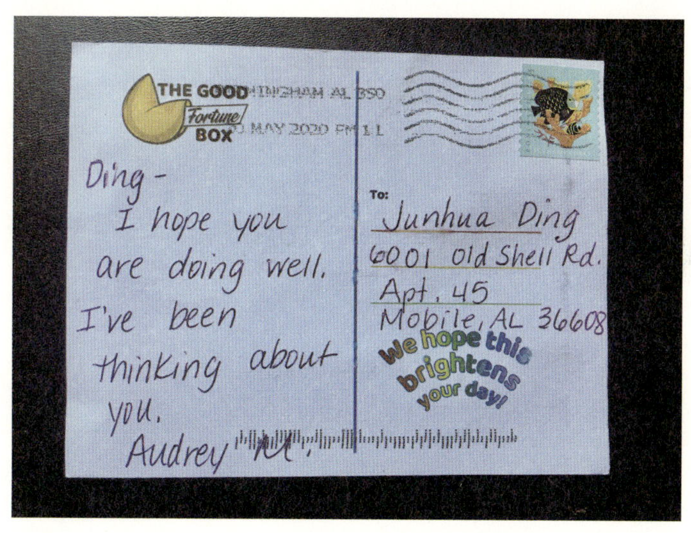

奥德丽寄来的明信片（图片来源：作者拍摄）

美国

2020 年 5 月 30 日，星期六

记忆

从 3 月 13 日至 5 月 30 日，在美居家隔离已经两个多月。在两个多月时间里，我的心情也从开始时的恐慌、焦虑逐渐调整到后来的从容、淡定。如今因为暴发骚乱，心情又再次陷入恐慌。依然严峻的疫情和持续升温的骚乱，使居家隔离的日子变得更加艰难。

疫情也许还会持续一个月、两个月甚至更久；骚乱也许还会持续一周、两周甚至更长时间。离访学结束还有三个多月时间，这三个月内疫情能否得到有效控制，骚乱能否平息，还不得而知。但我还是愿意相信，只要积极应对、泰然处之，再艰难的时光也将一去不复返。随着科技工作者和医务工作者对新冠病毒了解的不断深入，随着人们防控意识的不断加强，人类将最终迎来战胜疫情、欢呼胜利的美好时刻。

感谢祖国的关爱，感恩亲友的关心，感念那些与我们一起风雨同行、相互扶持的朋友。诸多温馨和感动的时刻，必将成为生命中难以磨灭的记忆。

坚信疫情终将过去，骚乱也会渐趋平息，世界依然美好。

编后记：失衡的地球与起火的世界

2020年，中国面对了一个凶险万分的开局，但是通过全民的努力，实现了史诗性的大逆转。伴随新冠病毒（COVID-19）在2月末突破国际传播的临界点，正式成为全球大瘟疫，整个世界逐渐陷入疫情的“至暗时刻”。从那时开始，我们就必须从全球而非本土的角度重新思考这场疫情，特别是较之中国的抗疫历程，域外其他国家或地区究竟存在何种相同和不同。有鉴于此，本人特别邀请在疫情期间身处16个国家的21位作者，通过日记体的表达形式，采用不同的叙事视角，来展现域外诸国民众在这一特殊时段疫情之下的生活以及他/她们对此的所见、所闻、所感与所悟。针对新冠疫情，国内一些从个人体验出发撰写的文学色彩较强的封城日记，固然有其价值，但多为单向度聚焦一个区域而缺乏他者对比的多维视角，而这本“域外疫情观察日记”因囊括域外亚、欧、北美、南美四大洲16个国家，且作者社会身份与地位都不太相同，是立基于一种全球层面的多元视角来审视新冠疫情对于不同政府与不同民众所产生的不同影响。与此同时，作为一本疫情时代的平民生活体验史，亦可为若干年后回忆这段难忘的历程留下第一手的鲜活记录。

此书从3月初开始筹备，当时疫情在国内最为肆虐，各种真实或虚假的信息满天飞。在网络空间中，也不乏知识界的声音，某些人立足各自的立场展开激烈辩论、争吵、攻讦，甚至很多因难以说服对方，而径直退群、拉黑。身处其中，最大感觉是，很多时候有些争论纯粹只是不会解决任何问题甚至没有任何意义的空谈。空谈有时会误国，也浪费时间。假如当代知识分子——新的“士人”阶层，面对民族与国家重大危机而仅仅做一些意气和口舌之争，那么自身的存在价值与存在意义就似乎太过稀薄。为此，彼时在几多彷徨、迷茫、挣扎之际，本人开始苦苦思索，思索如何能做一些真正有意义、能够留下一些东西的事情。而这便是编这本书的缘起所在。

一

今天是2020年7月25日。全球新冠肺炎确诊人数约1500万例，单单美国一国确诊400万例，单日新增84 547例，这个数字甚至接近中国迄今确诊病例的总和。近8个月前，国人在欢庆元旦、迎接“20年代”到来之时，绝然不会想到，现今的世界竟然如此的泾渭分明，地覆天翻。整整6个月前，那个全民皆兵、人心惶恐的特别春节，国人也绝然不会想到，中国今时今日会成为极少数最安全、社会面上基本肃清病毒的国家，而外部世界许多国家则沦入疫情失控、阻断无望、灰暗无边的窘境。对于中西疫情防控实效呈现重大分野的成因，许多学者业已给出了自己的判断。然结合切身体认，本书多位作者对此则提供了更为具象化、生活化的记录与描述。这些来自“他者”的抵近观察，可能会更为全面地呈现出不为多数国人所知但却在本质上深刻塑造域外诸国疫情生态的多重维度。

统观这部疫情观察日记，不难发现，在疫情于欧美甚至亚洲一些国家刚刚开始暴发之时，身处异域的多数作者的最大反应往往是“这个国家心太大，迟早要出事”。这些身处异域的中国人，即便没有亲身经历国内的疫情，但是每天关注国内的新闻报道以及网络上的恐惧与现实中的国家防疫政策交相映衬，都令他们陡然生出强烈的忧患意识，在面对疫情时如履薄冰，小心谨慎。出门之前必戴口罩，而且反复确认是否戴好。从超市回来后即刻洗手，把衣服和所购物品消毒。疫情还未波及到欧洲，当地华人社区就开始鼓励购买消毒用品并适当囤粮。1月中下旬后从中国尤其是湖北地区返回当地的，都需自觉隔离14天。华人社团会给他们免费上门送口罩。那些不自动隔离者，有些华人用工单位会直接辞退。留学生从国内回来后，如不主动去外面租房子隔离14天，中国房东则不允许他们进门。此等近似因应战时状态的积极作为，与在如此严重的疫情下仍然“裸奔”的西方人形成了鲜明对比。

事实上，瘟疫一直存在于欧洲大陆的历史叙事中，但人们对于流行病的记忆却远不如亚洲社会那般鲜活。2003年“非典”席卷东亚时，大多数欧洲国家几乎丝毫未损。也恰恰因为承平太久，可供参考的经历，也只剩下遥远的1918年的西班牙流感与第二次世界大战。那么，中国在疫情“上半场”所发生的一切，业已进入“下半场”的西方民众与精英们难道事先都没有看到吗？在这个资讯如此发达的全球化时代，答案无疑是否定的。

导源于儒家文明传统的对国家和组织的服从与尊重，在管控此次疫情中无疑发挥了潜在的重要作用。国内的很多防疫措施，都是用强制性的手段来推行的。有的是政府层面，也有的是单位、街道甚至小区层面自发的举措。无论是使用“健康码”，还是人工追踪防疫，保密和隐私的问题在国内都没有引起太大的讨论。对那些出于各种私人原因而不愿意透露行踪的人，公众的态度更多的是愤怒与谴责，而不是理解和同情。相反，对于强制性的追踪、检测和隔离措施，大家则普遍是支持的。比起隐私泄露和公权力的强制，大家似乎更害怕自己的小区、地方政府等不够“硬核”，给病毒以可趁之机。相较而言，西方国家甚至一些亚洲国家似乎普遍更倾向于采用非强制性的手段，更执着于个人自由与个人隐私的坚守，最开始在采取封城措施方面的谨慎与动作迟缓，与此也不无关系。即便最终迫于无奈采取了“封城”措施，但这些国家甚至这些国家内的各个地区对“封城”的定义（强度与禁止外出的对象）也都不一样，更与中国的“硬核”抗疫模式存在着天壤之别。武汉方案的严格程度，恐怕令其更接近于西方语境中的“宵禁”范畴，而西方甚至一些亚洲国家采取的措施充其量不过是一种附加弹性条件的“行政管制”。这在很大程度上与多数西方国家以及深受西方文明影响的一些亚洲国家的政治分权模式与国民性格相关。美国的情况可能更具典型性，特殊的历史构造似乎将美国的联邦政府造就成为一个追求个人自由至上的典型“小政府”。美国人对政府的最大期待，大抵就是“你不要来管我的事情”。所以国内很多人惊讶于美国政府应对疫情如此无力，民众竟然没有太大的怨念，反而是反对继续封城的声音甚至抗议不断上升。

在此等情形下，采用请求民众进行自我节制、自我约束来阻断病毒传播的方式虽显得有些软弱无力，但这可能是这些国家中央政府彼时所能做到的最大限度的措施。即便随着疫情的加剧，这些政府将政策一步步加码，但依然不是中国人所期望的“一步到位”，而更多地呈现出某种挤牙膏式的政策调整样态。道理很简单，在选举政治下，执政者反应过度或反应不足，都会引发问题。在对抗式选举的政治场域中，反对者和批评者只有后见之明，他们会毫不留情地责备他人，因为他们的本意就是制造怀疑、损害和不信任。同时，面临这种史无前例、突如其来的重大疫情，高度的信息不对称，更是实质性地影响了明智政治决策做出的速度与难度。这一点，在中西不同的权力构造中，皆是如此。刚开始，或许与其他人一样，多数国人可能都对武汉在疫情应对中呈现的种种问题心有怨言。然现在想来，虽然他们可以做得更好，但这种指责可能有点过苛。武汉毕竟是疫情的第一个暴发点，作为初始面对疫情的地区，面临的不确定性更大。早期的疏忽或不重视，或许大部分是因为对疫情的未知。虽有“非典”的教训，但这次疫情与“非典”难以相提并论。这次疫情，不仅有大量无症状感染者，而且事后证明，病毒的传染性远甚于“非典”。总之，疫情给我们提出了新的决策挑战，即如何在不确定性中生活和做出决策。疫情引发的次生问题，如全球化的衰退、对新技术的追捧等，还会进一步加剧生活的不确定性。可以说，全球正在经历着以新冠疫情为分水岭的巨大变化，与其将新冠疫情视作这一变化的原因，不如说，疫情正推动着这一变化的加速。一个充满着不确定性、不明确性、不稳定性、不可预测性的时代已经到来。“未来不是射击固定的靶子，而是射击移动中的靶子。”估计在未来很长时间内，我们都要习惯在一种不确定性中生存。

二

疫情是一面奇妙的反光镜，它不仅能够折射出中外文化传统与治理构造的差异所在，更能彰显出非常态情势下域外现实政治运作的内在机理与潜在逻辑。除了对疫情期间异域文化、社会、传统的深度观察外，本书所呈现的另一面向便是政治家/政客意欲最大限度猎取选票而上演的一幕幕虽然异曲但却同工的“疫情政治剧”。而此时此刻将疫情政治化到极致的，非美国莫属。过去大半年，美国的政治新闻大体有两个核心关键词：唐纳德·特朗普和中国。如果新闻机构站在特朗普一边，就报道说他的表现很好；如果不站在他这边，就会说他愚蠢可笑。至于中国，美国的新闻机构和精英们现在几乎将任何事情都迁怒于中国，因为这个国家具有不依美国规矩办事的“原罪”：中国在撒谎；世卫组织太亲中；中国产的口罩有缺陷等等。但其实真正的问题是，尽管自知道武汉发生的事情到病毒在美国暴发有很长的空窗期，美国政府还是没有为应对新冠疫情做好准备，其策略是通过“甩锅”来推卸责任：这是中国的责任，是世卫组织的责任，是疾控中心的责任，是各州州长的责任。在华盛顿的“短视政治”和大选年的白热化党争之下，较之美国民众的生命，特朗普政府似乎更急于推动经济复苏和重启竞选集会以谋求连任。在此等政治“刚需”之下，连戴口罩都被演绎成了政治宣言的“文化战争”。疫情非但没有使美国社会更加团结，反倒与大选之年和经济打击叠加，而黑人弗洛伊德因白人警察“跪颈”死亡引发的全美大规模抗议，不仅成为美国疫情重新加重的直接推手，更使得美国一直存在的种族矛盾、党派斗争、贫富差距及各种社会和经济不公问题愈发显性化，身份政治和文化战争愈发白热化。美国现在的问题不仅仅是将疫情政治化，而是特朗普政府拼命想从政治化中牟利。其结果导致对内无法协调和民主党州长的关系，对外无法协调和中国的关系。退一万步说，即便特朗普政府的策略成功了，美国人民在这其中又要遭受多大的损失?

在本书中，一位作者提供了这样一个数据，自英国政府3月份采取更加严格的“封锁”措施以来，英国经济产出下降了31.3%，这意味着英国每天的经济损失将高达24亿英镑。仅此一点，我们便不难理解西方许多国家在疫情管控措施初见成效之后，便涌现抗议封城、重启经济呼声背后的强大内驱力所在：“宁愿被病毒杀死，也不愿失去工作。”除此之外，更糟糕的是，疫情之下，“封锁”及管控措施的延续，会使得潜藏的诸多社会问题逐渐变得复杂化。也或许是，原本就存在的复杂问题开始愈加表面化。本书多位作者都提到的社会不公与阶级矛盾问题，便是个中典型。针对疫情防控，中国是应收尽收，而且都是免费检测和治疗。然而，多数西方国家的应对模式却彰显出鲜明的资本主义色彩，从而使得原本就存在的阶级矛盾更加具象化与显性化。新冠疫情在海外暴发以来，西方诸国政府一再强调轻症不用检测，自我隔离就好，但吊诡的是，却有众多贵族、名人、政要被检测呈阳性轻症。当然，贫富差距不仅仅体现在病毒检测的机会不平等上，更体现在日常生活中。为更好地在疫情中幸免于难，良好的抵抗力、充足的财富储备必不可少，而这些却都是社会中下层为之困扰的事情。《福布斯》杂志报道，诸多富人都可从私人会所或医疗机构获得免疫注射服务，注射产品包括高剂量的维生素C、增强免疫力的氨基酸和对免疫系统功能至关重要的锌。另外，许多企业高管会在疫情期间避免乘坐商业航班转而乘私人飞机。教育机构“国际指导”则表示，自从疫情暴发以来，精英私人辅导服务的申请人数大幅上升，申请的主体也以富人家庭居多。

相形之下，社会中下层却没有经济资源来应对这场疫情。由于疫情，人们被迫在家工作。对于那些低收入者或从事不稳定工作的人来说，暖气、网络、电脑、冰箱等这些宅家必备品和拥有足够的可支配收入来购买食物可能都是“奢侈的”。从事体力工作的人无法做到在家工作，而对于勉强维持生计的人来说，万一生病，或因医疗原因不得不自我隔离，或因生病没有工资导致收入受损，由此身负债务的人可能多达数十万计。新加坡、马来西亚作者笔下的“外劳”，可谓生动例证。他们的工资通常远低于当地社会平均收入水平，大部分住在雇主提供的集体宿舍中。这些宿舍的环境很差，一个房间通常住15-20人，保持社交距离，对他们而言相当奢侈，不出门对他们来说就是断了生计。加上政府要求雇主承担他们检测新冠的费用，经过检测不是患者才能工作，雇主一来顾虑营运成本大大增加，二来担心“外劳”集体感染而断然不敢仓促复工。对于这些弱势群体而言，这就意味着，封国不仅仅是个简单的失业问题，还可能会直接导致穷人在感染病毒而死和饥饿而死之间做出艰难选择。虽然宗教和慈善组织在积极帮助穷人，但是时间长了，这些组织也将陷入资金困境。

在疫情久拖不决会促发“社会不公”的讨论中，教育不平等又是一个格外受关注的话题。因为学校关闭，孩子们都要在家里上课和学习。如果说不同的家庭背景本来就造成了教育的不平等，那么封城的情况则大大加剧了此种不平等。有的家庭是居住条件所限，孩子没有很好的学习环境；有的家庭可能没有电脑，甚至连网络都没有（根据马来西亚作者的报道，该国教育部在“行动管制”期间调查显示，全国37%的学生因没有电子设备，而无法在家进行线上学习）；还有的父母没有时间，或是本身的教育水平不够，无法辅导孩子。可以在家工作的家长，多半是白领与中产以上，在家工作的同时，还可有时间监督小孩做功课甚至下场教。但维持这个社会运作最重要的底层劳动者，送货员、快递员、垃圾清运员等人，他们并不能因疫情而停止出门工作，于是他们的小孩就可能因此丧失同样的教育与辅导机会，进而为未来的贫富加剧以及阶级固化埋下伏笔。在国内的媒体中，我们可以看到很多关于在家学习的段子，都是父母尤其是母亲们吐槽带娃和辅导功课的艰辛。但我想我们也应该意识到，能够在网上这样吐槽的人们，已经是境况相对较好的了。真正处境艰难的人，他们往往被过度代表，然他们的声音，我们却往往听不到。

一场不分疆域的疫情，不但没有带来戮力同心，却反而促发了民族国家内部与外部诸多的敌视、对立、攻击甚至冲突。然而在这些国家的、政治的话语之外，疫情最终影响的，还是每一个普通的个体，每一天点滴的日常——“时代的一粒沙，个人的一座山”。然而，我们不得不承认，这或许就是国际政治与国内政治的现实，而疫情只是让原本就残酷的现实变得更为残酷而已。随着战疫进程久拖不决甚至辐射整个世界，各国不得不继续推进解封和复工，而这不可避免地会使得一些国家的疫情面临失控的风险。这也意味着，在有效疫苗投放市场，直至全球人口普遍接种之前，域外许多国家，持续的大流行很大可能是无可奈何的悲哀现实。而随着时间拉长，全球疫情冲击正由临时压力深化为灾难冲击，在很多国家对内激化各阶层社会矛盾，对外催化地缘政治风险。多重矛盾、次生风险的迸发，将更加深刻地冲击着后冷战时代的国际格局，渐趋失衡的地球与已经“起火的世界”将更为诡谲莫测。

三

人总是要追问“是什么”与“为什么”。当黑死病席卷欧洲而“尘世间并无任何智慧或远见能够派上用场”（薄伽丘语）时，人们便开始了对基督教道德秩序的重估，人文主义精神也借此得以宏扬。当新冠病毒席卷全球，人们在慌乱中被夺去了常态生活，不得已被“囚”在家中时，对话与发问便也成了新的常态。通过对话与发问，我们似乎能消除一些因隔离而产生的距离，并夺回一些对生活的掌控。然而，当居家隔离逐渐被放开，中国基本上已经“上岸”而域外的许多国家仍旧深陷疫情防控的无底漩涡之时，作为“过来人”，依托本书中诸多鲜活的多元化记载，我们似乎有能力且有责任做一阶段性的梳理与总结。

首先，关于人与自然。据《每日邮报》4月3日报道，提供基准排放数据的科学家称，由于冠状病毒的暴发使各经济体几乎陷入停滞，因此今年二氧化碳排放量，可能是第二次世界大战以来下降最多的一年。然而，这种改善是以关闭工厂、停飞航班，并迫使成千上万的人待在家里换来的。数十亿人被迫隔离后，地球开始恢复盎然生机，多么意外，多么吊诡！疫情期间，两次塑造世界的人类被病毒震慑，世界似乎重新回到大自然的手中。在意大利威尼斯，由于游客寥寥及疫情下交通流量大幅减少，多年来水质浑浊的运河都变得清澈起来。因为封国，印度新德里及附近空气中的污染物降低了70%，使得今年的温度较之往年明显减低：往年4月中旬，空调早就全天候开动，而今年却似乎并不需要。在日本奈良，由于游客减少，公园里喂鹿的人相应缩减，习惯被投喂的鹿开始在空荡的市区街道上觅食。而在中国南京，近日一家幼儿园竟闯进一只小狐狸。园方在储物间发现它时还以为是标本，细看才发现竟是活物，找来食物投喂，它也不怕人，样子十分可爱。全球疫情肆虐之下，这些奇妙的画面既让人震惊，又令人心生敬畏。人类在受苦，地球却悄然焕发新生。此情此景不得不让我们反思并重新审视我们与地球之间的共生共存关系：如果我们过度消耗地球，地球会用她的方式来限制我们，以实现自我修复。这场新冠疫情似乎就是地球给予人类的一次警告，一次净化，一次惩罚。“你以为你避开了魔鬼，但照镜子时发现，自己才是魔鬼！”作为一种新的地球系统观，盖亚假说从道义上启示我们，包括人类在内的所有生物都是地球母亲的后代，人类既不是地球的主人，更不是地球的管理者。相信未来我们的孩子还会经历更多这样的事，而唯有道法自然，敬畏地球母亲，世间万物和谐共处，人类才可能拥有真正的未来。

其次，关于人与国家。根据近期和十年前的确切证据，我们有理由推测，如果在2020年美国应对与新冠病毒类似的威胁时作为全球第一响应者，其在疫情防控方面的表现很可能是“以自我为中心、草率、音盲般的”，甚至可能更差。在此等意义上说，疫情之下，我们何其不幸，又何其有幸。全球有目共睹的是，拥有不同文化和政治制度的亚洲诸国在遏制病毒方面都取得了重大成效，比欧美国家更为“给力”。换句话说，很多亚洲国家——如中国、韩国、新加坡、越南等在抗击疫情上远比西方国家做得好，他们拯救了更多的生命。理论总是灰色的，实践才是最大的王道。一直以来，多数知识分子对于西方文明的认知容易间接或片面，常常会有一种雾里看花水中望月的扭曲感。如果说这场疫情彰显了什么，那么在认知层面最明显的或许是，不要再用是否“民主”的简单化标签来评判治理能力。评价中国的体制，似乎最不应忽视的前提是，中国的现代化发展高度浓缩于最近的四十年，众多问题与矛盾也都聚集在这四十年中，这相当于一个欧美国家近百年的历程，当下许多共时性与历时性问题都需要被置于这个大背景下来重新认识。余华先生在《活着》一书的自序中曾这样说道：“作家的使命不是发泄，不是控诉或者揭露，他应该向人们展示高尚……高尚不是那种单纯的美好，而是对一切事物理解之后的超然，对善和恶一视同仁，用同情的目光看待世界。”这里的“作家”完全可以涵括更大范围的知识分子，而此处的“同情”也大体可被解读为“同情式的理解”。重大的历史进步往往都是在一些重大的灾难之后，希望经历过这场疫情的考验与洗礼，各个国家的体制和治理能力能够进一步提升，希望更多的知识分子能够更为理性和宽容地看待我们所身处的这个国家、这个世界以及这个时代。

最后，关于人与人。国与国之间，人与人之间，在非常态时期，总能够体现出更多的东西。很多人说，跟历史上很多类似时候一样，在灾难面前，我们每天还是会看到互相攻击、责难、甩锅、推卸责任，甚至一些幸灾乐祸的评论。然也有很多人得出相反的论断。他们认为，这场疫情让我们看到，很多时候，人类就是一个命运共同体，世界实实在在是内在连带的，无法分割的。疫情似乎并未使人自愿接受恐惧的支配，而是使他们更加渴望纽带，渴望更加紧密地联系起来、联合起来，共同应对灾难。上述论断，无论孰是孰非，我都相信疫情着实改变了很多人的人生轨迹。有人因企业难以开工而导致破产，有人因无法参加面试而错失工作，相爱的人因为疫情无法见到彼此，不爱的人却因疫情而要尴尬地挤在一起。结婚，离婚，有人聚，有人散，有人更是永远离开了这个世界。原来习以为常的事，逛街聚餐，约会见面，出门旅游，凡此种种，都因疫情而变得无法实现。然而，对比媒体上那一幕幕令人不寒而栗的层层叠叠的裹尸袋，我们或许会感到，能够活着就是一种幸福。疫情期间对那些曾经习以为常的事物所抱持的极度渴望，也会让我们自己深刻懂得如何用力地活着：珍惜当下，恒持刹那。从这种意义上说，瘟疫是件坏事，同时也是件好事，它为我们提供了一次难得的精神修行，让我们得以思考活着的价值和意义。而我们现在所做的，仅仅是以见证者的担当与良心，记录下发生在自己身边的疫情故事，以期为后世留下一段鲜活且真实的历史。

魏磊杰　谨识
2020 年 7 月 25 日于厦门大学颂恩楼